Gewidmet dem Andenken von
Dr. Zoltan J. Kosztolnyik,
Professor emeritus für Mittelalterliche Geschichte,
Texas A&M University

Obwohl ich nie das Privileg hatte,
seine Bekanntschaft zu machen, hatte ich sowohl
die Ehre als auch das Vergnügen, die Tochter,
die er aufgezogen hat, kennenzulernen.

Und wie immer
meinem geliebten Mann Martin.
Jeden Tag bereicherst Du das Dasein Deiner Schüler,
indem Du die Geschichte mit Deiner einzigartigen Kombination
von Leidenschaft, Klugheit und beißendem Witz zum Leben erweckst.
Ihretwegen habe ich mich vor fünfundzwanzig Jahren in Dich verliebt.
Ob Du Dich nun als Kleopatra verkleidest,
die Unabhängigkeitserklärung mit Hilfe von 80er-Jahre-Rockvideos
demonstrierst oder die Monroe-Doktrin mit dem »Badger Badger
Mushroom«-Tanz erläuterst –
Du sorgst dafür, dass kein Schüler, der von Dir lernt,
Dich je vergessen wird.

Du inspirierst mich. Ich liebe Dich.

Prolog

Philadelphia, Samstag, 6. Januar

DAS ERSTE, was Warren Keyes bewusst wahrnahm, war der Geruch. Ammoniak, Desinfektionsmittel … und noch etwas. Was noch? *Mach die Augen auf, Keyes.* Er hörte die eigene Stimme in seinem Kopf widerhallen und mühte sich, die Augen aufzuschlagen. *Schwer.* Seine Lider waren so schwer, aber er gab nicht auf, bis es ihm gelang. Es war dunkel. Nein. Da war ein wenig Licht. Warren blinzelte einmal, zweimal, bis er einen flackernden Schein ausmachen konnte.

Eine Fackel, die an der Wand befestigt war. Sein Herz begann zu hämmern. Die Wand bestand aus nacktem Fels. *Ich bin in einer Höhle. Was zum Teufel ist hier los?* Mit einem Ruck versuchte er sich aufzusetzen, und ein greller Schmerz schoss durch seine Arme in seinen Rücken. Er schnappte nach Luft und fiel gegen etwas Flaches, Hartes zurück.

Er war gefesselt. *O Gott.* Hände und Füße waren fest zusammengebunden. Und er war nackt. *Gefangen!* Die Furcht stieg aus seinem Bauch auf und raste durch seine Glieder. Er wand sich, zappelte wie ein wildes Tier, kämpfte gegen die Fesseln an und musste einsehen, dass es nichts nützte. Keuchend sog er die Luft ein und schmeckte das Desinfektionsmittel. Das und …

Sein Atem stockte, als er den Gestank unter dem Desinfektionsmittel erkannte. Etwas Totes. Verwesendes. Er schloss die Augen und zwang die Panik nieder. *Das kann nicht sein. Ich träume bloß. Das ist ein furchtbarer Albtraum, und gleich wache ich auf.*

Aber er träumte nicht. Das hier war real. Er war auf einem leicht geneigten Brett festgebunden, seine Arme ausgestreckt über seinem Kopf gefesselt. Warum? Er versuchte zu denken, sich zu erinnern. Da war etwas … ein Bild in seinem Kopf, doch er konnte es nicht fassen. Er wollte die Erinnerung herbeizwingen, doch stattdessen setzten Kopfschmerzen ein – starke Kopfschmerzen –, und plötzlich tanzten schwarze Flecken über seine Pupillen. Gott, es fühlte sich an wie ein heftiger Kater. Aber er hatte nicht getrunken, oder?

Kaffee. Er erinnerte sich daran, Kaffee getrunken, seine Hände um einen heißen Becher gelegt zu haben. Er hatte gefroren. Er war draußen gewesen. *Ich bin gerannt.* Warum war er gerannt? Er bewegte die Handgelenke, spürte das Brennen seiner aufgescheuerten Haut, betastete mit den Fingerspitzen den Strick.

»Ah, du bist endlich wach.«

Die Stimme erklang hinter ihm, und er versuchte, den Kopf zu drehen, um etwas zu sehen. Und dann wusste er es, und der Druck in seiner Brust ließ etwas nach. Ein Film. *Ich bin Schauspieler, und wir drehen einen Film.* Eine historische Dokumentation. Er war gerannt und hatte etwas in der Hand gehabt – was? Er verzog das Gesicht, als er sich konzentrierte. Ein Schwert! Er hatte ein mittelalterliches Kostüm getragen, einen Helm, einen Schild … ja, sogar ein Kettenhemd, Herrgott noch mal! Jetzt endlich sah er die komplette Szenerie wieder vor sich. Er hatte ein formloses, kratziges, tunikaartiges Etwas angezogen, das seine Haut reizte. Er hatte ein Schwert in der Hand gehalten und war aus vollem Hals brüllend auf dem Außengelände von Munchs Studio durch den Wald gelaufen. Er war sich wie ein Vollidiot vorgekommen, aber er hatte es getan, weil es eben in dem verdammten Drehbuch gestanden hatte.

Aber dies hier, er zerrte ohne Erfolg erneut an den Stricken, *stand nicht im Drehbuch.*

»Munch.« Warrens Stimme war belegt, heiser und schmerzte in seiner wunden Kehle. »Was soll das?«

Ed Munch erschien zu seiner Linken. »Ich dachte schon, du wachst gar nicht mehr auf.«

Warren blinzelte, als das Licht der flackernden Kerze über das Gesicht des Mannes fiel. Sein Herz setzte einen Schlag aus. Munch hatte sich verändert. Er war doch alt gewesen, die Schultern gebeugt! Weißes Haar, gestutzter Schnurrbart. Warren schluckte. Aber jetzt stand Munch sehr aufrecht. Der Schnurrbart war fort.

Und auch das Haar. Dieser Mann hier hatte einen glänzenden, kahlrasierten Schädel.

Munch war gar nicht alt. Wieder drang Furcht durch seine Eingeweide. Ihm waren fünfhundert Dollar für die Dokumentation versprochen worden, bar auf die Hand. Warren war misstrauisch gewesen – das war viel Geld für eine Geschichtsdoku, die, wenn er Glück hatte, auf PBS lief. Aber er hatte eingewilligt. Ein einziger komischer Alter stellte schließlich keine Bedrohung dar.

Aber der komische Alte war nicht alt. Bittere Galle stieg in Warrens Kehle auf. *Was habe ich getan?* Und dieser Frage folgte direkt eine andere, die viel beängstigender war: *Was hat er mit mir vor?*

»Wer sind Sie?«, krächzte Warren, und Munch hielt ihm eine Flasche Wasser an die Lippen. Warren wollte den Kopf wegdrehen, doch Munch packte sein Kinn und hielt ihn mit erstaunlicher Kraft fest. Seine dunklen Augen verengten sich, und nackte Angst ließ Warren erstarren.

»Es ist nur Wasser«, knurrte Munch. »Diesmal ja. Also trink schon.«

Warren spuckte ihm das Wasser ins Gesicht und wappnete sich, als der Mann die Faust hob. Aber dann ließ Munch die Hand sinken und zuckte die Achseln. »Du trinkst schon irgendwann. Ich brauche eine feuchte Kehle.«

Warren leckte sich über die Lippen. »Und warum?«

Munch verschwand hinter ihm, und Warren hörte etwas rollen. Kurz darauf wurde eine Videokamera an ihm vorbeigeschoben und in etwa zwei Meter Entfernung ausgerichtet. Und zwar direkt auf sein Gesicht. »Warum?«, fragte Warren noch einmal.

Munch blickte durch das Objektiv und trat zurück. »Weil du schreien sollst.« Er zog eine Braue hoch, doch seine Miene blieb völlig ausdruckslos. »Schreien tun sie alle. Und du wirst das auch.«

Entsetzen durchfuhr ihn, doch Warren kämpfte dagegen an. *Bleib ruhig. Du wirst ihm nie entkommen, wenn du nicht ruhig bleibst.* Munch war verrückt. *Sei nett zu ihm, dann kannst du dich vielleicht irgendwie befreien.* Er zwang sich zu einem Lächeln. »Kommen Sie, Munch, Sie lassen mich gehen, und wir sind quitt. Behalten Sie ruhig die Schwertkampfszene, die wir schon abgedreht haben. Ich will Ihr Geld nicht.«

Munch sah ihn noch immer ausdruckslos an. »Ich hätte dich sowieso nicht bezahlt.« Er verschwand wieder, kam jedoch kurz darauf mit einer weiteren Kamera zurück.

Warren dachte unwillkürlich daran, wie Munch ihm den Kaffee in die Hand gedrückt und darauf bestanden hatte, dass er ihn trank.

Es ist nur Wasser. Diesmal ja. Plötzlich stieg Zorn in ihm auf und verdrängte vorübergehend die Furcht. »Sie haben mich betäubt«, zischte er und holte tief Luft. *»Hilfe! Hilf mir doch jemand!«*, brüllte er so laut er konnte, doch das heisere Krächzen, das aus seiner Kehle drang, war erbärmlich und sinnlos.

Munch schwieg, reagierte nicht, sondern installierte eine dritte Kamera so, dass sie von oben herab zeigte. Jede seiner Bewegungen war methodisch, präzise. Ohne Hast. Ohne Furcht.

Und Warren begriff, dass niemand ihn hören konnte. Sein heißer Zorn ebbte ab und machte eiskalter Angst Platz. Warren begann zu zittern. Er musste hier raus. Es musste eine Möglichkeit geben. Etwas, das er sagen konnte. Tun konnte. Anbieten konnte. Oder er würde flehen. Um sein Leben.

»Bitte, Munch, ich werde alles tun, was Sie wollen …« Seine Stimme verebbte, als die Erkenntnis in seinen Verstand drang.

Schreien tun sie alle. Ed Munch. Alles zog sich in ihm zusammen, als ihn die Verzweiflung überkam. »Sie heißen gar nicht Munch. Edvard Munch, der Maler.« Das Gemälde einer makabren Gestalt, die gequält die Hände gegen die Wangen presste, schoss ihm durch den Sinn. *Der Schrei.*

»Es wird Munk, nicht Munch ausgesprochen, aber das scheint niemanden zu stören. Niemand begreift, wie wichtig die Einzelheiten sind«, fügte er verächtlich hinzu.

Einzelheiten. Darüber hatten sie schon einmal gesprochen, als Warren gegen die kratzige Unterwäsche protestiert hatte. Auch das Schwert war echt gewesen. *Ich hätte diesen Mistkerl damit erlegen sollen.* »Authentizität«, murmelte Warren, als er sich an das erinnerte, was er für die Marotte eines verschrobenen alten Mannes gehalten hatte.

Munch nickte. »Aha. Jetzt hast du verstanden.«

»Was haben Sie vor?«, fragte Warren.

Munch zog einen Mundwinkel hoch. »Das merkst du noch früh genug.«

Warren hatte Mühe zu atmen. »Bitte. Bitte, ich tue alles, was Sie wollen. Aber lassen Sie mich gehen.«

Munch erwiderte nichts. Er schob einen Wagen mit einem Bildschirm hinter die erste Kamera und überprüfte konzentriert und gelassen den Fokus jeder einzelnen.

»Das können Sie nicht machen«, brach es verzweifelt aus Warren heraus. Wieder zerrte er an den Stricken, bis seine Handgelenke brannten und die Arme aus den Gelenken zu springen schienen. Die Stricke waren dick, die Knoten unnachgiebig. Er würde sich nicht befreien können.

»Das haben die anderen auch gesagt. Aber ich habe es gemacht, und ich werde weitermachen.«

Die anderen. Es hatte andere gegeben. Überall hing der Geruch des Todes in der Luft und verspottete ihn. Hier waren andere gestorben. Und auch er würde hier sterben. *Nein! Bitte nicht.* Er hatte noch so viel zu tun. Alles, was er nie getan hatte, alles, was er nie gesagt hatte, kam ihm in den Sinn. Und in ihm stieg plötzlich eine ungeahnte Kraft auf. Er hob das Kinn. »Meine Freunde werden mich vermissen. Und meine Verlobte weiß, dass ich bei Ihnen bin.« Munch, der mit den Kameras fertig war, drehte sich um. In seinen Augen stand reine Verachtung. »Nein, weiß sie nicht. Du hast deiner Verlobten gesagt, du wärst bei einem Freund, dem du bei der Vorbereitung zu einem Vorsprechen helfen wolltest. Das hast du mir selbst heute Nachmittag erzählt. Mit dem Geld von den Aufnahmen wolltest du ihr ein Geburtstagsgeschenk kaufen. Du wolltest, dass es ein Geheimnis bleibt. Und aus diesem Grund – und wegen der Tätowierung – habe ich dich ausgewählt.« Er hob die Schultern. »Außerdem passt du ins Kostüm. Nicht jeder kann ein Kettenhemd richtig tragen. Also – niemand wird dich suchen. Und selbst wenn, wird dich niemand finden. Sieh es ein – du gehörst mir.«

Alles in Warren erstarrte. Es war die Wahrheit. Er hatte Munch erzählt, dass er Sherry zum Geburtstag überraschen wollte. Niemand wusste, wo er war. Niemand würde ihn retten. Er dachte an Sherry, an seine Eltern, an jeden, den er liebte. Sie würden sich Sorgen machen. Ein Schluchzen stieg in seiner Kehle auf. »Du Mistkerl«, flüsterte er. »Ich hasse dich.«

Munchs Lippen zuckten, aber seine Augen leuchteten belustigt auf, und das war erschreckender als alles, was er zuvor gesagt hatte. »Das haben die anderen auch gesagt.« Er presste Warren erneut die Wasserflasche an die Lippen und kniff ihm die Nase zu, bis Warren nach Luft schnappte. Warren kämpfte, wehrte sich, aber Munch zwang ihn zu trinken.

»Und nun, Mr. Keyes, fangen wir an. Und vergessen Sie ja nicht zu schreien.«

1. Kapitel

Philadelphia, Sonntag, 14. Januar, 10.25 Uhr

DETECTIVE VITO CICCOTELLI STIEG, gründlich durchgeschüttelt, aus seinem Truck. Die alte, ungeteerte Straße, die zum Tatort führte, hatte seine ohnehin schon aufgewühlten Eingeweide in noch schlimmeren Aufruhr versetzt. Er holte Atem und bereute es augenblicklich. Nach vierzehn Jahren bei der Polizei war der Tod für ihn noch immer eine widerwärtige Überraschung.

»Das zieht einem ja die Schuhe aus.« Nick Lawrence verzog das Gesicht und warf die Tür seines Sedans zu. »Krass.« Sein breiter Carolina-Akzent dehnte das Wort auf vier Silben aus.

Zwei Uniformierte standen auf dem verschneiten Feld und starrten in ein Loch. Sie hielten sich Taschentücher vor die unteren Gesichtshälften. Eine Frau, deren Kopf gerade noch über dem Rand sichtbar war, hockte in der Grube. »Wie mir scheint, hat die Spurensicherung die Leiche schon ausgegraben«, bemerkte Vito trocken.

»Ach was.« Nick bückte sich und stopfte die Hosenbeine in seine Cowboystiefel, die auf Hochglanz poliert waren. »Okay, Chick, dann wollen wir mal loslegen.«

»Moment noch.« Vito griff hinter den Autositz, um seine Schneestiefel hervorzuholen, und zuckte zusammen, als ihn einer der Dornen in den Daumen stach. »Mist, verdammter.« Er saugte an der kleinen Wunde, bevor er die Rosen behutsam beiseitelegte und nach seinen Stiefeln griff.

Aus dem Augenwinkel sah er, wie sein Partner ernst wurde, aber er sagte nichts.

»Es ist jetzt zwei Jahre her. Genau heute«, sagte Vito verbittert. »Wie die Zeit vergeht.«

Nicks Stimme war sanft. »Die Zeit soll auch alle Wunden heilen.«

Nick hatte recht. Die zwei Jahre hatten Vitos Kummer abgeschwächt. Aber das Schuldgefühl … nun, das war eine ganz andere Geschichte. »Ich gehe nachher noch zum Friedhof.«

»Soll ich mitkommen?«

»Nein, schon okay. Aber danke.« Vito zog die Stiefel an. »Jetzt lass uns mal sehen, was sie gefunden haben.«

Sechs Jahre bei der Mordkommission hatten Vito beigebracht, dass es keine »einfachen« Morde gab – nur verschiedene Abstufungen von Grausamkeit. Sobald er am Rand des Grabes anhielt, das die Spurensicherung freigelegt hatte, wusste er, dass dies einer der grausameren Morde war.

Weder Vito noch Nick sagten etwas, während sie das Opfer betrachteten. Es hätte ewig unentdeckt bleiben können, wäre da nicht der ältere Mann mit seinem Metalldetektor gewesen. Die Rosen, der Friedhof und alles andere waren vergessen, als Vito sich auf die Leiche konzentrierte. Sein Blick wanderte von ihren Händen zu dem, was von ihrem Gesicht übrig geblieben war.

Ihre Jane Doe war klein, keine eins sechzig groß, und wirkte jung. Kurzes dunkles Haar umrahmte ein Gesicht, das schon zu verwest war, um es noch identifizieren zu können. Vito fragte sich, wie lange sie schon hier lag. Und zu wem sie gehörte. Ob jemand sie vermisst hatte. Ob jemand noch immer auf sie wartete.

Er spürte das schon vertraute Aufwallen von Mitleid und Trauer und schob es an den Rand seines Bewusstseins zu all den anderen Gefühlen und Erinnerungen, die er vergessen wollte. Jetzt musste er sich allein um die Leiche kümmern, Beweise und Fakten sammeln. Später würden Nick und er sich auf die Frau konzentrieren – die Frau, die einmal gelebt hatte und jemand gewesen war. Und sie würden es tun, um das kranke Schwein zu fassen, das ihren nackten Körper irgendwo auf einem offenen Feld verscharrt, das ihr sogar noch nach ihrem Tod Gewalt angetan hatte. Das Mitleid mündete in heillosen Zorn, als sein Blick wieder zu ihren Händen glitt.

»Er hat sie in Positur gelegt«, murmelte Nick neben ihm, und in seinen leisen Worten schwang derselbe Zorn mit, den auch er empfand. »Dieser Dreckskerl hat sie extra hübsch hergerichtet.«

O ja, das hatte er. Ihre Hände lagen aneinandergelegt zwischen ihren Brüsten, die Fingerspitzen zeigten zum Kinn.

»Für ewig im Gebet gefaltet«, sagte Vito grimmig.

»Ein religiöser Mord?«, überlegte Nick laut.

»Hoffentlich nicht.« Eine dumpfe Vorahnung jagte ihm einen Schauder über den Rücken. »Religiös motivierte Mörder neigen dazu, es nicht bei einem Opfer zu belassen.«

Nick ging die Hocke, um in das Grab zu sehen, das ungefähr einen Meter tief war. »Wie hat er es geschafft, dass die Hände so geblieben sind, Jen?«

CSU-Sergeant Jen McFain schaute auf. Sie trug eine Schutzbrille und eine Maske über der unteren Gesichtshälfte. »Mit Draht. Könnte Stahl sein, ist aber sehr fein. Er wurde um ihre Finger gewickelt. Ihr könnt es besser sehen, wenn die Gerichtsmedizin sie sauber gemacht hat.«

Vito runzelte die Stirn. »Es kommt mir komisch vor, dass ein Metalldetektor bei einem so dünnen Draht durch eine dicke Schicht Erde anschlägt.«

»Du hast recht. Das haben wir auch eher den Stangen zu verdanken, die euer Spinner dem Opfer unter die Arme geschoben hat.« Jen strich mit einem behandschuhten Finger an der Unterseite ihres eigenen Arms bis zum Handgelenk entlang. »Sie sind dünn und biegsam, haben aber genug Masse, um vom Detektor angezeigt zu werden. Mit den Stangen hat er die Arme in Position gebracht.«

Vito schüttelte den Kopf. »Warum nur?«

Jen zuckte die Achseln. »Vielleicht kann die Leiche uns mehr sagen. Hier in dem Loch ist nicht viel zu finden. Allerdings macht mich etwas stutzig ...« Geschickt zog sie sich aus dem Grab. »Der alte Mann, der sie gefunden hat, hat mit einem normalen Gartenspaten gegraben. Er ist zwar ganz gut in Form, aber nicht einmal ich hätte bei diesen Temperaturen so tief graben können.«

Nick blickte in das Loch. »Das heißt, der Boden kann nicht gefroren gewesen sein.«

Jen nickte. »Genau. Als er den Arm ausgebuddelt hatte, hörte er sofort auf und rief die Polizei. Als wir eintrafen, haben wir vorsichtig Erde beiseitegeschafft, und es war ganz einfach, bis wir auf die Grabwand stießen – die war hart wie Stein. Seht euch mal die Ecken an. Sieht aus, wie mit einer Schiene gezogen. Und sie sind steinhart gefroren.«

Vito spürte ein Ziehen in der Magengrube. »Er hat das Grab ausgehoben, bevor es gefroren hat. Das heißt, er hat das alles im Voraus geplant.«

Nick zog die Brauen zusammen. »Und niemand hat das riesige Loch bemerkt?«

»Vielleicht hat er es mit irgendetwas bedeckt«, meinte Jen. »Und ich glaube auch nicht, dass die Erde, die er zum Aufschütten benutzt hat, von diesem Feld stammt. Ich lasse ein paar Tests machen. Aber im Moment ist das leider alles, Jungs. Und ich kann auch nichts mehr tun, bevor die Gerichtsmedizin hier eintrifft.«

»Danke, Jen«, sagte Vito. Er wandte sich an Nick. »Reden wir mal mit dem Besitzer von diesem Stück Land.«

Harlan Winchester war um die siebzig, aber sein Blick war klar und scharf. Er hatte auf dem Rücksitz des Streifenwagens gewartet und stieg aus, als er sie kommen sah. »Ich nehme an, Sie wollen von mir noch einmal dasselbe hören wie der Officer.«

Vito nickte und bemühte sich um ein freundliches Auftreten. »Ich fürchte ja. Ich bin Detective Ciccotelli, und das ist mein Partner, Detective Lawrence. Können Sie uns bitte sagen, was genau geschehen ist?«

»Tja, dabei wollte ich diesen blöden Metalldetektor nicht einmal haben. Er war ein Geschenk von meiner Frau. Sie hat Angst, dass ich nicht mehr genug Bewegung kriege, seit ich pensioniert bin.«

»Also sind Sie heute Morgen losmarschiert?«, drängte Vito ihn, und Winchester blickte finster drein.

»›Harlan P. Winchester‹«, sprach er mit hoher, nasaler Stimme, »›du sitzt jetzt schon mindestens zehn Jahre nur herum. Beweg deinen Hintern und geh spazieren.‹ Na ja, und da habe ich es einfach getan, weil ich das Gezeter nicht mehr ertragen konnte. Ich dachte, vielleicht finde ich was Interessantes, damit sie aufhört, mich zu nerven. Tja … dass ich eine Leiche finden würde, hätte ich allerdings nicht gedacht.«

»War die Leiche das Erste, was Ihr Detektor gemeldet hat?«, fragte Nick.

»Ja.« Seine Lippen verzogen sich zu einer feinen Linie. »Ich habe also meinen Spaten aufgeklappt. Dann fiel mir ein, dass der Boden garantiert zu hart zum Graben ist. Beinahe hätte ich ihn wieder weggepackt, aber dann hätte Ginny gemeckert, dass ich bloß eine Viertelstunde weg gewesen bin. Also habe ich angefangen zu graben.« Er schloss die Augen und schluckte, als sein großmäuliges Gebaren in sich zusammenfiel. »Mein Spaten … hat ihren Arm getroffen. Da habe ich aufgehört und die Polizei gerufen.«

»Können Sie uns etwas über dieses Stück Land sagen?«, fragte Vito. »Wer hat hier Zugang?«

»Jeder mit Geländewagen oder Vierradantrieb, nehme ich an. Man kann das Feld vom Highway aus nicht sehen, und der Weg, der es mit der Hauptstraße verbindet, ist nicht einmal geteert.«

Vito nickte und war dankbar, dass er seinen Truck genommen hatte und den Mustang neben dem Motorrad in der Garage hatte stehenlassen. »Die Straße ist wirklich gruselig. Wie kommen Sie hierher?«

»Na ja, heute bin ich zu Fuß gegangen.« Er deutete auf eine Baumreihe, von der aus eine einzelne Fußspur herführte. »Aber es ist das erste Mal, dass ich so weit marschiert bin. Wir sind erst vor einem Monat hergezogen. Das Land hat meiner Tante gehört«, erklärte er. »Sie hat es mir hinterlassen.«

»Ist Ihre Tante oft hergekommen?«

»Eher nicht, denke ich. Sie hat selten das Haus verlassen. Sie war ein wenig eigenbrötlerisch. Mehr weiß ich nicht.«

»Sir, Sie haben uns sehr geholfen«, sagte Vito. »Vielen Dank.«

Winchester ließ die Schultern hängen. »Kann ich jetzt gehen?«

»Natürlich. Die Kollegen werden Sie nach Hause bringen.« Winchester stieg ein, und der Streifenwagen fuhr los, als ein grauer Volvo auf das Feld bog. Der Volvo parkte hinter Nicks Sedan, und eine adrette Frau Mitte fünfzig stieg aus. Gerichtsmedizinerin Katherine Bauer war angekommen. Es war Zeit, sich Jane Doe zu widmen.

Vito setzte sich in Richtung Grab in Bewegung, aber Nick rührte sich nicht. Er blickte nachdenklich auf Winchesters Metalldetektor, der im Lieferwagen der CSU lag. »Wir sollten auch den Rest des Felds überprüfen, Chick.«

»Du glaubst, dass noch mehr hier sind?«

»Ich glaube, wir sollten nicht fahren, ohne uns vergewissert zu haben, dass dem nicht so ist.«

Wieder spürte Vito eine dumpfe Vorahnung. Im Grunde wusste er bereits, dass sie etwas finden würden. »Du hast recht. Schauen wir nach, was es hier sonst noch so gibt.«

Sonntag, 14. Januar, 10.30 Uhr

»Haben alle die Augen geschlossen?« Sophie Johannsen sah ihre Studenten in der Dunkelheit mit gerunzelter Stirn an. »Bruce, Sie schummeln!«

»Tu ich gar nicht«, brummelte Bruce. »Außerdem ist es viel zu finster, um etwas zu sehen.«

»Jetzt machen Sie schon«, sagte Marta ungeduldig. »Knipsen Sie endlich das Licht an.«

Sophie schaltete das Licht ein und kostete den Augenblick voll aus. »Meine Damen und Herren … der Große Saal.«

Einen Moment lang sagte niemand ein Wort. Dann stieß Spandan einen lauten Pfiff aus, der von der Decke, sechs Meter über ihnen, widerhallte.

Bruce' Gesicht verzog sich zu einem breiten Grinsen. »Sie haben es geschafft. Sie haben es endlich geschafft.«

Marta presste die Kiefer zusammen. »Nett.«

Sophie blinzelte bei dem kühlen Tonfall der jungen Frau, aber bevor sie eine Bemerkung machen konnte, hörte sie das Geräusch von Johns Rollstuhl, der hinter ihr vorbeifuhr und stehen blieb. John starrte an die gegenüberliegende Wand. »Und das haben Sie alles allein gemacht«, murmelte er. »Fantastisch.«

Sophie schüttelte den Kopf. »Nicht einmal annähernd. Sie alle haben mir schließlich geholfen – allein bei der Reinigung der Waffen und Rüstungen. Ohne Sie hätte ich das nie geschafft. Das war definitiv Teamarbeit.«

Im vergangenen Herbst hatten sich noch alle fünfzehn Teilnehmer ihres Seminars »Waffen und Kriegführung« begeistert freiwillig gemeldet, im Albright Museum of History, wo sie angestellt war, mitzuarbeiten. Nun waren nur noch diese vier treuen Helfer geblieben. Seit Monaten waren sie jeden Sonntag hergekommen und hatten ihre Freizeit geopfert. Dass sie damit das Klassenziel erreichten, stand außer Frage, aber noch wichtiger war, dass sie all die mittelalterlichen Schätze berühren durften, die ihre Kommilitonen nur durch Glas bewundern konnten.

Sophie verstand die Faszination nur allzu gut. Sie wusste auch, dass das Gefühl, ein Schwert aus dem fünfzehnten Jahrhundert in einem nüchternen Museum in der Hand zu halten, nicht zu vergleichen war mit dem Moment, in dem man dieses Schwert selbst ausgrub, behutsam die Erde abbürstete und einen Schatz freilegte, den fünfhundert Jahre niemand zu Gesicht bekommen hatte. Sechs Monate lang hatte sie als Archäologin in Südfrankreich nur für diesen aufregenden Moment gelebt und sich jeden Morgen beim Aufwachen gefragt, was für Kostbarkeiten sie an diesem Tag vielleicht heben würden. Inzwischen konnte sie als Kuratorin des Albright Museum nur noch berühren, was andere ans Tageslicht geholt hatten. Im Augenblick musste sie sich damit zufriedengeben.

So schwer es ihr gefallen war, die französische Ausgrabungsstelle zu verlassen, so wusste sie doch jedes Mal, wenn sie am Bett ihrer Großmutter im Pflegeheim saß, dass sie die richtige Entscheidung getroffen hatte.

Es waren Momente wie dieser, in denen sie den Stolz in den Mienen ihrer Studenten sah, die die Entscheidung leichter für sie machte. Und auch Sophie war stolz auf das, was sie erreicht hatten. Der neue Große Saal, der geräumig genug war, Gruppen von dreißig Besuchern aufzunehmen, war wirklich spektakulär. An der gegenüberliegenden Seite standen drei komplette Rüstungen in Habtachtstellung unter einem Arrangement von hundert Schwertern, die in einem Gittermuster aufgehängt worden waren. Kriegsbanner hingen an der linken Wand, an der rechten der Houarneau-Wandteppich, ein Juwel der Sammlung, die Theodore Albright I. während seiner glanzvollen archäologischen Karriere angehäuft hatte.

Sophie stellte sich vor den Wandteppich und genoss den Anblick. Der Houarneau-Teppich aus dem zwölften Jahrhundert raubte ihr jedes Mal aufs Neue den Atem. »Wow«, murmelte sie.

»Wow?« Bruce schüttelte grinsend den Kopf. »Wirklich, Dr. J, Sie sollten sich etwas Besseres als ›Wow‹ einfallen lassen. Sie können doch aus zwölf Sprachen auswählen.«

»Nur aus zehn«, korrigierte sie, und er verdrehte die Augen. Für

Sophie war das Sprachenstudium immer ein praktisches Vergnügen gewesen. Die Kenntnis alter Sprachen erleichterte ihr die Forschung, aber sie liebte vor allem den so ganz anderen Rhythmus und die Nuancierung der Worte. Seitdem sie zurückgekehrt war, hatte sie wenig Gelegenheit gehabt, ihr Können anzubringen, und es fehlte ihr.

Und so ließ sie sich nun bei der Betrachtung des Teppichs dazu verführen. »*C'est incroyable.*« Das Französische erklang wie eine vertraute Melodie in ihrem Kopf, und das war nur natürlich, denn mit Ausnahme einiger weniger Besuche hier in Philadelphia hatte sie fünfzehn Jahre in Frankreich verbracht. Auf die anderen Sprachen musste sie sich ein wenig mehr konzentrieren, aber sie fielen ihr trotzdem nicht schwer. Griechisch, Deutsch, Russisch … sie pflückte die Worte aus ihrem Geist wie Blumen von einem Beet. »*Katapliktikos. Ist ja irre! O moy bog.*«

Marta zog eine Braue hoch. »Was übersetzt heißt?«

Sophies Lippen zuckten. »Wow … im Wesentlichen.« Sie blickte sich erneut zufrieden um. »Das wird der Hit bei unseren Führungen werden.« Ihr Lächeln verblasste. Der Gedanke an Führungen, vor allem an Museums*führer* reichte aus, um ihr Vergnügen zu dämpfen.

John wendete seinen Rollstuhl, sodass er zu den Schwertern hinaufsehen konnte. »Aber Sie haben es enorm schnell zustande gebracht.«

Sie schob den unangenehmen Gedanken an Führungen beiseite. »Was ich Bruce' Computersimulation zu verdanken habe. Er hat mir genau gezeigt, wo die Befestigungen angebracht werden müssen, und dann war alles ganz einfach. Es sieht wirklich authentisch aus.« Sie lächelte Bruce anerkennend zu. »Danke.«

Bruce strahlte. »Und warum die Paneele? Ich dachte, Sie wollten die Wände streichen.«

Wieder verblasste das Lächeln. »Da bin ich überstimmt worden. Ted Albright bestand darauf, dass das Holz den Raum eher wie einen echten Burgsaal aussehen lassen würde.«

»Und damit hat er recht gehabt«, sagte Marta, die Lippen ein wenig geschürzt. »So sieht es besser aus.«

»Ja, vielleicht schon, aber leider hat es auch mein Budget für dieses Jahr verschlungen«, erwiderte Sophie verärgert. »Ich hatte eine ganze Liste neuer Anschaffungen, die ich mir nun nicht mehr leisten kann. Wir konnten es uns ja nicht einmal leisten, die verdammten Paneele anbringen *zu lassen.*« Sie blickte auf ihre zerschrammten, schwieligen Hände. »Während Sie alle zu Hause waren, bis Mittag geschlafen und Truthahnreste vertilgt haben, war ich jeden Tag mit Ted Albright hier und habe die Bretter angebracht. Gott, war das ein Albtraum. Können Sie sich vorstellen, wie hoch der Saal ist?«

Das Debakel mit der Holzverkleidung war Grund für eine weitere Auseinandersetzung mit Ted Albright »dem Dritten« gewesen. Ted war der einzige Enkel des großen Archäologen und alleiniger Besitzer der Albright-Sammlung. Dummerweise war er zudem der Besitzer des Museums und Sophies Chef. Sie verfluchte den Tag, an dem sie zum ersten Mal von Ted Albright und seinem Museumskonzept gehört hatte, das sie eher an die Einrichtung eines Kuriositätenkabinetts erinnerte. Aber solange sich für sie nicht eine Position in einem anderen Museum auftat, machte sie eben diesen Job.

Marta wandte sich zu ihr um. Ihre Augen waren kalt und ... enttäuscht. »Zwei Wochen allein mit Ted Albright zu verbringen klingt für mich nicht nach einem Albtraum. Der Mann ist attraktiv.« Ihre Stimme klang spitz. »Es wundert mich, dass Sie überhaupt irgendetwas geschafft haben.«

Unbehagliches Schweigen senkte sich über das Trüppchen, als Sophie schockiert die Frau anstarrte, für die sie vier Monate lang Mentorin gewesen war. *Bitte nicht schon wieder.* Doch leider hörte es scheinbar nicht auf.

Die jungen Männer tauschten verwirrte Blicke aus, aber Sophie wusste durchaus, auf was Marta anspielte. Die Enttäuschung, die sie eben in Martas Blick gesehen hatte, ergab nun Sinn. Wut und Ablehnung stiegen in ihr auf, aber sie verdrängte sie und beschloss, nur auf diese Andeutung einzugehen und zu ignorieren, was in der Vergangenheit geschehen war. Im Augenblick wenigstens.

»Ted ist verheiratet, Marta. Und nur der Vollständigkeit halber möchte ich erwähnen, dass wir gar nicht allein waren. Teds Frau und seine beiden Kinder haben uns die ganze Zeit geholfen.«

Marta schwieg, doch ihr Blick blieb eisig.

Verlegen stieß Bruce den Atem aus. »Okay«, sagte er. »Im letzten Semester haben wir also den Großen Saal aufpoliert. Was kommt als Nächstes, Dr. J?«

Ohne auf die Wut in ihrem Bauch zu achten, führte Sophie ihre Helfer zum Ausstellungsbereich hinter dem Großen Saal. »Das nächste Projekt ist die Waffenausstellung.«

»Ja!« Spandan stieß die Faust in die Luft. »Endlich! Darauf habe ich gewartet!«

»Na, dann hat das Warten jetzt ein Ende.« Sophie hielt an der Vitrine an, in der ein halbes Dutzend sehr seltener mittelalterlicher Schwerter ausgestellt waren. Der Houarneau-Teppich war atemberaubend, aber diese Waffen waren ihr aus der ganzen Sammlung am liebsten.

»Ich frage mich immer, wem sie mal gehört haben. Wer damit gekämpft hat«, sagte Bruce leise.

John rollte seinen Stuhl näher heran. »Und wie viele Menschen durch die Klinge gestorben sind«, murmelte er. Er schaute auf, die Augen hinter dem Haar verborgen, das ihm stets ins Gesicht hing. »Tut mir leid.«

»Schon in Ordnung«, sagte Sophie. »Das frage ich mich auch oft.« Ihre Lippen zuckten, als ihr etwas einfiel. »An meinem allerersten Tag als Kuratorin hat ein Kind versucht, den Anderthalbhänder aus dem 15. Jahrhundert aus der Halterung zu ziehen und Braveheart zu spielen. Mir ist fast das Herz stehengeblieben.«

Bruce schnappte entgeistert nach Luft. »Es war nicht hinter Glas?« Auch Spandan und John sahen sich entsetzt an. Marta blieb ein wenig zurück. Sie hatte die Arme vor der Brust verschränkt, den Kopf schief gelegt und schwieg.

Sophie überlegte einen Moment, beschloss dann aber, die Sache lieber unter vier Augen zu klären. »Nein. Ted ist der Meinung, dass eine Glasscheibe zwischen Fundstücken und Publikum den ›Unterhaltungseffekt‹ schmälert.« Darüber hatten sie sich zum ersten Mal gestritten. »Er hat eingewilligt, diese hier einzuschließen, unter der Voraussetzung, dass wir die weniger wertvollen im Großen Saal ausstellen.« Sophie seufzte. »Und dass wir diese kostbaren Stücke auf ›unterhaltsame‹ Art zeigen. Jedenfalls war die Vitrine hier ein vorübergehender Kompromiss, bis der Große Saal fertiggestellt war. Also – das ist unser neues Projekt.«

»Was genau soll denn ›auf unterhaltsame Art‹ bedeuten?«, wollte Spandan wissen.

Sophie zog die Stirn in Falten. »Irgendetwas mit Puppen und Kostümen«, sagte sie düster. Kostüme waren Teds große Leidenschaft, und wenn er nichts weiter verlangte, als Schaufensterpuppen zu kostümieren, dann konnte sie durchaus damit leben. Aber vor zwei Wochen hatte er sie in seinen neuesten Plan eingeweiht, der Sophies Tätigkeitsprofil eine neue Variante hinzufügte: Um den Großen Saal richtig populär zu machen, würden sie Führungen geben … in historischer Kleidung! Hauptsächlich Sophie und Teds neunzehnjähriger Sohn sollten diese Führungen leiten, und nichts, was Sophie einwenden konnte, hatte Ted von seinem Plan abgebracht. Am Ende hatte sie sich rundweg geweigert – woraufhin Ted Albright einen Wutanfall bekommen und ihr mit Kündigung gedroht hatte.

Dabei war Sophie kurz davor gewesen, selbst zu kündigen. Doch als sie am gleichen Abend zu Hause die Post durchsah, musste sie feststellen, dass das Pflegeheim die Miete für Annas Zimmer angehoben hatte. Also schluckte Sophie ihren Stolz herunter, zog sich das verdammte Kostüm an und leitete Teds verdammte Führungen. Tagsüber. Am Abend verdoppelte sie ihre Anstrengungen, eine neue Stelle zu finden.

»Hat der Junge das Schwert denn beschädigt?«, fragte John.

»Zum Glück nicht. Wenn Sie damit umgehen, sollten Sie unbedingt Handschuhe tragen.«

Bruce wedelte mit seinen weißen Handschuhen wie mit einer Fahne zur Kapitulation. »Das tun wir doch immer«, sagte er fröhlich.

»Und das weiß ich zu schätzen.« Ihr war klar, dass er sie aufzumuntern versuchte, und auch dafür war Sophie ihm dankbar. »Ihre Aufgabe ist folgende: Jeder von Ihnen wird ein Ausstellungskonzept anfertigen, inklusive Platzbedarf und Kostenberechnung der Materialien, die Sie benötigen würden. Das möchte ich in drei Wochen sehen. Planen Sie nichts Aufwendiges. Mein Budget ist erschöpft.«

Sie überließ die drei Männer ihrer Arbeit und ging zu Marta, die reglos und mit steinerner Miene zugehört hatte. »Also – was ist?«, fragte Sophie.

Marta, eine zierliche Frau, musste den Hals recken, um Sophies Blick zu begegnen. »Wie bitte?«

»Marta, offensichtlich haben Sie etwas aufgeschnappt. Offensichtlich haben Sie außerdem beschlossen, es nicht nur zu glauben, sondern mich auch öffentlich damit zu konfrontieren. So wie ich es sehe, haben Sie jetzt zwei Alternativen: Entweder Sie entschuldigen sich, und wir arbeiten weiterhin zusammen, oder Sie bleiben bei Ihrer Haltung.«

Marta zog die Brauen zusammen. »Und dann?«

»Da ist die Tür. Dies ist ein Freiwilligenprojekt – und das gilt für beide Seiten.« Sophies Miene wurde sanfter. »Hören Sie, Sie sind ein nettes Mädchen und eine Bereicherung für unsere Museumsprojekte. Es wäre nicht schön, wenn Sie gingen. Mir wäre die erste Alternative lieber.«

Marta schluckte. »Ich habe eine Freundin besucht. Am Shelton College.«

Shelton. Die Erinnerung an die wenigen Monate, die sie an diesem College eingeschrieben gewesen war, verursachte Sophie noch immer Übelkeit – obwohl es schon zehn Jahre her war. »Es war nur eine Frage der Zeit.«

Martas Kinn bebte. »Ich habe vor meiner Freundin mit Ihnen angegeben. Sie wären mein Vorbild, meine Mentorin, eine kluge Archäologin, die es mit ihrem Verstand weit gebracht hätte. Meine Freundin aber hat nur gelacht und gesagt, Sie hätten es vor allen Dingen mit anderen Körperteilen so weit gebracht. Sie hätten mit Dr. Brewster geschlafen, damit Sie in sein Ausgrabungsteam in Avignon kämen – *so* hätten Sie Ihren Einstieg geschafft! Und in Frankreich wären Sie mit Dr. Moraux ins Bett gegangen und dadurch so rasant aufgestiegen. Hätten nur deswegen so jung schon ein eigenes Ausgrabungsteam bekommen. Ich habe meiner Freundin gesagt, dass das nicht sein kann – so etwas würden Sie nie tun.« Sie sah ihr direkt in die Augen. »Oder?«

Sophie wusste durchaus, dass sie jedes Recht der Welt hatte, Marta zu sagen, dass es sie überhaupt nichts anginge. Aber Marta war offenbar desillusioniert. Und gekränkt. Also riss Sophie die Wunde auf, die nie wirklich verheilt war. »Habe ich mit Brewster geschlafen? Ja.« Und sie empfand noch immer Scham. »Habe ich es getan, um in sein Ausgrabungsteam zu kommen? Nein.«

»Aber warum dann?«, flüsterte Marta. »Er war verheiratet.«

»Das weiß ich jetzt – damals wusste ich es nicht. Ich war jung. Er war um einiges älter und … hat mich belogen. Ich habe einen dummen Fehler begangen, Marta, und ich bezahle immer noch dafür. Aber ich kann Ihnen versichern, dass ich das, was ich erreicht habe, ohne Dr. Alan Brewster geschafft habe.« Allein seinen Namen auszusprechen hinterließ einen bitteren Geschmack auf ihrer Zunge, doch sie sah, wie Martas Miene sich änderte und sie akzeptierte, dass ihr Vorbild auch nur ein Mensch war.

»Und ich habe nie mit Etienne Moraux geschlafen«, fügte sie erbittert hinzu. »Ich stehe heute da, wo ich eben stehe, weil ich mich abgerackert habe. Ich habe mehr Artikel veröffentlicht als jeder andere, das Handwerk von der Pike auf gelernt und auch die elendste Routinearbeit erledigt. So sollten Sie es auch tun. Und, Marta – keine Bemerkungen mehr über Ted. Ob wir uns über das Museum streiten oder nicht – Ted liebt seine Frau und ist ihr absolut treu. Darla Albright ist einer der nettesten Menschen, denen ich je begegnet bin. Gerüchte wie diese können eine Ehe zerstören. Haben wir uns verstanden?«

Marta nickte erleichtert. »Ja.« Nachdenklich neigte sie den Kopf. »Sie hätten mich auch sofort rausschmeißen können.«

»Hätte ich. Aber ich habe das dumpfe Gefühl, dass ich Sie noch brauchen werde – vor allem für diese neue Ausstellung. Ich habe überhaupt keinen Sinn für Mode – weder für die heutige noch für die aus dem fünfzehnten Jahrhundert. Und deshalb werden wohl Sie Teds blöde Puppen anziehen müssen.«

Marta lachte leise. »Das mache ich gern. Danke, Dr. J. Dafür, dass ich bleiben kann. Und für Ihre Aufrichtigkeit. Wenn ich meine Freundin das nächste Mal spreche, sage ich ihr, dass meine ursprüngliche Meinung steht.« Sie lächelte charmant. »Ich möchte immer noch wie Sie sein, wenn ich erwachsen bin.«

Peinlich berührt schüttelte Sophie den Kopf. »O nein, das wollen Sie nicht. Und jetzt an die Arbeit.«

Sonntag, 14. Januar, 12.25 Uhr

Vito hatte überall dort eine rote Flagge in den Schnee gesteckt, wo Nick einen Metallgegenstand ausgemacht hatte. Nun standen Nick, Vito und Jen nebeneinander und blickten unglücklich auf die fünf kleinen Wimpel.

»Jede Markierung könnte ein weiteres Opfer bedeuten«, sagte Jen leise. »Wir müssen es herausfinden.«

Nick seufzte. »Wir werden das ganze Feld umgraben müssen.«

»Und dazu brauchen wir jede Menge Leute«, brummte Vito. »Kann die CSU das leisten?«

»Nein. Ich muss Unterstützung anfordern. Aber ich habe keine Lust, mich so weit aus dem Fenster zu lehnen, ohne sicher zu sein, dass unter den roten Dingern nicht nur Coladosen oder ein Haufen Nägel liegen.«

»Dann fangen wir doch einfach an einer Stelle zu graben an«, sagte Nick. »Mal sehen, was wir ausbuddeln.«

Jen runzelte die Stirn. »Ja, könnten wir. Aber ich will vorher wissen, was sich unter uns befindet. Ich möchte keine Beweise zerstören, nur weil wir falsch oder zu schnell vorgegangen sind.«

»Leichenspürhunde«, schlug Vito vor.

»Vielleicht, aber besser noch wäre ein Scan von diesem Grundstück. Ich habe so etwas einmal auf dem History Channel gesehen. Sehr cool.« Jen seufzte. »Natürlich kriege ich nie im Leben die Mittel, um einen Anbieter zu bezahlen. Okay, holen wir die Hunde und los.«

Nick hielt einen Finger hoch. »Nicht so schnell. In dieser Sendung ging es doch um Archäologie, richtig? Na ja, wenn wir uns einen Archäologen besorgen, dann könnte der vielleicht diese … diese Radarnummer machen.«

Jen warf ihm einen scharfen Blick zu. »Kennst du denn einen?«

»Nein«, sagte Nick. »Aber in der Stadt gibt es etliche Universitäten. Da muss doch jemand aufzutreiben sein.«

»Aber wir bräuchten jemanden, der es billig macht, am besten sogar kostenlos«, warf Vito ein. »Und es müsste jemand sein, dem wir vertrauen können.« Vito dachte an die verdrahteten Hände. »Die Presse hätte einen Heidenspaß, wenn derjenige plaudern würde.«

»Und uns würde man den Hintern grillen«, brummte Nick. »Wem müsst ihr vertrauen können?«

Vito wandte sich um und entdeckte die Gerichtsmedizinerin hinter ihm. »Hi, Katherine. Fertig?«

Katherine Bauer nickte müde und zupfte sich die Handschuhe von den Fingern. »Die Leiche ist im Bus.«

»Ursache?«, fragte Nick.

»Kann ich noch nicht sagen. Ich denke, sie ist mindestens seit zwei oder drei Wochen tot. Allerdings muss ich erst ein paar Proben unter dem Mikroskop sehen, um es genauer bestimmen zu können. Also.« Sie neigte den Kopf zur Seite. »Was war das mit dem Vertrauen?«

»Wir würden das Grundstück gern scannen lassen«, sagte Jen. »Wir wollten uns umhören, ob irgendwer Professoren der archäologischen Abteilungen der Unis kennt.«

»Ja, ich«, sagte Katherine, und die drei starrten sie an.

Jen riss die Augen auf. »Ehrlich? Du kennst einen lebendigen Archäologen?«

»Ein toter würde uns wohl nicht viel nützen«, bemerkte Nick, und Jen wurde rot.

Katherine lachte in sich hinein. »Ja, ich kenne eine echte, lebendige Archäolog*in*. Sie nimmt sich momentan eine Art … Auszeit. Es heißt, sie sei eine Expertin auf ihrem Gebiet. Und sie hilft uns bestimmt.«

»Und ist sie diskret?«, hakte Nick nach, und Katherine tätschelte mütterlich seinen Arm.

»Sehr. Ich kenne sie seit über fünfundzwanzig Jahren. Ich kann sie sofort anrufen, wenn ihr wollt.« Sie wartete mit hochgezogenen Brauen.

»Dann wissen wir wenigstens mehr«, sagte Nick. »Ich bin dafür.«

Vito nickte. »Rufen wir sie an.«

»Gott, das ist fantastisch.« Spandan hielt den Anderthalbhänder, auch Bastardschwert genannt, behutsam und respektvoll in seiner behandschuhten Hand. »Sie hätten den Jungen damals doch bestimmt am liebsten erwürgt, als er es von der Wand gerissen hat.«

Sophie blickte auf das Langschwert, das sie aus dem Glaskasten genommen hatte.

Sie hatten eine »kreative Pause« eingelegt, um die »Möglichkeiten der Ausstellung visualisieren« zu können, aber Sophie wusste genau, dass sie alle nur das Schwert in der Hand halten wollten. Und sie konnte es ihnen nicht verdenken. Eine derart alte – und tödliche – Waffe schien eine magische Kraft zu besitzen.

»Ich war eher auf die Mutter wütend, die mit ihrem Handy telefonierte, anstatt auf den Jungen aufzupassen.« Sie lachte leise. »Zum Glück hatte mein Hirn noch nicht ganz umgeschaltet, daher habe ich sie auf Französisch angeblafft. Aber, na ja … manche Dinge sind wohl international verständlich.«

»Was ist passiert?«, fragte Marta.

»Sie hat sich bei Ted beschwert. Er hat ihr die Eintrittskarte erstattet und mich dann um einen Kopf kürzer gemacht. ›Du darfst die Besucher nicht verschrecken, Sophie‹«, ahmte sie ihn nach. »Ich kann mich noch gut erinnern, wie sie mich angestarrt hat, als ich mit ihrem Bengel am Schlafittchen zu ihr kam. Sie war kaum größer als er und musste den Kopf in den Nacken legen, um mich anzusehen. Manchmal hat es Vorteile, groß zu sein.«

»Hier sind bessere Sicherheitsmaßnahmen dringend nötig«, sagte John und musterte das Schwert aus der Wikingerzeit in seinen Händen. »Es erstaunt mich, dass noch niemand etwas Wertvolles geklaut hat.«

Sophie zog die Brauen zusammen. »Wir haben zwar ein Alarmsystem, aber Sie haben recht. Vorher wusste ja kaum jemand, dass es uns gab, aber seit wir Führungen machen, bräuchten wir dringend einen Wachmann.« Der Lohn für einen solchen Angestellten war fest in ihrem Budget eingeplant gewesen. Aber nein – Ted wollte ja eine *Holzverkleidung!* Solche Unvernunft konnte sie in den Wahnsinn treiben. »Ich weiß von mindestens zwei Fundstücken aus Italien, die nicht mehr in ihren Fächern liegen. Ich sehe schon dauernd bei eBay nach, ob sie angeboten werden.«

»Da wünscht man sich ja mittelalterliche Rechtsprechung zurück«, brummelte Spandan.

»Was war denn die Strafe für Diebstahl?«, fragte John.

Sophie stellte das Langschwert vorsichtig in die Vitrine zurück. »Kommt drauf an, ob es im frühen, Hoch- oder Spätmittelalter war, *was* gestohlen worden war, ob es ein brutaler Raub war oder ein heimlicher Diebstahl, wer der Dieb war und wer das Opfer. Manch ein gewalttätiger Räuber ist gehängt worden, aber kleine Diebstähle wurden meist durch eine Geldbuße oder Wiedergutmachung geregelt.«

»Ich dachte immer, Dieben hätte man die Hand abgeschlagen oder ein Auge ausgestochen.«

»Nicht üblicherweise«, erklärte Sophie und musste lächeln, als sie Johns offensichtliche Enttäuschung sah. »Es wäre nicht sehr klug von den Lords gewesen, Leute, deren Arbeitskraft sie brauchten, zu verstümmeln. Einhändige oder Einfüßige konnten nicht so viel erwirtschaften.«

»Keine Ausnahmen?«, fragte Bruce, und Sophie warf ihm einen amüsierten Blick zu.

»Sind wir heute etwas blutdürstig? Hm. Ausnahmen.« Sie dachte nach. »Außerhalb von Europa gab es sicherlich noch ziemlich lange Kulturen, die das Auge-um-Auge-Recht praktizierten. Diebe verloren eine Hand und den Fuß an der anderen Körperhälfte. In der europäischen Kultur findet man das Abschlagen der ›Hand, die es getan hat‹ noch im zehnten Jahrhundert. Allerdings kam diese Strafe nur zur Anwendung, wenn der Täter Kircheneigentum gestohlen hat.«

»Ihre Schätze wären damals ohnehin in einer Kirche gelagert worden«, sagte Spandan.

Sophie lachte leise. »Das ist wohl wahr. Also sollten wir froh sein, dass sie im Hier und Jetzt und nicht damals geklaut worden sind. So – die ›kreative Pause‹ ist vorbei. Schwerter weg und wieder ran an die Arbeit.«

Schwer seufzend erhoben sich Spandan, Bruce und Marta und zogen ab. John war geblieben. Ehrfurchtsvoll, als handele es sich um eine Opfergabe, hob er ihr das Schwert mit beiden Händen entgegen, woraufhin sie es mit beiden Händen entgegennahm. Liebevoll musterte sie den stilisierten Knauf. »Ich habe einmal etwas Ähnliches gefunden. An einer Ausgrabungsstelle in Dänemark. Nicht ganz so schön wie dies und nicht so intakt. Die Klinge war in der Mitte komplett korrodiert. Aber das Gefühl, es freizulegen, es zum ersten Mal seit Hunderten von Jahren zu sehen … als wäre es ganz allein für mich erwacht.« Sie blickte auf ihn herab und lachte verlegen. »Ich weiß, das klingt verrückt.«

Sein Lächeln war andächtig. »Nein, nicht verrückt. Sie vermissen es, nicht wahr? Da draußen zu sein?«

Sophie schob den Inhalt der Vitrine zurecht und verschloss sie. »An manchen Tagen mehr als an anderen. Heute ausgerechnet sehr.« Und morgen, wenn sie wieder eine Führung in einem »historischen Kostüm« machen würde, noch mehr. »Dann gehen wir mal und …«

Ihr Handy klingelte, und das überraschte sie. Nicht einmal Ted würde sie sonntags stören. »Hallo?«

»Sophie, hier ist Katherine. Bist du allein?«

Sophie straffte ihren Körper, als sie die Dringlichkeit in Katherines Stimme hörte. »Nein. Sollte ich das lieber sein?«

»Ja. Ich muss mit dir reden. Es ist wichtig.«

»Okay, bleib dran. John, tut mir leid, aber ich muss dieses Gespräch führen. Können wir uns mit den anderen in ein paar Minuten in der Halle treffen?« Er nickte und wendete den Rollstuhl. Als er fort war, schloss Sophie die Tür. »Schieß los, Katherine. Was gibt es?«

»Ich brauche deine Hilfe.«

Katherines Tochter Trisha war seit Kindergartenzeiten Sophies beste Freundin gewesen. Und Katherine war für Sophie wie die Mutter, die sie selbst nie gehabt hatte. »Was ist?«

»Wir müssen ein Feld freilegen, und wir müssen wissen, wo wir graben sollen.«

Sophies Verstand kombinierte augenblicklich Gerichtsmedizin mit Ausgrabung, was vor ihrem geistigen Auge ein Bild von einem Massengrab heraufbeschwor. Sie hatte in den vergangenen Jahren Dutzende von Grabstätten freigelegt und wusste genau, worauf es ankam. Sie spürte, wie sich ihr Puls bei dem Gedanken, wieder an einer echten Ausgrabung beteiligt zu sein, beschleunigte. »Wann brauchst du mich und wo?«

»Am liebsten schon vor einer Stunde auf einem Feld eine halbe Stunde nördlich der Stadt.«

»Katherine, ich brauche mindestens zwei Stunden, um meine Ausrüstung herzuschaffen.«

»Zwei Stunden? Wieso denn?« Im Hintergrund hörte Sophie diverse murrende Stimmen.

»Weil ich im Museum bin, und zwar mit dem Bike. Ich kann mir nicht alles auf den Sattel binden. Erst muss ich nach Hause und Grans Auto holen. Außerdem wollte ich sie am Nachmittag besuchen. Ich muss wenigstens kurz bei ihr vorbeifahren und nach ihr sehen.«

»Das mit Anna übernehme ich. Du fährst ins Whitman College und holst deine Ausrüstung. Einer der Detectives wird dich dort mit seinem Wagen abholen.«

»Okay, dann soll er zu dem Gebäude mit der komischen Affenskulptur kommen. Ich stehe um halb zwei davor.«

Man hörte mehr Gemurmel, mehr Murren. *»Okay«,* sagte Katherine schließlich leicht genervt. »Detective Ciccotelli möchte ausdrücklich betonen, dass diese Sache absolut vertraulich zu behandeln ist. Du darfst wirklich niemandem etwas sagen.«

»Schon begriffen.« Sie kehrte in den Großen Saal zurück. »Leute, ich muss weg.«

Die Studenten begannen augenblicklich, ihre Sachen zusammenzuräumen. »Ist mit Ihrer Großmutter alles in Ordnung, Dr. J?«, fragte Bruce und sah sie besorgt an.

Sophie zögerte. »Ich denke schon.« Es war besser, wenn ihre Schüler glaubten, es ginge um Anna. »Jedenfalls haben Sie jetzt einen freien Nachmittag. Wehe, Sie amüsieren sich zu sehr.«

Als sie fort waren, schloss sie ab, schaltete die Alarmanlage ein und machte sich so schnell, wie das Gesetz es gerade noch erlaubte, auf den Weg zum Whitman College. Ihr Herz hämmerte heftig. Seit Monaten wünschte sie sich in die Praxis zurück. Wie es aussah, konnte sie endlich wieder die Arbeit machen, die ihr am meisten lag.

2. Kapitel

Sonntag, 14. Januar, 14.00 Uhr

ER SETZTE SICH ZURÜCK, blickte auf den Bildschirm und nickte zufrieden. Das war gut. Sehr, sehr gut. *Wenn ich das in aller Bescheidenheit sagen darf.* Fasziniert betrachtete er die Standfotos aus dem Video mit Warren Keyes. Er hatte sein Opfer gut ausgewählt – Größe, Gewicht, Muskulatur. Die Tätowierung des jungen Mannes hatte sein Schicksal besiegelt. Warren war zum Opfer geboren gewesen. Und er hatte exzellent gelitten. Die Kamera hatte seine Qual ganz hervorragend eingefangen. Aber seine Schreie …

Er klickte die Audiodatei an, und ein markerschütternder Schrei gellte mit kristallener Klarheit aus den Lautsprechern und ließ ihn schaudern. Perfekte Tonhöhe, perfekte Intensität. Perfekte Inspiration.

Sein Blick wanderte zu den Gemälden, die er neben die Fotos gehängt hatte. Diese Bilderserie war wahrscheinlich seine bisher beste. Er hatte sie *Warren stirbt* genannt. Natürlich in Öl angefertigt. Er hatte festgestellt, dass Öl das beste Medium war, die Intensität des Gesichtsausdrucks und den in unerträglichem Schmerz aufgerissenen Mund festzuhalten.

Und die Augen. Inzwischen wusste er, dass es verschiedene Stadien gab, bis durch Folter der Tod eintrat. Das erste Stadium hieß Angst, danach kam Trotz, dann Verzweiflung, wenn das Opfer begriff, dass es wirklich nicht entkommen konnte. Das vierte Stadium, Hoffnung, hing ganz und gar davon ab, wie das Opfer mit Schmerz umging. Wenn es die erste Phase überstand, gönnte er ihm eine Pause, die gerade so lang war, dass Hoffnung in ihm aufsteigen konnte. Warren Keyes konnte Schmerz bemerkenswert gut aushalten.

Und dann, wenn alle Hoffnung erloschen war, kam das fünfte Stadium – das Flehen, das mitleiderregende Betteln um den Tod, die Erlösung. Gegen Ende das sechste Stadium, das letzte Aufbäumen von Gegenwehr, das Urbedürfnis zu überleben, das purer, animalischer Instinkt war.

Aber das siebte Stadium war das beste und eines, das sehr flüchtig war – der Moment des Todes selbst. Die plötzliche Entladung … der Energieschub, wenn das Körperliche seine Essenz aufgab. Der Augenblick war so kurz, dass nicht einmal die Kamera ihn vollständig festhalten konnte, so flüchtig, dass er dem menschlichen Auge entging, wenn man nicht konzentriert hinsah. Er hatte konzentriert hingesehen.

Und war belohnt worden. Sein Blick blieb an dem siebten Gemälde hängen. Obwohl es in der Serie das letzte war, hatte er es zuerst gemalt, war zu seiner Staffelei gehastet, während Warrens entfesselte Energie jeden seiner Nerven vibrieren ließ und ihm der letzte, perfekte Schrei noch in den Ohren hallte.

Und er hatte *es* gesehen, in Warrens Augen. Das undefinierbare *Etwas*, das er bisher allein im Augenblick des Todes entdeckt hatte. Zum ersten Mal hatte er es in der *Claire-stirbt*-Serie vor über einem Jahr festhalten können. War es wirklich schon so lange her? Ja, die Zeit verging wirklich im Flug, wenn man sich amüsierte. Und das tat er jetzt – endlich. Schon sein ganzes Leben jagte er hinter dem undefinierbaren Etwas her. Nun hatte er es gefunden.

Genie. So hatte Jäger Van Zandt es genannt. Mit *Claire* hatte er die Aufmerksamkeit des Unterhaltungsmoguls geweckt, und obwohl er persönlich mehr von seinen *Zachary-* und *Jared*-Serien hielt, blieb *Claire* VZs Favoritin.

Natürlich hatte Van Zandt seine Gemälde nie gesehen, nur die Computeranimation, in der er Claire in »Clothilde« verwandelt hatte, eine französische Hure im Zweiten Weltkrieg, die von einem Soldaten erwürgt wurde. Clothilde war der Star von *Behind Enemy Lines*, Van Zandts neustem »Entertainment-Abenteuer«, geworden.

Die meisten Menschen nannten so etwas Videospiel. Van Zandt fand es schicker, jedem zu erzählen, er baue ein Unterhaltungsimperium auf. Vor *Behind Enemy Lines* existierte dieses Imperium bloß in Van Zandts Träumen. Doch diese Träume waren wahr geworden: *Behind Enemy Lines* war ein absoluter Verkaufshit, und alles dank Clothilde und seiner absolut realistischen Animation. *Dank meiner Kunst.*

Und das hatte auch Van Zandt begriffen und Clothildes Bild im Augenblick ihres Todes gewählt, um es auf der Verpackung abzudrucken. Es gab ihm immer einen Kick, die Schachtel zu sehen und zu wissen, dass es seine Hände waren, die um den Hals der Frau lagen.

VZ hatte sein Genie erkannt, aber er war sich nicht sicher, ob der Mann mit der Realität seiner Kunst umgehen konnte. Also ließ er ihn glauben, was dieser lieber glauben wollte – dass Clothilde eine fiktive Gestalt war und er selbst Frasier Lewis hieß. Schließlich kam es nur darauf an, dass sowohl Van Zandt als auch er bekamen, was sie wollten. VZ erhielt ein »Entertainment-Abenteuer«, mit dem er Millionen umsetzte. *Und Millionen sehen meine Kunst.*

Was sein ultimatives Ziel war. Er hatte eine Gabe. VZs Unterhaltungsprojekte waren schlichtweg der effektivste Weg, seine Gabe in kürzester Zeit einem möglichst großen Publikum zu präsentieren. Wenn er sich erst einmal etabliert hatte, würde er keine Animationen mehr brauchen. Die Gemälde würden sich von selbst verkaufen. Doch im Augenblick brauchte er Van Zandt, und Van Zandt brauchte ihn.

VZ würde sehr zufrieden mit seinem neusten Werk sein. Er drückte die Maus und betrachtete einmal mehr seine Animation von Warren Kcyes. Sie war perfekt. Jeder Muskel, jede Sehne war zu sehen, während der Mann gegen seine Fesseln ankämpfte und sich unter Schmerzen wand, als die Knochen langsam aus den Gelenken gezerrt wurden. Auch das Blut war sehr schön geworden. Nicht zu rot. Sehr authentisch. Eine sorgsame Betrachtung des Videos hatte es ihm ermöglicht, jede Einzelheit von Warrens Körper zu kopieren, bis zum kleinsten Zucken.

Mit Warrens Gesicht hatte er sich quasi selbst übertroffen. Die Furcht war hervorragend eingefangen, und auch der Trotz und der Widerstand, den der Mann seinem Kidnapper leistete. *Und der bin ich.* Der Inquisitor. Er hatte sich selbst als alten Mann dargestellt, der den anderen in seinen Folterkeller gelockt hatte.

Was ihn auf einen Gedanken brachte. Es war Zeit, sein nächstes Opfer zu suchen. Er klickte die Internetseite USAModels an, diese hübsche kleine Website, die es ihm so einfach machte, die richtigen Gesichter für seine Arbeit zu finden. Gegen eine bescheidene Gebühr konnten Schauspieler und Models ihre Sedkarten auf dieser Seite ausstellen lassen, sodass jeder Hollywood-Regisseur nur auf ein Bild klicken musste, um die betreffende Person sofort zu Ruhm und Ehre zu katapultieren.

Schauspieler und Models waren die besten Opfer. Sie waren schön, konnten Gefühle dramatisieren, sie hatten Leinwandpräsenz. Außerdem hungerten sie nach Ruhm und waren meist so knapp bei Kasse, dass sie beinahe jeden Job annahmen. Er hatte bisher jedes Opfer mit einem Part in einer Dokumentation locken können, wodurch es ihm möglich war, immer wieder als der harmlose, alternde Geschichtsprofessor namens Ed Munch aufzutreten. Allerdings musste er sich eingestehen, dass er Munch langsam leid wurde. Vielleicht sollte er nächstes Mal Hieronymus Bosch verkörpern. Na bitte – wenn das kein künstlerisches Genie war.

Er überflog die Bilder, die seine letzte Suche ergeben hatte. Er hatte zunächst fünfzehn mögliche Kandidaten gefunden, zehn davon jedoch rasch als ungeeignet eingeordnet – sie waren nicht arm genug, um sich von seinem Angebot locken zu lassen. Von den restlichen fünf waren drei so gut wie pleite. Ein Finanzcheck hatte erbracht, dass sie kurz vor dem totalen Bankrott standen.

Er hatte diese drei Anwärter eine Woche lang beschattet und herausgefunden, dass nur einer einsam genug war, um später nicht gesucht zu werden. Das war eine wichtige Komponente. Seine Opfer durften niemanden haben, der regelmäßig nach ihnen sah. Am besten waren Ausreißer wie die kleine Brittany mit den gefalteten Händen. Oder wie Warren und Billy, die den Kontakt mit ihm geheim gehalten hatten.

Von all den verbliebenen Kandidaten war Gregory Sanders der beste. Von seiner Familie verstoßen, allein. Das hatte er am Abend zuvor herausgefunden, als er Sanders in eine Bar gefolgt war. Er hatte sich als Geschäftsmann verkleidet, Sanders ein paar Drinks spendiert und den armen Burschen seine traurige Geschichte erzählen lassen. Sanders hatte niemanden. Und daher war er die perfekte Wahl.

Er klickte Gregorys Kontaktbutton an und schickte seine Standard-E-Mail los. Er hatte größtes Vertrauen in die Maßnahmen, die er zur – sowohl körperlichen als auch elektronischen – Verschleierung seiner Identität getroffen hatte. Spätestens morgen hatte Greg sein Angebot angenommen. Spätestens Dienstag hatte er ein neues Opfer. Und einen neuen Schrei.

Er stieß sich vom Tisch ab und erhob sich steif. Diese verdammten Winter in Philadelphia. Heute waren die Schmerzen wirklich stark. Abgesehen von dem Rausch, den seine Kunst ihm verschaffte, hatte sie noch einen anderen Nutzen – wenn er malte, vergaß er den Phantomschmerz, für den es keine Heilung gab, keine verdammte Erleichterung.

Er hatte die Tür seines Ateliers erreicht, als ihm etwas einfiel. Dienstag. Die Rechnungen des alten Mannes waren am Dienstag fällig. Sie zu bezahlen war notwendig. Solange die Hypothek und die Nebenkosten rechtzeitig bezahlt wurden, würde sich niemand wundern, wohin der alte Artie und seine Frau verschwunden waren. Niemand würde sie suchen, und genau so sollte es sein.

Er wandte sich wieder seinem Computer zu. Er würde morgen mit dem neuen Opfer zu tun haben, also zahlte er lieber jetzt.

Dutton, Georgia, Sonntag, 14. Januar, 14.15 Uhr

»Gut, dass du so schnell gekommen bist, Daniel.« Sheriff Frank Loomis warf einen Blick über die Schulter, bevor er sich abwandte, um die Haustür aufzuschließen. »Ich war mir nicht sicher, ob du überhaupt kommen würdest.«

Daniel Vartanian wusste, dass die Bemerkung berechtigt war. »Er ist noch immer mein Vater, Frank.«

»Uh.« Frank runzelte die Stirn, als das Schloss sich nicht rührte. »Ich war mir sicher, dass das der richtige Schlüssel ist. Ich habe ihn bekommen, als deine Leute das letzte Mal länger Urlaub gemacht haben.«

Daniel sah zu, wie Frank verschiedene Schlüssel ausprobierte, und spürte, wie sich die dumpfe Vorahnung in seinen Eingeweiden verstärkte und zu nackter Angst wurde. »Ich habe einen Schlüssel.«

Frank trat mit einem verärgerten Blick zurück. »Warum hast du das nicht gleich gesagt, Junge?«

Daniel zog eine Braue hoch. »Ich wollte hier nicht einfach reinplatzen«, sagte er sarkastisch. »›Von wegen Gesetz und Hausfriedensbruch und so.‹« Womit er das wiederholte, was Frank am vergangenen Abend am Telefon gesagt hatte. Frank hatte angerufen, um ihm zu sagen, dass seine Eltern nicht auffindbar waren und dass er sich allmählich Sorgen machte.

»Zieh dir den Stock aus dem Hintern, *Special Agent* Vartanian, oder ich mach's und verprügele dich damit.« Das war keine leere Drohung. Mehr als einmal hatte Frank in früheren Zeiten Daniel wegen eines dummen Streichs vertrimmt, aber Daniel wusste, dass er Frank etwas bedeutete, und das war mehr, als man von seinem eigenen Vater hätte sagen können. Richter Arthur Vartanian hatte immer zu viel zu tun gehabt, um sich um seinen Sohn zu kümmern.

»Mach dich nicht über unsere GBI-Stöcke lustig«, sagte Daniel lässig, obwohl sein Herz jetzt hämmerte. »Das ist die neuste Technologie, wie alle unsere Spielzeuge. Selbst du wärst beeindruckt.«

»Verdammte Bürokraten«, murmelte Frank. »Die bieten einem ›Technologie‹ und ›Fachwissen‹, aber nur dann, wenn sie den Fall an sich reißen können. Und wenn sie's tun, fallen sie hier ein wie eine Heuschreckenplage.«

Auch das war eine weise Beobachtung, obwohl Daniel bezweifelte, ob seine Vorgesetzten im Georgia Bureau of Investigation das genauso sehen würden. Er hatte endlich den Schlüssel gefunden, musste sich nun aber darauf konzentrieren, seine bebenden Hände ruhig zu halten. »Ich gehöre auch zu der Heuschreckenplage, Frank.«

Frank schnaufte verächtlich. »Verdammt, Daniel, du weißt genau, was ich gemeint habe. Art und Carol sind deine Eltern. Ich habe *dich* angerufen, nicht das GBI. Ich will nicht, dass mein Bezirk von Bürokraten überrannt wird.«

Daniels Schlüssel passte auch nicht. Aber es war schon lange her, sodass das nichts weiter bedeuten musste. »Wann hast du sie zum letzten Mal gesehen?«

»Im November. Etwa zwei Wochen vor Thanksgiving. Deine Mutter war auf dem Weg zu Angie's und dein Vater unten am Gericht.«

»Also an einem Mittwoch«, sagte Daniel, und Frank nickte. Angie's war der Schönheitssalon des Städtchens, zu dem seine Mutter seit einer Ewigkeit jeden Mittwoch ging. »Aber was wollte Dad denn am Gericht?«

»Er kommt überhaupt nicht gut klar mit seiner Pensionierung. Er vermisst seine Arbeit. Die Leute.«

Arthur Vartanian vermisst vor allem die Macht, die er als Richter in der kleinen Stadt hatte, dachte Daniel, sprach es aber nicht aus. »Du hast gesagt, der Arzt meiner Mutter habe dich angerufen.«

»Ja. Und da ist mir aufgefallen, wie lange ich die beiden nicht mehr gesehen habe.« Frank seufzte. »Tut mir leid, Junge. Ich bin davon ausgegangen, dass sie es dir oder Susannah wenigstens erzählt hätte.«

Dass seine Mutter ihren Kindern etwas Derartiges verschwiegen hatte, war schwer zu akzeptieren gewesen. Brustkrebs. Sie war operiert worden, hatte eine Chemotherapie bekommen und kein einziges Wort gesagt.

»Tja. Es ist seit einer ganzen Weile schon ziemlich schwierig mit uns.«

»Jedenfalls hat deine Mutter ein paar Termine sausenlassen, daher wurde man im Krankenhaus nervös und rief mich an. Ich habe mich umgehört und herausgefunden, dass deine Mutter bei Angie's die Dezembertermine storniert hat. Sie und dein Vater wollten angeblich nach Memphis, deine Großmutter besuchen.«

»Aber da waren sie nicht.«

»Nein. Deine Großmutter hat mir gesagt, deine Mutter hätte Susannah besuchen wollen, aber als ich deine Schwester anrief, bekam ich zu hören, sie hätte eure Eltern seit über einem Jahr nicht mehr gesehen. Deswegen habe ich dich angerufen.«

»Und du hattest recht, Frank. Das klingt wirklich nicht gut«, sagte Daniel. »Wir gehen jetzt rein.« Er zerschmetterte mit dem Ellenbogen das kleine Fenster neben der Tür, griff hinein und entriegelte die Tür. Das Haus war still wie ein Grab und roch modrig.

Über die Schwelle zu treten war wie eine Reise in die Vergangenheit.

Im Geist sah Daniel seinen Vater am Fuß der Treppe stehen, die Fingerknöchel blutig und zerschrammt, seine Mutter weinend neben ihm. Susannah stand ein Stück abseits, ein stummes Flehen in den Augen, den Streit, den sie nicht verstand, doch endlich zu beenden. Für Susannah war es besser gewesen, nichts zu wissen, daher hatte er ihr auch nichts gesagt.

Er hatte dem Haus und seinen Eltern den Rücken gekehrt und

nie die Absicht gehabt zurückzukommen. Sag niemals nie … »Du gehst nach oben, Frank. Ich schaue mich hier und im Keller um.«

Daniels erster Eindruck bestätigte, dass seine Eltern verreist waren. Das Wasser war abgedreht und jedes Kabel ausgestöpselt. Seine Mutter hatte immer Angst, dass in ihrer Abwesenheit ein Feuer ausbrechen könnte.

Er war durch das Erdgeschoss gegangen und stieg nun mit wild klopfendem Herzen in den Keller hinab. Visionen von all den Leichen, die er in seiner Zeit als Polizist gesehen hatte, schossen ihm unaufhörlich durch den Sinn. Aber es lag kein Geruch des Todes in der Luft, und unten war alles so ordentlich, wie er es in Erinnerung hatte. Er ging wieder hinauf, wo Frank an der Eingangstür auf ihn wartete.

»Sie haben viele Kleidungsstücke mitgenommen«, sagte Frank. »Und die Koffer sind weg.«

»Das ergibt für mich überhaupt keinen Sinn.« Daniel ging noch einmal in jedes Zimmer und blieb im Büro seines Vaters stehen. »Er war zwanzig Jahre lang Richter, Frank. Er hat sich garantiert Feinde gemacht.«

»Daran habe ich auch gedacht. Ich habe Wanda gebeten, die Akten seiner Fälle anzufordern und durchzusehen.«

Überrascht schenkte Daniel dem älteren Mann ein müdes Lächeln. »Danke.«

Frank zuckte die Achseln. »Wanda wird sich über die Überstunden freuen. Komm, wir fahren in die Stadt, essen etwas und überlegen uns, was wir tun sollen.«

»Moment noch. Lass mich kurz seinen Schreibtisch durchsehen.« Er zog am Griff einer Schublade und war überrascht, als sie sich leicht öffnen ließ. Sein Blick fiel auf einen Katalog über den Grand Canyon, und seine Kehle verengte sich. Seine Mutter hatte immer dorthin fahren wollen, doch sein Vater hatte nie Zeit dafür gehabt. Offenbar hatten sie es nun endlich geschafft.

Plötzlich traf ihn die Tatsache der Erkrankung seiner Mutter wie ein Schlag mitten ins Gesicht. Endlich realisierte er, was sie zu verbergen versucht hatte. *Sie wird sterben.* Er räusperte sich. »Frank, sieh mal.« Er breitete die Broschüren auf den Schreibtisch aus.

»Grand Canyon, Lake Tahoe, Mount Rushmore.« Frank seufzte.

»Tja, sieht aus, als ob dein Daddy deiner Mom endlich einen besonderen Wunsch erfüllt hat.«

»Aber warum sagen sie dann niemandem, wohin sie wollen? Warum all diese Lügen?«

Frank drückte seine Schulter. »Vielleicht will deine Mutter einfach nicht, dass jemand von ihrer Krankheit erfährt. Carol hat ihren Stolz. Lass ihr ihre Würde. Komm, gehen wir essen.«

Mit schwerem Herzen setzte Daniel sich in Bewegung, doch ein Geräusch ließ ihn innehalten. »Was war das?«

»Was?« Frank sah ihn fragend an. »Ich habe nichts gehört.«

Daniel lauschte und hörte es wieder. Ein hohes Schnarren.

»Sein Computer läuft.«

»Das kann nicht sein. Er ist abgeschaltet.«

Der Monitor war schwarz. Doch Daniel legte die Hand auf den Rechner, und ihm stockte der Atem. »Er ist warm und läuft. Jemand benutzt ihn in diesem Moment.« Er schaltete den Bildschirm ein, und gemeinsam sahen sie, wie eine Online-Banking-Oberfläche erschien. Ohne dass einer von ihnen die Maus bediente, bewegte sich der Cursor wie von Geisterhand.

»Oh, verdammt. Das ist ja wie bei einer spirituellen Sitzung oder wie das heißt«, murmelte Frank.

»Online-Überweisungen. Jemand hat gerade eine Rate von Dads Hypothek bezahlt.«

»Dein Vater selbst?«, fragte Frank verwirrt.

»Keine Ahnung.« Daniel presste die Kiefer zusammen. »Aber ich werde es herausfinden.«

Philadelphia, Sonntag, 14. Januar, 14.15 Uhr

Vito starrte die »komische Affenskulptur« mit wachsender Verärgerung an. Er wartete nun schon seit mehr als einer halben Stunde hier, aber Katherines Freundin hatte sich noch nicht blicken lassen. Ihm war kalt, weil er das Fenster heruntergelassen hatte, um frische Luft zu bekommen, und er war frustriert. Der Geruch der unbekannten Leiche klebte in seinem Haar und seiner Nase, und er mochte sich selbst nicht riechen.

Er hatte Katherine ohne Erfolg ein halbes Dutzend Mal anzurufen versucht. Er konnte ihre Freundin nicht verpasst haben. Er war zu früh hier gewesen, und die einzige Person, die er gesehen hatte, war eine Studentin, die etwa fünf Meter hinter seinem Truck auf der Bank an einer Bushaltestelle saß.

Sie sah aus wie um die zwanzig und hatte ewig langes blondes Haar, das ihr bis zum Po reichte, wenn sie stand. Ein rotes Tuch bändigte die Haare am Oberkopf, und zwei dünne geflochtene Zöpfchen baumelten ihr von den Schläfen herab, aber der Rest fiel ihr offen über die Schultern und hüllte sie wie ein Umhang ein. Ihre Ohrläppchen schmückten riesige goldene Kreolen, und eine Sonnenbrille mit ebenso riesigen dunkelvioletten Gläsern bedeckte das halbe Gesicht. Um das Maß vollzumachen, trug sie eine alte Army-Tarnjacke, die mindestens vier Nummern zu groß war.

College-Mädels, dachte er und schüttelte den Kopf. Sie blickte die Straße nach links und rechts entlang, bevor sie die Knie anzog, unter ihre Jacke steckte und die Füße in den dicken Militärstiefeln auf die Bank stellte. Wahrscheinlich fror sie. Himmel, *er* fror, und er hatte die Standheizung an!

Endlich klingelte sein Handy. »Verdammt, Katherine, wo warst du denn?«

»Im Leichenschauhaus, um deine Jane Doe ins Bettchen zu bringen. Was ist los?«

»Ich brauche die Handynummer deiner Freundin.« Er sah auf, als es am Beifahrerfenster klopfte. Die Studentin. »Warte bitte kurz, Katherine.« Er ließ das Fenster auf ihrer Seite herunter. »Ja?«

Die vollen Lippen des Mädchens zitterten vor Kälte.

»Ahm … ich warte auf jemanden, und ich denke, das sind vielleicht Sie.«

Sie war aus der Nähe sogar noch hübscher. Aber wer sich auf diese Art Männern an den Hals warf, bettelte förmlich um eine Abfuhr. »Wirklich toller Anmachspruch, aber ich habe leider kein Interesse. Übe mal lieber bei jemandem deines Alters.«

»Hey!«, rief sie, aber er ließ das Fenster bereits wieder hoch.

»Was war denn das?«, hörte er Katherines amüsierte Stimme durch das Handy.

Vito fand es nicht lustig. »Eine Studentin, die einen älteren Mann angräbt. Deine Freundin ist nicht hier.«

»Wenn sie gesagt hat, dass sie kommt, dann tut sie das auch, Vito. Sophie ist sehr zuverlässig.«

»Aber wenn ich dir doch sage – Verdammt noch mal!« Wieder dieses Mädchen, diesmal auf seiner Seite. »Hör mal«, sagte er zu der Studentin. »Ich sagte doch schon, dass ich kein Interesse habe. Und das heißt: Tschüs!« Er wollte auch dieses Fenster schließen, doch sie schlug mit den flachen Händen gegen den Fensterrahmen und krallte ihre Finger in den Rand der hochfahrenden Scheibe. Ihre Handschuhe waren aus dünner Wolle und knallbunt – jeder Finger in einer anderen Farbe – und passten ganz und gar nicht zu der Tarnjacke.

Vito griff gerade nach seiner Polizeimarke, als das Mädchen die Sonnenbrille abnahm und die Augen verdrehte. Strahlend grüne Augen. »Kennen Sie zufällig eine Katherine?«, fuhr sie ihn an, und endlich erkannte er, dass es sich hier nicht um eine kleine Collegestudentin handelte. Sie war mindestens dreißig, vielleicht ein paar Jahre älter.

Er knirschte mit den Zähnen. »Katherine«, sagte er langsam und bedächtig. »Wie sieht deine Freundin aus?«

»Wie die Frau, die an deinem Fenster steht«, erwiderte Katherine kichernd. »Langes blondes Haar, um die dreißig. Einen etwas ausgefallenen Modegeschmack. Tja, tut mir leid, Vito.«

Er verbiss sich eine Bemerkung. »Ich habe auf jemanden in deinem Alter gewartet. Du hast gesagt, du kennst sie seit fünfundzwanzig Jahren.«

»Seit achtundzwanzig sogar. Seit ich im Kindergarten war«, sagte die Frau am Fenster brüsk und streckte ihm die Hand entgegen. »Sophie Johannsen. Hallo, Katherine«, rief sie in Richtung Telefon. »Du hättest einfach die Handynummern weitergeben sollen.« Ihre Stimme war sehr klangvoll, doch die Ungeduld darin war nicht zu überhören.

Katherine seufzte. »Ja, okay, tut mir wirklich leid. Aber ich muss jetzt auflegen, Vito. Ich habe Besuch zum Essen und muss vorher noch bei Sophies Großmutter vorbei.«

Vito klappte das Telefon zusammen, begegnete dem Blick aus

den verengten grünen Augen und kam sich wie ein Vollidiot vor. »Entschuldigen Sie. Ich habe Sie eben für höchstens zwanzig gehalten.«

Sie verzog einen Mundwinkel zu einem trockenen Lächeln, und er musste zugeben, dass er sich schon wieder geirrt hatte. Aus der Nähe war sie nicht nur ziemlich hübsch. Sie war eine echte Schönheit. Am liebsten hätte er ihre Lippen berührt. *Was eine Frau mit so einem Mund alles anstellen kann.* Schockiert und verärgert über die nur allzu lebhaften Bilder, die plötzlich durch seinen Verstand rasten, ballte er die Faust. *Hör auf damit, Chick. Sofort.*

»Tja, wahrscheinlich sollte ich mich geschmeichelt fühlen. Es ist schon lange her, dass man mich für eine Studentin gehalten hat.« Sie deutete mit einem blauen Zeigefinger auf das Gebäude. »Die Ausrüstung, die wir brauchen, ist noch drin. Ich kann es nicht alles auf einmal rausschaffen, und ich wollte nicht einen Teil auf dem Bürgersteig stehenlassen, während ich die nächste Ladung hole. Das Zeug ist ziemlich teuer. Könnten Sie mir helfen?«

Er folgte ihr ins Haus, während er unter beträchtlichen Schwierigkeiten versuchte, seine Gedanken zu zügeln. »Wir sind sehr dankbar für Ihre Hilfe, Dr. Johannsen«, sagte er, als sie die Tür aufschloss.

»Das Vergnügen ist ganz auf meiner Seite. Katherine ist öfter für mich da gewesen, als ich zählen kann. Und, bitte, nennen Sie mich Sophie. Selbst meine Studenten nennen mich Dr. J – obwohl das wohl eher eine Anspielung auf Basketball ist, weil ich etwas zu groß geraten bin.«

Die letzten Worte wurden von einem selbstironischen Lächeln begleitet. Vito konnte seinen Blick nicht von ihrem Gesicht lösen, das ein frisches Strahlen besaß, obwohl – oder gerade weil – es vollkommen frei von Make-up war. Plötzlich überkam ihn eine solche Sehnsucht, dass es ihm beinahe den Atem raubte. Kurz zuvor war es … Begierde gewesen. Aber nun hatte sein Gefühl eine andere Qualität. Er suchte in seinem Verstand nach dem passenden Wort, aber nur eins kam ihm in den Sinn. Geborgenheit. In ihr Gesicht zu sehen war, wie heimzukehren.

Ihre Wangen färbten sich rosa, und Vito bemerkte, dass er sie anstarrte. Sie starrte einen Moment zurück, wandte sich dann abrupt um, riss an der schweren Tür und stolperte ein paar Schritte rückwärts, als die Tür schwungvoll nachgab. Seine Hände packten ihre Schultern, um sie am Fallen zu hindern, und so zog er sie unwillkürlich zu sich heran. *Lass sie los.* Aber seine Hände gehorchten nicht. Stattdessen hielt er sie weiterhin fest, und einen Moment lang schien sie sich zu entspannen und sich sachte an ihn zu lehnen.

Dann, plötzlich, machte sie wie von der Tarantel gestochen einen Satz nach vorn und griff nach der Klinke, bevor die Tür sich wieder schloss. Der Augenblick war vorbei.

Vito atmete tief ein. Die Berührung hatte ihn aufgewühlt, und das mochte er gar nicht. Er trat einen Schritt zurück, körperlich und geistig. *Das liegt nur an diesem Montag. Reiß dich zusammen, Chick, bevor du dich vollkommen zum Narren machst.* Aber er blinzelte überrascht, als die nächsten Worte aus ihm heraussprudelten. »Nennen Sie mich Vito.«

Er zog es normalerweise vor, bei der Arbeit »Detective« genannt zu werden. Dadurch waren die Verhältnisse schön klar. Aber nun war es zu spät.

»Okay.« Es klang, als hätte sie den Atem angehalten. »Hier sind die Sachen, die wir mitnehmen müssen.«

Vier Koffer standen auf dem Boden, und Vito nahm die zwei größten. Sie griff nach den beiden anderen und zog die Tür zu. »Ich muss die Sachen heute Abend wieder zurückbringen«, sagte sie munter. »Einer der Professoren braucht morgen das Bodenradar.«

Offenbar wollte sie den Augenblick übergehen, und Vito beschloss, es ihr nachzutun, aber seine Augen schienen einen eigenen Willen entwickelt zu haben. Er konnte einfach nicht anders, als sie anzusehen, während sie zu seinem Wagen zurückgingen. Ihre Lippen bebten immer noch vor Kälte, und er hatte plötzlich ein schlechtes Gewissen. »Warum haben Sie nicht eher an die Scheibe geklopft?«

»Mir wurde gesagt, die Sache sei absolut vertraulich«, sagte sie, wobei sie stur geradeaus blickte. »Ich war nicht sicher, ob Sie Katherines Cop waren, da Sie ja keinen Polizeiwagen fahren. Ich dachte, falls Sie nicht der Richtige seien, wären Sie sicher nicht begeistert, wenn ich hier Fremde auf diese Verabredung anquatsche. Katherine hat mir nicht gesagt, wie Sie aussehen, und sie hat auch kein geheimes Zeichen mit mir verabredet. Also habe ich gewartet.«

Während sie halb erfror, dachte er. Er hob die zwei Koffer hinten auf seinen Truck und befestigte sie. Als er nach den kleineren, die sie trug, griff, schüttelte sie den Kopf. »Die Geräte sind sehr empfindlich. Eigentlich würde ich sie lieber auf dem Sitz anschnallen und hinten mitfahren.«

»Mal sehen, ob wir nicht Platz für Sie beide finden.« Er verstaute die Koffer hinten im Fußraum und öffnete die Tür. »Nach Ihnen …« Sein Verstand entgleiste, als sie an ihm vorbeiging. Sie duftete nach den Rosen, die er hinter seinem Sitz liegen hatte.

Reglos stand er da und atmete ihren Duft ein. Sie sah so gar nicht aus wie Andrea, die dunkel und zierlich gewesen war. Sophie Johannsen war eine echte Amazone, groß, blond und … lebendig.

Sie ist lebendig, Chick. Und heute scheint allein das auszureichen, um dich unzurechnungsfähig zu machen. Morgen fühlte er sich garantiert wieder genauso abgestumpft, wie es sein sollte.

»Sophie«, sagte sie. »Sagen Sie Sophie.«

»Tut mir leid.« *Konzentrier dich, Chick.* Eine unidentifizierte Leiche, vielleicht mehrere. Das war es, womit er sich beschäftigen musste, nicht mit Sophie Johannsens Parfüm. Er deutete auf den Beifahrersitz, entschlossen, diese Zusammenkunft wieder auf berufliche Ebene zu hieven. »Bitte schön.«

»Danke.« Sie stieg ein, und er hörte ein metallisches Geräusch aus ihrer Jacke.«

»Was haben Sie denn in den Taschen?«

»Oh, alles Mögliche. Das ist meine Feldjacke.« Aus einer Tasche zog sie eine Handvoll Pflanzenstangen. »Markierungen für das, was wir finden.«

Wollen wir hoffen, dass du genug mitgebracht hast, dachte er. Nick hatte die roten Flaggen wieder entfernt, bevor sie zurückgefahren waren. Sie wollten die Expertin nicht beeinflussen, bevor sie mit dem Scan begann. »Dann los.«

Als sie sich in Bewegung gesetzt hatten, hielt Sophie ihre gefrorenen Finger an die Heizung. Ohne ein Wort beugte Vito sich vor und drehte das Gebläse höher.

Sobald sie die Hände wieder bewegen konnte, lehnte sie sich zurück und betrachtete Vito Ciccotelli. Sein Aussehen hatte sie überrascht. Bei seinem Namen hatte sie automatisch an einen stämmigen grobschlächtigen Kerl gedacht, dessen Gesicht zu oft im Boxring gewesen war. Sie hätte sich nicht gewaltiger irren können. Und deswegen hatte sie ihn angestarrt.

Er musste gut eins neunzig groß sein. Sie hatte zu ihm aufsehen müssen, und bei ihrer Größe von eins neunundsiebzig kam das nicht oft vor. Unter der Lederjacke steckten breite Schultern, aber er erinnerte sie eher an eine große Katze als an eine rauflustige Bulldogge. Er hatte ein kantiges, markantes Gesicht, wie man es öfter in Modemagazinen sah. Nicht, dass sie selbst Modemagazine las. Das war Tante Freyas Laster.

Vito Ciccotelli war ein ausgesprochen attraktiver Mann. Sophie konnte sich vorstellen, dass die meisten Frauen sich ihm nur zu gern in die Arme werfen würden. Wahrscheinlich war das der Grund, warum er sie vorhin so barsch zurechtgewiesen hatte – offenbar wurde er ziemlich häufig angegraben.

Nur gut, dass sie nicht zu den meisten Frauen gehörte, dachte sie trocken. Sich ihm in die Arme zu werfen war das Letzte, worauf sie Lust hatte.

Obwohl du das ja eben förmlich getan hast. Wie peinlich. Aber diesen einen kurzen Moment war seine Berührung tröstend und angenehm gewesen. Als könnte sie sich einfach an ihn anlehnen und sich ausruhen. *Sei nicht albern, Sophie.* Männer, die aussahen wie Vito, bekamen allein mit einem Augenaufschlag genau das, was sie wollten. Als spielte das irgendeine Rolle. Er wollte das GPR, ihr Bodenradar. Nichts weiter. *Also konzentriere dich gefälligst auf das, was du tun sollst.* Und auf die Chance, wieder richtig zu arbeiten. Und etwas Wichtiges zu tun. Dennoch musste sie ihn immer wieder ansehen.

Er trug eine dunkle Sonnenbrille, aber sie sah im Augenwinkel das Netz aus feinen hellen Fältchen in der dunklen Haut – als lachte er gern und viel. Doch in diesem Augenblick lachte er nicht, lächelte nicht einmal. Im Augenblick wirkte er finster und schien über etwas nachzubrüten, und sie hatte beinahe ein schlechtes Gewissen, weil sie selbst so aufgeregt war.

Zum ersten Mal seit Monaten konnte sie wieder aufs Gelände hinaus. Das war es, was ihren Herzschlag beschleunigte und ihr eine Gänsehaut verursachte. Der Kick der Jagd, die Suche nach verborgenen Geheimnissen unter der Erde … und *nicht* die Erinnerung an seine Hände, die ihre Schultern hielten. *Er hat dich nur festgehalten, damit du nicht auf den Hintern fällst.* Aber es war schon viel zu lange her, dass ein Mann sie angefasst hatte – aus welchem Grund auch immer. Sie runzelte die Stirn und konzentrierte sich. »Erzählen Sie mir doch bitte etwas von der Grabstätte.«

»Wer hat etwas von einer Grabstätte gesagt?«, fragte er aufgeräumt.

Sie kämpfte gegen das Bedürfnis an, die Augen zu verdrehen. »Ich bin ja nicht blöd. Eine Gerichtsmedizinerin und ein Cop suchen etwas unter der Erde. Also – über wie viele Gräber reden wir?«

Er zuckte die Achseln. »Vielleicht keines.«

»Aber Sie haben zumindest eins gefunden.«

»Wie kommen Sie darauf?«

Sie zog die Nase kraus. »*L'odeur de la mort.* Er ist ziemlich deutlich zu riechen.«

»Sie sprechen Französisch? Ich hatte es auf der Highschool, konnte mir aber immer nur die Schimpfwörter merken.«

Jetzt verdrehte sie doch die Augen. »Ich spreche zehn Sprachen fließend, davon sind drei toter als die Leiche, von der Sie gerade kommen«, fauchte sie und wünschte sich augenblicklich, sie hätte sich zusammengenommen, als sie sah, wie ein Muskel in seinem Kiefer zu zucken begann.

»Die Leiche, von der ich gerade komme, war die Tochter oder die Frau von jemandem«, sagte er ruhig.

Sie spürte, wie ihr die Hitze in die Wangen stieg; ihr Ärger verebbte und wurde zu Scham. *Toll gemacht, Dr. J. Mitten hinein in den Fettnapf.* »Tut mir leid«, sagte sie genauso ruhig. »Ich wollte nicht respektlos sein. Die Leichen, die *mir* begegnet sind, waren meistens schon mehrere hundert Jahre tot. Aber natürlich ist das keine Entschuldigung. Ich bin nur ein bisschen … aufgekratzt, weil ich mal wieder etwas Interessantes tun darf. Bitte entschuldigen Sie. Das war sehr taktlos von mir.«

Er sah weiterhin stur geradeaus. »Schon gut.«

Nein, war es nicht, aber sie wusste nicht, was sie noch sagen sollte. Sie streifte die Handschuhe ab und begann sich die Haare zu flechten, damit sie ihr gleich nicht im Weg sein würden. Sie war fast fertig, als er überraschenderweise das Gespräch wieder aufnahm.

»Sie sprechen also Französisch? Ich hatte es auf der Highschool, aber ...«

Seine Lippen verzogen sich zu einem reuigen Lächeln, und sie lächelte ebenfalls. Er wollte also noch einmal neu starten. Und dieses Mal würde sie nicht übers Ziel hinausschießen. »Aber Sie haben sich nur die Schimpfwörter merken können. Ja, ich spreche Französisch und einige andere Sprachen. Es ist sehr nützlich, wenn man es mit alten Schriften zu tun hat oder bei der Arbeit mit Einheimischen sprechen muss.« Sie widmete sich wieder ihrem Haar. »Ich kann Ihnen ein paar Schimpfwörter in anderen Sprachen beibringen, wenn Sie wollen.«

Seine Lippen zuckten. »Klingt gut. Katherine meinte, Sie würden sich eine Art Auszeit gönnen.«

»Na ja, sozusagen.« Sie drehte den Zopf zu einem festen Knoten im Nacken. »Meine Großmutter hatte einen Schlaganfall, daher bin ich zurück nach Philadelphia gekommen. Ich wollte meiner Tante helfen, sich um sie zu kümmern.«

»Und geht es ihr besser?«

»Manchmal schon, denken wir. Dann aber wieder ...« Sie seufzte. »Manchmal geht es gar nicht gut.«

»Das tut mir leid.« Es klang aufrichtig.

»Danke.«

»Und von wo sind Sie zurückgekommen?«

»Aus Südfrankreich. Wir haben dort eine Burg aus dem dreizehnten Jahrhundert ausgegraben.«

Er sah sie beeindruckt an. »So was mit Kerker?«

Sie lachte in sich hinein. »Damals wahrscheinlich. Heute können wir froh sein, wenn wir die Außenmauern und das Fundament freilegen können. Können *sie* froh sein«, korrigierte sie sich. »Hören Sie, Vito, der Ausrutscher von eben tut mir wirklich leid, aber es wäre sehr hilfreich, wenn Sie mir ein wenig mehr erzählen würden. Ich würde gern wissen, was Sie von mir wollen.«

Er hob die Schultern. »Es gibt wirklich nicht viel zu erzählen. Wir haben eine Leiche gefunden.«

Aha. Zurück in die Professionalität. »Aber Sie denken, dass es mehr geben könnte.«

»Vielleicht.«

Um nicht wieder ins Fettnäpfchen zu treten, verlieh sie ihrer Stimme einen lockeren Unterton. »Wenn ich etwas finde, kenne ich Ihr Geheimnis. Ich hoffe bloß, dass es sich nicht um die Kategorie ›Jetzt muss ich dich leider töten‹ handelt.«

Ein leichtes Lächeln erschien auf seinem Gesicht. »Sie zu töten wäre illegal, Dr. Johannsen.«

Schade – er wollte sich offenbar nicht darauf einlassen. Und förmlich war er auch wieder geworden. Aber sie dachte ja gar nicht daran, es ihm gleichzutun. »Nun denn, Vito, falls Sie nicht planen, meine Erinnerung zu löschen, werden Sie mir wohl vertrauen müssen. Oder haben Sie zufällig so ein Blitzdings, wie sie es bei *Men in Black* benutzen?«

Er schien Mühe zu haben, nicht zu grinsen. »Das habe ich im schwarzen Jackett vergessen.«

»Gefahr erkannt – Gefahr gebannt. Welches Jackett? Ich schwöre auch, ich sage nichts.«

Plötzlich grinste er doch, und ein Grübchen erschien in seiner rechten Wange.

Oha, dachte sie. *Und wow!* Das Lächeln verwandelte Vito Ciccotelli von schlicht modemagazin-attraktiv zu filmstarumwerfend. Tante Freyas Herz würde Purzelbäume schlagen. *Ungefähr wie deines gerade.*

»Diese Information ist geheim«, sagte er, und Sophie versteifte sich.

»So weit zum Thema ›Wie stelle ich eine harmonische Beziehung her‹.«

Sein Grinsen verblasste. »Dr. Johannsen, es ist nicht so, dass ich Ihnen nicht vertraue. Sie wären nicht hier, wenn ich es nicht täte. Katherine hat für Sie gebürgt, und das ist mehr als genug.«

»Aber?«

Er schüttelte den Kopf. »Ich will Ihnen einfach keine Informationen geben, die vielleicht Ihre Ergebnisse beeinflussen. Gehen Sie vollkommen unvoreingenommen an die Sache heran und sagen Sie uns, was Sie finden. Das ist alles, was wir wollen.«

Sie dachte einen Moment lang nach. »Na gut, ich denke, das kann ich nachvollziehen.«

»Dem Himmel sei Dank«, murmelte er, und sie lachte leise.

»Können Sie mir wenigstens verraten, wie groß das Gelände ist?«

»Ein, zwei Hektar.«

Sie zog den Kopf ein. »Autsch. Das dauert eine Weile.«

Seine schwarzen Brauen wanderten aufwärts. »Wie lang ist eine Weile?«

»Vier oder fünf Stunden. Vielleicht noch mehr. Unser Bodenradar ist ein ziemlich kleines Gerät. Wir benutzen es eigentlich nur zu Lehrzwecken. Normalerweise scannen wir mit den Studenten höchstens ein Areal von zehn Quadratmetern. Tut mir leid«, fügte sie hinzu, als er die Stirn runzelte. »Wenn Sie ein so großes Gelände absuchen müssen, kann ich Ihnen einige geophysikalische Gesellschaften empfehlen, die wirklich gut sind. Sie haben größere Geräte, die man mit einem Traktor ziehen kann.«

»Und größere Preisschilder«, sagte er. »Das können wir uns leider nicht leisten. Unser Budget ist stark gekürzt worden … wir haben die Mittel einfach nicht.« Er warf ihr einen kurzen Blick zu. »Haben Sie die vier oder fünf Stunden Zeit für uns?«

Sie blickte auf die Uhr. Ihr Magen hatte zu knurren begonnen. »Können Sie sich von Ihrem Budget vielleicht eine Pizza leisten? Ich habe noch nicht zu Mittag gegessen.«

»Das müsste drin sein.«

3. Kapitel

Philadelphia, Sonntag, 14. Januar, 14.30 Uhr

VITO PARKTE DEN TRUCK hinter dem Lieferwagen von der CSU. »Wir sind da.«

»Das habe ich mir fast schon gedacht«, murmelte sie. » Das gelbe Absperrband und die Spurensicherung sind kaum zu übersehen.«

Bevor er etwas erwidern konnte, öffnete sie die Tür und sprang hinaus. Dann verzog sie das Gesicht und schluckte. »Er ist sehr stark«, sagte er mitfühlend. »*Eau de* … Wie haben Sie es genannt?«

»*L'odeur de la mort*«, erwiderte sie ruhig. »Ist die Leiche noch hier?«

»Nein. Aber die Leiche zu entfernen bedeutet nicht unbedingt, dass auch der Geruch sofort verschwunden ist. Ich kann Ihnen eine Maske besorgen, aber ich fürchte, es hilft nicht viel.«

Sie schüttelte den Kopf, und die Ohrringe schwangen hin und her. »Ich war nur ein wenig überrascht. Es geht schon.« Sie presste entschlossen die Kiefer zusammen und packte die zwei Koffer. »Ich bin so weit.«

Nick stieg aus dem CSU-Van, und Vito sah befriedigt, wie seinem Partner die Gesichtszüge entgleisten. Jen McFains Reaktion war ähnlich. Leider erlebten sie nicht den vollen Effekt, da Johannsen sich die überhüftlangen Haare geflochten hatte.

»Jen, Nick, das ist Dr. Johannsen.«

Jen kam ihr mit einem Lächeln entgegen und musste den Kopf in den Nacken legen, um Sophie in die Augen zu sehen. Der Größenunterschied der zwei Frauen war so gewaltig, dass es beinahe komisch wirkte. »Ich bin Jennifer McFain, CSU. Vielen Dank, dass Sie so kurzfristig kommen konnten, um uns zu helfen, Dr. Johannsen.«

»Gern geschehen. Und nennen Sie mich bitte Sophie.«

»Jen.« Jen beäugte den kleinen Koffer. »Ich wollte schon immer mal mit so einem Gerät spielen.«

Johannsen nahm die großen Ohrringe ab und ließ sie in ihrer Tasche verschwinden. Dann blickte sie über Jens Schulter zu Nick. »Und Sie sind?«

»Nick Lawrence. Vitos Partner. Danke, dass Sie gekommen sind.«

»Gern geschehen. Wenn Sie mir zeigen, um welche Fläche es sich handelt, kann ich anfangen.«

Sie marschierten über das Feld, Jen und Johannsen vorneweg, Vito und Nick in gewissem Abstand hinterher, sodass man ihr Gespräch nicht hören konnte.

»Sie ist nicht … gerade das, was ich erwartet habe«, murmelte Nick.

Vito stieß ein leises Lachen aus. Er war stolz auf sich, weil er so kühl und gelassen blieb, und er wollte auch weiterhin so bleiben. »Das ist eine krasse Untertreibung.«

»Bist du sicher, dass sie Katherines Freundin ist? Sie wirkt ziemlich jung.«

»Ich habe Katherine vorhin noch erreicht. Johannsen ist genau die, die wir angefordert haben.«

»Und du bist auch sicher, dass sie den Mund hält?«

Vito dachte an das Blitzdings aus *Men in Black* und grinste. »Ja.« Sie erreichten das Grab, und er wurde wieder ernst. Nun würden sie herausfinden, ob ihre Jane Doe ein Einzelopfer war oder eine von vielen.

Johannsen starrte ins Grab. Sie zog die Mundwinkel nach unten, und er dachte daran, wie sie den Blick gesenkt hatte, als sie sich wegen ihrer taktlosen Bemerkung über die Leiche geschämt hatte. Er wusste, dass sie es nicht so gemeint hatte.

Nun sah sie ihn über die Schulter an. »Hier haben Sie die Frau gefunden?«

»Genau.«

»Das Feld ist ziemlich groß. Möchten Sie, dass ich an einer bestimmten Stelle anfange?«

»Dr. Johannsen glaubt, dass es vier oder fünf Stunden dauern wird, das gesamte Feld zu scannen«, erklärte Vito den anderen beiden. »Beginnen wir mit dem Bereich rechts und links vom Grab und schauen mal, was dabei herauskommt.«

»Das hört sich vernünftig an«, sagte Jen. »Wie lange brauchen Sie, um alles fertig zu machen?«

»Das geht schnell.« Sophie ließ sich im Schnee auf die Knie sinken und begann, die Koffer zu öffnen. Jen stand neben ihr und sah aus wie ein Kind an Weihnachten. »Dieses Gerät sendet Daten drahtlos an den Laptop, der sie speichert«, erklärte Sophie. Sie stellte den Laptop auf einen der Koffer, fuhr ihn hoch und stand dann mit der Radareinheit in der Hand auf.

Nickt beugte sich vor und musterte das Gerät. »Sieht aus wie ein Teppichreiniger.«

»Ein fünfzehntausend Dollar schwerer Teppichreiniger«, sagte Johannsen, und Vito stieß einen Pfiff aus.

»Fünfzehn Riesen *dafür*? Sie haben doch gesagt, das sei nur ein kleines Gerät.«

»Ist es auch. Größere beginnen bei fünfzigtausend. Kennen Sie alle sich mit einem Bodenradar aus?«

»Jen bestimmt«, sagte Vito. »Wir wollten eigentlich die Leichenspürhunde holen.«

»Das funktioniert wahrscheinlich auch, aber GPR zeichnet ein Bild von dem auf, was unter dem Erdboden ist – allerdings nicht so klar wie ein Röntgenbild. Durch das elektromagnetische Reflexionsverfahren kann man sehen, wo und wie tief ein Gegenstand liegt. Die Farben auf dem Display stellen die Intensität der reflektierten Wellen dar.«

Jen nickte. »Je heller die Farbe, umso größer der Gegenstand.«

»Oder umso stärker die Reflexion. Metalle haben eine größere Amplitude. Lufteinschlüsse reflektieren sogar noch besser.«

»Und was ist mit Knochen?«, fragte Nick.

»Nicht so hell, aber sichtbar. Je älter der Knochen, umso schwerer zu sehen. Wenn sich Körper zersetzen, gleichen sie sich dem Boden an, sodass die Reflexion nicht mehr so gut sichtbar ist.«

»Und wie alt müssen Knochen sein, dass man sie gar nicht mehr sieht?«, wollte Jen wissen.

»Ein Kollege von mir hat in Kentucky in einem Grabhügel die Überreste eines zweitausendfünfhundert Jahre alten Ureinwohners identifiziert. Ich glaube nicht, dass Sie sich wegen des Alters Sorgen zu machen brauchen.« Sie wischte sich die Hände an der Jacke ab. Ihre Jeans waren durchnässt, aber sie schien es nicht zu bemerken. Sie hatte gesagt, sie fühle sich »aufgekratzt«, und Vito konnte sehen, wie ihre klaren grünen Augen vor Energie förmlich sprühten. »Dann los.«

Und damit machte sie sich an die Arbeit, scannte langsam und mit Präzision das Höhenmaß des ersten Grabs, und Vito begriff, warum diese Arbeit so lange dauern würde. Aber wenn sie etwas fänden, gäbe es für sie alle noch sehr viel Arbeit mehr.

Jen verharrte plötzlich reglos. »Sophie«, sagte sie eindringlich.

Johannsen hörte auf und blickte auf den Bildschirm. »Hier ist der

Rand von irgendetwas. Der Boden hat sich abrupt verändert. Vielleicht drei Fuß tief. Lassen Sie mich noch ein paar weitere Reihen checken.«

Sie tat es, dann zog sie die Brauen zusammen. »Da ist etwas, aber es sieht aus, als würde es sich um etwas Metallisches handeln. Wir sehen das ziemlich oft auf Friedhöfen, die alte, bleigefasste Särge enthalten. Die Form stimmt nicht mit der eines Sargs überein, aber dort unten ist definitiv Metall.« Sie blickte fragend auf. »Ergibt das einen Sinn für Sie?«

Vito dachte an die Hände der Leiche. »Ja«, antwortete er grimmig. »Leider ja.«

Johannsen nickte und akzeptierte offenbar, dass sie keine ausführlichere Antwort bekommen würde. »Okay.« Sie markierte die Ecken mit ihren Pflanzenstäben. »Ungefähr zwei mal einen Meter.«

»Dieselbe Größe wie das erste«, bemerkte Jen.

»Und dabei wollte ich gar nicht recht haben.« Nick schüttelte den Kopf. »Mist.«

Jen stand auf. »Ich hole meine Ausrüstung und die Kamera, dann rufe ich mein Team zurück, und wir stellen die Scheinwerfer auf. Nick, bitte hilf mir mit dem Zeug. Vito, du rufst Katherine an.«

»Mach ich. Und außerdem Liz.« Lieutenant Liz Sawyer war nicht gerade glücklich über die erste Leiche gewesen. Von weiteren Gräbern zu hören war garantiert nicht die Neuigkeit, die sie sich an einem Sonntag wünschte.

Nick folgte Jen und ließ Vito mit Johannsen allein. »Es tut mir leid«, sagte sie schlicht und sah ihn traurig an.

Er nickte. »O ja, mir auch. Schauen wir mal auf der anderen Seite.«

Während Johannsen die Suche fortsetzte, wählte Vito auf seinem Handy Liz' Nummer.

»Liz, hier ist Vito. Wir haben eine Archäologin hier. Es gibt noch eine Leiche.«

»Das ist nicht gut«, erwiderte Liz knapp. »Noch eine oder noch mehr?«

»Mindestens noch eine. Die Frau hat gerade erst angefangen, und es wird eine Weile dauern. Jen hat ihr Team zurückbeordert, und wir werden so viel tun, wie wir heute noch schaffen.«

»Halten Sie mich auf dem Laufenden«, sagte sie. »Ich rufe den Captain an und warne ihn vor.«

»Okay.« Vito ließ das Telefon in die Tasche gleiten.

Jen und Nick kamen gerade mit den Schaufeln, Spaten und der Kamera zurück, als Johannsen den Rand des nächsten Grabs entdeckte. »Gleiche Länge, gleiche Tiefe.« Zwanzig Minuten verstrichen, bevor sie aufsah. »Und noch ein Körper. Diesmal ohne Metall.«

»Dort haben wir auch mit dem Detektor nichts bemerkt«, sagte Nick.

Vito blickte über das Feld. »Ich weiß. Was bedeutet, dass da noch mehr sein könnten.«

Jen legte eine Plastikfolie um das erste neue Grab. »An die Spaten, Jungs.«

Sie gehorchten, und eine Weile über arbeiteten alle vier schweigend. Johannsen markierte die Umgrenzung des zweiten Fundorts, während Nick, Vito und Jen gruben. Nick stieß zuerst auf die Leiche. Jen beugte sich vor und wischte mit einer kleinen Bürste die Erde vom Gesicht des Opfers.

Es war ein Mann, jung und blond. Die Zersetzung war noch nicht weit fortgeschritten. Er hatte gut ausgesehen. »Der ist noch nicht lange tot«, sagte Nick. »Vielleicht eine Woche.«

»Wenn überhaupt«, setzte Vito hinzu. »Leg mal die Hände frei, Jen.«

Sie tat es, und Vito reckte den Hals, um besser zu sehen, was er nicht verstand. »Was soll das?«

»Beten tut er jedenfalls nicht«, sagte Nick. »Ja, was tut er denn da?«

»Keine Ahnung«, meinte Jen. »Jedenfalls sind seine Hände ebenfalls verdrahtet.«

Die Hände des Opfers waren zu Fäusten geballt und lagen beide auf seinem Oberkörper, die rechte auf der linken. Die rechte Faust befand sich über seinem Herzen, und die Ellenbogen zeigten abwärts. Beide Fäuste formten ein »O«. »Er hat etwas gehalten.«

»Ein Schwert.« Alle drei schauten auf, als das Flüstern erklang. Sophie Johannsen stand am Rand des neuen Grabs, ihr Gesicht wirkte geisterhaft blass unter dem breiten roten Stirnband. Mit weit aufgerissenen Augen starrte sie auf das Opfer. Vito hatte das plötzliche Bedürfnis, sie an sich zu ziehen und ihr Gesicht an seiner Schulter zu bergen, damit sie den verwesenden Körper nicht sehen musste.

Stattdessen richtete er sich auf und legte ihr die Hände auf die Schultern. »Was haben Sie gesagt?«

Sie regte sich nicht, den Blick immer noch auf den Toten fixiert.

Er schüttelte sie ganz sacht, nahm ihr Kinn und drehte ihr Gesicht zu sich.

»Dr. Johannsen. Was haben Sie gesagt?«

Sie schluckte und hob dann den Blick. Ihre Augen strahlten nicht mehr. »Er sieht aus wie eine Grabfigur.«

»Was meinen Sie damit?«

Sie schloss die Augen, wappnete sich sichtlich, und Vito musste daran denken, dass die Toten, mit denen sie es in ihrem Beruf zu tun bekam, mehrere hundert Jahre unter der Erde gelegen hatten. »Oft findet man bei Gräbern ein Abbild des Toten in Marmor oder Stein gemeißelt. Die Statuen liegen auf dem Rücken auf dem Grab oder der Gruft.«

Sie klang nun wie eine Dozentin, und Vito nahm an, dass sie sich auf diese Art selbst beruhigte. »Frauen werden gewöhnlich mit gefalteten Händen dargestellt. So in etwa.« Sie legte die Hände unterhalb des Kinns aneinander und kopierte damit unwissentlich die Pose der Jane Doe. Vito warf Nick einen scharfen Blick zu, und dieser nickte.

»Bitte weiter, Sophie«, sagte Nick. »Sie helfen uns sehr.«

»Aber … aber manchmal sind ihre Arme auch über der Brust gekreuzt, die Hände flach.« Wieder demonstrierte sie es. »Die Männer werden ebenfalls manchmal im Gebet dargestellt, oft aber auch in voller Rüstung mit dem Schwert in der Hand. Normalerweise liegt das Schwert an seiner Seite, aber manchmal eben auch so.« Sie ballte ihre bebenden Fäuste und legte sie sich auf die Brust, wodurch sie die Pose des Toten einnahm. »Er hält den Schwertgriff in der Hand, die Klinge liegt flach auf seinem Oberkörper und weist abwärts. Als Abbild kommt das nicht so häufig vor. Es sagt aus, dass der Mann im Kampf gestorben ist. Wissen Sie, wer er sein kann?«

Er schüttelte den Kopf. »Noch nicht.«

»Der Sohn oder der Mann von jemandem«, murmelte sie.

»Warum setzen Sie sich nicht eine Weile ins Warme in meinen Truck? Hier sind die Schlüssel.«

Sie schaute auf, und ihre Augen waren hell. Sie war den Tränen nah. »Nein danke, es geht schon. Ich wollte Ihnen gerade eben nur sagen, dass ich links von dem Grab nichts gefunden habe. Ich bewege mich jetzt auf die Bäume zu.« Sie wischte sich mit den behandschuhten Fingern über die Augen. »Wirklich, es geht schon.«

Nick richtete sich auf. »Was Sie uns gerade erzählt haben, erinnert mich an Bilder, die ich einmal in einem Geschichtsbuch gesehen habe. Das ist doch ein mittelalterlicher Brauch, oder? Diese Figur auf dem Grab?«

Sie nickte, immer noch sehr blass. »Ja. Die ersten bekannten Statuen dieser Art datieren zurück bis ins elfte Jahrhundert, waren aber noch durch die ganze Renaissance hinweg üblich.«

»Jungs.« Jen kniete am Rand des Grabs. »Wir haben größere Probleme als das Schwert dieses Burschen hier.« Sie kam auf die Füße und klopfte sich die Erde von ihrem Overall. Vito und Nick blickten ins Grab hinab, aber Johannsen hielt Abstand. Vito konnte es ihr nicht verübeln. Auch er hätte am liebsten den Blick abgewandt, aber er tat es nicht. Jen hatte das Opfer bis zu den Lenden freigelegt, und in seinem Bauch war ein großes Loch. »Dieses Schwein«, brummelte er.

»Was?«, fragte Johannsen, die noch immer ein paar Schritte entfernt stand.

Jen seufzte. »Dieser Mann hat keine Innereien mehr.«

»Ausgeweidet«, sagte Johannsen leise. »Eine Folterpraxis, die in der ganzen Geschichte, aber vor allem im Mittelalter vorkommt.«

»Folter«, murmelte Nick. »Heilige Scheiße, Vito. Mit was für einem kranken Spinner haben wir es denn hier zu tun?«

Vitos Blick glitt über das Feld. »Und wie viele andere hat er verbuddelt?«

New York City, Sonntag, 14. Januar, 17.00 Uhr

Mit dem Ploppen des Champagnerkorkens ebbte der Lärm der Menge zu einem gedämpften Murmeln ab. Derek Harrington beobachtete vom hinteren Teil des Raums aus, wie Jager Van Zandt inmitten einer Truppe junger, eifriger Gesichter die sprudelnde Flasche von seinem teuren Anzug weghielt.

»Früher waren wir auch mit einem Sixpack zufrieden, solange es schön kalt war.«

Derek schaute mit einem reuigen Lächeln zu Tony England auf. »Ach ja. Die guten alten Tage.«

Aber Tony lächelte nicht. »Und die vermisse ich, Derek. Ich vermisse unseren alten Keller, die nächtelange Arbeit und … unsere alten Jeans und T-Shirts. Ich vermisse die Zeit, als wir nur du, ich und Jager waren.«

»Ja, ich weiß. Jetzt wachsen wir so rasant … die Hälfte der jungen Leute hier kenne ich gar nicht.« Aber mehr als all das vermisste er seinen Freund. Ruhm und Geld hatten Jager Van Zandt zu einem Mann gemacht, den Derek nicht mehr wirklich kannte. »Tja, der Erfolg hat seinen Preis.«

Tony schwieg einen Moment. »Sag mal, Derek, ist es wahr, dass wir an die Börse gehen?«

»Ja, ich habe so ein Gerücht gehört.«

Tony runzelte die Stirn. »Gerücht? Du bist der verdammte Vizepräsident. Wenn du nicht Bescheid weißt, wer dann?«

Derek musste ihm zustimmen, aber ihm blieb die Antwort erspart, denn Jager stieg nun auf einen Stuhl und hielt sein Champagnerglas hoch. »Meine Herren. Und Damen. Heute wollen wir feiern. Ich weiß, dass Sie alle nach der langen Spielekonvention erschöpft sind, aber jetzt ist es vorbei, und wir haben eine hervorragende Leistung erbracht. Unsere gesamte Produktion von *Behind Enemy Lines* ist ausgeliefert. Wir haben Vorbestellungen für jedes Videospiel, das wir uns ausdenken. Wir sind ausverkauft – schon wieder!«

Die jungen Leute jubelten, aber Derek sagte nichts.

»Er hat *sich* verkauft, würde ich sagen«, brummelte Tony.

»Tony«, mahnte Derek leise. »Nicht hier. Nicht jetzt.«

»Und wann ist der richtige Zeitpunkt, Derek?«, fuhr Tony ihn an. »Wenn wir beide nur noch Jagers Handlanger sind? Oder bin ich hier der Einzige, der sich darum Sorgen macht?« Kopfschüttelnd setzte er sich in Bewegung und drängte sich durch die Menge.

Derek wusste, dass Tony schon immer einen Hang zur Dramatik gehabt hatte. Leidenschaft gehörte eben zu künstlerischem Genie. Derek war sich nicht sicher, ob er selbst noch genügend Leidenschaft aufbringen konnte. Oder Genie. Oder Kunst.

»Natürlich werden Sie alle einen hübschen Bonus für die geleistete Arbeit erhalten«, sagte Jager gerade, und wieder jubelten die Leute. »Aber jetzt gibt es erst einmal eine süße Belohnung.« Zwei Kellner rollten einen Tisch herein. Darauf stand eine Torte, die locker zwei Meter lang, einen Meter breit und mit dem oRo-Logo geschmückt war – ein goldener Drache mit einem riesigen R auf der Brust, der in jeder Klaue ein O hielt.

Er und Jager hatten ausführlich über das Logo nachgedacht. Derek hatte den goldenen Drachen entworfen, und Jager war für den Namen der Gesellschaft verantwortlich. Die Buchstaben o-R-o hatten eine symbolische Bedeutung, die auf Jagers holländische Herkunft zurückzuführen war. Es hatte Derek nie gestört, dass das R fünfmal größer war als die Os. Jetzt allerdings begann es ihn zu ärgern. Vieles begann Derek nun zu ärgern. Aber um der Angestellten willen setzte er ein Lächeln auf und ließ sich ein Glas Champagner reichen.

»oRo steigt jetzt in eine neue Wachstumsphase ein«, sagte Jager, »und aus diesem Grund gibt es ein paar Veränderungen anzukündigen. Derek Harrington ist befördert worden.«

Verdattert richtete Derek sich auf und zwang sich erneut zu einem Lächeln, um nicht mit Leichenbittermiene ertappt zu werden.

»Derek ist ab jetzt Chef unserer Grafik-Abteilung.« Wieder Jubelrufe und Applaus, und Derek nickte mit steifem Lächeln. Nun begriff er, was Jager getan hatte, und dessen nächste Worte bestätigten seinen Verdacht. »Und als Anerkennung für seinen ungeheuren Beitrag zum Erfolg von *Behind Enemy Lines* wird Frasier Lewis zum Art Director erhoben.« Die Angestellten applaudierten, während Derek übel wurde. »Frasier kann heute Abend nicht bei uns sein, aber er schickt uns seine Grüße und alles Gute für unser nächstes Projekt. Er bat mich, einen Toast in seinem Namen auszusprechen, und hiermit zitiere ich: ›*Enemy Lines* hat uns ins Orbit geschossen. Möge *The Inquisitor* oRo bis zum Mond bringen!« Jager hob sein Glas. »Auf oRo und den Erfolg.«

Mit zitternden Händen floh Derek aus dem Raum. Niemand bemerkte sein Verschwinden. Im Flur lehnte er sich an die Wand. Ihm war schlecht. Die Beförderung war natürlich eine Farce. Derek war nicht aufgestiegen – er war abgelegt worden. Frasier Lewis hatte oRo Reichtum und Erfolg gebracht, aber seine realistischen Animationen waren Derek unheimlich. Er hatte etwas gegen ihn unternehmen wollen, hatte unbedingt mit Jager reden wollen, aber nun war es zu spät. Er war durch Jagers Handlanger ersetzt worden.

Philadelphia, Sonntag, 14. Januar, 17.00 Uhr

Es war schlimmer, als sie sich es je hätte vorstellen können. War sie bis zum frühen Nachmittag noch aufgeregt und glücklich gewesen, endlich wieder richtig arbeiten zu können, hatte sie beim Anblick des Toten nur noch kalte Furcht empfunden. Und ihr wurde innerlich kälter und kälter, als die Sonne verschwand und sie weiterscannte, wobei sie versuchte, nicht daran zu denken, was unter der Erde lag, in die sie ihre Markierungen steckte.

Dieser Mann, den sie gefunden hatten – jemand hatte ihn gefoltert und getötet. Ihn und andere. Wie viele mochten hier noch liegen?

Katherine war gekommen, um sich das Opfer anzusehen, und sie und Sophie hatten sich nur stumm zugenickt. Eine unnatürliche Stille lag über dem Feld, und der kleinen Armee von Cops, die auf dem Feld arbeitete, schien ebenfalls nicht zum Reden zumute zu sein.

Sophie versuchte, sich darauf zu konzentrieren, die Messwerte der Gegenstände unter der Erde aufzuzeichnen. Nur waren es keine Gegenstände. Es waren Menschen, und sie waren tot. Um nicht daran zu denken, suchte sie Zuflucht in der Routine ihrer Arbeit und steckte mechanisch die Stäbe in den Boden.

Bis sie in ihre Tasche griff und keinen mehr fand. Sie hatte zwei Pakete eingesteckt, und in jedem Paket waren zwölf Stäbe gewesen. Vierundzwanzig Stäbe. Schon sechs Gräber. Plus das, was die Polizei gefunden hatte, bevor sie hier eingetroffen war. *Und ich bin noch nicht fertig. Mein Gott. Sieben Menschen.*

Ihre Sicht verschwamm, und sie wischte sich wütend mit dem Handrücken über die Augen. Die CSU hatte bestimmt etwas, mit dem sie die Gräber markieren konnte.

Sie hob den Blick, um Jen McFain zu suchen, aber ein Geräusch hinter ihr ließ sie erstarren. Es war ein Reißverschluss, das Ratschen in der surrealen Stille unheimlich verstärkt. Sie begegnete Katherine Bauers Blick über dem Leichensack, den sie gerade zugezogen hatte, und war augenblicklich sechzehn Jahre in der Zeit zurückversetzt. Katherines Haar war dunkler gewesen damals, auch ein wenig länger.

Und der Leichensack war viel kleiner gewesen.

Auch die leisen Stimmen verblassten nun, und Sophie konnte nur noch das Rauschen ihres eigenen Bluts in den Ohren hören. Katherines Augen weiteten sich in plötzlichem Begreifen, und das Entsetzen in ihren Augen war dasselbe wie damals.

Sophie hörte ihren Namen, aber sie sah nichts als den Körper auf der Bahre, wie er damals dort gelegen hatte. So klein. An diesem Tag war sie zu spät gekommen und hatte nur noch schockiert zusehen können, wie man sie davongeschoben hatte.

Die Woge von Kummer, die sie nun überschwemmte, war unerwartet in ihrer Intensität. Wut kam in ihrem Sog, bittere, kalte Wut. Elle war fort, und niemand konnte sie zurückbringen.

»Sophie.«

Sie blinzelte, als jemand ihr Kinn umfasste. Sie konzentrierte sich auf Katherines Gesicht, auf die Falten, die die sechzehn Jahre hinterlassen hatten, und stieß schaudernd den Atem aus. Als ihr wieder einfiel, wo sie war, schlug sie peinlich berührt die Augen nieder. »Tut mir leid«, murmelte sie.

Der Druck an ihrem Kinn verstärkte sich, bis sie den Blick wieder hob. Katherine sah sie finster an. »Geh zu meinem Wagen. Du bist weiß wie ein Laken.«

Sophie machte sich los. »Mit mir ist alles in Ordnung.« Sie sah sich um und entdeckte Vito Ciccotelli, der neben dem Leichensack stand und sie beobachtete. Vorhin hatte er sie für taktlos und unsensibel gehalten. Nun dachte er wahrscheinlich, sie sei schwach oder, schlimmer noch, labil. Sie hob das Kinn, straffte die Schultern und begegnete seinem wachsamen Blick mit plötzlichem Trotz. Dann sollte er sie lieber für taktlos halten.

Aber er sah nicht weg. Beunruhigt wandte Sophie den Blick ab und wich einen Schritt zurück. »Es geht mir wirklich gut.«

»Nein«, murmelte Katherine. »Tut es nicht. Für heute hast du genug getan. Ich lasse dich von einem Officer zurückbringen.«

Sophie presste die Kiefer zusammen. »Ich beende, was ich angefangen habe.« Sie bückte sich, um die GPR-Einheit wieder aufzuheben, die ihr aus den Händen gefallen war, als sie ihren kleinen Trip in die Vergangenheit unternommen hatte. »Anders als manch ein anderer.« Sie wollte sich abwenden, aber Katherine packte ihren Arm.

»Es war ein Unfall«, flüsterte sie, und Sophie wusste, dass die Frau aufrichtig daran glaubte. »Ich dachte, du hättest das nach all den Jahren endlich akzeptiert.«

Sophie schüttelte den Kopf. Der Zorn war noch da, kochte leise in ihr, und als sie sprach, war ihre Stimme kalt. »Du bist immer zu nachsichtig mit ihr umgegangen. Ich fürchte, ich kann nicht so leicht …«

»Vergeben?«, unterbrach Katherine sie scharf.

Sophie lachte freudlos. »Die Augen verschließen. Ich werde jetzt diesen Job hier erledigen.« Sie befreite sich aus Katherines Griff, schob die Hand in die leere Tasche, und dann fielen ihr wieder die Stäbe ein. Sie sah sich nach Jen um und bemerkte erst jetzt, dass der kleine Trupp Leute innegehalten hatte und die Szene zwischen ihr und Katherine beobachtete.

Am liebsten hätte sie sie angebrüllt, sie sollten sich gefälligst um ihren eigenen Kram kümmern, aber sie bezwang den Impuls. Wieder sah sie sich nach Jen um, und wieder war es Vito Ciccotellis Blick, der ihrem begegnete. Er hatte anscheinend gar nicht weggesehen. »Ich brauche noch mehr Stäbe für die Markierung. Haben Sie so etwas?«

»Ich finde schon etwas für Sie.« Er warf ihr noch einen langen, nachdenklichen Blick zu, dann wandte er sich um und ging auf den CSU-Van zu. Sie seufzte und spürte, wie ihr Zorn nachließ. Nun empfand sie nur noch Trauer und Scham.

»Tut mir leid, Katherine. Ich habe die Beherrschung verloren.« Sie würde nicht sagen, dass sie sich geirrt hatte. Sie hatte Katherine noch nie angelogen und würde auch jetzt nicht damit anfangen.

Katherine betrachtete sie mit einem schiefen Lächeln. Sie wusste genau, was Sophie unausgesprochen gelassen hatte. »Kein Wunder. Das Opfer zu sehen hat dir einen Schock verpasst. Ich hätte nie erwartet, dass du hier eine Leiche sehen würdest. Ich dachte, du scannst den Boden und fährst dann wieder nach Hause. Tut mir leid. Ich habe offenbar nicht gründlich genug nachgedacht.«

»Schon gut. Ich bin froh, dass du mich um Hilfe gebeten hast.« Sophie drückte Katherines Arm und wusste, dass zwischen ihnen wieder alles gut war. *Sei froh, dass Katherine besser vergeben kann als du.* Aber schließlich war es auch einfacher zu vergeben, wenn der Verlust einen nicht so stark traf. Elle war nicht Katherines Tochter gewesen. *Sie gehörte zu mir.* Sie räusperte sich. »So, und jetzt lass mich endlich wieder arbeiten, damit die Cops nichts mehr zu glotzen haben.«

Katherine sah sich um, als bemerkte sie zum ersten Mal, dass sie Publikum hatten. Mit einem einzigen Heben der Braue schickte die kleine Frau die Leute wieder an die Arbeit. »Cops sind unglaublich neugierig«, flüsterte sie. »Und sie sind schlimmer als Klatschtanten.«

»Das war jetzt aber eine boshafte Bemerkung.«

Vito war hinter ihnen aufgetaucht und hielt bunte Flaggen wie einen Strauß Blumen in der Hand.

Katherine grinste ihn an. »Nein, eine wahre, und das weißt du genau.«

Er zog einen Mundwinkel hoch. »Ersetze neugierige Klatschtanten durch wachsame Beobachter, und ich kann damit leben.« Seine Worte waren an Katherine gerichtet, aber er sah Sophie an, der er die Flaggen hinhielt. »Hier, bitte«, sagte er.

Sie zögerte, weil der Gedanke, ihn berühren zu können, sie nervös machte. *Lächerlich.* Sie war ein Profi und würde tun, weswegen sie gekommen war.

Sie griff nach den Flaggen und stopfte sie in ihre Tasche. »Ich hoffe, ich brauche nicht mehr viele davon.«

Vitos Lächeln verschwand, und er sah über das Feld. »Dann sind wir schon zwei.«

Katherine seufzte. »Amen.«

Dutton, Georgia, Sonntag, 14. Januar, 21.40 Uhr

Daniel Vartanian saß mit dem Telefon in der einen Hand auf seinem Hotelbett und rieb sich mit der anderen die Stirn, hinter der die Anfänge einer Migräne lauerten. »So sieht es also aus«, endete er und wartete auf die Reaktion seines Chefs.

Chase Wharton seufzte. »Sie haben eine ziemlich durchgeknallte Familie, wissen Sie das?«

»Danke, ja, durchaus. Also – kann ich den Urlaub nehmen?«

»Und Sie sind sicher, dass sie wirklich auf Reisen sind? Bei all diesen Lügen?«

»Meine Eltern versuchen immer, den Schein zu wahren. Um jeden Preis.« Sie hatten so viele Dinge unter den Tisch gekehrt, um den »guten Namen« der Familie zu schützen. *Wenn die anderen nur wüssten.* »Dass sie niemandem von der Krankheit meiner Mutter erzählen, passt ganz gut dazu.«

»Aber hier geht es um Krebs, Daniel, nicht um etwas Schlimmes wie Pädophilie oder so etwas.«

Oder so etwas. »Auch Krebs setzt die Gerüchteküche in Gang. Mein Vater könnte das gar nicht ertragen, zumal er gerade eingewilligt hat, sich in den Kongress wählen zu lassen.«

»Dass Ihr Vater Politiker ist, haben Sie mir nie erzählt.«

»Mein Vater ist Politiker, seit er auf die Welt kam«, sagte Daniel verbittert. »Er hat es eben nur vom Richterstuhl aus gemacht. Allerdings wusste ich auch nicht, dass er kandidiert. Er muss es kurz vor seiner Abreise in die Wege geleitet haben.« Das hatte er von Tawny Howard gehört, der Frank und ihn vorhin im Restaurant bedient hatte. Tawny hatte es wiederum von der Sekretärin von Carl Sargent gehört, den sein Vater besucht hatte, als er das letzte Mal in der Stadt gewesen war. »Bestimmt betrachtet er Mutters Krankheit als

Futter für die Opposition. Und meine Mutter würde tun, was immer er will.«

Chase schwieg, und Daniel konnte sich seine besorgte Miene bestens vorstellen.

»Chase, ich will nur meine Familie finden. Meine Mutter ist krank. Ich …« Daniel stieß den Atem aus. »Ich muss sie sprechen. Ich habe ihr etwas zu sagen, und ich will nicht, dass sie vorher stirbt. Wir hatten einen Streit, und ich habe ein paar üble Dinge gesagt.«

Er hatte sie eigentlich seinem Vater gesagt, aber die Wut, die Abneigung und … die Scham hatten auch seine Mutter einbezogen.

»Und Sie waren im Unrecht?«, fragte Chase ruhig.

»Nein. Aber … ich hätte nicht so viele Jahre verstreichen lassen dürfen.«

»Also gut, Sie kriegen die Auszeit. Aber sobald Sie den Verdacht haben, dass es sich hier nicht um einen ganz normalen Urlaub handelt, machen Sie einen Rückzieher, und wir kümmern uns um eine anständige Ermittlung. Ich habe keine Lust, einen Tritt in den Hintern zu kriegen, weil ein pensionierter Richter vermisst wird und ich nicht die richtigen Maßnahmen in die Wege geleitet habe.« Chase zögerte. »Seien Sie vorsichtig, Daniel. Und es tut mir leid, das mit Ihrer Mom.«

»Danke.« Daniel wusste nicht, wo er beginnen sollte, war aber sicher, dass er im Computer seines Vaters Spuren finden würde. Morgen würde ein Kumpel vom GBI kommen und ihm helfen. Daniel hoffte nur, er würde mit dem, was sie fänden, umgehen können.

New York City, Sonntag, 14. Januar, 22.00 Uhr

Von seinem Sessel im dunklen Wohnzimmer ihrer Hotelsuite beobachtete Derek, wie Jager durch die Tür taumelte. »Du bist besoffen«, sagte er angewidert.

Jager fuhr zusammen. »Verdammt, Derek, hast du mir einen Schrecken eingejagt.«

»Na, dann sind wir ja quitt«, gab Derek verbittert zurück. »Was zum Teufel sollte das eigentlich?«

»Was?« Das Wort wurde voller Verachtung ausgesprochen, und Derek spürte den Zorn nun mit aller Macht in sich aufsteigen.

»Du weißt genau, *was*. Woher nimmst du das Recht, Lewis zum Art Director zu machen?«

»Das ist bloß ein Titel, Derek.« Jager warf ihm einen vernichtenden Blick zu, während er sich seine Krawatte vom Hals zerrte. »Wenn du mit uns in der Bar gefeiert hättest, anstatt hier oben wie ein kleines Kind zu schmollen, dann hättest du die Neuigkeit ebenfalls gehört. Wir haben einen Stand bei Pinnacle.«

»Pinnacle?« Pinnacle war *die* Game-Convention des Jahres. Weltweit. Pinnacle war für Spieledesigner das, was Cannes für Filmemacher war. *Das* Ereignis, um zu sehen und gesehen zu werden. Um sich von der gesamten Industrie bewundern zu lassen. Spielfreaks würden tagelang Schlange stehen, um ein Ticket zu bekommen. Man bekam nur durch Einladung einen Stand. Pinnacle war … eben Pinnacle. Er stieß langsam den Atem aus und wagte kaum zu glauben, dass es wahr war. »Du machst Witze.«

Jager lachte, aber es klang hässlich. »Darüber würde ich niemals Witze reißen.« Er trat ans Sideboard und goss sich einen Drink ein.

»Du hast genug getrunken«, sagte Derek, aber Jager warf ihm einen wütenden Blick zu.

»Halt die Klappe. Halt einfach die Klappe. Ich hab dich und dein ›Tu dies nicht, tu jenes nicht‹ so satt.« Er trank einen großen Schluck. »*Wir* sind bei Pinnacle, weil *ich* ein Risiko eingegangen bin. Weil *ich* den Mumm hatte, einen Schritt weiterzugehen. Weil *ich* das habe, was man braucht, um erfolgreich zu sein!«

Derek spannte die Kiefer an. »Und ich hab's nicht.«

Jager breitete die Arme aus. »Ganz richtig.« Er sah weg.

»Partner«, setzte er murmelnd hinzu.

»Das bin ich noch, falls du es vergessen haben solltest«, sagte Derek ruhig.

»Was?«

»Dein Partner.«

»Dann fang an, dich wie einer zu benehmen. Und hör auf, dich als Religionsfanatiker aufzuspielen. Frasier Lewis' Kunst ist Unterhaltung, Derek. Punkt.«

Derek schüttelte den Kopf, als Jager auf sein Zimmer zuging. »Sie ist geschmacklos. Punkt.«

Jager hielt inne, die Hand am Türknauf. »Es ist das, was sich verkauft.«

»Aber es ist nicht okay, Jager.«

»Komisch, ich habe noch nicht erlebt, dass du dein Gehalt zurückweist. Du tust wunderbar moralisch, aber bist genauso hinter dem Geld her wie ich auch. Und falls nicht, dann solltest du es besser sein.«

»Ist das eine Drohung?«, fragte Derek leise.

»Nein. Sondern die Realität. Ruf einfach Frasier an und sag ihm, er soll die Kampfszenen, die er mir seit einem Monat versprochen hat, endlich rüberschicken. Ich will sie bis neun Uhr Dienstagmorgen haben. Die für den *Inquisitor.* Ich brauche sie, um sie Pinnacle zu zeigen, also mach ihm Feuer unterm Hintern.«

Wie vom Donner gerührt starrte Derek ihn an. »Du hast ihm das neue Spiel also schon gegeben.«

Jager wandte sich um und sah ihn kalt an. »Es ist ein *Unterhaltungsabenteuer*«, presste er zwischen zusammengebissenen Zähnen hervor. »Und, ja, ich habe ihm den Auftrag schon vor Monaten erteilt. Hätte ich ihn dir gegeben, wären am Ende nur dieselben öden, ausgewaschenen Graphics herausgekommen, die wir jahrelang zu verkaufen versucht haben. Seit Wochen recherchiert und arbeitet er für den *Inquisitor*, während du nichts anderes getan hast, als ein paar Comics hinzukritzeln.« Jetzt sprach er voller Verachtung. »Sieh es ein, Derek. Ich habe oRo auf die nächste Ebene gehoben. Entweder du kommst mit, oder du steigst aus.« Er warf die Tür hinter sich zu.

Derek verharrte eine ganze Weile reglos und starrte auf die geschlossene Tür. *Komm mit oder steig aus. Steig aus.* Er konnte nicht einfach aussteigen. Was sollte er tun? Er hatte sein ganzes Talent, seine ganze Kraft in oRo gesteckt. Er konnte nicht einfach gehen. Und er brauchte das Geld. Das College seiner Tochter war nicht billig. *Ich bin ein elender Heuchler.* Er wehrte sich so vehement gegen Frasiers Szenen, weil die Morde so entsetzlich real wirkten. Aber Jager hatte recht. *Ich nehme das Geld. Ich* mag *das Geld.*

Er musste eine Entscheidung treffen. Wenn er wirklich bei oRo bleiben wollte, musste er seinen Widerwillen Frasiers Design gegenüber unterdrücken. *Entweder bin ich moralisch dagegen, oder ich bin es nicht.*

Er seufzte. *Öde, ausgewaschene Graphics.* Das tat weh. *Bin ich neidisch? Ist Lewis der bessere Designer?* Und falls ja, konnte er das akzeptieren und trotzdem mit ihm arbeiten?

Derek stand auf, durchquerte den Raum und schenkte sich an der Bar einen Drink ein. Dann kehrte er zu seinem Sessel zurück, um im Dunkeln über seine Möglichkeiten nachzudenken.

4. Kapitel

Philadelphia, Sonntag, 14. Januar, 22.30 Uhr

VITO BEOBACHTETE, wie Katherine eine weitere Leiche auf der Bahre davonschob, die dritte, die sie bisher ausgegraben hatten. Sie war männlich und etwa im selben Alter wie der »Ritter«, wie sie den ersten Mann getauft hatten. Der Name hatte sich dem Team geradezu aufgedrängt, als bekannt wurde, dass die Hände des Opfers ein Schwert hätten halten könnten. Die Frau, die sie heute Morgen ausgegraben hatten, hieß die »Lady«.

Er fragte sich unwillkürlich, wie das letzte Opfer genannt werden würde. Der Mann hatte auf dem Rücken gelegen, die Arme gerade an den Seiten. Nun, fast jedenfalls. Der eine Arm hatte gerade an der Seite gelegen, doch der andere hing kaum noch im Gelenk, und die Handfläche hatte nach außen gezeigt. Der Kopf des Mannes war in einem extrem schlechten Zustand. Das Wenige, was geblieben war, war nicht mehr zu erkennen.

»Es ist spät«, sagte Vito. »Ich würde sagen, wir stellen Wachen auf und machen für heute Schluss.«

»Okay. Morgen bei Tagesanbruch geht's weiter«, stimmte Nick zu.

Vito nickte. »Dann können wir auch anfangen, die Opfer zu identifizieren. Katherine sollte bis morgen früh die ersten Untersuchungen abgeschlossen haben. Die Autopsien können Tage dauern.«

Jen sah sich um. »Wo ist Sophie?«

Vito zeigte auf seinen Truck, in dem Johannsen bei offener Tür seitlich auf dem Beifahrersitz saß. Sie war seit einer halben Stunde dort.

Er hatte sie den ganzen Nachmittag und Abend bei der Arbeit beobachtet. Der Ritter hatte sie erschüttert, doch sie hatte weitergemacht.

Aber es war noch etwas anderes geschehen. Als Katherine den Leichensack geschlossen hatte, hatte Sophie ausgesehen, als sei ihr ein Geist erschienen. Und es musste so bedeutend gewesen sein, dass Katherine sofort an ihre Seite getreten war. Die beiden hatten einen kurzen, aber heftigen Streit gehabt, so viel war klar.

Von diesem Moment an hatte er sie noch genauer beobachtet. Natürlich aus reiner Neugier, sagte er sich. Er wollte einfach wissen, was geschehen war – sowohl vorhin als auch an jenem Tag, an den sie sich offensichtlich erinnert hatte.

Aber wahrscheinlich würde er es niemals herausfinden. Er würde sie zurückfahren, und das war's dann. Dennoch rührte ihn, wie sie dort mit angezogenen Knien in seinem Truck saß. Sie sah so jung und so einsam aus.

»Brauchen wir sie noch?«, fragte Vito.

Jen schüttelte den Kopf und sah auf den Ausdruck von Sophies Scan. »Sie hat verdammt gute Arbeit geleistet.« Mit militärischer Präzision waren Stäbe und Flaggen um vier mal vier Stellen in exakt demselben Abstand gesteckt worden. Es waren sechzehn Gräber. »Wir müssen nur noch graben.«

Als Vito auf seinen Wagen zuging, sah er, dass sie die zwei großen Koffer bereits eingeladen und gesichert hatte. Er hatte sie vorhin getragen und wusste, wie schwer sie waren. *Unter der Tarnjacke muss ein ziemlich durchtrainierter Körper stecken,* dachte er und überlegte einen Moment, was wohl noch darunter sein mochte, aber wieder machte er sich klar, dass er das wohl niemals herausfinden würde. Er stand nun fast vor ihr, und sein Herz zog sich zusammen. Tränen rannen ihr über die Wangen, während sie über das Feld mit all den Markierungen blickte. Sie hatte heute Dinge gesehen, die selbst gestandene Cops erschütterten. Aber sie war geblieben und hatte ihre Arbeit beendet. Dafür zollte er ihr Respekt.

Er räusperte sich, und sie wandte ihm den Kopf zu. Sie wischte sich mit dem Ärmel über die Wangen, versuchte aber nicht, ihre Tränen zu verstecken oder sie auch nur zu entschuldigen. Auch dafür gebührte ihr Respekt. »Alles in Ordnung?«, fragte er leise.

Sie nickte und sog bebend die Luft ein.

»Sie haben heute einiges geleistet.«

Sie schniefte. »Hat Jen Ihnen den Scan gezeigt?«

»Ja. Danke. Sie waren sehr gründlich. Aber das meinte ich nicht. Sie haben unter ziemlichem Stress gearbeitet. Das hätten viele andere nicht geschafft.«

Ihre Lippen zitterten, und ihre Augen füllten sich erneut mit Tränen. Sie kämpfte sichtlich darum, nicht die Fassung zu verlieren. Als sie sprach, war ihre Stimme ein heiseres Flüstern. »Als Katherine mich vorhin anrief, wusste ich nicht, was auf mich zukommen würde. Neun Menschen. Mein Gott. Das kann doch nicht sein.«

»Sieben Stellen sind als leer markiert. Sind Sie sicher?«

Sie nickte, als die Tränen überquollen. »Die sieben leeren sind Lufteinschlüsse. Aber jeder einzelne ist mit etwas Dickem und Hartem abgedeckt. Wahrscheinlich Holz.« Sie sah ihn mit Entsetzen und Schmerz in den Augen an. »Er hat geplant, noch sieben weitere umzubringen.«

»Ich weiß.« Der Scan hatte ihnen nicht nur etwas über das Land, sondern auch über den Verstand des Mörders verraten. Und wenn er erst einmal genug Schlaf gehabt hatte, würde er diesen Einblick in die Psyche des Täters vermutlich auch auswerten können. »Ich bin erledigt«, sagte er, »und Sie vermutlich auch. Ich fahre Sie nach Hause, okay?«

Sie schüttelte den Kopf. »Ich muss die Ausrüstung noch zur Uni zurückbringen und mein Bike holen. Im Übrigen haben Sie doch bestimmt noch etwas vor heute Abend. Oder eine Familie, die auf Sie wartet.«

Er dachte an die Rosen, die inzwischen welk waren. Er würde einen frischen Strauß kaufen und nächste Woche zum Friedhof fahren. Es war ja nicht so, dass es Andrea etwas ausmachen würde. Die Blumen und die Besuche waren schließlich nur für ihn. »Ich habe nichts vor.« Er zögerte, dann sprach er es aus. »Und auch niemanden, der auf mich wartet.«

Ihre Blicke hielten einander fest, und er erkannte, dass sie seine Worte so aufgenommen hatte, wie er sie gemeint hatte. Er sah, wie sie schluckte. »Also – wenn Sie loswollen, können wir.« Sie schnallte sich an, als er auf der anderen Seite einstieg, griff dann in ihre Tasche und holte etwas hervor, das im Dunkeln des Wagens wie eine Zigarre aussah. »Sie auch?«

Er startete den Motor und runzelte die Stirn. »Ich rauche nicht.«

»Ich auch nicht«, sagte sie missmutig. »Jedenfalls nicht mehr. Aber Sie hätten Schwierigkeiten, das Ding anzuzünden. Das ist Beef Jerky. Hervorragend bei der Feldarbeit. Belastet nicht und überlagert erstaunlicherweise den Geschmack, den ich den ganzen Tag schon auf der Zunge habe.«

Er nahm ein Stück Trockenfleisch. »Danke.«

Während sie kaute, wühlte sie wieder in ihrer Jackentasche und fischte diesmal ein Trinkpäckchen hervor. Er warf ihr einen Blick zu und verzog das Gesicht, als er den Aufdruck sah. »Kakao? Zu getrocknetem Rindfleisch?«

Sie tippte mit einem kleinen Strohhalm gegen den Karton. »Kalzium ist gut für die Knochen. Wollen Sie auch eins?«

»Nein«, sagte er entschieden. »Das ist gruselig, Dr. Johannsen.«

»Sagen Sie nicht Nein, bevor Sie es nicht probiert haben.« Nach einer kurzen, berechnenden Pause setzte sie hinzu: »Vito.« Dann sah sie schweigend aus dem Fenster und trank. Anschließend steckte sie das Päckchen in eine Tüte, verschloss sie und schob sie zurück in ihre Tasche.

»Ihre Feldjacke dient also auch als Müllhalde?«

Sie warf ihm einen verlegenen Blick zu. »Das gewöhnt man sich an. An der Grabungsstelle darf man nichts liegenlassen.«

»Und was haben Sie sonst noch zu essen in Ihren Taschen?«

»Zwei kleine gefüllte Kuchen, sie sind jedoch ziemlich zerdrückt. Schmecken aber trotzdem noch.«

»Ich nehme an, Sie mögen Süßes?«

»Könnte sein.« Sie sah ihn wachsam an. »Sagen Sie bloß nicht, Sie nicht. Ich habe gerade angefangen, Sie zu mögen.«

Er lachte und überraschte sich damit auch selbst. Er hätte nicht gedacht, dass ihm dazu genügend Energie geblieben war. »Ich mache mir wirklich nicht viel draus. Aber mein Bruder Tino ist Schokoholiker. Alpenmilch, Zartbitter, weiße Crunch – Tino inhaliert alles.«

Sie lächelte, und wieder war er von ihr bezaubert. Selbst mit verheulten Augen war sie wunderschön. »Sie haben einen Bruder namens Tino? Ernsthaft?«

Er zwang sich, sich aufs Fahren zu konzentrieren. »Ich habe sogar drei Brüder, aber Sie müssen versprechen, nicht zu lachen, wenn Sie die Namen erfahren wollen.«

Sie presste die Lippen aufeinander, aber ihre Augen lachten bereits. »Okay, versprochen.«

»Mein ältester Bruder heißt Dino, meine zwei jüngeren Tino und Gino. Unsere Schwester heißt Contessa Maria Teresa, aber wir nennen sie Tess. Sie lebt in Chicago.«

Ihre Lippen zuckten. »Ich lache nicht. Ich mache auch keinen einzigen Mafia-Witz.«

»Schönen Dank«, gab er trocken zurück. »Und Sie? Haben Sie hier irgendwo Familie?«

Sie verharrte, und ihm wurde klar, dass er einen wunden Punkt berührt hatte. »Nur meine Großmutter und meinen Onkel Harry. Und meine Tante Freya natürlich. Dann noch die eine oder andere Cousine, aber wir stehen uns nicht sehr nah.« Sie lächelte wieder, wenn auch nicht mehr so unbeschwert. »Aber Ihre Familie scheint sich nahezustehen. Das ist schön.«

Sie klang wieder so einsam, dass ihm das Herz schwer wurde. »Ja, ist es auch, obwohl es auch sehr laut und anstrengend sein kann. In meinem Haus geht es manchmal zu wie auf einem Bahnhof. Und Tino ist momentan eine permanente Einrichtung in meinem Leben, weil er die Wohnung im Keller gemietet hat. Manchmal wünsche ich mir nichts als Stille.«

»Ich denke, wenn Sie wirklich Stille hätten, würden Sie sich Lärm wünschen«, murmelte sie.

Er warf ihr einen weiteren verstohlenen Blick zu. Selbst in der Dunkelheit sah sie müde, traurig und verloren aus. Doch bevor er etwas sagen konnte, straffte sie sich und wühlte nach noch mehr Beef Jerky in ihren Taschen. »Wie lange dauert es, bis ich … *das* nicht mehr schmecke?«

»Hoffentlich nur ein paar Stunden. Spätestens morgen ist es weg.«

»Wollen Sie noch etwas davon?«

Er verzog das Gesicht. »Nein danke. Es sei denn, Sie haben zufällig einen Burger oder Pommes frites in einer Ihrer Taschen.«

Sie grinste. »Leider nein. Aber ein Handy, eine Kamera, einen Kompass, einen Pinselkasten, ein Lineal, zwei Notraketen, eine Taschenlampe und … Streichhölzer. Ich kann überall überleben.«

Er lachte in sich hinein. »Ein Wunder, dass Sie damit noch gehen können. Das Ding muss doch mindestens dreißig Kilo wiegen.«

»Könnte hinkommen. Ich habe die Jacke schon viele Jahre. Und ich hoffe bloß, ich kriege sie wieder sauber.« Ihr Lächeln verschwand, und der verstörte Blick kehrte zurück. *»L'odeur de la mort«*, sagte sie leise.

Er hätte ihr gerne etwas Tröstendes gesagt, aber ihm fiel nichts ein, also sagte er gar nichts.

Sonntag, 14. Januar, 23.15 Uhr

Vito hielt vor der komischen Affenskulptur. »Dr. Johannsen.« Er rüttelt sie sanft an der Schulter. »Sophie.«

Sie schreckte auf, und in ihren Augen sah er einen Moment lang Desorientierung und Furcht, bevor sie sich erinnerte, wo sie war.

»Ich bin eingeschlafen. Entschuldigung.«

»Kein Grund, sich zu entschuldigen. Ich wünschte, ich könnte das auch.«

Sie rieb sich die Augen, streckte sich und war aus seinem Truck gestiegen, bevor er ihr noch helfen konnte. Wenigstens die Koffer konnte er ihr abnehmen. »Gehen Sie vor und schließen Sie auf. Ich trage die Sachen hinein.«

Müde ließ sie die Schultern hängen. »Normalerweise habe ich keine Probleme damit, das selbst zu machen, aber heute Abend bin ich Ihnen dankbar.« Er folgte ihr zur Tür und dachte unweigerlich an den Moment am Nachmittag. Ihre Hände mühten sich mit dem Schlüssel ab, und er hoffte, dass auch sie sich erinnerte, aber sie öffnete die Tür schließlich ohne Probleme. Innen schaltete sie das Licht an. »Stellen Sie die Koffer ruhig hier ab. Ich bringe sie gleich hinunter.«

»Sagen Sie mir einfach, wohin ich sie tragen soll, Sophie«, sagte er, »und dann hole ich die beiden anderen.«

Es bestand ein schmaler Grat zwischen Unabhängigkeit und Starrköpfigkeit, dachte Vito, als er zum Auto zurückkehrte, um die beiden großen Koffer zu holen. Anscheinend bewegte Sophie Johannsen sich sehr geschickt auf diesem Grat, obwohl er den Verdacht hatte, dass es aus reiner Erschöpfung geschah. Sie hatte ihm erlaubt, die zwei kleinen Koffer in einen Kellerraum zu bringen, hatte aber darauf bestanden, die Ausrüstung *noch heute* zu reinigen.

Er hievte die zwei Koffer aus seinem Truck und stellte sie auf den Gehweg. Er hatte keine Ahnung, wie lange diese Reinigung dauern würde, aber der Campus war dunkel und wie ausgestorben, und er dachte nicht daran, sie hier allein zurückzulassen. Im Übrigen gab es schlimmere Schicksale, als Sophie Johannsen bei der Arbeit zuzusehen.

Er sah auf seine schlammverkrusteten Stiefel. Wenn er schon warten musste, konnte er es sich wenigstens bequemer machen. Er griff hinter seinen Sitz, tastete nach seinen Schuhen – und berührte wieder die Rosen. Diesmal stachen sie ihn wenigstens nicht.

Er hatte die Blumen für eine Frau gekauft, die er geliebt hatte. Sie war vor zwei Jahren gestorben. Exakt heute vor zwei Jahren. Er hatte zwei Jahre gewartet. Das musste doch lange genug sein. Aber …

Vito seufzte. Er fühlte sich von Sophie Johannsen angezogen. Jeder Mann, der gesund und lebendig war, würde so empfinden. Aber es war nicht das Interesse, das ihm zu schaffen machte. Es war die Sehnsucht, die ihn heute den ganzen Tag nicht verlassen hatte – nicht auf dem Feld, nicht im Truck. Er hatte sie beim Arbeiten und Weinen beobachtet, und er wollte sie. Aber vielleicht lag diese plötzliche Sehnsucht nur darin begründet, dass es eben heute war. Er wollte es nicht glauben, aber Vito war ein vorsichtiger Mensch. Er hatte sich schon einmal zu schnell auf eine Beziehung eingelassen, und das Ergebnis war katastrophal gewesen. Er würde einen solchen Fehler kein zweites Mal begehen.

Vito warf die Rosen hinter den Beifahrersitz und wechselte die

Stiefel gegen seine Schuhe. Er würde Sophie nach Hause fahren und sich in drei, vier Wochen wieder blicken lassen. Dann würde er ja sehen, ob er sie noch immer wollte. Falls ja – und falls sie dasselbe spürte –, dann würde ihn nichts zurückhalten können.

»Ich dachte schon, ich müsste eine Vermisstenanzeige aufgeben«, sagte sie, als er die zwei großen Koffer in den Keller brachte. Sie hatte sich über einen Arbeitstisch gebeugt und schrubbte ein Gerät mit einer Zahnbürste. »Das wird hier eine Weile dauern. Fahren Sie nach Hause, Vito. Ich komme klar.«

Vito schüttelte den Kopf. Er hatte sie schließlich ursprünglich hier abgeholt, weil sie keinen Wagen hatte. Sie fuhr Fahrrad, hatte Katherine gesagt. Und er würde sie garantiert nicht nach einem derart harten Tag mitten in der Nacht mit dem Rad nach Hause fahren lassen. »Keine Chance. Ich fahre Sie nach Hause. Das ist das Mindeste, was ich tun kann«, fügte er hinzu, als ihre Lippen sich trotzig zusammenpressten. Er versuchte eine andere Taktik. »Hören Sie, ich habe eine Schwester, und ich hoffe inständig, dass sie immer nach Hause gebracht wird.« Ihre grünen Augen verengten sich vorwurfsvoll, also gab er es einfach auf. »Ich bin müde. Ich will nicht mit Ihnen streiten. Bitte.«

Sie glättete die Stirn und lachte leise. »Jetzt klingen Sie wie Katherine.«

Er dachte an die zornigen Worte, die die beiden heute Nachmittag ausgetauscht hatten, und daran, wie Katherine der jüngeren Frau danach zärtlich das Haar aus dem Gesicht gestrichen hatte. Ihre Beziehung war offensichtlich sehr eng. »Sie kennen sie also schon von Kind an.«

»Sie war mir die Mutter, die ich nie hatte«, sagte sie, dann korrigierte sie sich lächelnd. »Ist es noch.«

Ihr Gesicht war schmutzig, und die Tränen hatten Spuren hinterlassen. Ihr Haar hatte sich zum Teil aus dem festen Knoten gelöst und hing ihr zerzaust in die Stirn. Und plötzlich wünschte er sich dringend, ihr genau wie Katherine die Strähnen aus dem Gesicht streichen zu dürfen.

Allerdings nicht aus demselben Grund. Resolut schob er die Hände in die Taschen.

Groß, goldblond, grünäugig – Sophie Johannsen war eine wunderschöne Frau mit einem wachen Verstand und einem aufbrausenden Temperament. Und einem weichen Herzen. Seit langem hatte ihn keine Frau mehr so fasziniert. *Zwei Wochen,* ermahnte er sich selbst. *Du wartest wenigstens zwei Wochen, Chick.*

Aber da sein Verstand die zwei Wochen bereits auf eine kürzen wollte, zwang er seine Gedanken in andere Bahnen. Der Anblick des Leichensacks hatte bei ihr eine starke Reaktion hervorgerufen. Man musste kein Detective sein, um zu erraten, dass sie schon einmal einen gesehen hatte.

»Wann ist Ihre Mutter gestorben?«

Ihre Hände hielten inne, und ihr Kiefer spannte sich an. Dann, plötzlich, setzte sie ihre Arbeit fort. »Sie ist nicht tot.«

Das überraschte Vito. »Aber … das verstehe ich nicht.«

Sie lächelte, aber es war aufgesetzt. »Das macht nichts. Ich auch nicht.«

Es war die freundliche Art, ihm zu sagen, er solle sich um seinen eigenen Kram kümmern. Er überlegte gerade, wie er weiterbohren sollte, als sie ihre Arbeit unterbrach, um ihre Jacke aufzuknöpfen. Sein Gedankengang endete abrupt, und er hielt den Atem an, gespannt, was sich unter dem unförmigen Kleidungsstück verbergen mochte. Er wurde nicht enttäuscht. Unter der Jacke trug sie einen weichen, engen Strickpulli, der sich an ihre sanften Rundungen schmiegte. Er stieß den Atem so geräuschlos wie möglich aus. Sophie Johannsen hatte eine Menge schöner, sanfter Rundungen.

Sie hängte die Jacke an die Tür und wandte sich wieder dem Arbeitstisch zu, während sie die Schultern rollte, und er musste seine Hände tiefer in die Taschen schieben, um sich daran zu hindern, sie anzufassen. Sie schaute kurz auf. »Sie können wirklich gehen. Ich komme hier bestens allein zurecht.«

Das holte ihn wieder in die Realität zurück, und sein Ärger erwachte. So würde er sich nicht abspeisen lassen. »Also – wo ist Ihre Mutter, wenn nicht tot?«

Wieder hielten ihre Hände inne, und sie wandte den Kopf, um ihn mit einer Mischung aus amüsierter Distanz und Fassungslosigkeit anzusehen. »Katherine hatte recht. Cops sind wirklich schrecklich neugierig.« Mehr sagte sie nicht, sondern beschäftigte sich stattdessen so intensiv mit ihrer Reinigungsarbeit, als sei es eine Hirn-OP.

Das machte ihn nur noch wütender. »Also? Was hat es damit auf sich?«

Sie warf ihm einen warnenden Blick zu. »Erzählen Sie mir doch mal ein wenig über Ihren Schokolade inhalierenden Bruder. Für *ihn* empfinde ich Sympathie.«

Er hatte es zu weit getrieben, und es war ihm selbst ein Rätsel, gewöhnlich war er nicht so extrem unhöflich. »Was übersetzt heißt: ›Lass mich in Frieden.‹«

Sie grinste. »Ihr Detectives seid wirklich nicht begriffsstutzig.« Sie zog eine Braue hoch, als sie den nächsten Koffer öffnete. »Sie und Ihr Bruder sind also eingefleischte Junggesellen, die sich primitiv ernähren, richtig?«

»Sie sind auch extrem neugierig. Sie sind nur subtiler«, sagte er und freute sich über ihr leises, vergnügtes Lachen. Es war schon eine Weile her, dass er diesen Tango getanzt hatte, aber er kannte die Schritte noch ganz gut. »Tino ist momentan arbeitslos. Er hat in einer schicken PR-Agentur als Werbegrafiker gearbeitet, aber dann nahmen sie dort Aufträge an, die er moralisch nicht mehr vertreten konnte, daher hat er gekündigt. Wodurch er sich leider seine Eigentumswohnung in Center City nicht mehr leisten konnte …«

»Also haben Sie ihn aufgenommen«, beendete sie den Satz für ihn. »Sie scheinen ein netter Mensch zu sein, Vito.«

Ihre Bemerkung löschte jeden Rest Verärgerung in ihm aus, als sei sie nie da gewesen. »Er ist mein Bruder. Und ein guter Freund.«

Sie dachte einen Moment darüber nach und nickte dann. »Dann muss er ein glücklicher Mann sein.«

Ihm wurde warm bei diesem Kompliment, das sie so schlicht und aufrichtig ausgesprochen hatte, und eine Woche kam ihm plötzlich zu lang vor. Die Sehnsucht nach ihr wuchs.

Einen Tag, Chick. Schlaf wenigstens drüber. Das konnte er doch wohl versuchen.

Schweigend beobachtete er, wie sie ihre Arbeit erledigte. Schließlich richtete sie sich auf und klopfte die Hände an der Jeans ab. »Fertig.«

Seine Hände kribbelten in dem Wunsch, sie zu berühren, daher behielt er sie in den Taschen und half ihr nicht in die Jacke. »Holen wir Ihr Rad.«

Sie zog leicht die Brauen hoch, vermutlich spürte sie die leichte Veränderung in seiner Stimmung. »Es steht hinter dem Gebäude.«

Sonntag, 14. Januar, 23.55 Uhr

Sophie warf Vito Ciccotelli einen verstohlenen Blick zu, als sie das Gebäude abschloss und ihm den Weg zum Parkplatz zeigte. Er hatte sie die ganze Zeit so eindringlich beobachtet, dass sie vor Nervosität für die Reinigung der Geräte doppelt so lange wie üblich gebraucht hatte.

Er hatte sie angesehen wie eine große Katze ihre Beute – eindringlich, aber auf der Hut. Sie fragte sich, warum. Warum er auf der Hut war. Warum sie seine Beute war, wusste sie. Sie kannte diesen männlichen Blick. Wenn Männer sie so ansahen, wollten sie Sex.

Manchmal bekamen sie, was sie wollten. Aber nur, wenn sie es auch so haben wollte.

Was nicht besonders oft und in letzter Zeit eher selten vorkam. Die vergangenen sechs Monate hatte sie entweder gearbeitet oder bei Anna gesessen, und davor … Nun, es war schwer, auf Reisen jemanden zu finden, und wenn sie an einer Ausgrabungsstelle arbeitete, wollte sie keine Affären. Mit einem Mitarbeiter ins Bett zu gehen war beruflicher Selbstmord. Sie musste es wissen. Sie hatte nur einen dummen, idiotischen Fehler gemacht, und noch Jahre danach gab es Gerede. *Leicht rumzukriegen, die hat's nötig … verzweifelt.* Die vergangenen Jahre hatte sie sich ausschließlich auf ihre Karriere konzentriert und sich bemüht, mit so wenig Sex wie möglich auszukommen. Aber sie war auch nur ein Mensch. Also musste sie sich Männer suchen, die nicht in Kontakt mit ihren Kollegen kamen, und das war alles andere als leicht.

Sie verfluchte diesen einen Augenblick, in dem sie die Lügengeschichten des Mannes geglaubt hatte, dem sie vertraut hatte, aber sie wusste natürlich, dass nicht alle Männer wie Ratten waren. Ihr

Onkel Harry war das Paradebeispiel eines freundlichen, aufrichtigen Mannes. Etwas in ihr wollte glauben, dass Vito Ciccotelli auch in diese Kategorie gehörte. Er hatte anscheinend ein Herz für andere Menschen, ob tot oder lebendig. Das gefiel ihr.

Sie schob den Schlüssel in die Tasche und schaute zu ihm auf. Er starrte geradeaus in die dunkle Nacht, war offenbar mit seinen Gedanken ganz woanders. *Einsam,* dachte sie. Er sah plötzlich sehr, sehr einsam aus.

Zwei einsame Menschen konnten gemeinsam einen Weg finden, an diesem Zustand etwas zu ändern. Wenigstens für eine Weile. »Ist alles in Ordnung?«, fragte sie. »Sie wirken so … grimmig.«

»Tut mir leid. Ich habe gerade an etwas gedacht.« Er sah sich um. »Packen wir Ihr Rad in meinen Truck, und ich fahre Sie nach Hause.«

Sophie zog amüsiert die Brauen hoch. »Mein Bike in Ihren Truck? Vergessen Sie's.« Sie setzte sich in Bewegung, und er folgte mit einem hörbar frustrierten Schnaufen.

Sie hielt neben ihrem Motorrad an und sah im Licht der Laterne seine Überraschung. »Die gehört Ihnen?«

»Ganz genau.« Sie löste den Helm vom Sattel. »Wieso?«

Seine düstere Stimmung hatte sich aufgelöst, und an ihre Stelle war eine gewisse Aufregung getreten, als er um ihr Bike herumspazierte. »Als Katherine von Ihrem Bike sprach, bin ich von einem Fahrrad ausgegangen. Keine Ahnung, wieso. Die hier …«

Er ließ seine Hand bewundernd über die Maschine gleiten. »Die ist aber wirklich schön.«

»Fahren Sie auch?«

»Ja. Harley Buell.«

Schnell und wendig. »Oh. Eine Rennmaschine.«

Er schaute auf und grinste. »Macht meine Mutter wahnsinnig.«

Seine Freude war ansteckend, also erwiderte sie das Grinsen. »Böser Junge.«

Er wanderte ein zweites Mal um das Motorrad herum und blieb am Vorderrad stehen. Klischeedenken. Anders konnte er sich nicht erklären, worum er sie im Geist automatisch auf ein Fahrrad gesetzt hatte. »So eine BMW habe ich noch nie gesehen.«

»Fast schon ein Oldtimer. Von 1974. Ich habe sie in Europa gekauft. Von null auf hundert unter zehn Sekunden.« Sie lachte. »Das gibt Tempo.«

Er wurde plötzlich ernst. »Na ja, ich bin Cop, Sophie. Sie sind doch keine Raserin, oder?«

Ihr Grinsen verblasste. Sie war nicht sicher, ob er es ernst meinte, beschloss aber, auf Nummer sicher zu gehen. »Oh, ich meinte natürlich hundert *Kilometer* pro Stunde. Das sind ja gerade mal sechzig Meilen.«

Er blickte eine weitere Sekunde finster, dann begannen seine Lippen zu zucken. »Nette Ausrede. Muss ich mir merken.«

Sie lachte ein wenig unsicher. »Machen Sie das, Vito.« Sie setzte sich den Helm auf, klopfte auf ihre Taschen und runzelte die Stirn. »Oh, Mist.« Hektisch wühlte sie in jeder Tasche und zog alles Mögliche hervor, nur nicht das, was sie suchte. »Mein Schlüssel ist weg.«

»Den haben Sie eben in Ihre Tasche gesteckt.«

»Das war der von der Uni. Ich habe sie an zwei verschiedenen Ringen, weil ich nur einmal pro Woche hier bin.« Sie schloss die Augen. »Wenn ich die Schlüssel am Ausgrabungsort – ich meine *Fundort* – verloren habe …«

Er legte ihr eine Hand auf die Schulter und drückte sie sanft. »Beruhigen Sie sich, Sophie. Wenn Sie sie dort verloren haben, dann finden wir sie wieder. Wir werden jeden Zentimeter durchkämmen, da kann nichts übersehen werden.«

Sie stieß geräuschvoll den Atem aus. »Das ist zwar beruhigend, nützt mir aber im Moment nichts. Ich brauche sie nämlich jetzt. Meine Hausschlüssel, mein Zündschlüssel, das Albright – Ted wird einen Anfall kriegen.«

»Das Albright?«

»Das Museum, in dem ich arbeite. Ted der Dritte ist mein Chef. Wir kommen nicht besonders miteinander zurecht.«

»Und warum nicht?«

»Er macht einen auf *Der Historiker*, falls Sie das Buch kennen«, sagte sie und senkte dramatisch die Stimme. »Er zwingt mich, Führungen zu machen.« Sie blickte finster. »Und ich muss mich kostümieren.«

»Und Sie kostümieren sich nicht gern?«

»*Ich bin* Historikerin, verdammt noch mal! Ich muss das nicht spielen. Zumindest bisher nicht.«

»Warum haben Sie die Stelle angenommen?«

Sie seufzte frustriert. »Ich brauchte das Geld für das Pflegeheim meiner Großmutter, und Ted I. ist immerhin eine Archäologielegende.«

»Ich nehme an, Ted I. ist der Großvater Ihres Chefs gewesen?«

»Genau. Seine Sammlung macht neunzig Prozent unserer Ausstellungsstücke aus.« Sie zuckte die Achseln. »Ich dachte, für die Albright Foundation zu arbeiten würde sich gut auf meine Karriere auswirken. Jetzt halte ich nur noch aus, bis sich etwas anderes ergibt.« Sie lächelte kläglich. »Es gibt nicht besonders viele mittelalterliche Burgen in Philly. Und mein Stolz erlaubt es nicht, dass ich bei McDonald's Burger wende.«

»Und wann haben Sie das letzte Mal die Schlüssel in der Hand gehabt?«, fragte er ruhig.

Sie schloss die Augen und dachte nach, dann öffnete sie sie wieder und stellte fest, dass er sie erneut eindringlich betrachtete. »Sie sind gut. Sie lenken meine Panik ab und fokussieren meine Gedanken. Das letzte Mal hatte ich sie, als ich in Ihren Truck gestiegen bin. Heute Mittag, als Sie mich abgeholt haben. Sie stießen gegen die Pflanzenstäbe. Vielleicht sind sie mir im Wagen aus der Tasche gerutscht.«

Er holte seine eigenen Schlüssel aus der Tasche und lächelte sie an, und ihr Herz vollführte einen Riverdance. »Dann sehen wir doch mal nach.«

Sophies Mund wurde trocken, und jeder Nerv spannte sich, und sie wusste, dass er genau das bekommen würde, was er wollte, wenn sie nicht höllisch aufpasste. Denn im Moment wollte sie es ebenfalls – mehr denn je. Zum ersten Mal seit langer, langer Zeit wollte sie es wirklich. Sie nahm ihm seinen Schlüssel ab und trat hastig einen Schritt zurück. »Nein. Ich gehe. Sie bleiben und passen auf mein Motorrad auf.«

Sie joggte um das Gebäude herum und an dem komischen Affen vorbei zu seinem Truck. Dort tastete sie auf dem Sitz und im Bodenraum, fand aber nichts. Plötzlich fiel ihr ein, wie sie auf der schlechten Straße zum Feld durchgerüttelt worden war, und schob ihre Hand unter den Sitz. Sie seufzte vor Erleichterung, als sie die Schlüssel spürte. Aber sie hingen an irgendetwas fest.

Sie griff um den Sitz herum und zuckte zusammen, als sich Dornen in ihre Hand bohrten. Vorsichtig zog sie den welken Rosenstrauß hervor und betrachtete ihn mit gerunzelter Stirn. Dann entdeckte sie ein weißes Kärtchen dazwischen. Bevor sie wegsehen konnte, hatte sie die handgeschriebenen Worte schon gelesen.

A – Ich werde dich immer lieben. V

Die Rosen hätten durchaus für seine Mutter sein können, aber Männer sagten nicht *Ich werde dich immer lieben* zu ihrer Mom. Jedenfalls nicht so. Und jedenfalls nicht die Männer, die sie kannte.

Also war er doch kein Single. Na schön. Dennoch fühlte sie sich verraten. Den ganzen Tag hatte er sie angestarrt und … *und was, Sophie?* Er hatte nur gesagt, zu Hause würde niemand auf ihn warten. Das war ja nicht zwingend als Einladung zu betrachten. *Jetzt reiß dich zusammen. Du hast gehört, was du hören wolltest, weil du traurig warst. Und verzweifelt. Und es nötig hast.* Sie presste sich unwillkürlich die Hände auf die Ohren, aber die Worte hallten in ihrem Kopf wider. Er war nett zu ihr gewesen. Und letztendlich war das alles, was er getan hatte. Er hatte ihr keine Avancen gemacht, sondern sich nur wie ein Gentleman benommen. War ja klar, dass er schon vergeben war. Die Guten blieben nie lange Single.

Er saß auf ihrem Bike, als sie zurückkam, und wirkte wieder geistesabwesend. Er blinzelte, als er sie entdeckte. »Und? Gefunden?«

Sie hielt ihren Schlüsselring hoch und warf ihm seinen zu. »Unterm Sitz.«

»Fein.« Er stieg von dem Motorrad. »Sophie, ich … Vielen Dank. Sie haben uns heute sehr geholfen. Ich wünschte, wir könnten Sie für Ihre Leistung bezahlen. Aber die Pizza habe ich Ihnen schließlich versprochen.« Er zog die Brauen hoch. »Ich kenne einen Laden, der noch aufhat, wenn Sie jetzt Lust auf eine haben.«

Sie schluckte. *Er ist vergeben.* Aber sie wollte ihn immer noch. *Mann, was bist du für eine Schlampe?* Sie zwang sich zu einem Lächeln. »Falls die Abteilung sich wirklich revanchieren will, dann geben Sie mir einen ›Gehe-nicht-ins-Gefängnis‹-Freifahrtschein, wenn ich das nächste Mal beim Überschreiten der Höchstgeschwindigkeit erwischt werde.«

Vito zog die Stirn in Falten. »Ich habe nicht davon gesprochen, dass die Abteilung Sie zum Essen einlädt. Ich meinte mich.« Er holte tief Atem. »Ich bitte Sie, mit mir essen zu gehen.«

Sie zog den Riemen unter ihrem Kinn ruckartig fest, während ihre Hoffnung sank. *Bitte baggere mich nicht an. Bitte bleib der nette Kerl, für den ich dich halte.* »Sie … Sie bitten mich um eine Verabredung?« Toll, jetzt brachte er sie sogar schon zum Stottern.

Er nickte ernst. »Ja. Eine Verabredung.« Er trat vor und hob mit einem Finger ihr Kinn an, bis sie ihm in die Augen sah. »Ich habe seit langem keine Person mehr wie Sie kennengelernt. Es wäre schade, wenn Sie einfach so auf Nimmerwiedersehen aus meinem Leben verschwinden.«

Sie konnte sich nicht regen, nicht atmen, konnte nur in seine dunklen Augen starren und sich verzweifelt wünschen, dass er es so meinte, sich verzweifelt wünschen, was sie nicht haben konnte. Sein Daumen strich über ihre Unterlippe und verursachte ihr einen wohligen Schauder. »Was sagen Sie?«, murmelte er mit sanfter, tiefer Stimme. »Ich folge Ihnen bis zu Ihnen nach Hause und nehme unterwegs eine Pizza mit. Dann können wir uns noch ein bisschen unterhalten.«

Er kam noch ein wenig näher, und sie wusste, dass er sie gleich küssen würde. Wusste, dass es wahrscheinlich der umwerfendste Augenblick ihres Lebens werden würde. »Also?«, flüsterte er, und sie spürte seine Wärme an ihrer Haut.

Ja, ja. Die Worte lagen ihr auf der Zungenspitze. Doch dann setzte endlich ihr Verstand ein und spielte dieselben Worte mit Alan Brewsters Stimme ab. Die Vernunft traf sie wie ein Hammerschlag, und sie sprang einen Schritt zurück, als er sich gerade vorbeugte, um sie zu küssen. »Nein!« Keuchend stieg sie auf ihr Motorrad. Sie war wütend, aber ob nun auf ihn, weil er es versucht hatte, oder auf sich, weil sie beinahe nichts als eine weitere Kerbe am Bettpfosten eines Mannes geworden wäre, konnte sie nicht sagen. »Nein, vielen Dank. Wenn Sie mich jetzt bitte entschuldigen würden …«

Er sagte kein weiteres Wort, und sie trat mit Wucht auf den

Kickstarter, wodurch hundertzehn PS mit lautem Röhren zum Leben erwachten. Bevor sie auf die Straße einbog, sah sie im Rückspiegel, dass er sich nicht bewegt hatte. Er stand still wie eine Statue da und blickte ihr nach.

5. Kapitel

Sonntag, 14. Januar, 23.55 Uhr

DAS KLINGELN DES HANDYS weckte ihn aus tiefem Schlaf. Knurrend griff er danach und sah blinzelnd auf das Display. Harrington. Selbstherrlicher, arroganter Ex-Gernegroß. »Was gibt's?«

»Harrington hier.«

Er setzte sich auf. »Ich weiß. Warum rufst du mich mitten in der Nacht an?«

»Es ist nicht einmal zwölf. Ich denke, du arbeitest immer die ganze Nacht durch.«

Das war die Wahrheit, aber er hatte keine Lust, diesen Punkt an Harrington abzutreten. Er empfand nichts als Verachtung für ihn und seine rosig goldene, ach so moralische Weltsicht. Er hätte diesen Kerl gern erwürgt, so wie er Claire Reynolds erwürgt hatte. Dieser Wunsch kam immer wieder in ihm hoch – jedes Mal, wenn er Harringtons greinende Stimme hörte.

Harrington versuchte seit einem Jahr, ihm Steine in den Weg zu legen. Die Umsetzung von *Claire stirbt* sei zu finster, zu grausam. Aber Van Zandt verstand die Industrie und wusste, was sich verkaufte. Die Szene, in der »Clothilde« erwürgt worden war, war in *Behind Enemy Lines* geblieben, obwohl Harrington unaufhörlich deswegen herumgezickt hatte.

Aber jetzt hatte Harrington nichts mehr zu zicken. Van Zandt schob den Kerl systematisch aus der Tür, und dieser Vollidiot merkte es nicht einmal. »Verdammt noch mal, Harrington, ich habe schön geträumt.« Von Gregory Sanders. Seinem nächsten Opfer. »Also sag mir, was du willst, damit ich weiterschlafen kann.«

Ein langes Schweigen entstand.

»*Hallo!* Noch da, Mann? Wenn du mich wegen nichts aufgeweckt hast, dann …«

»Ich bin noch da«, sagte Harrington. »Jager will, dass du die Kampfszenen so schnell wie möglich ablieferst.«

Also hatte Van Zandt ihm endlich gesagt, dass er raus war. *Das wurde auch Zeit.*

»Er will sie bis Dienstag haben«, fügte Harrington hinzu. »Neun Uhr morgens.«

Die aufkommende Freude löste sich in Luft auf. »Bis Dienstag? Tickt der nicht mehr ganz richtig?«

»Jager meint es sehr ernst.« Und Harrington anscheinend auch. Es klang, als müsste er sich jedes Wort aus dem Hals ziehen. »Er sagt, du wärst einen Monat im Verzug.«

»Genie kann man nicht erzwingen.«

Wieder eine Pause, und er glaubte beinahe hören zu können, wie Harrington mit den Zähnen knirschte. Es war immer ausgesprochen spaßig, an der Kette dieses Mannes zu reißen. »Er will ein paar Kampfszenen vom *Inquisitor*, um sie auf der Pinnacle zu zeigen.« Wieder eine Pause. »Wir haben einen Stand.«

»Pinnacle?« Ein Stand auf der Pinnacle war unter Spieleherstellern reines Prestige. Praktisch betrachtet bedeutete das einen landesweiten Vertrieb, und das wiederum hatte zur Folge, dass sein Publikum auf die Größe von Millionen anwuchs. Seine Augen verengten sich. Das änderte alles. Pinnacle konnte nicht warten. Diese Deadline war real. »Wenn du mich übers Ohr haust, Harrington …«

»Nein, es ist wahr.« Harrington klang beinahe verstört. »Jager hat heute Abend die Einladung bekommen. Er hat mir aufgetragen, dich anzurufen, damit die Szenen bis Dienstag fertig sind.«

Er würde es irgendwie schaffen, auch wenn er kaum mit den Kampfszenen angefangen hatte. Bisher hatte er sich vor allem dem Kerker gewidmet. »Gut, dann ist ja alles gesagt. Und jetzt lass mich schlafen.«

»Kriegst du es bis Dienstag hin?«, bohrte Harrington.

»Das geht nur mich und Van Zandt was an.« Seine Stimme troff vor Verachtung. »Aber sag ihm, dass er bis Dienstag von mir hört.«

Und dann legte er auf. Harrington hatte es verdient, mit einem Tritt in den Hintern auf die Straße gesetzt zu werden. Er kam nicht weiter und war von jedem Deppen überholt worden.

Er verdrängte Harrington aus seinem Kopf und schwang sein Bein über die Bettkante. Dann gab er Gleitmittel auf den Stumpf, griff nach seiner Beinprothese und zog sie mit den fließenden Bewegungen jahrelanger Übung in die richtige Position. VZ zu treffen würde seinen Zeitplan aus dem Tritt bringen. Er musste Gregory Sanders von Dienstagmorgen auf den späten Nachmittag verlegen, aber um Mitternacht würde er trotzdem seinen nächsten Schrei haben. Er setzte sich an den Computer und schrieb eine E-Mail an Sanders, in der er ihm die Terminänderung mitteilte, und unterzeichnete mit »Mit freundlichen Grüßen, E. Munch«.

Er wusste, dass er Van Zandts Geduld nicht überstrapazieren durfte, wenn es um Pinnacle ging. Van Zandt erkannte zwar sein Genie an, aber selbst er würde die Kunst einem animierten Clip opfern, wenn dieser rechtzeitig fertig war. Er musste bis Dienstag etwas vorzuweisen haben, selbst wenn es erst halbfertig war. VZ wäre zufrieden, denn eine halbfertige Sache von »Frasier Lewis« war immer noch besser als alles, was Harrington zustande brachte.

Er dachte an das Video von Warren Keyes, der ein Schwert schwang, und das von Bill Melville mit dem Morgenstern. Trotz allen Behauptungen Melvilles, er sei Fachmann in der Kampfkunst, hatte er mit dem Morgenstern nie den richtigen Rhythmus gefunden, und letztlich hatte er es ihm demonstrieren müssen. Und er hatte festgestellt, dass es sich ganz anders anfühlte, einen Morgenstern mit einem menschlichen Schädel in Kontakt zu bringen, als mit den Schweineköpfen, an denen er geübt hatte. Die Schweine waren schon lange tot, aber Bill …

Er holte das Video aus seiner ordentlich sortierten Sammlung und lächelte. Bills Schädeldecke war mit einem Schlag weggeplatzt. Das musste für ein großartiges »Unterhaltungsabenteuer« reichen.

Er würde schnell etwas essen, sein Telefon und die Internetverbindung abstellen, um sich von nichts ablenken zu lassen, und dann eine Kampfszene auf die Beine stellen, die VZ glücklich machen und Harrington als zweitklassigen Hacker dastehen lassen würde. Schließlich war er auch nichts anderes.

Montag, 15. Januar, 00.35 Uhr

Todmüde, ausgehungert und noch immer gründlich verwirrt von Sophies Reaktion auf dem Parkplatz, trat Vito über die Schwelle seines Hauses und mitten ins Schlachtfeld hinein. Einen Moment lang stand er nur da und sah dem Bombardement an Papierbällen zu, die durch sein Wohnzimmer flogen. Eine ziemlich teure Vase stand gefährlich nah an der Kante eines Beistelltischchens, und sein Sofa war mitten in den Raum verlagert worden. Ein Blick reichte, um zu begreifen, dass hier der Belagerungszustand herrschte.

Dann traf ihn eine Papierkugel an der Schläfe, und er blinzelte ein wenig benommen. Er hob das feindliche Geschoss auf und zog die Brauen zusammen, als er sah, dass ein Senkblei aus seiner Angelausrüstung darin eingewickelt war. Die Jungs hatten offensichtlich die Qualität ihrer Waffen verbessert. »Hey!« Wieder zischten Papierkugeln an ihm vorbei. »Connor! Dante! Aufhören! *Sofort!*«

»O Mann.« Die Stimme kam aus der Küche, aus der kurz darauf sein elfjähriger Neffe Connor trat. Er wirkte genervt und ein wenig alarmiert. »Du bist ja nach Hause gekommen.«

»Wie man das am Abend so macht«, entgegnete Vito trocken und wäre fast gestolpert, als sich ein Knäuel aus blauem Flanell gegen seine Beine warf. »Vorsicht.« Er beugte sich vor und löste die Arme des fünfjährigen Pierce von seinen Knien, dann hob er ihn hoch. »Was hast du da im Gesicht, Pierce?«

»Schokoguss«, sagte Pierce stolz, und Vito lachte. Plötzlich fiel ein großer Teil seiner Erschöpfung von ihm ab. Die Jungs taten ihm gut. Er klemmte sich Pierce seitlich auf die Hüfte und drückte ihn fest an sich.

Connor schüttelte den Kopf. »Ich habe ihm gesagt, dass er den Zuckerguss nicht pur essen soll, aber du weißt ja, wie Kinder so sind.«

Vito nickte. »Ich weiß, wie Kinder so sind. Du hast übrigens Zuckerguss am Kinn, Connor.«

Connors Wangen färbten sich rot. »Wir haben Kuchen gebacken.«

»Habt ihr mir etwas übrig gelassen?«

Pierce verzog das Gesicht. »Nicht viel.«

»Das ist schlecht, denn ich habe solchen Hunger, dass ich ein ganzes Schwein essen könnte. Mit Borsten.« Vito blickte Pierce schelmisch an. »Oder einen kleinen Jungen. Du siehst eigentlich ziemlich appetitlich aus.«

Pierce kicherte, weil er dieses Spiel gut kannte. »Ich bin zu knorpelig, aber an Dante ist ganz viel Fleisch dran.«

Dante tauchte hinter der Couch auf und spannte seinen Bizeps an. »Das sind alles Muskeln, kein Fleisch.«

»Ich denke, er ist ein guter Schinken«, flüsterte Vito laut und brachte Pierce wieder zum Kichern. »Dante, für heute ist die Schlacht vorbei. Ihr müsst ins Bett.«

»Wieso?«, jammerte Dante. »Wir hatten gerade so viel Spaß.« Mit seinen neun Jahren war er schon ziemlich groß, fast größer als Connor. Er rollte sich über die Couch, und Vito zog den Kopf ein, als die Vase bedenklich schwankte. Aber Dante ließ sich zu Boden fallen und fing sie geschmeidig auf, als sei sie ein Football. »Touchdown von Ciccotelli«, krähte er. »Das Publikum bricht in lauten Jubel aus.«

»Das Publikum geht jetzt ins Bett«, sagte Vito. »Und vergiss den Extrapunkt.« Den man bekäme, wenn man den Ball noch einmal durch das imaginäre gegnerische Tor kickte.

Dante stellte die Vase mit einem Grinsen auf dem Tisch ab. »Entspann dich, Onkel Vito«, sagte er. »Du bist viel zu verkrampft.«

Pierce hob schnüffelnd die Nase. »Und du stinkst. Wie der Hund, wenn er sich auf einem toten Tier gewälzt hat. Mom sagt uns immer, wir müssen ihn draußen baden, wenn er das gemacht hat.«

Die Bilder der Leichen blitzten in seinem Kopf auf, aber er schob sie zur Seite. »Ich gönne mir jetzt auch ein Bad. Aber hier drinnen. Draußen ist es nämlich ziemlich kalt. Was macht ihr Jungs überhaupt hier?«

»Dad hat Mom ins Krankenhaus gebracht«, sagte Connor, plötzlich ernst geworden. »Tino hat uns abgeholt. Wir haben Schlafsäcke dabei.«

»Aber …« Vito sah Connors warnenden Blick in Richtung seiner beiden jüngeren Brüder und verbiss sich die Frage. Er musste abwarten. »Habt ihr morgen keine Schule?«

»Nein, weil morgen Martin-Luther-King-Tag ist«, teilte ihm

Pierce mit. »Onkel Tino sagt, wir können so lange aufbleiben, wie wir wollen.«

»Ahm, nicht ganz.« Vito zerzauste dem Jungen das Haar. »Ich muss morgen früh aufstehen und unbedingt schlafen. Also müsst ihr auch schlafen.«

»Außerdem«, setzte Connor hinzu, »hat Tino nicht gesagt, so lange wir wollen. Nur bis Mitternacht.«

»Was bereits durch ist«, sagte Vito. »Los, putzt euch die Zähne und rollt dann eure Schlafsäcke hier im Wohnzimmer aus. Und morgen sammelt ihr die Papierkugeln auf und packt mein Senkblei wieder in den Angelkasten.«

Dante grinste breit. »Okay. Aber das war klasse mit den Dingern.«

Vito rieb sich die Schläfe. »Das glaube ich. Wo ist Tino?«

»Unten und versucht, Gus ins Bett zu bringen«, sagte Connor und nahm Pierce an die Hand. »Er hat das Kinderbett im Wohnzimmer aufgestellt. Und Dominic ist auch unten und lernt für eine Mathearbeit. Er will im Wohnzimmer bei Gus schlafen.«

Dominic war Dinos Ältester und ausgesprochen gewissenhaft. Ganz sicher gewissenhafter, als Vito es in dem Alter gewesen war.

»Ich gehe jetzt duschen, und wenn ich wiederkomme, will ich eure drei Gestalten in den Schlafsäcken sehen und leises Schnarchen hören. Ist das klar?«

»Wir sind ganz leise«, sagte Dante und ließ den Kopf hängen. »Versprochen.«

Vito sah, dass sie sich wirklich bemühten, aber er hatte die Söhne seines Bruders schon öfter beherbergt und wusste, dass die Stille nie lange währte. Er schnupperte an seiner Schulter und verzog das Gesicht. Er roch wirklich ekelhaft. Er musste unbedingt duschen, sonst würde ihn der Gestank die ganze Nacht wach halten. Aber das würde die Frustration über Sophie Johannsens Abfuhr vielleicht auch. Doch in weniger als sieben Stunden würde er sich wieder bei dem Raster aus vier mal vier Gräbern einfinden müssen.

Montag, 15. Januar, 00.45 Uhr

Sophie betrat das Haus ihres Onkels Harry und schloss lautlos die Tür. Der Fernseher im Wohnzimmer lief leise, aber sie hatte nichts anderes erwartet.

»Heißer Kakao steht auf dem Herd, Sophie.«

Sie lächelte, als sie sich auf die Lehne seines Sessels setzte und sich zu ihm beugte, um ihn auf die Wange zu küssen. »Wieso weißt du immer, was ich gerade brauche? Ich habe dir doch gar nicht gesagt, dass ich komme.«

Sie hatte es auch nicht vorgehabt. Sie hatte duschen, essen und ins Bett fallen wollen, aber Annas Haus war zu still, und die Geister der Vergangenheit und des heutigen Tages hatten sie nicht zur Ruhe kommen lassen.

»Ich würde ja gern behaupten, ich könne hellsehen«, sagte Harry, ohne den Blick vom flackernden Bildschirm zu lösen. »Tatsächlich aber höre ich deine Kiste, sobald du auf die Mulberry biegst.«

Sophie zog den Kopf ein. »Miss Sparks hat sich bestimmt schon beschwert.«

»Das versteht sich von selbst. Aber ich glaube, sie stirbt, wenn sie zu jammern aufhört, also hast du für heute deine gute Tat getan.«

Sophie kicherte. »Deine Art zu denken gefällt mir immer wieder, Onkel Harry.«

Auch er lachte leise, sah dann jedoch stirnrunzelnd zu ihr auf. »Hast du Parfüm aufgelegt?«

»Grannys. Zu viel, was?«

Er nickte. »Außerdem riechst du, als seiest du achtzig. Und wieso hast du Annas Parfüm benutzt?«

»Sagen wir einfach, ich bin heute in Kontakt mit etwas ziemlich Üblen gekommen. Haare waschen – und zwar viermal – hat nichts genützt. Da fiel mir nichts Besseres ein.« Sie zuckte die Achseln. »Tut mir leid. Aber glaub mir – wie eine alte Frau zu riechen ist in diesem Fall allemal besser.«

Er griff in das dicke Haar, das sie im Nacken zu einem Knoten gewunden hatte, und drückte es ein wenig. »Sophie! Deine Haare sind noch klitschnass. Du holst dir eine Lungenentzündung.«

Sie grinste. »Ich rieche ja vielleicht nach Gran, aber du redest wie sie.«

Er sah sie unwirsch an. Dann musste er lachen. »Stimmt. Leider. Und jetzt erzähl mir, warum du mit nassen Haaren den ganzen Weg zu mir gekommen bist. Konntest du nicht schlafen?«

»Genau. Ich hatte gehofft, dass du noch wach bist.«

»Ich und Bette Davis. *Reise aus der Vergangenheit.* Das waren noch Filme! Heutzutage …«

»Sind die Filme nicht mehr halb so gut«, beendete Sophie den Satz, den sie schon tausendmal gehört hatte. Ihr Onkel litt unter chronischer Schlaflosigkeit. Jede Nacht saß er vor dem Fernseher, sah alte Filme und döste hin und wieder ein. Es war für sie immer ein enormer Trost gewesen zu wissen, dass er hier, jede Nacht, in seinem Sessel saß und für sie da war, wenn sie ihn brauchen sollte. Um zuzuhören. Rat zu erteilen. Oder einfach nur bei ihr zu sein.

Und er war immer für sie da gewesen. Immer. »Als ich das erste Mal runterkam und dich hier sitzen sah, ist es auch Bette Davis gewesen. *Die boshafte Lady* allerdings. Das waren noch Filme«, neckte sie ihn, aber seine Miene war nüchtern.

»Ja, ich kann mich erinnern«, erwiderte er ruhig. »Du warst vier und hattest einen bösen Traum. Du hast so niedlich in deinem einteiligen Schlafanzug mit den Söckchen ausgesehen.«

Leider konnte sie sich auch an den Traum erinnern, aus dem sie verängstigt in einem fremden Bett aufgewacht war. Bis zu diesem Punkt in ihrem Leben waren die Betten immer fremd gewesen. Erst Harry, Gran und Katherine hatten diesem Zustand ein Ende bereitet. Sie stand tief in ihrer Schuld.

»Ich habe diesen Schlafanzug geliebt.« Sie hatte ihn von ihrer Cousine Paula geerbt, die ihn wiederum von ihrer Cousine Nina geerbt hatte. Die angestrickten Füßlinge waren schon mehrfach gestopft und das Flanell ausgewaschen gewesen, aber Sophie hatte nie etwas Wunderbareres besessen. »Er war so weich und kuschelig.«

Harrys Blick flackerte, und Sophie wusste, dass er an den fadenscheinigen Baumwollpyjama dachte, den sie getragen hatte, als man sie auf seiner Türschwelle abgeladen hatte. In jener Nacht war es so kalt wie heute gewesen, und Harry hatte seine Wut nicht verbergen können. Erst Jahre später hatte sie verstanden, dass sich sein Zorn auf ihre Mutter gerichtet hatte.

»Am Anfang habe ich gar nicht bemerkt, dass du weintest. Nicht, bevor ich dein Gesicht sah.«

Sie wusste es noch ganz genau: Sie war die Treppe heruntergekommen, voller Furcht nach diesem schlimmen Traum, aber auch ängstlich darauf bedacht, kein Geräusch zu machen. »Ich hatte Angst, jemanden zu wecken.« Ihre Mutter hatte sie niemals wecken dürfen. »Ich dachte, dann wirst du böse auf mich und schickst mich wieder weg.« Sie rieb mit dem Daumen über Harrys Stirn, um die Falten zu glätten. »Aber natürlich hast du das nicht getan. Ich habe einfach nur auf deinem Schoß sitzen dürfen, und wir haben zusammen *Die boshafte Lady* gesehen.« Und zum ersten Mal in ihrem Leben hatte sich Sophie geborgen gefühlt.

»Warum so viele Erinnerungen, Sophie? Was ist heute passiert?«

Wo soll ich anfangen? »Ich habe Katherine heute bei einer Sache geholfen. Ich darf dir nichts Genaues sagen, aber es war in ›professioneller Funktion‹.« Sie zeichnete Gänsefüßchen in die Luft.

»Du hast einen Toten gesehen.« Seine Stimme verhärtete sich. »Tja, das erklärt das Parfüm. Und das war verdammt unverantwortlich von Katherine. Kein Wunder, dass du nicht schlafen konntest.«

»Ich bin jetzt ein großes Mädchen, Onkel Harry. Ich kann einen Toten ertragen. Im Übrigen hat Katherine überhaupt nicht damit gerechnet, dass ich einen Leichnam zu sehen bekomme. Es tat ihr ungeheuer leid.« Sie sah ihm in die Augen und holte tief Luft. »Und sie fühlte sich noch elender, als sie den Leichensack verschloss.«

Harry ließ die Schultern hängen und sah sie traurig an. »Ach, Liebes, das hätte nicht passieren dürfen.«

Sie zwang sich zu einem Lächeln. »Schon okay. Ich mochte heute Nacht nur nicht in dem Haus bleiben.«

»Dann bleibst du hier, in deinem alten Zimmer. Ich habe morgen frei. Dann backe ich dir Waffeln.«

Jetzt klang er wie ein kleiner Junge, und dieses Mal war ihr Lächeln echt. »Sehr verführerisch, Onkel Harry, aber ich muss morgen früh raus. Ich muss zum Haus und die Hunde rauslassen, danach bin ich den ganzen Tag im Museum. Aber wie wäre es mit einem Abendessen?«

»Du solltest nicht mit einem alten Mann zu Abend essen, sondern ausgehen. Du verkriechst dich seit einem halben Jahr in deinem Haus. Gibt es denn niemanden, den du leiden kannst?«

Vito Ciccotellis attraktives Gesicht tauchte vor ihrem geistigen Auge auf, und sie zog verärgert die Brauen zusammen. Ihn hatte sie leiden können, verdammt. Sie hatte ihn sogar respektiert. Aber schlimmer noch – sie hatte ihn begehrt, selbst dann noch, als sie begriffen hatte, dass sie ihn nicht haben konnte. Nun hinterließ der Gedanke an ihn einen fast so schlechten Geschmack auf ihrer Zunge wie das Gräberfeld, auf dem sie gearbeitet hatte.

»Nein. Jeder, den ich kennenlerne, ist entweder verheiratet, verlobt oder eine Ratte.« Ihre Augen verengten sich. »Und manchmal benehmen sie sich sogar, als seien sie anständig, und bringen dich dazu, dein Beef Jerky zu teilen.«

Er sah sie alarmiert an. »Bitte sag mir, dass Beef Jerky kein neumodischer Ausdruck für Sex ist.«

Verwirrt sah sie ihn einen Moment lang an und brach dann in so schallendes Gelächter aus, dass sie fast von der Sessellehne gefallen wäre. Hastig presste sie sich die Hand auf den Mund, um Tante Freya nicht zu wecken. »Nein, Onkel Harry. Meines Wissens ist Beef Jerky immer noch Trockenfleisch.«

»Du bist die Linguistin, du wirst es wissen.«

Sie stand auf. »Also – wie wär's mit Abendessen morgen? Ich führe dich ins Lou's aus.«

»Lou's?« Er dachte einen Moment lang nach. »Zu Käsesteak?«

»Nein, zu Weizenkeimen.« Sie verdrehte die Augen. »Natürlich zu Käsesteaks.«

Seine Augen begannen zu leuchten. »Mit extra Käsesoße?«

Sie küsste ihn aufs Haar. »Auch das. Wir treffen uns um sieben. Sei pünktlich.«

Sie war schon halb die Treppe zu ihrem alten Zimmer hinaufgegangen, als sie seinen Sessel quietschen hörte. »Sophie.« Sie wandte sich um und begegnete seinem traurigen Blick. »Nicht alle Männer sind schlecht. Du findest schon noch den Richtigen. Du verdienst nur den Besten.«

Sophies Kehle verengte sich, und sie schluckte heftig. »Da komme ich zu spät, Onkel Harry. Tante Freya hat sich schon den Besten geschnappt. Wir sehen uns morgen Abend.«

Montag, 15. Januar, 00.55 Uhr

Tino saß am Küchentisch, als Vito aus der Dusche kam. Sein Bruder deutete auf einen Teller Linguine mit Grandma Chicks roter Sauce. »Hab sie in der Mikrowelle heiß gemacht.«

Vito ließ sich seufzend auf einen Stuhl fallen. »Danke. Ich bin heute noch nicht zum Essen gekommen.«

Tino sah ihn besorgt an. »Warst du auf dem Friedhof?«

Außer Nick war Tino der Einzige, der wusste, welcher Tag heute war und wie Andrea gestorben war. Nick wusste es, weil er dabei gewesen war. Tino wusste es, weil Vito genau vor einem Jahr zu viel getrunken und ihm alles erzählt hatte. Doch sein Geheimnis war sowohl bei Nick als auch bei Tino sicher aufgehoben.

»Ja, aber nicht auf dem, den du meinst.« Das Feld von heute war nicht einmal ansatzweise mit dem gepflegten Friedhof zu vergleichen, auf dem er Andrea vor zwei Jahren neben ihrem kleinen Bruder begraben hatte.

Tino zog die Brauen hoch. »Was? Du hast heute Gräber entdeckt?«

Vito blickte um die Ecke zu den Jungs, die auf dem Boden schliefen. »Sch.«

Tino verzog das Gesicht. »Tut mir leid. Schlimm?«

»Allerdings.« Er verschlang stumm zwei Portionen, dann häufte er sich eine dritte auf den Teller.

Tino beobachtete ihn mit leichter Verwunderung. »Wann hast du denn das letzte Mal gegessen?«

»Zum Frühstück.« Ein Bild tauchte in seinem Geist auf – Sophie Johannsen mit tränenverschmiertem Gesicht, die ihm Kakao, Beef Jerky und Schokoküchlein anbot. »Nein, das stimmt gar nicht. Ich hatte vor einer Stunde noch einen Streifen Trockenfleisch.«

Tino lachte laut auf. »Beef Jerky? Du? Mr. Wählerisch?«

»Ich hatte Hunger.« Und aus Sophies Hand kam ihm der Snack

Tinos Lippen zuckten. »Von dem Teig hat es nicht viel in die Form geschafft.« Er hob die Schultern. »Als sie herkamen, waren sie wegen Molly ziemlich verstört. Ich fand, es konnte nicht schaden.«

Verblüfft, dass plötzlich Tränen in seinen Augen brannten, senkte Vito hastig den Blick und konzentrierte sich darauf, die Frischhaltefolie von dem Kuchen abzupulen. »Das war nett von dir, Tino.«

Tino zuckte wieder die Achseln, sichtlich verlegen über das Lob. »Sie sind unsere Jungs. Familie.«

Vito dachte an Sophies Lob, das so aufrichtig und ungekünstelt geklungen hatte. Es hatte ihn nicht verlegen gemacht, sondern von Herzen erfreut. Er hatte sich schon lange nicht mehr so gefühlt.

Tino stand auf. »Ich gehe jetzt schlafen. Morgen sieht die Welt schon wieder rosiger aus, glaub's mir.«

Das Bedürfnis zu reden überkam ihn so plötzlich wie ein Hieb mit einem Baseballschläger. Ohne den Blick von dem Guss-Desaster mit den paar Kuchenkrümeln zu heben, sagte er: »Ich habe heute jemanden kennengelernt.«

Aus dem Augenwinkel sah er, wie Tino auf den Stuhl zurücksank. »Oh? Von der Polizei?«

Nein. Nicht von der Polizei. Nie wieder. »Nein. Eine Archäologin.«

Tino blinzelte. »Eine Archäologin? Wie in *Indiana Jones*?« Vito lachte, als er sich Sophie Johannsen mit staubigem Filzhut vorstellte, wie sie sich mit einer Machete durch den Urwald kämpfte. »Na ja. Eher wie …« Ihm fiel auf die Schnelle kein passender Vergleich ein. »Sie gräbt Burgen in Frankreich aus. Sie spricht zehn Sprachen.« *Drei davon toter als die Leiche, von der Sie gerade kommen.* Sie hatte sich wegen ihrer Taktlosigkeit geschämt und es später mehr als wiedergutgemacht. Was war bloß in den letzten Momenten ihres Zusammenseins passiert?

»Sie hat also Köpfchen. Sonst noch interessante Merkmale?«

»Sie ist fast eins achtzig groß. Lippen wie Angelina. Blonde Haare bis zum Hintern.«

»Ich glaube, ich habe mich gerade verliebt«, neckte Tino ihn. »Und ihre … Ohrringe?«

Ein süffisantes Lächeln erschien auf seinen Lippen. »Sehr, sehr hübsch.« Dann wurde er wieder ernst. »Und das ist sie auch.«

»Interessantes Timing«, sagte Tino ohne Umschweife. »Ich meine, dass du sie ausgerechnet heute triffst.«

Vito sah zur Seite. »Ja. Das habe ich mir auch gedacht. Ob ich sie nur so toll finde, weil heute eben heute ist. Und dass es wohl der falsche Tag ist, um irgendetwas zu beschleunigen. Dass es sich um Sehnsucht oder die Suche nach Trost oder so etwas handelt.«

»Vito, nach zwei Jahren würde das wohl niemand mehr ›Suche nach Trost‹ nennen.«

Vito zuckte die Achseln. »Also habe ich mir gesagt, ich versuche, sie in ein paar Wochen noch einmal zu treffen, um herauszufinden, was genau bei mir dahintersteckt – und ob sie etwas Ähnliches empfindet. Aber dann ...« Er schüttelte den Kopf.

»Dann?«

Er seufzte. »Dann ging ich mit ihr zum Parkplatz. O Mann, Dino, sie fährt Motorrad. Eine BMW, von null auf hundert unter zehn Sekunden.«

Tino schürzte die Lippen. »Vollbusige Mieze auf schneller Maschine. Jetzt ist es ganz um mich geschehen.«

»Jedenfalls war es ein blöder Grund, die Sache zu überstürzen«, sagte Vito angewidert.

Tinos Augen weiteten sich. »Du hast sie also gefragt? Dich mit ihr verabredet? Ist ja interessant.«

Vito blickte düster. »Wollte ich. Aber es ist mir nicht besonders gut gelungen.«

»Sie hat dir einen Korb gegeben, hm?«

»Ja. Und dann ist sie davongebraust.«

Tino beugte sich über den Tisch und schnüffelte aufgesetzt. »Könnte an deinem einzigartigen Aftershave liegen. Muss ein toller Friedhof gewesen sein.«

»Allerdings. Und ich muss morgen wieder hin.«

Tino stellte die Teller in die Spüle. »Dann solltest du jetzt besser schlafen.«

»Ja.« Aber er machte keine Anstalten aufzustehen. »Gleich. Ich muss nur erst noch ein bisschen runterkommen. Danke, dass du das Essen aufgewärmt hast.«

Als Tino gegangen war, lehnte Vito den Kopf an die Wand, schloss die Augen und dachte an diese letzten Augenblicke mit Sophie zurück. Er wusste durchaus noch, wie man eine Frau zum Essen einlud, und er hatte noch nie einen Korb bekommen. Jedenfalls nicht so. Er musste zugeben, dass es ein wenig an seinem Ego kratzte.

Es wäre ein Leichtes gewesen, das als typisch weibliche Launenhaftigkeit abzutun, nur erschien ihm diese Frau nicht wie der launische Typ. Also musste etwas geschehen sein. Vielleicht hatte er etwas gesagt oder getan ... Aber er war jetzt zu müde, um ernsthaft darüber nachzudenken. Morgen würde er sie einfach danach fragen. Das war klüger, als stundenlang zu versuchen, eine Frau zu enträtseln.

Er war aufgestanden, um die Lichter auszumachen, als er ein kleines Schniefen hörte, das von einer der Gestalten auf dem Boden seines Wohnzimmers kam. Vitos Herz zog sich zusammen. Pierce. Die armen Jungen. Bestimmt hatte es sie zu Tode erschreckt, ihre Mutter zusammenbrechen zu sehen. Er ging neben Pierce' Schlafsack in die Hocke und strich dem Jungen mit der Hand über den Rücken. Dann öffnete er den Schlafsack ein Stück und sah in das verweinte Gesicht des kleinen Jungen.

»Hast du Angst?«

Pierce schüttelte heftig den Kopf, aber Vito wartete schweigend, und einen Moment später nickte er.

Connor setzte sich auf. »Er ist ja noch klein. Du weißt ja, wie kleine Kinder sind.«

Vito nickte wissend, als er sah, dass auch Connors Augen ein wenig geschwollen wirkten. »Ja, weiß ich. Ist Dante auch wach?« Er zog den Schlafsack weit genug herunter, um einen Kinderschopf zu enthüllen, und Dante blinzelte zu ihm auf. »Ja, schläft denn hier keiner? Was kann ich tun? Wie wär's mit warmer Milch?«

Connor verzog das Gesicht. »Du machst Witze, oder?«

»Na ja, im Fernsehen wird das immer so gemacht.«

Vito setzte sich zwischen Pierce und Dante auf den Boden. »Und was könnte euch helfen? Ich kann nämlich nicht die ganze Nacht mit euch aufbleiben. Ich muss in ein paar Stunden schon wieder aufstehen, und wenn ihr drei hellwach seid, werde ich kein Auge zutun, das weiß ich genau. Irgendwann fangt ihr nämlich an zu streiten. Wie lösen wir das Problem also?«

»Mom singt immer«, murmelte Dante. »Sie singt Pierce was vor.«
Pierce warf Vito einen »Na-klar«-Blick zu. »Sie singt uns allen was vor.«

Molly hatte eine schöne Sopranstimme, rein und wie für Schlaflieder gemacht. »Und was singt sie?«

»Die vierzehn Engel«, sagte Connor leise, und Vito wusste, dass er sich nicht drücken konnte: Wenn er das Lied sang, wäre es ein wenig, als sei ihre Mutter hier.

»Aus *Hänsel und Gretel*.« Auch er hatte diese Oper, genau wie sein Großvater, immer sehr gemocht. »Na ja, ich bin zwar nicht eure Mom, aber ich gebe mein Bestes.« Er wartete, bis sich die Jungen wieder in ihre Schlafsäcke gekuschelt hatten. »Großvater Chick hat eurem Daddy und mir das Lied auch immer vorgesungen, als wir noch klein waren«, murmelte er, eine Hand auf Dantes Rücken, die andere auf Pierce'. Das Singen brachte ihm die schöne Erinnerung an seinen heißgeliebten Großvater zurück, der seine Liebe zur Musik schon im zartesten Kindesalter unterstützt hatte.

Abends will ich schlafen gehen,
vierzehn Engel um mich stehen.
Zwei zu meiner Rechten, zwei zu meiner Linken,
zwei zu meinen Häupten, zwei zu meinen Füßen,
zwei, die mich decken, zwei, die mich wecken,
zwei, die mich weisen
zu den himmlischen Paradeisen.

»Du kannst das auch sehr schön singen«, flüsterte Pierce.

Vito lächelte.

»Danke«, flüsterte er zurück.

»Er hat auch bei Tante Tess' Hochzeit und auf unserer Taufe gesungen«, wisperte Connor. »Mom hat geheult.«

»Och, so schlecht war das nun auch nicht«, neckte Vito ihn und war froh, als Connors Mundwinkel ein klein wenig noch oben wanderten. »Ich wette, eure Mom denkt gerade an euch. Und sie will garantiert, dass ihr schlaft.« Er sang die zweite Strophe etwas leiser, weil Dante bereits eingeschlafen war, und als er fertig war, schlief auch Connor. Blieb nur noch Pierce, der so furchtbar klein und zart in seinem Schlafsack aussah. Vito seufzte. »Willst du bei mir schlafen?«

Pierce' Nicken kam schnell. »Ich zappele auch nicht.«

Vito hob ihn samt Schlafsack auf die Arme. »Und du machst auch nicht ins Bett?«

Pierce zögerte. »In letzter Zeit nicht.«

Vito lachte. »Gut zu wissen.«

Montag, 15. Januar, 7.45 Uhr

Das Klingeln des Handys neben seinem Bett riss Gregory Sanders aus seinem whiskygeschwängerten Schlaf. Völlig erschlagen verfehlte er bei den ersten Versuchen sein Ohr.

»Ja.«

»Mr. Sanders.« Die Stimme war ruhig, aber leicht drohend. »Wissen Sie, wer hier spricht?«

Greg rollte sich auf den Rücken und unterdrückte ein Stöhnen, als der Raum sich heftig drehte. Verdammter Kater. Aber er war diesem Gespräch, solange er konnte, aus dem Weg gegangen. Jetzt war es wohl an der Zeit, dem Teufel seinen Anteil zu zahlen. Greg wollte nicht darüber nachdenken, wie dieser Anteil aussah, aber er war sicher, dass es für ihn ziemlich unangenehm werden würde. Er schluckte.

»Ja.«

»Sie haben sich rargemacht, Mr. Sanders.«

Greg versuchte sich aufzusetzen. Ihm war schwindelig, als er sich gegen die Wand lehnte. »Tut mir leid. Ich …«

»Sie was?« Die Stimme verspottete ihn. »Haben Sie unser Geld?«

»Nein. Nicht alles jedenfalls.«

»Das ist nicht gut, Mr. Sanders.«

Greg presste die Finger auf die pochende Schläfe. »Moment. Hören Sie, ich habe einen Job. Morgen. Dafür kriege ich fünfhundert. Die gehören Ihnen.«

»Bitte, Mr. Sanders. Das ist ja, als würden Sie versuchen, ein Buschfeuer auszupinkeln. Zu wenig und zu spät. Wir wollen unser

Geld heute Nachmittag fünf Uhr. Es ist uns egal, was Sie tun müssen, um es zu kriegen – Hauptsache, Sie geben es uns. Ansonsten werden Sie überhaupt nicht mehr pinkeln, weil Sie nicht mehr über die nötige, sagen wir, *Ausrüstung* verfügen. Haben wir uns verstanden?«

Gregs Magen rebellierte. Er verstand nur allzu gut. »Ja. Ich meine: Ja, Sir.«

»Fein. Einen schönen Tag noch, Mr. Sanders.«

Greg ließ sich ins Kissen zurücksinken, dann kam er wieder hoch und schleuderte das Handy gegen die Wand. Putz rieselte von der Wand, und Glas ging zu Bruch, als ein Bild vom Haken fiel.

Dann flog die Tür auf. »Was ist hier los?«

Greg stöhnte in sein Kissen. »Geh weg.« Aber jemand zerrte ihn an der Schulter herum, und er fuhr zusammen, als ihn eine saftige Ohrfeige traf. Sein Kopf schien zu explodieren.

Und heute Nachmittag um fünf wünsche ich mir wahrscheinlich, er hätte es getan.

»Mach die Augen auf, du Mistkerl.«

Greg gehorchte. Jill starrte auf ihn herab. Mit einer Hand hielt sie ihn am T-Shirt gepackt, die andere war zum zweiten Schlag erhoben.

»Nicht noch mal.« Es klang beinahe wie ein Winseln.

»Du …« Jill schüttelte angewidert den Kopf. »Ich lasse dich hier übernachten, obwohl ich es besser wissen müsste und nur weil ich einmal so blöd war, dich zu lieben. Aber du bist nicht mehr der, der du einmal gewesen bist. Das war er, nicht wahr? Der Kerl, der immer hier anruft und nach dir fragt. Du schuldest ihm Geld, richtig?«

»Ja«, hauchte er. »Ich schulde ihm Geld. Ich schulde dir Geld. Ich schulde meinen Eltern Geld.« Er schloss die Augen. »Ich schulde der Bank Geld.«

»Früher warst du mal ein toller Kerl.« Sie ließ das T-Shirt los und versetzte ihm einen Schubs. »Jetzt bist du bloß versoffen und dreckig. Du hast seit einem Jahr nicht mehr gearbeitet.«

Er legte sich die Hand über die Augen. »Wie mein Agent mir ständig sagt.«

»Spiel hier nicht den Klugscheißer. Du hattest eine Zukunft vor dir. Verdammt, Greg, dein Gesicht hat es fast bis in jedes Wohnzimmer der Stadt geschafft. Aber du hast alles verspielt.«

»Und dies war Ihr Leben, Gregory Sanders«, höhnte er schwach.

Jill stieß den Atem aus, aber es klang wie ein Schluchzen, und als er die Augen wieder öffnete, sah er, dass sie weinte.

»Die brechen dir die Beine, Greg«, flüsterte sie.

»Das wird nur im Kino so gemacht. Im wahren Leben tun sie Schlimmeres.«

Sie wich einen Schritt zurück. »Aber ich bin diesmal nicht diejenige, die deine Einzelteile aufsammelt. Und wehe, wenn du hier noch etwas kaputt machst.« Sie drehte sich um und ging zur Tür. »Bis Samstag bist du ausgezogen, klar?« Und dann war sie verschwunden.

Ich sollte wütend sein. Aber er war es nicht. Sie hatte ja recht. *Ich hatte alles und habe es in die Tonne getreten. Ich muss es mir zurückholen. Ich muss meine Schulden bezahlen und neu durchstarten.* Er hatte keinen Pfennig mehr. Aber er hatte immer noch sein Gesicht. Früher einmal hatte er damit ganz anständig Geld verdient. Das konnte wieder geschehen.

Behutsam kletterte er aus dem Bett und setzte sich vor seinen Computer. Bis morgen hatte er immerhin fünfhundert Dollar. Aber das war nicht einmal ein Zehntel des Betrags für seinen Hauptschuldner. Von den Zinsen ganz zu schweigen … Er brauchte mehr Geld, und zwar schnell. Aber woher nehmen? Ohne nachzudenken, klickte er seine Mailbox an und öffnete die Nachricht von E. Munch.

Wenigstens war dieser Job nicht abgesagt worden – nur um ein paar Stunden verschoben. *Bis dahin kann ich mich verstecken.* Aber warum machte er sich überhaupt die Mühe? Fünfhundert Dollar war wirklich wie Pisse auf ein Buschfeuer. Es wäre besser, nach Kanada abzuhauen, seine Haare zu färben und einen anderen Namen anzunehmen.

Oder … vielleicht gab es noch eine andere Möglichkeit. Munch war bereit, fünf Scheine lockerzumachen, und zwar bar auf die Hand, und in seiner ersten E-Mail hatte er gesagt, er hätte zehn Rollen zu vergeben. Selbst verkatert konnte Greg dies zusammenrechnen. In Munchs Profil stand, dass er seit mehr als vierzig Jahren im Filmgeschäft tätig war. Ein alter Mann. Alte Leute versteckten ihr Geld oft an allen möglichen Orten. Mit alten Leuten wurde man leicht fertig.

Nein! Das ging doch nicht. Dann dachte er an die Drohung in Bezug auf seine ... »Ausrüstung«. O doch, es ging. Und wenn Munch das Geld nicht bei sich hatte ... nun, darum würde er sich kümmern, wenn es so weit war.

6. Kapitel

Montag, 15. Januar, 8.15 Uhr

LIEUTENANT LIZ SAWYER saß an ihrem Tisch und blickte auf die Skizze des Vier-mal-vier-Rasters aus Gräbern und schüttelte langsam den Kopf. »Das ist unglaublich.«

»Ja, das ist es«, sagte Vito. »Neun Leichen. Und die Archäologin hat bisher mit allem, was sie gesagt hat, recht gehabt.«

Liz schaute auf. »Sie haben sich vergewissert, dass diese sieben leer sind?«

»Leer, aber mit Sperrholz abgedeckt, wie Sophie gesagt hat«, antwortete Nick.

»Wo stehen wir jetzt also?«

»Drei Tote im Leichenschauhaus«, erklärte Vito. »Die Lady, der Ritter und einer, dem der halbe Kopf fehlt. Die vierte Leiche wird gerade hergefahren. Jen arbeitet am fünften Grab.«

Nick fuhr fort. »Die vierte Leiche ist männlich, älter. Die ersten drei sahen aus, als seien sie um die zwanzig gewesen. Dieser könnte um die sechzig sein. Keine sichtbaren Anomalitäten.«

»Keine drapierten Gliedmaßen, fehlenden Eingeweide oder ausgekugelten Arme?«, fragte Liz sarkastisch.

Vito schüttelte den Kopf. »Die vierte Leiche scheint ein gewöhnliches Opfer zu sein.«

Der Stuhl quietschte, als Liz sich zurücklehnte. »Wie gehen wir vor?«

»Zuerst erkundigen wir uns im Leichenschauhaus«, sagte Nick. »Katherine hat unseren Fällen Priorität eingeräumt, und wir müssen diese Leute identifizieren. Wenn wir Namen haben, finden wir vielleicht ein Muster.«

»Im Labor wird der Boden analysiert«, fuhr Vito fort. »Jen hofft herauszufinden, woher die aufgeschüttete Erde stammt, und vielleicht deutet ja irgendetwas auf unseren Täter. Aber bisher sieht es leider nicht so aus, als habe er etwas hinterlassen.«

Liz blickte wieder auf die Skizze. »Warum die leeren Gräber? Ich meine, natürlich können wir davon ausgehen, dass er noch nicht beendet hat, wie immer sein Plan aussieht, aber wieso diese beiden Gräber hier frei lassen?« Sie zeigte auf die beiden hinteren der zweiten Reihe. »Er hat die ganze erste Reihe belegt, die ersten zwei der zweiten, und dann fängt er plötzlich wieder mit der dritten an.«

»Er wird einen Grund dafür haben«, sagte Vito. »Ich bin sicher, er hat alles genauestens geplant. Ich kann mir nicht vorstellen, dass er die zwei Gräber aus Jux auslässt, aber wir müssen erst alle Opfer herausholen, bevor wir irgendwelche Theorien formulieren.«

Liz deutete auf ihre Bürotür. »Halten Sie mich auf dem Laufenden. Ich sehe zu, dass ich ein weiteres Team für Sie abstellen kann, damit Sie Spuren nachgehen können. Ich brauche Ihnen wohl kaum zu sagen, dass der Bürgermeister mit den Hufen scharrt. Lassen Sie mich nicht dumm dastehen.«

Vito nahm die Skizze. »Ich mache Ihnen eine Kopie. Versuchen Sie, den Bürgermeister davon abzuhalten, sich zu früh an die Presse zu wenden, ja?«

»Bisher haben wir Glück gehabt«, sagte Liz. »Die Reporter wissen noch nichts von unserem geheimen Garten, aber es ist nur eine Frage der Zeit. Zu viele Leichen im Kühlhaus, zu viele CSU-Techniker mit Überstunden. Irgendein Reporter wird früher oder später etwas wittern. Geben Sie nur keine Kommentare ab und überlassen Sie den Rest mir.«

Vito lachte grimmig. »Den Befehl befolge ich nur allzu gern.«

Montag, 15. Januar, 8.15 Uhr

Das Albright Museum befand sich in einem Gebäude, das einmal eine Schokoladenfabrik gewesen war. Als Sophie vor einem halben Jahr über Teds Angebot nachgedacht hatte, war das ein Entscheidungsfaktor gewesen. Es konnte nur Schicksal sein: Das Museum konnte sich einer großartigen privaten Sammlung mittelalterlicher Ausstellungsstücke rühmen *und* befand sich in einer ehemaligen Schokoladenfabrik! Wie sollte man da noch Nein sagen?

Tja, gute Frage, dachte sie düster, als sie die Eingangstür aufschloss. Und eine saudumme dazu. Denn sie hatte sich gründlich geirrt. Das Angebot von Ted III. anzunehmen war der Fehler des Jahrhunderts gewesen. *Und ich habe schon ein paar verdammt dumme Fehler begangen,* dachte sie mit verstärktem Ingrimm. Vito Ciccotellis attraktives Gesicht tauchte vor ihrem geistigen Auge auf, und sie schob es resolut beiseite. Wenigstens hatte sie herausfinden können, wie er es mit Freundinnen handhabte, bevor sie in dieser Hinsicht etwas richtig Dummes getan hatte – wie zum Beispiel mit ihm ins Bett zu steigen.

»Hallo?«, rief sie.

»Ich bin im Büro.« Teds Frau Darla saß hinter dem großen, zugemüllten Schreibtisch, einen Bleistift in ihrem grauen Haar. Darla machte die Buchhaltung, was bedeutete, dass die wichtigste Funktion des Museums – nämlich Sophies Gehaltsscheck – in kompetenten Händen lag. »Wie war dein Wochenende, Liebes?«

Sophie schüttelte den Kopf. »Das willst du gar nicht wissen.«

Darla blickte leicht besorgt auf. »Ist etwas mit deiner Großmutter?«

Das war einer der Gründe, weshalb Sophie Darla so mochte: Sie war ein wirklich guter Mensch, der sich um andere kümmerte. Und sie wirkte ziemlich normal, was ein angenehmes Gegengewicht zu Albrights Spinnereien darstellte. Mit Ausnahme von Darla war Teds ganze Familie … schlichtweg durchgeknallt.

Da war Ted selbst mit seiner höchst befremdlichen Vorstellung, wie man ein Museum leitete, und sein Sohn, den Sophie im Geist immer als Ted IV. bezeichnete. Theo war ein mürrischer, in sich gekehrter Neunzehnjähriger, der sich selten blicken ließ. Das wäre nicht unbedingt ein Problem gewesen, wenn Theos neuster Job nicht darin bestünde, die Ritterführung zu übernehmen, und wenn er nicht erschien, fiel diese ehrenvolle Aufgabe Sophie zu, die außer ihm als Einzige in das Ritterkostüm passte. Darla war gerade knapp über eins sechzig und ihre Tochter, Patty Ann, noch kleiner.

Patty Ann kam gerade aus der Damentoilette. Sie trug ein sehr konservatives blaues Kostüm, was Sophie misstrauisch machte. »Nanu? Patty Ann sieht ja richtig hübsch aus heute. Wie kommt's?«

Darla lächelte, ohne aufzuschauen. »Ich bin bloß froh, dass heute nicht Mittwoch ist.«

Mittwoch war Patty Anns Gothic-Tag, dann trug sie das düstere Schwarz der Grufties. An anderen Tagen wusste man nie, wie sie zur Arbeit auftauchen würde. Patty Ann wollte Schauspielerin werden, hatte aber noch keine eigene Persönlichkeit herausgearbeitet, also imitierte sie, wen immer sie konnte. Und das meist nicht besonders gut.

Sophie bezweifelte, dass es besonders klug war, das Mädchen hinter den Empfangstresen zu setzen. Wie viele Besucher würden wohl nur einen Blick auf Patty Ann werfen und dann – gerade mittwochs – auf dem Absatz kehrtmachen und schnurstracks zum Franklin Institute oder zu einem anderen echten Museum marschieren? Aber Sophie hielt den Mund, denn sosehr sie es verabscheute, im Kostüm Führungen zu veranstalten – fröhlich jeden Besucher begrüßen zu *müssen* wäre noch schlimmer gewesen. *Ich will meinen Haufen Steine zurück.*

Endlich sah Darla auf. »Theo ist erkältet.«

Sophie verdrehte die Augen. »Und heute ist die Rittertour dran. Na, fantastisch. Verdammt, Darla … oh, okay, es tut mir leid. Aber ich wollte heute wirklich richtige Arbeit erledigen.«

Darla seufzte bekümmert. »Diese Führungen bringen uns viel Geld ein, Sophie.«

»Ich weiß.« Aber manchmal fand sie, dass sie sich für dieses Geld prostituierte. Sie war bei einem Unternehmen angestellt, das die Geschichte ausverkaufte. Aber solange Anna noch lebte, brauchte sie das Geld. Und sie konnte nur hoffen, dass sie das Geld noch sehr, sehr lange brauchen würde.

»Die Ritterführung beginnt um halb eins. Die Wikinger um drei.«

O Freude, o Entzücken. »Ich werde in voller Montur erscheinen.«

Montag, 15. Januar, 8.45 Uhr

»Ihr habt Glück, Jungs«, sagte Katherine, als sie die Leiche des Ritters aus seinem Kühlfach zog. »Der Typ hat eine Tätowierung. Dadurch können wir ihn vielleicht schneller identifizieren.«

Sie zog das Tuch zur Seite und enthüllte die Schulter des Mannes. »Ihr wisst, was das ist?«

Vito beugte sich vor und starrte auf die Tätowierung. »Ein Mann.«

»Aber nicht irgendein Mann. Wenn du ihn so eingehend betrachten würdest, wie du es gestern bei Sophie getan hast, wüsstest du Bescheid.«

Vitos Wangen wurden warm. Ihm war nicht bewusst gewesen, dass er Dr. Johannsen so offensichtlich angestarrt hatte. Als er sich verlegen wieder herabbeugte, fing er Nicks amüsiertes Grinsen auf. Das wäre alles erträglich gewesen, wenn Sophie ihn gestern Abend nicht so knallhart abgewiesen hätte. Es hing ihm noch immer nach. »Ein gelber Mann«, sagte er lahm.

Nick sah Vito über die Schulter. »Der Oscar. Academy Award.«

Vito blinzelte. »Nicht besonders gut getroffen, aber du könntest recht haben.« Er richtete sich wieder auf. »Vielleicht ist unser Ritter Schauspieler.«

Nick zuckte die Achseln. »Immerhin ein Anfang. Das könnte unsere Suche zumindest einengen.«

Vito zog das Notizbuch aus der Tasche. »Todesursache ist das Loch im Bauch?«

»Höchstwahrscheinlich. Ich fange heute noch mit der Autopsie an. Bisher habe ich die drei Opfer von gestern vor allem äußerlich untersucht.« Sie warf einen Blick auf den Ritter und seufzte. »Dieser hat jedenfalls gelitten. Das steht leider fest.«

»Ja, es tut sicher ein bisschen weh, ausgeweidet zu werden«, sagte Nick sarkastisch.

»Ich kann nur hoffen, dass er wenigstens nicht bis zum Ende durchgehalten hat, aber ich fürchte schon. Ich bin ziemlich sicher, dass er noch gelebt hat, als ihm jeder größere Knochen im Körper ausgerenkt wurde.«

Vito und Nick verzogen die Gesichter. »Mein Gott«, murmelte Vito. »Aber wie kann man … Ich meine, er ist groß und kräftig.«

»Eins neunundachtzig groß, dreiundneunzig Kilo schwer«, bestätigte Katherine. »Und er hat sich gewehrt wie der Teufel. Ich habe tiefe Schürfwunden an Hand- und Fußgelenken gefunden, wo er gefesselt war. Und, ja, ich habe bereits Fasern des Stricks ans Labor geschickt, aber erhofft euch nicht zu viel, Jungs. Abgesehen von den verrenkten Gliedern und den fehlenden Innereien war er anscheinend ziemlich gut in Form.« Sie hielt die Hand hoch. »Und noch mal ja, ich habe bereits eine Urinprobe ins Labor gegeben, um ein paar Tests machen zu lassen. Ich kann mir nämlich nicht vorstellen, wie man ihn ohne Betäubungsmittel überwältigen konnte. Ein Schädeltrauma habe ich bisher nicht gesehen.«

Nick stieß den Atem aus. »Und die Frau?«

»Offizielle Todesursache ist ein gebrochenes Genick.« Sie zog wieder eine Bahre heraus, und unter dem Tuch waren die gefalteten Hände zu ahnen.

»Ihr müsst die Rückseite sehen.« Katherine zog das Tuch weg und drückte behutsam gegen die Hüfte der Frau, sodass die Rückseite der Oberschenkel zu sehen war. »Ein Muster von kleinen Verletzungen in regelmäßigen Abständen und sehr tief.« Sie sah mit grimmiger Miene auf. »Ich würde auf Nägel tippen.«

Vitos Augen brannten. Blinzelnd betrachtete er das Punktmuster auf der Haut der Frau. Kleine runde Löcher. »Nur an den Beinen?«

»Nein.« Katherine schob die Leiche zurück ins Kühlfach. »An den Oberschenkeln ist es am tiefsten, aber man findet das Muster auch am Rücken, den Waden und der Rückseite der Arme. Ich schätze, sie saß aufrecht und wurde von ihrem eigenen Körpergewicht in die Nägel gedrückt.«

Nick sah alles andere als entspannt aus. »Ein Stuhl mit Nägeln?«

»Oder etwas in der Art. Ihr Gesäß war verbrannt. Kein Stück heile Haut.« Katherine sah wütend aus. »Und sie hat die ganze Zeit über noch gelebt.«

Vitos Magen rebellierte, als ihm das Ausmaß der Grausamkeit bewusst wurde. »Wir haben es hier also mit einem kreativen Sadisten zu tun. Ich meine, welcher Mensch kommt schon auf die Idee mit einem Nagelstuhl?«

Nick hatte sich an Katherines Computer gesetzt. »Komm mal her, Chick, und sieh dir das an.«

Vito verengte die Augen, als er auf den Bildschirm blickte. Dort war der Stuhl mit den Dornen zu sehen, den er sich eben noch widerwillig vorgestellt hatte. Gurte waren an den Armlehnen und Stuhlbeinen befestigt. »Was zum Teufel ist das?«

»Ich konnte gestern Nacht nicht schlafen – ich musste immer daran denken, wie sie die Hände gehalten hatte. Also bin ich aufgestanden und habe im Internet über mittelalterliche Grabfiguren recherchiert. Sophie hatte übrigens recht. Die Posen unserer Opfer sind exakt wie die der Steinfiguren auf den Särgen, die ich online gefunden habe.«

Vito wollte im Augenblick nicht an Sophie denken. Das hatte er in der Nacht, in der er nicht besonders geschlafen hatte, schon zur Genüge getan. »Fein gemacht«, murrte er, ohne den Blick vom Bildschirm zu lösen. »Aber was ist mit dem Stuhl? Sag mir jetzt bitte nicht, dass man so etwas einfach ersteigern kann.«

Nick sah bekümmert auf. »Könnte sein. Aber diese Seite gehört zu einem Museum in Europa, das auf mittelalterliche Foltermethoden spezialisiert ist.«

»Ein Foltermuseum?« Dieser Stuhl war also echt – er existierte in einem Museum. Und einer existierte hier in Philadelphia. »Ich möchte mir nicht einmal ansatzweise vorstellen, wie sie gelitten hat. Der Ritter ebenfalls. Und mit den anderen haben wir noch nicht einmal angefangen.« Er legte sich die Hand in den Nacken und presste gegen seinen Kopf, in dem es zu pochen begonnen hatte. »Wie bist du auf die Webseite gestoßen?«

»Mir fiel wieder ein, was Sophie über eine Foltermethode im Mittelalter gesagt hat. Dass es üblich gewesen sei, die Opfer auszuweiden. Ich habe ›mittelalterliche Folter‹ eingegeben und kam dorthin. Der Stuhl hat dreizehnhundert Dornen.«

»Das könnte zu dem Muster der Verletzungen passen«, stimmte Katherine mit gepresster Stimme zu.

Vito fuhr sich mit der Hand durchs Haar. »Wir haben also Opfer, die wie Liegefiguren auf mittelalterlichen Gräbern drapiert werden. Und wir haben einen Nagelstuhl, eine Ausweidung und – was noch? Eine Streckbank? Das ist doch nicht normal, Leute.« Seine Bemerkung kam ihm selbst lapidar vor, aber die beiden anderen schien es nicht zu kümmern.

»Ein Serienkiller mit Motto«, murmelte Nick. »Nur das Opfer, das auf dem Weg hierher ist, fällt aus der Reihe. Es scheint nichts von diesen spaßigen Extras zu haben.«

Katherine wich vom Computer zurück. »Ich dachte, ich hätte in diesem Job schon alles gesehen, aber ich habe mich mal wieder geirrt.« Sie straffte die Schultern. »Bisher habe ich übrigens noch zwei Dinge gefunden.« Sie reichte Vito ein Schraubglas mit weißen Krumen. »Ich habe das vom Draht geschabt, der um die Hände des männlichen Opfers gewickelt war. Bei der Frau war etwas, das ähnlich aussieht.«

Vito hielt das Glas gegen das Licht und reichte es an Nick weiter. »Und?«

Katherine runzelte die Stirn. »Sieht nach Silikon aus. Ich habe etwas ans Labor geschickt. Ich sage Bescheid, wenn ich Ergebnisse habe.«

»Und was war noch?«, fragte Nick.

»Alle drei Opfer sind gründlich gewaschen worden. Eigentlich hätte überall Blut sein müssen, aber ich habe nichts gefunden. Das führt mich zu dem Gedanken, dass auf den Opfern wahrscheinlich noch viel mehr von diesem weißen Zeug im Glas gewesen ist.«

»Wir werden im Vermisstenregister nach der Tätowierung suchen«, sagte Nick. »Dank dir, Katherine.«

»Und dann sollten wir Sophie anrufen«, fügte er hinzu, als sie wieder im Flur waren. »Ich würde gerne mehr über diese Folterinstrumente herausfinden. Wie kommt man an solche Dinger ran? Vielleicht weiß Sophie etwas, das uns weiterhilft. Ich denke, wir sollten uns von Katherine ihre Nummer geben lassen.«

Vito musste zugeben, dass die Idee gut war. Die Frau kannte sich offensichtlich in ihrem Fach aus. Und vielleicht bekam er auch eine Chance herauszufinden, womit er das wütende Aufblitzen in ihren Augen verdient hatte, mit dem sie ihn gestern Abend bedacht hatte.

Aber mehr als alles andere wollte er sie wiedersehen. »Sie arbeitet im Albright Museum. Wenn wir mit der Vermisstenliste durch sind, fahren wir rasch bei ihr vorbei.«

Dutton, Georgia, Montag, 15. Januar, 10.10 Uhr

»Danke, dass du gekommen bist«, sagte Daniel. »Ausgerechnet an deinem freien Tag.«

Luke hielt den Blick unverwandt auf den Computerbildschirm gerichtet. »Für einen Freund tue ich alles.«

»Und dass nicht weit von hier ein See mit fetten Barschen liegt, war ein hübscher Nebeneffekt, richtig?«, sagte Daniel sarkastisch, und Luke grinste nur.

»Hast du schon was gefunden?«

Luke zuckte die Achseln. »Kommt drauf an. Vor Mitte November gibt es keine E-Mails.«

»Was heißt das? Es gab nie welche, oder wurden sie gelöscht?«

»Gelöscht. Aber ab Mitte November sind hier wieder Mails gekommen. Meistens Eingangsbestätigungen für bezahlte Rechnungen, abgesehen von dem üblichen Spam. Alle anderen Nachrichten gehen hauptsächlich zwischen deinem Dad und einem gewissen Carl Sargent hin und her.«

»Sargent ist Gewerkschaftler in der Papiermühle, die die halbe Stadtbevölkerung beschäftigt. Dad hat sich mit ihm getroffen, bevor er abgereist ist. Gestern habe ich herausgefunden, dass mein Dad für den Kongress kandidieren wollte.«

Luke las die restlichen E-Mails. »Sargent fragt deinen Vater dauernd, wann er seine Kandidatur öffentlich machen will, und dein Vater vertröstet ihn jedes Mal. In dieser Mail steht, dass er zu viel zu tun hat. In dieser hier wiederum, dass er eine Pressekonferenz ansetzen will, sobald er eine wichtige Sache erledigt hat.«

»Mit meiner Mutter«, murmelte Daniel. »Sie hat Krebs.«

Luke verzog das Gesicht. »Das tut mir leid, Daniel.«

Wieder packte Daniel der dringende Wunsch, sie zu sehen, bevor es zu spät war. »Danke. Kannst du irgendeine Art von Reiseroute finden? Irgendetwas, das mir verrät, wo sie jetzt gerade stecken?«

»Nein.« Luke tippte etwas ein und rief die Online-Banking-Seite auf. »Wenn du deinen Dad gefunden hast, sag ihm bitte, dass er sein Passwort nicht in einer Word-Datei auf der Festplatte speichern sollte. Das ist, als würde man Einbrechern den Schlüssel auf einem Silbertablett überreichen.«

»Als ob er auf mich hören würde«, brummelte Daniel.

Luke presste mitfühlend die Lippen aufeinander.

»Mein alter Herr ist genauso. Sieht nicht so aus, als hätte dein Vater in den letzten neunzig Tagen irgendwelche größeren Beträge abgebucht. Tja … das ist so weit alles!«

»Was ich nicht verstehe, ist, wieso er seine Post und seine Bankgeschichten sozusagen ferngesteuert macht. Ich meine, wenn er schon Zugang zu einem Computer hat, warum nicht direkt überweisen?«

»Vielleicht will er auch unterwegs auf Dateien von seiner Festplatte zugreifen können.« Luke tippte etwas ein. »Hey – das ist allerdings interessant.«

»Was denn?«

»Der Verlauf, der Nachweis aller Seiten, die besucht wurden, ist gelöscht.«

»Vollständig?«

»Nein. Aber es ist nicht schlecht gemacht.« Er gab wieder etwas ein. »Sogar überraschend gut. Selbst Computertechniker hätten Schwierigkeiten dahinterzukommen.« Er blickte auf und sah seinen Freund ernst an. »Daniel, jemand ist im System deines Vaters gewesen.«

Wieder verspürte Daniel extremes Unbehagen. »Vielleicht, vielleicht aber auch nicht. Mein Vater ist ein Computernutzer der alten Schule. Und er ist ziemlich paranoid, was Sicherheit angeht. Ich kann mir durchaus vorstellen, dass er seine Spuren selbst löscht.«

Luke zog die Stirn in Falten. »Wenn ihm Sicherheit so wichtig wäre, hätte er seine Passwörter nicht auf der Festplatte gespeichert. Außerdem ist dein Vater doch Richter, oder?«

»Ja, das war er früher. Elektronik ist sein Hobby. Amateurfunk, ferngesteuerte Raketen, aber besonders Computer. Er nimmt alles auseinander und baut es wieder zusammen. Wenn jemand weiß, wie man das eigene System sauber hält, dann mein Vater.«

Luke wandte sich wieder dem Bildschirm zu. »Schon komisch, wie sich manche Dinge vererben, andere aber gar nicht. Du hast nun wirklich nichts mit Computern am Hut.«

»Nein, da hast du recht«, murmelte Daniel. Dieses Können hatte sich in einen anderen Familienzweig weitervererbt. Aber er erinnerte sich nicht gern daran, daher schloss er rasch die Tür zu diesem finsteren Winkel seines Bewusstseins. »Und? Kannst du den Löschvorgang rückgängig machen?«

Luke sah beinahe beleidigt aus. »Na klar. Aber das hier ist irgendwie komisch. Bei all den Reisebroschüren hätte ich ein paar Touristikseiten erwartet, aber ich kann in seinem Cache nichts finden.«

»Stattdessen?«

»Die Wettervorhersage für Philadelphia, zwei Wochen vor Thanksgiving. Und … eine Suche nach Krebsspezialisten im weiteren Umkreis von Philadelphia. Hast du auch Reiseinformationen für Philly gefunden?«

Daniel beugte sich vor, um besser zu sehen. »Nein.«

»Tja, da würde ich anfangen, wenn ich du wäre. Sieht aus, als hätten sie gewisse Vorsichtsmaßnahmen ergriffen für den Fall, dass deine Mutter unterwegs einen Arzt bräuchte.« Mitfühlend zog er die Mundwinkel herab. »Ich habe eine Verabredung mit See und Barsch. Magst du nicht mitkommen?«

»Nein, aber nett, dass du fragst. Ich denke, ich schau mich hier noch ein bisschen um. Und überprüfe die Philadelphia-Spur. Danke für deine Hilfe, Luke.«

»Hab ich gern gemacht. Viel Glück, Kumpel.«

Philadelphia, Montag, 15. Januar, 10.15 Uhr

»Lieber Gott im Himmel.« Marilyn Keyes ließ sich langsam auf die Kante des verblichenen Paisleysofas sinken. Auch das kleinste bisschen Farbe war aus ihrem Gesicht gewichen. »Oh, Warren.« Sie hielt eine Hand auf den Bauch gepresst, die andere Hand an die Lippen und wiegte sich vor und zurück.

»Dann ist es Ihr Sohn, Ma'am?«, fragte Vito leise. Sie hatten im Vermisstenregister sofort einen Treffer gelandet.

Ihr Ritter hieß Warren Keyes, einundzwanzig Jahre alt. Er war vor acht Tagen von seiner Verlobten Sherry und seinen Eltern als vermisst gemeldet worden.

»Ja.« Sie nickte. »Das ist Warren. Mein Sohn.«

Nick setzte sich neben sie. »Können wir jemanden anrufen, der Ihnen beisteht, Mrs. Keyes?«

»Mein Mann.« Sie presste die Fingerspitzen an die Schläfen. »Ein Adressbuch … in meiner Handtasche.« Sie zeigte auf den Esstisch, und Nick setzte sich in Bewegung.

Vito nahm seinen Platz auf dem Sofa ein. »Mrs. Keyes, es tut mir wirklich sehr leid, aber wir müssen Ihnen ein paar Fragen stellen. Möchten Sie vielleicht ein Glas Wasser?«

Sie holte tief Luft. »Nein. Aber vielen Dank. Bevor Sie fragen – Warren hatte früher ein Drogenproblem. Aber er ist seit fast zwei Jahren davon weg.«

Vito holte sein Notizbuch hervor. Das war nicht die Frage gewesen, die er hatte stellen wollen, aber er hatte schon vor langer Zeit gelernt, die Zeugen reden zu lassen, wenn sie wollten. »Was für Drogen, Mrs. Keyes?«

»Hauptsächlich Alkohol und Kokain. Er … er war in der Highschool mit den falschen Leuten zusammen. Aber er hat sich wieder gefangen, und seit er mit Sherry zusammen ist, hat er sich verändert.«

»Mrs. Keyes, womit hat Warren sein Geld verdient?«

»Er ist Schauspieler.« Sie schluckte. »War Schauspieler.«

»Viele Schauspieler haben Nebenjobs. Warren auch?«

»Er hat im Center City gekellnert. Manchmal gemodelt. Ich kann Ihnen seine Mappe zeigen, wenn Ihnen das hilft.«

»Möglicherweise.« Er nahm sie sanft beim Arm, als sie sich erheben wollte. »Warten Sie, ich habe noch ein paar Fragen. Wo hat Warren gewohnt?«

»Hier. Er und Sherry …« Vito wartete geduldig, als sie ihr Gesicht mit den Händen bedeckte und zu weinen begann.

»Wer tut denn so was?«, fragte sie mit bebender Stimme. »Wieso muss es meinen Sohn treffen?«

»Das wollen wir herausfinden, Ma'am.«

Nick kam mit einer Schachtel Taschentücher und einem gerahmten Foto in der Hand aus der Küche. »Mr. Keyes ist auf dem Weg«, murmelte er.

Vito drückte der Frau ein Taschentuch in die Hand. »Mrs. Keyes? Er und Sherry – was?«

Sie wischte sich die Augen trocken. »Sie haben gespart und wollten heiraten. Sie ist ein nettes Mädchen.«

»Hatten Sie den Eindruck, dass Warren besorgt war? Oder vor jemandem Angst hatte?«, fragte Nick.

»Er hat sich immer wegen des Geldes gesorgt. Er hatte schon lange kein Engagement mehr bekommen.« Ihre Lippen verzogen sich zu einem gequälten Lächeln. »Sein Agent meinte, er müsse nach New York ziehen, da gäbe es massenweise Arbeit, aber Sherrys Familie lebt hier. Sie wollte nicht weg, und er wollte nicht weg von ihr.«

Nick drehte das Foto um, damit Mrs. Keyes es sah. »Sind das Warren und Sherry?«

Erneut strömten ihr Tränen über die Wangen. »Ja«, flüsterte sie. »Auf ihrer Verlobungsparty.«

Vito schob das Notizbuch in die Tasche zurück. »Wir müssten uns sein Zimmer ansehen«, sagte Vito. »Und wir werden Fingerabdrücke nehmen.«

Sie nickte betäubt. »Tun Sie, was nötig ist.«

Er stand auf und wusste, dass er nichts sagen konnte, was sie trösten würde. Vor der Sache mit Andrea hätte er Zuflucht zu Floskeln genommen, hätte sie gefragt, ob alles in Ordnung sei, aber für diese trauernde Mutter war nichts mehr in Ordnung. Sie litt, und sie würde noch eine ganze Weile leiden. Als er am Ende des Flurs angekommen war, drehte er sich noch einmal zu ihr um. Sie hatte das Foto an ihre Brust gepresst, wiegte sich vor und zurück und weinte hemmungslos.

»Chick«, sagte Nick leise. »Komm.«

Vito stieß den Atem aus. »Ja.« Er öffnete die Tür zu Warrens Zimmer. »An die Arbeit.«

Sie begannen Warrens Sachen durchzusehen. »Sportausrüstung«, sagte Nick vom Schrank aus. »Hockey, Baseball.« Man hörte ein metallisches Geräusch. »Ganz stattlich, was er an Gewichten gestemmt hat.«

Vito entdeckte Warrens Mappe. »Hübscher Bursche.« Er sah sich die Fotos und Ausschnitte aus den Magazinen an. »Hauptsächlich Werbung. Ah, die kenne ich. Für ein Sportstudio. Keyes war ein großer, starker Bursche. Ich kann mir nicht vorstellen, dass es leicht war, ihn zu überwältigen.«

»Chick, schau mal.« Nick hatte Warrens Computer hochgefahren. »Komm mal her und sieh dir das an.«

Vito stellte sich hinter ihn und blickte auf den leeren Bildschirm. »Was denn? Ich sehe nichts.«

»Das ist es ja eben. Da ist nichts. Als ich ›Eigene Dateien‹ öffnete – nichts. Nichts im Posteingang. Nichts im Papierkorb.« Nick sah mit hochgezogenen Brauen auf. »Die Daten in diesem Computer sind komplett gelöscht worden.«

Montag, 15. Januar, 12.25 Uhr

»Bist du sicher, dass Sophie hier arbeitet?«, fragte Nick mit gerunzelter Stirn. Er stand am Empfang und sah sich ungeduldig um. »Hier arbeitet anscheinend *niemand*.«

Vito nickte und betrachtete die Fotografie des Museumsgründers an der Wand der Eingangshalle. »Doch, sie arbeitet hier. Ich habe ihr Motorrad auf dem Parkplatz gesehen.«

»Das war Sophies?«

Vito ärgerte sich über das plötzliche Interesse seines Partners. »Ja. Na und?«

»Nur, dass es ein ziemlich schickes Teil ist.« Nicks Lippen zuckten. »Hey, entspann dich, Chick.«

Vito verdrehte die Augen, doch das Klingeln seines Handys ersparte ihm eine Antwort.

Nick wurde wieder ernst. »Ist das Sherry?« Sie hatten Warren Keyes' Verlobte noch nicht erreichen können. Sie war weder in ihrer Wohnung noch in der Fabrik, wo sie bis sieben arbeiten sollte.

Vito sah auf das Display, und sein Puls beschleunigte sich. »Nein, mein Vater.« Er klappte das Handy auf und betete, dass es nur gute Nachrichten gab. »Dad. Wie geht's Molly?«

»Besser. Sie kann die Beine wieder bewegen und zittert nicht mehr so stark. Die Ärzte versuchen herauszufinden, wie es dazu kommen konnte.«

Vito runzelte die Stirn. »Ich dachte, es sei ein Schlaganfall gewesen.«

»Der Arzt ist inzwischen anderer Meinung. Er hat zu viel Quecksilber in ihrem Körper gefunden.«

»Quecksilber?« Vito war sicher, sich verhört zu haben. »Das kann doch nicht sein.«

»Man weiß noch nichts Genaues. Der Arzt sagt, wahrscheinlich könnte etwas im Haus sein.«

Sein Herz setzte einen Schlag aus. »Und die Kinder?«

»Zeigen keine Symptome. Aber er wollte, dass alle kommen und sich testen lassen, daher haben deine Mutter und Tino sie auch ins Krankenhaus gebracht. Sie waren ziemlich verschreckt, besonders Pierce.«

Vitos Herz verkrampfte sich. »Armer Bursche. Wann genau wissen wir, ob mit ihnen alles in Ordnung ist?«

»Morgen früh. Aber der Arzt will die Jungs hierbehalten, bis er herausgefunden hat, woher das Quecksilber kommt. Dino hat mich gebeten, dich zu fragen, ob du …«

»Mein Gott, Dad«, unterbrach Vito ihn. »Du weißt genau, dass sie bei mir bleiben können, solange es nötig ist.«

»Ja, das habe ich ihm auch gesagt, aber Molly macht sich Sorgen, dass sie für dich eine Belastung sein könnten.«

»Dann sag ihr, dass alles im grünen Bereich ist. Gestern Abend haben sie Kuchen gebacken und im Wohnzimmer Krieg gespielt.«

»Tess will herkommen, um dir und Tino zu helfen«, sagte sein Vater, und Vito empfand bei aller Sorge plötzlich Freude. Er hatte seine Schwester seit Monaten nicht gesehen. »So können deine Mutter und ich für Dino da sein. Tess' Flugzeug landet um sieben. Sie will sich ein Auto mieten, um hier mobiler zu sein, also musst du sie nicht einmal vom Flughafen abholen.«

»Können wir sonst noch etwas tun?«

»Nein.« Michael Ciccotelli holte tief Luft. »Außer beten, mein Junge.«

Es war lange her, dass er das getan hatte, aber es würde seinen

Vater kränken, wenn er es wüsste. Also log er. »Das mach ich, bestimmt.« Und dann legte er auf.

»Alles in Ordnung mit Molly?«, fragte Nick.

»Nicht so sicher. Mein Dad meint, ich solle beten. Nach meiner Erfahrung bedeutet das nie etwas Gutes.«

»Na ja, wenn du wegmusst, dann ... geh einfach, okay?«

»Mach ich. Schau mal da.« Dankbar für die Ablenkung deutete Vito auf eine Wand, in der sich nun eine Tür öffnete. Eine Frau erschien und kam auf sie zu. Sie war klein, Mitte dreißig und trug ein konservatives blaues Kostüm mit einem Rock, der bis zu den Knien ging. Ihr dunkles Haar war zu einem straffen Knoten zusammengebunden, wodurch sie sehr seriös und ... langweilig aussah, wie Vito fand. Sie hätte große Ohrringe und ein rotes Stirnband gebrauchen können. Die Frau trat hinter den Empfangstresen und musterte sie.

»Kann ich Ihnen helfen?«, fragte sie mit britischem Akzent.

Vito zeigte seine Marke. »Detective Ciccotelli, und dies ist mein Partner, Detective Lawrence. Wir möchten zu Dr. Johannsen.«

Der Blick der Frau wurde neugierig. »Hat sie was angestellt?«

Nick schüttelte den Kopf. »Nein. Können wir zu ihr?«

»Jetzt?«

Vito biss sich auf die Zunge. »Das wäre schön.« Er warf einen Blick auf ihr Namensschild. »Miss Albright.« Aus der Nähe erkannte Vito, dass sie viel jünger war, als er anfangs gedacht hatte, vielleicht Anfang zwanzig. Verdammt, das wurde zur Gewohnheit. Letzthin irrte er sich dauernd.

Die Frau schürzte die Lippen. »Sie macht gerade eine Führung. Wenn Sie bitte mit mir kommen.«

Sie führte sie durch die Tür in einen Saal, in dem sich ungefähr fünf oder sechs Familien versammelt hatten. Die Wände des Saals waren mit dunklem Holz getäfelt. An einer Wand hing ein Wandteppich, und die nächste war mit großen Bannern geschmückt. Die gegenüberliegende Wand wirkte am beeindruckendsten, denn sie war von oben bis unten mit gekreuzten Schwertern behängt. Unter den Schwertern standen drei komplette Rüstungen.

»Wow«, murmelte Vito. »Das würde meinen Neffen gefallen.« Und sie von ihrer Angst um Molly ablenken. Er beschloss, ihnen das Museum zu zeigen, sobald er konnte.

»Sieh mal.« Nick deutet verstohlen auf eine vierte Rüstung, die weiter rechts stand. Ein schlechtgelaunter Junge in Dantes Alter stand davor und beschwerte sich lauthals über die Warterei. Er stampfte mit dem Fuß auf und maulte.

»Mann, ist das öde. Blöde Rüstung. Auf jedem Schrottplatz gibt's tollere Sachen.« Er hatte ausgeholt und wollte gerade gegen das Metall treten, als die Rüstung plötzlich scheppernd in der Taille abknickte. Entsetzt stolperte der Junge rückwärts. Die Menge verstummte, während Nick in sich hineinlachte. »Ich habe eben schon bemerkt, dass sich das Ding bewegt hat. Geschieht dem Bengel recht.«

Vito wollte gerade zustimmen, als eine dröhnende Stimme aus der Rüstung erklang. Er brauchte einen Moment, um zu begreifen, dass der Ritter französisch sprach, aber man musste die Sprache nicht beherrschen, um die Bedeutung zu verstehen: Der Ritter war stinksauer.

Der Junge schüttelte furchtsam den Kopf und wich noch zwei Schritte zurück. Daraufhin zog der Ritter mit dramatischer Geste sein Schwert und ging exakt zwei Schritte auf das Kind zu. Er wiederholte das Gesagte – eine Frage – lauter, und jetzt bemerkte Vito, dass es sich um eine Frauenstimme handelte. Ein Grinsen stahl sich auf sein Gesicht. »Ich schätze, da steckt Sophie drin. Sie hat mir erzählt, dass sie sich gelegentlich kostümieren muss.«

Jetzt grinste auch Nick. »Meine Französischkenntnisse aus der Highschool sind zwar ziemlich eingerostet, aber ich glaube, was sie sagt, heißt sinngemäß: ›Wie lautet dein Name, du böser kleiner Junge?‹«

Der Junge machte den Mund auf, aber es kam kein Laut heraus.

Aus einer Seitentür erschien ein Mann von der Statur eines Footballspielers, der jedoch einen dunkelblauen Anzug und eine Krawatte trug. Er schüttelte den Kopf. »Hey, hey, Leute, wo liegt das Problem?«

Die Gestalt in der Rüstung deutete majestätisch auf den Jungen und stieß etwas Verächtliches aus.

Der Mann blickte auf das Kind herab. »Sie sagt, du benimmst dich unhöflich und unangemessen.«

Der Junge wurde dunkelrot, als die anderen Kinder in Gelächter ausbrachen.

Der Mann schüttelte wieder den Kopf. »Joan, Joan. Wie oft habe ich Euch schon gesagt, Ihr sollt keine kleinen Kinder erschrecken? Es tut ihr leid«, sagte er an das Kind gewandt.

Die Ritterin schüttelte vehement den Kopf. *»Non.«*

Das Gelächter der Kinder wurde lauter, und auch die Erwachsenen lächelten nun. Der Mann seufzte theatralisch. »O doch, tut es. Und jetzt fahren wir mit der Führung fort. *S'il vous plaît.«*

Die Ritterin reichte dem Mann ihr Schwert und nahm den Helm ab, unter dem Sophies Kopf zum Vorschein kam. Ihr langes Haar war zu Zöpfen geflochten, die ihr wie eine Krone um den Kopf lagen. Sie klemmte sich den Helm unter den Arm und vollführte mit dem anderen eine weit ausholende Willkommensgeste.

»Bienvenue au musée d'Albright de l'histore. Je m'appelle Jeanne d'Arc.«

»Joan«, unterbrach der Mann sie. »Unsere Besucher sprechen kein Französisch.«

Sie blinzelte und blickte auf die Kinder, die sie nun fasziniert anstarrten. Selbst der freche Junge hörte zu. *»Non?«*, fragte sie ungläubig.

»Nein«, erwiderte der Mann, und sie ratterte eine weitere Frage herunter.

»Sie will wissen, was für eine Sprache ihr sprecht«, sagte er zu den Kindern. »Wer kann es ihr sagen?«

Ein kleines Mädchen um die fünf Jahre mit goldenen Locken hob die Hand, und Vito sah, wie sich Sophies Kiefer unmerklich anspannten. Es wäre ihm kaum aufgefallen, hätte er nicht so genau hingesehen. Aber dann sagte das Mädchen etwas, und Sophies Miene entspannte sich wieder. »Englisch. Wir sprechen Englisch.«

Sophie sah übertrieben entsetzt drein. Natürlich gehörte das zu ihrer Rolle, aber die Miene kurz zuvor nicht, dessen war er sich sicher, und seine Neugier war geweckt. Wie auch der Rest seines Körpers. Er war sich nicht der Tatsache bewusst gewesen, dass eine Frau mit Schwert erregend wirken konnte.

»Anglais?«, wiederholte Sophie und packte ihr Schwert in gespielter Empörung. Die Augen des Mädchens weiteten sich, und der Mann seufzte wieder.

»Aber Joan, wir haben doch schon darüber gesprochen. Ihr dürft unseren Gästen keine Angst machen. Wenn amerikanische Kinder kommen, sprecht Ihr Englisch. Und bitte, keine Beleidigungen. Benehmt Euch dieses eine Mal.«

Nun seufzte Sophie. »Was isch immer tun muss«, sagte sie mit breitem französischem Akzent. »Aber … isch muss Geld verdienen. Selbst isch, Jeanne d'Arc, muss Reschnungen bezahlen.« Sie musterte die Eltern. »Ihr kennt das Wort Reschnungen, *n'est-ce pas?* Miete und Essen.« Sie zuckte die Achseln. »Und Kabelfernsehen. Die wischtigen Dinge des Lebens, *non?*«

Die Eltern nickten grinsend, und Vito war fasziniert.

Sie blickte auf die Kinder hinab. »Aber es ist nun mal so, dass wir uns mit England im Krieg befinden. Ihr wisst, was Krieg ist, *non, petits enfants?*«

Die Kinder nickten. »Und warum sind Sie im Krieg, Miss of Arc?«, fragte einer der Väter.

Sie schenkte dem Mann ein charmantes Lächeln. »O bitte, nennt mich Jeanne. Ihr müsst wissen, dass Frankreisch …« In diesem Moment entdeckte sie Vito und Nick an der Wand gegenüber. Das Lächeln blieb auf ihrem Gesicht, verschwand aber aus den Augen, und Vito konnte die plötzliche Kälte quer durch den Raum spüren. Sophie wandte sich an den Mann im Anzug und Krawatte. »Monsieur Albright, wir haben Besuch. Könnt Ihr ihnen helfen?«

»Was hast du gestern Abend mit ihr gemacht, Chick?«, murmelte Nick.

»Wenn ich das bloß wüsste.« Er folgte ihr mit den Augen, als sie die Truppe Kinder umrundete und sie zu der Wand mit den Bannern führte. »Aber ich werde es schon herausfinden.«

Der Mann im Anzug kam lächelnd auf sie zu. »Ich bin Ted Albright. Was kann ich für Sie tun?«

»Ich bin Detective Lawrence, und das ist Detective Ciccotelli. Wir möchten gern mit Dr. Johannsen sprechen, sobald es möglich ist. Wann ist die Führung vorbei?«

Albrights Miene verriet Besorgnis. »Ist irgendetwas passiert?«

»Nein«, versicherte Nick ihm. »Nichts, keine Sorge. Wir arbeiten an einem Fall, bei dem sie uns helfen könnte. Es geht um geschichtliche Fragen.«

»Oh.« Albright richtete sich ein wenig auf. »Da kann ich Ihnen sicher auch behilflich sein.«

Vito erinnerte sich, dass Sophie gesagt hatte, Albright würde den Historiker nur spielen. »Sehr freundlich, Mr. Albright«, sagte er, »aber wir würden wirklich gern mit Dr. Johannsen sprechen. Wenn die Führung noch länger als eine Viertelstunde dauert, kommen wir später wieder.«

Albright sah zu Sophie hinüber, die den Besuchern nun von den Schwertern erzählte. »Die Führung dauert eine Stunde. Danach ist sie frei.«

Nick schob seine Marke wieder in die Tasche zurück. »Vielen Dank. Dann bis später.«

7. Kapitel

Dutton, Georgia, Montag, 15. Januar, 13.15 Uhr

DANIEL SASS AUF DEM BETT SEINER ELTERN. Seit einer Stunde starrte er auf den Boden und versuchte sich dazu zu bringen, das Brett anzuheben, unter dem der Safe seines Vaters verborgen war. Er hatte gestern nicht nachgesehen, weil er nicht wollte, dass Frank von seiner Existenz erfuhr. Oder von seinem Inhalt.

Er war sich nicht sicher, was er darin finden würde. Er *wollte* es gar nicht wissen. Aber er konnte es nicht länger aufschieben. Dies war der Safe, von dem sein Vater glaubte, dass niemand in der Familie davon wüsste. Nicht seine Frau und gewiss keines seiner Kinder.

Aber Daniel wusste davon. In einer Familie wie seiner zahlte es sich immer aus zu wissen, wo Geheimnisse versteckt wurden. Und wo die Waffen waren. Sein Vater hatte viele Waffenschränke und viele Safes, aber dies hier war sein einziger Waffensafe. Hier verwahrte er die Pistolen, die, wie Daniel vermutete, keine Seriennummer mehr hatten. Die vermutlich nirgendwo registriert waren.

Arthurs nicht registrierte Waffen konnten nichts damit zu tun haben, dass seine Eltern möglicherweise nach Philadelphia gefahren waren, aber Daniel hatte bisher keine einzige Spur finden können. Blieb der Safe, den er nun anstarrte. *Tu es einfach.*

Er zog das Brett hoch und schaute auf das, was darunterlag. Er hatte die Kombination rasch gefunden, die sein Vater ach so schlau in seinem Adressregister als Geburtstag einer lang verstorbenen Tante vermerkt hatte. Daniel konnte sich an diese Tante und an ihren Geburtstag noch recht gut erinnern, denn sein eigener Geburtstag lag zeitlich nicht weit entfernt.

Er gab die Zahlenkombination ein und wurde mit einem vielversprechenden Klick belohnt. Der Safe war geöffnet. Die Waffen aber waren verschwunden. Einziger Inhalt des Safes waren ein Scheckbuch und ein Memorystick, auf dem man Daten speichern konnte. Das Scheckbuch stammte nicht von der Bank, bei der die Vartanians seit Generationen ihre Geldgeschäfte abwickelten. Noch bevor er es in die Hand nahm, wusste Daniel, was er finden würde.

In regelmäßigen Abständen war Geld abgehoben worden. Neben jeder Transaktion stand »Barauszahlung« und ein Betrag von fünftausend Dollar.

Ziemlich sicher handelte es sich hier um Erpressung. Daniel war nicht überrascht.

Aber er fragte sich, welcher Teil von Arthurs Vergangenheit wohl zurückgekommen war, um ihnen allen das Leben schwerzumachen. Er fragte sich, was auf dem Memorystick sein konnte, den sein Vater so sorgfältig versteckt hatte. Und er fragte sich, wann der nächste Flug nach Philadelphia ging.

Montag, 15. Januar, 13.40 Uhr

Sophie riss an den Klettverschlüssen, die die Rüstung zusammenhielten. »Zum dritten Mal, Ted. Ich weiß nicht, was die Herren von mir wollen«, fauchte sie. Ted Albrights Großvater war eine Legende gewesen, aber ärgerlicherweise hatte sich nichts von seinem Genie oder seiner Weisheit an seinen Enkel vererbt. »Dies hier ist ein *Geschichtsmuseum*. Vielleicht haben sie Fragen zur *Geschichte*. Könntest du bitte aufhören zu spekulieren und mir mit diesem Kram hier helfen? Das Zeug wiegt mindestens eine Tonne!«

Ted zog ihr die schwere Brustplatte über den Kopf weg. »Sie hätten ja auch mich fragen können.«

Als ob du Lincoln von Napoleon unterscheiden könntest. Sophie sammelte sich und seufzte. »Ted. Ich werde mit ihnen reden und herausfinden, was sie wollen, einverstanden?«

»Okay.« Er half ihr mit den Beinschienen, und sie setzte sich, um die Stiefel abzustreifen, unter denen sie ihre eigenen Schuhe trug. Vito »Die Ratte« Ciccotelli wartete draußen. Dass sie ihn noch weniger sehen wollte als Ted Albright, sagte alles. Dass die beiden Detectives *sie* in dem Kostüm gesehen hatten, machte alles noch schlimmer. Wie demütigend.

»Wenn du das nächste Mal die Ritterführung anbieten willst, dann sorge bitte dafür, dass Theo da ist. Die Rüstung wiegt wirklich eine Tonne.« Sie stand auf und streckte sich. »Und man schwitzt höllisch darunter.«

»Für jemanden, der behauptet, Authentizität zu lieben, jammerst du ganz schön viel«, brummelte Ted. »Du bist mir eine schöne Historikerin.«

Sophie verbiss sich eine biestige Erwiderung. »Ich bin nach dem Mittagessen wieder zurück.«

»Lass dir nicht zu viel Zeit«, rief er ihr nach. »Ab drei bist du die Wikinger.«

»Schieb dir deine Wikinger in den …«, knurrte sie, dann verdrehte sie die Augen, als sie sah, dass Patty Ann über dem Tresen lehnte und hemmungslos mit den beiden Detectives flirtete.

Gut, sie musste zugeben, dass sie wirklich einen attraktiven Anblick boten. Beide waren groß, breitschultrig und gutaussehend. Mit seinem rotblonden Haar und dem ernsten Gesicht hatte Nick Lawrence den Charme eines Jungen vom Land, während Vito Ciccotelli … nun ja … *Gib's zu, Sophie. Du weißt genau, was du denkst.* Sie stieß einen ärgerlichen Seufzer aus. *Okay! Er ist scharf. Er ist scharf und eine Ratte, genau wie alle anderen!*

Sie blieb neben dem Tresen stehen. »Meine Herren. Was kann ich für Sie tun?«

Nick bedachte sie mit einem erleichterten Blick. »Dr. Johannsen.«

Patty Ann zog eine viel zu stark gezupfte Braue hoch. »Es sind *Detectives*, Sophie«, sagte sie, und Sophie unterdrückte das nächste Seufzen. Patty Ann hatte sich heute offenbar für die Rolle der Engländerin entschieden. Damit war auch das konservative Kostüm erklärt. »Morddezernat«, fügte sie mahnend hinzu. »Und sie wollen *dich* befragen!«

Nick schüttelte den Kopf. »Wir möchten mit Dr. Johannsen nur *reden*.«

Weil er keine Ratte war, schenkte Sophie ihm ein Lächeln. »Ich wollte gerade zum Essen gehen. Ich hätte eine halbe Stunde Zeit für Sie.«

Vito hielt ihr die Tür auf. Er hatte noch kein Wort gesagt, sie aber auch nicht aus den Augen gelassen. Sie bedachte ihn mit einem knappen Blick, von dem sie hoffte, dass er verächtlich wirkte, und wurde belohnt: Er zog die Brauen zusammen, also war sie wahrscheinlich erfolgreich gewesen.

Die Luft draußen fühlte sich wunderbar auf der Haut an. »Ich würde es zu schätzen wissen, wenn wir dies so schnell wie möglich erledigen könnten, meine Herren. Ted hat eine weitere Führung angesetzt, und ich muss mich noch umziehen.« Sie blieb am Ende des Gehwegs stehen. »Also schießen Sie los.«

Vito blickte sich um. Es herrschte reger Fußgänger- und Straßenverkehr. »Können wir irgendwo hingehen, wo wir ungestörter sind?« Seine düstere Miene übertrug sich auf seine Stimme. »Ich will nicht belauscht werden.«

»Wie wäre es mit meinem Wagen?«, fragte Nick, führte sie hin und hielt ihr die Beifahrertür auf. Sie stieg ein. »Ich möchte nicht, dass jemand auf falsche Gedanken kommt, weil wir Sie auf den Rücksitz verfrachten«, sagte er lächelnd und setzte sich dann selbst nach hinten. Sie sah, wie Vito ihm einen grantigen Blick zuwarf, bevor er sich hinter das Steuer klemmte, aber Nick zog bloß eine Braue hoch, und Sophie wusste, dass man sie soeben ausgetrickst hatte.

Verärgert packte sie den Türgriff. »Gentlemen, ich habe keine Zeit zum Spielen.«

Vito legte ihr die Hand auf die Schulter. »Das hier ist kein Spiel«, sagte er grimmig. »Bitte, Sophie.«

Widerwillig ließ sie den Griff wieder los, und Vito nahm seine Hand weg. »Also. Worum geht es?«

»Zuerst wollten wir Ihnen für Ihre Hilfe gestern danken«, begann Nick. »Aber als wir die Leichen untersucht haben, sind ein Haufen Fragen aufgetaucht.« Er senkte die Stimme. »Bei einem der Opfer haben wir ein seltsames Muster von punktartigen Wunden gefunden. Katherine meinte, sie seien vermutlich durch Nägel oder Dornen herbeigeführt worden. Das Muster setzt am Hals an und zieht sich über den ganzen Rücken, das Gesäß und über die Rückseiten der Beine. Wir denken, das Opfer wurde gezwungen, sich auf einen Stuhl mit Nägeln zu setzen.«

Instinktiv schüttelte Sophie voller Widerwillen den Kopf. »Das ist doch ein Witz, oder? Bitte, sagen Sie mir, dass das ein Witz sein soll.« Aber die Erinnerung an das Gesicht des toten Mannes, die Hände und den ausgeweideten Körper gab ihr die Gewissheit, dass es den Detectives ernst war. »Nein. Sie meinen es so.«

Vito nickte. »Leider.«

Ein Schauder lief ihr über den Rücken. »Der Inquisitionsstuhl«, sagte sie leise.

»Nick hat Bilder davon auf einer Museumswebsite gefunden«, sagte Vito. »Einen solchen Stuhl hat es also gegeben.«

Sie nickte, während ihre Fantasie scheußliche Bilder produzierte. »O ja, und ob.«

»Könnten Sie uns mehr darüber sagen?«, bat Vito.

Sie holte tief Luft und hoffte, dass ihr Magen sie nicht im Stich lassen würde. »Okay, mal sehen … Nun, der Stuhl war eines der vielen Instrumente, die während der Inquisition eingesetzt wurden.«

»Meine Güte, die Spanische Inquisition«, murmelte Nick.

»Die Spanische Inquisition kennen die meisten Leute aus dem Geschichtsunterricht, aber es gab verschiedene.« Es war leichter zu dozieren, als über die Opfer nachzudenken. »Die erste Welle von Inquisitionen gab es im Mittelalter. Der Stuhl existierte in der späteren spanischen Periode und vielleicht auch schon im Mittelalter, aber darüber streiten die Historiker. Wenn er in der Zeit eingesetzt wurde, dann jedenfalls nicht so häufig wie die anderen Folterinstrumente.«

Nick schaute von seinem Notizbuch auf. »Und warum nicht?«

»Laut Originaldokumenten hatten die Inquisitoren ziemlich viel Erfolg damit, den Opfern den Stuhl einfach nur zu zeigen. Dazu muss man wissen, dass er in der Realität weit erschreckender aussieht als auf einem Bild.«

»Haben Sie schon einmal einen gesehen?«, fragte Nick, und sie nickte.

»Wo?«, wollte Vito wissen.

»Im Museum. In Europa gibt es einige von diesen Exemplaren.«

»Und wo könnte man heutzutage so ein Ding bekommen?«, hakte Vito nach.

»Es ist sicher nicht so schwer, ihn selbst zu bauen, wenn man es wirklich will. Zumindest einen einfachen. Natürlich gab es selbst im Mittelalter schon ganz ausgefeilte Modelle. An den meisten Stühlen waren schlichte Fesseln befestigt, aber es gab sogar welche mit Kurbeln, an denen man die Gurte fester ziehen und das Opfer tiefer in die Nägel drücken konnte. Und dann …« Sie seufzte. »Dann gab es auch Modelle, die mit Metall verkleidet waren, das sich aufheizen ließ. So wurde die Haut des Angeklagten nicht nur punktiert, sondern auch verbrannt.« Vito und Nick tauschten einen Blick aus, und sie schlug sich entsetzt die Hand vor den Mund. »Nein.«

»Wo kann man einen solchen Stuhl herbekommen?«, wiederholte Vito. »Bitte, Sophie.«

Der realistische Hintergrund der Frage drang ihr immer stärker ins Bewusstsein ein und verbannte das Gefühl des Entsetzens. Panik überfiel sie. Die Polizei verließ sich auf ihr Wissen, um einen Killer zu finden, und mit einem Mal fühlte sie sich furchtbar unzulänglich. »Hört mal, Leute, mein Fachgebiet sind mittelalterliche Befestigungsanlagen und strategische Kriegführung. Ich habe bestenfalls ein Basiswissen von inquisitorischer Hardware. Soll ich nicht besser einen Experten anrufen? Dr. Fournier von der Sorbonne ist weltweit anerkannt.«

Beide Männer schüttelten den Kopf. »Nur wenn wir absolut nicht weiterkommen«, sagte Vito. »Wir möchten so wenig Leute wie möglich einbeziehen. Ihr Basiswissen kann im Augenblick durchaus reichen.« Er fixierte sie mit einem eindringlichen Blick, und der

Sturm in ihr legte sich. »Bitte sagen Sie uns einfach, was Sie wissen.«

Sie nickte und zwang ihren Verstand, sich an Informationen zu erinnern, die über das hinausgingen, was eine Internetsuche erbringen mochte. »Okay. Lassen Sie mich nachdenken.« Sie presste die Finger an die Schläfen. »Entweder hat er seine Instrumente selbst gemacht, oder er hat sie fertig erworben. Wenn sie bereits fertig waren, könnte es sich um alles, von groben Kopien bis zu Originalfundstücken, handeln. Was meinen Sie?«

»Keine Ahnung«, sagte Nick. »Überlegen Sie weiter.«

»Wie gleichmäßig war das Punktmuster?«

»Verdammt gleichmäßig«, sagte Vito.

»Also geht er sehr sorgfältig vor. Wenn er das Ding selbst gebaut hat, achtet er auf Einzelheiten. Kann sein, dass er Zeichnungen oder Baupläne hatte.«

Nick sah sie angewidert an. »Es gibt Baupläne?«

Vito beugte sich vor. »Wo soll er denn so etwas herbekommen?«

Er war jetzt so nah, dass ihr sein Aftershave in der Nase kitzelte und sie seine dichten Wimpern bewundern konnte. Dann verengten sich seine Augen, sein Blick wurde noch intensiver, und sie bemerkte, dass sie ihm nähergekommen war – sie fühlte sich von ihm angezogen wie eine Motte vom Licht! Peinlich berührt fuhr sie zurück. *Wie konntest du nur, du dumme Kuh.* »Sie wollten, dass ich weiterrede. Ich habe nie gesagt, dass ich etwas Wertvolles beisteuern könnte.«

»Entschuldigung«, murmelte Vito und lehnte sich zurück. »Wo könnte man solche Baupläne bekommen?«

Sophie zwang sich, ruhig zu atmen. »Im Internet vielleicht. Ich habe nie nachgesehen. Die betreffenden Museen könnten ihre Ausstellungsstücke dokumentiert haben. Oder … ich nehme an, man wird auch in alten Texten etwas finden. Einige Inquisitoren haben Buch geführt. Vielleicht auch Zeichnungen gemacht. Allerdings müsste der Täter dann irgendwie Zugriff auf diese kostbaren Dokumente haben.«

»Und wie käme man daran?«, fragte Nick.

»Antiquariate vielleicht. Und dann müsste er in der Lage sein, sie zu lesen. Die meisten Texte sind in mittelalterlichem Latein geschrieben worden. Ein paar andere in Altfranzösisch oder Okzitanisch.«

Nick schrieb in sein Buch. »Und Sie können diese Sprachen lesen?«

»Ja, natürlich.«

»Natürlich«, murmelte Nick.

Vito beobachtete sie noch immer. »Und wenn er die Geräte gekauft hat?«

»Falls er sie gekauft hat, dann handelt es sich entweder um einen Nachbau oder um echte Antiquitäten. Im Internet werden alle möglichen nachgebauten Waffen und Rüstungsteile angeboten. Es gibt viele Menschen, die gern Mittelalter spielen. Auf Mittelaltermärkten und -festen werden Waffen unterschiedlicher Qualität angeboten. Manche sind handgemacht, andere industriell hergestellt, aber es sind natürlich alles Kopien.«

»Was für Waffen?«, fragte Nick.

»Dolche, Schwerter, Morgensterne, Äxte. Folterwerkzeug habe ich allerdings noch nie zum Verkauf gesehen. Wenn es sich aber um Originalstücke handelt …« Sie zuckte die Achseln. »Dann können sie nur aus privaten Sammlungen stammen.«

Nick nickte. »Was wissen Sie darüber?«

»Wie immer gibt es auch hier große Unterschiede. Gesetzestreue Sammler erstehen ihre Objekte von anderen Sammlern oder auf Auktionen wie bei Christie's. Manchmal taucht ›neues‹ altes Material auf dem Markt auf, aber das geschieht selten.«

»Zum Beispiel?«, wollte Nick wissen.

»Zum Beispiel die Dordogne-Schwerter. 1977 wurden auf einer Auktion bei Christie's sechs Schwerter aus dem fünfzehnten Jahrhundert angeboten. Ingesamt achtzig dieser Schwerter waren auf dem Grund der Dordogne, einem Fluss in Frankreich, gefunden worden. Sie hatten sich auf einem Schiff befunden, das Vorräte für Truppen im Hundertjährigen Krieg heranschaffen sollte, aber das Schiff sank, und die Schwerter lagen fünfhundert Jahre auf dem Grund des Flusses. Aber solche Funde sind wirklich ausgesprochen selten. Normalerweise wechseln nur katalogisierte Antiquitäten die Besitzer. Unsere Stücke hier stammen fast ausschließlich aus der Sammlung von Ted Albright I.«

Nick runzelte die Stirn. »Der Vater von dem Kerl, mit dem wir drinnen gesprochen haben?«

»Großvater. Ted I. war einer der berühmteren Archäologen des zwanzigsten Jahrhunderts. Er hat viele Stücke von anderen Sammlern gekauft, aber …« Sie zuckte mit einer Schulter. »Ted I. hat Anfang des vergangenen Jahrhunderts und in den zwanziger Jahren einiges ausgegraben. Niemand weiß es genau, aber ich wette, einige der Stücke stammen aus ebendiesen Ausgrabungen. Wenn man das beweisen könnte, müssten die Albrights einiges zurückgeben.«

Nick nickte wieder. »Er war also nicht nur ein gesetzestreuer Sammler.«

»Nein, so kann man das nicht sagen. Der alte Ted war ein guter Kerl. Es wurde früher einfach so gehandhabt. Man kam, sah, grub und schaffte seine Beute nach Hause. Auch Museen sind so in den Besitz vieler ihrer Ausstellungsstücke gekommen, weil jemand sie damals ausgegraben und einfach mitgenommen hat.«

»Und heute?«

»Heute haben die meisten Länder der Ausfuhr von Antiquitäten einen Riegel vorgeschoben. Es wird als Diebstahl betrachtet und strafrechtlich verfolgt.«

»Bliebe der Schwarzmarkt«, schloss Vito.

»Ja. Den Schwarzmarkt gibt es natürlich immer. Nur sind die Preise gestiegen, seit die Länder die Ausfuhr verboten haben. Ich habe von Sammlern gehört, die Kunst und Töpfergegenstände und alte Dokumente kaufen. Sogar römische Mosaike. Aber keine Folterinstrumente.«

»Aber es könnte trotzdem passieren«, hakte Vito nach.

»Selbstverständlich. Ich verkehre normalerweise nicht in solchen Kreisen, daher bin ich mir nicht sicher.« Sie dachte an einige Archäologen in ihrem Bekanntenkreis, die sich durchaus öfter in einer Grauzone bewegten. »Ich kann mich aber umhören.«

Vito schüttelte den Kopf. »Wir stellen die Fragen«, sagte er bestimmt, hob aber beschwichtigend die Hand, als sie trotzig das Kinn vorschob. »So ist die Vorgehensweise, Sophie.« Er seufzte müde. »Genau wie gestern, als ich Ihnen nichts von den Gräbern sagen konnte, bevor Sie sie selbst entdeckten.«

»Aber das war doch, um Voreingenommenheit zu verhindern«, sagte sie. »Jetzt weiß ich, worum es geht.«

»Aber jetzt gilt es, Schaden zu verhindern«, konterte Vito. »Und Sie zu schützen. Hier geht es nicht um Recherche für eine wissenschaftliche Arbeit, Sophie. Hier geht es um mehrfachen Mord, und der Mörder hat sieben weitere Gräber ausgehoben. Ich möchte Sie nicht in einem davon wiederfinden.«

Sophie schauderte. »Gutes Argument. Ich werde Ihnen eine Liste zusammenstellen.«

Vito lächelte leicht, und seine dunklen Augen blickten wärmer. »Danke.«

Sie ertappte sich dabei, dass sie zurücklächelte. Wieder hatte er sie wie einen Fisch am Haken eingefangen. *Ich bin so leichtgläubig wie eine Forelle.* Das Lächeln erstarb, und sie blickte auf die Uhr. »Ich muss jetzt los.«

Sie stieg aus dem Wagen, steckte aber noch einmal den Kopf durch die Tür. Vito sah sie an, und sein Blick war … gekränkt. Es tat ihr im Herzen weh, aber sie wappnete sich dagegen. Absichtlich wandte sie sich an Nick. »Ich schicke Ihnen die Liste der Leute per E-Mail. Viel Glück.« Sie war schon halb zurück im Museum, als sie eine Autotür zufallen hörte, dann rief Vito ihren Namen. Sie ging weiter in der Hoffnung, dass er verstand und sie zufriedenließ, aber seine Schritte wurden schneller.

»Sophie. Warten Sie.« Er nahm ihren Arm und zog, bis sie anhielt.

»Was noch, Detective?«

Er hielt sie weiter am Arm. »Bitte drehen Sie sich um und sehen Sie mich an.«

Sie gehorchte. Sein Gesicht war nur wenige Zentimeter von ihrem entfernt, seine Brauen verwirrt zusammengezogen. Aus dem Augenwinkel sah sie Nick mit ähnlich verwirrter Miene am Wagen lehnen, und sie war plötzlich unentschlossen, aber die Worte auf der Karte bei den Rosen, die sie im Wagen gefunden hatte, hallten in ihrem Kopf wider. *A – Ich werde dich immer lieben. V.* »Lassen Sie mich los.« Er tat es, wich aber nicht zurück, also ging sie ein paar Schritte zurück. »Was wollen Sie von mir, Detective?«

»Was ist passiert? Gestern Abend haben wir uns unterhalten, und

Sie haben viel gelächelt, und dann frage ich Sie, ob Sie eine Pizza essen wollen, und Sie werden sauer. Ich verstehe das nicht.«

»Vielleicht hatte ich einfach keine Lust, mit Ihnen zu essen.«

»Das ist es nicht, das weiß ich. Wenn Blicke töten könnten, wäre ich gestern auf der Stelle umgefallen. Ich möchte wissen, wieso. Und ich möchte wissen, warum ich heute Detective bin, gestern aber noch Vito war.«

Sie lachte schnaubend. Er klang wie ein Opfer. »Ihr Kerle seid doch alle gleich, oder? Hören Sie, *Vito*, es tut mir wirklich leid, dass Ihr Ego gelitten hat, aber Sie müssen vermutlich langsam lernen, dass nicht alle Frauen Ihnen bedingungslos zu Füßen liegen. Ich werde Ihnen die Informationen, die Sie brauchen, so schnell wie möglich besorgen, aber nicht weil Sie Sie sind, wenn Sie verstehen, was ich meine.« Sie wollte sich gerade in Bewegung setzen, als ihr etwas einfiel. »Sagen Sie mir eins, Vito. Wenn Sie auf Beutezug sind, *denken* Sie dann manchmal an die Frau zu Hause?«

»Wovon reden Sie eigentlich?«

»Oh, dann lautet die Antwort wahrscheinlich nein. Und was ist mit Ihrer Beute? Denken Sie, die Betreffende ist dumm genug, nicht zu merken, dass sie bloß eine kleine Eroberung ist? Und denken Sie, die Frau zu Hause wird niemals etwas davon erfahren?«

»Ich habe keine Ahnung, woher Sie Ihre Informationen bekommen, aber *ich habe keine Frau zu Hause.*«

Sie stampfte wütend mit dem Fuß auf. »Die ›Frau zu Hause‹ ist nur eine Metapher, kapiert? Sie sind vergeben!«

Seine Miene veränderte sich nicht. »Da gibt es niemanden, Sophie.«

Sie hielt seinen Blick fest. »Und die Rosen in Ihrem Truck … gehörten die nicht Ihnen?«

Sein Blick wurde unstet. Er öffnete den Mund, sagte jedoch nichts.

Sie lächelte grimmig. Dann machte sie auf dem Absatz kehrt und marschierte ohne weitere Zwischenfälle zum Museum. Aber als sie die Tür erreichte, sah sie sein Spiegelbild im Glas. Er stand da und sah ihr nach, genau wie am Abend zuvor.

Montag, 15. Januar, 14.15 Uhr

Vito ließ sich auf den Beifahrersitz fallen und ignorierte Nicks neugierigen Blick. »Fahr einfach los.«
Nick fädelte sich in den Verkehr ein. »Wohin?«

»Zum Leichenschauhaus. Jen sollte inzwischen ein paar neue Fakten für uns haben.«

»Jubel-jubel-freu-freu«, zitierte Nick murmelnd einen Spruch aus einer Zeichentrickserie. Er schwieg eine ganze Weile, während Vito aus dem Fenster blickte und über Ritter, Folter und … Rosen nachdachte.

»Wir könnten uns mit einem anderen Professor in Verbindung setzen«, sagte Nick schließlich ruhig. »Andere Universitäten haben auch Archäologieexperten. Ich habe gestern Nacht im Netz nachgesehen.«

»Du hast gestern Nacht eine Menge im Netz nachgesehen«, erwiderte Vito und hörte selbst, wie feindselig seine Stimme klang. »Tut mir leid.«

»Schon gut. Das Haus ist zu still«, murmelte Nick. »Ich fand es immer schlimm, wenn Josie die ganze Nacht auf war und Musik laufen ließ, aber jetzt, da sie weg ist … fehlt mir das.«

Vito sah seinen Partner an. »Fehlt *sie* dir?«

»Tja, sie hat mich betrogen und einen Narren aus mir gemacht, aber – ja. Sie fehlt mir.«

Nick hatte ihm eine Tür geöffnet, das wusste Vito. Nick sprach nicht gern über sein Privatleben. Dass seine Exfrau über so lange Zeit hinweg fremdgegangen war, war ein sehr, sehr wunder Punkt. Aber er hatte die Tür aufgestoßen, damit Vito reden konnte.

»Sie hat die Rosen gesehen.«

»Autsch.« Nick zog den Kopf ein.

»Jep.«

»Hast du ihr gesagt, für wen die Rosen sind?«

»Das wäre nur normal gewesen, nicht wahr?« Vito stieß ein schnaubendes Lachen aus. »Nein, habe ich nicht. Ich konnte nicht. Jetzt denkt sie das Schlimmste. Wahrscheinlich sollte es einfach nicht sein.«

»Was für ein absoluter Bullshit! Vito, magst du sie?«

»Du nicht?«

»Na ja, klar, natürlich. Selbst wenn sie Okzitanisch spricht, was auch immer das sein soll. Sie ist lustig und süß und …« Er zuckte die Achseln und grinste reuig.

»Scharf.«

»Genau. Aber noch wichtiger – sie kann uns vielleicht bei diesem Fall helfen.« Er blickte ernst zu Vito hinüber. »Also selbst wenn du sie nicht persönlich etwas näher kennenlernen willst, erzähl ihr die Wahrheit, sodass wir ihr ›Basiswissen‹ nutzen können.«

»Ich will ihr aber nicht die Wahrheit sagen.« *Ich will niemandem die Wahrheit sagen.*

»Dann lass dir eine gute Lüge einfallen, denn wenn wir letztlich doch einen Experten bezahlen müssen, dann wird Liz wissen wollen, wieso.«

Vito biss die Zähne zusammen. Nick hatte natürlich recht. Kostenlose Ressourcen waren zu wertvoll, um sie aus persönlichen Gründen aufzugeben. »Okay. Ich fahre morgen am Museum vorbei.«

»Besser heute Abend noch. Morgen muss ich zum Gericht, dann bist du auf dich selbst gestellt.«

Vito sah ihn überrascht an. »Weiß ich davon?«

»Ich habe es dir zweimal gesagt und dir außerdem ein Memo geschickt. Du warst ein wenig abgelenkt letzte Woche.«

Durch Andrea. Vito stieß den Atem aus. »Entschuldige. Warum musst du zum Gericht?«

Nick presste die Kiefer zusammen. »Diane Siever.«

Vito verzog das Gesicht. Diane war eine Dreizehnjährige aus Delaware gewesen, die vor drei Jahren vermisst gemeldet worden war. Nick war der unglückliche Cop gewesen, der, damals noch beim Drogendezernat, während einer Razzia über ihre Leiche gestolpert war. »Bekommst du immer noch Karten von ihrer Familie?«

Nick schluckte hart. »Jedes verdammte Weihnachten. Ich wünschte, sie wären mir nicht so dankbar.«

»Du hast dafür gesorgt, dass sie endlich damit abschließen konnten. Wenigstens wissen sie es nun. Es muss schlimm sein, nichts zu wissen.«

»Und noch schlimmer muss es für ihre Familie sein, im Gericht zu sitzen und das verdammte Arschloch, das ihre Tochter umgebracht hat, wie einen elenden Pfau zum Zeugenstand stolzieren zu sehen.« Nick packte das Lenkrad so fest, dass die Knöchel weiß hervortraten. »Ich hasse diese Art von Deals. Jedes Mal, wenn du denkst, sie sind auf deiner Seite, verhandeln sie mit einem Mörder, und er kommt frei. Das macht mich krank.«

Das »verdammte Arschloch«, ein Junkie mit vollkommen zernarbten Armen, hatte seinen Partner, einen aufstrebenden Drogenboss, ans Messer geliefert. Die Staatsanwaltschaft hatte diesen Kerl dringender festsetzen wollen als den Junkie und einen Deal ausgehandelt, der dem kleineren Gangster ein gemäßigteres Urteil versprach. »Welcher Staatsanwalt war es?«

»Lopez.« Nick spuckte den Namen förmlich aus.

Vito runzelte die Stirn. »Maggy Lopez? *Unsere* Maggy Lopez?«

»Du sagst es.«

Maggy Lopez war ein Neuzugang in Liz Sawyers Abteilung, aber immer wenn sie einen ihrer Fälle betreute, überließ Nick ihm die Kommunikation.

Nun verstand er, warum. »Du hast bisher noch kein Wort über sie gesagt.«

Nick zuckte wütend die Schultern. »Und ich hätte auch jetzt besser die Klappe halten sollen. Ruf das Labor an und frag nach, ob sie was auf Keyes' Computer gefunden haben.«

»Okay.« Vitos Anruf wurde von Jeff Rosenburg angenommen. »Hattet ihr Jungs schon eine Chance, einen Blick auf die Festplatte zu werfen, die wir heute Morgen reingebracht haben?«

»Wovon träumst du nachts, Chick? Hier stehen sie Schlange.« Das war Jeffs Standardantwort.

»Könntest du mal nachsehen? Es ist wichtig.«

»Wichtig«, wiederholte Jeff beißend. »Was ist das nicht? Bleib dran …« Eine Minute später war er zurück. »Schwein gehabt, Chick.« Auch das sagte er immer. »Wir haben uns schon damit beschäftigt, aber bloß weil einer der Techniker im Moment gerade mit einem speziellen Datenlöschprojekt beschäftigt ist.«

»Das heißt, jemand hat Keyes' Festplatte tatsächlich gelöscht?«

»Nicht komplett. Es ist nicht leicht, alle Daten einer Festplatte zu vernichten, aber es ist genug weg, dass es zur Herausforderung wird. Und die Methode war sehr elegant.« Jeff klang beeindruckt. »Es war ein Virus, der mit einer E-Mail gekommen ist. Und zwar ein getimter.«

»Wie ein Schläfer?«

»So ähnlich. Der Techniker versucht noch, den Code zusammenzupuzzeln, um herauszufinden, wie lange der Virus versteckt gewesen war, bis er herauskam und die Daten des Besitzers gefuttert hat. Wir rufen euch an, wenn wir mehr wissen.«

Vito klappte nachdenklich das Telefon zu. »Gelöscht«, sagte er. »Aber elegant.« Er fasste zusammen, was Jeff gesagt hatte. »Wir haben also einen sadistischen Psychopathen, der mit militärischer Präzision Gräber aushebt, vom Mittelalter besessen ist und sich mit Computertechnik auskennt.«

»Oder der einen kennt, der sich mit Computertechnik auskennt«, erwiderte Nick. »Vielleicht haben wir es auch mit mehreren Personen zu tun.«

»Kann sein. Hören wir mal, was Jen so herausgefunden hat.«

Montag, 15. Januar, 15.00 Uhr

Katherine betrachtete Röntgenbilder. Vito, der keine Probleme hatte, über ihren Kopf hinwegzusehen, stand hinter ihr. Andrea war auch so klein gewesen. Es hatte Momente gegeben, da hatte Vito Angst gehabt, sie könne zerbrechen. Sophie Johannsen dagegen … sie war kaum kleiner als er selbst. Als sie ihn wegen der Rosen zur Rede gestellt hatte, waren ihre vollen Lippen ungefähr auf seiner Kinnhöhe gewesen. Rein körperlich konnte sie wohl nicht besonders schnell zerbrechen, aber sie besaß eine Verwundbarkeit, die ihn berührte.

Sie sind doch genau wie alle anderen. Jemand hatte ihr wehgetan. Sehr. *Und jetzt denkt sie, ich wäre auch so einer.*

Das störte ihn. Sehr. Sie musste erfahren, dass er nicht wie alle anderen war. Und wenn es dabei nur um seinen eigenen Seelenfrieden ging.

»Wer ist dieser Kerl?«, sagte Nick und holte ihn wieder in die

Realität der Röntgenbilder zurück, auf die er gestarrt hatte, ohne etwas zu sehen.

Vito musterte den Schädel, dessen Bild an der Lichttafel hing. »Das ist keiner von unseren. Keine Hinweise auf mittelalterliche Folter. Der hat eine Kugel direkt zwischen die Augen bekommen.«

»Keine mittelalterlichen Wunden und eine Kugel direkt zwischen die Augen«, stimmte Katherine zu, »aber er ist trotzdem eines eurer Opfer, Jungs.« Sie streckte die Hand aus. »Darf ich vorstellen – Opfer eins Strich drei.«

»Bitte?«, fragte Vito.

»Von unseren?«, sagte Nick gleichzeitig.

»Was heißt eins Strich drei?«, fügte Vito hinzu.

»Ja, er ist eines von unseren Opfern. Eins Strich drei bedeutet erste Reihe, drittes Grab. Er war jung, wahrscheinlich keine zwanzig, die Todesursache die Kugel im Kopf. Er ist vermutlich schon ein Jahr tot. Noch ein paar Tests, und ich weiß mehr.«

Sie trat an den Tisch und nahm ein paar Blätter zur Hand. Auf eines hatte sie ein Vier-mal-vier-Raster gezeichnet, in dessen Vierecke – mit der Ausnahme von dreien – sie sich Notizen gemacht hatte. »Das hier haben wir bisher. Sieben leere Gräber, neun belegte. Jen hat bislang sechs der neun Leichen geborgen. Sie ist jetzt gerade bei Nummer sieben. Reihe eins, Grab vier, oder auch: eins Strich vier.«

»Die vierte Reihe ist leer«, murmelte Nick. »Drei-eins, männlich, weiß, Mitte zwanzig, stumpfes Trauma an Kopf und Torso. Trauma durch gezackten Gegenstand an Kopf und rechtem Arm. Todeszeitpunkt mindestens zwei Monate her. Prellungen an Torso und Oberarmen, kreisrund, etwa fünf Zentimeter Durchmesser.« Er schaute auf. »Das ist die dritte Leiche, die wir gestern Abend ausgegraben haben.«

»Genau. Drei-zwei ist die Frau mit den gefalteten Händen.«

»Sophie hat uns von dem Inquisitionsstuhl erzählt«, sagte Nick angewidert. »Unser Bursche scheint ein De-luxe-Modell zu besitzen. Dornen und Metallflächen zum Erwärmen.«

Katherine seufzte. »Das wird ja immer besser. Drei-drei ist der Ritter.«

»Warren Keyes«, sagte Vito. »Schauspieler.«

»Dachte ich mir. Übrigens bin ich mit seiner Autopsie fertig.« Sie reichte Vito den Bericht. »Todesursache Herzversagen durch Blutverlust. Seine Bauchhöhle war leer. Keine Verletzungen am Kopf, aber die Knochen in Armen und Beinen ausgerenkt. Durch direkte, nicht radiale Krafteinwirkung.«

»Was bedeutet, sie wurden nicht verdreht, sondern man hat daran gezogen«, sagte Vito, der den Bericht überflog.

»Richtig.«

»Eine Streckbank«, murmelte Nick.

»Das würde ich wohl auch sagen. Und ich habe Betäubungsmittel gefunden.«

»Seine Mutter meinte, er sei clean gewesen. Er hatte eine Entziehungskur hinter sich«, erklärte Vito.

»Das passt zu dem, was ich gefunden habe. Seine Nasenscheidewände waren durch Kokain beschädigt. Aber ich habe in seiner Nase vor allem ziemlich viel von dem weißen Zeug gefunden, das ich euch gezeigt habe.«

»Und war dieses weiße Zeug Silikon?«, wollte Nick wissen.

»Ein Silikongleitmittel, ja. Das Labor versucht, eine Marke für euch herauszufinden. Aber in dieses Mittel war noch etwas anderes gemischt, und zwar Gips. Damit war seine Nasenhöhle gefüllt.«

Nick runzelte die Stirn. »Gips und ein Gleitmittel? Wieso?«

Aber Vito fiel etwas ein. »Als ich noch klein war, haben wir einmal zu Halloween Gipsmasken gemacht. Wir haben fettige Creme auf unsere Gesichter geschmiert, damit wir den Gips besser abheben konnten. Ich denke, er hat von Warren Keyes und der Frau Totenmasken hergestellt.«

»Aber dann hat er offensichtlich auch vom größten Teil der Körper einen Abdruck gemacht«, sagte Katherine. »Wieso?«

»Das könnte etwas mit diesen Grabfiguren zu tun haben.«

Vito schüttelte den Kopf. »Noch ergibt das alles gar keinen Sinn.«

Nick hatte sich wieder Katherines Raster zugewandt. »Und was ist mit dem älteren Mann, der heute Morgen geborgen wurde?«

»Ah. Er.« Katherine tippte auf die zweite Reihe von oben. »In der zweiten Reihe gab es zwei Leichen und zwei leere Gräber. Beide Leichen waren älter, eine weiblich, eine männlich.« Sie zog eine Braue hoch. »Die weibliche war kahl.«

Vito blinzelte. »Er hat ihr den Schädel rasiert?«

Katherine schüttelte den Kopf. »Sie hatte eine Brustamputation durchführen lassen.«

»Er hat eine Frau mit Brustkrebs getötet?« Nick schüttelte den Kopf. »Allmächtiger. Was für ein widerlicher Psychopath tötet eine krebskranke Frau?«

»Derselbe widerliche Psychopath, der gesunde, junge Menschen verstümmelt und foltert«, sagte Katherine. »Aber diese eine hat er nicht gefoltert. Sie hat ein gebrochenes Genick, ansonsten keinerlei Verletzungen. Der alte Mann ist allerdings eine ganz andere Geschichte.«

»Na, toll«, brummelte Vito, als sie drei weitere Röntgenbilder nahm.

»Der alte Mann in zwei-zwei hatte einen gebrochenen Kiefer und ein massives Trauma in Gesicht und am Oberkörper. Er ist übel zusammengeschlagen worden – wahrscheinlich mit der Faust. Der Kiefer ist ausgerenkt, die Wangenknochen zertrümmert. Eine ziemlich bösartige Attacke mit viel Wucht.«

»Eine große Faust«, sagte Vito leise. »Er ist ein großer Kerl, unser Killer. Muss er sein, wenn er Warren Keyes herumgeschleppt hat, selbst wenn der unter Drogen gestanden hat.«

»Dem stimme ich zu. Der Mann hat sechs gebrochene Rippen. Die Oberschenkelverletzungen wurden ihm mit etwas Größerem, Härterem zugefügt. Beide sind gebrochen.« Sie wandte sich um, beide Brauen hochgezogen. »Aber die Krönung des Ganzen …«

»O Mist.« Nick seufzte. »Was noch?«

»Seine Fingerspitzen sind weg. Sauber abgetrennt.«

Vito und Nick sahen einander an. »Jemand wollte, dass der alte Mann inkognito bleibt«, sagte Vito, und Nick nickte.

»Das heißt, er hat wahrscheinlich irgendwo eine Akte, die leicht zugänglich ist. Sind sie vor oder nach dem Tod abgeschnitten worden, Katherine?«

»Vorher.«

»War klar«, murmelte Vito. »Zeitpunkt des Todes?«

»Vor zwei Monaten oder noch davor. Die Leichname des älteren Leichenpaars waren in einem ähnlichen Zersetzungsstadium wie der Mann in drei-eins, dessen rechter Arm fast abgetrennt ist.«

»Der mit den runden Prellungen«, sagte Vito. »Hast du schon irgendeine Idee, woher die stammen?«

»Noch nicht, aber ich habe auch noch nicht besonders genau hingesehen. Einer der Techniker hat sie entdeckt und notiert.«

Nick rieb sich müde den Nacken. »Und dann haben wir eins-drei mit der Kugel im Kopf. Ganz entschieden postmoderne Ära.«

»Seit einem Jahr tot, nicht erst seit ein paar Wochen wie die anderen«, fügte Vito hinzu. »Das alles ergibt für mich einfach keinen Sinn.«

»Noch nicht«, meinte Nick. »Und das wird es auch nicht, wenn wir nicht mehr von den Opfern identifizieren können. Mit Warren Keyes haben wir Glück gehabt. Hast du bei den anderen noch etwas gefunden, das hilfreich bei der Identifizierung sein könnte?«

Katherine schüttelte den Kopf.

»Dreck«, brummte Nick. »Also haben wir bisher sechs Leichen, davon nur eine identifiziert. Vier der sechs sind jung, zwei alt. Ein Schauspieler, eine Krebspatientin und einen, den wir vermutlich identifizieren könnten, wenn wir seine Abdrücke hätten.«

»Und den der Killer wirklich hasste«, fügte Vito hinzu. »Und *das* kann uns helfen.«

Nick zog eine Braue hoch. »Erklär das bitte.«

»Er hat alle Gräber sehr präzise ausgehoben, alle sind exakt gleich. Er hat eine Zwangsstörung. Die Opfer aus der dritten Reihe sind gefoltert worden, aber nicht mit bloßen Händen, sondern mit Instrumenten. Der neue Kerl mit der Kugel – wieder ein Instrument. Die Verletzungen des alten Mannes aber sagen uns, dass er sich nicht beherrschen konnte. Tobsucht und Leidenschaft sind bei zwangsgestörten Persönlichkeiten als Begleiterscheinungen bei Tötungen äußerst selten zu finden.«

»Das heißt, hier war die Sache persönlich«, fuhr Nick fort. »Wenn er den alten Mann kannte, dann vielleicht auch die Frau. Aber hier hat er auch die Hände benutzt. Er hat ihr das Genick gebrochen.«

»Aber er hat sie nicht zusammengeschlagen.«

Katherine räusperte sich. »Jungs, das ist ja alles ganz faszinierend, aber ich bin schon den ganzen Tag auf den Füßen und möchte noch vor Mitternacht fertig sein. Also verschwindet.«

»Aber, Mama, wir spielen so gern im Kühlhaus«, greinte Nick.

Sie lachte leise und scheuchte sie hinaus. »Wenn ihr die Autopsien wollt, haut ihr jetzt ab. Ich rufe euch an. Und tschüs.«

8. Kapitel

Montag, 15. Januar, 16.05 Uhr

MIT FINSTEREM BLICK IN DEN SPIEGEL rubbelte Sophie sich den letzten Rest Theaterschminke ab, der hartnäckig an ihrer Wange klebte. »Blöde Wikingerführung«, knurrte sie. »Und ich muss mich anmalen wie eine billige Nutte.« Die Tür zur Personaltoilette öffnete sich, und Darla erschien. Sie seufzte.

»Reib nicht so fest, Sophie, sonst löst sich die Haut mit ab.« Sie holte aus dem Schränkchen unter dem Waschbecken ein kleines Glas. »Wie oft habe ich gesagt, du sollst Cold Cream benutzen.« Sie gab eine dicke Schicht der kühlen, feuchten Creme auf Sophies Gesicht und klopfte sie behutsam ein.

»Bestimmt tausendmal«, brummelte Sophie und zuckte bei der Berührung der kalten Creme zusammen.

»Und warum tust du es dann nicht?«

»Weil ich's vergessen habe.« Sie klang wie ein trotziges Kind, und Darla lächelte.

»Na, dann erinnere dich bitte das nächste Mal daran. Es kommt mir vor, als würdest du deiner Haut absichtlich schaden wollen, damit Ted nicht mehr von dir verlangt, dass du Make-up auflegst. Aber ich kann dir jetzt schon sagen, dass er von der Idee nicht abrücken wird.« Sie tupfte weiter, während sie sprach. »Du kennst dich zwar mit Geschichte aus, Sophie, aber Ted weiß, was sich verkauft. Ohne die Führungen könnten wir wahrscheinlich dichtmachen.«

»*Was* genau willst du mir damit sagen?«

»Sophie.« Darla packte ihr Kinn und zog ihren Kopf nach vorn, bis sie den Rücken krümmen musste. »Halt still und mach die Augen zu.« Sophie tat es, bis Darla sie losließ. »Das war's.«

Sophie berührte ihr Gesicht. »Und jetzt bin ich fettig.«

»Nein, du bist vor allen Dingen unmöglich, und zwar den ganzen Tag schon. Was ist denn los?«

Ein sadistischer Killer und ein gutaussehender Cop, bei dem mir das Wasser im Mund zusammenläuft, obwohl er eine Ratte ist – das ist los! »Wikinger und Jeanne d'Arc«, sagte sie stattdessen. »Ted hat mich als Kuratorin eingestellt, aber ich habe keine Zeit, diese Arbeit zu machen. Stattdessen muss ich mich verkleiden und schminken.«

Hinter ihnen wurde die Klospülung betätigt, und Patty Ann kam aus einer der Kabinen. »Ich denke, es ist das schlechte Gewissen«, sagte sie, während sie den Wasserhahn aufdrehte, um sich die Hände zu waschen. »Sophie ist heute von zwei Polizisten verhört worden. Einer hat sie quasi zum Wagen gezerrt.« Sie warf Sophie einen listigen Seitenblick zu. »Du musst ja ganz schön auf sie eingeredet haben, dass sie dich wieder haben gehenlassen.«

Darla blickte alarmiert von einer zur anderen. »Was? Polizei? Hier im Albright? Was ist passiert?«

»Sie brauchten historische Informationen, Darla. Das war alles.«

»Was war mit dem dunklen Typ?«, bohrte Patty Ann weiter, und am liebsten hätte Sophie sie gewürgt. »Er hat dich doch zurück zum Museum verfolgt.«

»Er hat mich nicht verfolgt«, sagte Sophie fest, während sie die Bänder ihres Oberteils löst. Aber Vito hatte genau das getan, und ihr Puls beschleunigte sich immer wieder aufs Neue, wenn sie daran dachte. Vito Ciccotelli hatte etwas, das sie magisch anzog und in Versuchung führte, und allein das war schon peinlich genug. Sie musste sich beeilen und den Cops ihre Informationen besorgen, sodass sie ihn nicht mehr wiederzusehen brauchte. Die Versuchung würde vergehen. Fall abgeschlossen.

Sie zog sich um und floh in den kleinen Lagerraum, den Ted ihr als Büro überlassen hatte. Die Kammer war winzig und stand voller Kartons und Kisten, aber sie verfügte über einen Schreibtisch, einen Computer und ein Telefon. Ein Fenster wäre nett gewesen, aber man konnte schließlich nicht alles haben.

Sie ließ sich auf den ramponierten Stuhl sinken und schloss die Augen. Sie war müde. Aber wer sich nachts im Bett nur herumwarf, konnte vermutlich nichts anderes erwarten. *Konzentrier dich, Sophie.*

Sie musste an dubiose Sammler und Archäologen denken, um für Ciccotelli diese verfluchte Liste zusammenzustellen.

Sie ging im Geist die Leute durch, mit denen sie in den vergangenen Jahren gearbeitet hatte. Die meisten waren moralisch einwandfreie Wissenschaftler, die mit Fundstücken so sorgsam und gewissenhaft umgingen wie Jen McFain mit den Beweisstücken an einem Tatort. Aber unvermeidlich wanderten ihre Gedanken zu *ihm*. Alan Brewster. *Der Fluch meines Lebens.* Sie hatte sich nie die Namen der reichen Geldgeber gemerkt, die ihre Grabungen unterstützten, aber Alan kannte jeden. Er wäre der geeignete Kontakt für die Detectives. Nur …

Nur würde Alan Vito fragen, woher dieser seinen Namen hatte. Vito würde *ihren* Namen nennen, und Alan würde sein glattes, öliges, rattiges Lächeln lächeln. »Oh, von Sophie«, würde er samtig sagen. »Eine wirklich *fähige* Mitarbeiterin.« Das hatte er damals schon gesagt. Und sie hatte tatsächlich geglaubt, er meine es positiv.

Das Blut stieg ihr in die Wangen, als die Scham und die Demütigung sie erneut heimsuchten, wie jedes Mal, wenn sie daran dachte. Damals war sie wirklich ein extrem dummes junges Ding gewesen. Das war sie heute garantiert nicht mehr.

Aber dann drängte sich das schlechte Gewissen vor das Schamgefühl. »Du bist ein Feigling«, murmelte sie. Neun Leute waren tot, und Alan konnte vielleicht dabei helfen, den Mörder zu finden, und sie dachte nur an ihren gekränkten Stolz. Sie schrieb seinen Namen auf einen Zettel, aber allein ihn schwarz auf weiß zu sehen ließ sie frösteln. Er würde es sagen. Das hatte er immer getan. Es machte ihm Spaß. Dann wüssten Vito und Nick ebenfalls Bescheid. *Was kümmert es dich, was sie über dich denken?* Aber es kümmerte sie. Immer wieder.

»Überleg dir jemand anderen«, ermahnte sie sich barsch. »Jemand, der genauso gut ist.«

Sie überlegte, bis ein Gesicht vor ihrem inneren Auge erschien – nur leider fiel ihr der Name nicht ein. Er war ein Kommilitone gewesen und hatte mit ihr auf der Ausgrabungsstelle gearbeitet. Während sie Alan Brewster »assistiert« hatte, hatte er für seine Dissertation gestohlene Kunstgegenstände recherchiert. Sie suchte im Netz, fand allerdings keine solche Dissertation. Aber der Typ hatte einen Freund … O Himmel.

An *seinen* Namen konnte sie sich erinnern. Clint Shafer. Mit einem Seufzen durchsuchte sie die Telefonbücher und fand eine Nummer. Bevor sie es sich anders überlegen konnte, wählte sie auch schon. »Clint, hier ist Sophie Johannsen. Vielleicht erinnerst du dich nicht, aber …«

Er schnitt ihr mit einem Pfiff das Wort ab. »Sophie. Na so was. Wie geht's dir?«

»Sehr gut, danke.« *Neun Gräber; Sophie.* »Clint, erinnerst du dich an deinen Freund von damals, mit dem du wegen der gestohlenen Antiquitäten recherchiert hast?«

»Du meinst Lombard?«

Lombard. Das war es. Kyle Lombard. »Ja, genau der. Hat er seine Dissertation je fertiggestellt?«

»Nein, er ist ausgestiegen.« Es gab eine Pause, dann fuhr er süffisant fort: »Das war, nachdem du das Projekt verlassen hast. Alan war am Boden zerstört.«

Sie hörte ein Lachen in seiner Stimme und wurde rot. Sie musste sich auf die Zunge beißen, um eine Bemerkung zurückzuhalten. »Hast du mal etwas von ihm gehört?«

»Von wem? Alan? Klar. Wir plaudern oft miteinander. Und du bist auch häufig Thema.«

Sie hätte sich am liebsten noch etwas fester auf die Zunge gebissen. »Nein, ich meine Kyle. Weißt du, wo er ist?«

»Nein. Seit Avignon habe ich nichts mehr von ihm gehört. Nachdem er ausgestiegen ist, hat er sich für Alans Sibirienprojekt angemeldet. Und du bist jetzt in Philly?«

Sophie verfluchte die Nummeranzeige auf dem Display.

»Ein Notfall in der Familie.«

»Tja, ich sitze hier auf Long Island, aber das weißt du ja schon. Wir … könnten uns doch mal treffen.«

Ein einziger dummer Fehler, und ich zahle immer noch *dafür.*

Sie zwang sich, fröhlich zu klingen, um die grobe Lüge glaubhafter zu machen. »Tut mir leid, Clint. Ich bin verheiratet.«

Er lachte. »Na und? Bin ich auch. Das hat dich doch früher nicht gestört.«

Sophie atmete sehr langsam aus. Dann hörte sie auf, sich auf die Zunge beißen zu wollen, und ließ es heraus. »*Va te faire foutre.*«

Clint lachte wieder. »Sag mir, wann und wo, Herzchen. Alan nennt dich noch heute seine fähigste Assistentin. Ich wollte mich schon immer selbst von deinen Qualitäten überzeugen.«

Mit bebender Hand legte Sophie den Hörer auf. Dann nahm sie den Zettel, auf den sie Alan Brewsters Namen geschrieben hatte, und zerknüllte ihn fest.

Es *musste* jemand anderen geben, den die Polizei kontaktieren konnte.

Montag, 15. Januar, 16.45 Uhr

»Hier. Sagen Sie nie wieder, dass ich Ihnen nichts gönne.«

Vito sah auf, als eine kleine Tüte Tortilla-Chips auf dem Ausdruck von den Namen vermisster Personen landete, den er durchgesehen hatte. Liz Sawyer lehnte an seinem Tisch und riss ihre Tüte auf. Er blickte zu Nicks leerem Tisch hinüber, auf den sie eine dritte Tüte geworfen hatte. »Wieso kriegt Nick Barbecue-Geschmack? Den wollte ich.«

Liz beugte sich vor und tauschte die Tüten aus. »Gott, Sie sind schlimmer als meine Kinder.«

Vito grinste und öffnete die Tüte. »Aber Sie lieben uns trotzdem.«

Sie schnaubte. »Ja, klar. Wo ist Nick?«

Vito wurde ernst. »Bei der Staatsanwältin. Sie hat ihn gebeten, den Fall wegen morgen noch einmal mit ihr durchzusprechen.«

Liz seufzte. »Wir alle haben schon unsere Siever-Fälle gehabt. Leider.« Sie verengte die Augen. »Sie doch auch. Vor zwei Jahren, richtig? Muss ungefähr in dieser Zeit gewesen sein.«

Vito kaute auf seinen Chips und tat unbekümmert, obwohl er augenblicklich einen Stein im Bauch spürte. Liz tappte einfach im Dunkeln herum. Dass Andreas Tod Fragen offengelassen hatte, konnte ihr nicht entgangen sein, aber sie hatte sie nie gestellt. »Ja, ungefähr.«

Sie sah ihn ein paar Sekunden lang schweigend an, dann zuckte sie die Achseln. »Dann sollten Sie mich jetzt bitte schnell auf den neusten Stand Ihrer Massengrabsituation bringen. Die Geschichte kam in den Mittagsnachrichten, und seitdem stehen in der Presseabteilung die Telefone nicht mehr still. Bisher geben wir ›Kein Kommentar‹ und tun arglos, aber lange werden wir damit nicht durchkommen.«

Vito berichtete ihr alles, was er wusste, und endete bei ihrem morgendlichen Besuch im Leichenschauhaus. »Jetzt gehe ich die Vermisstenanzeigen durch und hoffe auf einen Treffer.«

»Das Mädchen mit den gefalteten Händen … Falls Keyes Schauspieler oder Model war, dann sie vielleicht auch.«

»Nick und ich haben auch daran gedacht. Wenn wir die Vermissten durchhaben, hören wir uns in den Bars im Theaterbezirk um. Das Dumme ist, dass das Gesicht des Opfers schon zu stark verwest ist, um ein Foto rumzeigen zu können.«

»Schicken Sie einen Zeichner ins Leichenschauhaus. Er soll auf die Knochenstruktur schauen und das Beste draus machen.«

Vito kaute düster. »Hab ich schon versucht. Aber unsere beiden Zeichner haben zu tun, und zwar mit Lebenden. Es wird Tage dauern, bis sie Zeit für Tote haben.«

»Verdammte Budgetkürzung«, knurrte Liz. »Können Sie zeichnen?«

Er lachte. »Strichmännchen, ja.« Dann fiel ihm etwas ein. »Aber mein Bruder.«

»Ich dachte, Ihr Bruder ist Seelenklempner.«

»Nein, das ist meine Schwester, Tess. Tino ist Künstler. Und zwar spezialisiert auf Porträts.«

»Ist er zu haben?«

»Immer wieder, aber sagen Sie das bloß nicht meiner Mutter. Sie hält uns alle für … sagen wir, grundanständig.« Er hob die Brauen.

Liz lachte. »Keine Angst, ich verrate kein Sterbenswörtchen. Hat Ihr Bruder so etwas schon einmal getan?«

»Nein. Aber er wird gern helfen.«

»Dann rufen Sie ihn an. Wenn er einwilligt, bringen Sie ihn her. Übrigens … Sie sind in letzter Zeit ziemlich gut darin, kostenlose Helfer zu rekrutieren, Chick. Archäologen, Künstler …«

Vito zwang sich zu einem lässigen Grinsen. »Und was bekomme ich für meine Mühe?«

Liz beugte sich vor, schnappte sich Nicks Chipstüte und warf sie ihm zu. »Wie ich schon sagte – behaupten Sie ja nicht, dass ich Ihnen nichts gönne.«

New York, Montag, 15. Januar, 16.55 Uhr

»Derek, wir müssen reden.«

Derek sah von seinem Bildschirm auf. Tony England stand in der Tür seines Büros, und seine Miene verhieß nichts Gutes. Derek lehnte sich zurück. »Ich habe mich schon gefragt, wann du hier auftauchst. Komm rein. Und mach die Tür zu.«

»Ich bin heute schon mindestens zwanzig Mal auf dem Weg zu dir gewesen. Aber ich war zu wütend.« Tony hob die Schultern. »Und ich bin immer noch wütend.«

Derek seufzte. »Was willst du von mir, Tony?«

»Sei ein Mann und wehr dich *ein einziges Mal gegen Jäger!*«, explodierte er, dann sah er hastig weg. »Es tut mir leid.«

»Das stimmt doch gar nicht. Du bist von Anfang an bei oRo dabei gewesen. Du hast die Kampfszenen der letzten drei Spiele überwacht. Du hast erwartet, eines Tages meinen Platz einzunehmen und nicht plötzlich für einen Newcomer arbeiten zu müssen.«

»Okay, das ist wahr. Derek, du und ich waren ein tolles Team. Sag Jager ein klares Nein.«

»Geht nicht.«

Tony schürzte die Lippen. »Weil du Angst hast, dass er dich vor die Tür setzt?«

»Nein. Weil er recht hat.«

Tony richtete sich kerzengerade auf. *»Was?«*

»Er hat recht.« Er deutete auf seinen Laptop. »Ich habe *Enemy Lines* mit allem verglichen, was wir vorher gemacht haben. Dieses Spiel ist atemberaubend. Das, was wir im letzten Projekt gemacht haben, ist daneben bestenfalls Mittelmaß. Wenn Frasier Lewis so etwas kann …«

»Also du auch. Du hast dich auch verkauft«, unterbrach Tony ihn tonlos. »Ich hätte nie gedacht, dass du …« Er hob das Kinn. »Ich steige aus.«

Das hatte Derek erwartet. »Und ich kann es verstehen. Aber du solltest noch einmal darüber schlafen. Wenn du dann deine Meinung änderst, ist es, als hätten wir dieses Gespräch nie geführt. Versprochen.«

»Ich werde meine Meinung nicht ändern. Und ich werde auch nicht für Frasier Lewis arbeiten.«

»Dann sag mir Bescheid, wenn du eine Empfehlung brauchst. Für was auch immer du sie brauchst.«

»Es gab eine Zeit, da hätte es mir viel bedeutet«, sagte Tony verbittert. »Aber jetzt ... versuche ich es lieber auf eigene Faust. Viel Spaß mit dem Geld, Derek, denn wenn Jager dich erst einmal aus dem Projekt gedrängt hat, ist das alles, was du haben wirst.«

Derek starrte zur Tür, die Tony behutsam hinter sich schloss. Tony hatte recht. Jager drängte ihn hinaus. Die Zeichen waren seit Wochen nicht zu übersehen gewesen, aber Derek hatte sie nicht sehen *wollen*.

»Derek?«, rief seine Sekretärin durch die Sprechanlage. »Lloyd Webber auf Leitung zwei.«

Er war nicht in der Stimmung, mit weiteren Reportern zu reden. »Kein Kommentar.«

»Das ist kein Reporter. Es ist ein Vater, der mit dir über *Enemy Lines* sprechen will.«

Derek war auch nicht in der Stimmung, mit weiteren zornigen Eltern zu sprechen, die das Spiel grausam und brutal fanden. »Notieren Sie seine Nummer. Ich rufe morgen zurück.«

Montag, 15. Januar, 18.00 Uhr

Perfektes Timing, dachte Vito, als Sophie aus dem Museum kam. Sie sah müde aus, fand er, während er darauf wartete, dass sie ihr Motorrad erreichte.

Er ging um seinen Wagen, als sie ihren Helm vom Sitz löste. »Sophie.«

Sie fuhr zusammen. »Meine Güte. Müssen Sie mich so erschrecken?«, zischte sie. »Was wollen Sie überhaupt hier?«

Vito zögerte. Plötzlich wusste er nicht mehr, wie er anfangen sollte. Hinter seinem Rücken zog er eine einzelne weiße Rose hervor und sah, wie ihre Augen sich verengten.

»Soll das ein Witz sein?«, sagte sie kalt. »Ich finde es nämlich nicht lustig.«

»Kein Witz. Es hat mir nicht gefallen, dass Sie meinten, ich sei genau wie alle anderen. Sie sollen wissen, dass ich das nicht bin.«

Einen Augenblick lang sagte sie nichts, dann schüttelte sie den Kopf und hievte ihren Rucksack auf den Sattel. »Okay, schön. Sie sind also ein Prinz«, sagte sie sarkastisch. »Ein wirklich netter Kerl.« Sie stieg auf, stopfte ihren Zopf in die Jacke und setzte den Helm auf. »Die Liste hätten Sie so oder so gekriegt.«

Vito drehte die Rose nervös zwischen seinen Fingern. Sie trug heute Abend eine schwarze Lederjacke und statt der knallbunten Handschuhe hatte sie lederne übergestreift. Mit ihrer entrüsteten Miene und dem Lederoutfit ähnelte sie eher einer gefährlichen Bikerbraut als der schräg gekleideten Wissenschaftlerin, die er am Tag zuvor kennengelernt hatte. Sie zog den Riemen unterm Kinn fest und stellte sich auf, um das Motorrad zu starten. Sie wollte losfahren, und er hatte seine Mission noch nicht erfüllt.

»Sophie, bitte warten Sie.«

Sie hielt inne, einen Fuß auf dem Kickstarter. »Was?«

»Die Blumen waren für jemand anderen.« Ihr Blick flackerte. Sie hatte ganz offensichtlich nicht erwartet, dass er dazu stand. »Sie waren für jemanden, der mir viel bedeutet hat und der gestorben ist. Ich wollte die Blumen eigentlich gestern noch aufs Grab legen, aber dann hat der Fall uns zu lange beschäftigt. Das ist die Wahrheit.« Jedenfalls so viel von der Wahrheit, wie er zu sagen bereit war.

Sie runzelte die Stirn. »Die meisten Leute legen im Winter Nelken aufs Grab.«

Er zuckte die Achseln. »Rosen waren ihre Lieblingsblumen.« Seine Kehle verengte sich, als er Andrea vor sich sah, wie sie ihr Gesicht in einen duftenden Strauß Rosen hielt, deren Rot im Kontrast zu ihrer olivfarbenen Haut und dem schwarzen Haar stand. Die Farben schienen ihn zu verspotten. Plötzlich sogen die schwarzen Haare das rote Blut auf, das aus dem Einschussloch an ihrer Schläfe drang – das Loch, das von seiner Kugel verursacht worden war. Er räusperte sich. »Jedenfalls wollte ich gerade Blumen für meine Schwägerin kaufen, die im Krankenhaus liegt, als ich die weißen Rosen entdeckte. Und ich musste an Sie denken.«

Sie musterte ihn misstrauisch. »Entweder lügen Sie verdammt gut, oder Sie sagen die Wahrheit.«

»Ich lüge nicht besonders gut. Und ich bin noch nie im Leben fremdgegangen. Ich will einfach nicht, dass Sie eine so schlechte Meinung von mir haben.« Er legte ihr die Rose auf den Lenker. »Danke, dass Sie zugehört haben.«

Sie blickte eine ganze Weile auf die Rose herab, dann entspannte sie ihre Schultern. Sie streifte einen Handschuh von den Fingern und nahm ein gefaltetes Blatt und einen Stift aus der Jackentasche. Sie faltete das Papier auf, schrieb etwas unten auf die Seite, schluckte und reichte es ihm. »Hier ist Ihre Liste. Es ist leider nicht viel.«

Sie wirkte plötzlich so niedergeschmettert, dass es ihn überraschte und auch rührte. Auf dem Blatt standen ungefähr zwanzig getippte Namen, neben manchen eine Website. Unten hatte sie einen weiteren Namen notiert. »Ich finde nicht, dass das ›nicht viel‹ ist.«

Sie hob die Schultern. »Die ersten achtzehn haben alle Stände bei dem Mittelalterfestival, das im Herbst stattfindet. Sie verkaufen Schwerter und Kettenhemden und Ähnliches. Die meisten verkaufen ihre Ware außerdem im Netz. Falls sich jemand nach Folterinstrumenten erkundigt, könnte er durchaus bei diesen Leuten zuerst nachfragen.«

»Und die anderen?«

»Etienne Moraux ist mein alter Professor aus Paris. Ich habe meinen Abschluss bei ihm gemacht. Er kennt sich gut in der Welt der Archäologie aus und hat unzählige Kontakte. Falls jemand vor kurzem so einen Stuhl entdeckt hat, dann weiß er garantiert davon. Wenn einer verkauft wurde oder aus einer Sammlung verschwunden ist, dann weiß er das auch. Was seine Kenntnisse über den Schwarzmarkt angeht, habe ich Zweifel, aber es kann sein, dass er Gerüchte gehört hat.«

»Und Kyle Lombard?«

»Ein Versuch. Ich weiß nicht einmal, wo er zu finden ist. Vor zehn Jahren hat er an einer Dissertation gearbeitet, als wir in Frankreich waren. Er hat sich mit gestohlenen Artefakten beschäftigt. Er hat die Arbeit nicht beendet, und ich habe ihn auch auf keiner Ehemaligenliste finden können, aber ihr habt da ja, wie man so hört, noch andere Mittel und Wege.«

»Und Blitzdingse, um die Erinnerung auszulöschen«, sagte er in der Hoffnung, ihr ein Lächeln zu entlocken. Aber ihre Augen füllten sich mit Trauer.

»Manchmal denke ich, dass so etwas wirklich nützlich wäre«, murmelte sie.

»Dem kann ich zustimmen. Was ist mit dem letzten Namen hier? Alan Brewster?«

Einen Moment lang blitzte Zorn in ihren Augen auf – so intensiv, dass er beinahe zurückgewichen wäre. Aber so rasch, wie er aufgetreten war, verschwand er auch wieder, und sie wirkte nur noch müde und erledigt. »Alan ist einer der Spitzenarchäologen im Nordosten«, erklärte sie ruhig, »und hat gute Kontakte zu wohlhabenden Geldgebern, die viele Grabungen erst möglich machen. Wenn jemand Fundstücke ankauft, könnte er das wissen.«

»Wissen Sie, wo ich ihn finden kann?«

Sie brach den Stengel der Rose ab und schob die Blüte sehr vorsichtig in ihre Tasche. »Er ist der Vorsitzende der Mittelalterstudien am Shelton College. Das ist in New Jersey, nicht weit von Princeton.« Sie starrte zögernd zu Boden. »Wenn Sie meinen Namen nicht erwähnen würden, wäre ich Ihnen dankbar.«

Also hatten sie und Brewster eine unangenehme, gemeinsame Geschichte. »Woher kennen Sie ihn?«

Ihre Wangen färbten sich rot, und Vito war plötzlich – unerklärlicherweise und albernerweise – eifersüchtig. »Er war mein Doktorvater.«

Er verdrängte die peinliche Eifersucht. Was immer geschehen war, quälte sie noch immer. »Ich dachte, Sie hätten Ihren Abschluss bei Moraux gemacht.«

»Ja, später dann.« Die Verzweiflung in ihren Augen war einer Sehnsucht gewichen, die ihm die Kehle verengte. »Sie haben bekommen, weswegen Sie hier gewartet haben, Detective. Ich muss jetzt los.«

Er hatte zwar bekommen, weswegen er gewartet hatte, aber nicht annähernd, was er gern gehabt hätte. Und nach ihrem Blick zu schließen, hätte sie es auch gern. Hastig faltete er das Blatt und schob es in die Tasche, während sie wieder ihren Handschuh überstreifte. »Sophie, Moment noch bitte. Eines noch.« Und bevor er es sich anders überlegen konnte, stellte er sich rittlings über das Vorderrad, legte die Hände an ihren Helm und küsste sie direkt auf den Mund.

Sie erstarrte, dann umfasste sie seine Handgelenke. Aber sie zog sie nicht weg, und einen kostbaren Moment lang nahmen sich beide, was sie brauchten. Sie schmeckte süß, fühlte sich weich an, und ihr Duft brachte sein Blut zum Kochen. Er wollte mehr. Er nestelte am Riemen unter ihrem Kinn und schaffte es, ihn zu lösen. Ohne die Lippen von ihren zu lösen, zog er den Helm ab, ließ ihn zu Boden fallen und fuhr mit den Händen durch ihr Haar bis zu ihrem Nacken. Dann zog er sie näher an sich heran, und als plötzlich Leben in sie kam, verwandelte sich der langsame, beinahe zärtliche Kuss in etwas Drängendes, Leidenschaftliches.

Sie legte ihm die Hände auf die Schultern, stellte sich auf Zehenspitzen und machte sich mit kleinen, gierigen Bissen über seinen Mund her, und ein leises Wimmern entrang sich ihrer Kehle. Er hatte recht gehabt. Also drängte er ihre Lippen auseinander und vertiefte den Kuss. Sie brauchte es genauso wie er.

Ihre Finger gruben sich in seine Schultern, und sein Herz hämmerte so laut, dass er nichts anderes hören konnte. Vito wollte mehr. Er hatte noch nicht einmal angefangen, sich zu holen, was er brauchte. Und das war hier auf dem Parkplatz bei ihrem Motorrad nicht zu bekommen. Er löste sich von ihrem Mund und wanderte mit den Lippen über ihr Kinn und den Hals, wo ihr Puls deutlich zu spüren war.

Er rückte gerade so weit ab, um in ihr Gesicht sehen zu können. Ihre Augen waren geweitet, und er sah Hunger und Sehnsucht und Unsicherheit darin, aber keine Reue. Langsam ließ sie sich wieder auf die Fersen sinken, und ihre Hände glitten über seinen Arm, bis sie seine Handgelenke erreicht hatten. Sie zog seine Finger aus ihrem Haar, schloss die Augen und hielt seine Hände einige Sekunden lang umklammert. Dann ließ sie ihn behutsam los und schlug die Augen wieder auf. Die Verzweiflung war in ihren Blick zurückgekehrt, stärker nun, und er wusste, sie würde ihn einfach stehenlassen.

»Sophie«, begann er heiser. Sie legte ihm einen Finger auf die Lippen.

»Ich muss gehen«, flüsterte sie, dann räusperte sie sich. »Bitte.«

Er bückte sich nach ihrem Helm, reichte ihn ihr und sah zu, wie sie ihn zum zweiten Mal aufsetzte und den Riemen befestigte. Er wollte nicht, dass sie einfach so davonfuhr. Er wollte überhaupt nicht, dass sie davonfuhr. »Moment. Ich schulde dir noch eine Pizza.«

Sie lächelte gezwungen. »Geht nicht. Ich muss zu meiner Großmutter.«

»Und morgen?«, aber sie schüttelte den Kopf.

»Am Dienstag habe ich ein Seminar am Whitman.« Sie hob die Hand, bevor er es weiter versuchte. »Bitte nicht, Vito. Gestern, als ich dich kennenlernte, habe ich gehofft, dass du ein anständiger Kerl bist, und ich war am Boden zerstört, als ich dachte, dass dem nicht so ist. Jetzt bin ich unendlich froh. Also …« Sie schüttelte traurig den Kopf. »Viel Glück.«

Sie erhob sich aufrecht, trat den Kickstarter und fuhr dröhnend davon. Wieder konnte er ihr nur hinterherstarren.

Montag, 15. Januar, 18.45 Uhr

Sophie lehnte sich frustriert zurück. »Aber du musst essen, Gran. Der Arzt sagt, dass du nie von hier fortkannst, wenn du nicht zu Kräften kommst.«

Ihre Großmutter starrte finster auf den Teller. »Das da würde ich nicht mal an meine Hunde verfüttern.«

»Nein, du hast den Hunden auch Filet gegeben«, sagte Sophie.

»Nur einmal im Jahr.« Sie hob trotzig das Kinn. »An ihrem Geburtstag.«

Sophie verdrehte die Augen. »Klar, solange es nur einen Anlass gibt.« Sie seufzte wieder. »Bitte, Gran, iss jetzt. Du musst wieder kräftig genug werden, damit du nach Hause kannst.«

Der trotzige Funke in Annas Augen erlosch, und sie sank in ihr

Kissen zurück. »Ich werde nicht mehr nach Hause kommen, Sophie. Vielleicht sollten wir das beide endlich akzeptieren.«

Sophie tat das Herz weh. Ihre Großmutter war immer eine kräftige, gesunde Frau gewesen, aber der Schlaganfall hatte sie zu einem fragilen Persönchen gemacht, das die rechte Seite nicht mehr bewegen konnte. Sie sprach außerdem so undeutlich, dass Fremde sie kaum verstehen konnten. Eine Lungenentzündung hatte sie noch weiter geschwächt und machte jeden Atemzug zur Qual.

Einst war die Welt Annas Bühne gewesen – Paris, London, Mailand. Opernfans standen Schlange, um ihren *Orfeo* zu hören. Nun war Annas Welt auf dieses kleine Zimmer im Pflegeheim reduziert.

Dennoch brauchte sie kein Mitleid, also verhärtete Sophie ihre Stimme. »Hühnerkacke.«

Annas Lider flogen auf. »Sophie!«

»Ach, als hättest du das nicht schon selbst hundertmal gesagt.« *Pro Tag,* fügte sie im Stillen hinzu.

Zwei rote Flecken erschienen auf Annas bleichen Wangen. »Trotzdem«, brummelte sie und blickte wieder auf den Teller. »Das Essen ist widerlich. Schlimmer als üblich. Probier doch selbst mal.«

Sophie tat es und verzog das Gesicht. »Du hast recht. Warte mal.« Sie trat an die Tür und sah eine Schwester im Gang. »Schwester Marco? Haben Sie einen neuen Diätassistenten?«

Die Frau sah misstrauisch von ihrem Tisch in der Station auf. »Ja. Wieso?«

Das Personal hier war zum größten Teil wunderbar. Schwester Marco allerdings war eine Nörglerin. Es wäre eine krasse Untertreibung gewesen zu sagen, dass sie und Anna nicht gut miteinander auskamen, daher versuchte Sophie, ihre Besuche so zu legen, dass sie mit Marcos Schicht zusammenfielen. Nur damit das Verhältnis der beiden Frauen zivilisiert blieb. »Weil das Essen wirklich schlecht schmeckt. Könnten Sie Anna vielleicht etwas anderes besorgen?«

Marco schürzte die Lippen. »Sie ist auf Diät, Dr. Johannsen.«

»Und an die hält sie sich auch, versprochen.« Sophie lächelte so einnehmend, wie es ihr möglich war. »Ich würde nicht fragen, wenn es nicht wirklich schlecht schmeckte. Bitte.«

Marcos Seufzen klang überstrapaziert. »Also gut. Es dauert aber mindestens eine halbe Stunde.«

Sophie kehrte an Annas Bett zurück. »Marco besorgt dir etwas Neues.«

»Das Biest«, murmelte Anna und schloss die Augen. »Sie ist böse.«

Sophie zog die Brauen zusammen. Ihre Großmutter machte in letzter Zeit häufig solche Bemerkungen, und Sophie war nie sicher, was sie glauben sollte. Wahrscheinlich versuchte Anna nur, ihre Frustration zu kompensieren, aber vielleicht steckte auch mehr dahinter. Sophie war jedenfalls beunruhigt.

Seltsamerweise schien sie sich in letzter Zeit über alles Sorgen zu machen – über Anna, Geld, ihre Karriere. Und heute hatte sie eine neue Sorge dazubekommen – was Vito Ciccotelli wohl über sie denken mochte, wenn er Alan Brewster kennengelernt hatte.

Sie berührte mit dem Zeigefinger ihre Lippen und erlaubte sich, an den Kuss zu denken. Sofort beschleunigte sich ihr Herzschlag. Sie wollte mehr, so viel mehr. Und einen Moment lang gestand sie sich zu, daran zu glauben, dass es diesmal – dieses eine Mal – wirklich klappen könnte.

Bist du eine dumme Kuh! Endlich hatte sie einen netten Mann kennengelernt, der all das sein konnte, was sie sich bei einem Partner wünschte, und sie hatte ihn zu einem anderen geschickt, der sie wahrscheinlich als billige, sexbesessene Schlampe ohne Moral darstellen würde. *Aber vielleicht glaubt er Alan ja nicht.* Ha! Alle Männer glaubten Alan, weil sie in gewisser Hinsicht glauben *wollten*, dass sie leicht zu haben war.

Neun Gräber, Sophie. Du hast das Richtige getan. Aber warum musste das Richtige immer so grässliche Nebenwirkungen haben? Seufzend ließ sie sich zurücksinken und sah Anna beim Schlafen zu.

Montag, 15. Januar, 18.50 Uhr

»Und wie war es bei der Staatsanwältin?«, fragte Vito, als er in Nicks Sedan stieg.

Sie hatten sich vor der Fabrik getroffen, wo die Verlobte von Keyes arbeitete.

»Ganz okay.« Nick warf ihm ein belegtes Baguette zu. »Lopez glaubt, sie kann den Dealer festnageln.«

»Dann gibt es ja wenigstens *etwas* Gerechtigkeit«, sagte Vito und wickelte das Sandwich aus. Der Duft von Hackfleischbällchen durchzog den Wagen. »Ein bisschen Gerechtigkeit ist zehnmal besser als gar keine.«

Nicks Achselzucken besagte, dass er nicht Vitos Meinung war, aber nicht streiten wollte. »Was habe ich verpasst?«

»Ich habe mir die Vermisstenliste angesehen und alles unterstrichen, was auch nur vage Ähnlichkeit mit einem unserer Opfer hat. Liz hat die Idee abgenickt, einen Zeichner reinzuholen, damit wir etwas zum Rumzeigen bekommen.«

Nick pfiff durch die Zähne. »Sie hat dir Geld bewilligt?«

»Lieber Himmel, nein. Ich habe Tino vorgeschlagen.«

Nick nickte beeindruckt. »Klasse Idee.«

»Er sollte jeden Moment bei Katherine im Leichenschauhaus eintreffen. Dann war ich noch im Krankenhaus bei Molly. Es geht ihr besser.«

»Du warst ja schwer beschäftigt. Weiß man schon, woher das Quecksilber kommt?«

»Ja. Die staatliche Umweltbehörde hat herausgefunden, dass ihr Gaszähler kaputt war.«

»Baut man heute noch Zähler mit Quecksilber?«

»Nein, aber Dinos Haus ist alt und der Zähler ebenfalls. Angeblich werden die Zähler in den alten Häusern gerade ausgetauscht, aber Dinos Haus war einfach noch nicht an der Reihe. Sie haben Quecksilber im Schlamm unter dem Zähler gefunden.«

»Aber Zähler gehen doch nicht einfach so kaputt.«

»Man vermutet, dass er von einem Stein oder Ball oder so was getroffen worden ist. Pop hat die Jungs befragt, aber die sagen, sie wüssten nichts. Molly meinte, letzten Freitag sei der Hund vollkommen schlammverschmiert hereingekommen. Sie hat ihn gebadet und ist dabei wahrscheinlich in Kontakt mit dem Quecksilber gekommen. Der Tierarzt hat den Hund getestet und tatsächlich eine gewisse Konzentration gefunden, aber nicht genug, als dass er davon krank wurde. Aber nach dem Hundebad hat Molly noch staubgesaugt, wodurch das Quecksilber schön im ganzen Haus verteilt wurde. Jetzt müssen sie erst einmal alle Teppiche ersetzen, bevor sie da wieder wohnen können, also habe ich noch eine ganze Weile Gesellschaft.«

»Jedenfalls bin ich froh, dass es mit ihr bergauf geht. Das allein zählt.«

Vito holte Sophies Zettel aus der Tasche. »Und …« Er seufzte. »Ich habe Sophie abgefangen.«

»Ja, du warst *wirklich* schwer beschäftigt.« Er überflog das Blatt. »Verkäufer mittelalterlicher Reproduktionen, Kettenhemden …« Er sah mit leuchtenden Augen auf. »Die kreisrunden Wunden, die der Kerl mit dem halben Kopf hatte. Er könnte ein Kettenhemd getragen haben!«

Vito nickte. »Du hast recht. Die Größe kommt hin. Gut nachgedacht.«

»Professor in Frankreich«, fuhr Nick fort. »Ein gewisser Lombard, Aufenthaltsort unbekannt. Und Alan Brewster. Warum ist der Name handgeschrieben?«

»Sie hat ihn mir in letzter Minute dazugekritzelt. Ich habe das dumpfe Gefühl, mit diesem Mann verbindet sie etwas … böse Geschichte.«

Nick sah kurz auf und grinste. »Autsch, du Scherzkeks.«

Vito verdrehte die Augen. »Das sollte kein geistreiches Wortspiel sein. Jedenfalls wollte ich ihn erst anrufen, dachte aber, wir fahren vielleicht besser persönlich hin.«

Nick überlegte. »Du meinst, der Typ hat Sophie wehgetan?«

»Scheint mir so. Sie wollte nicht, dass wir ihm gegenüber ihren Namen nennen.«

»Wieso hat sie überhaupt mit dir gesprochen?«

»Weil ich ihr die Wahrheit gesagt habe. Einen Teil jedenfalls«, erläuterte er, als Nick die Brauen hochzog. Er dachte daran, wie sie behutsam die Rose eingesteckt hatte, und erinnerte sich an den Kuss, der noch immer sein ganzes Bewusstsein ausfüllte. »Sie hat mir geglaubt. Sie hat mir die Liste gegeben und Brewsters Namen dazugeschrieben.«

»Willst du morgen hinfahren?«

Vito nickte. »Ich habe Tino gesagt, er solle sich auf die Frau mit den gefalteten Händen konzentrieren. Dann will ich mit dem Bild die Schauspieler befragen, die um die Theater herumlungern, aber die findet man frühestens am Nachmittag dort. Also habe ich am Morgen Zeit, zu Brewster zu fahren. Vielleicht kann er uns eine Richtung weisen. Wenn wir wissen, wo man solche Gerätschaften herbekommt, können wir dem Geld nachspüren.«

»Gut. Wenn wir hier fertig sind, fahre ich ins Büro und mache mich auf die Suche nach den Kyle Lombards dieser Welt. Sobald ich die Adressen in der Hand habe, telefoniere ich herum. Das kann ich ja sogar morgen machen, während ich auf meine Zeugenaussage warte.« Nick straffte sich plötzlich. »Da ist sie. Sherry Devlin.« Er zeigte auf eine junge Frau, die aus einem rostigen Chevette stieg. »Sie sieht ziemlich fertig aus. Ich wüsste gern, wo sie gewesen ist.«

Vito nahm Sophies Zettel wieder an sich, faltete ihn und schob ihn in die Tasche. »Dann fragen wir doch mal nach.« Sie stiegen aus Nicks Wagen und gingen auf Sherry Devlin zu. »Miss Devlin?«

Sie wirbelte zu ihnen herum, die Miene angstvoll.

»Keine Sorge«, sagte Vito. »Wir sind von der Polizei, Philly PD. Wir wollen Ihnen nichts tun.«

Ein wenig beruhigt sah sie von Vito zu Nick. »Geht es um Warren?«

»Wo waren Sie den ganzen Tag, Miss Devlin?«, fragte Nick, statt zu antworten.

Sie reckte das Kinn. »In New York. Ich dachte, vielleicht ist Warren dorthin gegangen, um nach Arbeit zu suchen. Ich bin selbst auf die Suche gegangen, da mir die Polizei ja nicht helfen wollte.«

»Und haben Sie ihn gefunden?«, fragte Vito sanft. Sie schüttelte den Kopf.

»Nein. Keine der Agenturen, für die er früher gearbeitet hat, wusste etwas von ihm.« Die Spannung in ihrer Haltung verriet Vito, dass sie ahnte, warum sie gekommen waren.

»Miss Devlin, ich bin Detective Ciccotelli, und das ist Detective Lawrence. Wir haben schlechte Nachrichten.«

Die Farbe wich aus ihrem Gesicht. »Nein.«

»Wir haben Warrens Leiche gefunden, Miss Devlin«, sagte Nick leise. »Es tut uns leid.«

»Ich wusste ja, dass etwas Schreckliches passiert sein muss.« Sie sah sie mit stumpfem Blick an. »Die meisten haben gesagt, er sei bestimmt einfach abgehauen, aber ich wusste, dass er mich nicht verlassen hätte. Nicht freiwillig.«

»Lassen Sie bitte Ihren Wagen hier stehen. Wir fahren Sie nach Hause.« Er half ihr auf den Rücksitz, ließ die Tür offen und hockte sich draußen neben sie. »Woher wussten Sie, wo in New York Sie suchen sollten?«

Sie blinzelte. »Wegen seiner Mappe.«

»Wir haben sie durchgesehen, Miss Devlin«, sagte Nick. »Wir haben aber keine Adressen von Agenturen gefunden – nur Fotos.«

»Das ist seine Sedcard«, murmelte sie. »Seine Daten stehen online.«

Vito spürte eine fast elektrische Spannung, die ihm über das Rückgrat jagte. »Wo?«

»Bei USAModels dotcom. Er hatte da ein Benutzerkonto.«

»Was für ein Benutzerkonto?«, wollte Nick wissen.

Sie sah ihn verwirrt an. »Für Models. Sie stellen ihre Fotos und Referenzen ins Netz, und wenn jemand sie engagieren will, kann er sie über die Seite kontaktieren.«

Vito warf Nick einen Blick zu. *Bingo.* »Hat Warren jemals Ihren Computer benutzt?«

»Ja, sicher. Er war ja öfter bei mir als bei sich zu Hause.«

Vito drückte ihr die Hand. »Wir müssten Ihren Computer im Labor untersuchen lassen.«

»Natürlich«, murmelte sie. »Was immer Sie wollen.«

Montag, 15. Januar, 20.15 Uhr

»Sophie, wach auf!«

Sophie blinzelte und konzentrierte sich auf Harrys Gesicht. Sie war neben Annas Bett eingeschlafen. »Was machst du denn hier?« Dann verzog sie das Gesicht, als es ihr einfiel. »Lou's Käsesteak. Ich hab's vergessen. Und ich habe einen Mordshunger.«

»Ich habe dir etwas mitgebracht. In meinem Wagen.«

»Entschuldige, dass ich dich versetzt habe. Ich hatte einen langen Tag.« Sie betrachtete Annas schlafendes Gesicht. »Marco muss ihr ihre Medizin gegeben haben. Jetzt wacht sie heute nicht mehr auf, also kann ich ebenso gut gehen.«

»Dann komm, iss dein Sandwich und erzähl mir von deinem langen Tag.«

Von seinem Wagen aus blickte Sophie hinauf zum Pflegeheim, während sie aß. »Gran sagt immer wieder, dass eine Schwester gemein zu ihr ist. Erzählt sie das Freya auch?«

»Sie hat es jedenfalls noch nicht erwähnt.« Harry runzelte die Stirn. »Du meinst, Anna wird misshandelt?«

»Ich weiß nicht. Ich hasse es, sie nachts hier allein zu lassen.«

»Aber uns bleibt nichts anderes übrig, falls wir nicht eine Privatschwester engagieren, und das ist teuer. Ich habe mich schon erkundigt.«

»Ja, ich auch. Aber ich kann mir kaum dieses Heim leisten, und Alex' Geld wird bald aufgebraucht sein.«

Harry presste die Kiefer zusammen. »Du solltest dein Erbe nicht für Anna ausgeben.«

Sie lächelte ihn an. »Warum nicht? Wofür soll ich es denn sonst ausgeben? Harry, alles, was ich besitze, passt in diesen Rucksack.« Sie stieß die Tasche mit der Fußspitze an. »Und das gefällt mir ganz gut so.«

»Ja, das redest du dir jedenfalls ein. Alex hätte besser für dich vorsorgen müssen.«

»Alex hat ganz gut für mich vorgesorgt.« Harry war immer schon der Meinung gewesen, ihr biologischer Vater hätte mehr tun müssen. »Er hat mein Studium bezahlt, sodass ich auf eigenen Beinen stehen konnte.« Sie zog die Brauen zusammen. »Nicht, dass mir das besonders gut gelingt. *S'il vous plait.*«

»Oh, lass mich raten. Du musstest heute wieder Jeanne d'Arc sein.«

»Ja«, erwiderte sie düster. »Und das Einzige, was ich noch weniger ertragen kann, als Joan zu spielen, ist, wenn jemand, den ich kenne, mich dabei sieht.« Es war ihr enorm peinlich gewesen, als Nick und Vito sie in ihrem Kostüm entdeckt hatten. Aber es würde noch peinlicher werden, wenn Vito erfuhr, was für ein Mensch sie wirklich war. Alan würde es sich sicher nicht nehmen lassen, ihn aufzuklären.

»Ich bin sicher, du gibst eine niedliche Joan ab«, sagte Harry. »Aber wer hat dich gesehen?«

»Nur ein Typ. Nichts Wichtiges.« Von wegen nichts Wichtiges. Es war unglaublich gewesen. Sie zuckte die Achseln. »Ich dachte, er sei eine Ratte, aber es hat sich gezeigt, dass er ein netter Kerl ist.«

»Und wo liegt dann das Problem?«, fragte Harry freundlich.

»Das Problem ist, dass er Alan Brewster treffen wird.«

Harrys Augen blitzten auf. »Ich hatte gehofft, diesen Namen nie wieder zu hören.«

»Ich auch, glaub mir. Aber leider läuft es nicht immer so, wie man es haben will, richtig? Vito wird nach dem Gespräch mit Alan bestimmt denken, dass ich eine Schlampe bin – und zwar eine Schlampe mit Doppelmoral. Ich habe ihn gestern Abend angeschnauzt, er würde seine Freundin betrügen, die er, wie ich heute erfahren habe, gar nicht hat.«

»Wenn er wirklich so ein netter Kerl ist, wie du sagst, dann gibt er nicht viel auf Klatsch.«

»Sollte man meinen, Onkel Harry, aber ich weiß es besser. Männer hören Alan Brewster zu, und ich werde plötzlich zu einer anderen Person. Ich schaffe es einfach nicht, dass die Sache hier vergessen wird.«

Harry sah sie traurig an. »Du willst nach Europa zurück, wenn Anna gestorben ist, nicht wahr?«

»Ich weiß noch nicht. Vielleicht. Aber in Philadelphia werde ich wohl kaum bleiben. Obwohl es drüben passiert ist, will ausgerechnet hier niemand die Geschichte Geschichte sein lassen. Am wenigsten Alan und seine Frau. Kein Wunder – ich musste ja die Superheldin spielen und ihr alles gestehen. *Merde.* Superidiotin passt besser.« Sie seufzte ungeduldig. »Beichten tut der Seele *nicht* gut, und es gibt einen verdammt guten Grund, warum die Ehefrau es immer zuletzt weiß.«

»Sophie, das ist das erste Mal, dass du nicht gleich widersprochen hast, als ich erwähnt habe, dass Anna sterben könnte.«

Sophie verharrte. »Entschuldige bitte. Natürlich wird sie nicht …«

»Sophie.« Seine Mahnung war sanft. »Anna hat ein teuflisch gutes, wildes Leben geführt. Fühl dich nicht schuldig, weil auch du langsam glaubst, dass sie nicht ewig da sein wird. Und weil auch du dann ganz froh bist, wieder dein eigenes Leben leben zu können. Du hast sehr viel aufgegeben, um bei ihr zu sein. Sie weiß das zu schätzen. Und ich auch.«

Sie schluckte hart. »Wie hätte ich es nicht tun können, Harry?«

»Hättest du nicht.« Er tätschelte ihr Knie. »Sandwich gegessen? Weil ich nämlich die Beweise loswerden muss. Freya darf nicht wissen, dass ich bei Lou's war. Das gehört nicht zu meiner Diät.«

»Sie wird die Zwiebeln riechen. Sorry, Onkel Harry. Du bist erledigt.«

»Macht nichts, das war es wert. Ich fahre mit offenem Fenster nach Hause.« Er kurbelte das Fenster herunter, während Sophie Rucksack und Müll aufsammelte und ausstieg.

»Ich vernichte die Beweisstücke«, flüsterte sie laut. »Bis bald, Onkel Harry.«

»Sophie, warte.« Sie drehte sich um und streckte den Kopf durch das Fenster. Seine Miene war ernst. »Wenn dieser Vito wirklich ein anständiger Kerl ist, wird nichts, was Brewster sagen könnte, ihn davon abbringen, dich zu respektieren.«

Sie küsste ihn auf die Wange. »Du bist ein Schatz. Naiv, aber lieb.«

Er legte die Stirn in Falten. »Ich fürchte nur, dass der Richtige anmarschiert und du solche Angst hast, er könnte das Schlimmste von dir denken, dass du ihm nicht einmal eine Chance gibst. Ich will nicht, dass du deine Chancen vertust, Sophie. Man weiß nie, wie viele davon man im Leben bekommt.«

9. Kapitel

Montag, 15. Januar, 21.00 Uhr

»DA IST ER.« Vito betrachtete das Foto von Warren Keyes auf der Seite von USAModels. Er hatte sich von seinem Computer mit Benutzernamen und Passwort, die ihm Sherry gegeben hatte, in Warrens Account eingeloggt. Sherrys Computer stand in einem Karton auf Nicks Tisch. Einer von Jeffs Technikern würde sich bald darum kümmern.

»Kein besonders toller Lebenslauf«, sagte Nick, der hinter ihm stand. »Viel Arbeit hat er nicht gehabt.«

Vito klickte sich durch die Vita. »In der letzten Zeit nicht, nein. Im vergangenen halben Jahr sechs kleine Engagements. Aber schau dir mal das letzte Datum an.«

»Dritter Januar. Einen Tag vor dem Tag, an dem Sherry ihn das letzte Mal lebend gesehen hat. Zufall?«

»Kann ich mir nicht vorstellen.« Vito sah die Fotostrecke durch, die Warrens Karriere dokumentierte. »Sieh mal, das hier.« Es war ein Zusammenschnitt zweier Fotos – zweimal eine Großaufnahme von Warrens Bizeps. Die eine Hälfte zeigte einigermaßen detailliert die Tätowierung, auf der anderen Hälfte war sie mit Make-up verdeckt. »Diese Tätowierung will mir nicht so recht aus dem Kopf.«

»Der Oscar? Scheint mir nicht unnormal, dass ein junger Schauspieler das Ding verehrt.«

»Das meine ich nicht.« Vito schüttelte den Kopf. »Vor einiger Zeit war ich bei meiner Schwester Tess in Chicago, und wir gingen in ein Museum, in dem die Oscar-Statuen ausgestellt waren, die in jenem Jahr verteilt werden sollten.« Er blickte Nick über die Schulter an. »Die Firma, die die Statuen herstellt, befindet sich in Chicago.«

»Okay«, sagte Nick langsam. »Und?«

Vito stellte sich die Figur vor, und endlich fiel es ihm ein. »Der Oscar ist ein Ritter.«

»Was?«

»Ja, ein Ritter.« Aufgeregt gab Vito den Begriff bei Google ein und bekam eine Großaufnahme der Statue auf den Schirm. »Nick – die Hände!«

Nick stieß einen leisen Pfiff aus. »Nicht zu fassen. Schau einer an. Er hält ein verdammtes Schwert! Wenn er sich hinlegen würde, gäbe es das genaue Abbild unseres Burschen im Leichenschauhaus.«

»Das kann kein Zufall sein«, sagte Vito. »Er hat sich Warren wegen der Tätowierung ausgesucht.«

»Oder er hat ihn wegen der Tätowierung so drapiert.«

»Nein, ich denke, er hat das vorher geplant. Die Frau mit den gefalteten Händen ist Wochen zuvor getötet worden. Gott, Nick, der Junge ist wegen einer verdammten Tätowierung gestorben.«

»Mist.« Nick setzte sich. »Ob das Mädchen auch hier auf dieser Seite zu finden ist?«

»Und der Kerl mit dem halben Kopf. Und der mit der Kugel im Schädel.« Vito sah auf die Uhr. »Tino ist seit sieben im Leichenschauhaus. Vielleicht hat er ja schon etwas Brauchbares für uns.«

Wie aufs Stichwort gab der Aufzug ein »Pling« von sich, und Tino betrat das Großraumbüro. Vito verzog das Gesicht. Sein Bruder sah vollkommen fertig aus, der Teint grau, die Augen blicklos. »Oje. Was habe ich ihm da angetan.«

»Er wird's überleben«, sagte Nick knapp und erhob sich.

»Hey, Tino«, sagte er und zog einen Stuhl heran. »Setz dich.«

Tino ließ sich schwer auf den Stuhl sinken. »Wie schaffst du das bloß, Vito? Dir so etwas jeden Tag anzusehen?«

»Man lernt es mit der Zeit«, gab Nick an Vitos Stelle zurück. »Hast du was für uns?«

Tino hielt ihnen einen Umschlag hin. »Ich habe keine Ahnung, ob das auch nur annähernd hinkommt. Ich hab mein Bestes gegeben.«

»Besser als das, was wir vorher hatten – nämlich nichts«, sagte Vito. »Tut mir wirklich leid, Tino. Ich hätte dich nicht …«

»Stopp«, unterbrach Tino. »Mir geht's gut, und – doch! – hättest du mich wohl. Es war nur eine etwas … intensivere Erfahrung, als ich gedacht hätte.« Er zwang sich zu einem Lächeln. »Ich werd's überleben.«

»Sag ich doch.« Nick holte die Zeichnung aus dem Umschlag.

Von dem Papier blickte ihnen ein ernstes Frauengesicht entgegen, und Vito konnte sehen, dass sein Bruder die Knochenstruktur der Frau gut ins Bild umgesetzt hatte. Aber darüber hinaus lag eine rührende Trauer in ihrer Miene, die, wie Vito vermutete, auf Tinos eigene Gefühle beim Zeichnen zurückzuführen war. Das Bild war wunderschön.

Nick brummte anerkennend. »Wow. Wieso kannst du nicht so malen, Vito?«

»Weil er singt«, antwortete Tino müde. »Und Dino lehrt, Gino baut, und Tess kocht wie eine Göttin.« Er stieß einen Seufzer aus. »Und wo wir gerade beim Thema sind – ich gehe nach Hause, Vito. Tess sollte jetzt schon bei den Jungs sein, und ich hoffe, sie macht mir was zu essen.« Er leckte sich angewidert über die Lippen. »Irgendwie muss ich diesen ekeligen Geschmack aus dem Mund kriegen.«

Vito dachte unwillkürlich an Sophies Beef Jerky. »Sag Tess, sie soll es scharf machen, und lass mir etwas über. Oh, und sag ihr, sie kann mein Zimmer haben. Ich schlafe auf dem Sofa.«

Tino stand auf. »Die Gerichtsmedizinerin hat mir die anderen Leichen gezeigt, Vito. Ich denke, für den einen Burschen kann ich nichts tun.« Er schnitt eine Grimasse. »Ich meine für den, dem der halbe Kopf fehlt. Und der Junge mit der Kugel ist ... schon zu weit fortgeschritten. Das gilt auch für den Toten mit dem Schrapnell. Da braucht ihr ...«

»Moment.« Vito hielt die Hand hoch. »Was für ein Schrapnell?«

»Eure Gerichtsmedizinerin hat ihn eins-vier genannt.«

Nick zog die Stirn in Falten. »Schrapnell? O Mann.«

»Mir scheint, wir müssen im Leichenschauhaus einiges aufholen«, sagte Vito grimmig. »Entschuldige, Tino. Du wolltest etwas sagen. Was brauchen wir?«

»Ich wollte sagen, ihr werdet einen forensischen Anthropologen brauchen, um die Gesichter zu rekonstruieren. Mit den zwei alten Leuten könnte es mir allerdings noch gelingen. Ich komme morgen wieder.«

Vito war plötzlich stolz auf seinen Bruder. »Danke. Das wäre gut.«

Tino schloss den Reißverschluss seiner Jacke und bedachte ihn mit schiefem Grinsen. »Ich hoffe auf eine Weiterempfehlung. Vielleicht habe ich ja ein neues Aufgabenfeld gefunden. Gott weiß, Kunst zahlt sich nicht aus.«

»Wo sind die Berichte der vermissten Personen?«, fragte Nick, sobald Tino fort war. »Wir sollten die USAModels-Seite nach den Namen auf der Liste absuchen, die zum Profil des Mädchens passen, und dann die Fotos mit Tinos Zeichnung vergleichen.«

»Klingt vernünftig. Also los.«

Montag, 15. Januar, 21.55 Uhr

Nick warf den Ausdruck der Vermisstenliste verärgert auf Vitos Tisch. »Das war der letzte Name.« Finster starrte er auf die Website. »Sie ist nicht drin.«

»Oder nicht *da* drauf«, sagte Vito und zeigte auf den Ausdruck. »Vielleicht wird sie noch nicht vermisst. Oder vielleicht ist sie nicht von hier. Ich bin noch nicht bereit aufzugeben.«

»Verdammter Mist«, knurrte Nick. »Es wäre doch so schön gewesen, sie schnell zu finden.«

»Geh nach Hause«, sagte Vito. »Ich suche weiter, während ich darauf warte, dass Jeffs Mann Sherrys PC durchforstet. Ich sehe mir jedes Model ganz genau an, wenn es sein muss.«

»Vito, da stehen mindestens fünftausend Leute drin! Du wirst die ganze Nacht hier hocken.«

»Ach, abwarten.« Vito fuhr mit den Cursor über die Drop-Down-Menus. »Ich kann mir nicht vorstellen, dass einer, der ein Model buchen will, immer nur ein Foto zur Zeit anklicken kann. Wahrscheinlich kann man sich alle Blonden oder Rothaarigen zugleich aufrufen.«

Nick setzte sich ein wenig aufrechter hin. »Stimmt. Wir könnten den Bereich eingrenzen. Wir wissen, dass sie braune kurze Haare und blaue Augen hatte und knapp eins sechzig groß war.«

»Augen- und Haarfarbe sind veränderbar – sie kann auf den Fotos Kontaktlinsen getragen und die Haare getönt gehabt haben. Aber zumindest die Größe muss stimmen.« Vito sah konzentriert auf den Bildschirm. »Aha. Man kann die Suche nach körperlichen

Merkmalen eingrenzen. Wir engen die Auswahl also erst einmal durch Größe ein, dann versuchen wir es mit Haar- und Augenfarbe.« Er tippte die Angaben in die betreffenden Felder. »Du fährst nach Hause. Ich bleibe noch.«

»Ich denke ja nicht dran. Jetzt wird's gerade wieder spannend. Im Übrigen lässt sich vielleicht ein niedliches Ding auf dieser Seite finden. Guck mal, hier stehen sogar BH-Größen. Herz, was willst du mehr?«

»Nick.« Vito schüttelte den Kopf und verdrehte die Augen.

»Hey, ich bin alleinstehend und habe nie Zeit, in die richtigen Bars zu gehen.« Sein Blick wurde listig. »Und bin leider nicht der Typ, auf den eine Sophie Johannsen abfährt.«

Sie fuhr auf ihn ab. Vito schluckte. Wäre sie noch mehr auf ihn abgefahren, hätte er einen Notarzt gebraucht. Aber sie wollte es offenbar nicht tun. Sie hatte ihm schon wieder einen Korb gegeben. Gestern Abend war es ein Missverständnis gewesen, aber heute? Er hatte den Verdacht, dass sie heute nur allzu gut verstanden hatte – er dagegen leider nicht. Also ignorierte er Nicks Bemerkung und konzentrierte sich auf den Bildschirm. »Nur ungefähr hundert Treffer. Gut, dass sie klein war. Die meistens Models sind groß.«

»Wie Sophie.«

»Nick«, presste Vito hervor. »Lass es gut sein.«

Nick sah ihn verblüfft an. »Du meinst es ernst, nicht wahr? Ich habe ja nur gedacht ...«

»Tja, du hast falsch gedacht. Und dieses Mal werde ich nicht noch einmal auf sie zugehen.«

Nick dachte einen Moment darüber nach. »Okay. Dann an die Arbeit.«

Vito klickte sich durch die Fotos, hielt plötzlich an und war überrascht. »Meine Güte. Tino ist gut!« Das Gesicht, das ihnen vom Bildschirm entgegenstarrte, war Tinos Zeichnung beinahe unheimlich ähnlich.

»Kann man wohl sagen.« Nick beugte sich vor. »Brittany Bellamy. Gott, Chick ... sie war noch keine zwanzig. Klick mal auf Kontakt.«

Vito tat es, aber es kam nur ein leeres E-Mail-Formular. »Natürlich werden hier keine Telefonnummern veröffentlicht. Aber eine E-Mail will ich natürlich auch nicht schreiben. Wenn wir recht haben, wird sie sich sowieso schlecht melden können.«

»Und falls wir uns irren, haben wir möglicherweise wertvolle Einzelheiten zum Killerverhalten herausgegeben. Aber du kannst morgen früh bei ihren ehemaligen Auftraggebern nachfühlen.« Er stand auf. »Ich fahre jetzt. Ich ruf dich morgen an, wenn ich bei Gericht fertig bin.«

»Viel Glück«, sagte Vito, dann rief er Liz Sawyers Privatnummer an. »Hi, hier ist Vito.«

»Und? Was gibt's Neues?«

»Möglicherweise haben wir das Mädchen mit den gefalteten Händen identifiziert.« Er klärte sie auf. »Morgen bestätige ich das.«

»Gut gemacht. Das meine ich ernst. Und danken Sie Ihrem Bruder von mir.«

Liz spendete nicht oft Lob. Aber wenn, tat es gut. »Danke. Mache ich.«

»Ich habe ein paar Arbeitspläne umgestellt und Riker und Jenkins für Sie freigestellt. Ab morgen früh stehen sie Ihnen zur Verfügung.«

Das war gut, dachte Vito. Tim Riker und Beverly Jenkins waren fähige Cops. »Vollzeit?«

»Wenigstens für ein paar Tage. Mehr war nicht zu erreichen.«

»Ich weiß es zu schätzen. Ich werde sie bitten, Brittany Bellamy durch die Modelkunden aufzuspüren. Ich habe durch die Archäologin ein paar Namen bekommen, die ich abklappern will. Der eine könnte uns helfen, der Ausrüstung, die unser Killer verwendet, auf die Spur zu kommen. Vielleicht können wir einem Geldfluss folgen.«

»Ja, wenn das liebe Geld nicht wäre«, sagte Liz. »Setzen Sie für acht Uhr morgens ein Briefing an.«

»Okay. Hey, ich muss Schluss machen. Der IT-Mann ist hier.«

Ein junger Mann mit einem Laptop näherte sich Vitos Tisch. »Sind Sie Ciccotelli?«

»Ja. Und Sie sind Jeffs Mann?«

Der Junge grinste und schüttelte Vitos Hand. »Brent Yelton, bitten nennen Sie mich Brent. Und nur zur Information: Jemanden von uns als ›Jeffs Mann‹ zu bezeichnen wird Ihnen in unserer Abteilung nicht viel Freunde einbringen.«

Vito grinste. »Ich merk's mir. Der Computer ist dort in dem Karton. Danke fürs Kommen.«

Brent nickte. »Ich war derjenige, der den PC aus Keyes' Zimmer durchgecheckt hat. Ich habe Jeff gesagt, er soll mich anrufen, wenn noch etwas in diesem Fall zu tun ist.« Vito zog die Stirn in Falten. »Und Jeff hat behauptet, er würde mir einen Gefallen tun, wenn er Sie überredet. Das Arschloch.«

Brent lachte, während er Sherrys Computer mit seinem Laptop verband. »Noch ein Grund, nicht als ›sein Mann‹ bezeichnet werden zu wollen.« Er setzte sich auf Nicks Platz und arbeitete ein paar Minuten schweigend. »Also – dieser Rechner ist nicht gelöscht worden. Keine Spur von einem Virus, der Daten gefressen hat. Allerdings hat jemand da an dem Verlauf rumgepfuscht.«

Vito kam zu ihm und stellte sich hinter ihn. »Was meinen Sie damit?«

»Der Rechner des Opfers ist mit Hilfe eines Virus gelöscht worden. Hier aber hat sich ein Amateur ans Werk gemacht. Jemand wollte nicht, dass ein anderer sieht, welche Seiten er besucht hat, und hat sie daher aus der Navigationslegende geworfen. Das löscht sie aber nicht von der Festplatte.« Er sah auf. »Ein Fehler, den die Leute immer wieder machen, wenn sie von ihrem Firmencomputer aus auf Pornoseiten gehen. Sie löschen den Verlauf, aber nicht die Festplatte, sodass jeder Anfängertechniker sie leicht finden kann.«

»Gut zu wissen«, sagte Vito trocken. »Und welche Seiten hat unser Amateur gelöscht?«

Brent sah verwirrt auf seinen Bildschirm. »Na, das ist ja mal was Neues. Jemand wollte Klicks auf Medievalworld.com, medievalhistory.com, fechten.com verbergen … und hier sind Seiten für Kostüme, dann noch etwas in dem Stil, und … Hm. Kreuzfahrten durch die Karibik.«

Vito seufzte. »Ihre Hochzeitsreise. Warren und Sherry wollten heiraten. Sie hat gesagt, er habe hier und da eine Bemerkung über Kreuzfahrten fallenlassen, um – eher ungeschickt – herauszufinden, ob sie an so etwas Spaß hätte.«

»Und diese Mittelalterseiten?«

Vito starrte auf die Adressen. »Es passt alles zusammen. Ich weiß bloß noch nicht, wie.«

»Rufen Sie mich an, wenn Sie noch ein paar Rechner auftreiben. Ich muss zugeben, das fasziniert mich. Dieser Virus hatte einen der kniffligsten Codes, die ich je geknackt habe. Hier ist meine Karte mit Handynummer.« Er grinste, als er seinen Laptop einpackte. »Dann brauchen Sie nicht den Umweg über Jeff zu nehmen.«

»Danke.« Vito steckte die Karte in die Tasche und rief Jen über sein Handy an.

»McFain.« Die Verbindung war schlecht, aber Vito konnte die Müdigkeit deutlich aus Jens Stimme heraushören.

»Ich bin's, Vito. Wie sieht's aus?«

»Ich habe gerade die achte Leiche ins Kühlhaus geschickt, noch eine ältere Frau. Ohne Firlefanz.«

»Also ohne Kugel im Kopf, ohne Krebs, Schrapnell, seltsame Wunden oder verdrahtete Hände.«

»So ungefähr. Wir sind jetzt am letzten Grab. Oder besser: erste Reihe, erstes Grab.«

»Und wir haben die Identität des Ritters bestätigt und möglicherweise die Lady gefunden.«

»Wow.« Sie klang beeindruckt. »Schnelle Arbeit.«

»Danke. Ihr seid auch nicht übel. An einem Tag sechs Leichen geborgen.«

»Ohne Sophies Vorarbeit hätte es nicht funktioniert. Aber morgen früh geht es erst richtig los, wenn wir die Erde durchsuchen müssen, die wir beiseitegeschafft haben.«

»Wo wir gerade bei morgen sind – wir haben um acht ein Briefing. Schaffst du das?«

»Wenn du für Kaffee und diese Krapfen sorgst, die es in der Bäckerei in deiner Straße gibt, ja. Warte mal eben. Da ruft mich jemand.« Eine Minute später war sie zurück. »Die letzte Leiche ist freigelegt.« Ihrer Stimme war frische Energie anzuhören. »Jung, weiblich. Und, Vito, ihr fehlt ein Bein.«

Vito schnitt ein Gesicht. »Abgeschnitten?«

»Nein. Muss schon vorher amputiert gewesen sein. Und, meine Güte. Wenn ich mich nicht irre … Oh, Vito, das ist gut! Wirklich gut. Sie hat eine Platte im Schädel. Mann, das ist Gold.«

Vito blinzelte. »Sie hat eine goldene Platte im Schädel? Das verstehe ich nicht.«

Sie schnaubte. »Verdammt, Vito, stell dich nicht dümmer an, als du bist.«

»Entschuldige. Ich bin nur müde. Versuch's noch mal.«

»Na ja, für mich ist das bisher auch noch keine Gartenparty gewesen. Jetzt pass auf. Ihr Schädel hat sich zersetzt und eine Metallplatte freigelegt. Offensichtlich ist sie nach einer Kopfverletzung oder einer Operation eingesetzt worden. Und in ihrem Verwesungszustand ist sie nun sichtbar. Verstanden?«

»Oh.« Er runzelte die Stirn. »Ich begreife aber immer noch nicht, warum das so gut ist.«

»Vito, eine implantierbare Metallplatte ist ein medizinisches Produkt der Klasse drei. Klasse-drei-Produkte haben nachverfolgbare Seriennummern.«

Jetzt begriff er und richtete sich kerzengerade auf. »Durch die wir sie identifizieren können.«

»Und der Preis geht an den Mann, der gerade aufgewacht ist.«

Vito grinste, beinahe fröhlich über die glückliche Wendung. »Ich rufe Katherine an, damit sie morgen als Allererstes mit der Amputierten anfängt. Wir sehen uns um acht.«

Montag, 15. Januar, 22.15 Uhr

Daniel starrte blind auf den Hotelfernseher, in dem CNN lief, als sein Handy klingelte. »Luke? Wo bist du gewesen?«

»Fische fangen«, erwiderte Luke prompt. »Das macht man gewöhnlich, wenn man angeln geht. Ich habe deine SMS gerade erst gesehen. Was ist los? Und wo bist du?«

»In Philadelphia. Hör mal, ich habe heute Morgen, nachdem du weg warst, einen Memorystick gefunden. Ich habe ihn in meinen Laptop gestöpselt, konnte aber nur eine Liste von Dateien sehen, die alle mit PST endeten.«

»Das sind E-Mail-Dateien. Wahrscheinlich sind das die Backup-Dateien, die dein Vater vor dem Löschen im November gemacht hat.«

Daniel zog den Memorystick aus seiner Tasche. »Und wie kann ich sehen, was drauf ist?«

»Steck ihn noch einmal in deinen Rechner. Ich leite dich an. Das ist nicht schwer.«

Daniel tat, was Luke ihm auftrug, und blickte einen Moment später auf die E-Mails seines Vaters. »Ich hab sie.« Und zwar aus mehreren Jahren. Aber Daniel wollte genauso ungern, dass Luke den Inhalt dieser Mails kannte, wie er gewollt hatte, dass Frank Loomis von dem geheimen Safe seines Vaters erfuhr. »Ich muss die erst einmal durchsehen. Danke, Luke.«

Daniel brauchte nur wenige Minuten, um die E-Mail zu finden, die sein Herz aussetzen ließ. Sie kam von »Runner-Girl« und war vom Juli des vergangenen Jahres. Dort stand nur: »Ich weiß, was Ihr Sohn getan hat.«

Daniel zwang sich zu atmen, zu denken. Das war nicht gut. Ganz und gar nicht gut.

Dienstag, 16. Januar, 00.45 Uhr

Das war verdammt gut. Auf seinem Computerschirm kämpfte der Inquisitor mit seinem Gegner, dem Guten Ritter. Beide Figuren hielten ihr Schwert in der einen, den Morgenstern in der anderen Hand. Jeder Schritt war geschmeidig, jeder Schwerthieb oder Schwung eine absolut realistische Darstellung von Werkzeug- und Muskelbewegung. Ein Meisterwerk.

Van Zandt würde entzückt sein. Bald schon würden Tausende auf der ganzen Welt Schlange stehen, um das Spiel erleben zu dürfen. Van Zandt betrachtete ihn als Animationsgenie, aber er selbst vergaß nie, dass diese Animationen nur Mittel zum Zweck waren. Das Ziel war es, seine Bilder in den besten Galerien dieser Welt zu sehen, in den Galerien, die ihn bisher ausnahmslos abgelehnt hatten.

Er hob den Blick zum siebten Gemälde der *Warren-stirbt*-Serie. Zu dem Augenblick, in dem Warren Keyes zu existieren aufgehört hatte. Vielleicht hatten die Galeristen recht gehabt. Seine Arbeiten vor Claire und Warren und all den anderen waren eher gewöhnlich gewesen. Austauschbar. Aber diese hier – Warren, Claire, Brittany, Bill Melville, dessen Schädel durch den Morgenstern abrasiert worden war –, das waren geniale Werke.

Er stand auf und streckte sich. Er musste schlafen. Er hatte morgen eine lange Fahrt vor sich. Er wollte um neun in Van Zandts Büro sein, um Mittag wieder das Büro verlassen haben. Dadurch würde er genug Zeit haben, seinen Termin mit Mr. Gregory Sanders einzuhalten. Bis Mitternacht würde er *Gregory stirbt* auf Leinwand gebannt und einen ganz neuen Schrei haben.

Er machte ein paar steife Schritte und rieb sich seinen rechten Schenkel. Dieses alte Haus war enorm zugig. Er hatte es wegen seiner einsamen Lage ausgewählt, und weil es ... einfach zu »erwerben« gewesen war, aber jeder Windstoß schien seinen Weg hineinzufinden. Philadelphia im Winter war die Hölle, und er sehnte sich plötzlich nach Magnolien und Pfirsichblüten. Er biss die Zähne zusammen. Er war viel zu lange von zu Hause fort gewesen, aber das würde sich nun ändern. Die Macht des alten Mannes über ihn war gebrochen.

Er lachte in sich hinein. Und der alte Mann gleich mit. Gebrochen. Er ging zu seinem Bett auf der anderen Seite des Ateliers, setzte sich auf die Matratze und blickte auf das Schaubild an der Wand. Auf den Karton, auf den er das Raster gezeichnet hatte. Vier mal vier.

Sechzehn Kästchen, neun davon versehen mit einem Standbild des Opfers im Augenblick des Todes. Nun ja, eines war das Foto eines Gemäldes. Er hatte die Strangulation von Claire Reynolds nicht gefilmt, aber Augenblicke nach ihrem Tod hatte er *Claire stirbt* geschaffen und erkannt, dass sein Leben sich unwiederbringlich verändert hatte. Und in den Tagen danach hatte er diesen Moment – der Moment, in dem er ihre Existenz beendet hatte – wieder und wieder Revue passieren lassen.

Damals hatte er davon geträumt, es wieder zu tun, und damals hatte er auch begonnen, sich einen Plan auszudenken, den er nun nahezu perfekt in die Tat umsetzte. Mochten manche seinen Erfolg auch auf Glück zurückführen – nur Narren glaubten an das Glück. Glück war etwas für Faule, für Menschen, die es nicht verdienten. Er glaubte an den Verstand und an Können. Und an das Schicksal.

Er hatte nicht immer an das Schicksal geglaubt, an das unvermeidliche Überlappen zweier Lebenswege. Jetzt tat er es. Denn wie sonst ließe es sich erklären, dass er vor einem Jahr in Jager Van Zandts Lieblingsbar marschiert war, nachdem dieser gerade eine vernichtende Kritik für sein letztes Spiel erhalten hatte? »Weniger spannend als *Pong*«, hatte der Kritiker geurteilt, und Van Zandt war betrunken genug gewesen, ihm alles zu erzählen, von seiner Frustration mit Derek Harrington bis hin zu seiner Angst, dass sein nächstes Projekt, *Behind Enemy Lines*, eine ähnliche Katastrophe werden würde.

Schicksal. Wie sonst ließe sich erklären, dass gleich am nächsten Tag Claire Reynolds mit ihrem frechen, wenn auch plumpen Erpressungsversuch in sein Leben getreten war? Tja …

Und der Verstand, der Intellekt hatte Claires unglückliches Ende mit Van Zandts unglücklichem Ist-Zustand verbinden können, um seinen ganz eigenen Zwecken zuzuarbeiten. Aber nichts hätte ohne sein Talent, sein Genie entstehen können. Er allein war in der Lage gewesen, Van Zandt genau das zu geben, was er sich gewünscht hatte. Nur wenige andere konnten sowohl in Pixel als auch in Öl solche Welten, solche Bilder kreieren. Nur wenige andere hatten das Computerwissen, um sowohl Bilder als auch Welten mit einem derart realistischen Leben zu versehen.

Ich kann es. Er hatte die virtuelle Welt des Inquisitors geschaffen, den grausamen Kleriker aus dem vierzehnten Jahrhundert, der die Auslöschung von Ketzern und Hexen als Tor zur Macht betrachtete. Je mehr reiche Ketzer und echte Hexen der Inquisitor tötete, umso mächtiger wurde er, bis er zum König gekrönt werden würde.

Eine simple Geschichte, aber die Spielfreaks würden die politischen Intrigen und die Lügengespinste genießen, mit denen man in diesem Spiel weiterkam. Je gerissener die Fallen und je komplexer die Folter, umso mehr Punkte bekam der Spieler. Er hatte bereits die meisten der Hauptrollen entwickelt – die mächtige Hexe, die erst auf dem Stuhl gefoltert wurde, bevor sie die Quelle ihre Macht preisgab, den Guten Ritter, der mit dem Morgenstern zerschmettert wurde, und der König selbst, der das schmachvollste Ende erlitten hatte … ohne Eingeweide.

Natürlich hatten alle diese Figuren auch als Nebenrollen gedient. Er hatte die Folterabfolge sorgsam geplant, sodass er aus jeder Person vollen Nutzen ziehen konnte – sowohl visuell als auch tontechnisch. Mit kleinen Änderungen konnten diese zusätzlichen Folterungen auf mindestens zwanzig Nebenrollen angewendet werden, die die Spieler ihrer Sammlung hinzufügen konnten.

Gregory Sanders würde die Rolle eines aufrichtigen Geistlichen spielen, der den Inquisitor aufhalten wollte. Das würde natürlich nicht funktionieren, und Gregory Sanders würde ein bitteres und schmerzvolles Ende erleben, nach dem er im letzten Grab der dritten Reihe beigesetzt werden würde. Dann war diese Reihe voll.

Die erste war es bereits – dort lagen die Opfer aus *Behind Enemy Lines*: Claire, Jared und Zachary. Und die arme Mrs. Crane. Crane war … ein Kollateralschaden, ein unglückliches Opfer seiner Immobiliensuche. Bedauerlich, aber nicht zu vermeiden.

Die vierte Reihe war gegenwärtig leer und reserviert für die Aufräumaktion nach dem *Inquisitor*. Die vierte Reihe würde seine Ressourcen bergen, die einzigen Menschen, die in der Lage waren zu beweisen, dass die Bilder aus seinen mittelalterlichen Welten mehr als nur das Produkt einer aktiven Fantasie waren. Diese vier waren die Einzigen, die wussten, dass seine Folterinstrumente echt waren, die sein reges Interesse an den Waffen und der Kriegführung des Mittelalters kannten. Sobald *Der Inquisitor* in die Geschäfte kam, würden sie eine Bedrohung darstellen, daher musste er sich schon vorher um sie kümmern.

Die drei Verkäufer illegaler Antiquitäten würden ihm kaum unruhige Nächte bescheren. Es waren arrogante Arschlöcher, die ihm jedes Mal zu viel Geld abknöpften. Schlicht ausgedrückt: Er konnte sie nicht ausstehen. Aber die Historikerin … auch ihr Verlust wäre bedauerlich. Er hatte im Grunde nichts gegen sie. In gewisser Hinsicht mochte er sie sogar. Sie war klug und verstand ihr Handwerk. Eine Einzelgängerin. *Genau wie ich.*

Dennoch hatte sie schon zu oft mit ihm zu tun gehabt. Er durfte sie nicht am Leben lassen. Wie bei den zwei alten Frauen würde er es so schmerzlos wie möglich machen. Es war ja nichts Persönliches. Aber sterben musste sie, und dann würde er sie im letzten Grab der vierten Reihe zur Ruhe betten.

Er hob den Blick und starrte auf die zweite Reihe. Zwei noch. Zwei waren noch leer. Anders als die übrigen drei war diese Reihe für sehr, sehr persönliche Zwecke reserviert.

Dienstag, 16. Januar, 1.15 Uhr

Daniel starrte nun schon seit Stunden an die Zimmerdecke und schob vor sich her, was er tun musste. Vermutlich war es zu spät – in mehr als einer Hinsicht. Aber sie hatte ein Recht darauf, es zu erfahren, und er hatte die Verantwortung, es ihr zu sagen.

Sie würde so wütend sein. Aber das stand ihr zu. Mit einem Seufzen setzte Daniel sich auf und griff nach dem Telefon. Er wählte die Nummer, die er sich schon vor langer Zeit gemerkt hatte, ohne sie je zu benutzen. Bisher.

Sie ging beim ersten Klingeln ran. »Hallo?« Sie klang wach und misstrauisch.

»Susannah? Ich bin's ... Daniel.«

Eine lange Weile herrschte vollkommenes Schweigen. »Was willst du, Daniel?«, sagte sie schließlich so barsch, dass er instinktiv zusammenzuckte. Aber vermutlich hatte er es verdient.

»Ich bin in Philadelphia. Und suche sie.«

»In Philadelphia? Wieso denn das?«

»Susannah, wann hast du das letzte Mal mit einem von ihnen gesprochen?«

»Ich habe Mom Weihnachten angerufen – vor einem Jahr. Mit Dad habe ich seit fünf Jahren keinen Kontakt mehr.«

»Frank hat mich angerufen, weil er befürchtet, dass sie verschwunden sind, aber es sieht so aus, als seien sie nur auf Reisen. Und ich habe in Dads Rechner E-Mails gefunden. Da stand: ›Ich weiß, was Ihr Sohn getan hat.‹«

Wieder nichts außer Stille am anderen Ende der Leitung. Dann: »Und was hat sein Sohn getan?«

Daniel schloss die Augen. »Ich weiß nicht. Ich weiß nur, dass einer von beiden übers Internet hier in Philadelphia nach Krebsspezialisten gesucht hat und dass die letzte Person, mit der sie wirklich gesprochen haben, Grandma war. Ich bin hergekommen, um sie zu suchen, und ich gehe, wenn es sein muss, in jedes Hotel hier in der Stadt, aber es wäre hilfreich, wenn ich wüsste, von welcher Nummer aus sie Grandma angerufen haben.«

»Warum bittest du nicht jemanden vom GBI, es für dich herauszufinden?«, fragte sie.

Daniel zögerte. »Lieber nicht. Mein Chef meint, ich sollte eine Vermisstenanzeige aufgeben. Und das werde ich auch, sobald ich Beweise habe, dass es sich hier um mehr als nur eine einfache Urlaubsreise handelt.«

»Dein Chef hat recht«, sagte sie kalt. »Du solltest das hier ganz nach Lehrbuch machen.«

»Ja, wie gesagt, das werde ich auch, aber dazu will ich sicher sein, dass sie wirklich nicht nur in den Ferien sind. Könntest du dir für mich Grandmas Einzelnummeraufstellung ansehen?«

»Ich werde es versuchen. Ruf mich nicht noch einmal an. Ich melde mich, falls ich etwas finde.«

Daniel zuckte zusammen, als er das Klicken in der Leitung hörte. Es war besser gelaufen, als er es erwartet hatte.

Dienstag, 16. Januar, 1.15 Uhr

Die Anwärter auf die zweite Reihe waren gänzlich persönliche Fälle. Der alte Mann und seine Frau waren bereits dort vergraben. Bald schon würden die leeren Gräber die Brut des Alten enthalten. Wie passend, dass die Familie die Ewigkeit gemeinsam verbringen würde … *und das auf meinem Friedhof.* Ein Lächeln erschien auf seinen Lippen. Wie passend, dass der Einzige, der in dem Familiengrab hinter der kleinen Baptistenkirche in Dutton, Georgia, begraben war … *ich bin.*

Er hatte nicht um die Konfrontation gebeten. Artie und seine Frau hatten sie ihm direkt auf seine Türschwelle getragen. Er hatte immer vorgehabt, seinen Krieg zu führen, aber er hatte erst viele andere Dinge erledigen, gewisse Ziele erreichen wollen. Hatte Erfolg vorweisen wollen, den er dem Alten hätte in den Rachen stopfen können. Hätte sagen wollen: *Du hast behauptet, aus mir wird niemals etwas werden. Tja, du hast dich geirrt.*

Dazu war es nun zu spät. Diese Art von Befriedigung würde er nun niemals bekommen. Artie hatte die Schlacht begonnen, aber da dem nun einmal so war, würde er den Krieg auch zu Ende führen. Der alte Mann hatte bitter für seine Taten bezahlt. Seine Brut würde bald folgen.

Arties Tochter war für die letzte Hauptrolle in seinem Spiel vorgesehen – die Königin, die Einzige, die zwischen Inquisitor und Thron stand. Sie würde selbstverständlich vernichtet werden. Niederschmetternd.

Arties Sohn sollte nur ein kleiner Bauer sein, der auf dem Land des Königs wilderte. Nur eine unbedeutende Rolle im Spiel. Er stand abrupt auf. *Aber sein Tod wird ein bedeutendes Kapitel in meinem Leben abschließen.* Nicht länger müde, durchquerte er sein Atelier mit entschlossenen Schritten. Er öffnete einen Schrank und holte vorsichtig das Gerät heraus, das er für seine Rache vorgesehen hatte. Seit Jahren besaß er es schon, nur für diesen einen Augenblick. Er stellte es auf den Tisch, bog die gezackten Stahlbügel auf und spannte sie. Mit ruhigen Händen führte er einen Bleistift in die Falle und tippte auf den Auslöser. Die Bügel schnappten zu, und der zersplitterte Stift wurde aus seiner Hand geschleudert.

Er nickte. Arties Sohn würde den Schmerz erleben – den intensiven, furchtbaren, unvorstellbaren Schmerz. Arties Sohn würde um Hilfe schreien, um Erlösung, und endlich um den Tod betteln. Aber niemand würde ihn hören. Niemand würde ihn retten. *Ich habe sie alle getötet.*

Dienstag, 16. Januar, 6.00 Uhr

Vito taumelte schlaftrunken in die Küche, in der es verführerisch nach frischem Kaffee und brutzelndem Speck duftete. Er musste lächeln, als er seine Schwester sah, die am Küchentisch saß und den kleinen Gus in seinem Hochstuhl fütterte. Oder es versuchte.

Gus schob seine Breischüssel weg. »Will Kuchen«, sagte er, sehr bestimmt.

»Wollen wir das nicht alle?«, meinte Tess trocken. »Aber man kriegt nicht immer, was man will, und ich weiß genau, dass deine Mama dir keinen Kuchen zum Frühstück gibt.«

Gus neigte den Kopf zur Seite und betrachtete sie listig. »Tino Kuchen.«

Vitos Lippen zuckten. Seit die Jungen hier waren, war Kuchen Tinos Antwort auf jede kindliche Katastrophe. »Mist. Ich fürchte, man hat uns verraten.«

Sie wirbelte herum, die Augen weit aufgerissen. Aber der erschreckte Blick wich rasch einem strahlenden Lächeln, als sie auf ihn zugeflogen kam und sich in seine ausgebreiteten Arme warf. »Vito.«

»Hey, Süße.« Etwas stimmte nicht. Das Lächeln war echt gewesen, aber ihr Körper war verspannt, als er sie an sich drückte. »Was ist los? Ist etwas mit Molly?«

»Nein, mit ihr geht es stetig bergauf. Du machst dir zu viele Sorgen, Vito. Setz dich. Ich hole dir einen Teller.«

Er gehorchte. »Ich habe mich gestern Abend noch über den Snack hergemacht, den du mir in den Kühlschrank gestellt hast. Danke.«

Sie warf ihm einen Blick über die Schulter zu, während sie den Teller mit Eiern und Schinken belud. »Das war kein Snack, sondern eine ausgewachsene Portion Ravioli. Aber gern geschehen.« Sie stellte ihm den Teller hin und setzte sich zu ihm. »Wann bist du gestern gekommen?«

»Ungefähr um eins.« Auf dem Heimweg war er noch bei der Bar vorbeigefahren, in der Warren Keyes gekellnert hatte. Aber die Fragen, die er seinem Chef und seinen Kollegen gestellt hatte, hatten nichts Neues erbracht. Niemand hatte etwas Ungewöhnliches bemerkt. »Ich wollte dich nicht wecken.«

»Hast du ja auch nicht. Die Jungs haben mich fertig gemacht. Ich habe geschlafen wie ein Stein.« Sie kitzelte Gus' Fuß durch die flauschige Socke. »Der hier bewegt sich auf den kleinen Stempeln verflixt schnell vorwärts, und du hast definitiv zu viel Kram herumliegen. Als ich Gus und die anderen endlich im Bett hatte, bin ich förmlich zusammengebrochen.«

Vito runzelte die Stirn. »Dante war noch wach, als ich kam. Er saß hinten auf der Veranda und hat geweint.«

Tess riss die Augen auf. »Auf der Veranda? Es ist eiskalt da draußen.«

Vitos Veranda war verglast, aber sie war nicht beheizt, und gestern *war* es eiskalt gewesen. »Ja, ich weiß. Er war in seinen Schlafsack eingewickelt, aber trotzdem. Ich habe einen furchtbaren Schrecken gekriegt, als ich nach Hause kam und ihn nicht auf dem Wohnzimmerboden entdeckte. Und ich denke, ich habe ihm einen furchtbaren Schrecken eingejagt, als ich ihn draußen entdeckte. Er meinte, er habe nur allein sein wollen.«

»Er macht sich Sorgen wegen Molly«, sagte Tess. »Kein Wunder.«

Vito hatte seine Zweifel, dass das alles war, aber er hatte den Jungen nicht drängen wollen. »Vielleicht. Ich habe ihn wieder reingeholt, aber du solltest ein Auge auf ihn haben.« Er betrachtete seine Schwester über den Rand der Tasse. »Also – was ist los?«

Sie lachte freudlos in sich hinein. »Du bist furchtbar neugierig, weißt du das?«

Sophie kam ihm in den Sinn, und sein Herz zog sich zusammen. »Das höre ich in letzter Zeit ständig.«

Tess hob die Brauen. »Ich sag dir's, wenn du es mir sagst.«

»Ich Dummkopf. Man sollte nie eine Psychiaterin herausfordern. Okay, aber du zuerst.«

Sie zuckte die Achseln. »Hier mit den Kindern zusammen zu sein fällt mir schwer. Aidan und ich versuchen die ganze Zeit …« Sie senkte den Blick. »Wir beide stammen aus kinderreichen Familien, aber wir selbst kriegen anscheinend kein einziges zustande.«

»Vielleicht braucht es einfach seine Zeit.«

Sie sah wieder auf, und die Trauer in ihren Augen brach ihm beinahe das Herz. »Sind achtzehn Monate nicht genug Zeit? Jetzt haben wir angefangen, mit Ärzten zu sprechen und uns über Adoption zu unterhalten.«

Er streckte den Arm aus und drückte ihre Hand. »Es tut mir so leid, Süße.«

Sie lächelte, wenn auch immer noch traurig. »Mir auch. Aber jetzt bist du dran. Wie heißt sie?«

Er lachte. »Sophie. Sie ist sehr, sehr clever, und ich mag sie, aber sie will mich nicht so recht mögen. Im Grunde hat sie mir gesagt, ich solle sie in Frieden lassen, und das werde ich wohl auch tun.«

»Ratsam vom Standpunkt eines Menschen aus, der kein Stalker werden will, aber ausgesprochen untypisch für dich. Ich habe, glaube ich, noch nie erlebt, dass du *nicht* alles daransetzt, ein Mädchen zu kriegen, auf das du ein Auge geworfen hast.«

Das war die Wahrheit gewesen, bis er Andrea kennengelernt hatte. Sie hatte zuerst Nein gesagt, aber er war hartnäckig geblieben, und sie hatte sich schließlich auf ihn eingelassen. Doch das Ende war schlimmer gewesen, als er sich je hätte vorstellen können.

»Tja, jeder wird mal erwachsen.«

»Klar.« Sie nickte, ganz und gar nicht überzeugt. »Na, sicher.«

Er stand auf. »Ob du mir glaubst oder nicht, ich muss jetzt los. Ich muss erst zum Bäcker und dann ins Leichenschauhaus, bevor ich zur Arbeit gehe.«

Tess verzog das Gesicht. »Bäcker und Leichenschauhaus sind zwei Begriffe, die man nicht in einem Satz verwenden sollte. Bist du zum Abendessen zu Hause?«

»Ich weiß nicht.« Er küsste sie auf die Stirn. »Ich rufe dich in jedem Fall an.«

»Und ich muss die Jungs zur Schule fahren.« Sie sah sich in der Küche um. »Danach könnten Gus und ich uns nach Vorhängen umsehen. Deine Fenster sehen trostlos aus.«

Eigentlich war es Tess, die traurig aussah. Aber es gab nichts, was Vito tun konnte, um das zu ändern.

Dienstag, 16. Januar, 8.01 Uhr

»Hmmm.« Jen McFain biss herzhaft in den gezuckerten Krapfen. »Nimm einen.« Sie schob die Schachtel Beverly Jenkins hin, die mit ihrem Partner für Vitos Fall abgestellt worden war.

Beverly warf einen vernichtenden Blick in die Schachtel. »Wieso bleibst du eigentlich so schlank, McFain?«

»Schlechter Futterverwerter.« Jen grinste. »Aber wenn es dich irgendwie tröstet – meine Mutter sagt, mein Stoffwechsel wird in der Nacht zu meinem Vierzigsten quietschend zum Stehen kommen, und alles, was ich dann esse, landet direkt auf meinem Hintern.«

Beverlys Lippen zuckten. »Dann gibt es also doch noch einen Gott.«

Liz betrat mit Katherine und Tim Riker, Beverlys Partner, den Raum. Sobald alle ihre Plätze eingenommen hatten und sich aus der Schachtel bedient hatten, wandte Liz sich an Vito.

»Wo stehen wir?«

»Liz hat euch ja das meiste schon gestern erzählt«, sagte Vito zu Riker und Jenkins. »Wir konnten gestern eine Leiche identifizieren, zwei weitere Identitäten müssen noch bestätigt werden.« Er trat an die Tafel, auf die er Katherines Skizze des Vier-mal-vier-Rasters übertragen hatte. In jedes Viereck hatte er eine knappe Beschreibung des Opfers, der Todesursache und des ungefähren Todeszeitpunkts geschrieben.

»Dies ist Warren Keyes, und unsere Unbestätigten sind diese beiden Frauen.« Er zeigte auf drei-zwei und eins-eins. »Die mit den gefalteten Händen könnte Brittany Bellamy sein.« Er klebte ihr Bild an die Seite der Tafel. »Brittany war Model. Ihr Bild und eine Liste ihrer Kunden befinden sich im Infopaket, das ich für jeden von euch zusammengestellt habe. Wir wissen nicht, wo sie wohnt. Ihr Name ist nicht in der Vermisstenkartei registriert und auch nicht in den Akten des Kraftfahrzeugamts. Möglicherweise wohnt sie gar nicht hier.«

»Und die andere Frau?«, fragte Liz.

»Sie heißt Claire Reynolds«, sagte Katherine. »Sie hat eine Metallplatte im Schädel und das rechte Bein unterhalb des Knies amputiert. Ich habe die Herstellerfirma der Metallplatte eben angerufen. Dort konnte man die Seriennummer mit dem Namen Claire Reynolds verbinden. Man hat ihr die Platte nach einem Autounfall eingesetzt. Claire lebte damals in Georgia, die OP wurde in Atlanta durchgeführt. Ich nehme an, bei diesem Unfall ist auch ihr Bein irreparabel geschädigt worden. Das werden wir wissen, sobald ihre Krankenakte hier eintrifft.«

Vito fuhr fort. »Claire ist vor ungefähr vier Jahren nach Philly gezogen. Ihre letzte bekannte Anstellung hatte sie in einer Bibliothek. Ihre Eltern haben sie vor vierzehn Monaten als vermisst gemeldet. Ihre Beschreibung passt auf die Leiche.«

»Und der zeitliche Abstand stimmt mit dem Stadium der Zersetzung überein«, fügte Katherine hinzu. »Ich habe noch nicht mit der Autopsie angefangen, sie aber geröntgt. Ihr Genick ist gebrochen, und bis auf Würgemale sind keine Verletzungen zu sehen.«

Vito klebte ebenfalls ihr Bild an die Tafel. »Dieses Bild ist vom Kraftfahrzeugamt. Wir müssen noch ihre Eltern informieren.«

Beverly machte sich Notizen. »Das können wir übernehmen. Vielleicht bekommen wir ja eine Haarprobe, um die DNA zu vergleichen.«

»Du hast die Frau mit den gefalteten Hände auf derselben Model-Site gefunden wie Warren Keyes«, sagte Tim. »War Claire auch Model, und besteht die Möglichkeit, dass wir die anderen auch dort entdecken?«

»Ob Claire auch Model war, weiß ich nicht. Eigentlich sieht sie nicht danach aus, aber das muss ja nichts heißen. Wir sollten es auf jeden Fall überprüfen.«

»Die drei älteren Leute waren sicher keine Models«, sagte Liz. »Ich denke, Sie werden eher die drei jungen Männer finden – den halben Schädel, die Schusswunde und das Schrapnell-Opfer.«

Vito sah finster auf die Tafel. »Tino meint, von den dreien sei nicht genug übrig, dass er sie zeichnen könnte, und der forensische Anthropologe ist bis nächste Woche auf einer Tagung.«

Beverly zog eine Braue hoch. »Tino?«

»Mein Bruder, alias beratender Zeichner auf Null-Honorar-Basis. Er hat uns die Zeichnung von dem Mädchen mit den gefalteten Händen angefertigt. Damit haben wir Brittany Bellamy auf der Model-Seite gefunden.« Vito holte Tinos Bild aus seiner Mappe und schob es in die Mitte des Tisches. »Er ist zuversichtlich, von dem älteren Paar Zeichnungen anfertigen zu können, aber nicht von den anderen.«

»Der ist gut«, sagte Tim und verglich die Zeichnung mit dem Foto. »Aber wenn wir kein Bild bekommen, können wir die körperlichen Merkmale mit denen von den Vermissten vergleichen.«

»Es ist auf jeden Fall einen Versuch wert«, stimmte Vito zu. »Aber zuerst müssen wir bestätigen, dass dieses Opfer wirklich Brittany Bellamy ist. Könnt ihr, wenn ihr Claire Reynolds' Eltern benachrichtigt habt, bei Brittanys Kunden anrufen und versuchen, ihre Adresse herauszufinden?«

Jen zog eine Braue hoch. »Und du?«

»Ich bin auf der Suche nach den Gerätschaften, die er zur Folter eingesetzt hat. Vielleicht kann ich den Geldfluss zurückverfolgen. Sophie Johannsen hat mir ein paar Leute genannt, die entweder Reproduktionen verkaufen oder möglicherweise von Antiquitätenkäufen wissen. Ich suche einen Inquisitionsstuhl, eine Streckbank, Schwert und Kettenhemd.« Er sah zu Katherine. »Nick kam auf die Idee, dass die kreisförmigen Wunden von einem Kettenhemd stammen könnten.«

»Hm. Möglich ist es. Aber jemand muss mit ziemlich viel Wucht zuschlagen, um solche Wunden zu verursachen«, sagte sie nachdenklich. »Vielleicht mit einem großen Hammer.«

»Das erklärt aber nicht die anderen Wunden.« Liz zog das Foto des Opfers drei-eins näher zu sich heran. »Was immer Kopf und Arm attackiert hat, war schwer und scharf. Gezackt wahrscheinlich.«

»Der Schlag gegen den Kopf wurde horizontal ausgeführt«, fügte Katherine hinzu. »Und er hat die halbe Schädeldecke abgerissen. Der Schlag gegen den Arm kam von oben.«

»Warren hatte doch irgendwann ein Schwert in der Hand«, sagte Jen. »Vielleicht war es das?«

Katherine schüttelte den Kopf. »Es kann nichts Spitzes gewesen sein. Aber scharf.«

»Und mittelalterlich.« Jen schnitt ein Gesicht. »Was ist denn mit dieser Stachelkugel an einer Kette? Wenn man das Ding mit Schwung herumwirbelt, könnte das doch einen solchen Schlag geben, oder?«

»Ein Morgenstern«, sagte Tim. »Mein Gott.«

»Ich setze also den Morgenstern auch noch auf die Liste«, sagte Vito. »Okay. Wir wissen, dass Warren, einen Tag bevor er verschwand, von einem potenziellen Kunden kontaktiert wurde. Die Modelseite erlaubt Kontaktaufnahme über E-Mail. Leider wissen wir aber nicht, wer ihm geschrieben hat, denn derjenige hat ihm auch einen Virus geschickt, der die Festplatte gelöscht hat.«

»Vielleicht finden wir etwas auf Brittanys Computer«, meinte Liz. »Schafft ihn her. Und Sie sollten auch ihren Account überprüfen, ob sie im vergangenen Monat kontaktiert wurde.«

Beverly nickte. »Gut. Aber, Vito – da ist noch eine Sache, die mich stört.«

»Nur eine?«

Sie grinste ihn an. »Die Fingerspitzen des alten Mannes. In deinem Bericht steht, dass dies wahrscheinlich der einzige Mord aus Leidenschaft gewesen ist, und das ergibt natürlich Sinn. Aber warum die Finger? Ja, sicher, der Killer wollte vermutlich nicht, dass man den Mann identifizieren konnte, aber das kann ja nur zur Bedrohung werden, wenn man die Leichen findet. Aber er scheint nicht davon auszugehen, *dass* man sie findet. Bei den anderen Leichen hat er keine solchen Vorkehrungen getroffen.«

»Es gehörte zur Folter«, sagte Katherine. »Dem Mann wurden die Fingerspitzen abgetrennt, als er noch lebte. Wer immer das getan hat, hat ihn wirklich gehasst.«

»Tino soll die Gesichter zeichnen«, schlug Vito vor. »Wir werden sehen, ob sich dann etwas ergibt. Und was ist mit der alten Frau in der ersten Reihe?«

»Hatte noch keine Zeit, sie mir anzusehen. Ich mache die Autopsie heute noch.« Katherine wandte sich an Jen. »Hast du etwas über die Kugel herausgefunden, die ich aus eins-drei geholt habe?«

»Ja. Sie stammt aus einer deutschen Luger«, erwiderte Jen. »Der Ballistiker meint, die Waffe müsste aus den Vierzigern stammen. Er will das heute noch überprüfen.«

Liz zuckte die Achseln. »Selbst von den alten sind immer noch genug im Umlauf. Dürfte schwer sein, sie zurückzuverfolgen.«

Aber Tim nickte. »Schon, aber man sollte nicht vergessen, dass der Typ mit der Kugel neben einem mit einem Schrapnell im Bauch begraben war. Es wird sicher interessant herauszufinden, was für eine Granate er abbekommen hat. Zusammengenommen zeigt es uns doch vor allem, dass dieser Killer alles so authentisch wie möglich haben will.«

Tim warf Vito einen Blick zu. »Hier laufen zwei historische Themen ab, und beide haben mit Kriegführung zu tun.«

»Du hast recht. Wäre nur schön zu wissen, was das soll. Jen, was wissen wir über das Feld?«

»Noch nichts. Wir wollen heute die Erde durchsuchen. Ich habe Proben aus jedem Grab plus eine Probe vom Feld ins Labor geschickt. Die Analyse wird ein paar Tage dauern. Zumindest wissen wir dann, ob die aufgeschüttete Erde auch vom Feld stammt.«

»Ich würde gern wissen, wieso ausgerechnet *das* Feld«, überlegte Liz. »Was hat ihn dorthin geführt?«

»Gute Frage.« Vito machte sich Notizen. »Wir informieren uns über Harlan P. Winchesters Tante. Sie ist zwar inzwischen verstorben, war aber noch Besitzerin des Grundstücks, als das erste Grab ausgehoben wurde.«

»Ich erwarte für heute Nachmittag den Laborbericht für das Silikongleitmittel«, fügte Katherine hinzu.

»Okay.« Vito stand auf. »Das war's fürs Erste. Wir treffen uns um fünf Uhr wieder. Bleibt in Kontakt und passt auf euch auf.«

10. Kapitel

Dienstag, 16. Januar, 8.35 Uhr

PATTY ANN SASS NICHT AM EMPFANGSTISCH, als Sophie das Museum betrat. Dafür aber Theo IV., und darüber war Sophie froh. »Du bist wieder da. Jetzt kannst du ja die Rüstung tragen.«

Er schüttelte den Kopf. »Heute nicht. Ich bin zur ersten Führung nicht da.«

»Theo. Du musst bleiben. Diese Ritterführung ist Folter.«

»Für die mein Vater dich gut bezahlt«, sagte Theo eisig.

Sophie hätte gerne zugeschlagen, aber Theo war sehr groß und hatte die Figur eines Felsens. »Da weiß ich mehr als du, Junge. Dein Vater zahlt …« Sie brach ab. Ihr mageres Gehalt war wohl kein Thema, das man mit dem Sohn besprechen sollte.

Unbeeindruckt deutete Theo auf eine kleine Schachtel auf dem Tisch. »Du hast übrigens ein Päckchen bekommen.«

Wütend auf sich, weil sie sich wegen des Jungen geärgert hatte, raffte sie den Karton an sich, ging in ihr Büro und schloss die Tür fest hinter sich. Kurzerhand riss sie das Papier ab und öffnete den Deckel.

Und ließ den Karton fallen, als sie sich die Hand vor den Mund schlug.

Eine tote Maus kullerte aus dem Kistchen auf den Boden. Der Kopf folgte allerdings nicht. In der Schachtel war eine Mausefalle befestigt, mit der die Maus exekutiert worden war.

Die Hand noch vor dem Mund, ließ sie sich schwer atmend auf ihren Stuhl sinken. Bittere Galle kam ihr hoch, aber sie würgte sie zurück. Sie wusste genau, wer ihr das geschickt hatte und warum, denn vor zehn Jahren hatte sie ebenso eine Maus bekommen.

Von Alan Brewsters Frau. Amanda Brewster mochte es nicht, wenn andere Frauen mit ihrem Mann schliefen, und sie machte da auch keine Ausnahme, wenn die betreffende Frau von ihrem Mann dazu mit Lügen verführt worden war. Clint Shafer hatte anscheinend keine Zeit verloren und Amanda angerufen, nachdem sie mit ihm gesprochen hatte.

Ich sollte die Polizei rufen. Aber sie würde es dieses Mal genauso wenig tun wie beim letzten Mal, weil sie tief in ihrem Inneren überzeugt war, dass Amanda Brewster ein Recht auf ihre Wut hatte. Also sammelte sie die Maus auf und schloss die Schachtel wieder. Einen Moment lang überlegte sie, das Ding in den Müll zu werfen, aber dann besann sie sich. Sie würde sie später begraben.

Dienstag, 16. Januar, 9.15 Uhr

Daniel Vartanian hatte die Seiten mit den Hotels aus dem Telefonbuch gerissen, das er in der Nachttischschublade seines Zimmers gefunden hatte. Bewaffnet mit dem Bild seiner Eltern, wollte er zunächst die Hotelketten abklappern, in denen seine Eltern normalerweise unterkamen.

Er band gerade seine Krawatte, als das Telefon klingelte. Es war Susannah. »Hallo.«

»Der Anruf kam aus Atlanta«, sagte Susannah ohne Einleitung oder Gruß. »Von einem Handy, auf Mom registriert.«

Das hätte ihn beruhigen sollen. »Also hat Mom Grandma von ihrem eigenen Handy aus angerufen, um ihr zu sagen, dass sie dich besuchen wollten. Hast du herausgefunden, von wo genau der Anruf kam?«

Susannah war einen Moment lang still. »Nein, aber ich werde es versuchen. Bis dann.«

Er zögerte, dann seufzte er. »Susie … es tut mir leid.«

Er hörte Susannah beherrscht ausatmen. »Das glaube ich dir, Daniel. Aber damit kommst du elf Jahre zu spät. Halt mich auf dem Laufenden.«

Sie hatte zweifellos recht. Er hatte so viele Fehler begangen. Er widmete sich wieder seiner Krawatte, doch seine Hände wollten ihm nicht recht gehorchen. Vielleicht konnte er es dieses Mal richtig machen.

Dienstag, 16. Januar, 9.30 Uhr

Dr. Alan Brewsters Büro war ein Minimuseum, fand Vito, als Brewsters Assistentin ihn hineinführte. Brewsters Assistentin dagegen … nun, an ihr war nichts mini. Sie war groß, blond und hatte Barbie-Proportionen, und Vito musste sofort an Sophie denken. Offensichtlich umgab Brewster sich gern mit großen blonden Schönheiten.

Die diesjährige Ausführung hieß Stephanie und verströmte Sex aus jeder Pore. »Alan kommt gleich. Sie sollen es sich bequem machen.« Sie lächelte ihm wissend zu, als wollte sie ihn einladen, die Bitte sehr wörtlich zu nehmen. »Darf ich Ihnen etwas anbieten? Kaffee? Tee?« Ein amüsiertes, selbstsicheres Funkeln in ihren Augen fügte ein stummes *»Mich?«* hinzu.

Vito blieb auf Abstand. »Nein danke.«

»Nun, wenn Sie Ihre Meinung ändern – ich bin draußen.«

Beinahe allein musterte Vito die verhaltene Opulenz des Arbeitszimmers. Der glänzende Mahagonischreibtisch war mindestens einen Hektar groß, penibel aufgeräumt und mit einem einzelnen gerahmten Foto von einer Frau und zwei Jungen im Teenageralter geschmückt. Mrs. Brewster und die Kinder.

An einer Wand standen Regale mit Mitbringseln und Andenken aus aller Welt. Eine andere Wand zierten Fotos. Bei näherem Hinsehen entdeckte Vito, dass beinahe jedes Bild denselben Mann zeigte. *Dr. Brewster; nehme ich an.* Die Bilder umfassten eine Zeitspanne von gut zwanzig Jahren, aber Brewster wirkte stets braungebrannt, fit und weltgewandt.

Viele der Fotos waren auf Ausgrabungsstätten gemacht und mit Ort und Zeit versehen worden. Russland, Wales in England. Auf jedem Bild stand Brewster neben einem großen, blonden, schönen Mädchen. Dann blieb Vito bei einem Foto mit der Unterschrift »Frankreich« stehen, denn die schöne Blonde war Sophie. Zehn Jahre jünger, aber unverkennbar in ihrer Tarnjacke und dem roten Tuch um den Kopf. Ihr Lächeln verriet mehr als Freude an der Arbeit. *Verliebt.*

Und Brewster war schon damals verheiratet gewesen. Vito fragte sich, ob sie es gewusst hatte, verwarf den Zweifel aber sofort. Natürlich hatte sie es nicht gewusst, und nun verstand er endlich ihre Worte vom Tag zuvor. Ein leises Geräusch hinter ihm ließ ihn aufsehen, und in der Spiegelung der Glasrahmen entdeckte er Brewster, der hinter ihm stand und ihn schweigend beobachtete.

Vito sah noch einen Moment auf das Frankreich-Foto, dann widmete er sich etwa genauso lang den Fotos von Italien und Griechenland, als wähnte er sich immer noch allein. Endlich räusperte Brewster sich, und Vito drehte sich um. »Oh. Dr. Brewster?«

Der Mann schloss die Tür. »Ja, Alan Brewster. Setzen Sie sich doch.« Er deutete auf einen Stuhl und nahm hinter seinem massiven Schreibtisch Platz. »Was kann ich für Sie tun?«

»Zunächst muss ich Sie bitten, das, was wir hier besprechen, absolut vertraulich zu behandeln.«

Brewster legte die Finger aneinander. »Selbstverständlich, Detective.«

»Danke. Wir arbeiten an einem Fall, bei dem vielleicht gestohlene Güter eine Rolle spielen«, begann Vito, und Brewster hob die Brauen.

»Und Sie verdächtigen einen meiner Studenten? Reden wir hier über Fernsehapparate? Stereoanlagen? Arbeiten?«

»Nein. Die gestohlenen Gegenstände sind möglicherweise Antiquitäten. Mittelalterliche, um es genau zu sagen. Wir haben im Internet nach Archäologen und Professoren gesucht, und Ihr Name tauchte als der eines Experten in diesem Bereich auf. Ich bin hier, weil ich Ihre professionelle Meinung hören möchte.«

»Ich verstehe. Dann fahren Sie bitte fort. Um was für Gegenstände handelt es sich?«

Vito überlegte. Er mochte Brewster nicht, aber sein Urteil hatte schon festgestanden, bevor er noch durch die Tür gekommen war. Nur weil der Mann seine Frau betrog, hieß das nicht, dass er nicht nützlich sein konnte. »Wir haben verschiedene Waffen. Schwerter und Morgensterne zum Beispiel.«

»Die sich sehr leicht nachbauen lassen. Ich kann gern alles überprüfen, was Sie finden. Waffen und Kriegskunst sind meine Spezialgebiete.«

»Danke. Darauf kommen wir gern zurück.« Vito zögerte. Er musste irgendwann nach diesem Stuhl fragen, also konnte er es auch direkt tun. »Wir haben auch einen Stuhl gefunden.«

»Einen Stuhl«, wiederholte Brewster mit nur einem Hauch von Geringschätzung. »Was für einen Stuhl?«

»Einen mit Dornen. Vielen Dornen«, sagte Vito und beobachtete, wie es in Brewsters Miene leicht zuckte, bevor Farbe in sein gebräuntes Gesicht stieg. Echter Schock? Vermutlich schon.

Aber Brewster erholte sich rasch. »Sie haben einen Inquisitionsstuhl gefunden? Sie haben ihn in Besitz?«

»Ja«, log Vito. »Und wir fragen uns, wie jemand an so ein Gerät herankommen kann.«

»Solche Artefakte sind ausgesprochen selten. Wahrscheinlich haben Sie einen Nachbau. Wir müssten das überprüfen. Wenn Sie ihn herbringen können, werde ich das gern tun.«

Erst wenn die Hölle einfriert, dachte Vito. »Aber *falls* er echt ist – woher könnte er stammen?«

»Ursprünglich aus Europa, aber nur wenige haben die Zeit überdauert. Und dass so etwas auf einer Versteigerung auftaucht, ist noch seltener.«

»Dr. Brewster, reden wir nicht um den heißen Brei herum, in Ordnung? Ich spreche vom Schwarzmarkt. Wenn jemand einen solchen Stuhl kaufen wollte, wohin müsste er sich wenden?«

Brewsters Augen blitzten auf. »Da habe ich leider keine Ahnung. Ich kenne niemanden, der illegal mit Kunstgegenständen oder Antiquitäten handelt, und falls ich es täte, würde ich ihn augenblicklich anzeigen.«

»Verzeihen Sie«, sagte Vito und sah, wie die Glut in Brewsters Augen erlosch. Wenn er ein Schauspieler war, dann ein verflixt guter. Wieder musste er an Sophie denken. Brewster musste ein höllisch guter Schauspieler sein. »Ich wollte damit nicht andeuten, dass Sie in irgendetwas Illegales verwickelt sind. Aber falls einer von diesen Stühlen plötzlich auftauchte, würden Sie dann davon erfahren?«

»Höchstwahrscheinlich, Detective. Aber mir ist nichts zu Ohren gekommen.«

»Kennen Sie Privatsammler, die an solchen Gegenständen interessiert sein könnten, falls sie auf Auktionen auftauchen?«

Brewster zog eine Schublade auf, holte einen Block hervor und schrieb ein paar Namen darauf. »Die berufliche Ethik dieser Männer ist einwandfrei. Sie werden Ihnen garantiert genauso wenig helfen können wie ich.«

Vito ließ den Zettel in seine Tasche gleiten. »Dessen bin ich mir sicher. Danke, dass Sie mir Ihre Zeit geopfert haben, Dr. Brewster. Falls Sie doch noch etwas hören, rufen Sie mich bitte an. Hier, meine Karte.«

Brewster ließ die Karte mit seinem Notizblock in der Schublade verschwinden. »Stephanie bringt Sie hinaus.«

Vito war an der Tür, als Brewster hinzufügte: »Und richten Sie Sophie bitte meine Grüße aus.«

Darauf war Vito nicht vorbereitet gewesen, aber er fasste sich rasch und drehte sich mit einem verwirrten Gesichtsausdruck um. »Wie bitte?«

»Detective. Wir alle haben unsere Quellen. Ich habe meine, und Sie haben … Sophie Johannsen.« Er lächelte, und in seine Augen trat ein Leuchten, das in Vito den Wunsch weckte, sie ihm grün und blau zu schlagen. »Da haben Sie ein echtes Leckerchen an der Hand. Sophie war eine meiner fähigsten Assistentinnen.«

Vito zog eine Schulter hoch, verzweifelt bemüht, das schier übermächtige Bedürfnis, über den Tisch zu springen und dem Mann den Hals umzudrehen, zu bekämpfen. Doch er schüttelte nur den Kopf. »Tut mir leid, Mr. Brewster, ich weiß wirklich nicht, wovon Sie reden. Vielleicht hat diese Sophie Johnson …«

»Johannsen«, korrigierte Brewster aalglatt.

»Wie auch immer. Vielleicht hat sie mit meiner Chefin gesprochen, aber …« Er hob wieder die Schultern. »Nicht mit mir.« Er rang sich ein verschwörerisches Lächeln ab. »Obwohl ich da anscheinend etwas verpasst habe.«

Brewsters Augen verengten sich leicht. »Das haben Sie, Detective, das haben Sie.«

Dienstag, 16. Januar, 10.30 Uhr

Es war, wie Vito zugeben musste, ein in beruflicher Hinsicht erfolgloser Ausflug gewesen. Brewster hatte nichts von Wert beisteuern können, und Vito war überzeugt, dass die Namen, die er ihm gegeben hatte, auch nichts Wertvolles ergeben würden. Er würde natürlich dennoch dort anrufen und hoffen, dass er etwas herausfinden konnte.

Er saß im Auto, als sein Handy vibrierte, und er sah Rikers Nummer auf dem Display. »Vito, Tim hier. Wir waren gerade bei Claire Reynolds' Eltern. Sie hatten Claires Sachen alle in Kisten in den Keller gestellt. Bev hat sich Haare aus der Bürste besorgt, sodass wir sie jetzt definitiv identifizieren können. Ihre Eltern meinten, sie wären kurz vor Thanksgiving vor einem Jahr in ihre Wohnung gegangen, als sie lange Zeit nichts mehr von ihrer Tochter gehört hatten, aber sie war offenbar dort auch lange nicht mehr gewesen. Dann waren sie in der Bücherei, in der sie gearbeitet hatte, und erfuhren, dass sie vor fünfzehn Monaten gekündigt hatte. Die Mutter behauptet, dass die Unterschrift nicht die ihrer Tochter sei. Wir bringen das Schreiben ebenfalls mit.«

»Hm. Da wollte jemand nicht, dass man sie als vermisst meldet.«

»So sehen wir das auch. Aber das Beste kommt noch. In dem Karton mit ihrer Habe befanden sich zwei Beinprothesen. Eine zum Laufen, eine für Wassersport. Und …« – er machte eine dramatische Pause – »… eine Flasche mit Silikongleitmittel.«

Vito setzte sich kerzengerade auf. »Wirklich. Ist das nicht interessant?«

»Ja.« Man hörte den Triumph aus Rikers Stimme. »Die Flasche

war noch geschlossen. Ihre Mutter erzählte, dass sie das Gleitmittel benutzte, wenn sie das Bein anschnallte. Sie habe davon Flaschen im Auto, in ihrer Wohnung und im Sportbeutel gehabt. Ihre Eltern konnten weder Auto noch Sporttasche finden, es kann also sein, dass Claire dort, wo sie getötet wurde, einiges von dem Zeug dabeihatte.«

»Praktisches Souvenir für den Killer.«

»Tja. Wir lassen es mit den Proben vergleichen, die Katherine von zwei der anderen Opfern genommen hat.«

»Wunderbar. Und was ist mit Claires Computer?«

»Ihre Eltern sagen, sie hat keinen. Wenn wir im Labor fertig sind, klemmen wir uns ans Telefon und versuchen, Brittany Bellamy ausfindig zu machen.«

»Dann hätten wir jetzt drei, sechs sind noch offen. Ich habe ein paar Namen von Privatsammlern von dem Professor, bei dem ich heute Morgen war, und die werde ich mir jetzt vornehmen. Nachdem ich das von der alten Luger erfahren habe, bin ich mehr denn je überzeugt, dass unser Bursche auf authentische Szenarien steht. Aber für alle Fälle werde ich auch noch ein paar Händler befragen, die Reproduktionen verkaufen. Mal sehen, was dabei herauskommt. Bis dann.«

Vito klappte das Telefon zu, ballte die Fäuste und starrte auf den kleinen Laden, vor dem er geparkt hatte. Andy's Attic, hieß der Laden von Sophies Liste. Der Einzige, der ein richtiges Geschäft besaß. Alle anderen verkauften ausschließlich im Internet. Im Augenblick wollte Vito erst einmal diejenigen befragen, die er persönlich antraf, sodass er ihre Reaktionen miterleben konnte.

So wie er Brewsters Reaktionen beobachtet hatte. Dieser schleimige Mistkerl. Aber woher hatte er gewusst, dass Vito über Sophie zu ihm gelangt war? Sie sollte doch niemanden anrufen. Aber vielleicht ... stirnrunzelnd wählte er ihre Handynummer.

»Sophie hier.« Ihr Tonfall klang misstrauisch.

»Sophie, hier spricht Vito Ciccotelli. Tut mir leid, dass ich dich wieder belästigen muss, aber ...«

Sie seufzte. »Aber du hast gerade mit Alan Brewster gesprochen. Hat er helfen können?«

»Ich habe Namen von drei Sammlern, die, darauf besteht er, moralisch einwandfrei und legal sammeln. Aber Sophie – er wusste, dass ich seinen Namen von dir hatte. Ich habe versucht, mich da rauszuwinden und ahnungslos zu tun, aber offenbar hat ihm jemand vorher etwas gesteckt. Mit wem hast du sonst noch telefoniert?«

Sie schwieg einen Moment lang. »Mit einem Kommilitonen, der in dem Sommer, in dem ich für Brewster arbeitete, ebenfalls in Frankreich war. Er heißt Clint Shafer. Ich wollte gar nicht anrufen, aber mir fiel Kyle Lombards Name nicht mehr ein, und damals waren Clint und Kyle befreundet.«

»Sonst noch jemand, den du angerufen hast?«

»Nur meinen ehemaligen Doktorvater – er steht auch auf der Liste. Ich habe Etienne angerufen, bevor wir uns gestern getroffen haben, und ihm auf den Anrufbeantworter gesprochen, er solle mit dir reden, falls du dich bei ihm meldest. Er rief mich gestern Abend spät zurück.«

Sie hatte nach diesem Sommer mit Brewster das Programm gewechselt, dachte er. Ihre Stimme klang leicht trotzig, als glaubte sie, er sei wütend, daher sprach er absichtlich ruhig und freundlich. »Hat dein alter Doktorvater etwas Nützliches beisteuern können?«

»Ja.« Die Stimme wurde etwas entspannter. »Ich habe es dir per E-Mail geschickt.«

Damit sie nicht noch einmal mit ihm reden musste. Sie hatte befürchtet, dass Brewster ihm etwas erzählen würde, ihm aber dennoch seinen Namen gegeben. »Ich habe noch gar nicht in meine Mails gesehen. Worum geht es?«

»Nur Gerüchte, Vito. Etienne hat sie auf einer Cocktailparty gehört.«

Er nahm sein Notizbuch. »Manchmal ist an Gerüchten etwas dran. Ich höre.«

»Er sagte, er habe gehört, dass ihr Geldgeber, Alberto Berretti, gestorben sei. Dieser Mann hatte in Italien eine große Sammlung Schwerter und Rüstungen, aber man hat seit Jahren schon gemunkelt, er besäße auch Folterinstrumente. Seine Familie hat die Sammlung vor kurzem zur Versteigerung freigegeben, aber nur weniger als die Hälfte der Schwerter und kein einziges Folterinstrument waren zum Verkauf angeboten. Etienne meint, er habe gehört, einige hätten sich diskret nach Letzteren erkundigt, aber die Familie hat geleugnet, etwas anderes zu besitzen als das, was letztlich auch zum Verkauf freigegeben worden ist.«

»Hat dein Professor der Familie geglaubt?«

»Er sagte, er kenne sie nicht und wolle sich auch nicht auf Spekulationen einlassen. Das Wichtige daran aber ist, dass es tatsächlich irgendwo welche gibt. Aber ob das nun mit deinem Fall zusammenhängt oder nicht, lässt sich so nicht sagen. Tut mir leid, Vito, mehr weiß ich nicht.«

»Aber das hilft uns schon ein gutes Stück weiter«, sagte er. »Sophie. Was Brewster angeht.«

»Ich muss jetzt Schluss machen«, sagte sie knapp. »Ich habe einiges zu tun. Mach's gut, Vito.«

Vito starrte sein Handy noch eine gute Minute lang an, nachdem sie aufgelegt hatte. Er sollte auf sie hören. Das letzte Mal, als er versucht hatte, sich einer Frau aufzudrängen, war es furchtbar schiefgelaufen. Das konnte auch jetzt wieder geschehen.

Oder es konnte gutgehen, und er würde bekommen, was er sich immer gewünscht hatte. Jemand, der am Ende eines langen Tages auf ihn wartete. Jemand, zu dem er nach Hause kommen konnte. Sophie Johannsen konnte so ein Mensch sein, aber vielleicht auch nicht. Er würde es niemals herausfinden, wenn er es nicht versuchte. Aber dieses Mal musste er alles daransetzen, dass es gutging. Entschlossen klappte er das Handy auf und tippte eine Nummer ein. »Hey, Tess, Vito hier. Du musst mir einen Gefallen tun.«

New York City, Dienstag, 16. Januar, 10.45 Uhr

»Wow.« Van Zandts Blick klebte am Computerbildschirm, auf dem eine Figur, das Schwert in der einen, den Morgenstern in der anderen Hand, mit dem Guten Ritter kämpfte. Van Zandt hielt den Joystick so fest umklammert, dass seine Knöchel weiß hervortraten, und sein Gesicht war vor Konzentration wie in Stein gemeißelt. »Mein Gott, Frasier, das ist fantastisch. Das hebt oRo auf eine Ebene mit Sony.«

Er lächelte. Sony war die Firma, die es einzuholen galt. Sony-Spiele gab es in Millionen Haushalten. *Millionen.* »Ich dachte mir schon, dass es dir gefallen wird. Das ist der finale Kampf. An diesem Punkt ist der Inquisitor übermächtig geworden und hat die Königin entführt. Der Ritter stirbt bei dem Versuch, sie zu befreien, weil er … na ja, eben ein Ritter ist.«

»Der Mythos der Ritterlichkeit.« Ein Muskel in Van Zandts Gesicht zuckte, während er seine Figur zur nächsten Attacke führte. »Großartig, diese Grafik. Aber der Ritter ist verdammt schwer zu töten. Jetzt stirb schon endlich«, fügte er durch zusammengebissene Zähne hinzu. »Komm schon. Stirb endlich. Stirb für mich. *Ja!*« Der Ritter fiel krachend auf die Knie, Van Zandt schwang den Morgenstern, und der Ritter kippte vornüber aufs Gesicht.

VZ zog enttäuscht die Stirn in Falten. »Das ist jetzt allerdings so … enttäuschend. Es holt einen wieder runter. Ich hatte auf etwas mehr … na ja.« Er machte eine umfassende Geste. »Pep gehofft.«

Das hatte er selbstverständlich erwartet. Er zog ein gefaltetes Blatt aus der Tasche und warf es VZ zu. »Hier. Versucht's mal damit.«

Die Augen funkelnd wie bei einem Kind zu Weihnachten, gab Van Zandt den Code ein und stieg in den alternativen Spielverlauf ein. »Ja«, zischte er begeistert, als dem Guten Ritter die Schädeldecke abgerissen wurde und Knochen und Hirnmasse über den Bildschirm flogen. »Genau auf so etwas hatte ich gehofft!« Er warf ihm einen Blick aus dem Augenwinkel zu. »Schlau, das als *Easter egg* einzubauen. Wenn die Käufer nicht sechs Monate nach Veröffentlichung selbst darauf kommen, lassen wir den Code ›versehentlich‹ durchsickern. Innerhalb von zwei Stunden stehen wir überall im Netz und kriegen kostenlose Extra-Publicity.«

»Und dann werden sofort Mütter, Lehrer und Priester auf die Barrikaden gehen und über die sinnlose Gewalt und deren Verherrlichung in unserer Gesellschaft wettern und zetern.« Er lächelte. »Wodurch nur noch mehr Kids ihre Sparschweine schlachten und unser Spiel kaufen werden.«

Van Zandt grinste. »Genau. Du könntest auch ein bisschen nackte Haut reinbringen. Wenn die Gewalt sie nicht rasend macht, dann auf jeden Fall nackte Haut. Eindeutiger Sex ist natürlich noch besser.«

Er überlegte, ob er die Szenen verwenden sollte, die er mit Hilfe von Brittany Bellamy erstellt hatte. Die Frau war nackt gewesen. Es gab zwar keinen Sex, aber so viel rohe Gewalt, dass Van Zandt wahrscheinlich vollkommen aus dem Häuschen geraten würde. Eigentlich hatte er ihm den Kerker noch nicht heute zeigen wollen, aber der Zeitpunkt schien recht gut zu sein. Also zog er eine CD aus der Laptoptasche. »Willst du einen Blick in den Folterkeller werfen?«

Van Zandt streckte gierig die Hand aus. »Nur her damit.«

»So wird der Kerker am Ende aussehen«, erklärte er, während Van Zandt die CD einlegte. »Der Inquisitor fängt klein an, beschuldigt Landbesitzer der Hexerei, nimmt ihnen ihren Besitz ab, sobald er sie eingesperrt und mit konventionellen Waffen – also Schwert, Dolch et cetera – getötet hat. Mit dem Geld kauft er bessere und größere Folterinstrumente.«

Als die Sequenz begann, fuhr die Kamera zunächst durch Nebel und erreichte einen Friedhof auf einem Kirchengrund, den er nach einer französischen Abtei bei Nizza entwickelt hatte.

Van Zandt warf ihm einen überraschten Blick zu. »Du hast den Folterkeller in eine Kirche verlegt?«

»Darunter. Ein mittelalterliches ›Leckt-mich‹ an die bestehende Ordnung, die die Kirche repräsentierte.«

Van Zandts Lippen zuckten. »Dir möchte ich nicht nachts begegnen, Lewis.« Die Kamera drang in die Kirche ein und fuhr durch eine Krypta. Van Zandt pfiff leise. »Sehr hübsch, Frasier. Vor allem die Figuren auf den Gräbern. Sehr realistisch.«

»Danke.« Die Gipsmodelle waren eine hervorragende Arbeitsgrundlage gewesen. Nur dass er jetzt mehr Gleitmittel für sein Bein bestellen musste. Er hatte Claires Vorrat aufgebraucht, aber auch einiges von seinem eigenen verwenden müssen. Die Kamera stieg nun die Treppe hinab in die Höhle, in der Brittany Bellamy auf ihr Schicksal wartete. »Diese Frau heißt Brianna. Sie wird der Hexerei beschuldigt. Aber der Inquisitor weiß, dass sie *wirklich* eine Hexe ist, und will ihre Geheimnisse aus ihr herauspressen. Sie widersteht ihm hartnäckig.«

»Still. Lass mich zusehen.« Und das tat Van Zandt, während sich seine Miene von Vergnügen zu Entsetzen wandelte, als der Inquisitor sein schreiendes Opfer auf den Stuhl schnallte. »Mein Gott«, flüsterte er, als Briannas Schreie durch die Höhle gellten. »Mein Gott.« Genau wie Warren hatte Brittany Bellamy wundervoll gelitten und noch wunderbarer geschrien. Er hatte einfach nur die Sounddatei auf ihre computergenerierte Entsprechung übertragen müssen.

Als der Inquisitor eine Fackel an den Stuhl hielt, kreischte Brittany auf. Van Zandt wurde blass. Die Szene endete mit einer Nahaufnahme von Brittanys Gesicht im Augenblick des Todes, und Van Zandt sank schweißgebadet auf seinen Stuhl zurück. Einen Moment lang starrte er auf den Schirm, der zum oRo-Logo überblendete.

Nachdem eine volle Minute des Schweigens verstrichen war, holte er tief Luft, bereit, seine Kunst zu verteidigen. »Ich werde das nicht ändern, VZ.«

Van Zandt hielt die Hand hoch. »Ruhe. Ich denke nach.«

Fünf weitere Minuten verstrichen, bevor Van Zandt im Stuhl herumwirbelte und ihn ansah. »Splitte die Szenen. Teil die Sequenzen auf.«

Er spürte, wie Zorn in ihm hochkochte. »Ich beschneide nichts, VZ.«

Van Zandt verdrehte ungeduldig die Augen. »Hör mir erst mal zu. Wir werden die Stuhlszene einbauen, aber versteckt. Dann geben wir den Code für die gruseligeren Ritterszenen gratis frei – gute Werbung für uns. Aber gleichzeitig veröffentlichen wir, dass es einen Code für den Stuhl gibt … zu einem Preis. Diesen Teil des Kerkers aufzuschließen wird unsere Kunden weitere 29,99 kosten.«

Der Grundpreis war bereits $ 49,99. Van Zandts Idee würde ihnen mehr Gewinn ohne Extrakosten bescheren. »Du bist gierig«, murmelte er bewundernd, und Van Zandt zog die Augenbrauen hoch.

»Sicher. Deshalb ist das R auch der größte Buchstabe bei oRo.«

Er erinnerte sich an die kleinen Buchstaben unter der Klaue des Drachens. *»Rijkdom?«*

Van Zandts Lächeln war rasiermesserscharf. »Holländisch für Reichtum. Und deswegen sitze ich hier. Und deswegen solltest auch du hier sein.« Er streckte ihm die Hand entgegen. »Gib mir den Rest.«

Er schüttelte den Kopf. »Du hast genug für Pinnacle.«
»Aha. Derek hat dir also davon erzählt?«
Seine Lippen verzogen sich. »Ja.«
Van Zandt hob wieder die Brauen. »Passt dir das nicht?«
»Mir passt Derek nicht«, sagte er, indem er Van Zandts Akzent imitierte.
»Derek hat seine Berechtigung gehabt, aber er wird uns nicht auf die nächste Stufe begleiten. Ich setze hohe Erwartungen in dich.« Er hielt ihm seine Hand noch immer entgegen. »Und jetzt gib mir den Rest.«
Er schürzte die Lippen, dann legte er Van Zandt eine weitere CD in die Hand. »Das ist König William. Nachdem der Gute Ritter besiegt ist, will William versuchen, seine Königin zu befreien. Doch inzwischen ist der Inquisitor ein mächtiger Zauberer geworden. Nicht einmal der König kann ihn besiegen und wird gefangen genommen.«
Van Zandts Lächeln wurde breiter. »Und was geschieht mit dem armen König?«
Er dachte an Warren Keyes, an seine entsetzlich schönen Schreie. Noch immer schauderte ihn bei der Erinnerung. »Er kommt erst auf die Streckbank, dann wird er ausgeweidet.«
Van Zandt lachte leise. »Ich werde garantiert niemals etwas tun, das mir deinen Zorn zuzieht, Frasier Lewis.«

11. Kapitel

Philadelphia, Dienstag, 16. Januar, 11.30 Uhr

»DAS IST NOCH IMMER NICHT DAS RICHTIGE«, brummte Vito während er mit dem Finger über das Kettenhemd strich, das Andy auf seiner Verkaufstheke ausgebreitet hatte. Andy's Attic war nicht viel mehr als ein mittelmäßiges Kostümgeschäft. Ihr Killer würde über solch jämmerliche Nachahmungen vermutlich nur müde lächeln. »Was genau suchen Sie denn?«, erwiderte Andy steif.

»Etwas mit kleineren Ringen. Vielleicht sechs bis sieben Millimeter Durchmesser.«

»Na, das hätten Sie besser gleich gesagt«, murrte Andy. »So etwas habe ich hier gar nicht auf Lager.« Er blätterte einen Katalog durch. »Das, was Sie möchten, ist qualitativ hochwertiger, allerdings auch teurer.« Er fand ein Bild von einem Mann mit Kettenhaube und -hemd. »Dieses Set aus Brünne und Hemd kommt auf achtzehnhundert.«

Vito blinzelte. »Dollar?«

Andy sah ihn indigniert an. »Nun – sicher. Es ist SCA-geprüft. Sie wissen schon, von der Society for Creative Anachronism. Nein? Sie wissen eigentlich gar nichts darüber, richtig? Sie wollen vermutlich ein Geschenk kaufen?«

Vito hustete. »Ah … genau. Das Set kostet also achtzehnhundert. Wie viel nur für das Hemd?«

»Tausendzweihundertfünfzig.«

»Verkaufen Sie so etwas auch hier? Ich meine, direkt aus dem Laden?«

»Nein. Normalerweise nur über meine Website.«

»Haben Sie in letzter Zeit so etwas verkauft? Irgendwann vor Weihnachten zum Beispiel?«

»Ja. Vor Weihnachten habe ich neun Kettenpanzer verkauft. Aber im Sommer, einen Monat vor dem Mittelalterfestival, allein fünfundzwanzig davon. Seriöse Tjoster gewöhnen sich gern vorher an ihr Kettenhemd.« Andy schlug den Katalog zu und reichte ihn Vito. »*Detective.*«

Vito verzog das Gesicht. Erwischt. »Tut mir leid.«

Andy lächelte. »Ich verrate nichts. Ich hab's mir irgendwie schon gedacht, als Sie hereinkamen. Mein Onkel war dreißig Jahre lang beim PPD. Was suchen Sie denn noch, Detective …?«

»Ciccotelli. Ein Schwert, ungefähr so lang, mit so einem Griff.« Er zeigte die ungefähren Größen. »Und einen Morgenstern.«

Andy riss die Augen auf. »Ach, du Schande. Okay, schauen wir mal, was wir finden können.«

Dienstag, 16. Januar, 11.45 Uhr

Van Zandt schloss die CD in seiner Schreibtischschublade ein. »Gute Arbeit, Frasier.«

Er stand auf. »Da du jetzt alles hast, was du für Pinnacle brauchst, verschwinde ich. Ich habe noch viel zu tun.«

Van Zandt schüttelte den Kopf. »Setz dich bitte. Ich habe noch einiges mit dir zu besprechen.«

Mit einem Stirnrunzeln gehorchte er. »Und was zum Beispiel?«

»Nicht so ungeduldig, Frasier. Du bist noch jung. Du hast jede Menge Zeit.«

Warum setzten alte Leute die Jugend immer mit Ungeduld gleich? Nur weil er tatsächlich noch viel Zeit vor sich hatte, hieß das nicht, dass er sie mit Warterei verschwenden wollte.

»Was zum Beispiel?«, wiederholte er, dieses Mal durch zusammengebissene Zähne. Er hatte um drei eine Verabredung mit Gregory Sanders.

Van Zandt seufzte. »Wie zum Beispiel die Königin. Hast du ihr Gesicht schon entworfen?«

Er dachte an die Tochter des alten Mannes. »Ja.«

»Und? Wie sieht sie aus?«

Ihr Gesicht erschien vor seinem inneren Auge. »Hübsch. Zart. Brünett. Ähnlich wie Brit… Brianna.« *Verdammt.* Er hätte beinahe Brittany gesagt. *Konzentrier dich.*

»Nein. Ich denke nicht, dass diese Figur genug dramatisches Potenzial besitzt. Die Königin muss stattlich sein. Größer. Deine Brianna kommt kaum über eineinhalb Meter hinaus.« Brittany Bellamy war wirklich nur knapp eins sechzig gewesen. Er hatte sie gerade wegen ihrer zierlichen Statur ausgesucht. Sein Stuhl war ein kleines Modell, und er hatte beabsichtigt, dass er durch die Person, die darauf saß, größer wirkte. »Du willst eine andere Königin?«

»Ja.« Van Zandt hatte die Brauen hochgezogen, als rechnete er mit Widerstand.

Er dachte nach. Van Zandt hatte ein Gespür für die richtige Mischung. Für das, was sich verkaufte. Er mochte recht haben. Das würde allerdings Probleme mit sich bringen. Er würde die dritte Reihe mit Gregory Sanders komplettieren, die vierte mit seinen

Ressourcen, und die Brut des Alten musste auch noch sterben. Wenn er für das Spiel neue Modelle einsetzte, würde er eine neue Reihe beginnen müssen. Nun ... das Feld war groß genug. »Ich werde es mir überlegen.«

»Du wirst es tun«, korrigierte Van Zandt ihn freundlich, und obwohl ihm eine scharfe Erwiderung auf der Zunge lag, sagte er nichts. Im Moment brauchte er ihn noch. »Als Nächstes die Morgenstern-Szene.«

Er verengte die Augen. »Was ist damit? Sie ist fertig.«

»Nein, ist sie nicht. Die Szene, die du gestaltet hast, ist zu lahm. Die Handlung ... bricht einfach ab. Das enttäuscht den Spieler. Ich denke, wir sollte die Szene mit der abgerissenen Schädeldecke regulär mit reinnehmen und die versteckte Szene noch aufregender machen. Vielleicht könnte der Kopf quasi explodieren. Oder komplett abreißen. Dann wäre ...«

»*Nein.* Das passt nicht. Ein Schädel, der mit einem Morgenstern attackiert wird, explodiert weder, noch reißt er ganz ab.« Er war selbst enttäuscht gewesen, als er das festgestellt hatte.

Van Zandt zog die Brauen zusammen. »Ach. Und woher weißt du das?«

Vorsicht! »Ich habe gründlich recherchiert. Mit Ärzten gesprochen. So funktioniert es eben nicht.«

Van Zandt zuckte die Achseln. »Na und? Wen interessiert, was wirklich passiert? Das ist doch ohnehin nur ein Fantasy-Abenteuer. Du machst die Szene aufregender.«

Im Stillen zählte er bis zehn. *Denk immer daran – das hier ist nur Mittel zum Zweck. Du musst das nicht ewig machen. Nur allzu bald kannst du Van Zandt und oRo vergessen.* »Okay. Ich peppe diese Szene auf.« Er erhob sich, aber Van Zandt hielt die Hand hoch.

»Moment. Eines noch. Was deinen Kerker angeht. Ich finde, da fehlt was.«

»Aha, und was?«

»Eine eiserne Jungfrau.«

Oh, um Himmels willen. Wie fürchterlich abgedroschen. Mit seiner Meinung von Van Zandt ging es rapide bergab. »Nein.«

»Herrgott noch mal, Frasier, und warum nicht?«, fragte Van Zandt verärgert.

»Weil das nicht in die Zeit passt. Eiserne Jungfrauen tauchten erst im fünfzehnten Jahrhundert auf. In *meinem* Kerker wird keine stehen.«

»Jeder unserer Spieler wird in *seinem* Kerker eine haben wollen.«

»Weißt du eigentlich, wie lange es dauert, um so was zu …« Er sog die Luft ein. Beinahe hätte er »bauen« gesagt. Es gab keine eisernen Jungfrauen zu kaufen. Wenn er eine haben wollte, würde er sie bauen müssen, und er dachte ja gar nicht daran, das zu tun. »Jager, ich werde dir eine neue Königin suchen, ich werde die Morgenstern-Szene verschärfen, aber ich werde kein falsches Stück in meinen Kerker stellen.«

Van Zandts Miene verfinsterte sich, als er sich zur Seite lehnte und ein Blatt mit gedrucktem Briefkopf aus einer Ablage nahm. »Hier auf dem Brief lese ich meinen Namen als Präsidenten dieser Firma. Deinen nicht, Frasier. Nirgendwo.« Er warf das Blatt wieder zurück in die Ablage. »Also tu es einfach.«

Er biss die Zähne zusammen und packte seine Laptoptasche. »Na schön.«

Dienstag, 16. Januar, 11.55 Uhr

»Verzeihung.«

Derek blieb, die Lunchtüte in der Hand, auf der Treppe stehen. Hinter ihm erhob sich das Bürogebäude, in dem auch oRo seinen Geschäftssitz hatte. Ein Mann stieg mit einem kleinen Koffer aus einem Taxi. Obwohl er gut gekleidet war, wirkte er, als habe er seit Tagen nicht mehr geschlafen. »Ja bitte?«

»Sind Sie Derek Harrington?«

»Ja, warum?«

Der Mann betrat die Treppe. In seiner Miene lag Erschöpfung und Verzweiflung. »Ich muss mit Ihnen reden. Bitte. Es geht um meinen Sohn und Ihr Spiel.«

»Wenn Sie sich beschweren wollen, dass Ihr Sohn *Behind Enemy Lines* spielt, müssen Sie sich an eine andere Stelle wenden.«

»Nein, Sie verstehen mich falsch. Mein Sohn spielt gar nicht. Ich glaube, mein Sohn ist *in* Ihrem Spiel.« Er zog ein Foto aus seiner

Tasche. »Ich heiße Lloyd Webber und komme aus Richmond, Virginia. Mein Sohn Zachary ist vor ungefähr einem Jahr weggegangen. In seinem Abschiedsbrief stand, er wolle nach New York. Wir haben nie wieder von ihm gehört.«

»Das tut mir sehr leid, Mr. Webber, aber ich verstehe nicht, was das mit mir zu tun hat.«

»In Ihrem Spiel gibt es eine Szene, in der einem jungen deutschen Soldaten in den Kopf geschossen wird. Der Junge sieht genauso aus wie mein Zachary. Ich dachte, er hat vielleicht für Ihren Zeichner Modell gestanden, also habe ich mir Ihre Firmenadresse herausgesucht. Bestimmt haben Sie die Models, mit denen Sie gearbeitet haben, irgendwo vermerkt. Bitte sehen Sie nach, Mr. Harrington. Vielleicht ist mein Sohn ja noch in New York.«

»Wir stellen keine Models ein, Mr. Webber. Tut mir leid.« Derek setzte sich wieder in Bewegung, aber Webber vertrat ihm hastig den Weg.

»Sehen Sie sich das Bild doch bitte nur einmal an. Ich habe versucht, Sie anzurufen, aber Sie wollten nicht mit mir sprechen. Also habe ich mir ein Flugticket gekauft und bin hergekommen. *Bitte.*« Er hielt ihm das Foto hin, und Derek seufzte. Der Mann tat ihm leid. Er nahm ihm das Bild aus der Hand.

Und holte erschreckt Luft. *Dasselbe Gesicht.* »Ein … ein gutaussehender Junge, Ihr Sohn.« Er sah auf und entdeckte Tränen in Webbers Augen.

»Sind Sie sicher, dass Sie ihn noch nie gesehen haben?«, flüsterte der Mann.

Derek war schwindelig. Er hatte vom ersten Augenblick gewusst, dass Frasier Lewis' Arbeiten eine nur allzu realistische Komponente besaßen, aber das, was ihm nun durch den Kopf ging … »Kann ich das Foto Ihres Sohnes haben, Mr. Webber? Ich könnte es dem Personal zeigen. Wir verwenden wirklich keine Modelle, aber vielleicht hat ihn jemand irgendwo gesehen. Im Restaurant vielleicht oder im Bus. Wir holen uns überall Anregungen für unsere Figuren.«

»Bitte, behalten Sie das Bild. Es ist nur ein Abzug, und ich kann Ihnen mehr davon besorgen, wenn Sie wollen. Zeigen Sie es jedem, der vielleicht helfen kann.« Mit zitternder Hand hielt er Derek eine Visitenkarte hin, und dieser nahm sie entgegen. »Meine Handynummer. Sie können mich Tag und Nacht anrufen. Ich bleibe in der Stadt, solange es nötig ist.«

Derek blickte auf das Foto und die Karte. Frasier Lewis musste noch oben bei Jager sein. Er konnte ihn direkt und ohne Umschweife mit dem Bild konfrontieren. Aber er war sich nicht sicher, ob er die Wahrheit wissen wollte. *Sei ein Mann, Derek. Steh verdammt noch mal endlich für etwas ein.*

Er sah auf und nickte. »Ich rufe Sie in jedem Fall an, ob ich etwas erfahre oder nicht. Das verspreche ich.«

Dankbarkeit und Hoffnung glänzten in Webbers Augen. »Ich danke Ihnen.«

Dienstag, 16. Januar, 12.05 Uhr

Die schwelende Wut flammte mit aller Macht auf, als er Derek Harrington am Ausgang auf ihn warten sah. Seine Faust verkrampfte sich um den Koffergriff. Am liebsten hätte er seine Hand um etwas anderes gekrampft. Um Harringtons Hals zum Beispiel. Aber es gab für alles den richtigen Ort, die richtige Zeit. *Nicht jetzt und nicht hier.* Ohne Harrington zu grüßen oder auch nur anzusehen, ging er an ihm vorbei zur Tür.

»Lewis – Moment!« Harrington kam ihm hinterher. »Ich muss mit dir reden.«

»Ich habe keine Zeit«, presste er hervor und betrat die Treppe zur Straße. »Später.«

»Nein. Jetzt.« Harrington packte ihn an der Schulter, und er verlor beinahe das Gleichgewicht. Doch er fing sich und lehnte sich an das Eisengeländer. Die Wut gewann Oberhand, und er stieß Harringtons Hand weg.

»Fass mich nicht an«, knurrte er.

Derek wich einen Schritt zurück, sodass er zwei Stufen höher stand. Sie befanden sich nun auf gleicher Augenhöhe. In Harringtons Blick lag etwas, das er noch nicht kannte – eine Art von Trotz. Entschlossenheit.

»Oder was?«, fragte Derek ruhig. »Was machst du mit mir, wenn ich dich anfasse, Frasier?«

Nicht jetzt und nicht hier. Aber die Zeit würde kommen. »Ich habe zu tun. Ich muss weg.«

Er wandte sich zum Gehen, aber Derek folgte ihm wieder, überholte ihn und wartete unten an der Treppe. »Was willst du denn tun, Frasier?«, wiederholte er. »Mich schlagen?« Er stieg eine Stufe hinauf. »Mich töten?«, murmelte er.

»Du bist ja verrückt.« Wieder wollte er weitergehen, aber wieder packte Harrington seinen Arm. Dieses Mal war er darauf vorbereitet und verlagerte sein Gewicht auf das gesunde Bein.

»Würdest du mich töten, Frasier?«, fragte Harrington immer noch leise. »So wie du Zachary Webber getötet hast?« Er holte ein Foto hervor. »Die Ähnlichkeit mit deinem deutschen Soldaten ist erstaunlich, meinst du nicht?«

Er blickte mit regloser Miene auf das Foto, obwohl sein Herzschlag zu jagen begann. Denn aus dem Bild blickte ihn Zachary Webber an – Zachary Webber, wie er ausgesehen hatte, als er ihn außerhalb Philadelphias auf der I-95 aufgelesen hatte. Zachary hatte per Anhalter nach New York gewollt. Zorniger junger Zachary, der Schauspieler hatte werden wollen. Der wütend auf seinen Vater gewesen war, weil dieser darauf bestand, dass sein Sohn erst seinen Schulabschluss machte. *Ich werde es ihm schon zeigen. Ich werde berühmt, und dann sieht er ein, dass er sich geirrt hat.*

Die Worte hatten in seinem Kopf widergehallt, denn genau das hatte er selbst gesagt und gedacht, als er in Zacharys Alter gewesen war. Zachary zu begegnen war Schicksal gewesen. Genau wie Warren Keyes' Tätowierung.

»Findest du? Ich nicht«, sagte er beinahe fröhlich. Er ging die Treppe hinunter und drehte sich unten noch einmal nach dem älteren Mann um. »Du solltest ein bisschen vorsichtiger mit deinen Anschuldigungen sein, Harrington. Manchmal geht ein solcher Schuss nach hinten los.«

Dienstag, 16. Januar, 13.15 Uhr

Ted Albright runzelte die Stirn. »Deine Darbietung war heute ziemlich platt, *Joan*.«

Sophie sah finster zu, wie er ihr die gepanzerten Stiefel auszog. »Ich habe dir ja gesagt, dass Theo es machen soll. Mein Rücken bringt mich um.« Und das tat ihr Kopf ebenfalls. Ganz zu schweigen von ihrem Stolz. »Ich gehe jetzt etwas essen.«

Ted packte sie am Arm, als sie gehen wollte, doch sein Griff war überraschend sanft. »Moment noch.«

Sie wandte sich in Erwartung einer neuen Diskussion zu ihm um. »Was?«, fauchte sie, verstummte jedoch, als sie seine Miene sah.

Marta hatte recht. Ted Albright war ein attraktiver Mann, aber im Augenblick ließ er die Schultern hängen, und sein Gesicht wirkte hager. »Was ist?«, fragte sie etwas freundlicher.

»Sophie, ich weiß, was du von mir hältst.« Er grinste schief, als sie nichts sagte. »Und ob du es glaubst oder nicht, ich respektiere, dass du es jetzt gerade nicht abstreitest. Du hast meinen Großvater nie kennengelernt. Er ist vor deiner Geburt gestorben.«

»Aber ich habe alles über sein Leben und seine Karriere gelesen.«

»Tja, nur stand in keinem der Bücher und Artikel, wie er wirklich war. Er war ganz und gar kein trockener *Historiker.*« Er hatte das Wort leiser ausgesprochen. Nun lächelte er. »Mein Großvater war … ein Spaßvogel. Er starb, als ich noch klein war, aber ich kann mich noch gut daran erinnern, wie er über Comics gelacht hat. Bugs Bunny hat er besonders geliebt. Ich durfte auf seinem Rücken reiten, und er war ein Fan der drei Stooges. Er lachte so gerne. Und er liebte das Theater, genau wie ich.« Er seufzte. »Ich versuche, dieses Museum zu einem Ort zu machen, an dem Kinder etwas … erleben können, Sophie. Ich möchte einen Ort daraus machen, an dem mein Großvater einen Riesenspaß gehabt hätte.«

Sophie sah ihn einen Moment lang unschlüssig an. Sie wusste nicht recht, was sie sagen sollte. »Ted, ich glaube, ich verstehe jetzt ein wenig besser, was du vorhast, aber … ja, Himmel, ich *bin* eine trockene Historikerin. Diese Kostümierung, diese Führungen … für mich ist das demütigend.«

Ted schüttelte den Kopf. »Du bist nicht trocken, Sophie. Du solltest mal die Gesichter der Kinder sehen, wenn du mit ihnen redest. Sie hängen an deinen Lippen.« Er schnaubte. »Ich habe für jeden Wochentag Führungen angesetzt. Wir brauchen das Geld. Unbedingt«, fügte er leise hinzu. »Ich habe alles, was ich besitze, in das

Museum investiert. Wenn wir den Bach hinuntergehen, muss ich die Sammlung verkaufen. Das will ich nicht. Es ist alles, was mir von ihm geblieben ist. Sein Erbe, sein Vermächtnis.«

Sophie schloss die Augen. »Lass mich ein bisschen darüber nachdenken«, murmelte sie. »Ich gehe jetzt erst einmal essen.«

»Vergiss nicht, dass du um drei die Wikingerführung hast«, rief Ted ihr hinterher.

»Ich vergesse es nicht«, murmelte sie, hin- und hergerissen zwischen schlechtem Gewissen und etwas, das sie noch immer als gerechten Zorn betrachtete.

»Yo, Soph. Hier rüber.«

Der Gruß kam von Patty Ann, die am Tisch stand und geräuschvoll Kaugummi kaute.

Sophie durchquerte seufzend die Eingangshalle. Patty Ann versuchte sich heute an einer Brooklyn-Herkunft, klang aber eher wie aus einem *Rocky*-Film. Sophie lehnte sich über die Theke. »Lass mich raten. Vorsprechen für *Schwere Jungs – Leichte Mädchen?*«

»Jep. Ich hab einen Termin, und du hast ein Päckchen.« Patty Ann schob es an den Thekenrand. »Zwei Päckchen an einem Tag. Das ist stattlich.«

Sophies Nackenhaare stellten sich auf. »Hast du gesehen, wer es abgeliefert hat?«

Patty Anns Lächeln wurde schüchtern. »Natürlich. Eine Dame.«

Sophie drängte den Wunsch zurück, das Mädchen zu schütteln. »Und wie war der *Name* der *Dame*? Falls du ihn weißt?«

»Natürlich.« Patty Ann produzierte eine Kaugummiblase. »Sie hatte einen sehr langen Namen. Ciccotelli-Reagan.« Erleichtert und verblüfft blinzelte Sophie. »Im Ernst?«

»Ich schwör's.« Patty Anns Lächeln wurde listig. »Ich habe sie gefragt, ob sie irgendwie mit diesem großen, knackigen Cop verwandt sei, und sie meinte, er sei ihr Bruder. Und dann hat sie mich gefragt, ob ich Sophie sei.«

Sophie zog den Kopf ein. »Bitte sag mir, dass du Nein gesagt hast.«

»Natürlich habe ich Nein gesagt.« Patty Ann schnaufte indigniert. »Ich möchte interessante Rollen spielen. Ich will dich nicht beleidigen, Sophie, aber so interessant bist du nicht.«

»Ahm … danke, Patty Ann. Das baut mich wirklich auf.«

Nachdenklich legte das Mädchen den Kopf schief. »Komisch. Das hat sie auch gesagt. Diese Dame.«

Sophie konnte Vitos Schwester schon jetzt gut leiden. »Danke, Patty Ann.« Sobald sie in ihrem dunklen Büro war, schloss sie die Tür und lachte leise in sich hinein. Patty Ann war kein dummes Mädchen. Sie würde sicher eine tolle Jeanne d'Arc abgeben. Schade, dass sie nicht in die Rüstung passte. Noch immer lächelnd, setzte sie sich an den Tisch und öffnete das Päckchen. Und starrte hinein. Was war denn das? Ein Stift. Nein, kein Stift.

Und dann begriff sie, was genau sie da vor sich hatte. Sie nahm den silbernen Zylinder aus der Schachtel und drückte mit dem Daumen auf das Knöpfchen an der Seite. Der obere Teil fuhr ein Stück heraus, rotes Licht leuchtete auf, und ein sirrendes Geräusch erklang.

Es war eine Spielzeugvariante des Neuralisators aus *Men in Black* – das »Blitzdings«, mit dem man die Erinnerung löschen konnte. Ihre Augen brannten, als sie begriff, was das zu bedeuten hatte. Vito Ciccotelli hatte ihr erneut angeboten, noch einmal anzufangen.

Ein Zettel lag in der Schachtel. Die Schrift war weiblich, der Text nicht unbedingt. *Brewster ist ein Arschloch. Vergiss ihn und sieh nach vorn. V.* Das PS entlockte ihr ein breites Grinsen. *Vergiss nicht, die Sonnenbrille abzunehmen, bevor du dich selbst anblitzt, sonst wirkt es nicht.* Ein schnörkeliger Pfeil zeigte zum Rand des Blattes, also drehte sie ihn um. *Ich schulde dir immer noch eine Pizza. Der Laden zwei Blocks vom Whitman College entfernt ist nicht schlecht. Wenn du deine Schulden eintreiben magst, warte ich nach dem Seminar heute Abend dort auf dich.*

Sophie legte Zettel und Blitzdings zurück in die Schachtel, richtete ihren Blick ins Leere und dachte nach. Angestrengt. Sie wollte die Pizza. Aber *sie* schuldete Vito Ciccotelli eine ganze Menge mehr. Sie sah auf die Uhr. Zwischen der Wikingerführung und ihrem Abendseminar blieb nicht viel Zeit, aber sie würde tun, was sie konnte.

Vito hatte aus Brewster nichts herausbekommen. Das war zu erwarten gewesen. Ihm Brewsters Namen zu geben hatte eher dazu gedient, ihr schlechtes Gewissen zu beruhigen. Aber Etienne Moraux hatte ihr einen wertvollen Hinweis gegeben. Irgendwo auf der Welt wechselten vermisste Antiquitäten die Besitzer. Wahrscheinlich in Europa. Aber was, wenn nicht? Wenn sie längst in Amerika angekommen waren?

Etienne hatte den Mann, der gestorben war, nicht gekannt, genauso wenig wie die anderen europäischen Hauptgeldgeber der Kunst- und Antiquitätenwelt. Er war nicht der Typ Mensch, der etwas auf Reichtum und Einfluss gab. Aber sie kannte Leute, die das durchaus taten.

Sophie dachte an ihren biologischen Vater. Alex hatte einige gute Verbindungen auf gesellschaftlicher und politischer Ebene gehabt, obwohl es sie immer nervös gemacht hatte, sich seine Stellung zunutze zu machen. Ein Teil ihrer Zurückhaltung war sicherlich auf die Tatsache zurückzuführen, dass ihre Stiefmutter eine eindeutige Antipathie für das amerikanische Bastardkind ihres Mannes hegte. Aber hauptsächlich lag es an dem bizarren Chaos, das in Annas und Alex' Familie herrschte, und daher berief sie sich nur in absoluten Notfällen auf ihre direkten Angehörigen.

Und dies war ein absoluter Notfall. Hier ging es um Menschenleben. Also würde sie den Einfluss ihres Vaters noch einmal nutzen. Sicher hätte Alex es gebilligt. Möglicherweise kannte einer seiner alten Freunde den verstorbenen italienischen Antiquitätenliebhaber, dessen Sammlung zum Teil verschwunden war, kannte die Familie dieses Mannes, seine Verbindungen. Und wenn sie etwas gelernt hatte in ihrem Leben – wenn auch auf die harte Tour –, dann dies: Klatsch war niemals zu unterschätzen.

Sie schlug ihr Adressbuch auf und suchte die Seite, auf der Alex Arnaud die Nummern seiner Freunde notiert hatte, damit Sophie in Europa »nicht allein« sein würde, wenn es ihn nicht mehr gab. Er war damals schon sehr krank gewesen. Sie kannte diese Leute seit ihrer Kindheit, und jeder Einzelne hatte ihr mehrmals seine Hilfe angeboten. Nun brauchte sie diese Hilfe.

Dienstag, 16. Januar, 13.30 Uhr

Sein Herz hämmerte immer noch heftig, während er auf demselben Straßenstück in Richtung Philadelphia fuhr, auf dem er auch Zachary Webber aufgelesen hatte. Er war aufgewühlt, und das machte ihn wütend. Der heutige Tag war bisher nicht so verlaufen wie geplant.

Zuerst Van Zandts unkluge Forderungen. Eiserne Jungfrauen, neue Königinnen, explodierende Köpfe. Und er hatte geglaubt, dass Van Zandt die Bedeutung von Authentizität begriff. Aber letztlich war dieser Mann auch nur wie alle anderen.

Und dann Harrington. Wo zum Teufel hatte er dieses Bild her? Aber im Grunde spielte er keine Rolle. Niemand konnte beweisen, dass er den Jungen jemals getroffen hatte, geschweige denn, dass er ihm eine Luger aus dem Jahr 1943 an den Kopf gehalten und abgedrückt hatte. Harrington hatte einen Volltreffer gelandet, aber nicht mit Absicht. Er hatte ins Blaue geschossen.

Dennoch war der jämmerliche Waschlappen wahrscheinlich gerade in Van Zandts Büro und greinte ihm etwas vor. Was konnte daraus entstehen? *Dass er mich rauswirft? Bei den Bullen anzeigt?* Nein, das würde Van Zandt nicht tun. Er hatte eine Einladung von Pinnacle und konnte nicht mit leeren Händen auftauchen. *Er braucht mich.* Aber dummerweise brauchte auch er Van Zandt. Im Augenblick wenigstens.

Gegen Harrington musste er allerdings etwas unternehmen, und zwar bald. Wenn Van Zandt nicht auf ihn hörte, würde der Kerl seine Geschichte irgendwo anders erzählen, und irgendjemand würde ihm schließlich zuhören. Aber Harrington musste noch etwas warten. Nun hatte er erst einmal eine Verabredung einzuhalten.

Dienstag, 16. Januar, 13.30 Uhr

Eineinhalb Stunden waren verstrichen, bevor Derek endlich Zutritt zu Van Zandts Büro gewährt worden war, und er hatte die Zeit genutzt, um zu überlegen, wie er seinem Partner von seinem Verdacht in Bezug auf Frasier Lewis berichten konnte, ohne als Vollidiot mit

Verfolgungswahn oder auch als neidischer Intrigant dazustehen. Nun hatte er zu Ende gesprochen, und Jager zog die Brauen zusammen. Aber in seinen Augen lag einfach nur gelangweilte Gleichgültigkeit.

»Was du da sagst, Derek, ist eine verdammt ernste Geschichte.«

»Oh, und ob es das ist, Jager. Und du kannst auf keinen Fall behaupten, dass du die Ähnlichkeit zwischen diesem Jungen und Lewis' animierter Figur nicht siehst.«

»Die Ähnlichkeit streite ich auch nicht ab. Aber was gibt dir das Recht, einen Mitarbeiter des Mordes zu bezichtigen?«

»Lewis *hat* jede Ähnlichkeit abgestritten. Er ist ein eiskalter Schuft.«

»Was hast du denn erwartet? Was hätte er antworten sollen? ›Oh, natürlich, du hast recht – ich habe Zachary Webber entführt, ihm das Hirn rausgepustet und ihn dann zu einer Spielfigur gemacht‹?« Er schüttelte leicht den Kopf. »Hört sich das für dich nicht reichlich paranoid an?«

Ja, wenn man es so ausdrückte, tatsächlich, musste Derek zugeben. Aber dennoch stimmte da etwas nicht. Das spürte er ganz deutlich. »Aber wie erklärst *du* dir das denn?« Er tippte auf das Foto. »Der Junge verschwindet und taucht dann ganz zufällig in *Behind Enemy Lines* auf.«

»Er hat ihn irgendwo gesehen. Meine Güte, Derek, woher hast du dir denn deine Inspirationen geholt?«

Hast. Vergangenheitsform. Verzweiflung lastete Derek schwer auf der Brust. »Du weißt nichts über Lewis. Was hat er gemacht, bevor du ihn eingestellt hast?«

»Ich weiß alles, was ich wissen muss.« Jager schubste ihm über seinen Schreibtisch eine Zeitung entgegen.

Derek starrte auf das Foto eines zufrieden aussehenden Jager unter der Überschrift: *ORO NICHT AUFZUHALTEN – aufstrebende Kleinfirma bei Pinnacle.*

»Du bist also endlich da, wohin du wolltest«, sagte Derek lahm.

»Ja, *ich* bin da.«

Das Wort war mit besonderer Betonung ausgesprochen worden. »Und jetzt willst du, dass ich aussteige.«

Jager zog ärgerlich eine Braue hoch. »Das hast du gesagt.«

Plötzlich ließ die Verzweiflung nach, und Derek wusste, was er zu tun hatte. Er erhob sich langsam. »Nun, ich habe es soeben getan.« An der Tür blieb er stehen und blickte zu dem Mann zurück, den er einst seinen engsten Freund genannt hatte. »Habe ich dich eigentlich je wirklich gekannt?«

Jager blieb ruhig. »Die Security bringt dich zu deinem Tisch. Du kannst deine Sachen packen.«

»Ich könnte dir Glück wünschen, aber es wäre nicht aufrichtig. Ich hoffe, du bekommst, was du verdienst.«

Jagers Blick wurde kalt. »Jetzt, da du nicht mehr hier arbeitest, ist jeder Versuch, einen meiner Mitarbeiter in Misskredit zu bringen, Rufmord, gegen den wir uns wehren werden.«

»Mit anderen Worten: Finger weg von Frasier Lewis«, sagte Derek verbittert.

Jagers Lächeln machte es nur schlimmer. »Na siehst du. Du kennst mich ja doch recht gut.«

New Jersey, Dienstag, 16. Januar, 14.30 Uhr

Vito fuhr nach Tim Rikers Wegbeschreibung durch die ruhige Gegend in Jersey. Er hatte Andy in seinem Laden bei der Durchsicht von Quittungen für Schwerter und Morgensterne zurückgelassen, um sich mit Tim und Beverly zu treffen. Sie warteten auf dem Gehweg auf ihn, als er den Wagen parkte.

Er stieg aus. »Brittany Bellamys Haus?«, fragte er.

Beverly nickte. »Ihre Eltern wohnen hier. Die einzige Adresse, die Brittany sonst angegeben hat, war ein Postfach in Philly. Wenn sie hier nicht wohnt, dann können uns die Eltern vielleicht mehr sagen.«

»Habt ihr schon mit ihnen gesprochen?«

»Nein«, sagte Tim. »Wir wollten auf dich warten. Einer der Fotografen, für den sie gearbeitet hat, sagte, er habe sie im vergangenen Frühling für eine Juwelierwerbung engagiert.«

»Werbung für Ringe«, fuhr Beverly fort. »Nur ihre Hände waren in der Aufnahme zu sehen.«

»Nick und ich glauben, dass der Killer Warren wegen der Tätowierung ausgesucht hat. Dass Brittany Handmodel war, könnte ebenfalls ein Auswahlkriterium gewesen sein, wenn man an die gefalteten Hände denkt. Ist sie als vermisst gemeldet worden?«

»Nein«, erwiderte Tim düster. »Vielleicht ist sie ja gar nicht unser Opfer.«

»Dann lass es uns herausfinden.« Vito ging voran zur Tür und klopfte. Einen Moment später öffnete ein Mädchen. Sie war vielleicht vierzehn Jahre alt und ungefähr so groß wie das Opfer. Auch die Haare hatten dieselbe Farbe. In der Hand hielt sie eine Schachtel Taschentücher.

»Ja?«, fragte sie mit verschnupfter Stimme, die durch das Glas der Außentür noch gedämpfter klang.

Vito zeigte ihr die Marke. »Ich bin Detective Ciccotelli. Sind deine Eltern zu Hause?«

»Nein.« Sie schniefte. »Beide arbeiten.« Ihre geschwollenen Augen verengten sich. »Wieso?«

»Wir suchen nach Brittany Bellamy.«

Das Mädchen hob das Kinn und schniefte wieder. »Meine Schwester. Was hat sie gemacht?«

»Nichts. Wir wollen nur mit ihr reden. Kannst du uns sagen, wo sie wohnt?«

»Hier jedenfalls nicht. Nicht mehr.«

Beverly trat näher an die Tür heran. »Wo denn?«

»Ich weiß nicht. Hören Sie, am besten reden Sie mit meinen Eltern. Die sind ab sechs wieder zu Hause.«

»Könntest du uns vielleicht die Nummern deiner Eltern auf der Arbeit geben?«, drängte Beverly.

Der schläfrige Blick wich einem verängstigten Ausdruck. »Was ist denn? Ist Brittany etwas passiert?«

»Wir sind uns nicht sicher«, sagte Vito. »Wir müssen wirklich unbedingt mit deinen Eltern reden.«

»Warten Sie.« Sie schloss die Tür, und Vito hörte den Riegel klicken. Zwei Minuten später öffnete die Tür sich wieder, und das Mädchen erschien mit einem Telefonhörer in der Hand. Sie reichte ihn Vito. »Meine Mutter ist dran.«

»Mrs. Bellamy?«

»Ja.« Die Stimme der Frau klang sowohl ängstlich als auch verärgert. »Was höre ich da von Polizei? Hat Brittany etwas angestellt?«

»Hier spricht Detective Ciccotelli, Philly PD. Wann haben Sie Brittany zum letzten Mal gesehen?«

Einen Moment lang herrschte angespanntes Schweigen. »O mein Gott. Ist sie tot?«

»Wann haben Sie sie zum letzten Mal gesehen, Mrs. Bellamy?«

»O Gott. Sie ist tot.« Die Stimme der Frau wurde hysterisch. »O mein Gott.«

»Mrs. Bellamy, bitte. Wann ...?« Aber die Frau weinte nun zu sehr, um ihn noch zu verstehen. Auch die Augen des Mädchens füllten sich mit Tränen, als sie ihm den Hörer aus der Hand nahm.

»Ma, komm nach Hause. Ich rufe Paps an.« Sie drückte das Gespräch weg und presste den Hörer an ihre Brust. »Es war kurz nach Thanksgiving. Sie und mein Vater hatten einen Riesenkrach, weil sie die Zahnmedizinausbildung abgebrochen hatte, um Schauspielerin zu werden.« Sie blinzelte, und die ersten Tränen rannen ihr über das Gesicht. »Sie ist abgehauen. Sie würde es schon allein schaffen, hat sie gesagt. Das war das letzte Mal, dass ich sie gesehen habe. Sie ist tot, oder?«

Vito seufzte. »Habt ihr einen Computer?«

Sie legte die Kinderstirn in Falten. »Ja. Ganz neu.«

»Wie neu, Liebes?«, fragte Vito.

»Ungefähr einen Monat alt.« Sie wirkte verunsichert. »Als Brittany weg war, ist der alte sozusagen zusammengebrochen. Mein Vater war stinksauer. Er hatte keine Back-ups gemacht.«

»Wir brauchen die Erlaubnis deiner Eltern, um ihr Zimmer zu durchsuchen.«

Ihre Lippen bebten, und sie sah zur Seite. »Ich rufe meinen Vater an.«

Vito wandte sich an Beverly und Tim. »Ich bleibe hier«, murmelte er. »Fahrt zurück und sucht auf der USAModels-Seite nach dem dritten Opfer in der Reihe.«

»Der Morgenstern-Mann«, sagte Tim grimmig. »Aber wir können uns nicht auf die Liste aus der Vermisstenkartei verlassen. Brittanys Name zum Beispiel wäre in keinem Fall darauf zu finden gewesen, weil sie aus Jersey stammt.«

»Ihr könnt nach körperlichen Merkmalen suchen. Wenn ihr

nicht wisst, wie es geht, ruft Brent Yelton von der IT an und sagt ihm, ich hätte euch seinen Namen gegeben. Und seht nach, ob andere auf dieser Seite an denselben Tagen angeklickt worden sind, an denen Brittanys und Warrens Vita aufgerufen worden ist. Ich könnte mir vorstellen, dass unser Bursche nicht einfach beim ersten Klick Glück gehabt hat. Vielleicht finden wir jemand, der mit ihm gesprochen hat und trotzdem noch lebt. Und über eine intakte Festplatte verfügt.«

Bev und Tim nickten. »Okay.«

Das Mädchen war zur Tür zurückgekehrt. »Mein Vater ist auf dem Weg.«

Ein kleiner Schrein befand sich an der Außenmauer. »Haben Sie einen Priester?«

Sie nickte betäubt. »Den rufe ich auch an.«

Dienstag, 16. Januar, 15.20 Uhr

Munch war spät dran. Gregory Sanders blickte auf die Uhr – vermutlich zum zehnten Mal in den vergangenen zehn Minuten. Er saß in dieser Bar, in der Munch ihn treffen wollte, wie auf dem Präsentierteller. Und er wusste nur, dass er auf einen alten Mann wartete, der am Stock ging.

Die Kellnerin blieb an seinem Tisch stehen. »Sie können hier nicht bleiben, wenn Sie nichts bestellen wollen.«

»Ich warte auf jemanden. Aber okay – bringen Sie mir einen Gin Tonic.«

Sie neigte den Kopf und musterte ihn nachdenklich. »Ich habe Sie schon mal gesehen. Bestimmt.« Sie schnippte mit dem Finger. »Genau. Sanders Sewer Service.« Sie grinste breit. »Tolle Werbung.«

Er lächelte höflich, bis sie fort war. Er hatte bei ziemlich guten, landesweiten Anzeigenkampagnen mitgewirkt, aber jeder, der in Philadelphia aufgewachsen war, kannte diese bescheuerte Werbung, zu der sein Vater seine sechs Söhne gezwungen hatte. Er wurde von niemandem, der diese Werbung kannte, ernst genommen. Aber er *musste* ernst genommen werden. Er brauchte Ed Munch und diesen Job.

Greg betastete das Klappmesser, das er in seinen Ärmel geschoben hatte. Aber noch mehr brauchte er eine Gelegenheit, den Mann auszurauben. Allerdings konnte er nicht länger hier in aller Öffentlichkeit herumsitzen. Diese Typen wollten ihr Geld, und sie wollten es jetzt.

Sein Handy vibrierte in seiner Tasche, und er sah sich hastig um, ob man ihn entdeckt hatte. Aber er hatte ein Wegwerfhandy, und nur Jill kannte die Nummer. »Ja?« Jill schluchzte, und er setzte sich kerzengerade auf. »Was ist?«

»Du Mistkerl«, fauchte sie ins Telefon. »Sie waren hier, in meiner Wohnung. Sie haben alles zerschlagen. Wegen dir. Und sie haben sich an mir vergriffen.«

Sie kreischte nun so laut, dass ihm die Ohren schmerzten.

»Was haben sie getan?«, fragte er panisch. »Verdammt, Jill, was haben die Scheißkerle dir angetan?«

»Sie haben mich geschlagen. Zwei Zähne sind abgebrochen!« Plötzlich wurde sie ruhig. »Und sie haben gesagt, dass sie mir morgen Schlimmeres antun wollen, deswegen muss *ich* jetzt irgendwie untertauchen. Und so wahr mir Gott helfe – du solltest inständig hoffen, dass die dich zuerst finden, denn wenn nicht, dann tue ich es und bringe dich eigenhändig um!«

»Jill, es tut mir so leid.«

Sie lachte rau. »Ja, sicher. Es tut dir leid. Das hat mein Vater auch immer gesagt. Oder deiner.« Sie legte auf, und Greg atmete schwer. Wenn sie ihn fänden, würden sie auch ihn zusammenschlagen. Und falls er durch ein Wunder überlebte, würde sein Gesicht so lädiert sein, dass er wochenlang nicht würde arbeiten können. Er musste an Geld kommen. Und zwar heute noch.

Munch war nun fast eine halbe Stunde überfällig. Der alte Mann würde nicht mehr kommen. Greg stand auf und verließ die Bar, ohne zu wissen, wohin er sich wenden sollte, aber entschlossener denn je, sich das Geld zu verschaffen. Während er überlegte, ob er einen Laden überfallen sollte, trat er an den Straßenrand, um nach der nächsten Bushaltestelle Ausschau zu halten. Er hatte keine Ahnung, wohin er fahren sollte, aber wahrscheinlich musste er erst einmal Philadelphia verlassen.

»Mr. Sanders?«

Greg fuhr entsetzt herum. Aber da stand nur ein alter Mann mit einem Stock. »Munch?«

»Entschuldigen Sie die Verspätung, Mr. Sanders. Sind Sie immer noch an meiner Dokumentation interessiert?«

Greg musterte den Mann von Kopf bis Fuß. Er musste einmal ziemlich stattlich gewesen sein, ging nun aber gebeugt und wirkte ein wenig tatterig. »Wollen Sie immer noch bar bezahlen?«

»Natürlich. Haben Sie einen Wagen?«

Den hatte er schon vor langer Zeit verkaufen müssen.

»Nein.«

»Dann nehmen wir meinen Truck. Ich parke um die Ecke.«

Wenn er das Geld erst einmal hatte, konnte er dem Mann den Wagen abnehmen und verschwinden. »Dann los.«

Dienstag, 16. Januar, 16.05 Uhr

Sophies Bürotelefon klingelte, als sie nach der Wikingerführung zurückkehrte. Die letzten Meter legte sie im Laufschritt zurück. In Europa war es schon nach zehn. Die Männer, die sie angerufen hatte, würden nun mit dem Essen fertig sein. »Hallo?«

»Dr. Johannsen.« Eine kultivierte, fast hochnäsige weibliche Stimme, die sie schon einmal gehört hatte.

Sophie holte tief Luft. Nicht Europa. Amanda Brewster. »Ja.«

»Wissen Sie, wer hier spricht?«

Sie warf einen Blick auf das Paket mit der Maus, die sie noch nicht begraben hatte, und Wut überkam sie. »Sie sind ein krankes Biest.«

»Und Sie haben offenbar ein schwaches Gedächtnis. Ich habe Ihnen schon einmal gesagt, dass Sie die Finger von meinem Mann lassen sollen.«

»Das schwache Gedächtnis gebe ich gern zurück. Ich habe Ihnen schon einmal gesagt, dass ich nichts von Ihrem Mann will. Meinetwegen müssen Sie sich wahrlich keine Sorgen machen, Amanda. Wenn ich Sie wäre, würde ich mir eher den Kopf über die neue blonde Assistentin Ihres Mannes zerbrechen.«

»Wenn Sie ich wären, hätten Sie Alan«, erwiderte Amanda, und Sophie verdrehte die Augen.

»Wissen Sie, was? Sie brauchen professionelle Hilfe.«

»Nein, meine Liebe«, presste Amanda zwischen den Zähnen hervor. »Es reicht schon, wenn all die kleinen Huren dieser Welt meinen Mann in Ruhe lassen. Schon damals, als ich Sie ertappt habe …«

»Sie haben mich nicht ertappt«, unterbrach Sophie sie. »Ich bin zu Ihnen gekommen.« Was ein ebenso dummer Fehler gewesen war, wie Alan Brewster zu glauben, er würde sie wirklich lieben. Naiv wie sie gewesen war, hatte sie gedacht, dass die betrogene Ehefrau wissen sollte, mit was für einem Menschen sie verheiratet war, aber Amanda Brewster hatte ihr damals nicht zuhören wollen und würde es heute genauso wenig tun.

»Schon vor Jahren habe ich Ihnen versprochen, dass ich Sie fertigmachen werde«, fuhr Amanda unbeirrt fort.

Dabei hatte Amanda gar nichts tun müssen, um sie fertigzumachen. Die Situation allein hatte dafür gesorgt, dass Sophie sich neu hatte orientieren und ihre vielversprechende Karriere in eine andere Richtung hatte lenken müssen. Von der Kränkung und der Demütigung ganz zu schweigen. Und nun wollten Amanda Brewster und ihr widerlicher Mann noch einmal von neuem beginnen.

Was sie wirklich wütend machte. Sie nahm das Spielzeug, das Vito ihr geschenkt hatte, in die Hand und wünschte sich, sie hätte es durchs Telefon benutzen und den ganzen verteufelten Vorfall aus der Erinnerung aller löschen können. Aber natürlich würde das nicht geschehen, und es war an der Zeit, dass sie sich ein für alle Mal damit auseinandersetzte. Vor zehn Jahren war sie davongelaufen, weil sie sich geschämt hatte und aus Angst vor dem, was Amanda Brewster ihrer beruflichen Zukunft antun würde. Sie schämte sich noch immer, aber fortlaufen würde sie nun nicht mehr.

»Holen Sie sich Hilfe, Amanda. Ich habe keine Angst mehr vor Ihnen.«

»Das sollten Sie aber. Sehen Sie sich doch an«, höhnte die andere. »Sie arbeiten in einem drittklassigen Museum, und das für einen Vollidioten. Sie haben Ihre Karriere in die Gosse geworfen.« Sie lachte, und es klang nicht nur ein wenig hysterisch. »Wenn ich mit Ihnen fertig bin, graben Sie höchstens noch Abflussrohre aus.«

Diese Drohung entlockte Sophie ein überraschtes Glucksen. Das mit den Abflussrohren hatte Amanda vor zehn Jahren schon gesagt.

Wortwörtlich. Und mit zweiundzwanzig hatte Sophie ihr geglaubt. Jetzt, mit zweiunddreißig, erkannte sie die Drohung als leeres Gewäsch einer gestörten Frau. Amanda Brewster verdiente ihr Mitleid. Und wenn Sophie sich noch zehn weitere Jahre Zeit ließ, konnte sie es vielleicht sogar empfinden.

»Sie glauben mir ja ohnehin nichts von dem, was ich Ihnen zu Alan sagen könnte. Aber eins dürfen Sie mir getrost glauben. Wenn Sie mir noch ein Paket wie das von heute Morgen schicken, dann rufe ich die Polizei.«

Sie legte auf und sah sich in ihrer fensterlosen Bürokammer um. In einem Punkt hatte Amanda Brewster recht gehabt. Sie arbeitete tatsächlich in einem drittklassigen Museum.

Aber das musste nicht so sein. Und in einem anderen Punkt irrte Amanda sich gewaltig. Ted war kein Vollidiot. Nach seiner kleinen Ansprache vorhin hatte Sophie die Gesichter der Besucher der Wikingerführung beobachtet und erkannt, dass Ted recht hatte. Die Kinder hatten Spaß, und sie lernten etwas. Er kümmerte sich um das Vermächtnis seines Großvaters und tat es, so gut es ihm möglich war. *Und er hat mich engagiert, um ihm dabei zu helfen.* Bislang war sie ihm keine große Hilfe gewesen.

Denn sie hatte sich im vergangenen halben Jahr vor allem selbst bemitleidet. Große, wichtige Archäologin wird gezwungen, die Ausgrabungsstelle ihres Lebens zu verlassen. »Wann bin ich bloß zu so einem Snob geworden?«, murmelte sie. Dass sie nicht mehr in Frankreich graben durfte, bedeutete nicht zwangsweise, in einem kleinen Museum versauern zu müssen. Es gab auch hier Wichtiges zu tun.

Sie betrachtete die Kartons, die sich in der Kammer bis zur Decke stapelten. In den meisten von ihnen befanden sich Stücke aus der Albright-Sammlung, für die Darla und Ted keinen Platz gefunden hatten. Sie würde nun einen Platz dafür finden.

Erst jetzt bemerkte sie, dass sie noch immer Vitos Blitzdings umklammert hielt. Behutsam legte sie es zurück in den Karton. Sie würde beginnen, ihr Privatleben wieder auf Spur zu bringen, wenn sie Vito heute Abend zum Essen traf. Und genau jetzt würde sie damit anfangen, ihr Berufsleben wieder auf Spur zu bringen.

Sie traf Ted in seinem Büro an. »Ted, ich brauche mehr Raum.«

Seine Augen verengten sich. »Was für Raum? Willst du mir damit sagen, dass du kündigen wirst?«

Sie blickte ihn einen Moment verdattert an. »Nein, will ich nicht. Ich will mehr Fläche. Ich habe einige Ideen für neue Ausstellungen.« Sie lächelte. »Welche, die Spaß machen. Wo könnte ich damit hin?«

Ted strahlte. »Oh, da habe ich den perfekten Platz. Na ja, noch nicht perfekt, aber ich bin zuversichtlich, dass du ihn dazu machst.«

Dienstag, 16. Januar, 16.10 Uhr

Munch hatte die erste halbe Stunde der Fahrt damit verbracht, Gregory zu erzählen, um was für eine Dokumentation es sich handelte. Er wollte den Zuschauern einen neuen Blick auf den Alltag im mittelalterlichen Europa gewähren.

Gott, dachte Greg. *Wie langweilig. Alles schon mal gesehen.* Und wahrscheinlich würde sich das noch schlimmer auf seine Karriere auswirken als Sanders Sewer Service. »Und was ist mit den anderen Schauspielern?«

»Ich drehe nächste Woche mit ihnen.«

Das heißt, sie würden allein sein. Und Munch hatte noch keinen anderen bezahlt. Mit etwas Glück hatte er jede Menge Bargeld im Haus. »Wie weit ist es bis zu Ihrem Studio?«, fragte er. »Wir sind doch mindestens schon fünfzig Meilen raus aus der Stadt.«

»Nicht mehr weit«, erwiderte Munch. Er lächelte, und Greg lief plötzlich ein kalter Schauder den Rücken herab. »Ich belästige nur ungern Nachbarn, daher lebe ich so weit draußen, dass niemand mich hören kann.«

»Und auf welche Weise könnten Sie Ihre Nachbarn belästigen?«, fragte Greg, obwohl er nicht sicher war, dass er die Antwort hören wollte.

»Oh, ich habe manchmal mittelalterliche Rollenspielgruppen bei mir. Die können ganz schön Krach machen.«

»Sie meinen mit Kämpfen? Turniere und so 'n Kram?«

Munch lächelte wieder. »Und so 'n Kram.« Er bog vom Highway ab auf eine kleine Straße. »Das ist mein Haus.«

»Hübsch«, murmelte Greg. »Klassisch viktorianisch.«

»Freut mich, dass es Ihnen gefällt.« Er fuhr die Einfahrt hoch. »Kommen Sie.«

Greg folgte Munch, der mit dem verdammten Stock sehr langsam ging. Im Hausinneren sah er sich um. Wo könnte der Alte sein Geld versteckt haben?

»Hier entlang«, sagte Munch und führte ihn in ein Zimmer mit einer Unmenge an Kostümen. Einige hingen auf Bügeln, andere auf gesichtslosen Schaufensterpuppen. Es sah aus wie in einer mittelalterlichen Modeboutique. »Sie tragen das.« Munch deutete auf eine Mönchskutte.

»Zuerst mein Geld.«

Munch sah ihn verärgert an. »Sie werden bezahlt, wenn ich zufrieden bin. Ziehen Sie sich um.« Er wandte sich zum Gehen, und Greg sah seine Chance.

Jetzt oder nie.

Los. Blitzschnell holte er sein Messer hervor, trat hinter den Alten, schlang ihm den Arm um den Hals und drückte ihm die Klinge an die Kehle. »Du bezahlst mich jetzt, Alter. Beweg dich, aber langsam. Zeig mir, wo du dein Geld hast, und dir passiert nichts.«

Munchs Körper erstarrte. Und erwachte dann blitzschnell zum Leben. Der Mann packte Gregs Daumen und verdrehte ihn. Greg schrie auf, und das Messer fiel zu Boden. Sein Arm wurde ihm auf den Rücken gedreht, und einen Sekundenbruchteil später lag er auf dem Boden und spürte Munchs Knie im Rücken.

»Du verdammter Hurensohn«, zischte Munch mit einer Stimme, die nicht zu einem alten Mann passte.

In Gregs Kopf pochte es so laut, dass er ihn kaum verstehen konnte. Das tat weh. Der Arm, seine Hand. Schmerz. Es knirschte, als das Handgelenk brach. Und Greg stöhnte, als dasselbe mit seinem Ellenbogen geschah.

»Das war dafür, dass du mich ausrauben wolltest«, sagte Munch, griff in Gregs Haar und ließ seinen Kopf auf den Boden krachen. »Und das dafür, dass du mich Alter genannt hast.«

Ihm wurde übel, als Munch sich erhob und sein Messer in die Tasche gleiten ließ. *Hol Hilfe.* Er schob die linke Hand in die Tasche und klappte mühsam sein Handy auf. Er konnte nur noch auf eine Taste drücken, bevor Munchs Stiefel seine Nieren traf.

»Hände aus den Taschen.« Er stieß die Stiefelspitze in Gregs Magen und drehte ihn auf den Rücken. Greg sah entsetzt, wie Munch seine graue Perücke abnahm. Der Mann war nicht alt. Und er war nicht grau. Er war kahl. Nun zupfte Munch den Bart ab und ließ die Augenbrauen folgen. Gregs Magen rebellierte, als die Panik sich in eiskalte Angst verwandelte. Munch hatte keine Augenbrauen. Er war vollkommen unbehaart.

Er wird mich umbringen. Greg hustete und schmeckte Blut. »Was haben Sie vor?«

Munch lächelte. »Schreckliche Dinge, Greg. Sehr schreckliche Dinge.«

Schrei. Aber als er es versuchte, kam nur ein jämmerliches Krächzen heraus.

Munch breitete die Arme aus. »Schrei, so viel du willst. Niemand wird dich hören. Niemand wird dich retten. Ich habe sie alle umgebracht!« Er beugte sich herab, bis Greg nur noch seine kalten Augen sehen konnte. »Sie alle haben gelitten, aber das war nichts im Vergleich zu dem, was ich dir antun werde.«

12. Kapitel

Dienstag, 16. Januar, 17.00 Uhr

MIT ERNSTEN MIENEN versammelten sie sich zur Einsatzbesprechung. Vito saß am Kopf des Tischs, Liz zu seiner Linken, Beverly und Tim neben Jen. Katherine hatte sich neben Liz gesetzt und blickte müde ins Leere. Sie hatte den ganzen Tag Leichen obduziert. Vito hätte nicht mit ihr tauschen mögen.

Obwohl es auch kein spaßiger Zeitvertreib war, Eltern darüber zu informieren, dass ihre neunzehnjährige Tochter ermordet worden war. »Nick ist auf dem Weg vom Gericht hierher«, sagte er an Liz gewandt. »Die Verhandlung wird vertagt.«

»Hat er ausgesagt?«

»Noch nicht. Laut Bezirksstaatsanwältin Lopez ist er wahrscheinlich morgen dran.«

»Wollen wir es hoffen. Okay, Leute, dann bringen Sie mich schnell auf den neusten Stand, sodass wir Feierabend machen können.«

Vito sah auf die Uhr. »Ich möchte noch auf Thomas Scarborough warten.«

Jen McFain zog die Brauen hoch. »Wow. Scarborough ist ein toller Profiler. Wie hast du das denn geschafft? Ich dachte, er sei für Monate ausgebucht.«

»Dafür können Sie Nick Lawrence danken.«

Ein großer Mann mit enorm breiten Schultern und welligem braunem Haar trat ein, und Vito sah aus dem Augenwinkel, dass sowohl Jen als auch Beverly augenblicklich etwas aufrechter saßen. Dr. Thomas Scarborough war nicht das, was die meisten Frauen umwerfend schön nennen würden, aber er besaß eine Ausstrahlung, die den ganzen Raum ausfüllte.

Er beugte sich vor und hielt Vito die Hand entgegen. »Scarborough. Und Sie müssen Chick sein.«

Vito schüttelte seine Hand. »Danke, dass Sie gekommen sind, Dr. Scarborough.«

»Thomas«, sagte er und setzte sich. »Bezirksstaatsanwältin Lopez hat mich heute Morgen im Gericht Ihrem Partner vorgestellt. Nick hat mich nach Tätern gefragt, die ihre Opfer foltern, und in meinem Job ist das natürlich faszinierend.«

Vito stellte ihm die anderen vor und trat dann an die Tafel, auf der er am Morgen das Grabraster gezeichnet hatte. »Die Identität der Frau mit den gefalteten Händen ist nun bestätigt – sie heißt Brittany Bellamy. Wir haben die Fingerabdrücke aus ihrem Zimmer mit denen des Opfers verglichen. Sie stimmen überein.«

»Also haben wir jetzt drei von neun identifiziert«, sagte Liz. »Was haben sie gemein?«

Vito schüttelte den Kopf. »Das wissen wir bisher noch nicht. Warren und Brittany standen auf der Model-Seite, aber Claire nicht. Warren und Brittany sind gefoltert worden, Claire nicht. Und zwischen den Morden ist mindestens ein Jahr vergangen.«

»Eine Gemeinsamkeit liegt darin, dass sie alle auf dem Feld begraben worden sind«, sagte Jen. »Ich war von Anfang an der Meinung, dass die aufgeschüttete Erde nicht daher stammt, und ich hatte recht. Der Boden auf dem Feld ist stark lehmhaltig. Die aufgeschüttete Erde ist sandiger und kommt vermutlich aus einem Steinbruch.«

Tim Riker seufzte. »Und in Pennsylvania wimmelt es von Steinbrüchen.«

Liz runzelte die Stirn. »Aber wieso von woanders Erde herankarren? Wieso verwendet er nicht die, die er aus dem Loch geschaufelt hat?«

»Die Frage ist erstaunlicherweise leicht zu beantworten«, sagte Jen. »Die Erde vom Feld wird bei Nässe klumpig. Die aus einem Steinbruch ist sandig und absorbiert das Wasser anders. Es ist einfacher, eine Leiche in Sand als in Lehm zu verbuddeln.«

»Können wir genau festlegen, woher die Erde stammt?«, fragte Beverly.

»Ich habe einen Geologen zu Rate gezogen. Er wird uns vermutlich sagen können, wo der Boden vorkommt. Sein Team ist mit der Analyse der Mineralien beschäftigt, aber es wird ein paar Tage dauern.«

»Können wir das nicht beschleunigen?«, fragte Liz. »Sie bitten, mehr Leute zu beschäftigen?«

Jen hob die Hände. »Glauben Sie mir, das habe ich schon versucht, aber bis jetzt bekomme ich immer zu hören, schneller ginge es nicht. Aber ich kann es erneut versuchen.«

Liz nickte. »Tun Sie das. Wir müssen ja leider davon ausgehen, dass unser Killer seine Arbeit noch nicht beendet hat. Vielleicht hat er in diesem Augenblick ein neues Opfer. Schon ein, zwei Tage können uns einen gewissen Vorsprung verschaffen.«

»Insbesondere da wir seine Routine unterbrochen haben. Der Mörder ist zwangsgestört, das steht fest. Er hat am Ende der dritten Reihe ein Grab freigelassen, und wenn er sich an sein bisheriges Handlungsmuster hält, wird er tatsächlich jetzt oder bald nach einem neuen Opfer Ausschau halten. Und wenn er herausfindet, dass wir seinen sorgsam angelegten Friedhof entdeckt haben … dann wird ihn das aus der Bahn werfen. Er wird wütend werden, vielleicht impulsiv handeln.«

»Und vielleicht einen Fehler machen«, fügte Bev hinzu.

Thomas nickte. »Möglich. Und es ist auch möglich, dass er sich zurückzieht, untertaucht und sich neu orientiert. Zwischen den ersten Morden und diesen hier ist fast ein Jahr vergangen. Er könnte ein weiteres Jahr warten. Oder länger.«

»Oder er findet ein anderes Feld und buddelt sich ein neues Grabraster«, sagte Jen tonlos.

»Auch das kann passieren«, bestätigte Thomas. »Was er als Nächstes tut, hängt wahrscheinlich damit zusammen, *warum* er das alles überhaupt tut. Warum er tötet. Warum hat er damit angefangen? Und warum lässt er ein Jahr verstreichen?«

»Tja, irgendwie hatten wir gehofft, dass Sie uns bei genau diesen Fragen helfen könnten«, sagte Vito trocken.

Thomas' Lächeln war genauso trocken. »Ich gebe mein Bestes. Zuerst sollten wir versuchen herauszufinden, wie er seine Opfer auswählt. Die letzten beiden waren auf einer Model-Seite zu finden.«

»Vielleicht sogar die letzten drei«, sagte Tim Riker. »Ich habe bei USAModels nach Mitgliedern gesucht, die dieselbe Größe und das Gewicht wie der Morgenstern-Mann haben.«

»Hör auf, ihn so zu nennen«, fauchte Katherine, dann presste sie die Lippen zusammen. »Bitte.«

Ihre Stimme klang so rau, dass alle sich erstaunt zu ihr umsahen.

»Tut mir leid«, sagte Tim. »Ich wollte nicht taktlos sein.«

Sie nickte erschöpft. »Schon gut. Nennen wir ihn einfach dreieins, nach dem Grab. Ich bin gerade erst mit seiner Autopsie fertig geworden. Brittany Bellamy und Warren Keyes müssen furchtbar gelitten haben, aber alles deutet darauf hin, dass es wenigstens nur ein paar Stunden gedauert hat. Drei-eins wurde mehrere Tage lang gefoltert. Finger und Daumen sind gebrochen. Arme und Beine ebenfalls, die Haut am Rücken zerfetzt.« Sie schluckte. »Und seine Füße sind verbrannt.«

»Die Fußsohlen?«, fragte Liz leise.

»Nein, die kompletten Füße. Und die Vernarbung ist deutlich begrenzt. Wie die Umrisse einer Socke.«

»Oder eines Stiefels«, fügte Nick hinzu, als er den Raum betrat.

Er drückte Katherine mitfühlend die Schulter, bevor er sich neben Scarborough setzte. »Das war auch eine Foltermethode, die ich auf der Seite im Internet gefunden habe. Die Inquisitoren haben heißes Öl in einen Stiefel gegeben, gewöhnlich immer nur in einen zur selben Zeit. Soll eine ziemlich effektive Methode gewesen sein, Leute dazu zu bringen, das zu sagen, was sie sagen sollten.«

»Aber was wollte unser Killer von ihnen hören?«, fragte Beverly frustriert. »Die Opfer waren Schauspieler oder Models.«

»Vielleicht sollten sie gar nichts sagen. Vielleicht ging es ihm nur darum, sie leiden zu sehen«, warf Tim ruhig ein.

»Nun, gelitten haben sie jedenfalls«, sagte Katherine verbittert.

Vito schloss die Augen und zwang sich, sich die Szene vorzustellen, so scheußlich sie war. »Aber, Katherine, eine Sache ergibt in meinen Augen keinen Sinn. Seine Schädeldecke ist quasi abrasiert worden, richtig? Er muss also aufrecht gesessen oder gestanden haben. Falls er gelegen hätte, wäre der Kopf doch vermutlich zerschmettert worden. Aber wenn er in einem so schlechten Zustand war, wie du gesagt hast, bevor er von dem Morgenstern – oder was immer es war – getroffen wurde, wie konnte er sich dann aufrecht halten?«

Katherine presste die Lippen zusammen. »Ich habe Fasern eines Stricks an seinem Torso gefunden. Ich nehme an, er wurde gefesselt – aufrecht. Und das Muster der kreisrunden Quetschungen lag über den Fasern.«

Einen Moment herrschte vollkommene Stille, als die Anwesenden verdauten, was sie soeben gesagt hatte. Vito räusperte sich schließlich. »Tim – was hat deine Suche bei USAModels ergeben?«

»Ungefähr hundert Namen, aber die Sache mit den verbrannten Füßen kann uns helfen. Brittany Bellamy war ein Handmodel gewesen, und der Mörder hat ihren Händen besondere Aufmerksamkeit gewidmet, indem er sie gefaltet hat. Warren hatte die Tätowierung des Oscars – Ritter mit Schwert – und wurde genau so hingelegt.« Tim zog ein paar Blätter aus einem Ordner und überflog die Liste. »Hier sind drei Fußmodelle.« Er sah auf und suchte Katherines Blick. »Welche Schuhgröße hatte das Opfer?«

»Zehneinhalb.«

Rasch blätterte Tim durch die Seiten, hielt plötzlich inne und verengte die Augen. »Ja!« Er sah wieder auf, diesmal triumphierend. »William Melville, kurz Bill. Er hat im letzten Jahr Aufnahmen für ein Fußspray gemacht.«

Vitos Herzschlag beschleunigte sich. »Gut gemacht, Tim. Wirklich gut gemacht.«

Tim nickte ernüchtert und wandte sich an Katherine. »Jetzt hat er einen Namen.«

»Danke«, murmelte sie. »Das bedeutet mir viel.«

»Okay, sobald wir hier fertig sind, überprüfen wir die Identität«, sagte Vito. »Nick und ich werden Bill Melvilles Adresse herausfinden. Tim, ich möchte, dass du und Beverly weiter an der Datenbank arbeitet. Ich will immer noch wissen, wen unser Mörder möglicherweise noch zu kontaktieren versucht hat. Wir müssen den Kerl aufhalten, bevor er die nächste Reihe komplettiert.«

»Wir treffen uns gleich mit Brent Yelton, dem IT-Mann«, sagte Beverly. »Er meinte, er wird versuchen, sich von der User-Seite aus durchzuarbeiten, bräuchte aber möglicherweise Hilfe vom Host.« Sie schnitt ein Gesicht. »Und dafür brauchen wir eine richterliche Anordnung.«

»Besorgen Sie mir Einzelheiten«, sagte Liz, »dann besorge ich Ihnen die Verfügung.«

»Also sind die letzten drei Opfer alle nach äußerlichen Merkmalen ausgesucht worden«, sagte Thomas nachdenklich. »Über die Model-Seite kann er nach genau den Attributen suchen, die er braucht. Aber in der Art, wie er seine Opfer gelegt oder drapiert hat, steckt auch eine gewisse Theatralik. Models sind natürlich daran gewöhnt, vor der Kamera eine Rolle zu spielen.«

Nick zog die Stirn in Falten. »Ob unser Bursche die ganze Sache filmt?«

»Das ist ein Gedanke.« Vito schrieb die Frage auf die Tafel. »Lassen wir sie erst einmal so stehen. Die Computer. Warrens Festplatte wurde gelöscht. Die von Bellamys Familie ebenfalls. Aber Claire hatte keinen PC.«

»Also hat er sie nicht durch die Website gefunden«, sagte Tim. »Es sei denn, sie hat einen öffentlichen Computer benutzt. Sie hat doch in einer Bücherei gearbeitet.«

Vito seufzte. »Eine Internetsession nach über einem Jahr zurückzuverfolgen dürfte extrem schwierig sein.«

»Hast du denn etwas über die Folterinstrumente herausgefunden?«, fragte Nick ihn. »Konnten dir Sophies Kontakte helfen?«

»Nicht wirklich.« Vito setzte sich wieder. »Das Kettenhemd war qualitativ hochwertig. Ein Modell mit so kleinen Ringen kostet über tausend Dollar.«

»Wow«, meinte Nick. »Also muss unser Bursche ein paar Rücklagen haben.«

»Aber diese Hemden sind über verschiedene Internetanbieter zu kaufen.« Vito zuckte die Achseln. »Genau wie Schwert oder Morgenstern. Dürfte schwer werden, die einzelnen Käufe zu überprüfen, aber genau das müssen wir tun. Allerdings hat Sophie mir erzählt, einer ihrer Professoren hätte Gerüchte von einer Sammlung gehört, die verschwunden ist. Folterinstrumente. Dem gehe ich morgen nach. Das war in Europa, ich werde also Interpol einschalten müssen.«

»Was wieder Zeit kostet«, brummelte Liz. »Kann Ihre Archäologin noch mehr ausgraben?«

Jen zog den Kopf ein. »Aua. Kalauer.«

»Ich frage sie«, sagte Vito. *Wenn sie nachher meine Einladung annimmt. Wenn nicht …* Er war sich nicht sicher, ob er sie einfach aufgeben konnte. Sie faszinierte ihn mehr als jede andere Frau in den vergangenen Jahren. Vielleicht sogar mehr als alle Frauen, die er bisher kennengelernt hatte. *Bitte, Sophie. Bitte komm.* »Jen, gibt es Neues über den Fundort der Leichen?«

»Nein.« Sie zog eine Braue hoch. »Aber im Grunde genommen ist das an sich schon etwas. Wir sieben die Erde noch immer durch und werden damit auch noch ein paar Tage beschäftigt sein, aber etwas fehlt auf dem Feld.«

»Die Erde, die er beim Ausheben der Gräber aus dem Boden geschafft hat«, sagte Beverly, und Jen zeigte den erhobenen Daumen.

»Wir haben uns durch den umliegenden Wald gearbeitet, aber nichts entdeckt.«

»Er hat sie vielleicht verteilt«, sagte Tim, klang aber wenig überzeugt.

»Könnte sein und ist vielleicht auch geschehen, aber das hätte ziemlich viel Arbeit bedeutet. Sechzehn Gräber – verdammt viel Erde. Es wäre doch viel leichter gewesen, alles auf eine Seite zu schaufeln.«

»Oder auf einen Wagen mit Ladefläche, womit er sie wegschaffen kann. Er muss einen Truck besitzen«, sagte Vito.

»Oder sich einen leihen können. Und vielleicht können wir die Marke auch näher bestimmen. Wir haben auf dem Zugangsweg einen Reifenabdruck gefunden. Er ist schon im Labor.« Jen zog nachdenklich die Mundwinkel herab. »Die Kündigung, die Claires Eltern Bev und Tim überlassen haben, war nur eine Kopie. Wir brauchen das Original. Wer könnte es haben?«

Ein Handy klingelte, und alle tasteten automatisch nach ihren Telefonen, bis Katherine ihres hochhielt. »Für mich«, sagte sie. »Entschuldigt mich.« Sie stand auf und trat ans Fenster.

»Die Bücherei, in der Claire gearbeitet hat, hat das ursprüngliche Schreiben«, sagte Tim. »Wir haben es gestern angefordert, aber man hat uns gesagt, ›der Dienstweg‹ müsste eingehalten werden. Sie hoffen, uns das Schreiben morgen überlassen zu können.«

Jen lächelte gepresst. »Fein. Vielleicht finden wir ja ein paar brauchbare Abdrücke.«

Katherine klappte ihr Handy zu und wandte sich wieder zu den anderen um. »Das Silikongleitmittel, das ihr bei Claires Sachen gefunden habt.«

Vito merkte auf. »Das Gleitmittel für die Beinprothese? Was ist damit?«

»Es passt zu der Probe, die ich von dem Draht um Brittanys Hände genommen habe.«

Vito schlug mit der Hand auf den Tisch. »Wunderbar.«

»Aber«, fuhr Katherine beinahe fröhlich fort, »nicht zu dem, was wir von Warren haben. Das Gleitmittel von Warrens Händen hatte in etwa die gleiche Zusammensetzung, aber nicht genau. Das Labor hat den Hersteller angerufen und erfahren, dass es bei ihnen zwei Hauptrezepturen gibt, sie aber für Kunden mit Allergien häufig individuelle Mischungen herstellen.«

Vito sah auf die Tischplatte, während er das Gehörte verarbeitete. »Die Probe von Warrens Händen ist also eine besondere Rezeptur.« Er schaute auf. »Claires auch?«

Katherine zog eine Braue hoch. »Laut den Unterlagen des Herstellers nicht.«

»Dann könnte das Mittel jemand anderem gehören?«, fragte Beverly.

»Sie könnte es auch woanders gekauft haben. Oder jemand anderes hat es für sie gekauft«, gab Liz zu bedenken. »Wir sollten uns erst vergewissern.«

Katherine nickte. »Richtig. Der Hersteller meinte, ihre Bestellung sei über einen Dr. Pfeiffer eingegangen. Wir sollten ihn fragen, ob sie etwas Besonderes gekauft hat. Aber falls nicht, hat entweder sie das Gleitmittel von jemand anderem bekommen oder der Killer.«

Vito atmete tief durch. »Langsam sehen wir Licht am Ende des Tunnels. Thomas, nach allem, was Sie gehört haben – was denken Sie über unseren Killer?«

»Und reden wir hier nur über einen?«, fügte Nick hinzu.

»Eine gute Frage.« Thomas lehnte sich zurück und kreuzte die Arme vor der Brust. »Aber mein Bauch sagt mir, er arbeitet allein. Er ist eher jünger, ziemlich sicher männlich. Intelligent. Einen Hang zur Grausamkeit, die aber nicht durch Leidenschaft beherrscht wird. Er geht sehr … mechanisch vor. Offensichtlich zwanghaft. Das würde sich auch in anderen Bereichen seines Lebens zeigen – im Beruf, bei seinen Beziehungen. Sein Händchen für Computertechnik beziehungsweise -viren passt dazu. Wahrscheinlich geht er mit Maschinen zwangloser um als mit Menschen. Ich wette, er lebt allein. Er wird bereits in seiner Kindheit grausames Verhalten an den Tag gelegt haben, ob er nun in der Schule andere Kinder drangsaliert oder sich als Tierquäler hervorgetan hat. Er ist prozessorientiert. Und sehr effizient. Er hätte zwei Menschen einfach nur um der Liegefiguren willen umbringen können, hat sie aber noch für seine Folterexperimente verwendet, für was auch immer er diese brauchte.«

»Also haben wir es hier mit einem einsamen, gestörten Spinner zu tun, der in seiner analen Phase eins auf die Finger gekriegt hat und heute penibel darauf achtet, bloß keine Ressourcen zu verschwenden«, sagte Jen säuerlich, und Thomas lachte leise.

»Schön zusammengefasst, Sergeant. Fügen wir noch die Theatralik hinzu, und wir haben ein recht genaues Bild.«

Vito stand auf. »Also gut. Nick und ich und Bev und Tim haben jetzt einiges zu tun. Thomas, dürfen wir Sie hinzuziehen, wenn nötig?«

»Immer.«

»Dann treffen wir uns morgen früh um acht wieder«, sagte Vito. »Passt auf euch auf.«

Dienstag, 16. Januar, 17.45 Uhr

Nick sank auf seinen Stuhl und legte die Füße auf den Tisch. »Ich schwöre, das Warten vor dem Gerichtssaal schafft mich mehr als ein Tag harter Arbeit.«

»Bist du bei der Suche nach Kyle Lombard weitergekommen?«

»Nein. Ich habe mindestens fünfundsiebzig Männer mit diesem Namen angerufen, während ich auf meine Aussage gewartet habe. Leider hat mir das nichts eingebracht als einen leeren Akku.«

»Du kannst es morgen ja weiterversuchen.« Vito nahm eine Nachricht vom Tisch. »Tino war hier. Er war im Leichenschauhaus, um die beiden älteren Leute zu skizzieren, die in den Gräbern nebeneinandergelegen haben.«

»Hoffentlich vollbringt er noch ein Wunder«, sagte Nick.

»Ja, mit Brittany Bellamy hat er einen Volltreffer gelandet.« Vito setzte sich an den Computer und rief USAModels auf. »Komm rüber und lass dir Bill Melville vorstellen.«

Nick stellte sich hinter ihn. »Groß und kräftig. Wie Warren.«

»Aber außer der Größe keine Ähnlichkeiten.« Warren war blond gewesen, während Bill dunkelhaarig war und eher unfreundlich wirkte. »Geübt in Kampfkunst, steht hier.«

Vito sah zu Nick auf. »Warum zum Teufel sucht sich ein Killer ein Opfer, das ihn theoretisch zu Brei hauen kann?«

»Nein, erscheint mir auch nicht klug«, stimmte Nick ihm zu. »Es sei denn, er brauchte diese Fähigkeit. Warren hat sich auf Fechtseiten umgesehen und wurde so drapiert, als habe er ein Schwert in der Hand. Bill wurde mit einem Morgenstern getötet.« Nick setzte sich auf die Tischkante. »Ich habe noch nichts zu Mittag gegessen. Holen wir uns etwas zu mampfen, bevor wir uns auf die Suche nach Melvilles letzter bekannter Adresse machen.«

Vito sah auf die Uhr. »Ich bin schon verplant.« *Hoffe ich.*

Nicks Lippen verzogen sich zu einem trägen Grinsen. »Du bist ›verplant‹?«

Er spürte, wie er rot wurde. »Halt die Klappe.«

Nicks Grinsen wurde noch breiter. »Nö. Ich will Genaueres hören.«

Vito warf ihm einen bösen Blick zu. »Da gibt es nichts Genaueres.« *Noch nicht jedenfalls.*

»Das ist sogar noch besser, als ich gehofft habe.« Er lachte schnaubend, als Vito die Augen verdrehte. »Och, Chick, jetzt steh da nicht so steif herum. Na gut, okay, was hast du von diesem Brewster erfahren?«

»Dass er ein Arschloch ist, dass er auf junge hübsche Blondinen steht und dass er seine Frau betrügt.«

»Oh. Na ja, jetzt versteh ich jedenfalls, warum Sophie so heftig auf die Rosen reagiert hat. Du hast gesagt, er hat dir Namen von Sammlern gegeben.«

»Alles integre Säulen der Gesellschaft und alle mindestens sechzig Jahre alt. Kaum in der Lage, sechzehn Gräber auszuheben und kräftige Kerle wie Warren oder Bill herumzuschleppen. Ich habe die Finanzen überprüft, soweit es mir ohne richterliche Anordnung möglich war, aber auch da nichts Verdächtiges gefunden.«

»Und Brewster selbst?«

»Jung genug, aber in der Woche, in der Warren als vermisst gemeldet wurde, war er gar nicht im Land.« Vito warf Nick einen verlegenen Blick zu. »Ich hab ihn gegoogelt, als wir von den Bellamys zurückkamen. Das Erste, was auftauchte, war eine Konferenz am vierten Januar in Amsterdam. Da hat er einen Vortrag gehalten. Die Fluggesellschaft hat mir bestätigt, dass Dr. und Mrs. Alan Brewster von Philadelphia aus erste Klasse geflogen sind.«

»Erste Klasse kostet. Professoren verdienen nicht so viel. Vielleicht dealt er doch.«

»Die Frau ist stinkreich«, brummte Vito. »Ihr Großvater war ein Kohlebaron. Hab ich auch bereits überprüft.«

Nicks Lippen zuckten mitfühlend. »Du hättest ihn gern als Täter gesehen.«

»Kann man wohl sagen. Aber falls er nicht doch Mitwisser oder

Komplize ist, kann ich ihm nur vorwerfen, ein Arschloch zu sein.« Vito rief die Datenbank des Kraftfahrzeugamts auf. »Melville war zweiundzwanzig Jahre alt, letzte Adresse in Nord-Philly. Ich fahre.«

Dienstag, 16. Januar, 17.30 Uhr

Sophie steckte bis zu den Knöcheln in Sägespänen. Ted hatte recht: Das Lagerhaus, das an den Teil der Fabrik anschloss, der zum Hauptbereich des Museums umgestaltet worden war, bot nicht gerade perfekte Bedingungen, aber Sophie konnte das Potenzial sehen. Noch immer gab es hier Stellen, an denen sie die Schokolade riechen konnte. Es musste doch Schicksal sein.

Sie blickte sich in ihrem zukünftigen Einsatzbereich um. Seit langem war sie nicht mehr so zufrieden gewesen. Nun, vielleicht war »zufrieden« nicht das richtige Wort. Sie fühlte sich energiegeladen und hellwach und hatte den Kopf voller Ideen, was sich mit dieser riesigen freien Fläche mit der zehn Meter hohen Decke anstellen ließ. Ihr Hirn arbeitete auf Hochtouren.

Und ihre Nerven ebenfalls. Sie würde heute Abend Vito Ciccotelli treffen. Sie war angespannt. Und aufgedreht. Und spürte die Nebenwirkungen ihrer selbstauferlegten Enthaltsamkeit nur allzu deutlich. Sie hatte sich seit ihrem dummen Fehler mit Alan Brewster auf keinen Kollegen mehr eingelassen und mit anderen Männern höchstens oberflächliche und sehr kurze Beziehungen gehabt – gerade intensiv genug, um gewisse Bedürfnisse zu stillen. Aber nach einer Affäre, die nicht viel mehr als ein One-Night-Stand war, fühlte sie sich immer ziemlich schäbig und konnte sich nicht leiden. Bei Vito würde es anders werden. Da war sie sich sicher. Vielleicht hatte die Durststrecke nun ein Ende.

Aber alles zu seiner Zeit. Im Augenblick war sie begierig darauf, den Inhalt der Kisten, die sie aus ihrem Büro hierhergeschafft hatte, zu erforschen. Sie hatte bereits einige echte Schätze entdeckt.

Ohne es zu wissen, war sie in ihrem Kämmerchen von mittelalterlichen Reliquien umgeben gewesen. Mit einer Brechstange öffnete sie nun die nächste Kiste, fegte Sägespäne beiseite und legte den Inhalt frei.

Die Schritte hinter sich hörte sie nur einen Sekundenbruchteil vor der Stimme. »Die kannst du nicht haben.« Erschreckt fuhr sie herum und schwang die Brechstange über ihren Kopf. Dann stieß sie den Atem aus. »Theo. Ich schwöre bei Gott, eines Tages tue ich dir noch weh.«

Theodore Albright IV. stand im Schatten und sah sie streng an. Steif verschränkte er die Arme vor der breiten Brust. »Du kannst die Sachen nicht haben. Wenn Kinder hier reinkommen, machen sie sie bestimmt kaputt.«

»Ich hatte nicht vor, irgendetwas Wertvolles einfach offen herumliegen zu lassen. Ich wollte Kunststoffreproduktionen machen lassen, sie in Stücke brechen und in der Erde verscharren. So wie wir bisweilen zerbrochene Töpferwaren an einer Ausgrabungsstelle finden.«

Er sah sich in der Halle um. »Du willst es wie eine authentische Ausgrabungsstelle aussehen lassen?«

»Das hatte ich vor, ja. Ich weiß, dass die Schätze deines Großvaters kostbar sind. Ich werde doch nicht zulassen, dass davon etwas beschädigt wird.«

Seine breiten Schultern entspannten sich. »Tut mir leid, dass ich dich erschreckt habe.« Sein Blick glitt zu der Brechstange, die sie noch immer in der Hand hielt. Sie bückte sich und legte die Stange ab.

»Schon gut.« Amanda Brewsters kleines Geschenk und das Gespräch mit ihr hatten sie wohl doch zittriger gemacht, als sie geglaubt hatte. »Also … wolltest du etwas?«

Er nickte. »Da ist ein Anruf für dich. Irgendein älterer Typ aus Paris.«

Maurice. »Aus Paris?« Sie packte ihn am Arm und führte ihn zur Tür. »Warum hast du das nicht sofort gesagt?«, fragte sie, während sie hinter sich abschloss.

In ihrem Büro griff sie nach dem Hörer und stellte ihren Verstand auf Französisch ein. »Maurice? Hier ist Sophie.«

»Sophie, meine Liebe. Wie geht es deiner Großmutter?«

Sie hörte Furcht in seiner Stimme und begriff, dass er schlechte Nachrichten über Annas Gesundheit erwartete. »Sie ist zäh wie Leder. Aber sie ist nicht der Grund, warum ich anrufe. Entschuldige –

ich hätte es dir sofort mitteilen müssen, damit du dir keine Sorgen machst.«

Er stieß erleichtert den Atem aus. »Ja, hättest du, aber ich kann wohl kaum böse sein, dass du mir keine Hiobsbotschaften überbringst. Also – warum hast du angerufen?«

»Ich recherchiere zu einem bestimmten Thema und habe gehofft, du könntest mir weiterhelfen.«

»Ah.« Das munterte ihn auf, und Sophie lächelte. Maurice war immer schon das größte Klatschmaul im Bekanntenkreis ihres Vaters gewesen. »Worum geht es?«

»Also, hör zu …«

Dienstag, 16. Januar, 20.10 Uhr

»Das Opfer ist also tatsächlich Bill Melville?«, fragte Liz am Telefon, während Vito seinen Wagen auf die Straße lenkte. »Seine Fingerabdrücke passen zu denen, die Latent in seiner Wohnung genommen hat. Er ist seit Halloween nicht mehr gesehen worden. Kids aus dem Wohnhaus haben erzählt, er hätte sich immer verkleidet und Süßigkeiten verteilt.«

»Klingt nach einem netten Kerl.«

»Na ja, ich weiß nicht. Er hat sich wohl als Ninja verkleidet. Die Kids glauben, er hätte das getan, um jedem klarzumachen, dass er mit Waffen umgehen kann – Nunchakus und so was. Auf diese Art wollte er wohl zeigen, dass mit ihm nicht zu spaßen ist. Aber er hatte leckere Süßigkeiten verteilt, also waren alle zufrieden.«

»Warum war bisher noch niemand in seiner Wohnung?«

»Melvilles Vermieter war drin, hat aber nichts Verdächtiges entdeckt. Wir hatten Glück. Der Vermieter wollte die Wohnung schon räumen lassen. Noch zwei Tage, und Melvilles Sachen wären im Müll gelandet.«

»Und sein Computer? Bereinigt?«

»Jep. Aber.« Vito lächelte grimmig. »Bill hat ein paar E-Mails ausgedruckt. Und sie im Drucker liegenlassen. Er wurde von einem Typen namens Munch kontaktiert, der eine Dokumentation drehen wollte.«

»Haben Sie die E-Mail-Adresse?«

»Nein. Auf dem Ausdruck stand als Absender nur E. Munch. Wenn wir die Mail auf dem Rechner gelesen hätten, hätten wir nur den Namen anklicken müssen, aber natürlich war die Festplatte gelöscht. Das Gute ist, dass wir jetzt wenigstens einen Namen haben. Mit dem können wir bei den Leuten von der USAModels-Seite hausieren gehen, deren Vita an den Tagen, die für uns wichtig sind, kontaktiert wurde.«

»Beverly und Tim haben es also geschafft, an den Verlauf der Seite zu kommen?«

»Ja. Die Inhaber sind ausgesprochen kooperativ. Sie wollen nicht, dass ihre Kunden ihre Benutzerkonten löschen, weil sie Angst vor einem Killer haben. Sie haben uns zwar keinen Freifahrtschein ausgestellt, werden aber mit Tim und Bev zusammenarbeiten. Die beiden wollen morgen anfangen, die Models zu besuchen, mit denen sich dieser Munch in Verbindung gesetzt hat.«

»Obwohl das ja wohl kaum sein echter Name ist. Fahren Sie zurück zum Büro?«

»Nein, ich bin gerade zu Hause angekommen.« Er hatte hinter Tess' Mietwagen und einem anderen geparkt, den er noch nie gesehen hatte. »Meine Neffen wohnen vorübergehend bei mir, und ich habe bisher kaum fünf Minuten mit ihnen verbracht. Ich werde meiner Schwester helfen, die Horde ins Bett zu schaffen, dann gehe ich etwas essen.« Und wenn er Glück hatte ... Seine Gedanken wanderten zu diesem einen Kuss. Er hatte ihn den ganzen Tag gepeinigt, ihn abgelenkt, war immer wieder ungebeten in seinem Verstand aufgetaucht. Was, wenn sie nicht käme? Wenn er sie doch aufgeben musste? *Sophie, bitte komm.*

Vito stieg aus dem Truck, blickte durchs Fenster des fremden Wagens und sah im Fußraum McDonald's-Verpackungen und abgetretene Turnschuhe liegen. Teenies, vermutete er. Und als er die Haustür öffnete, entdeckte er, dass er recht gehabt hatte.

Mehrere Jugendliche hatten sich um einen Computer versammelt, den jemand in seinem Wohnzimmer aufgestellt hatte. Ein Junge saß in Vitos Lieblingssessel, die Füße hochgelegt, die Tastatur auf dem Schoß. Dominic stand hinter dem Sessel und blickte mit gerunzelter Stirn auf den Bildschirm.

»Hey«, rief Vito, als er die Tür schloss. »Was ist denn hier los?«

Dominics Blick flackerte. »Wir arbeiten an einem Schulprojekt, aber machen gerade eine Pause.«

»Und was für ein Schulprojekt?«, fragte er.

»Physik«, gab Dominic zurück. »Erde und Weltraum und so.«

Der Junge mit der Tastatur blickte mit einem zynischen Grinsen auf. »Was immer ›und so‹ heißen soll«, sagte er, und die anderen kicherten.

Bis auf Dom. »Jesse, komm, mach das aus. Arbeiten wir weiter.«

»Kleinen Moment noch, du Weichei«, erwiderte Jesse.

Doms Wangen färbten sich rot, und Vito verspürte einen Anflug von Mitgefühl für seinen ältesten Neffen, der mit seiner vernünftigen Haltung bei seinen Mitschülern vermutlich manchmal einen schweren Stand hatte. »Was spielt ihr denn da?«

»Behind Enemy Lines«, sagte Dom. »Ein Kriegsspiel. Zweiter Weltkrieg.« Auf dem Bildschirm war das Innere eines Munitionslagers zu sehen, in dem bereits elf tote Soldaten mit Hakenkreuz auf den Ärmeln am Boden lagen. Der Spieler blickte über einen Gewehrlauf auf die Szene. »Der Typ ist amerikanischer Soldat«, erklärte Dom. »Man kann die Nationalität und die Waffen wählen. Ein ziemlicher Renner im Moment.«

Vito betrachtete den Bildschirm. »Ernsthaft? Die Grafik sieht aus, als sei sie schon zwei, drei Jahre alt.«

Einer der Jungen sah interessiert zu ihm auf. »Sie spielen auch?«

»Manchmal.« Mit fünfzehn, als man noch in Spielhallen gehen musste, war er bei *Galaga* unschlagbar gewesen, aber er nahm an, dass er sich mit dieser Information als hoffnungslos altmodisch outen würde, daher hielt er besser den Mund. Er zog eine Augenbraue hoch. »Vielleicht kann ich ja hier noch etwas für meinen Job lernen. Zum Beispiel, wie man die bösen Jungs schneller ausschaltet oder Verfolgungsjagden gewinnt.«

Der Junge, der eben gesprochen hatte, grinste gut gelaunt. »Na ja, von dem hier lernen Sie garantiert nichts. Absoluter Durchschnitt.«

»Das ist Ray«, erklärte Dom. »Ein echter Spielfreak. Wie Jesse.«

»Also – was ist denn dann so toll an dem Spiel?«, wollte Vito wissen.

Ray zuckte die Achseln. »Eigentlich werden hier bloß Sequenzen von den letzten fünf Spielen des Herstellers aufgewärmt – Spielphysik, Environment, AI …

»Artifical Intelligence«, murmelte Dom.

»Danke, ich weiß«, murmelte Vito zurück. »Aber ich muss noch einmal fragen – was ist denn nun so toll daran? Die Grafik ist platt, die AI öde, und Jesse hat gerade ein Dutzend Feinde umgenietet, ohne sich groß anstrengen zu müssen. Also? Worin besteht die Herausforderung?«

»Im Spiel gibt's keine«, sagte Jesse, der offenbar nicht beleidigt war. »Das Tolle daran sind die Cutscenes.« Er lachte leise. »Verdammte Scheiße, die sind echt krass.«

Dom sah ihn scharf an. »Mann, Jesse. Meine kleinen Brüder sind hier.«

»Na und? Glaubst du, dein alter Herr sagt so etwas nie?«

Dom biss die Zähne zusammen. »Jedenfalls nicht in ihrer Gegenwart. Komm jetzt, lass uns wieder arbeiten.«

»Wartet bitte noch«, sagte Vito. Er war neugierig, was die Kids heutzutage spielten, und wollte mehr über Dominics Klassenkameraden erfahren. Aber sobald seine Neugier befriedigt war, würde er diesen Jesse vor die Tür setzen.

Auf dem Bildschirm lud der amerikanische Soldat gerade nach und murmelte: »Eine Falle. Diese verdammte Hure hat mich verraten. Das wird sie bereuen.« Schnitt, und der Soldat stand an der Tür eines kleinen französischen Häuschens.

»Und was soll das jetzt?«, fragte Vito Ray.

»Das ist … die Cutscene.« Er sagte es, als handelte es sich um etwas Heiliges. Vito runzelte die Stirn, und Ray wirkte enttäuscht. »Eine Cutscene ist eine Filmsequenz, die die Story weiterbringt. Man redet mit Leuten, erfährt wichtige Sachen oder kriegt etwas, was man im Spiel braucht, und …«

»Danke, ich weiß, was eine Cutscene ist«, unterbrach Vito ihn. »In den meisten Fällen sind sie todlangweilig und verzögern bloß das Spiel. Was ist an dieser hier so toll?«

Ray grinste. »Warten Sie ab. Das ist Clothildes Haus. Sie hat behauptet, im französischen Widerstand zu sein, hat aber den Soldaten verraten. Deswegen ist er im Bunker in den Hinterhalt geraten. Jetzt will er sich rächen. Jesse hat recht. Das ist echt krass.«

Im Spiel öffnete sich die Tür im Inneren des Hauses, und der Film lief ab. Die Grafik veränderte sich abrupt. Plötzlich waren die körnigen Gestalten und die abgehackten Bewegungen verschwunden. Es wirkte unglaublich real, wie der Soldat das Haus betrat und es zu durchsuchen begann. Endlich fand er Clothilde in einem Schrank. Er zerrte sie heraus und stieß sie gegen eine Wand. »Du Miststück«, knurrte er. »Du hast ihnen gesagt, wo sie mich finden. Was haben sie dir dafür gegeben? Schokolade? Seidenstrümpfe?«

Clothildes Blick verhöhnte ihn, obwohl ihre Augen vor Angst geweitet waren.

»Achten Sie auf die Augen«, flüsterte Ray.

»Los, rede schon.« Der Soldat schüttelte die Frau heftig.

»Mein Leben«, spuckte Clothilde aus. »Sie haben mir gesagt, ich müsste nicht sterben, wenn ich es ihnen sagte. Also habe ich es ihnen gesagt.«

»Fünf von meinen Kumpels sind tot. Deinetwegen!« Der Amerikaner legte der Frau die Hände um den Hals, und Clothilde riss die Augen noch weiter auf. »Du hättest dich von den deutschen Schweinen umbringen lassen sollen. Denn jetzt mache ich es.«

»Nein. Bitte nicht!« Sie wehrte sich, und die Kamera fuhr näher heran, sodass nur noch Hände und Gesicht zu sehen war. Das Entsetzen in ihren Augen …

»Unglaublich, oder?«, flüsterte Ray. »Der Künstler ist ein echtes Genie. Es ist so echt wie ein Film. Kaum zu glauben, dass jemand das nachentwickelt haben soll.«

Aber jemand hatte es getan. Verstört presste Vito die Kiefer zusammen. Jemand hatte das entworfen, gezeichnet. Und Kinder sahen es sich an. Er zupfte an Doms Ärmel. »Geh mal und sieh nach deinen Brüdern.«

Dom wirkte vor allem erleichtert.

»Okay.« Im Spiel schluchzte und flehte Clothilde inzwischen um ihr Leben. »Und? Bist du bereit zu sterben?«, höhnte der Soldat nun, und Clothilde schrie. Laut und lang. Verzweifelt. Viel zu echt. Vito verzog das Gesicht und warf einen Blick auf die Jungen, die fasziniert und gleichzeitig abgestoßen zusahen. Ihre Augen waren geweitet, die Münder standen ihnen offen. Sie warteten.

Der Schrei verebbte, und einen Moment lang herrschte Stille. Dann lachte der Soldat leise. »Na, los, Clothilde, schrei so viel du willst. Niemand wird dich hören. Niemand wird dich retten. Ich habe sie alle umgebracht.« Seine Hände packten fester zu, und seine Daumen schoben sich in die Höhlung ihrer Kehle. »Und jetzt bringe ich dich um.« Seine Hände griffen noch fester zu, und Clothilde begann sich zu winden.

Vito hatte genug gesehen. »Das reicht jetzt.« Er beugte sich vor, drückte den Power-Knopf, und der Bildschirm wurde schwarz. »Die Show ist vorbei, Jungs.«

Jesse kam aus dem Sessel hoch. »Hey. Das können Sie nicht machen.«

Vito zog den Stecker aus der Wand. »Nicht? Sieh her. Ihr könnt diesen Mist bei euch zu Hause sehen, aber nicht bei mir. Pack den Kram zusammen, Kumpel.«

Jesse sah ihn einen Moment an. Schließlich wandte er sich verächtlich ab. »Kommt, Leute, verschwinden wir.«

»Nee, Mann«, sagte einer der Jungen nervös. »Dom muss uns mit dem Physikprojekt helfen.«

»Wir brauchen ihn nicht.« Jesse klemmte sich den Rechner unter den Arm. »Noel, du nimmst den Monitor. Ray, pack die CDs ein.«

Noel schüttelte den Kopf. »Ich darf nicht noch mal durchfallen. Vielleicht brauchst du Dom ja nicht, ich jedenfalls schon.«

Jesses Augen verengten sich zu Schlitzen. »Schön.«

Die anderen folgten ihm, nur Ray und Noel blieben zurück.

Ray grinste Vito an. »Seine Eltern erlauben ihm das Spiel zu Hause auch nicht.«

Vito sah über die Schulter. »Und macht Jesse Dominic jetzt Ärger?«

»Nee, keine Sorge. Jesse kann ihm gar nichts. Dom ist Captain vom Wrestling-Team.«

Vito verzog beeindruckt die Lippen. »Wow. Das wusste ich gar nicht.«

»Jedenfalls kann Dom gut auf sich selbst aufpassen«, sagte Ray. »Aber manchmal ist er einfach ein bisschen zu brav.«

Nun kam Dominic mit Pierce auf dem Rücken zurück. Der kleine Junge kam gerade aus dem Bad. Sein Haar war noch nass, und er trug einen Spiderman-Schlafanzug. Vito war froh, dass er das Spiel abgeschaltet hatte, bevor Pierce es sehen konnte.

Dom sah sich um. »Sind die anderen weg?«

Ray grinste wieder. »Ja. Der Sheriff hat Jesse aus der Stadt vertrieben.«

»Danke, Vito«, sagte Dom leise. »Ich wollte nicht, dass er sich das Spiel hier ansieht.«

Vito wandte Pierce den Rücken zu, der vergnügt zu ihm hinüberkletterte. »Dann sag ihm das nächste Mal, er soll verschwinden.«

»Das habe ich.«

»Okay, dann ... musst du ihm eben demnächst einen Arschtritt verpassen.«

»Oh«, rief Pierce. »Onkel Vitooooo! Das darf man nicht sagen.«

Vito zog den Kopf ein. Er hatte die »schwarze Liste« einen Moment lang vergessen. »Sorry, Kumpel. Meinst du, Tante Tess wäscht mir jetzt den Mund mit Seife aus?«

Pierce hüpfte auf seinem Rücken auf und ab. »Au ja, au ja.«

»Au ja, au ja«, sagte Tess im Korridor. Ihr Haar hing in feuchten Wellen herab. Offenbar hatte sie ebenfalls eine Menge Wasser abbekommen. »Nimm dich ein bisschen zusammen, Vito.«

»Ja, okay, ich streue Asche auf mein Haupt.« Er nickte Dom zu. »Du hast es gut gemacht, Kumpel. Und nächstes Mal machst du es noch besser.« Dann hopste er mit Pierce auf dem Rücken zu Tess.

»Und? Hat sie's verstanden?«

Tess bezog sich auf das Päckchen, das sie für Sophie abgegeben hatte.

»Weiß nicht. Ihr Seminar wird jeden Moment zu Ende sein. Dann werde ich es wohl herausfinden. Aber danke, dass du das Blitzdings für mich gekauft hast. Wo hast du es überhaupt aufgetrieben?«

»In einem Laden für Partyzubehör auf der Broad Street. Der Typ wirbt damit, jedes Happy-Meal-Spielzeug zu haben, das je angeboten wurde. Der Neuralisator war ziemlich begehrt, als *Men in Black* rauskam.« Sie zog eine Braue hoch. »Du schuldest mir zweihundert Mäuse für Blitzdings und Vorhänge.«

Vito hätte Pierce beinahe fallen lassen. »*Was?* Was hast du denn für Vorhänge gekauft? Goldgewirkte?«

Sie hob die Schultern. »Für die Vorhänge habe ich nur dreißig Dollar ausgegeben.«

»Du hast *hundertsiebzig Dollar* für ein Happy-Meal-Spielzeug verbraten?«

»Na ja, es war originalverpackt.« Ihre Lippen zuckten. »Hoffentlich ist sie es wert.«

Er stieß den Atem aus. »Na, das hoffe ich auch.«

13. Kapitel

Dienstag, 16. Januar, 21.55 Uhr

STIMMT ETWAS NICHT, DR. J?«

Sophie schaute auf und sah Marta über den Parkplatz auf sie zukommen. »Meine Kiste springt nicht an.« Seufzend stieg sie ab. »Dabei lief sie bis vorhin einwandfrei. Jetzt stottert und spuckt sie bloß, wenn ich sie starten will.«

»Oh, Mist.« Marta biss sich auf die Lippen. »Aber Sie haben noch genug im Tank, oder? Neulich ist mein Wagen nicht angesprungen, weil ich kein Benzin mehr hatte.«

Sophie hätte am liebsten die Augen verdreht, aber sie beherrschte sich. Marta wollte ja nur helfen. »Ich habe heute Morgen getankt.«

»Was ist los?« Spandan hatte sich zu ihnen gesellt und mit ihm die meisten Teilnehmer ihres Seminars am Dienstagabend. Dieses Semester lehrte sie vor einer vollen Klasse »Grundlagen der Ausgrabungstechnik«, und gewöhnlich blieb sie nach der Stunde noch, um Fragen zu beantworten. Heute aber war sie förmlich geflohen. Vito wartete bei Peppi's Pizza auf sie, und sie hatte den ganzen Abend nur an den Kuss denken können.

»Mein Motorrad springt nicht an, und ich muss weg.«

Marta sah sie interessiert an. »Sind Sie verabredet?«

Nun verdrehte Sophie tatsächlich die Augen. »Wenn ich nicht bald losfahre, nicht mehr.«

Die Tür hinter ihnen öffnete sich wieder, und John fuhr die Rollstuhlrampe herunter. »Was ist denn?«

»Dr. Js Bike zickt, und sie kommt zu spät zu ihrem Date«, erklärte Bruce.

John lenkte den Rollstuhl um die kleine Menschenmenge herum und beugte sich vor, um den Motor zu betrachten. »Zucker.« Er tippte mit einem behandschuhten Finger an den Tank.

»Was?« Sophie sah nach und erkannte augenblicklich, dass John recht hatte. Um die Tanköffnung glitzerten Zuckerkristalle im Licht der Straßenlaterne.

»Verdammt«, zischte sie. »Ich schwöre zu Gott, das wird dieses Weib büßen.«

»Sie wissen, wer das getan hat?«, fragte Marta erstaunt.

Dass Amanda Brewster ihre Finger im Spiel hatte, war beinahe sicher. »Ich habe so eine Ahnung, ja.«

Bruce hatte sein Handy gezückt. »Ich rufe die Campus-Security an.«

»Jetzt nicht. Ich werde aber Anzeige erstatten, keine Sorge«, fügte sie hinzu, als Spandan widersprechen wollte. Sie löste ihren Rucksack vom Sattel. »Aber ich will jetzt nicht auf die Leute warten müssen. Ich bin wirklich schon spät dran. Und zu Fuß brauche ich eine gute Viertelstunde.«

»Ich fahre Sie«, sagte John. »Da drüben steht mein Van.«

Sophie schüttelte den Kopf. »Danke, aber ich gehe lieber zu Fuß.«

John hob das Kinn. »Ich bin ein guter Autofahrer. In dem Wagen funktioniert alles per Hand.«

Sie hatte ihn beleidigt. »Darum geht es nicht«, sagte sie hastig. »Es ist nur so … na ja, ich bin Ihre Lehrerin. Ich will keinen Anlass für Ärger bieten.«

Er warf ihr durch das Haar, das ihm wie immer über die Augen hing, einen Blick zu. »Ich fahre Sie nur, Dr. J. Ich will Sie nicht heiraten.« Ein Mundwinkel zuckte. »Sie sind gar nicht mein Typ.«

Sie lachte. »Okay, danke. Ich will zu Peppi's Pizza.« Sie winkte den anderen zu. »Wir sehen uns am Sonntag.« Dann ging sie neben dem Rollstuhl her, bis sie Johns weißen Van erreicht hatten.

Er schloss die Tür auf, aktivierte den Lift und schwang sich geschickt auf den Fahrersitz.

Als er sah, dass sie ihn beobachtete, presste er die Kiefer zusammen. »Ich habe eben Übung darin.«

»Seit wann sitzen Sie im Rollstuhl?«

»Seit ich klein war.« Sein Tonfall war knapp. Sie war ihm schon wieder auf die Zehen getreten. Er schwieg, während er vom Parkplatz fuhr.

Sophie hatte keine Ahnung, wie sie reagieren sollte, und schnitt ein Thema an, von dem sie hoffte, dass es unverfänglich war. »Sie sind erst spät ins Seminar gekommen. Ist alles in Ordnung?«

»Ich bin in der Bibliothek hängengeblieben. Ich wäre fast gar nicht gekommen, aber ich musste Sie unbedingt etwas fragen. Eben wollte ich Sie abpassen, aber Sie sind ja sofort hinausgestürmt.«

»Das heißt, Ihr Angebot, mich zu fahren, war gar nicht so uneigennützig.« Sie lächelte. »Also – worum geht's?«

Er erwiderte das Lächeln nicht, aber er lächelte ohnehin selten. »Ich muss bis morgen einen Aufsatz für einen anderen Kurs schreiben. Ich bin auch fast fertig, aber mir fehlen noch Informationen zu einer bestimmten Sache.«

»Und um was für ein Thema handelt es sich?«

»Ein Vergleich zwischen modernen und mittelalterlichen Theorien zu Verbrechen und Strafe.«

Sophie nickte. »Also für Dr. Jacksons Seminar über mittelalterliche Rechtsprechung. Und was wollen Sie mich fragen?«

»Ich wollte das mittelalterliche Brandmarken mit der heutigen Praxis, Sexualtäter zu registrieren, vergleichen. Aber ich konnte keine vernünftigen Informationen zum Brandmarken finden.«

»Interessantes Thema. Ich denke, ich weiß ein paar Titel, in denen Sie nachsehen könnten.« Sie wühlte in ihrem Rucksack nach ihrem Notizblock. »Wann genau müssen Sie die Arbeit fertig haben?«

»Morgen früh.«

Sie verzog das Gesicht. »Dann sollten Sie im Netz nachsehen. Einige von diesen Titeln sind online einsehbar. Bei den anderen müssen Sie wohl ganz altmodisch Seiten umblättern. Oh, Peppi's Pizza ist hier schon um die Ecke.« Sie riss das Blatt vom Block und gab es ihm, als er auf den Parkplatz fuhr. »Vielen Dank, John. Und viel Glück mit dem Aufsatz.«

Er nahm das Blatt und nickte. »Bis Sonntag dann.«

Sophie wartete reglos, bis er davongefahren war. Dann blickte sie über den Parkplatz und stieß erleichtert den Atem aus. Vitos Truck stand noch da.

Dann los. Sie würde das Restaurant betreten und … ihr Leben ändern. Und plötzlich fürchtete sie sich entsetzlich.

Dienstag, 16. Januar, 22.00 Uhr

Daniel saß auf seinem Hotelbett. Er war erschöpft. Er hatte seit dem Frühstück über fünfzehn Hotels abgeklappert und hatte nicht einmal eine kleine Spur gefunden. Seine Eltern waren Gewohnheitsmenschen, also hatte er mit ihren Lieblingshotels – den teuren – angefangen. Dann hatte er mit den großen Ketten weitergemacht. Niemand hatte seine Eltern gesehen.

Müde streifte er seine Schuhe ab und ließ sich rückwärts auf die Matratze fallen. Er war erschlagen genug, um sofort einzuschlafen, ohne sich um seine Krawatte zu kümmern oder auch nur die Füße aufs Bett zu hieven. Vielleicht waren seine Eltern doch nicht nach Philadelphia gekommen. Vielleicht war das Ganze vergebliche Liebesmüh. Vielleicht waren seine Eltern tot.

Er schloss die Augen und versuchte, an dem Pochen in seinem Schädel vorbeizudenken. Vielleicht sollte er sich hier bei der Polizei melden und in den Leichenschauhäusern nachsehen. Oder bei den Ärzten nachfragen. Möglicherweise hatten sie einen der Onkologen besucht, die auf der Liste aus dem PC seines Vaters standen. Nur würde natürlich kein Arzt etwas sagen. Ärztliche Schweigepflicht, würden sie ihm erklären.

Das Klingeln des Handys riss ihn aus seinem Dämmerzustand. Susannah.

»Hallo, Suze.«

»Du hast sie nicht gefunden.« Es war eine Feststellung, keine Frage.

»Nein. Dabei war ich heute in der ganzen Stadt. Ich frage mich langsam, ob sie wirklich hergekommen sind.«

»Sie waren hier«, antwortete Susannah tonlos. »Das Gespräch von Moms Handy mit Großmutter kam aus Philadelphia.«

Daniel kam mit einem Ruck hoch. »Woher weißt du das?«

»Ich hab es zurückverfolgen lassen. Ich dachte, du wolltest es wissen. Ruf mich an, wenn du sie gefunden hast. Wenn nicht, lass es. Mach's gut, Daniel.«

Sie wollte auflegen. »Suze, *warte.*«

Er hörte ihr Seufzen. »Was ist?«

»Es war ein Fehler. Nicht, dass ich gegangen bin. Ich musste gehen. Aber ich hätte dir sagen müssen, wieso.«

»Und jetzt willst du es mir sagen?« Ihre Stimme war kalt, und es tat ihm weh.

»Nein. Weil es sicherer für dich war, und heute ist das nicht anders.«

»Daniel, es ist schon spät. Du sprichst in Rätseln, und darauf habe ich keine Lust.«

»Suze … damals hast du mir vertraut.«

»Damals.« Das einzelne Wort klang endgültig.

»Bitte vertrau mir auch jetzt. Nur in dieser Sache. Wenn du etwas weißt, bist du in Gefahr. Deine Karriere wäre in Gefahr. Du hast zu hart gearbeitet, um dorthin zu kommen, wo du jetzt bist, als dass ich dir alles kaputt machen dürfte, nur weil ich mein schlechtes Gewissen erleichtern will.«

Sie schwieg so lange, dass er schon glaubte, die Verbindung sei unterbrochen. Schließlich murmelte sie: »Ich weiß, was Ihr Sohn getan hat. Weißt du es, Daniel?«

»Ja.«

»Und du willst, dass ich dir verzeihe?«

»Nein. Das erwarte ich gar nicht. Ich weiß nicht, was ich will. Vielleicht, dass du mich wieder Danny nennst.«

»Du warst mein großer Bruder, und ich brauchte damals deinen Schutz. Aber inzwischen habe ich gelernt, mich selbst zu schützen. Ich brauche dich nicht mehr, Daniel. Ruf mich an, wenn du unsere Eltern gefunden hast.«

Sie legte auf, und er saß da auf seinem fremden Bett, starrte das Handy an und fragte sich, wie er es nur zu dieser verdammten, verzwickten, unmöglichen Situation hatte kommen lassen können.

Dienstag, 16. Januar, 22.15 Uhr

»Schnucki, wenn Sie nicht endlich bestellen wollen, dann müssen Sie wohl gehen. Die Küche schließt in fünfzehn Minuten.«

Vito sah auf die Uhr, bevor er die Kellnerin anblickte. »Okay, dann machen Sie mir eine große Pizza mit allem«, sagte er. »Und packen Sie sie ein. Ich nehme sie mit.«

»Sie kommt wohl nicht, was?«, fragte die Kellnerin mitfühlend und nahm die Karte.

Sophie hätte schon vor einer halben Stunde hier sein können. »Ich schätze nicht.«

»Na ja, ein Kerl wie Sie sollte keine Schwierigkeiten haben, eine andere zu finden.« Sie schnalzte mit der Zunge und ging in die Küche zurück, während Vito den Kopf an die Wand legte und die Augen schloss. Er wollte nicht daran denken, dass sie nicht gekommen war. Er wollte lieber an Dinge denken, auf die er Einfluss hatte.

Sie hatten vier der neun Opfer identifiziert. Fünf standen noch aus.

Rosen. Es duftete nach Rosen, und er spürte, wie der Tisch ruckelte, als sich jemand ihm gegenübersetzte. Sie war doch gekommen. Aber er rührte sich nicht und ließ die Augen geschlossen.

»Entschuldigung«, sagte sie, und er schlug die Augen auf. Sie saß auf der anderen Seite in ihrer Lederjacke und mit großen goldenen Ohrringen, und ihr Haar fiel ihr über eine Schulter nach vorn. »Ich warte auf jemanden, und ich denke, das sind vielleicht Sie.«

Vito lachte leise. Das hatte sie gesagt, als sie sich zum ersten Mal begegnet waren. Als er sie für eine Studentin auf Männerfang gehalten hatte. »Dieser Neuralisator funktioniert besser, als ich dachte. Vielleicht sollte ich ihn auch mal ausprobieren.«

Sie lächelte, und er spürte, wie ein wenig von dem Stress des Tages von ihm abfiel. »War es hart heute?«, fragte sie. »Das kann man sagen. Aber ich möchte eigentlich nicht über die Arbeit sprechen. Du bist hier.«

Sie hob eine Schulter. »Es ist schwer, Filmdevotionalien zu widerstehen. Danke.«

Sie hatte die Hände so fest ineinander verschränkt, dass man die Knöchel weiß hervortreten sehen konnte. Er holte tief Luft, griff über den Tisch, löste ihre Hände und umfasste die eine. »Es ist dir schwergefallen, uns seinen Namen zu nennen, aber du hast es getan. Das hat uns ein gutes Stück weitergebracht.«

Ihr Griff wurde fester, ihr Blick glitt zur Seite. »Und hoffentlich alle Mütter, Ehefrauen, Väter und Söhne. Ich wollte nicht, dass du dich mit Alan unterhältst, weil ich mich schäme. Aber ich hätte mich noch mehr geschämt, es aus diesem Grund zu verhindern.«

»Es war mir ernst mit dem, was ich in der Nachricht geschrieben habe. Brewster ist ein Arschloch. Du solltest die Sache vergessen.«

Sie schluckte. »Ich wusste nicht, dass er verheiratet war, Vito. Ich war jung und sehr dumm. Okay.« Sie sah auf – resolut, wie er fand. »Ich habe dir etwas mitgebracht.« Sie zog ein gefaltetes Papier aus der Tasche und reichte es ihm.

Vito nahm es und lachte. Sie hatte ihm eine Tabelle gemacht. Oben stand *Französisch, Deutsch, Griechisch, Japanisch,* an der Seite *Verdammt, Scheiße, Fick dich!* und *Dreck.* In den Kästchen standen die Kraftausdrücke in der jeweiligen Sprache.

Sie grinste breit, und wieder fiel etwas mehr von der Anspannung von ihm ab. »Ich hatte dir doch versprochen, dir noch ein paar Flüche beizubringen. Hier – ich habe auch die Lautschrift dazugeschrieben, damit du sie nicht falsch aussprichst. Das mindert die Wirkung.«

»Klasse. Aber du hast ›Arschloch‹ vergessen. Mein Neffe hat mich für dieses Wort eben noch zusammengestaucht.«

Mit hochgezogenen Brauen nahm sie ihm das Papier ab, zog einen Stift aus der Tasche und schrieb das Schimpfwort und seine Übersetzungen unten auf die Liste. Anschließend gab sie ihm den Zettel zurück, und er schob ihn in die Tasche. »Vielen Dank.« Dann nahm er wieder ihre Hände und spürte erleichtert, dass sie sich anscheinend entspannt hatte. »Ich war mir nicht sicher, ob du kommen würdest.«

»Ich hatte Probleme mit dem Motorrad. Einer meiner Studenten hat mich schließlich hergefahren.«

Er zog die Brauen zusammen. »Was für Probleme gab es denn?«

»Es sprang nicht an. Jemand hat mir Zucker in den Tank gekippt.«

»Wieso denn das?« Seine Augen verengten sich, als sie die Lippen zusammenpresste. »Du weißt, wer das war?«

»O ja, Brewsters Frau. Die spinnt. Hat mir einen Droh…brief geschickt. So was in der Art.«

»Sophie«, sagte er warnend.

Sie verdrehte die Augen. »Sie hat mir eine tote Maus geschickt und mich dann angerufen, um mir zu sagen, ich solle meine Hände bei mir behalten. Sie muss mitbekommen haben, wie Alan mit Clint telefoniert hat. Die Frau ist bewiesenermaßen nicht ganz dicht. Sie ist der festen Meinung, alle Frauen wollten sich Alan an den Hals werfen.«

»Seine aktuelle Assistentin machte durchaus diesen Eindruck auf mich.« Er seufzte. »Aber es tut mir leid, dass sie meint, du würdest es tun.«

»Ach, schon gut. Nein, wirklich. Ich habe mich jahrelang darum gedrückt, mich mit der Alan-Geschichte auseinanderzusetzen, und jetzt muss ich es. Alles nicht so schlimm.« Sie zog düster die Brauen zusammen. »Bis auf das mit meinem Motorrad. Das ärgert mich wirklich.«

Damit hatte sie ihm eine Tür aufgestoßen, an der er nicht vorbeilaufen durfte. »Ich kann dich nach Hause fahren.«

Seine Stimme hatte tiefer und rauer geklungen, als er es beabsichtigt hatte. Ihre Wangen färbten sich rot, und sie blickte nach unten, doch er hatte das Verlangen in ihren Augen bereits gesehen. Sofort wurde auch ihm ausgesprochen warm.

»Das wäre nett«, sagte sie ruhig. »Oh, das hätte ich fast vergessen.« Sie löste ihre Hand aus seiner und holte einen weiteren Zettel aus der Tasche. »Ich habe Informationen für euch. Über den verstorbenen italienischen Sammler. Alberto Berretti.«

Auf dem Papier standen die Namen von Berrettis Kindern und den Anwälten, außerdem Namen von Leuten, die für und mit ihm gearbeitet hatten, sowie seine wichtigsten Darlehensnehmer. Damit hatte er etwas, das er Interpol morgen früh vorweisen konnte. »Woher hast du die Namen?«

»Etienne – mein alter Professor, du erinnerst dich? Er wusste eigentlich kaum mehr als den Namen Berrettis. Aber mein Vater hat einen alten Freund, der jede Menge einflussreicher Menschen kennt. Ich habe ihn angerufen, und er konnte mir damit weiterhelfen.«

Vito versuchte, seine Verärgerung zu unterdrücken. »Waren wir uns nicht einig, dass du niemanden mehr anrufen solltest?«

»Ich habe ja auch niemanden angerufen, von dem ich glaube, dass er mit Antiquitäten handelt.« Sie war nun ebenfalls verärgert, gab sich im Gegensatz zu ihm jedoch keine Mühe, es zu verbergen. »Ich kenne Maurice seit meiner Kindheit. Er ist ein guter Mensch.«

»Sophie, ich bin dir dankbar dafür. Ich will nur nicht, dass dir etwas geschieht. Wenn du ihn so gut kennst, sollte ja alles in Ordnung sein.«

»Natürlich«, sagte sie indigniert. Aber sie zog die Hand, die er wieder hielt, nicht weg, und er wollte das als gutes Zeichen werten. Also nahm er auch noch ihre andere Hand.

»Also … dein Vater. Lebt er noch?«

Sie schüttelte traurig den Kopf. »Nein. Er ist vor zwei Jahren gestorben.«

Sie hatte ihren Vater offenbar gemocht. Im Gegensatz zu ihrer Mutter. »Es muss schwer für ihn gewesen sein, dass du viele Jahre so weit weg von ihm warst.«

»Nein, er lebte in Frankreich. Ich habe ihn am Ende seines Lebens öfter gesehen als in meiner Kindheit und Jugend.« Sie blickte ihn von der Seite an. »Mein Vater hieß Alex Arnaud.«

Vito zog die Brauen zusammen. »Den Namen habe ich schon gehört. Nein, verrat's mir nicht.«

Sie wirkte amüsiert. »Es würde mich allerdings sehr überraschen, wenn du ihn kennst.«

»Ich habe den Namen vor kurzem irgendwo gelesen. Bestimmt.« Plötzlich machte es in seiner Erinnerung »Klick«, und er starrte sie an. »Dein Vater war Alexandre Arnaud, der Schauspieler?«

Sie blinzelte. »Ich bin beeindruckt. Nicht viele Amerikaner kennen den Namen.«

»Mein Schwager ist ein Filmfreak. Das letzte Mal, als ich bei ihnen zu Besuch war, hatte er gerade seine Frankreich-Phase. Ein paar von den Filmen waren gar nicht so schlecht. Oh, Entschuldigung.«

»Schon gut. Welche hast du denn gesehen?«

»Kriege ich einen Bonus, wenn ich die Filmtitel aufsagen kann?«

Wieder wurden ihren Wangen rot, und er erkannte, dass in ihren Augen genauso viel Verlangen wie Schüchternheit zu lesen war. Einfach so zu flirten schien neu für sie zu sein, und das fand er ungeheuer reizvoll. »Na ja, ich habe nämlich ein gutes Erinnerungsvermögen«, neckte er sie und ließ widerstrebend ihre Hand los, als die Kellnerin mit einem wissenden Grinsen die Pizza zwischen sie stellte.

»Wollen Sie die immer noch zum Mitnehmen?«, fragte sie. »Ich kann Ihnen die Schachtel holen.«

»Ich bin ausgehungert«, gestand Sophie. »Wollen Sie schließen?«

Die Kellnerin tätschelte ihre Hand und zwinkerte Vito zu. »Erst wenn Sie gegessen haben, Schätzchen.«

Vito schnipste mit den Fingern. »*Sanfter Regen.* Der Film mit deinem Vater.«

Sophie hielt mitten im Kauen inne. »Wow. Du bist gut.«

Vito legte sich ein Stück Pizza auf den Teller. »Und was kriege ich jetzt dafür?«

Ihr Blick veränderte sich, und er sah ihren Puls in der Kuhle an ihrem Hals pochen, als sie die Unterlippe zwischen die Zähne nahm. »Weiß ich noch nicht.«

Vito schluckte, als auch sein Herzschlag sich beschleunigte. Am liebsten hätte er sie über den Tisch gezerrt und selbst in die Unterlippe gebissen. »Ach, keine Sorge. Mir fällt bestimmt etwas ein. Tu mir bloß den Gefallen und iss schnell, okay?«

Dienstag, 16. Januar, 23.25 Uhr

Das war gut. Verdammt gut. Nicht so gut wie *Warren stirbt*, aber immer noch besser als neunundneunzig Prozent der Schmierereien, die es in eine Galerie schafften.

Er betrachtete die Standfotos, dann wieder sein Gemälde von dem Augenblick, in dem Gregory Sanders gestorben war. Sanders' Gesicht. Noch im Tod sah es besser gefilmt aus als in Wirklichkeit. Der Bursche hatte was. Seine Lippen verzogen sich zu einem höhnischen Grinsen. Wahrscheinlich hätte er ein Star werden können.

Nun, wenn er irgendeinen Einfluss darauf hatte, dann würde

Gregory tatsächlich einer werden. Aber nun musste er erst einmal ein wenig sauber machen. Er würde die Leiche im unterirdischen Atelier abspritzen. In seinem Kerker. Gregory war beeindruckt gewesen. Und entsetzt.

Und das hatte er auch verdient. »Mich bestehlen zu wollen«, murmelte er. Der junge Mann hatte um Vergebung gefleht. Um Gnade. Aber er hatte ihm keine gewährt.

Das Filmmaterial von Gregory hatte ihm ein paar nützliche Szenen verschafft. Diebstahl war im Mittelalter ein weitverbreitetes Verbrechen gewesen und hatte unterschiedliche Strafen nach sich gezogen. Er hatte zwar ursprünglich andere Folterszenen geplant, aber letztlich war auch dies nicht übel.

Er würde im Morgengrauen den Toten vergraben und dann wieder zurückkommen, um an dem Spiel zu arbeiten. Morgen früh sollte er außerdem eine Antwort auf die E-Mail bekommen haben, die er der großen Blonden von USAModels geschickt hatte. Sie war eine Königin, die Van Zandt zufriedenstellen würde. Und dann würde er diesen verdammten Kopf explodieren lassen. Er war sich noch nicht sicher, wie er das bewerkstelligen sollte, aber es würde schon funktionieren.

Dienstag, 16. Januar, 23.30 Uhr

Sophies Hände zitterten, als sie versuchte, den Schlüssel ins Schloss von Annas Haustür zu stecken. Bis auf ihre knappen Richtungsanweisungen hatten sie während der Fahrt geschwiegen. Aber die ganze Zeit hatte er ihre Hand gehalten, manchmal so fest, dass sie beinahe zusammengezuckt wäre. Doch der Schmerz war willkommen, denn sie fühlte sich zum ersten Mal seit langem wieder lebendig. Und ausgesprochen ungeschickt. Sie fluchte leise, als der Schlüssel zum dritten Mal abrutschte.

»Gib mir das Ding«, befahl er sanft. Er schaffte es gleich beim ersten Mal, und die Hunde schlugen laut und gellend an. Sein Gesichtsausdruck hätte sie zum Lachen gebracht, wenn sie nicht so ungeduldig gewesen wäre. Beinahe entsetzt blickte er auf Lotte und Birgit herab.

»Was sind denn das für Viecher?«

»Die Hunde meiner Großmutter. Meine Tante Freya lässt sie mittags raus, daher haben sie es jetzt nötig. Kommt, Mädels.«

»Sie sind ja … bunt. Wie deine Handschuhe.«

Sophie zog den Kopf ein. »Das war ein Experiment. Sie müssen jetzt raus. Ich bin gleich wieder da.« Sie brachte die Hunde durch die Küche zur Hintertür und stand dann mit verschränkten Armen da und tappte ungeduldig mit dem Fuß auf den Holzboden der Veranda. »Beeilt euch«, zischte sie den Hunden zu, die im Garten herumschnüffelten. »Oder ihr kriegt einen Monat lang nur Trockenfutter.«

Die Drohung schien zu wirken, oder vielleicht war ihnen auch nur kalt, denn sie beeilten sich tatsächlich. Sophie hob sie auf und drückte ihre Wange nacheinander gegen die flauschigen Hundeköpfe, bevor sie sie in der Küche wieder absetzte. Sie verriegelte die Tür, drehte sich um und schnappte nach Luft. Vito hatte sich nur Zentimeter von ihr entfernt materialisiert und sah sie so eindringlich an, dass ihr die Knie weich wurden. Er hatte Mantel und Handschuhe ausgezogen und half ihr mit ihrer Jacke.

Sein Blick fiel auf ihre Brüste, die immer noch von Stoff bedeckt waren. Er verweilte dort, bevor er ihr in die Augen sah, und einen Moment lang glaubte sie, nicht mehr atmen zu können. Ihre Brüste spannten, ihre Nippel waren fast schmerzhaft empfindlich, und das Pulsieren zwischen ihren Beinen ließ sie wünschen, er würde sich beeilen.

Aber er dachte nicht daran. Mit einer Langsamkeit, die sie in den Wahnsinn trieb, zeichnete er mit dem Finger ihre Lippen nach, bis sie schauderte. Er lächelte. Wie ein Raubtier. Wenn ein Raubtier hätte lächeln können. »Ich will dich«, flüsterte er. »Ich würde lügen, wenn ich etwas anderes behaupten würde.«

Sie hob das Kinn und wünschte sich, er würde sie endlich anfassen. Warum tat er es nicht? »Dann behaupte es einfach nicht.«

Und dann vergrub er seine Hände in ihrem Haar, legte seine Lippen auf ihre und küsste sie. Er küsste sie hart und heiß und verlangend, und sie wollte mehr. Sie wollte von allem mehr.

Sie legte ihm die Hände flach auf die Brust und stöhnte beinahe, als er die harten Muskeln anspannte, und sie krallte sich in sein

Hemd und zog ihn näher zu sich heran. Dann schlang sie die Arme um seinen Nacken, stellte sich auf Zehenspitzen und schmiegte sich an ihn, um ihn überall an sich zu spüren.

Und er enttäuschte sie nicht, drückte sie gegen die Tür und presste die harte Schwellung in seiner Jeans genau an die Stelle, an der es sich am besten anfühlte. Die Tür in ihrem Rücken war eiskalt, aber Vitos Körper strahlte so viel Hitze aus, dass sie es kaum spürte. Endlich fanden seine Finger ihre Brüste, und er neckte und tastete und streichelte, bis sie erneut stöhnte.

Und dann hielt er abrupt inne und löste seine Lippen von ihren.

»Nein.« Es war ein Wimmern gewesen, aber es kümmerte sie nicht.

»Sophie. Sieh mich an.« Sie schlug die Augen auf. Sein Gesicht war so nah an ihrem, dass sie jede Wimper erkennen konnte. »Ich habe dir gesagt, was ich will. Ich muss es auch von dir hören. Sag mir, was du willst.«

»Dich.« Die einzelne Silbe kam heiser heraus. »Ich will dich.«

Er schauderte und stieß den Atem aus. »Es ist einige Zeit her für mich. Diesmal kann ich es nicht langsam angehen lassen.«

Diesmal. »Dann tu's nicht.«

Er nickte, ließ seine Hände abwärtsgleiten, griff nach dem Saum ihres Pullis und zog ihn ihr über den Kopf. Atemlos blickte er auf die weiße Spitze ihres BHs.

Und schluckte. »Gott, du bist so hübsch.« Er strich mit den Fingern über den Stoff, fuhr unter ihren Brüsten entlang und verfehlte absichtlich nur ganz knapp die Brustwarzen, die sich nun steinhart gegen die Spitze drängten. Ihr Herz schien explodieren zu wollen. »Fass mich an, Vito. Bitte.«

In seinen Augen leuchtete es auf, und im nächsten Moment zerrte er ihr den BH herunter. Nur eine Sekunde spürte sie die kalte Luft, dann bedeckten seine warme Hand und sein heißer Mund ihre Haut. Sie fuhr ihm mit den Fingern durchs Haar und hielt ihn fest, schloss die Augen und fühlte nur noch. Und es fühlte sich so gut an.

Zu bald schon richtete er sich wieder auf. »Sophie.«

Sie schlug die Augen auf. Seine Lippen waren nass, sein Blick glühte. »Wo schläfst du?«

Sie sah zur Decke. »Oben.«

Er grinste, beugte sich vor zu einem weiteren Kuss, und ihre Hände nestelten an seinen Hemdknöpfen, während seine am Reißverschluss ihrer Hose arbeiteten. Ohne sich voneinander zu lösen, bewegten sie sich aus der Küche und ließen auf dem Weg zur Treppe Kleidungsstücke fallen. An der untersten Stufe stoppten sie, und er drückte sie gegen die Wand. Sie war nun nackt, aber er trug noch seine Boxershorts. Heftig atmend musterte er sie von Kopf bis Fuß. »Du bist wunderschön.«

Das hatte man ihr schon einmal gesagt. Aber Worte waren nur das – Worte eben. Es war die Tat, die zählte. Ein wenig verzweifelt zog sie seinen Kopf herab und küsste ihn hart. Er knurrte, vertiefte den Kuss und strich ihr mit den Händen über den Rücken, packte ihre Pobacken und zog sie fest an sich. Sie spürte seine Erektion an ihrem Schambein pulsieren, und sie schmiegte ihre Hüften an ihn, um ihn direkter, besser, intensiver zu spüren. Und doch reichte es nicht. »Vito, komm, bitte!«

Sein Körper erbebte, und sie wusste, er brauchte es genauso dringend wie sie. Er wich einen Schritt zurück, nahm sie an der Hand, um sie die Treppe hinaufzuführen, aber sie schob ihre Finger in den Bund der Shorts und zog sie ihm aus. Wieder wurde sie nicht enttäuscht, und sie legte die Hand um ihn und drückte sanft, was ihm ein tiefes Stöhnen entlockte.

»Sophie, warte.«

»Nein. Jetzt. Hier.« Sie beugte sich vor, biss ihm in die Lippe und drückte die flache Hand gegen seine Brust. Fest sah sie ihm in die Augen. Das war Sex. Das war etwas, das sie kannte. Mit dem sie umgehen konnte. »Jetzt.«

Sie schob ihn zurück und setzte sich über ihn, als er auf die Stufen sank.

»Sophie, nicht …«

Sie schnitt ihm das Wort mit einem Kuss ab und ließ sich langsam auf ihn herabgleiten, ließ ihn in sich eindringen. Er war heiß und hart und groß, und sie schloss die Augen, als er sie ausfüllte. »Du willst mich.«

»Ja.« Er packte ihre Hüften, grub die Finger in ihre Haut.

»Dann nimm mich.«

Sie bog den Rücken durch, um ihn tiefer aufzunehmen, und

schlug die Augen wieder auf. Er presste die Kiefer zusammen, und sein schöner harter Körper erstarrte. Dann begann sie sich zu bewegen, langsam erst, jedoch immer schneller, als ihre Lust sich aufbaute und sie auf den Höhepunkt zueilte.

Mit einem Schrei kam sie, sackte nach vorn und stützte sich an der Stufe über ihm ab. Sie küsste ihn hart, und er stöhnte wieder, während seine Hüften die Stöße fortführten. Dann versteifte er den Rücken, stieß schneller zu und erreichte kurz nach ihr seinen Höhepunkt.

Schwer atmend, als habe er einen Hundert-Meter-Sprint hinter sich, ließ er sich auf seine aufgestützten Ellenbogen zurücksinken und legte den Kopf auf eine Stufe. Einen Moment lang schwiegen sie beide, dann erhob Sophie sich von ihm und setzte sich auf die Stufe etwas unterhalb von ihm. Sie fühlte sich entspannt und … verdammt gut. Sie strich ihm leicht über den Oberschenkel, aber er wich ihr aus, und erstaunt sah sie zu ihm auf. Er starrte sie an, doch nicht mit einer gesättigten Zufriedenheit, sondern in unglaublichem Zorn.

»Was«, sagte er heiser, »zum Teufel, war das denn?«

14. Kapitel

Mittwoch, 17. Januar, 00.05 Uhr

SOPHIES KINNLADE FIEL HERAB. »Wie bitte?«

»Du hast mich doch gehört.« Er sprang auf die Füße, zog seine Boxershorts an, verschwand in der Küche und ließ sie nackt auf der Treppe sitzen. Als er zurückkam, trug er seine Jeans und warf ihr ihre Sachen zu, doch sie machte keine Anstalten, sie aufzufangen.

Ihr ganzer Körper war wie betäubt, und das hatte nichts mehr mit Lust zu tun. »Warum bist du plötzlich so sauer?«

Er stemmte die Hände in die Hüften und starrte sie an. »Willst du mich auf den Arm nehmen?«

»Du wolltest mich. Du hast gekriegt, was du wolltest.« Eine

Woge von Zorn verdrängte die Taubheit, und sie sprang auf die Füße. »Was hast du denn plötzlich für ein Problem damit? War es nicht gut genug für dich?«

Den letzten Satz hatte sie höhnisch ausgesprochen, denn das Gefühl der Demütigung begann, die Wut zu verdrängen.

»Es war verdammt gut. Aber das da« – er deutete auf die Treppe – »war nicht, was ich wollte. Das war …« Er presste die Lippen zusammen. »Ein Fick.«

Das Wort kränkte sie. »Ach, und jetzt fühlst du dich benutzt, oder was? Du hast gekriegt, weshalb du hier warst, Vito. Wenn die Methode nicht nach deinem Geschmack war, dann hast du es wenigstens umsonst bekommen.«

Er schien plötzlich in sich zusammenzusinken. »Sophie, ich bin nicht wegen … ich wollte doch …« Er zuckte unbeholfen mit den Schultern. »Ich wollte dich lieben.«

Die Worte waren wie reiner Spott für sie. »Du liebst mich nicht«, stieß sie verbittert hervor.

Er schluckte hart und schien nach Worten zu suchen. »Nein, tue ich wohl nicht. Noch nicht. Aber ich … ich könnte es. Sophie, hast du noch nie das getan, was man gemeinhin als ›Liebe machen‹ bezeichnet?«

Sie hob das Kinn, gefährlich nah dran, in Tränen auszubrechen. »Wage es nicht, dich über mich lustig zu machen.«

Er stieß den Atem aus, nahm ihre Unterwäsche und hielt sie ihr hin. »Komm, zieh dich an.«

Sie schluckte den Kloß in ihrer Kehle herunter. »Nein. Ich will, dass du gehst.«

»Ich gehe aber nicht, bevor wir uns nicht unterhalten haben.« Er klang wieder sanft. »Sophie.« Wieder hielt er ihr die Unterwäsche hin. »Zieh sie an, oder *ich* ziehe sie dir an.«

Irgendwie zweifelte sie nicht daran, also riss sie ihm die Wäsche aus der Hand. Mit wütenden Bewegungen zog sie ihren Slip an und breitete, nackt bis auf das kleine Stück Stoff, die Arme aus. »Zufrieden?«

Er verengte die Augen. »Wohl kaum.« Er stülpte ihr den Pulli über den Kopf, als sei sie ein Kleinkind, aber sie schob seine Hände weg.

»Das kann ich allein«, fauchte sie. Sie steckte die Arme in die Ärmel und zerrte die Hose über ihre Hüften. »So, jetzt bin ich fertig angezogen. Und nun verschwinde endlich aus meinem Haus.«

Er nahm sie am Handgelenk und zog sie mit sich ins Wohnzimmer. »Hör auf, dich zu wehren.« Dort angekommen, schubste er sie sanft auf die Couch.

»Hör auf, dich wie ein Arschloch zu benehmen«, konterte sie wütend.

Doch dann fiel sie in sich zusammen, gab auf und ließ den Tränen freien Lauf. »Was, zur Hölle, willst du eigentlich von mir?«

»Offensichtlich nicht das, was du zu geben gelernt hast.«

Zornig wischte sie sich über die Wangen. »Ich hatte noch nicht viele Männer. Überrascht?«

Er stand noch immer vor ihr, die Hände in die Hüften gestemmt. Auch er war noch immer wütend, aber nun hatte der Zorn nicht mehr viel mit ihr zu tun. Ihrer dagegen war ganz auf ihn gerichtet. *Na, toll. Wen wundert's?*

»Nein«, murmelte er. »Ich bin nicht überrascht.«

»Aber kein *Kunde* war je unzufrieden mit mir oder dem Sex. Und nun kommst du.«

Er verzog das Gesicht. »Tut mir leid. Ich wollte dich unbedingt, und es ist lange her, dass ich … Sophie, das eben war unglaublich. Aber es war … nur Sex.«

Sie sog bebend die Luft ein. »Und was genau hast du erwartet? Mondschein? Romantische Musik? Eine Schmusestunde danach, in der du mir Versprechungen machst, die du niemals einzulösen gedenkst? Nein danke.«

Seine Augen blitzten auf. »Ich mache keine Versprechungen, die ich nicht einzulösen gedenke.«

»Oh, wie edel von dir.« Sie senkte den Blick und war plötzlich nur noch müde. »Du hast gesagt, du wolltest es schnell, also habe ich dir schnell gegeben. Tut mir leid, wenn du jetzt enttäuscht bist.«

Er setzte sich neben sie, und sie zuckte zusammen, als sein Daumen zärtlich über ihre Wange strich. »Ich habe gesagt, ich könne es nicht langsam angehen lassen.« Er schob seine Hand durch ihr Haar in ihren Nacken und zog sie sanft zu sich. Die weiche, tiefe Stimme ließ ihr Herz erneut schneller hämmern, aber sie weigerte sich, die Augen zu öffnen. »Das ist etwas anderes, als einen Sprint hinzulegen, weil es danach sowieso nichts mehr gibt.« Er küsste ihre Lider, dann ihre Mundwinkel. »Ich wollte so vieles mit dir machen.« Seine Lippen küssten ihre zärtlich. »Für dich machen.« Sie schauderte und spürte sein Lächeln. »Willst du denn gar nicht wissen, *was* ich alles machen wollte?«, neckte er, und jeder Nerv in ihrem Körper begann zu vibrieren.

»Vielleicht«, flüsterte sie, und er lachte in sich hinein.

»Sophie, jedes beliebige Paar kann Sex haben. Aber du gefällst mir. Sehr. Ich will mehr von dir.«

Sie schluckte. »Aber vielleicht kann ich dir nicht mehr geben.«

»O doch, das glaube ich doch«, wisperte er. »Sieh mich an.«

Sie zwang sich aufzublicken, doch sie fürchtete sich vor dem, was sie sehen würde. Sarkasmus und Verachtung konnte sie verkraften. Das kannte sie. Mitleid würde schwerer zu ertragen sein. Doch ihr stockte der Atem, denn was sie in seinem Blick sah, war Begierde, gemischt mit Zärtlichkeit, und sogar ein amüsiertes Funkeln, das jedoch nichts mit Spott zu tun hatte. »Lass mich dir zeigen, was der Unterschied zwischen Rammeln und Liebemachen ist.«

Tief in ihrem Inneren hatte sie immer gewusst, dass es mehr geben musste, aber sie hatte nie erlebt, was Paare, die sich aufeinander einließen, erlebten. Tief in ihrem Inneren hatte sie immer gewusst, dass sie stets nur … sie zuckte innerlich zusammen, gerammelt hatte. Irgendwie war es leichter für sie gewesen. Aber sie hatte sich immer mehr gewünscht.

Er zupfte mit den Zähnen an ihrer Unterlippe. »Komm schon, Sophie, das wird dir besser gefallen.«

Ihr Blick glitt zur Treppe. »Besser als *das?*«

Er lächelte siegesgewiss. »Das garantiere ich dir.« Er stand auf und hielt ihr die Hand hin.

Sie beäugte sie. »Und was, wenn ich nicht wirklich befriedigt bin?«

»Ich mache keine Versprechungen, die ich nicht einzulösen gedenke.« Er zog sie auf die Füße. »Wenn ich dich nicht befriedigen kann, dann muss ich wohl an mir arbeiten, bis es mir gelingt.« Er umfasste ihr Kinn und ließ seine Lippen zart über ihre gleiten. »Komm ins Bett, Sophie. Ich will dir ein paar schöne Dinge zeigen.«

Sie atmete unsicher ein. »Na gut.«

Mittwoch, 17. Januar, 5.00 Uhr

Vito kroch aus dem Bett, in dem Sophie zusammengerollt wie ein Kätzchen schlief. Ein sehr schönes, wissbegieriges Kätzchen. Mit Krallen. Die sie ihm in den Rücken gebohrt hatte, als er sie das letzte Mal zum Höhepunkt gebracht hatte. Die Erinnerung ließ ihn schaudern. Nichts wäre ihm lieber gewesen, als die Krallen erneut in seiner Haut zu spüren, aber er musste nach Hause, sich umziehen und zur Arbeit fahren.

Ein weiterer Tag mit Toten, die identifiziert werden mussten. Mit trauernden Angehörigen. Und der Suche nach einem Mörder, der aufgehalten werden musste, bevor es noch mehr Tote oder trauernde Angehörige gab. Vito zog seine Kleider an und küsste Sophies Schläfe. Immerhin hatte er einen Kunden zufriedenstellen können.

Er sah sich nach etwas um, auf das er schreiben konnte. Er würde nicht gehen, ohne sich zu verabschieden. Vermutlich waren ihr in den vergangenen Jahren zu oft Männer begegnet, die sich nahmen, was sie wollten, und dann aus ihrem Leben verschwanden. Irgendwann war sie anscheinend zu dem Schluss gekommen, mehr könne sie ohnehin nicht bekommen.

Auf ihrem Nachttisch war kein Papier zu finden, außer Verpackungen von Süßigkeiten, aber die zählten wohl nicht. Doch ein gerahmtes Foto weckte seine Aufmerksamkeit. Er nahm es mit ans Fenster, um es im Licht der Straßenlaterne zu betrachten. Das Bild musste irgendwann in den fünfziger Jahren aufgenommen worden sein. Eine junge Frau mit langen, dunklen Haaren und großen Augen sah ihm entgegen. Sie saß seitlich auf einem Stuhl vor einer Spiegelkommode und blickte über die Stuhllehne. Vito dachte an Sophies Vater, einen französischen Filmstar, mit dem sie erst am Ende seines Lebens mehr Zeit hatte verbringen können. Er überlegte, ob es sich hier um ihre Mutter handelte, zweifelte jedoch daran, dass sie ein Bild von ihr neben ihr Bett gestellt hätte.

»Meine Großmutter.«

Er sah sich um und entdeckte, dass sie sich aufgesetzt und die Knie an die Brust gezogen hatte.

»War sie auch Schauspielerin?«

»Fast.« Sie zog eine Braue hoch. »Du kriegst einen Bonuspunkt, wenn du auch noch weißt, wer *sie* ist.«

»Oh, der Bonus von vorhin hat mir gut gefallen. Gibst du mir einen Tipp?«

»Nein. Aber ich mache dir Frühstück.« Sie grinste. »Das ist das Mindeste, was ich tun kann.«

Er erwiderte das Grinsen und nahm dann ein anderes Foto, das er zum Licht drehte. Es war dieselbe Frau, diesmal in Begleitung eines Mannes, den er tatsächlich erkannte. »Deine Großmutter kannte Luis Albarossa?«

Ihr Kopf tauchte aus der Halsöffnung ihres Pullis auf, und sie sah ihn verblüfft an. »Was bist du denn für einer? Du kennst französische Schauspieler und italienische Tenöre?«

»Mein Großvater war Opernfan.« Er zögerte. »Ich bin's auch.«

Sie bückte sich, um eine Jogginghose überzuziehen, und ihr Haar fiel wie ein Vorhang nach vorn. Sie teilte es mit einer Hand und spähte darunter hervor. »Wo liegt das Problem?«

»Nirgendwo. Nur manche Leute finden das nicht sehr …«

»Männlich? Das ist nur der typische Macho-Schwachsinn, der sich in jeder patriarchalischen Gesellschaft findet.« Sie zog die Hose zurecht und warf das Haar nach hinten. »Ob Oper oder Guns-N-Roses – nichts davon ist mehr oder weniger männlich. Im Übrigen bin ich wohl der letzte Mensch, dem du jetzt noch deine Männlichkeit beweisen müsstest.«

»Erzähl das mal meinen Brüdern und meinem Vater.«

Sie sah ihn amüsiert an. »Was? Dass du klasse im Bett bist?«

Er lachte. »Nein. Dass Opern zu mögen männlich ist.«

»Aha. Man sollte sich immer präzise ausdrücken. Also war dein Großpapa ein Opernliebhaber?«

»Jedes Mal, wenn er in die Stadt kam, kaufte er Karten, aber niemand wollte mit ihm gehen – bis auf mich. Mit zehn habe ich Albarossa in *Don Giovanni* gesehen. Es war fantastisch.« Er sah sie an. »Komm, gib mir einen kleinen Tipp. Wie hieß deine Großmutter mit Nachnamen?«

»Johannsen«, sagte sie grinsend. »Lotte, Birgit! Zeit zum Rausgehen.« Die Hunde kamen kläffend aus einem der Zimmer. Sie ging die Treppe hinunter, und er folgte ihr.

»Nur einen kleinen Hinweis.«

Sie grinste wieder nur und ging in Begleitung der zwei albernen Regenbogenhunde durch die Hintertür hinaus. »Du weißt schon jetzt viel zu viel. Einen Doppelbonus musst du dir erarbeiten.«

Leise lachend schlenderte Vito durch das Wohnzimmer und sah sich um. Ein Doppelbonus war nicht zu verachten. Außerdem, das musste er sich eingestehen, war er wirklich neugierig. Sophie Johannsen war selbst schon eine verflucht interessante Person, aber wie es schien, hatte ihr Stammbaum faszinierende Abzweigungen und Knotenpunkte.

Er fand, wonach er gesucht hatte, und trug es in die Küche. Sie holte gerade Töpfe und Pfannen aus den Schränken.

»Du kannst kochen?«, sagte er überrascht.

»Na ja, wieso nicht? Eine Frau kann nicht allein von Beef Jerky und Schokoriegeln leben. Ich koche sogar gut.« Sie blickte auf das gerahmte Programm, das er in der Hand hielt, und seufzte theatralisch. »Also, wer ist sie?«

Vito lehnte sich an den Kühlschrank, zufrieden mit sich, dass er sich seinen Doppelbonus verdient hatte, aber gleichzeitig voller Ehrfurcht. »Deine Großmutter ist Anna Shubert. Meine Güte, Sophie, mein Großvater und ich haben sie in *Orfeo* in der Academy gehört. Ihr ›Che farò‹ …« Er wurde ernst, als er sich an die Tränen seines Großvaters erinnerte. »Nach der Arie gab es kein trockenes Auge mehr im Publikum. Sie war umwerfend.«

Sophie lächelte traurig. »Ja, das war sie. *Orfeo* hier in Philly ist ihr letzter Auftritt gewesen. Ich werde ihr erzählen, dass du sie kennst. Das wird sie freuen.« Sie stieß ihn sanft aus dem Weg, nahm Eier und Sahne aus dem Kühlschrank und stellte beides auf die Arbeitsplatte. Sie ließ die Schultern hängen. »Es ist so traurig, sie sterben zu sehen.«

»Das tut mir leid. Mein Vater ist herzkrank. Wir sind für jeden Tag dankbar, den er noch bei uns ist.«

»Dann kannst du es ja verstehen.« Sie blies sich das Haar aus der Stirn. »Im Wohnzimmer findest du ein paar Fotoalben. Da du Opernfan bist, müsste dich das begeistern können.«

Freudig brachte er die Alben an den Tisch. »Die müssten einiges wert sein.«

»Für Gran ja. Und mich auch.« Sie stellte ihm einen Kaffeebecher hin. »Das ist das Opernhaus in Paris. Der Mann da neben Gran ist Maurice. Er ist derjenige, der mir die Informationen über den toten Sammler gegeben hat.« Sie wandte sich wieder dem Herd zu.

Vito runzelte die Stirn. »Ich dachte, du hättest gesagt, dieser Maurice sei der Freund deines Vaters gewesen.«

Sie schnitt ein Gesicht. »Er war Alex' Freund. Aber auch Grans. Es ist ein bisschen kompliziert. Und unschön.«

Sie nannte ihren Vater beim Vornamen. Das war interessant. »Sophie, spann mich nicht auf die Folter.«

Sie lachte leise. »Maurice und Alex waren zusammen auf der Uni. Beide waren reiche Playboys. Anna war Mitte vierzig und auf dem Höhepunkt ihrer Karriere. Sie tourte durch Europa. Zu dem Zeitpunkt war sie schon lange Witwe. Ich nehme an, sie fühlte sich ziemlich einsam. Alex bekam ein paar kleinere Filmrollen. Maurice arbeitete für die Pariser Oper, wo er sie auch kennenlernte. Die Oper veranstaltete eine Party, und Maurice lud meinen Vater ein, stellte die beiden einander vor und ...« Sie zuckte die Achseln. »Man hat mir erzählt, die beiden hätten sich sofort ineinander verliebt.«

Vito sah sie entgeistert an. »Deine Großmutter und dein Vater? Das ist ... äh.«

Sie verquirlte die Eier mit einem Schneebesen. »Technisch betrachtet war sie nicht meine Großmutter und er nicht mein Vater. Noch nicht jedenfalls. Ich war noch nicht in Planung.«

»Aber ...«

»Ich sagte ja, dass es unschön wird. Jedenfalls hatten sie eine Affäre.« Sie sah stirnrunzelnd in die Pfanne, in die sie die Eier kippte. »Dann stellte sie fest, dass er verheiratet war. Und gab ihm den Laufpass.«

Vito begann das Muster zu erkennen. »Ich verstehe.«

Sie warf ihm einen schrägen Blick zu. »Tja, Alex aber nicht. Anna wurde in Hamburg geboren, wuchs aber in Pittsburgh auf. Alex muss wohl ziemlich niedergeschmettert gewesen sein, als sie ihn verließ.«

»Wer hat dir das alles erzählt?«

»Maurice. Er liebt Klatschgeschichten und Gerüchte. Deswegen wusste ich ja auch, dass er mir bestimmt etwas über Alberto Berretti sagen könnte.«

»Und wie bist du … ins Bild gekommen?«

»Ah. Jetzt wird's noch elender. Anna hatte zwei Töchter. Freya die Gute und Lena.«

»Die Böse?«

Sophie zuckte nur die Achseln. »Sagen wir einfach, Lena und Anna verstanden sich nicht. Freya war die Ältere und bereits verheiratet. Mit meinem Onkel Harry. Lena war siebzehn, starrköpfig und rebellisch. Sie wollte selbst Sängerin werden. Aber Anna weigerte sich, sie dabei zu unterstützen und sie in die Opernwelt einzuführen. Es kam zu einem ziemlich hässlichen Bruch. Und dann ließ Anna meinen Vater fallen.«

Sie schaufelte Eier auf zwei Teller und stellte sie auf den Tisch. »Wie ich schon sagte – Alex war niedergeschmettert und im Grunde genommen ständig betrunken. Das ist keine Entschuldigung, aber … Nun, jedenfalls lernte er eines Abends in einer Bar eine sehr junge Frau kennen, die ihn nach allen Regeln der Kunst verführte. Es war Lena.«

»Lena hat ihn verführt, um sich an ihrer Mutter zu rächen? Oha.«

»Und es wird noch schlimmer. Lena und Anna stritten fürchterlich. Lena lief davon, und Anna kehrte nach Pittsburgh zurück, um ihre Wunden zu lecken. Ich glaube, Anna hat Alex wirklich geliebt und ursprünglich gehofft, dass er sie heiraten würde.« Sie schob das Essen auf dem Teller hin und her. »Neun Monate später kam Lena mit einem schreienden Bündel im Arm nach Hause. *Et voilà*.« Sie pochte mit der Gabel auf den Teller. »Und so bin ich auf der Bildfläche erschienen.«

»Ein Kind aus einer verbotenen Affäre, die durch eine andere verbotene Affäre begonnen hat«, schloss Vito ruhig. »Dann hast du Brewster kennengelernt und unwissentlich genau das getan, was deine Mutter und Anna getan haben.«

»Tja, ich bin nicht so schwer zu durchschauen. Aber ich bin eine gute Köchin. Iss auf, bevor es kalt wird.«

Wieder verschloss sie ihm die Tür vor ihrer Vergangenheit, aber jedes Mal ließ sie sie ein wenig länger offen stehen. Er wusste noch immer nicht, was mit ihrer Mutter geschehen war, wie Katherine Bauer zu der »Mutter wurde, die sie nie hatte«, und er wusste auch noch nicht, was es mit dem Leichensack auf sich hatte, aber er würde sich in Geduld üben. Sein Teller war leer, und er schob ihn zur Seite. »Was machst du jetzt mit dem Motorrad?«

»Ich lass es abschleppen. Könntest du mir die Nummer von deinem Mechaniker geben?«

»Sicher, aber du solltest es trotzdem der Polizei melden. Und die tote Maus auch. Brewsters Frau darf dich nicht einfach so terrorisieren.«

Sie schnaubte verächtlich. »Du kannst deinen Doppelbonus darauf wetten, dass ich sie anzeigen werde. Die Frau hat mich schon einmal drangsaliert, ein zweites Mal lasse ich das nicht zu.«

»Braves Mädchen. Und wie kommst du heute zur Arbeit?«

»Ich kann Grans Wagen nehmen, bis meine Kiste wieder fahrtüchtig ist.« Sie rümpfte die Nase. »Das Auto ist schon okay, es riecht bloß nach Lotte und Birgit.«

Prompt kamen die Hunde angelaufen und wackelten mit ihren bunten Hinterteilen, in der Hoffnung, ein paar Häppchen abstauben zu können.

Vito lachte leise. »Lotte Lehmann und Birgit Nilsson. Opernlegenden.«

»Und große Vorbilder. Die Hunde nach ihnen zu benennen war die größte Ehre, die meine Großmutter ihren Idolen zuteilwerden lassen konnte. Die Hunde sind für Gran wie ihre Kinder. Sie verwöhnt sie entsetzlich.«

»Hat sie sie gefärbt?«

Sophie stellte die Teller in die Spüle. »Nein, das habe ich verbrochen. Ich brachte Gran von der Reha nach ihrem Schlaganfall nach Hause … bevor sie die Lungenentzündung bekam und ins Pflegeheim musste. Sie saß am Fenster und sah den Hunden draußen beim Herumtollen zu, aber ihre Augen wurden immer schlechter. Dann schneite es, und sie konnte die weißen Hunde draußen nicht mehr erkennen.« Ihre Stimme verklang. »Damals hielt ich die Idee für gut. Es war bloß Lebensmittelfarbe. Und sie ist schon ganz schön ausgeblichen.«

Vito lachte laut auf. »Du bist unglaublich.« Er trat hinter sie, schob ihr das Haar aus dem Nacken und küsste sie dort. »Wir sehen uns heute Abend.«

Sie schauderte. »Ich muss heute Abend zu Gran. Freya spielt mittwochs immer Bingo.«

»Dann komme ich mit, wenn ich darf. Man hat nicht oft die Gelegenheit, einer Legende zu begegnen.«

Mittwoch, 17. Januar, 6.00 Uhr

Etwas war anders. *Falsch.* Er fuhr über den Highway zu seinem Feld. Gregory Sanders' Leiche lag in einem Plastiksack unter der Plane hinten auf der Ladefläche. Normalerweise kam ihm auf diesem Stück Straße nie ein Wagen entgegen. Heute waren es schon zwei gewesen. Reiner Instinkt veranlasste ihn dazu, an der Zufahrtsstraße vorbeizufahren, ohne das Tempo zu drosseln, und was er entdeckte, versetzte ihm beinahe einen Herzschlag. Dort wo die Zufahrtsstraße auf den Highway traf, hätte unberührter Schnee sein sollen, aber stattdessen sah er dort ein Gewimmel an Reifenspuren, die in alle Richtungen gingen.

Bittere Galle stieg in seiner Kehle auf, und er würgte. Sie hatten seinen Friedhof gefunden. Aber wie? Und wer? Die Polizei?

Er zwang sich zu atmen. Ziemlich wahrscheinlich, dass es die Polizei gewesen war.

Jetzt finden sie mich. Fassen mich. Mühsam rang er um Luft. *Entspann dich. Sie kriegen dich nicht. Sie können die Leichen nicht identifizieren.*

Und selbst wenn, gab es keinerlei Verbindung zu ihm. Sein Herz hämmerte wild, und er wischte sich mit dem Handrücken über die Lippen. Er musste hier weg. Er hatte Gregory Sanders' Leiche im Auto. Wenn man ihn aus irgendeinem Grund anhielt, dann würde nicht einmal er sich herausreden können.

Also atme. Atme einfach. Denk nach. Du bist clever genug.

Er war sorgsam vorgegangen. Er hatte Handschuhe getragen und dafür gesorgt, dass nichts von seinem Körper in Kontakt mit den Leichen kam. Also würde ihn nichts mit den Opfern verbinden, selbst wenn sie jedes einzelne davon identifizierten. Er hatte nichts zu befürchten.

Er atmete. Und dachte nach. Zunächst musste er Gregory Sanders loswerden. Dann musste er herausfinden, was die Cops wussten und wie sie es herausgefunden hatten. Wenn sie ihm zu nahe kamen, würde er untertauchen.

Er wusste, wie man untertauchte. Das hatte er schon einmal getan.

Er fuhr ungefähr fünf Meilen weiter. Niemand verfolgte ihn. Er bog von der Straße ab, verbarg sich hinter ein paar Bäumen. Und wartete. Mit angehaltenem Atem. Kein Polizeiwagen fuhr vorbei. Überhaupt kein Wagen fuhr vorbei.

Er stieg aus und war zum ersten Mal froh über die Kälte des Winters, die seine erhitzte Haut kühlte. Am Straßenrand ging es steil bergab in eine kleine Schlucht. Ein guter Platz, um eine Leiche loszuwerden.

Er ließ die Heckklappe herunter, zog die Plane zur Seite und packte mit behandschuhten Fingern den Plastiksack. Er zerrte den Sack in den Schnee und schob mit dem Fuß, bis die Leiche zu rutschen begann. Sie stieß gegen einen Baumstamm, rutschte aber weiter hinab bis ins Tal hinein. Eine Spur war sichtbar, doch wenn er Glück hatte, würde es in der Nacht wieder schneien, und die Cops würden Sanders nicht vor dem Frühling finden.

Und bis dahin würde er weit fort sein. Er stieg wieder hinters Steuer und wendete den Wagen. Er war sich nicht sicher, ob er das Richtige getan hatte.

Bis er wieder an der Zugangsstraße vorbeifuhr. Zwei Streifenwagen standen dort, einer mit der Schnauze zum Feld, der andere zum Highway. *Schichtwechsel.* Er war nur um Haaresbreite entkommen. Ein Officer stieg aus dem Auto, als er sich näherte.

Sein erster Impuls war es, aufs Gas zu treten und den Cop umzufahren, aber das wäre dumm gewesen. Befriedigend, aber letztlich dumm. Er bremste ab und hielt. Setzte einen verwirrten Blick auf und ließ sein Fenster herab.

»Wohin wollen Sie, Sir?«, fragte der Officer.

»Zur Arbeit. Ich wohne hier in der Nähe.« Er blinzelte, tat, als wolle er an dem Streifenwagen vorbeisehen. »Was ist denn los? Ich habe heute so viele Wagen wie sonst nie gesehen.«

»Dieses Gebiet ist abgesperrt, Sir. Bitte nehmen Sie eine andere Straße, falls Ihnen das möglich ist.«

»Leider nein. Es gibt keine andere«, antwortete er.

Der Polizist holte einen Notizblock aus der Tasche. »Könnten Sie mir bitte Ihren Namen nennen, Sir?«

Nun zahlt sich sorgfältige Planung aus, dachte er und ließ sich zufrieden in den Sitz zurücksinken. »Jason Kinney.« Auf diesen Namen hatte er sein Nummernschild registriert, und zwar höchstpersönlich vergangenes Jahr in der Datenbank des Kraftfahrzeugamts. Jason Kinneys Führerschein war nur einer von mehreren, die er in seiner Brieftasche mit sich führte. Es war immer sehr nützlich, gründlich zu sein.

Der Officer wanderte langsam um das Auto, um aufs Nummernschild zu sehen. Er sah unter die Plane, bevor er zurückkam und sich an die Krempe des Huts tippte. »Da wir nun wissen, dass Sie in dieser Gegend wohnen, müssen wir Sie nicht noch einmal anhalten.«

Er nickte. Als würde er jemals wieder hier vorbeifahren. »Vielen Dank, Officer. Einen schönen Tag noch.«

Mittwoch, 17. Januar, 8.05 Uhr

Jen McFain blickte ihm finster entgegen. »Wir haben ein Problem, Vito.«

Vito setzte sich auf seinen Platz am Kopf des Tisches, noch immer ein wenig atemlos von seinem morgendlichen Wettlauf. Nachdem er Sophie verlassen hatte, war er nach Hause gerast, hatte geduscht und sich mehrmals bei Tess entschuldigt, dass er die Nacht fortgeblieben war, ohne anzurufen. Dann war er zur Arbeit gefahren, nur um am Haupteingang von einem Rudel Reporter mit blitzenden Kameras abgefangen zu werden.

»Ich hatte heute Morgen schon jede Menge Probleme, Jen. Was ist deins?«

»Keine Krapfen, mein Herz. Was soll denn das für ein Meeting sein?«

»Genau, Vito«, stimmte Liz ein. »Was für ein Meeting, das nicht mit Krapfen beginnt?«

»Als hätten Sie schon mal was zu essen zum Meeting mitgebracht«, wandte Vito sich vorwurfsvoll an Liz, und sie grinste.

»Tja, aber Sie haben es beim ersten Mal getan – und damit eine Tatsache geschaffen. Oberste Regel für einen Teamleiter: Führe niemals eine Tradition ein, die du nicht durchzuhalten gedenkst.«

Vito sah sich am Tisch um. »Noch jemand mit einer unzulässigen Beschwerde?«

Liz wirkte amüsiert, Katherine ungeduldig. Bev und Tim vor allem müde.

Jen sah ihn weiterhin finster an. »Geizhals«, murrte sie, und Vito verdrehte die Augen.

»Wir haben nun noch eines der Opfer identifiziert. Bill Melville ist Opfer drei-eins. Ich habe ihn bereits ins Raster eingetragen. Außerdem haben wir einen Namen. E. Munch. Nick hat ihn gestern durch die Datenbank geschickt, aber nichts Brauchbares zutage gefördert.«

»Na ja, er wird wohl kaum seinen echten Namen benutzt haben«, sagte Jen. »Ich würde allerdings Dollar gegen *Donuts* verwetten« – sie funkelte ihn bedeutungsvoll an –, »dass der Name etwas zu bedeuten hat.«

»Da könntest du recht haben. Irgendeine Assoziation, abgesehen von der naheliegenden ›Munch‹-Mampf-Verbindung?«

Jens Lippen zuckten. »Sehr komisch, Chick. Ich denke mal drüber nach.«

»Danke.« Er wandte sich an Katherine. »Was gibt's bei dir Neues?«

»Wir haben die beiden älteren Opfer aus der zweiten Reihe – Mann und Frau – obduziert, aber nichts finden können, was bei der Identifizierung helfen könnte. Tino hat Skizzen gemacht. Mein Assistent meinte, er sei erst nach Mitternacht nach Hause gegangen.«

»Ja, ich weiß.« Vito hatte die Zeichnungen heute Morgen auf seinem Schreibtisch gefunden. Sein Bruder hatte sich offenbar voll in die Arbeit gekniet – und das umsonst. Wenn alles vorbei war, wollte er sich bei ihm revanchieren, irgendetwas würde ihm schon einfallen. »Jetzt können wir die Bilder wieder mit denen im Vermisstenregister vergleichen.« Vito holte aus einem Ordner Kopien der Zeichnungen. Er reichte sie Liz. »Das ist das, was Tino gezeichnet hat. Er hat mehrere von der Frau mit unterschiedlichen Frisuren gemacht. Es ist wahrscheinlich schwer, sie sich vorzustellen, wenn man so gar kein Haar als Ausgangsposition hat.«

»Jetzt ich«, sagte Jen. »Es gibt zwei Neuigkeiten seit gestern. Erstens haben wir anhand des Reifenabdrucks herausgefunden, was für ein Auto unser Killer fährt. Einen Ford F150 – genau wie du, Vito.«

»Toll«, murmelte Vito. »Es ist immer schön, etwas mit einem Serienkiller gemein zu haben. Gebt eine Beschreibung raus. Das ist zwar eine vage Spur, aber wenigstens können wir die Augen offen halten. Gibt es Fußabdrücke zu den Reifen?«

»Keine, die zu gebrauchen wären. Tut mir leid. Jetzt zum zweiten Punkt. Der Granatsplitter, den wir aus dem letzten Opfer geholt haben. Es ist eine alte MK2, auch Ananas genannt, gebaut irgendwann vor 1945. Sie zurückzuverfolgen dürfte nahezu unmöglich sein, aber es ist ein passendes Teil in unserem Puzzle. Dieser Kerl steht auf Originale.«

»Und wo wir gerade bei Originalen sind.« Vito berichtete, was Sophie am Tag zuvor herausgefunden hatte. »Das ist eine mögliche Quelle für die mittelalterlichen Waffen. Ich wollte Interpol anrufen, bevor ich bei Claire Reynolds' Arzt und in der Bücherei, in der sie gearbeitet hat, nachfrage. Außerdem müssen wir noch Bill Melvilles Eltern informieren. Sie wissen noch nicht, dass ihr Sohn tot ist.«

»Ich übernehme Interpol«, sagte Liz. »Kümmern Sie sich um den Arzt und die Eltern.«

»Danke.« Vito sah zu Bev und Tim. »Ihr zwei seid ziemlich still.«

»Müde«, sagte Tim. »Wir haben den größten Teil der Nacht damit verbracht, mit den Inhabern von USAModels die Datensätze durchzusehen. Und dann haben sich die Anwälte eingeschaltet.«

»Oh, Mist«, murmelte Vito.

»Jep.« Tim rieb sich mit den Handflächen über die unrasierten Wangen. »Die Inhaber der Seite sind wirklich kooperativ, aber ihre Anwälte meinen, hier ginge es um Datenschutz. Das heißt, jetzt verzögert sich alles wieder. Um drei Uhr nachts haben wir erst einmal aufgegeben und sind nach Hause gegangen.«

»Die Inhaber der Seite müssen jetzt erst alle Models, die E-Mails bekommen haben, kontaktieren, bevor wir mit ihnen reden können.« Bev seufzte. »In ungefähr einer Stunde wollte er uns anrufen.«

Vito war auch nicht vor drei zum Schlafen gekommen, aber der Grund dafür war ein sehr anderer, und er war sicher, dass die anderen ihm kein Mitgefühl entgegenbringen würden. »Katherine, was ist bei dir als Nächstes an der Reihe?«

»Die Autopsie der letzten vier. Soll ich einem Opfer den Vorzug geben? Alt, jung, Kugel oder Granate?«

»Fang mit Claire Reynolds an. Ich sage dir Bescheid, sobald ich mit ihrem Arzt gesprochen habe. Dann kümmere dich um die alte Frau. Sie passt überhaupt nicht ins Schema.« Vito erhob sich. »Für heute Morgen sind wir durch. Wir treffen uns um fünf wieder. Alles Gute.«

Mittwoch, 17. Januar, 9.05 Uhr

Sie war tot. Die alte Winchester war gestorben. Er lehnte sich zurück und starrte stirnrunzelnd auf seinen Bildschirm. Sie war gestorben und hatte ihren Besitz ihrem Neffen hinterlassen, der nicht viel jünger als sie war. Wer weiß, wer die Leichen gefunden hatte? Aber dass sie tot war, half ihm zu verstehen. Falls ihr Neffe das Grundstück verkaufen wollte, hatte jemand es vielleicht inspiziert – oder er hatte es bereits verkauft, und jemand hatte gegraben, weil er darauf bauen wollte.

Er nahm an, dass die Cops inzwischen alle Leichen gefunden hatten. Aber nur eine von ihnen hätte durch Fingerabdrücke identifiziert werden können – und diese Leiche hatte keine Fingerabdrücke mehr. Die anderen … die Cops würden Wochen brauchen, denn Cops waren gemeinhin nicht besonders clever. Er konnte sich nicht vorstellen, dass sie rasch etwas herausfanden.

Ja, er fühlte sich schon viel besser. Dennoch gab es noch ein paar lose Fäden zu vernähen. Unter den Leichen auf dem Feld befand sich der Webber-Junge, und irgendwie war Derek Harrington an das Foto gekommen. Um Derek würde er sich heute kümmern. Er würde –

Sein Handy klingelte, und automatisch sah er zunächst aufs Display. Es war sein … nun, Antiquitätenhändler. »Ja«, sagte er. »Was haben Sie für mich?«

»Was zum Teufel haben Sie angestellt?«, fauchte es ihm wütend aus dem Telefon entgegen.

Das weckte auch sein hitziges Temperament. »Wovon reden Sie?«

»Ich rede von einem Inquisitionsstuhl. Und den verdammten Bullen.«

Er öffnete den Mund, aber zunächst wollten keine Worte kommen. Doch rasch fasste er sich wieder. »Ich habe wirklich keine Ahnung, wovon Sie reden.«

»Die Polizei hat einen Stuhl.« Jedes Wort wurde überdeutlich ausgesprochen. »In Gewahrsam.«

»Nun, meiner ist es nicht. Mein Stuhl befindet sich immer noch in meiner Sammlung. Heute Morgen habe ich ihn noch gesehen.«

Am anderen Ende der Verbindung entstand eine Pause. »Sind Sie sicher?«

»Natürlich bin ich sicher. Was soll diese ganze Fragerei?«

»Gestern war ein Bulle bei mir und hat mich ausgefragt. Über gestohlene Artefakte und Schwarzmarkthandel. Meinte, er hätte einen Stuhl mit Dornen. Vielen Dornen. Der Mann kam von Morddezernat.«

Zum zweiten Mal an diesem Tag begann sein Herz zu rasen, aber er ließ sich nichts anmerken. Er hatte bereits gewusst, dass sie die Gräber gefunden hatten. Dass die Polizei Brittanys Leiche mit einem Inquisitionsstuhl in Verbindung bringen würden, traute er ihr nicht zu. Er verlieh seiner Stimme eine gehörige Portion Verwirrung. »Und noch einmal: Ich habe wirklich keine Ahnung, wovon Sie reden.«

»Sie wissen also gar nichts über ein Gräberfeld irgendwo auf einem Acker im Norden? Denn derselbe Cop, der mich hier aufgesucht hat, ist zufällig auch derjenige, der die Leitung in diesem Fall hat.«

Scheiße. Er lachte ungläubig. »Leider weiß ich auch nichts über ein Gräberfeld. Ich weiß nur, dass meine Stücke sich noch immer in meinem Besitz befinden. Wenn die Bullen einen solchen Stuhl haben, dann ist es wahrscheinlich eine Kopie von irgendeinem dieser

Idioten, die in ihrer Freizeit Mittelalter spielen. Aber ich muss zugeben, Sie haben meine Neugier geweckt. Wie ist die Polizei darauf gekommen, ausgerechnet Sie zu fragen?«

»Sie haben eine Quelle. Eine Archäologin.«

Das ergab Sinn. Schließlich war er zunächst auch über dieses Gebiet auf seine Händler gestoßen. »Und wer ist das?«

»Sie heißt Sophie Johannsen.«

Sein Herz setzte einen Schlag aus, dann explodierte Zorn in ihm und jagte seinen Puls in schwindelerregende Höhen. »Aha.«

»Sie gibt am Whitman College dienstags ein Seminar und arbeitet sonst im Albright. Ich habe auch ihre Privatadresse.«

Die hatte er auch. Und er wusste, dass sie allein mit zwei gefärbten Pudeln lebte, die keine Bedrohung darstellten. Dennoch schnaufte er und tat beleidigt. »Ich will sie nicht aufsuchen, Herrgott noch mal. Ich war nur neugierig.«

Eine Pause entstand, und als der Mann wieder sprach, klang seine Stimme ruhig, doch die Drohung war unmissverständlich. »Wenn ich Sie wäre, wäre ich mehr als nur neugierig. Was uns betrifft – wir möchten mit nichts, was Sie möglicherweise getan haben, in Verbindung gebracht werden, und im Falle eines Falles werden wir unsere eigenen Interessen schützen. Rufen Sie uns nicht mehr an. Wir sind nicht mehr im Geschäft.«

Er hörte ein Klicken, dann nichts mehr. Sein Gesprächspartner hatte aufgelegt.

Er legte das Handy auf den Tisch und zwang sich zur Ruhe. Er musste die Löcher im Damm stopfen, und zwar schnell. Verdammt. Er hatte sie sich als Quelle erhalten wollen, bis er sein Spiel beendet hatte.

Nun, dann musste er eben eine neue Quelle finden.

Mittwoch, 17. Januar, 9.30 Uhr

»Dr. Pfeiffer hat gerade einen Patienten, Detective.« Empfangsdame Stacy Savard sah ihn durch die Glasscheibe, die ihren Arbeitsplatz vom Wartezimmer trennte, ungeduldig an. »Sie müssen warten oder später wiederkommen.«

»Ma'am, ich bin vom Morddezernat. Ich tauche nur auf, wenn Menschen gestorben sind, die nicht hätten sterben sollen. Könnten Sie bitte dafür sorgen, dass der Doktor so bald wie möglich Zeit für mich hat?«

Ihre Augen weiteten sich. »M-Mord? Wer?« Sie beugte sich vor. »Sie können es mir ruhig sagen, Detective. Er erzählt mir sowieso alles.«

Vito lächelte so freundlich, wie er konnte. »Ich warte dort drüben.«

Ein paar Minuten später tauchte ein älterer Mann im Türrahmen auf.

»Detective Ciccotelli? Miss Savard sagte, Sie wollten mich sprechen.«

»Ja. Können wir das unter vier Augen tun?« Er folgte dem Arzt in sein Büro.

Pfeiffer schloss die Tür. »Das ist sehr beunruhigend.« Er setzte sich hinter seinen Tisch. »Um welchen meiner Patienten dreht sich Ihre Ermittlung?«

»Claire Reynolds.«

Pfeiffer verzog betrübt das Gesicht. »Das ist schlimm. Miss Reynolds war eine reizende junge Frau.«

»Kannten Sie sie schon lange?«

»O ja. Sie war jahrelang meine Patientin.«

»Was für ein Mensch war sie? Extrovertiert, schüchtern?«

»Extrovertiert. Claire war Leistungssportlerin und sehr aktiv.«

»Was für Zubehör brauchte Claire für ihre Prothese, Dr. Pfeiffer?«

»Aus dem Kopf kann ich Ihnen das nicht sagen. Warten Sie einen Moment.« Er zog einen Ordner aus einer Aktenschublade und blätterte durch die Seiten.

»Eine ziemlich dicke Krankenakte«, bemerkte Vito.

»Claire nahm an einer Studie teil, die ich durchgeführt habe. Es ging um die Verbesserung des Mikroprozessors in ihrem künstlichen Knie.«

»Mikroprozessor? So etwas wie in einem Computerchip?«

»Genau. Ältere Prothesen sind nicht so stabil, wenn der Patient Treppen hinauf- oder hinabgeht oder kräftig ausschreitet. Der Mikroprozessor wertet ständig Daten zur Stabilität aus und passt das Gelenk an.« Er neigte den Kopf. »Wie das Antiblockiersystem in Ihrem Auto.«

»Okay, das verstehe ich. Und woher bekommt der Prozessor seine Energie?«

»Durch Batterien, die über Nacht aufgeladen werden. Gewöhnlich kann man sich dreißig Stunden einwandfrei bewegen, bevor die Batterie leer ist.«

»Claire hatte also einen verbesserten Mikroprozessor an ihrem Knie?«

»Ja. Sie sollte eigentlich regelmäßig zur Kontrolle kommen.« Er senkte den Kopf, offenbar beschämt. »Mir fällt erst jetzt auf, wie lange ich sie schon nicht mehr in meiner Praxis gesehen habe.«

»Wann war sie denn das letzte Mal hier?«

»Am zwölften Oktober vor einem Jahr.« Er zog die Brauen zusammen. »Ich hätte das eher bemerken müssen. Warum ist mir das nicht aufgefallen?« Er ging wieder die Akte durch, raschelte mit Blättern und lehnte sich plötzlich erleichtert zurück. »Oh, hier steht, warum. Sie ist nach Texas gezogen. Ich habe einen Brief von ihrem neuen Arzt, Dr. Joseph Gaspar, aus San Antonio bekommen. Hier ist auch vermerkt, dass wir in der Woche darauf eine Kopie ihrer Akte dorthin geschickt haben.«

Das war der zweite Brief, den jemand im Hinblick auf Claires Verschwinden bekommen hatte. »Könnte ich das Schreiben haben?«

»Natürlich.«

»Doktor, könnten Sie mir etwas über Silikongleitmittel erzählen?«

»Was möchten Sie wissen?«

»Wozu werden sie benutzt? Woher bekommt man sie? Gibt es Unterschiede?«

Pfeiffer nahm eine Flasche von der Größe eines Shampoos vom Tisch und reichte sie Vito. »Das ist ein solches Gleitmittel. Probieren Sie es aus.«

Vito drückte ein paar Tröpfchen auf seinen Daumen. Es war geruchlos, farblos und hinterließ einen glatten Film auf seiner Haut. Die Proben, die Katherine von ihren Opfern genommen hatte, waren weiß gewesen, weil sie mit Gips gemischt gewesen waren. »Warum braucht man es?«

»Patienten, deren Bein über dem Knie amputiert wurde wie bei Miss Reynolds, haben generell zwei Methoden, um die künstliche Gliedmaße zu befestigen. Die erste ist der Liner. Der sieht so aus.« Pfeiffer griff in eine Schublade und holte etwas hervor, das wie ein übergroßes Kondom mit einem Metallstift am Ende aussah. »Der Patient rollt den Liner über den Stumpf – er schmiegt sich sehr eng an. Dann kommt der Metallstift in die Prothese. Manche Patienten verwenden das Gleitmittel unter dem Liner, vor allem wenn sie sehr empfindliche oder geschädigte Haut haben.«

»Hat Claire Reynolds das so gemacht?«

»Manchmal, aber in den meisten Fällen verwenden jüngere Patienten wie Claire die Vakuummethode. Die künstliche Gliedmaße wird durch Unterdruck gehalten und durch ein Ventil wieder gelöst. Die Haut kommt in direkten Kontakt mit dem Kunststoff der Prothese. Deshalb wird bei dieser Methode meistens ein Gleitmittel eingesetzt.«

»Und wo bekommen Patienten ein solches her?«

»Von mir oder direkt über den Vertreiben Die meisten Hersteller verkaufen auch online.«

»Und die Rezepturen? Gibt es viele verschiedene?«

»Ein oder zwei Hauptrezepturen. Aber es gibt auch immer besondere Abmischungen oder welche mit Zusätzen.« Er nahm eine Zeitschrift vom Tisch und blätterte sie am Ende auf. »Hier. Sehen Sie.«

Vito nahm die Zeitschrift und überflog die Anzeigen. »Kann ich die vielleicht behalten?«

»Aber sicher. Miss Savard kann Ihnen auch ein Muster von dem Gleitmittel mitgeben, wenn Sie mögen.«

»Danke, Doktor. Ich weiß ja, dass Sie Miss Reynolds über ein Jahr nicht mehr gesehen haben, aber können Sie sich vielleicht noch an ihren Gemütszustand erinnern? War sie glücklich oder traurig? Hatte sie einen Freund?«

Pfeiffer sah plötzlich aus, als fühlte er sich unbehaglich. »Nein, einen Freund hatte sie nicht.«

»Oh, ich verstehe. Dann eine Freundin?«

Pfeiffers Unbehagen verstärkte sich. »Ich kannte sie nicht besonders gut, Detective. Ich weiß allerdings, dass sie gern an Protestmärschen Homosexueller teilnahm. Sie erwähnte es bei ihren Besuchen mehrmals. Ich hatte allerdings das Gefühl, dass sie vor allem eine Reaktion aus mir herauskitzeln wollte.«

»Hm. Und was können Sie über ihre seelische Verfassung sagen?«

»Ich weiß, dass sie Geldsorgen hatte. Sie befürchtete, dass es nicht für den neuen Mikroprozessor reichen könnte.«

»Das verstehe ich nicht. Ich dachte, sie hat an Ihrer Studie teilgenommen und hätte den Prozessor schon gehabt.«

»Ja und ja, aber nach Ende der Studie hätte sie den Prozessor bezahlen müssen. Die Hersteller bieten ihn dann zum Selbstkostenpreis an, aber das war immer noch mehr, als Claire sich leisten konnte. Das machte sie sehr nervös.« Er sah Vito traurig an. »Sie hatte gehofft, mit dem Mikroprozessor würde sie bei den Paralympics erfolgreich sein.«

Vito stand auf. »Danke, Doktor, Sie waren mir eine große Hilfe.«

»Wenn Sie herausfinden, wer das getan hat, werden Sie es mir mitteilen?«

»Das werde ich.«

»Gut.« Der Arzt erhob sich und öffnete die Tür. »Stacy?« Die Empfangsdame eilte heran. »Stacy, der Detective ist wegen Claire Reynolds hier.«

Stacy riss die Augen auf, während sie den Namen einordnete. »Claire? Aber ...« Sie sank gegen den Türrahmen. »O nein.«

»Kannten Sie Miss Reynolds gut, Miss Savard?«

»Na ja, nicht wirklich gut.« Sie sah schockiert und bedrückt zu Vito auf. »Wir haben immer ein bisschen geplaudert, wenn sie auf ihren Termin wartete. Sie hat mir meistens stolz erzählt, was für ein Rennen sie wieder gewonnen hat.« Stacys Augen füllten sich mit Tränen. »Sie war ein liebes Mädchen. Warum hat ihr nur jemand was angetan?«

»Das will ich auch herausfinden. Doktor?« Vito blickte auf die Akte in der Hand des Mannes.

»Oh, natürlich. Stacy, machen Sie bitte eine Kopie von dem Brief, den wir von Dr. Gaspar aus Texas bekommen haben.«

»Nun, eigentlich bräuchte ich das Original.«

Pfeiffer blinzelte. »Selbstverständlich. Ich habe nicht nachgedacht. Stacy, legen Sie die Kopie zu unseren Akten und helfen Sie dem Detective bitte, falls er noch etwas braucht.«

15. Kapitel

Mittwoch, 17. Januar, 11.10 Uhr

»BIS BA-HALD!« Die Klasse von Achtjährigen winkte, während man sie durch die Tür scheuchte.

»Das war großartig.« Der Lehrer strahlte Sophie und Ted III. an. »Normalerweise langweilen sich die Kinder in Museen zu Tode und lernen gar nichts, aber Sie haben es zu einem großen Spaß gemacht. Diese Verkleidung und die Axt. Und sogar Ihr Haar! Alles wirkt unglaublich echt.«

Sophie nahm die Streitaxt von der Schulter, nachdem sie sie zuvor während der Wikingerführung anständig geschwungen hatte. Die Augen der Kinder hatten buchstäblich hervorgestanden. »Das Haar ist echt«, sagte sie lächelnd. »Der Rest ist ... Spaß. Wir wollen die Geschichte zum Leben erwecken.«

»Also, ich werde hiervon bestimmt anderen Lehrern erzählen.«

»Und wir danken Ihnen für Ihre Unterstützung«, erwiderte Sophie herzlich.

Teds Blick war wachsam. »Sie sollten erst einmal ihre Joan of Arc sehen. Die ist noch großartiger.«

»Oh, er versucht nur, mir Honig um den Bart zu schmieren, weil die Rüstung so schwer ist. Bitte kommen Sie wieder.«

»Du warst ja so nett zu ihnen«, sagte Ted, sobald der Lehrer fort war. »Stimmt etwas nicht?«

Sophie schnitt eine Grimasse. »Oh, ich nehme an, das habe ich mir verdient. Weißt du, ich hatte gestern eine Erleuchtung, Ted. Du tust hier etwas Gutes. Und ich war bisher nicht gerade kooperativ.«

Er zog die Brauen hoch. »Und ich dachte, das sei Teil deiner

Rolle gewesen«, sagte er trocken. »Du meinst, du wolltest mich *tatsächlich* mit der Axt spalten?«

Sophies Lippen zuckten. »Och, nur gelegentlich.« Dann wurde sie wieder ernst. »Ich muss mich bei dir entschuldigen, Ted.«

»Wir sind sehr froh, dass du bei uns arbeitest, Sophie«, sagte Ted, ebenfalls sehr ernst. »Und glaub mir, ich habe großen Respekt vor dem Werk meines Großvaters. Ich weiß, dass du das nicht glaubst, aber es ist so.«

»Doch, Ted, ich glaube es, und das gehörte auch zu meiner Erleuchtung.«

Er sah durchs Fenster. Draußen stieg die Schülergruppe gerade in einen gelben Bus. »Ich wusste gar nicht, dass du Norwegisch sprichst. Das steht nicht in deinem Lebenslauf.«

Mehr würde er zu dem vorherigen Thema nicht sagen, erkannte sie. »Eigentlich kann ich auf Norwegisch nur schimpfen. Mehr hat meine Großmutter von meinem Großvater wohl nicht übernommen.«

Teds Augen weiteten sich. »Du hast Kindern gegenüber geflucht?«

»Lieber Gott, nein. Ich kann etwas Dänisch und Holländisch. Der Rest war ganz schwedischer Chefkoch.« Ihre Lippen zuckten.

Ted wirkte sowohl erleichtert als auch gerührt. »Du solltest Schauspielerin werden, Sophie Johannsen.« Er wandte sich zum Gehen. »Vergiss nicht, dass du um zwölf Joan bist.«

»Die Rüstung ist immer noch zu schwer«, rief sie ihm hinterher, aber mit weniger Verärgerung als zuvor. Sie ging in Richtung Bad, um sich das Make-up vom Gesicht zu waschen, bevor sie lauter Pickel bekam. So wollte sie Vito heute Abend nun wirklich nicht gegenübertreten.

Sie schauderte, obwohl sie in dem dicken Kostüm schwitzte. Vito hatte sein Versprechen gestern Nacht zweifellos eingelöst – mehrmals. Und sie hatte gelernt, dass es wirklich einen Unterschied zwischen Rammeln wie die Karnickel und Liebemachen gab. Sie fragte sich, wie es wohl sein würde, wenn sie sich tatsächlich ineinander verliebten. Einen Moment lang überlegte sie, ob sie Onkel Harry fragen sollte, dann musste sie laut lachen, als sie sich das Entsetzen in seiner Miene vorstellte.

»Entschuldigen Sie, Miss.«

Noch immer lächelnd, blieb Sophie neben dem alten Mann stehen, der auf seinen Stock gebeugt die Fotos von Ted I. in der Eingangshalle betrachtete. »Ja, Sir?«

»Ich habe ein wenig von Ihrer Führung mitbekommen. Faszinierend. Bieten Sie auch private Führungen an?«

Etwas in seinen Augen ließ sie aufmerken. Geiler alter Bastard. Sie verengte die Augen und umklammerte den Griff ihrer Axt. »Wie privat?«

Er sah sie verwirrt an, dann schockiert. »Lieber Himmel, nein, nein. So war das nicht gemeint. Ich lebe in einem Seniorenwohnheim, in dem das Unterhaltungsprogramm oft ausgesprochen langweilig ist, daher kümmere ich mich um etwas Abwechslung. Und ich dachte, vielleicht könnten Sie für uns eine Sonderführung veranstalten.«

Sie lachte erleichtert und ein wenig beschämt. »Natürlich. Ich weiß, wie sehr sich meine Großmutter langweilt, wenn sie nichts zu tun hat.«

»Ihre Großmutter wäre uns ausgesprochen willkommen.«

Sophies Lächeln verblasste. »Vielen Dank, aber das geht leider nicht. Es geht ihr nicht gut genug, um an einer Führung teilzunehmen. Sie können mit dem Mädchen hinter dem Tresen über einen Termin sprechen.«

Er runzelte die Stirn. »Die junge Dame dort ganz in Schwarz?«

»Patty Ann gibt mittwochs immer den Gruftie. Ihr ganz persönlicher Tribut an Wednesday Addams sozusagen. Sie ist sehr nett, glauben Sie mir. Sie wird eine Zeit mit Ihnen ausmachen. Aber wenn Sie mich jetzt bitte entschuldigen wollen – ich muss mir das Make-up aus dem Gesicht wischen, sonst sehe ich nachher aus wie Pugsly Addams.«

Er sah ihr nach, wie sie mit geschmeidigen Bewegungen davonging. Er kannte sie seit Monaten, hatte sie aber nie wirklich angesehen. Er hatte niemals wahrgenommen, welche Anziehungskraft von ihr ausging, bis er sie eben gesehen hatte – als eins achtzig große blonde Walküre, die eine Streitaxt über den Kopf schwang und deren grüne Augen blitzten. Sie hatte die Kinder und ihre Lehrer über eine Stunde lang in ihrem Bann gehalten.

Und mich ebenfalls. Vergiss die Models auf der Website. Er hatte seine neue Königin gefunden. Van Zandt würde ausrasten. Und Dr. Sophie Johannsen nicht länger einen unverknüpften Faden darstellen. Es war wirklich erhebend, wenn man zwei Fliegen mit einer Klappe schlagen konnte.

Mittwoch, 17. Januar, 11.30 Uhr

Barbara Mulrine, Bibliothekarin und Claires ehemalige Chefin, schob einen Umschlag über die Theke. »Das ist das Original des Kündigungsschreibens, das wir von Claire Reynolds bekommen haben.«

Marcy Wiggs nickte. Sie war ungefähr in Claires Alter und verkraftete die Nachricht von Claires Tod weniger gut als ihre Chefin, die etwas über fünfzig Jahre alt sein musste. »Wir mussten es erst in unserer Zentrale anfordern, da sie bereits seit einem Jahr nicht mehr in unserer Kartei ist.« Marcys Lippen bebten. »Die Arme. Sie war so lieb. Und nicht einmal dreißig.«

Aus dem Augenwinkel sah Vito, wie Barbara die Augen verdrehte, und war augenblicklich weit mehr an der Ansicht der älteren Frau interessiert. Er öffnete den Umschlag und sah hinein. Der Brief war auf normalem Papier gedruckt worden, und er vermutete, dass sie in Bezug auf Fingerabdrücke nichts Wertvolles herausfinden würden. Dennoch stellte er die Frage. »Können Sie uns bitte eine Liste all derer geben, die diesen Brief in der Hand gehabt haben?«

»Ich werde es versuchen«, sagte Barbara, während Marcy seufzte.

»Es ist so schrecklich, dass das passieren musste. Und wir alle fühlen uns irgendwie verantwortlich. Wir hätte damals misstrauisch werden müssen, hätten anrufen sollen, aber …«

Vito schob den Umschlag in seine Mappe. »Aber?«

»Aber nichts«, sagte Barbara scharf. »Wir hätten nicht misstrauisch werden müssen, Marcy. Und Claire war nicht lieb. Das sagst du nur, weil sie tot ist.« Sie sah Vito verärgert an.

»Wenn jemand stirbt, spricht man plötzlich freundlicher von ihm. Und wenn ein behinderter Mensch stirbt, und das auch noch gewaltsam ... dann kann man ebenso gut gleich beim Papst eine Heiligsprechung beantragen.«

Marcy presste die Lippen zusammen, sagte aber nichts.

Vito sah von einer Frau zur anderen. »Claire war also kein besonders netter Mensch?«

Marcy blickte ihre Chefin aus dem Augenwinkel beleidigt an, und Barbara seufzte frustriert. »Nein, nicht besonders. Als wir ihre Kündigung erhielten, haben wir gefeiert.«

»Barbara«, zischte Marcy.

»Aber es ist doch wahr. Er wird sowieso noch andere Leute befragen und es herausfinden.« Barbara sah ihn fast trotzig an.

»Und was hat sie so getan, dass Sie sie als nicht nett empfunden haben?«

»Nichts Besonderes. Sie war einfach so«, antwortete Barbara müde. »Wir haben uns bemüht, aber sie benahm sich oft richtig unhöflich. Ich arbeite schon seit gut zwanzig Jahren hier und habe Angestellte mit allen möglichen Behinderungen oder Problemen erlebt. Claire war nicht gemein, weil man ihr das Bein amputiert hat, sondern weil es ihr Spaß machte, gemein zu sein.«

»Hatte sie mit Drogen oder Alkohol zu tun?«

Barbara wirkte entsetzt. »Das kann ich mir nicht vorstellen. Claire war extrem körperbewusst. Nein, es lag wohl eher an ihrer Einstellung. Sie kam spät und ging früh. Sie hat ihre Arbeit immer erledigt, aber nie mehr getan. Es war eben nur ein Job für sie.«

»Sie war Schriftstellerin«, setzte Marcy hinzu. »Sie schrieb an einem Roman.«

»Ja, sie hat ständig an dem Laptop gesessen«, stimmte Barbara zu. »In ihrem Buch ging es um eine Sportlerin, die an den Paralympics teilnahm. Es war wahrscheinlich halb autobiographisch.«

Marcy seufzte. »Nur dass ihre Hauptfigur wahrscheinlich sympathisch war. Barbara hat recht, Detective. Claire war wirklich nicht besonders nett. Vielleicht habe ich es mir einfach gewünscht.«

Vito runzelte die Stirn. »Sie haben von einem Laptop gesprochen.«

Die beiden Frauen sahen sich an. »Ja«, sagte Barbara. »Neu und ziemlich schick.«

Marcy biss sich auf die Lippe. »Sie hatte ihn nicht lange. Eines Tages schleppte sie ihn an. Ungefähr einen Monat bevor sie … wegging.«

»Ihre Eltern haben keinen Laptop gefunden«, sagte Vito. »Sie sagten uns, Claire habe keinen Computer gehabt.«

Barbara zog ein Gesicht. »Es gab eine Menge Dinge, die Claire nicht mit ihren Eltern besprochen hat, Detective Ciccotelli.«

»Zum Beispiel?« Aber Vito glaubte es schon zu wissen.

Marcy schürzte die Lippen. »Nun, wir haben sie deswegen bestimmt nicht verurteilt, aber …«

»Claire war lesbisch«, unterbrach Barbara.

»Und ihre Eltern wären nicht glücklich darüber gewesen?«

Barbara schüttelte den Kopf. »Ganz bestimmt nicht. Sie waren sehr konservativ.«

»Ich verstehe. Und hat sie eine Partnerin oder Freundin erwähnt?«

»Nein, aber da gab es das Foto. In der Zeitung. Es stammte von einer dieser Schwulen-Lesben-Paraden. Claire, die eine andere Frau küsste. Claire regte sich wahnsinnig auf darüber. Sie befürchtete, ihre Familie könnte es entdecken und ihr das Geld für die Miete streichen. Sie hat die Zeitung angerufen und sich beschwert.« Sie schnitt wieder ein Gesicht. »Und jetzt werden Sie mich fragen, welche Zeitung es war, und ich kann mich nicht erinnern. Es tut mir leid.«

»Schon gut. War es eine kleinere Lokalzeitung oder etwas Überregionales?«

»Ich glaube, eine kleinere«, sagte Marcy unsicher.

Barbara seufzte. »Und ich hatte eine große in Erinnerung. Wirklich, Detective, es tut uns leid.«

»Nein, das braucht es nicht. Sie haben mir ein gutes Stück weitergeholfen. Wenn Ihnen sonst noch etwas einfällt, rufen Sie mich bitte an.«

Mittwoch, 17. Januar, 12.30 Uhr

Vito hielt vor dem Gericht an, und Nick stieg in seinen Wagen. »Und?«

Nick zerrte an seiner Krawatte. »Wir sind durch. Ich war der letzte Zeuge für die Anklage. Lopez wollte, dass ich als Letzter auftrat, damit die Geschworenen nicht nur an die Drogen denken, sondern vor allem das Bild eines toten Mädchens im Kopf behalten würden.«

»Klingt nach einer guten Strategie. Ich weiß, was du von dieser Sache hältst, aber Lopez ist eine verdammt fähige Staatsanwältin. Manchmal muss man mit einem Dämon verhandeln, um dem Teufel ein Bein zu stellen. Das passt uns vielleicht nicht, aber man sollte gelegentlich wohl in größerem Maßstab denken. Bleibt nur zu hoffen, dass die Eltern des Mädchens es auch verstehen.«

Nick rieb sich müde die Hände über die Wangen. »Es waren ausgerechnet die Eltern, die mir genau das erzählt haben. Ich war drauf und dran, mich bei ihnen für Lopez zu entschuldigen, weil die den Killer ihrer Tochter so glimpflich davonkommen lassen wollte, nur um dem Drogendealer ans Bein zu pinkeln, als sie mir sagten, dass auf diese Weise beide Männer bezahlen würden und der Dealer nie wieder einem Kind etwas zuleide tun könnte. Sie waren dankbar.« Er seufzte. »Das nennt man Größe. Und ich fühle mich wie ein Wurm. Ich muss mich wohl bei Maggy Lopez entschuldigen.«

»Ich denke, wir sollten einfach froh sein, dass sie unseren Fall übernehmen wird. Das heißt, falls wir dieses Schwein je erwischen.«

»Wo wir gerade beim Thema sind«, sagte Nick. »Wohin fahren wir?«

»Zu Bill Melvilles Eltern. Wir müssen ihnen sagen, dass er tot ist. Und du bist dran.«

»Wow, danke, Chick.«

»Hey, ich musste es schon bei den Bellamys machen. Das ist nur fair …« Sein Handy vibrierte. »Liz«, sagte er an Nick gewandt. Er lauschte, dann seufzte er. »Wir sind unterwegs«, sagte er schließlich und wendete den Truck.

»Wohin jetzt?«

»Doch nicht zu den Melvilles«, sagte Vito grimmig. »Zurück zu Winchesters Feld. Oder besser, in die Nähe.«

»Nummer zehn?«

»Nummer zehn.«

Mittwoch, 17. Januar, 13.15 Uhr

Jen befand sich bereits am Fundort und koordinierte die Arbeiten. Sie kam Nick und Vito entgegen, als sie aus dem Auto stiegen. »Der wachhabende Beamte hat die Suchmeldung für den F150 bekommen und sich erinnert, dass er noch heute Morgen ein solches Modell angehalten hat. Als er das Nummernschild überprüft hat, passten Registrierung und angegebener Name zusammen, aber als wir die Nummer anriefen, die bei der Adresse stand, passte nichts mehr. Der Officer ist die Straße entlanggefahren, bis er frische Reifenspuren im Schnee entdeckte.« Sie deutete auf einen blickdichten Sack, der unten am Hang lag. »Dann fand er das und rief Verstärkung.«

»Unser Mann weiß jetzt, dass wir hinter ihm her sind«, sagte Nick. »Verdammt. Ich hatte auf mehr Zeit gehofft.«

Vito zog bereits die Stiefel über. »Haben wir nun aber nicht. Schon nachgesehen, Jen?«

»Ein Mann.« Sie begann, den Hang hinabzuklettern. »Ich habe den Sack aber noch nicht aufgemacht. Hübsch ist er nicht anzusehen.«

Der Anblick, der sich ihnen unten am Fuß des Hangs bot, war einer, den Vito eine lange, lange Zeit nicht würde vergessen können. Durch den Sturz hatte sich der Plastiksack straff über das Gesicht der Leiche gespannt, sodass es aussah, als versuche er freizukommen. Die Blickdichte des Sacks verbarg alles, bis auf den Mund, der in einem grotesken stummen Schrei offen stand.

»O Mann«, murmelte Nick.

Vito hockte sich neben die Gestalt und musterte sie. Die Leiche war nicht in einen, sondern in zwei Säcke gehüllt. »Eine Tüte für Kopf und Oberkörper, die zweite für die Beine. Zusammengebunden.« Mit behandschuhten Fingern zupfte er am Strick. »Simpler Knoten. Soll ich ihn aufmachen?«

Jen hockte sich mit einem Messer in der Hand an die andere Seite und schlitzte die Folie vorsichtig direkt neben dem Knoten auf, sodass die Säcke sich voneinander lösten, der Knoten aber unberührt blieb. Dann packte sie einen Zipfel und holte tief Luft. »Nimm dir die eine Seite, Chick.«

Zusammen begannen sie, die Plastikfolie von der Leiche zu ziehen, und Vito musste den Würgereiz niederkämpfen. »O Gott.« Hastig ließ er den Zipfel fallen und wandte sich ab.

»Gebrandmarkt«, sagte Nick.

»Und erhängt«, fügte Jen hinzu. »Seht euch die Male an der Kehle an.«

Vito blickte herab. Jen hielt den Plastiksack noch immer auseinander und gewährte so einen Blick auf die linke Seite der Leiche und ihr Gesicht, auf dessen linker Wange ein T eingebrannt worden war. Er wappnete sich, nahm den Zipfel Plastik und zog, um auch die rechte Seite zu entblößen.

»Seine Hand«, murmelte er. Beziehungsweise die nicht vorhandene.

»Verdammt.« Nick kam schwungvoll auf die Füße. »Meine Güte, was ist denn mit dem passiert?«

Vito presste die Lippen zusammen. »Schneide den unteren Sack auf, Jen. Bis zu seinen Füßen.«

Sie tat es, und gemeinsam entfernten sie die untere Folie. »Er hat auch seinen Fuß abgetrennt«, sagte sie leise.

»Rechte Hand, linker Fuß.« Vito ließ das Plastik langsam wieder herab. »Das hat bestimmt etwas zu bedeuten.«

Sie nickte. »Genau wie der Name E. Munch.«

Sonny Holloman, Jens Fotograf, kam schlitternd den Hang herab. »Himmel.«

»Ja, das hatten wir schon«, sagte sie müde. »Mach von allen Seiten Aufnahmen, Sonny.«

Ein paar Augenblicke lang hörte man nur das Klicken der Kamera.

Jen richtete ihren Blick wieder auf das Gesicht des Opfers. »Vito, ich kenne diesen Mann. Da bin ich mir sicher.«

Vito blinzelte und konzentrierte sich. »Ja, ich denke, ich auch. Verdammt noch mal. Ich weiß es, aber ich komme einfach nicht drauf.«

Sonny senkte die Kamera. »O Scheiße«, murmelte er. »Sanders Sewer Service. Einer von den Sanders-Jungs. Der älteste, der am Ende der Reihe stand und so elend aus der Wäsche guckte.«

Jen riss die Augen auf, als die Erkenntnis einsank. »Du hast recht.«

»Worüber redet ihr?«, fragte Nick, aber Jen brachte ihn mit einer Handbewegung zum Schweigen.

»Lass mich nachdenken. Sid Sanders' Sewer Service saugt septische Systeme …«

»Supersauber«, beendeten Vito und Sonny unisono den Satz.

»*Wie bitte?* Kann mir vielleicht einer mal erklären, worum es hier geht?«, verlangte Nick zu wissen.

»Du bist hier nicht groß geworden«, sagte Vito, »daher kannst du es nicht wissen. Diesen Burschen kennt man aus der Werbung.«

Jen schüttelte den Kopf. »Nicht einfach eine Werbung. Es war ein …«

»Ein echtes Phänomen der Popkultur. Es ging um eine Klempnerfirma«, sagte Vito. »Kennst du das nicht, Nick? Eine Werbung, die so dämlich ist, dass die ganze Stadt davon spricht?«

»Und sich darüber lustig macht?«, setzte Sonny hinzu.

»Ja, doch. Wir hatten Crazy Phil, der Autos verscherbelte, wie ein Hillbilly-Verkäufer auf Crack.« Nick runzelte die Stirn. »Und dann stellte sich heraus, dass er tatsächlich auf Crack war. Dieser Typ ist also euer Crazy Phil?«

»Nein. Dieser Typ hatte das Pech, der Sohn von Crazy Phil zu sein«, erklärte Vito. »Sanders hatte ein Unternehmen zur Reinigung von chemischen Toiletten und wollte Werbung dafür machen, war aber zu knauserig, um Models zu bezahlen.«

»Also stellte er seine sechs Söhne in eine Reihe.« Jen seufzte. »Sie sollten den Slogan aufsagen und dabei fröhlich tun. Mir taten sie immer leid. Besonders der älteste. Er war wirklich niedlich und hätte bestimmt alle Mädels rumgekriegt, wenn diese blödsinnige Werbung nicht gewesen wäre. He, Moment mal. Der Junge hier ist gar nicht alt genug, um Sohn Nummer eins zu sein. Der müsste jetzt ungefähr unser Alter haben. Es muss sich um einen der jüngeren handeln.«

»Tja, sie waren sich alle ziemlich ähnlich«, sagte Sonny. »Wie die Osmonds.« Er blickte mitfühlend auf die Leiche hinab. »Sechs Sanders-Söhne. Sid hatte es wirklich mit Alliterationen.«

»Kanntest du die Jungs tatsächlich?«, fragte Nick, und Jen schüttelte den Kopf.

»Gott bewahre. Sid Sanders hatte mit seiner Firma ziemlich viel Geld gemacht. Sie wohnten in einer teuren Gegend, und die Sanders-Jungs gingen auf eine Privatschule. Der Slogan war buchstäblich in aller Munde, und man probierte aus, wer ihn am schnellsten sprechen konnte. Jung, alt, in Schulen, in Bars, in Supermärkten …«

»Es würde mich interessieren, ob unser Killer wusste, wer der Junge war«, sagte Nick nachdenklich. »Ich meine, hätte er ihn getötet und einfach hier abgeladen, wenn er gewusst hätte, dass Sanders leicht zu identifizieren ist? Ihr drei habt weniger als zehn Minuten gebraucht, um darauf zu kommen.«

Jens Augen leuchteten auf. »Das könnte bedeuten, dass E. Munch nicht von hier stammt.«

Vito seufzte. »Wenigstens wissen wir, wen wir informieren müssen.«

Nick begegnete seinem Blick. »Was machen wir mit dem Brandzeichen? Und der fehlenden Hand? Dem Fuß?«

Vito nickte. Sophie würde wissen, was das bedeutete. »Ich kenne jemanden, der uns helfen kann.«

Mittwoch, 17. Januar, 14.30 Uhr

Sid Sanders hielt die Hand seiner Frau. »Sind Sie sicher?«, fragte der Mann heiser.

»Sie müssten ihn noch offiziell identifizieren, aber wir sind ziemlich sicher«, murmelte Vito.

»Wir wissen, wie schwer das für Sie ist«, fügte Nick leise hinzu, »aber wir müssen seinen Computer sehen.«

Sid schüttelte den Kopf. »Hier ist keiner.«

Seine Frau hob den Kopf. »Er hat ihn bestimmt schon vor langer Zeit versetzt.«

Ihre Stimme war tonlos, aber Vito hörte das darunterliegende Schuldgefühl. »Warum?« Er sah sich in dem teuer möblierten Wohnzimmer um. »Brauchte er Geld?«

Sid presste die Kiefer zusammen. »Wir haben ihm nichts mehr gegeben. Gregory war süchtig. Schnaps, Drogen, Spiele. Wir haben ihm geholfen, solange wir konnten, haben ihn immer wieder aus seiner Misere geholt. Aber schließlich mussten wir ihm den Geldhahn abdrehen. Das war der schlimmste Tag unseres Lebens. Bis heute.«

»Wo hat er gewohnt?«, fragte Nick.

»Er hatte eine Freundin«, murmelte Mrs. Sanders. »Eigentlich hatte sie mit ihm Schluss gemacht und ihn vor die Tür gesetzt, aber dann rief sie mich vor etwa einem Monat an. Sie hätte ihn noch einmal aufgenommen, damit er ausnüchtern konnte. Sie wollte nicht, dass wir uns Sorgen machen.«

Vito notierte sich ihren Namen. »Sie mochten das Mädchen?«

Mrs. Sanders' Augen füllten sich mit Tränen. »Ja, wir mögen sie immer noch. Jill wäre eine wunderbare Schwiegertochter geworden, und obwohl wir traurig waren, als sie die Beziehung beendete, konnten wir es ihr nicht verübeln. Gregory tat ihr nicht gut. Er zog sie in seinen Sumpf.«

»Der Junge hat alles von uns bekommen, aber es war nie genug.« Sid schloss die Augen. »Nun hat er gar nichts mehr.«

Mittwoch, 17. Januar, 15.25 Uhr

Nick stand in Jill Ellis' Wohnzimmer und betrachtete die Verwüstung. »Sieht aus, als sei hier ein Wirbelsturm durchgezogen.«

Vito schob das Handy zurück in die Tasche. »Jen schickt das CSU-Team rüber.« Er wandte sich an den Vermieter, der sie mit einem Universalschlüssel eingelassen hatte. »Haben Sie Miss Ellis in letzter Zeit gesehen?«

»Nicht seit letzter Woche. Sie hat die Wohnung aber immer picobello sauber gehalten. Das hier ist kein gutes Zeichen, Detectives.«

»Können Sie uns ihren Mietvertrag zeigen?«, fragte Nick. »Vielleicht finden wir darauf eine Nummer, die wir anrufen können.«

»Gern. Ich bin in zehn Minuten zurück.« Er blieb an der Tür stehen und sah sich wütend um. »Das war bestimmt dieser Nichtsnutz von Freund. Richie Rich.«

Vito sah ihm in die Augen. »Gregory Sanders?«

Der Vermieter schnaubte. »Genau der. Verwöhntes, reiches Blag. Jill war tüchtig, er hat das Mädchen gar nicht verdient. Sie war auch schlau genug, ihn rauszuwerfen, aber er kam wieder und hat um eine zweite Chance gebettelt. Ich habe ihr geraten, ihm die Tür vor der Nase zuzumachen, aber sie hatte Mitleid.«

»Sie sagten ›war‹. Glauben Sie, dass ihr etwas zugestoßen ist?«, fragte Vito.

Der Mann zögerte. »Sie nicht?«

Vito betrachtete ihn nachdenklich. »Was wissen Sie, Sir?«

»Ich habe gestern gesehen, wie ein paar Kerle hier herauskamen, so gegen drei. Ich war draußen, um den Bürgersteig zu streuen. Wollte nicht, dass jemand ausrutscht und sich den Hals bricht. Und mich verklagt.«

»Ja. Und diese Kerle?«, drängte Nick freundlich, und der Vermieter seufzte.

»Es waren zwei. Sie stiegen in einen aufgemotzten Wagen – Metallic-Lackierung, Spoiler und so weiter. Ich wollte raufgehen und nach Jill sehen, aber dann bekam ich einen Anruf von Mrs. Coburn in 6b. Sie ist schon sehr alt, war gefallen und hatte sich die Hüfte gestoßen. Ich fuhr sie ins Krankenhaus, und als ich endlich zurückkam, war es schon spät.« Er blickte zur Seite. »Da habe ich Jill vergessen.«

»Sie scheinen sich gut um Ihre Mieter zu kümmern«, sagte Vito freundlich.

Der Mann sah betreten zur Seite. »Wohl nicht so gut, wie ich hätte sollen. Ich hole Ihnen den Vertrag.«

Als er fort war, setzte Nick sich an Jill Ellis' Computer. »Der Tag wird immer besser.« Er klickte mit der Maus. »Leergefegt. Blank wie ein Babypopo.«

»Hast du etwas anderes erwartet? Sieh mal, sie scheint gestern Nachmittag noch einen Anruf bekommen zu haben. Ihr AB blinkt.«

Vito drückte auf die Wiedergabetaste des Anrufbeantworters. Und runzelte die Stirn. »Nick. Komm mal her.«

Nick war auf dem Weg ins Schlafzimmer gewesen, kehrte nun aber um. »Was ist?«

»Ich weiß nicht.« Vito spulte zurück, drückte wieder Play und drehte die Lautstärke voll auf. »Da redet ein Mann, aber es klingt gedämpft.«

»Und das klang wie ein Stöhnen.« Nick spulte erneut zurück und legte dann sein Ohr an den Lautsprecher. »Klingt wie ›schreckliche Dinge‹ oder so.«

»Wie bitte?«

Nick sah auf. »Das, was er sagt.«

Wieder legte er das Ohr an den Lautsprecher. »Ein Stöhnen …«

Konzentriert runzelte Nick die Stirn. *»Schrei, so viel du willst. Niemand wird dich hören. Niemand wird dich retten. Ich habe sie alle umgebracht.«* Er richtete sich auf, als die Stimme laut genug wurde, dass sie beide sie hören konnten. Sie starrten auf die Maschine.

Und jetzt war die Stimme klar und deutlich zu hören. Sie höhnte, klang aber kultiviert. Und sie hatte definitiv einen Akzent aus dem Süden.

»Sie alle haben gelitten, aber das war nichts im Vergleich zu dem, was ich dir antun werde.«

Dann Stille, gefolgt von einer anderen Stimme. Die Worte waren schwer zu verstehen, der Tonfall nicht. Der andere Mann hatte Todesangst. *»Nein, bitte nicht. Es tut mir so leid. Ich tue alles, was Sie wollen. Aber … O Gott, nein.«* Wieder ein tiefes Stöhnen, dann ein schleifendes Geräusch, ein Lachen.

Wieder presste Nick sein Ohr an den Lautsprecher. *»Machen wir einen kleinen Ausflug, Mr. Sanders. Ich nenne das meine Zeitmaschine. Jetzt wirst du sehen, was mit Dieben geschieht.«*

Nick schaute auf und tauschte mit Vito einen verdatterten Blick aus. »Darf ich vorstellen? E. Munch.«

Mittwoch, 17. Januar, 15.00 Uhr

Daniel Vartanian hatte sich entschlossen, sich zum Mittag ein Käsesteak zu gönnen, eine Spezialität in Philadelphia. Und es würde vermutlich der Höhepunkt seines Tages werden, da seine Suche bisher keinen Erfolg gehabt hatte. Die Bürger Philadelphias aßen Käsesauce zu ihrem Steak, wie er gelernt hatte. Das Essen schmeckte gut und war dampfend heiß, und darüber er war froh, denn er fror erbärmlich. Sein Auto hatte keine Standheizung.

So gefroren hatte er noch nie. Er wusste nicht, wie Susannah sich an die Winter im Norden hatte anpassen können, aber es war ihr anscheinend gelungen. Sie hatten zwar jahrelang nicht miteinander gesprochen, aber er hatte ihre Karriere verfolgt. Sie war eine aufstrebende Kraft im New Yorker Staatsanwaltsbüro. Sein Lächeln war grimmig. Gemeinsam waren sie »Law and Order«. Man brauchte keinen Psychologen, um sich denken zu können, wieso sie dazu geworden waren.

Ich weiß, was Ihr Sohn getan hat.

Daniels Lebensaufgabe war anscheinend wiedergutzumachen, was Arthur Vartanians Sohn getan und was Arthur nicht getan hatte. Seine Mutter hatte stets zwischen allen Stühlen gesessen, aber letztlich ihre Wahl getroffen. Die falsche.

Sein Handy klingelte. Chase Wharton. Sein Chef wollte ein Update. Und Daniel würde ehrlich mit ihm sein. Zum größten Teil jedenfalls. »Hey, Chase.«

»Hi. Haben Sie sie gefunden?«

»Nein. Philadelphia hat verdammt viele Hotels.«

»Philadelphia? Ich dachte, Sie wollten zum Grand Canyon.«

»Über den Rechner meines Vaters habe ich herausgefunden, dass er sich nach Onkologen in Philly erkundigt hat. Deshalb dachte ich, sie wären vielleicht zunächst hierhergefahren.«

»Ihre Schwester lebt nur ein, zwei Stunden von dort entfernt«, sagte Chase ruhig.

»Ja, ich weiß.« Und er wusste auch, was Chase damit andeuten wollte. »Und, ja, man könnte erwarten, dass sie sich in diesem Fall bei ihr gemeldet hätten. Aber wie Sie bereits erwähnten: Ich habe eine ziemlich durchgeknallte Familie.«

»Und keinerlei Anzeichen für ein Verbrechen?«

Ich weiß, was Ihr Sohn getan hat. »Nein. Nichts. Aber falls mir etwas komisch vorkommt, bin ich schneller bei der städtischen Polizei, als Sie ›Käsesauce‹ sagen können.«

»Also schön. Passen Sie auf sich auf, Daniel.«

»Ich gebe mir Mühe.« Daniel legte auf. Er konnte sich selbst nicht leiden. Vermutlich konnte er sein ganzes Leben nicht mehr leiden. Er wickelte sein Sandwich ein und stopfte es in die Papiertüte. Er hatte keinen Hunger mehr. Noch nie hatte er Chase angelogen. *Ich weiß, was Ihr Sohn getan hat.* Er hatte nur nie die ganze Wahrheit gesagt.

Und falls er seine Eltern finden würde, dann musste er damit auch nicht anfangen. Er startete den Wagen und machte sich auf den Weg ins nächste Hotel.

New York City, Mittwoch, 17. Januar, 15.30 Uhr

Derek Harrington blieb an der Treppe zu seiner Wohnung stehen. Er hatte einmal ein erfülltes Leben gehabt. Einen Beruf, den er liebte, eine Frau, die er vergötterte, eine Tochter, die bewundernd zu ihm aufschaute. Nun konnte er sich nicht einmal mehr selbst im Spiegel ansehen. Heute war er auf einen neuen Tiefstand gesunken. Er war fünfmal am Polizeigebäude vorbeigegangen, aber nicht eingetreten. Laut Vertrag bekam er bei Kündigung eine Abfindung. Damit würde er das College seiner Tochter bezahlen können. Sein Schweigen sicherte ihr die Zukunft.

Lloyd Webbers Sohn hatte keine Zukunft mehr. Er wusste, dass der Junge tot war – genau wie er wusste, dass er die Pflicht hatte, der Polizei seinen Verdacht in Bezug auf Frasier Lewis mitzuteilen. Aber die Macht des Goldes war groß und hielt ihn fest in den Klauen. Er setzte sich in Bewegung und ging die Treppe hinauf. *Die Macht des Goldes.* oRo. Er und Jager hatten sich einen treffenden Namen für ihre Firma ausgesucht. Er wollte gerade den Schlüssel ins Schloss stecken, als ihn ein scharfer Stoß in seine Nieren zusammenzucken ließ. Ein Pistolenlauf. Jager oder Frasier Lewis? Eigentlich wollte Derek es gar nicht genau wissen. »Kein Wort.«

Jetzt wusste Derek, wer die Pistole in der Hand hielt. Und er wusste, er würde sterben.

Philadelphia, Mittwoch, 17. Januar, 16.45 Uhr

Vito trabte die Treppe zur Bibliothek hinauf. Hoffentlich war das keine Zeitverschwendung. Er hatte das Fünf-Uhr-Meeting auf sechs verschieben müssen und würde nun später als beabsichtigt mit Sophie im Pflegeheim zusammentreffen.

Aber der Anruf der Bibliothekarin Barbara Mulrine hatte sich angehört, als könnte er sie einen bedeutenden Schritt weiterbringen. Er hatte Nick mit Jill Ellis' Anrufbeantworter am Präsidium abgesetzt. Mit etwas Glück würde sich die Technik bereit erklären, das Band bis sechs Uhr zu bearbeiten.

Barbara wartete mit Marcy am Empfangstisch. »Wir haben versucht, ihn zu überreden, zu Ihnen zu kommen, aber er will nicht«, sagte Barbara, ohne sich mit einer Begrüßung aufzuhalten.

»Wo ist er?«, fragte Vito.

Marcy deutete auf einen älteren Mann, der den Boden wischte. »Er hat Angst vor der Polizei.«

»Und warum?«

»Er stammt aus Russland. Ich bin zwar sicher, dass er sich ganz legal hier aufhält, aber er hat offenbar schon einiges durchgemacht. Er heißt Yuri und ist noch keine zwei Jahre in den Staaten.«

»Spricht er Englisch?«

»Ein bisschen. Hoffentlich genug.«

Nach nur fünf Minuten erkannte Vito, dass »ein bisschen« nicht annähernd genug war. Der alte Russe hatte mit »einem Mann« über »Miss Claire« gesprochen. Der anschließende Mix aus zwei Sprachen war beinahe unverständlich gewesen.

»Tut mir leid«, sagte Barbara leise. »Ich hätte Sie vorwarnen müssen, damit Sie einen Übersetzer mitbringen.«

»Schon gut. Mir fällt schon etwas ein.« Vito seufzte. Jemanden zu bekommen, der Russisch verstand, konnte Stunden dauern. Es sah nicht so aus, als würde er heute Abend noch eine Archäologin oder eine Opernlegende treffen. Er würde den alten Mann mitnehmen, während sie auf einen Übersetzer warteten. Dann konnte er wenigstens zwischendurch andere Dinge erledigen. »Sir, bitte kommen Sie mit mir.« Er streckte ihm die Hand entgegen, aber die Augen des Mannes weiteten sich vor Furcht.

»Nein.« Yuri umklammerte den Besenstiel, und in diesem Moment sah Vito die verunstalteten Fingerknöchel des Mannes. Die Hände waren gebrochen worden. Es musste vor einigen Jahren geschehen sein.

»Detective«, murmelte Barbara. »Bitte tun Sie ihm das nicht an.«

Vito hielt beide Hände hoch. »Okay. Sie können hierbleiben.«

Yuri warf Barbara einen Blick zu, und diese nickte. »Er wird Sie nicht zwingen, Yuri. Machen Sie sich keine Sorgen.«

Misstrauisch wandte Yuri sich ab und widmete sich wieder seiner Arbeit.

»Sie hätten ihn nicht zum Reden gebracht, wenn Sie ihn gezwungen hätten, mit aufs Revier zu kommen«, sagte Barbara. »Aber fahren Sie ruhig. Ich warte hier mit ihm, bis Sie einen Übersetzer haben.«

Vito lächelte frustriert. »Das kann Stunden dauern. Und Sie sind bereits den ganzen Tag hier.«

»Das macht nichts. Ich mochte Claire Reynolds nicht, aber ich will auch nicht, dass ein Mörder frei herumläuft. Und ich habe Yuri schon vor langer Zeit versprochen, dass er hier in Sicherheit ist.«

Vitos Meinung von der Bibliothekarin stieg. Er kramte sein Handy aus der Tasche. »Ich werde wohl eine Verabredung absagen müssen.« Er fing ihren mitleidigen Blick auf, als er ans Fenster trat und Sophies Nummer wählte. Sie ging sofort dran.

»Sophie, ich bin's, Vito.«

»Was ist los?«

Und er hatte geglaubt, ihm sei der Druck, unter dem er stand, nicht anzuhören. »Nichts. Na ja, eigentlich ist schon was los. Es sieht aus, als könnten wir in diesem Fall eine sehr wichtige Information bekommen, und ich muss dranbleiben. Vielleicht schaffe ich es später noch, aber es sieht nicht gut aus.«

»Kann ich dir vielleicht bei irgendetwas helfen?«

Ja. Mit meinem Doppelbonus. »Ja, tatsächlich kannst du das. Wir wollten dich zu mittelalterlichen Strafen für Diebstahl befragen.«

»Kein Problem. Soll ich dazu aufs Revier kommen?«

Vito wandte sich um und betrachtete den alten Mann. »Vielleicht. Aber ich bin noch eine Weile beschäftigt ...« Plötzlich fiel ihm etwas ein. »Sophie, sprichst du eigentlich Russisch?«

»Ja.«

»Gut oder nur Schimpfwörter?«

»Gut«, sagte sie wachsam. »Wieso?«

»Könntest du zur Huntington-Bibliothek kommen?« Er gab ihr die Adresse durch. »Ich erklär's dir, wenn du da bist.« Er legte auf und rief Liz an, um sie auf den neusten Stand zu bringen.

»Schon wieder ein Berater, der es umsonst macht.« Liz lachte leise. »Ihnen ist doch wohl klar, dass Sie nie wieder eine Budgeterhöhung erhalten werden? Man wird erwarten, dass Sie das in Zukunft immer so handhaben.«

»Technisch gesehen ist Sophie eine mehrfach einsetzbare Beraterin«, sagte er trocken. »Sagen Sie dem Team, ich komme, sobald ich kann, aber es wird nach sechs werden. Könnten Sie Katherine bitten, ein Foto von dem Brandzeichen auf Sanders' Wange zu machen? Ich bringe Sophie mit, wenn wir hier fertig sind, dann kann sie es sich anschauen. Ich möchte sie nicht ins Leichenschauhaus schleppen.«

»Abgemacht. Oh, übrigens habe ich Nachricht von Interpol. Wir könnten einen Treffer gelandet haben.«

Vito straffte sich. »Wer?«

»Ich warte auf das Fax mit dem Bild. Vielleicht ist es schon da, wenn Sie kommen. Ich trommele das Team für sechs Uhr zusammen.«

16. Kapitel

Mittwoch, 17. Januar, 17.20 Uhr

SOPHIE WAR AUSSER ATEM, als sie die Bibliothek betrat. Vito stand in der Eingangshalle mit einer Frau in einem dunklen Pullover. Er sah auf und lächelte sie an, und ihr Herzschlag galoppierte. Sie schaffte es dennoch, die Halle einigermaßen würdevoll zu durchqueren und ihm nicht an den Hals zu springen, um dort weiterzumachen, wo sie am Morgen aufgehört hatten.

Das Aufblitzen seiner Augen verriet ihr, dass er ähnliche Gedanken hatte. »Also, worum geht's?«, fragte sie mit einem Lächeln, das hoffentlich nicht wie das eines hysterischen Teenies für den heißgeliebten Popstar wirkte.

»Du müsstest für mich übersetzen. Sophie, dies ist Barbara Mulrine. Sie ist hier Bibliothekarin.«

Sie nickte der Frau zu. »Freut mich. Was soll ich übersetzen?«

Barbara deutete auf einen alten Mann, der Fenster putzte. »Ihn. Er heißt Yuri Tschertow.«

»Ein Zeuge«, fügte Vito hinzu. »Bitte sorg dafür, dass er begreift, dass niemand ihm Ärger machen will.«

»Okay.« Sie näherte sich dem alten Mann und sah augenblicklich seine verformten Hände. *O nein.* Sie setzte ein respektvolles Lächeln auf und schaltete mental auf Russisch um. »Hallo. Ich bin Sophie Alexandrowna Johannsen. Darf ich mit Ihnen reden?«

Er warf Barbara einen Blick zu, die ihm aufmunternd zulächelte. »Das geht in Ordnung«, sagte sie.

»Hätten Sie ein Zimmer, das nicht nach Verhörraum aussieht?«, fragte Sophie die Bibliothekarin.

»Marcy, bleib du bitte am Tresen. Kommen Sie.«

Als alle vier in Barbaras Büro waren, wechselte Sophie wieder auf Russisch um. »Sollen wir uns setzen?«, sagte sie zu Yuri. »Ich weiß nicht, wie es Ihnen geht, aber ich hatte einen langen Tag.«

»Ich auch. Das hier ist meine zweite Arbeitsstelle. Wenn ich fertig bin, habe ich noch eine dritte.«

Sein Russisch war das eines Gebildeten. Der Mann entstammte

einer höheren Gesellschaftsschicht. Sophie konnte nur vermuten, was geschehen war, dass er nun drei verschiedene Jobs an einem Tag verrichten musste. »Sie arbeiten hart«, bemerkte Sophie und wählte ihre Worte sorgsam. »Aber harte Arbeit tut der Seele gut.«

»Sehr gut sogar, Sophie Alexandrowna. Ich bin Yuri Petrowitsch Tschertow. Sagen Sie Ihrem Detective, er soll seine Fragen stellen. Ich werde nach bestem Wissen und Gewissen antworten.«

»Frag ihn nach Claire Reynolds«, sagte Vito, als sie ihm übersetzt hatte.

Der alte Mann nickte, die Augen verdunkelten sich. »Claire war kein guter Mensch.«

Sophie gab es weiter, und Vito nickte. »Frag ihn bitte, warum.«

Yuri zog die Brauen zusammen. »Sie hat Barbara respektlos behandelt.«

»Und Sie ebenfalls, Yuri Petrowitsch?«, fragte sie, und sein Blick wurde noch finsterer.

»Ja, aber ich war nicht ihr Arbeitgeber. Barbara ist gutherzig und sehr loyal. Claire hat Barbaras Vertrauen ausgenutzt. Einmal sah ich, wie sie Geld aus Barbaras Portemonnaie nahm. Als sie entdeckte, dass ich es gesehen hatte, drohte sie mir, sie würde mich bei der Polizei anzeigen, falls ich etwas sagen sollte.«

Als Sophie übersetzte, fiel Barbaras Kinnlade herab. »Wie konnte sie ihm denn drohen? Konnte sie Russisch?«, fragte Vito. »Und frag ihn, warum er solche Angst vor der Polizei hat. Er ist doch nicht illegal hier.«

Sophie übersetzte Vitos Fragen, aber Barbaras schockierte Miene brauchte keine Übersetzung. Yuri schaute auf seine Hände. »Sie hatte einen Computer und benutzte ein Übersetzerprogramm. Die Drohung war in sehr holprigem Russisch formuliert, aber ich habe sie verstanden. Was meine Furcht vor der Polizei angeht …« Er zuckte die Achseln. »Ich möchte einfach kein Risiko eingehen.« Er sah traurig zu Barbara auf. »Vergeben Sie mir, Miss Barbara«, sagte er auf Englisch.

Barbara lächelte. »Schon gut. Es kann nicht viel Geld gewesen sein. Mir ist es gar nicht aufgefallen.«

»Weil ich es ersetzt habe«, murmelte Yuri, als Sophie die Worte wiedergegeben hatte.

Barbaras Augen wurden feucht. »Oh, Yuri. Das hätten Sie nicht tun dürfen.«

Auch Vito wirkte gerührt. »Frag ihn bitte nach dem Mann, mit dem er gesprochen hat.«

»Er war ungefähr mein Alter«, antwortete Yuri. »Ich bin zweiundfünfzig.«

Sophies Augen weiteten sich, bevor sie sich unter Kontrolle hatte. Zweiundfünfzig. Der Mann wirkte so alt wie ihre Großmutter, und die war beinahe achtzig. Sie wurde rot, als er die Brauen hob, und sie senkte rasch den Blick. »Verzeihen Sie mir, Yuri Petrowitsch. Ich wollte nicht unhöflich sein.«

»Machen Sie sich keine Gedanken. Ich weiß, wie ich aussehe. Dieser Mann war beinahe zwei Meter groß, vielleicht hundert Kilo schwer. Dichtes graues, welliges Haar. Er wirkte sehr … gesund.«

Sophie wiederholte es für Vito auf Englisch. Dann wandte sie sich neugierig wieder an Yuri. »Warum haben Sie das mit der Gesundheit erwähnt?«

»Weil seine Frau sehr krank wirkte. Beinahe, als läge sie im Sterben.«

Vitos Augen blitzten, als sie ihm übersetzte. Er zog zwei Zeichnungen aus seiner Mappe. Sophie fiel wieder ein, dass Vito erwähnt hatte, sein Bruder habe einige der Opfer skizziert. »Sind das die Personen, die er gesehen hat?«, fragte Vito.

Yuri nahm die Blätter in seine verkrüppelten Hände. »Ja. Ihre Frisur war anders. Die Haare waren länger und dunkler, aber die Gesichter sehen ähnlich aus.«

»Frag ihn, warum sie gekommen waren, was sie gesagt haben und ob sie sich vorgestellt haben.«

»Sie waren über Thanksgiving gekommen«, sagte Yuri einen Moment später. »Sie haben ziemlich viel gesagt, aber ich habe wenig verstanden. Der Mann hat das Reden übernommen. Die Frau wartete auf einer Bank. Er fragte mich nach Claire Reynolds. Ob ich sie kannte. Er sprach mit Akzent. Wie sagt man das in Ihrer Sprache …«Er nannte ein Wort, das sie nicht kannte.

»Warten Sie.« Sie holte ein russisches Wörterbuch aus ihrem Rucksack und blätterte darin. Dann sah sie Yuri verwirrt an. »Er hatte einen gefährlichen Akzent? *Dangerous?*«

»Nein, nicht gefährlich.« Er seufzte frustriert. »Er hat gesprochen wie … Daisy Duke.«

Sophie blinzelte, dann lachte sie. »*Hazardous* – gewagt. Wie bei den Dukes of Hazzard … *Ein Duke kommt selten allein*.«

Yuri nickte. »Ich habe den Film gesehen. Sie sind weit hübscher als Jessica Simpson.«

Sophie lächelte. »Vielen Dank.« Sie schaute zu Vito auf. »Sie kamen aus dem Süden.«

»Haben sie ihre Namen genannt?«

Yuri zog die Brauen zusammen. »Ja. Es war etwas wie D'Artagnan von den *Drei Musketieren*, aber mit einem V. Ja, genau, er sagte, sein Name sei Arthur Vartanian aus Georgia. Daran kann ich mich sehr gut erinnern, weil ich auch daher komme. Aus Georgien.« Er zog ironisch eine Braue hoch. »Die Welt ist klein, nicht wahr?«

Vito schrieb den Namen und den Bundesstaat auf und dachte, dass Yuris »Georgia« wohl nicht nur geographisch sehr weit von dem amerikanischen entfernt lag.

»Bitte verzeihen Sie meine ungebührliche Neugier«, sagte Sophie. »Aber würden Sie mir erzählen, was Sie in Georgien gemacht haben?«

»Ich war Chirurg. Aber im Herzen war ich vor allem Patriot und dafür habe ich zwanzig Jahre in Nowosibirsk verbracht. Als man mich freiließ, kam ich durch gute Menschen wie Barbara nach Amerika.« Er hob seine gebrochenen Hände. »Ich habe einen hohen Preis für meine Freiheit gezahlt.«

Sophies Kehle verengte sich. Sie wusste nicht, was sie sagen sollte.

In Nowosibirsk befanden sich mehrere russische Gefängnisse. Sie wollte sich lieber nicht vorstellen, was er dort erlebt hatte.

Er sah ihre Erschütterung und tätschelte ihr unbeholfen das Knie. »Und was tun Sie, Sophie Alexandrowna, dass Sie meine Sprache so gut beherrschen?«

Ich habe Archäologie, Sprachen und Geschichte studiert. Aber nichts davon kam aus ihrem Mund, denn plötzlich sah sie vor ihrem geistigen Auge die faszinierten Mienen der Kinder, die ihr während der Führung an den Lippen gehangen hatten. Die Geschichte dieses Mannes war mindestens genauso wichtig wie die, die sie diesen

Kindern beizubringen versuchte. Nun, wahrscheinlich sehr viel wichtiger.

»Ich arbeite in einem Museum. Es ist klein, aber wir haben ganz gute Besucherzahlen. Wir versuchen, der Geschichte ein wenig Leben einzuhauchen. Würden Sie vielleicht zu uns kommen und den Leuten von Ihren Erfahrungen erzählen?«

Er lächelte. »Ja, ich denke, das würde ich. Aber Ihr Detective sieht aus, als wolle er nun gehen.«

Sophie küsste ihn auf beide Wangen. »Bleiben Sie gesund, Yuri Petrowitsch.«

Vito schüttelte vorsichtig Yuris Hand. »Vielen Dank.«

»Diese beiden Leute«, sagte Yuri auf Englisch und zeigte auf die Zeichnungen. »Sie sind nicht gesund?«

Vito schüttelte den Kopf. »Nein, Sir. Das sind sie ganz und gar nicht.«

Mittwoch, 17. Januar, 18.25 Uhr

Vito wartete, während Sophie den Wagen ihrer Großmutter auf dem Parkplatz der Wache abstellte. Als sie ausstieg, schob er ihr eine Hand ins Haar und küsste sie so, wie er sie hatte küssen wollen, seit sie die Bibliothek betreten hatte. Als er sich von ihr löste, seufzte sie.

»Ich hatte schon Angst, ich hätte mir das nur eingebildet.« Sie stellte sich auf Zehenspitzen und küsste ihn sanft. »Dich.«

Sie sahen einander eine Weile an, dann zwang Vito sich, einen Schritt zurückzutreten. »Danke. Du hast es mir erspart, stundenlang auf einen Übersetzer zu warten.« Er nahm ihre Hand und führte sie zum Eingang.

»Es war mir ein Vergnügen. Yuri hat gesagt, er würde in mein Museum kommen und dort einen Vortrag halten.«

Vito sah sie überrascht an. »Ich dachte, es sei Albrights Museum und du würdest da nur arbeiten, bis du etwas Besseres gefunden hast.«

Sie grinste. »Manches verändert sich. Übrigens, Vito – Übersetzer verdienen ziemlich gut. Und kriegen sogar Überstunden bezahlt.«

»Ich versuche, etwas aus meinem Budget abzuzweigen.« *Und falls das nicht geht, bezahle ich sie aus eigener Tasche.*

Sie sah ihn indigniert an. »Ich sagte, es war mir ein Vergnügen, dir zu helfen.« Sie zog die Brauen hoch. »Und ich hatte gehofft, mein Lohn würde auch eins werden.«

Vito lachte leise. »Oh, da fällt mir bestimmt etwas ein. Aber sag mir, Sophie Alexandrowna. Irgendwelche unattraktiven Gaben von Mrs. Brewster?«

»Nein«, sagte sie nachdenklich. »Es war eigentlich ein ziemlich guter Tag.«

Inzwischen waren sie oben angekommen. »Hey«, wandte Vito sich an Nick, als sie das Großraumbüro betraten. »Die Bibliothek war ein Volltreffer. Wir konnten die beiden älteren Leute identifizieren. Sie waren tatsächlich ein Ehepaar.«

»Gut.« Aber Nicks Stimme klang ohne Energie. »Hi, Sophie.«

»Hallo, Nick«, sagte sie, plötzlich wachsam. »Schön, Sie wiederzusehen.«

Nick versuchte sich an einem Lächeln. »Und heute sind Sie anscheinend ganz offiziell hier.«

Sophie blickte auf den Ausweis, den man ihr als Berater unten am Empfang ausgestellt hatte. »Ja. Jetzt gehöre ich zum Club und darf Losung *und* geheime Handzeichen erfahren.«

»Schön«, erwiderte Nick, und Vito runzelte die Stirn.

»Bitte sag mir nicht, dass es schon wieder eine Leiche gibt.«

»Nein. Jedenfalls nicht, dass ich wüsste. Es ist das Band vom AB, Chick. Übel.«

»Übel im Sinne, dass wir nichts verstehen können?«

»Nein, übel genau im gegenteiligen Sinn«, antwortete Nick. »Du wirst es schon früh genug erfahren.« Er setzte sich ein wenig gerader auf und zwang sich zu einem Lächeln. »Also, jetzt lasst mich nicht länger zappeln. Wer sind zwei-eins und zwei-zwei?«

Vito hatte auf dem Rückweg von der Bibliothek telefoniert. »Arthur und Carol Vartanian aus Dutton, Georgia. Und, halt dich fest – er ist ein pensionierter Richter.«

Nick blinzelte. »Herrje.«

»Setz dich«, sagte Vito zu Sophie und zog ihr seinen Stuhl heran.

»Ich frage mal nach, ob wir schon ein Foto von dem Brandzeichen haben. Danach kannst du zu deiner Großmutter gehen.«

Sie zupfte Vito am Ärmel, als er sich abwenden wollte. »Und dann?«

Nick war plötzlich ganz Ohr.

»Und dann?«, wiederholte er eifrig.

Vito ignorierte Nick und lächelte Sophie an. »Kommt drauf an, wie spät es hier für mich wird. Ich möchte deine Großmutter immer noch kennenlernen.«

»Die Großmutter kennenlernen«, sagte Nick. »Ist das zweideutig gemeint?«

Sophie lachte. »Sie klingen wie mein Onkel Harry.«

Liz kam aus ihrem Büro. »Da sind Sie ja wieder. Und Sie sind bestimmt Dr. Johannsen.« Sie drückte Sophies Hand. »Wir sind Ihnen sehr dankbar. Sie haben viel für uns getan.«

»Sagen Sie bitte Sophie. Und ich helfe gern.«

»Haben Sie das Foto von der Wange des Opfers, Liz?«

»Noch nicht. Katherine wollte es zum Meeting mitbringen. Sie warten alle schon im Konferenzraum, also gehen wir. Sophie, könnten Sie vielleicht in der Cafeteria warten? Sie ist im zweiten Stock. Ich hoffe, Vito kann es kurz machen. Mein Babysitter macht schon Überstunden.«

»Natürlich. Ruf mich auf Handy an, Vito, wenn du so weit bist, dass ich mir das Foto ansehen kann.«

Sophie ging zum Fahrstuhl, und Liz musterte Vito mit einem Grinsen. »Dass sie so jung ist, haben Sie uns vorenthalten.«

»Und hübsch, nicht wahr?«, trällerte Nick.

Vito wollte ihnen einen finsteren Blick zuwerfen, ertappte sich aber dabei, Liz' Grinsen zu erwidern. »Ja, nicht wahr?«

White Plains, New York, Mittwoch, 17. Januar, 18.30 Uhr

Es war ein erfolgreicher Tag gewesen. Er hatte ein wenig holprig angefangen, sich aber noch recht gut entwickelt. Nun waren fast alle dringenden Dinge erledigt. Ein Geheimnis hörte auf, eines zu sein, sobald es einen Mitwisser gab, wie ihm sein Händler heute

Morgen mit kristallener Klarheit in Erinnerung gerufen hatte. Er bereute es nicht, den Händler eingeschaltet zu haben. Schließlich konnte man nicht zu Wal-Mart marschieren und ein echtes Breitschwert aus dem Jahr 1422 kaufen. Doch dummerweise hatte sein Händler eine Zulieferkette, die das Risiko seiner Entdeckung beträchtlich erhöhte.

Und da nur ein einzelner Mann ein Geheimnis bewahren konnte, hatte die ganze Kette verschwinden müssen. Es war problemlos geschehen, ohne viel Aufwand und Theater, und wenn die Polizei sich noch einmal nach Stühlen mit vielen Dornen erkundigte, würde sie keine Antworten mehr bekommen. Seine Händler waren zum Schweigen gebracht worden.

»Wie geht's dir denn so dahinten, Derek?«, rief er in Richtung Ladefläche, aber es kam keine Erwiderung. Kein Wunder. Im Nachhinein sah er ein, dass er ihm nicht eine derart hohe Dosis hätte geben dürfen. Warren, Bill und Gregory hatten zwar dieselbe Menge erhalten, waren aber ungefähr doppelt so schwer gewesen. Blieb nur zu hoffen, dass Derek noch nicht verstorben war. Er hatte noch einiges vor mit ihm.

Genau wie mit Dr. Johannsen. Sie war die Einzige, um die er sich noch kümmern musste, um sein Geheimnis wieder zu einem zu machen. Auch sie würde sterben, aber noch nicht so bald. Um Mitternacht würde er alle potenziellen Gefahrenquellen beseitigt und seine neue Königin gefangen haben, sodass er sich wieder auf die wichtigen Dinge konzentrieren konnte.

Das Spiel zu beenden und oRo – und damit sich selbst – zu Berühmtheit zu verhelfen. Die Erfüllung seiner Träume war endlich in Reichweite.

Mittwoch, 17. Januar, 18.45 Uhr

»Entschuldigt, Leute«, sagte Vito und drückte die Tür hinter sich zu.

Alle waren da: Jen, Scarborough, Katherine, Tim und Bev. Brent Yelton war ebenfalls gekommen, was hoffentlich gute Nachrichten bedeutete. »Danke, dass ihr gewartet habt.«

Jen sah von ihrem Laptop auf. »Hast du die beiden Älteren identifizieren können?«

»Ja. Endlich.« Vito trat zur Tafel und schrieb die Namen in die entsprechenden Kästchen. »Arthur Vartanian und seine Frau, Carol. Sechsundfünfzig und zweiundfünfzig. Stammen aus einer Kleinstadt in Georgia. Dutton.«

»Und er ist ein verdammter Richter gewesen«, fügte Nick hinzu und ließ sich auf einen Stuhl neben Jen fallen.

»Interessant«, sagte Scarborough. »Arthur Vartanian war der Mord aus Leidenschaft. Vielleicht hat er unseren Killer ins Gefängnis gebracht.«

»Aber warum ihn hier und nicht in Dutton töten?«, fragte Katherine. »Und warum die zwei leeren Gräber?«

Vito seufzte. »Wir notieren uns die Fragen. Lasst uns erst über das Band sprechen.«

»Deswegen bin ich hier«, sagte Scarborough. »Nick wollte, dass ich es mir anhöre.«

Nick reichte Jen eine CD, und sie schob sie in den Laptop, der mit Lautsprechern verbunden war. »Ich kenne es schon in- und auswendig. Leider«, sagte Nick. »An ein paar Stellen können wir vorspulen, weil nichts zu hören ist. Die Technik hat das Band, so gut es geht, bereinigt, aber die statischen Geräusche rühren zum einen daher, dass von einem Handy angerufen wurde, zum anderen, dass das Telefon verdeckt war. Vielleicht steckte es in einer Tasche oder so ähnlich.«

»Wir haben Jill Ellis' Verbindungsnachweise überprüft«, sagte Jen. »Sie hat Gregory gestern Nachmittag um 15.30 Uhr angerufen. Diesen Anruf hat sie um 16.25 Uhr erhalten.«

Nick drückte auf Start, und die CD begann mit einem entsetzlichen Stöhnen, das alle zusammenfahren ließ.

»Schrei, so viel du willst. Niemand wird dich hören. Niemand wird dich retten. Ich habe sie alle umgebracht.« Dann versprach der Mörder seinem Opfer unendliches Leiden, und Gregory flehte um sein Leben. *»Machen wir einen kleinen Ausflug, Mr. Sanders. Ich nenne das meine Zeitmaschine. Jetzt wirst du sehen, was mit Dieben geschieht.«* Nick spulte vor. »Er scheint ihn eine Weile herumzuzerren, dann gibt es einen Knall, als würde eine Tür aufgestoßen.« Er drückte

play, und sie hörten ein Quietschen mit einem leichten Widerhall. »Dann kommt etwa fünf Minuten nichts. Funkstille. Und dann …«

Wieder drückte er die Play-Taste. *»Willkommen in meinem Kerker, Mr. Sanders. Sie werden Ihren Aufenthalt nicht genießen. «*

Ein dumpfes Geräusch, anschließend wurde es leiser. »Wir nehmen an, er hat Gregory die Jacke ausgezogen und sie neben ihn fallen lassen. Die Funkverbindung steht noch, aber man hört nicht mehr so gut.« Nick presste die Kiefer zusammen. »Aber in gewisser Hinsicht hört man noch viel zu viel.«

»Du bist ein Dieb und … sollst deine gerechte Strafe … Gesetz.«

Mehr Schleifgeräusch und Krachen und panisches Flehen von Sanders. Dann wieder das Quietschen.

»Er rollt etwas«, sagte Nick und schloss die Augen.

Der Schrei trieb Vito die Schweißperlen auf die Stirn. »Was zum Teufel war das denn?«

»Keine Angst«, sagte Nick grimmig. »Du darfst es gleich noch einmal hören.

Und tatsächlich. *»Du Scheißkerl. Du dreckiges Schwein. O Gott.«* Ein lautes Krachen, dann ebbten Gregs Schreie zu einem Stöhnen ab.

»Nun sieh mal, wozu du mich gebracht hast. Was für eine Schweinerei. Setz dich hin. Los, hoch.« Ein Scharren, ein Schleifen, angestrengtes Atmen. *»Jetzt können wir fortfahren.«*

»Du … du Dreckskerl.« Gregs Stimme war nur noch schwach. *»Meine Hand … Meine …«* Ein gebrochenes Schluchzen. *»Und der Fuß. Du hast … wie ein jämmerlicher Dieb … Kirche … besondere Strafe.«*

Weitere Satzfetzen folgten. Vito beugte sich vor, um besser zu hören, fuhr jedoch zurück, als Gregory wieder schrie. Es war ein scheußlicher Laut, teils gequält, teils entsetzt. Und er klang kaum noch menschlich.

Liz hob die Hände. »Nick, schalten Sie ab. Das reicht.«

Nick nickte und hielt die CD an, und das Schweigen, das sich über sie senkte, war zäh und beinahe unerträglich. »Das war's im Grunde auch«, sagte Nick. »Greg schreit noch einmal, dann wird er vermutlich ohnmächtig. Einer der Techniker versucht, die Geräusche zu identifizieren.«

Scarborough atmete hörbar aus. »Ich bin seit zwanzig Jahren Psychologe. So etwas habe ich noch nie gehört. Der Mörder zeigt keinerlei Reue, und abgesehen von den krachenden Geräuschen, scheint es auch keine Anzeichen von Zorn zu geben. In seiner Stimme habe ich nur Verachtung gehört.«

Jen nahm die Hand vom Mund, die sie auf ihre Lippen gepresst hatte. »Er sagte etwas von ›Dieb‹ und ›Kirche‹«, bemerkte sie mit unsicherer Stimme. »Hat Gregory etwas in einer Kirche gestohlen? Aus einer Kirche? Vielleicht hat er sein Opfer in einer Kirche getötet?«

»Bevor er dem Jungen den Fuß abgetrennt hat, hat er gesungen. Ich habe etwas von ›ecclesia‹ verstanden.«

»Ja, ich auch. Das ist lateinisch und heißt ›Kirche‹«, sagte Vito. Nick sah ihn überrascht an. »Na ja, ich war Messdiener. Ernsthaft.« Verlegen hob er die Schultern.

Tim tupfte sich die Stirn mit einem Taschentuch ab. »Ich auch. Und ich kenne das Wort ebenfalls aus den Messen. Fragt sich nur, warum *er* es hier benutzt.«

»Mich würde interessieren, was er mit dem Fuß und der Hand gemacht hat. Sie waren nicht bei der Leiche«, sagte Katherine leise.

»Oder in der Nähe des Fundorts«, fügte Jen hinzu. »Ich habe Leichenspürhunde suchen lassen.«

Vito wandte sich an Thomas. »Er hat gesagt, Greg sollte mit seiner Zeitmaschine reisen, dann hat er ihn in seinem Kerker willkommen geheißen. Heißt das, er ist verrückt?«

Thomas schüttelte entschieden den Kopf. »Klinisch betrachtet nicht. Da bin ich mir so gut wie sicher. Er hat sich Folterinstrumente besorgt, ob er sie nun gekauft oder selbst gebaut hat. Er hat seine Opfer mit Vorsatz und viel Planung angelockt. Er ist nicht verrückt. Ich denke, der Bezug auf die Zeitmaschine ist Teil seines … Vergnügens.«

»Vergnügen«, sagte Vito verbittert. »Ich kann's kaum erwarten, den Burschen kennenzulernen.«

»Und ich nehme an, es wäre eine zu glückliche Fügung, wenn Gregs Telefon GPS hätte«, sagte Liz.

Nick schüttelte den Kopf. »Ein Wegwerfhandy. Sein altes Gerät ist wegen Nichtzahlung aus dem Netz genommen worden.«

Beverly räusperte sich. »Er hat Greg auf der Modelseite gefunden, auf der zwar steht, was die Models bisher gemacht haben, aber die Septic-Service-Werbung taucht dort nicht auf. Vermutlich war sie ihm peinlich.«

»Und Munch konnte nicht wissen, dass er eine Lokalberühmtheit war«, sagte Nick. »Nehmen wir seinen *charmanten Akzent* hinzu« – Nick verstärkte seinen eigenen – »können wir wohl davon ausgehen, dass der Mörder nicht von hier stammt.«

Vito nickte. »Munch hat genau wie die Vartanians einen Südstaatenakzent. Zufall?«

»Auch auf das Risiko hin, dass ich mich selbst verdächtig mache«, sagte Nick trocken. »Nein, kein Zufall.«

»Die Vartanians waren aus Georgia«, fügte Katherine nachdenklich hinzu. »Genau wie Claire Reynolds.«

»Ihr habt recht«, sagte Vito. »Ich glaube auch nicht an Zufall. Eigentlich ist das, abgesehen von USAModels, sogar unsere erste Verbindung zwischen einigen Opfern, die etwas bedeuten könnte. Vielleicht finden wir über die Familie der Vartanians heraus, ob Claire und Arthur und Carol einander kannten. Wie steht es mit der Autopsie?«

»Ich habe Claire Reynolds und die ältere Frau der ersten Reihe obduziert. Was die alte Frau angeht, kann ich euch nichts bieten, was euch zur Identifizierung dient. Sie hat genau wie Carol Vartanian und Claire das Genick gebrochen. Das Labor hat mir aber jetzt die endgültige Analyse des Silikongels geschickt. Es ist eine spezielle Rezeptur. Wer sie herstellt, konnte man mir nicht sagen.«

Vito holte das Magazin hervor, das Doktor Pfeiffer ihm am Morgen überlassen hatte. »Claires Arzt hat mir Anzeigen für diese Gleitmittel gezeigt. Claire hat so etwas benutzt, aber sie hat es über ihn bestellt.«

Jen nahm die Zeitschrift. »Dennoch hätte sie ja auch noch zusätzlich woanders bestellen können. Ich sehe zu, dass wir die spezielle Rezeptur zu einem der Hersteller zurückverfolgen können.«

»Danke. Hier sind Claires Briefe. Einen habe ich von Pfeiffer, den anderen aus der Bibliothek.«

Jen nahm auch die Briefe. »Ich lasse sie im Labor mit Claires Handschrift vergleichen. Mal sehen, was dabei herauskommt.«

»Fein. Bev und Tim – was gibt es Neues bei USAModels dotcom?«

»Erst einmal nichts«, sagte Bev. »Wir haben nach Models gesucht, deren Vita angeklickt wurde oder denen E. Munch eine E-Mail geschickt hat. Aber interessanterweise hat Munch nur vier Models kontaktiert: Warren, Brittany, Bill und Greg. Niemand anderen.«

Vito zog die Brauen zusammen. »Das kann ich kaum glauben. Wie konnte er sich denn sicher sein, dass sie sich mit ihm treffen?«

»Vielleicht wusste er noch etwas anderes über sie«, überlegte Nick. »Erpressung?«

»Wie wär's mit deren Finanzen?«, fragte Brent Yelton.

»Alle Opfer waren vollkommen abgebrannt, ihre Konten hoffnungslos überzogen.«

»Also haben wir noch immer rein gar nichts«, sagte Nick finster, aber Beverly lächelte.

»Wir haben zwar festgestellt, dass er niemand anderen per E-Mail kontaktiert hat«, sagte sie, »aber uns ging nicht mehr aus dem Kopf, was Jen heute Morgen gesagt hat. Dass E. Munch irgendwas bedeuten muss. Also haben wir es bei Google eingegeben und das herausgefunden.« Sie holte ein Kunstbuch unter den Ausdrucken hervor. Es war bei einem Gemälde aufgeschlagen, das Vito kannte.

Es war eine surreale, makaber aussehende Gestalt, deren Mund grotesk aufgerissen war. Wahrscheinlich wie bei Gregory Sanders kurz vor seinem Tod. *»Der Schrei«,* murmelte er.

»Edvard Munch«, fügte Scarborough hinzu. »Wie passend, wenn man überlegt, wie er Gregory hat schreien lassen. Dieser Bursche ist ein sehr gründlicher Soziopath.«

Beverly blätterte zu einem anderen Bild, das noch unheimlicher war. Dämonen quälten verlorene Seelen auf grausige, makabere Art. »Das ist von Hieronymus Bosch. Ein Teil des Triptychons *Der Garten der Lüste.* Ein Model namens Kay Crawford hat gestern Nachmittag eine E-Mail von einem gewissen H. Bosch bekommen. Sie hat noch nicht darauf geantwortet.«

»Und wir konnten ihren Computer mitnehmen, bevor er gelöscht wurde«, fügte Brent zufrieden hinzu. »Bosch wollte sie für einen Dokumentarfilm engagieren.«

»Sie hat eingewilligt, uns zu helfen«, sagte Tim. »Jetzt können wir diesem Mistkerl eine Falle stellen.«

Ein Lächeln breitete sich auf Vitos Gesicht aus. »Das gefällt mir. Sehr. Ich denke, ihre Hilfe wird hauptsächlich in ihrem Schweigen bestehen, aber bestellt sie bitte morgen früh hierher. Und in der Zwischenzeit sollten wir von ihrem Computer aus antworten und den Job annehmen.«

Brent nickte. »Ich habe ein Speicherabbild von Kay Crawfords Festplatte gemacht. Wenn also der Virus durch eine Antwort ausgelöst wird, haben wir immer noch ein Back-up.«

»Hervorragend. Und Liz.« Vito wandte sich an sie. »Sie sagten doch, Sie hätten etwas von Interpol gehört.«

»Vielleicht ist es für uns nicht relevant.« Sie holte ein paar gefaxte Fotos aus einem Umschlag. »Dieser Alberto Berretti aus Italien, der kürzlich gestorben ist, hatte wohl einiges an Steuerschulden. Die italienischen Behörden haben sein Kapital um den Zeitpunkt des Todes genau beobachtet. Sie haben erwartet, dass seine Kinder versuchen werden, einen Teil der Sammlung einzusacken, um ihn gewinnbringend zu veräußern und die Gewinne am Finanzamt vorbeizuschleusen. Das ist einer von Berrettis erwachsenen Söhnen mit einem Amerikaner unbekannter Identität.«

Vito musterte das Bild. »Das Gesicht ist deutlich genug zu sehen, aber bevor ihn niemand erkennt, hilft uns das nicht weiter. Na ja, wenigstens ein Anfang.«

Bev und Tim sammelten ihre Papiere ein. »Vito, wir machen Schluss für heute«, sagte Tim. »Wir haben gestern Nacht kaum Schlaf bekommen und sehen schon doppelt.«

»Danke euch. Könnt ihr das Kunstbuch hierlassen? Ich würde es mir nachher noch genauer ansehen.«

»Ich werde Ihnen ein detailliertes Profil entwerfen«, sagte Thomas Scarborough. »Dieser Killer hat ein besonderes Vokabular verwendet. Ich werde nachsehen, ob es in den Akten irgendeine Parallele gibt.«

»Und ich werde bis morgen mehr über die Pistolenkugel, das Schrapnell und Greg Sanders wissen. Die drei werden morgen obduziert«, sagte Katherine. »Oh, und hier ist das Foto, das du haben wolltest, Vito. Das von dem Brandzeichen auf der Wange.«

Vito nahm es. »Danke, Katherine. Ich wollte Sophie nicht ins Leichenschauhaus schicken.«

»Weil er sie so mag«, fügte Nick mit komischem Unterton hinzu, und Katherine lächelte.

»Natürlich mag er sie. Sie ist mein kleines Mädchen.« Sie warf Vito einen bedeutungsvollen Blick zu. »Vergiss das ja nicht, Vito. Sie ist mein kleines Mädchen.« Mit dieser Warnung verließ sie in Begleitung von Scarborough den Raum.

»Ich hole Sophie her, damit sie sich das Foto ansehen kann, dann verschwinden wir«, sagte Vito. Er trat zur Tür und blieb wie angewurzelt stehen. »O Mist.«

Mittwoch, 17. Januar, 19.10 Uhr

Sophie und Katherine saßen nebeneinander auf einer Bank vor dem Konferenzraum.

Vito ging vor Sophie in die Hocke. Sie war sehr blass. »Ich war auf dem Weg in die Cafeteria, als ich einen Anruf bekam, der auch für dich wichtig war. Ich kam hinauf, wollte klopfen …« Sie zuckte die Achseln. »Und hörte die Schreie. Es geht jetzt schon wieder. Ich bin nur ein wenig aufgewühlt.«

Vito nahm ihre Hände. Sie waren kalt. »Das tut mir leid. Du hättest das nicht hören sollen.«

Katherine zog sie auf die Füße. »Komm, Schätzchen. Du kommst mit mir nach Hause.«

»Nein, ich muss zu Gran.« Jetzt entdeckte sie, dass die anderen sie beobachteten, und erwiderte die Blicke finster und gleichzeitig verlegen. »Hört auf. Ich war bloß schockiert. Wo ist das Foto, das ich mir ansehen wollte?«

»Sophie. Das musst du heute nicht mehr machen«, sagte Katherine.

»*Hör auf,* Katherine«, fauchte Sophie. »Ich bin keine fünf mehr.« Sie riss sich zusammen und seufzte. »Entschuldige. Aber behandele mich bitte nicht wie ein Kind. *Bitte.*« Sie machte sich los und betrat den Konferenzraum. Katherine sah ihr gekränkt hinterher.

»Es ist schwer zu ertragen, wenn die Kinder erwachsen werden«, murmelte Liz, und Katherine lachte leise.

»Vielleicht behandele ich sie ja tatsächlich, als sei sie noch fünf, aber dieses Bild ist in meiner Erinnerung am stärksten präsent.« Sie warf Vito einen Blick zu. »Ich arbeite mit scharfen Instrumenten. Bring mich nicht dazu, sie zweckentfremdet einzusetzen.«

Vito zog den Kopf ein. »Niemals, Ma'am.« Er folgte Sophie in den Raum, wo sie bereits das Foto von Interpol betrachtete. »Das ist nicht Sanders.« Er wollte das Interpol-Foto wegnehmen, aber ihre Hand packte sein Gelenk und hielt es fest.

»Vito, ich kenne diesen Mann. Das ist Kyle Lombard. Ich habe dir doch die Liste von Namen gegeben, weißt du noch? Lombards Name stand auch darauf.«

»Ja, ich weiß. Wir haben nach ihm gesucht, aber bisher erfolglos. Liz«, rief er, »kommen Sie bitte her. Und du bist sicher, Sophie?«

»Ja. Und das ist auch der Grund, warum ich heraufgekommen bin, um mit dir zu reden. Wegen des Anrufs. Im Grunde waren es zwei. Der erste war von Amanda Brewster. Sie schrie mich an, sie wüsste genau, dass Alan bei mir sei. Er ist wohl nicht zum Essen nach Hause gekommen. Ich habe jedenfalls einfach aufgelegt. Und nicht einmal zwei Minuten später klingelte das Handy wieder. Diesmal war es Kyles Frau.«

»*Kyles* Frau?«

»Ja.« Sophie seufzte. »Sie beschuldigte mich, mit Kyle eine Affäre zu haben.«

Vito verengte die Augen. »Wie bitte?«

»Sie sagte, sie habe gehört, wie Kyle am Telefon über mich sprach, und sie wolle verdammt sein, wenn sie erlauben würde, dass ich ihr den Mann wegnehme, wie ich es bei den Brewsters versucht habe.« Sie zuckte die Achseln, als er die Brauen hochzog. »Amanda hat damals gern und viel über das kleine Flittchen gesprochen, das versucht hat, ihre glückliche Musterehe zu zerstören. Eigentlich wussten es alle. Kyles Frau erzählte, Amanda habe sie gestern angerufen, um ihr zu sagen, dass ich offenbar wieder auf den Plan getreten bin. Und nun bauen sie eine Wagenburg um ihre ach so intakten Ehen.«

»Mir scheint, dass Kyle und Clint von Brewster weit mehr gelernt haben als nur Ausgrabungstechniken«, bemerkte Vito trocken und erhielt ein schiefes Lächeln zum Dank.

»Ich habe am Montag mit Clint Shafer gesprochen. Du hast Alan am Dienstag getroffen. Auch Kyle ist heute Abend nicht zum Essen erschienen, daher hat seine Frau seinen Verbindungsnachweis überprüft und festgestellt, dass er mit Clint gesprochen hat. Sie hat Clints Frau angerufen, die wiederum *seine* Verbindungen durchgesehen und Kyles Frau schließlich meine Nummer im Museum weitergegeben hat. Übrigens erwähnte Kyles Frau, dass auch Clint nicht nach Hause gekommen ist.«

»Aber beide haben dich auf deinem Handy angerufen.«

Sie runzelte die Stirn. »Du hast recht. Woher hatten sie diese Nummer? Nun, du wirst das schon herausfinden. Aber was mir auffällt … Du hast jetzt Kyles Foto, das … wo aufgenommen worden ist?«

»In Bergamo, Italien, sagt Interpol«, meldete sich Liz hinter ihnen zu Wort.

»Weniger als eine halbe Zugstunde von Berrettis Wohnort entfernt. Also – du hast jetzt das Foto von Kyle Lombard, der, zwei Tage nachdem ich mich nach ihm erkundigt habe, nicht nach Hause kommt. Zufall?«

»Nein, das glaube ich nicht.« Vito warf Liz und Nick einen Blick zu. »Geben wir einen Fahndungsbefehl für Clint Shafer heraus. Er wohnt …«

»Auf Long Island«, ergänzte Sophie.

»Und einen für Kyle Lombard, wo immer er gerade ist.«

»Seine Frau hat mich von einer 845-Vorwahl angerufen«, sagte Sophie. »Aber wenn wir Kyle nicht über seine Frau finden können, dann vielleicht durch Clints Verbindungsnachweise.«

Vito nickte. »Gut, Sophie. Sehr gut.«

»Nein, Vito.« Nick schüttelte den Kopf. »Schlecht, sehr schlecht. Denk mal nach: Was, wenn Lombards Spur nicht nur zu Berretti und den fehlenden mittelalterlichen Folterinstrumenten führt, sondern über Shafer und Brewster auch zu Sophie, und er zufällig *nicht* unterwegs ist, um seine Frau zu betrügen, sondern ebenfalls in einer Plastiktüte irgendeinen Anhang hinuntergerollt wurde?«

Vito wurde plötzlich eiskalt. »Scheiße.«

Sophie ließ sich schwer auf einen Stuhl sinken. »O Gott. Wenn Kyle etwas damit zu tun hat und nicht aufzufinden ist …«

»Der Mörder könnte durchaus auch von dir wissen«, sagte Vito grimmig.

»Wir stellen Sie unter Polizeischutz, Sophie«, sagte Jen.

Liz nickte. »Ich kümmere mich darum.« Sie drückte Katherines Arm. »Atmen Sie, Katherine.«

Katherine ließ sich ebenfalls auf einen Stuhl sinken. »Ich hätte dich nie …«

»Katherine«, brachte Sophie durch zusammengebissene Zähne hervor. »Hör auf damit.«

»Das kann ich nicht. Und es ist vollkommen egal, ob du fünf oder fünfundfünfzig bist. Ich kann nur sehen, dass du offenbar im Blickfeld eines Mörders stehst.« Zwei Tränen rannen ihr über die Wange. »Sophie, er hat zehn Menschen gefoltert und ermordet!«

Sophies Wut verebbte augenblicklich, und sie schlang die Arme um Katherine, die zu zittern begonnen hatte. Vito und Nick sahen einander verblüfft an. Sie hatten Katherine noch nie weinen sehen, wie schlimm die Leichen, die bei ihr auf dem Tisch landeten, auch zugerichtet gewesen waren.

Aber hier ging es nicht um eine Leiche. Hier ging es um ihr kleines Mädchen, und Vito konnte ihre Angst verstehen.

Sophie tätschelte Katherines Rücken. »Alles wird gut. Vito wird auf mich aufpassen. Und ich habe Lotte und Birgit.« Sie sah zu Vito auf. »Aber wenn ich es so recht überlege, dann verlasse ich mich lieber auf dich.«

Katherine stieß sie wütend von sich. »Das hier ist kein Scherz, Sophie Johannsen.«

Sophie wischte der älteren Frau behutsam die Tränen von den Wangen. »Nein, das weiß ich. Aber es ist auch nicht deine Schuld.«

Katherine packte Vitos Hemd und zog ihn mit einer Kraft, die ihn erstaunte, zu sich herunter. »Und du sorgst gefälligst dafür, dass ihr nichts geschieht, oder, so wahr mir Gott helfe …«

Vito starrte die Frau an, die er zu kennen geglaubt hatte. Katherine erwiderte seinen Blick sehr ernst und sehr wütend und ohne mit der Wimper zu zucken. *Sie auch.* Sie wusste auch von Andrea und was er getan hatte. Er löste ihre Finger aus seinem Hemd und richtete sich auf. »Keine Sorge.«

Katherine sog bebend die Luft ein. »Nur dass wir uns verstanden haben.«

»Haben wir«, sagte Vito knapp.

Sophie sah fassungslos von einem zum anderen. »Hast du ihm gerade gedroht, Katherine?«

»Jep«, sagte Vito. »Das hat sie.«

17. Kapitel

Mittwoch, 17. Januar, 20.30 Uhr

SOPHIE STIEG AUF DEM PARKPLATZ des Pflegeheims aus dem Wagen und wartete, bis Vito eingeparkt hatte. Er war schweigsam und zornig gewesen, als sie das Polizeigebäude verlassen hatten. Auf dem Weg zum Pflegeheim war er so dicht hinter ihr gefahren, dass er einen Auffahrunfall verursacht hätte, falls sie abrupt hätte bremsen müssen. Die ganze Fahrt über hatte sie über den Streit zwischen ihm und Katherine nachgedacht, was weitaus weniger beunruhigend war als der Gedanke, dass ein irrer Killer sie im Visier haben könnte. Irgendetwas war jemandem zugestoßen, den Vito offenbar hätte beschützen sollen. Sophie fielen die Rosen ein. Ihr Gefühl sagte ihr, dass diese zwei Dinge zusammenhingen.

Vito warf seine Autotür zu, kam zu ihr und nahm ihren Arm.

»Du wirst mir erzählen, worum es eben ging, nicht wahr?«, fragte sie.

»Ja, aber nicht jetzt. Bitte, Sophie. Nicht jetzt.«

Sie musterte sein Gesicht im Schein der Straßenlaterne. Sie sah Schmerz in seiner Miene und Schuld. Schuldgefühle kannte sie, verstand sie. Sie wusste außerdem, dass Katherine sie niemals hätte mit Vito gehen lassen, wäre sie nicht überzeugt, er könne seiner Beschützerrolle gerecht werden. »Gut. Aber beruhige dich bitte. Du könntest Anna aufregen, und das kann sie momentan gar nicht gebrauchen.« Sie schob ihre Finger in seine. »Und ich auch nicht.«

Er atmete ein paar Mal ein und aus, und als sie zum Empfang kamen, wirkte er gelassen. Sophie trug sie ein. »Miss Marco. Wie geht's Gran heute?«

Schwester Marco zog die Brauen zusammen. »Wie immer. Sie ist boshaft und zänkisch.«

Sophie erwiderte den finsteren Blick. »Oh, vielen Dank. Hier entlang, Vito.« Sie führte ihn durch die sterilen Flure und war sich bewusst, dass die anderen Schwestern ihnen neugierig nachsahen. *Von wegen neugierig. Sie sabbern ja fast.* »Sieh ihnen bloß nicht in die Augen«, murrte sie, »oder sie fallen über dich her wie ausgehungerte Kojoten. Sie kriegen nicht jeden Tag so eine Augenweide zu sehen.«

Er lachte leise. »Danke für die Warnung.«

Sophie hielt vor Annas Zimmer an. »Vito, sie sieht nicht mehr so aus wie früher. Nicht einmal annähernd. Das solltest du wissen.«

»Ich verstehe.« Er drückte ihre Hand. »Gehen wir hinein.«

Anna döste vor sich hin. Sophie setzte sich auf die Bettkante und berührte ihre Hand. »Gran. Ich bin da.«

Anna schlug die Augen auf, und die eine Seite des Mundes versuchte ein zittriges Lächeln. »Sophie.« Ihr Blick wanderte aufwärts und noch weiter aufwärts, bis sie Vitos Gesicht sah. »Wer ist das?«

»Vito Ciccotelli. Ein … Freund. Vito ist Opernfan, Gran.«

Annas Blick wurde sanfter. »Ah. Setzen Sie sich doch bitte«, sagte sie nuschelnd.

»Sie möchte, dass du dich setzt.«

»Ich habe sie verstanden.« Vito setzte sich und nahm Annas Hand in seine. »Ich habe Sie als Kind in *L'Orfeo* in der Academy gesehen. Ihr ›Che farò‹ hat meinen Großvater zum Weinen gebracht.«

Anna musterte ihn. »Und Sie? Haben Sie geweint?«

Vito lächelte. »Ja. Aber verraten Sie es nicht weiter.«

Anna erwiderte das Lächeln. »Ich kann ein Geheimnis für mich behalten. Erzählen Sie mir etwas, Vito.«

Sophies Kehle verengte sich, als Vito von der Oper zu erzählen begann und in Annas Augen ein Leuchten trat, das lange nicht mehr zu sehen gewesen war. Viel zu bald steckte Schwester Marco den Kopf durch die Tür.

»Zeit für die Abendmedikamente, Dr. Johannsen. Sie sollten jetzt gehen.«

Anna stieß verächtlich den Atem aus. »Diese Frau.«
Vito hielt noch immer Annas Hand. »Sie macht nur ihren Job, Miss Shubert. Aber ich würde sehr gern wiederkommen.«
»Das dürfen Sie. Aber nur, wenn Sie mich Anna nennen.« Ihr gesundes Auge verengte sich leicht. »Oder Gran.«
Sophie verdrehte die Augen. »Gran.«
Aber Vito lachte nur. »Mein Großvater wäre jetzt so neidisch auf mich. Ich sitze bei der großartigen Anna Shubert. Ich komme wieder, sobald ich kann.«
Sophie beugte sich vor und küsste Anna auf die Wange. »Sei lieb zu Schwester Marco, Gran. Vito hat recht – sie macht nur ihren Job.«
Annas Lippen bildeten eine dünne Linie. »Sie ist bösartig, Sophie.«
Sophie warf Vito einen beunruhigten Blick zu, und dieser neigte nachdenklich den Kopf.
»In welcher Hinsicht, Anna?«
»Sie ist gemein und abscheulich. Und grausam.« Das war nichts, was Sophie nicht schon vorher gehört hatte.
Plötzlich zitterten Sophies Hände. Dass Vito Annas Bemerkung nicht einfach abtat, machte ihr zusätzliche Sorgen.
»Schlaf, Gran. Ich werde sehen, was ich wegen Schwester Marco unternehmen kann.«
»Du bist ein liebes Kind, Sophie.« Anna schenkte ihr ein halbes Lächeln. »Komm bald wieder. Und bring den Mann dort mit.«
»Bestimmt, Gran. Ich hab dich lieb.« Sie küsste auch ihre andere Wange, eilte hinaus und hielt erst an ihrem Wagen an. Vito war die ganze Zeit nur einen Schritt hinter ihr gewesen.
»Du hast nicht mit der Schwester gesprochen«, bemerkte er ruhig.
»Was hätte ich sagen sollen? Misshandeln Sie meine Großmutter?« Sophie hörte selbst, wie hysterisch ihre Stimme plötzlich klang, und sie seufzte. »Sie würde ja doch nur alles abstreiten.«
»Hast du etwas gesehen, das auf Misshandlung deuten würde?«
»Nein. Gran ist immer sehr sauber und scheint ihre Medizin zu bekommen, wenn sie sie braucht. Sie ist an einen Monitor angeschlossen, und einige Schwestern haben Erfahrungen auf Intensiv-

stationen gesammelt. Dieses Pflegeheim ist gut, Vito. Ich habe es sehr sorgfältig ausgesucht, aber … sie ist meine Großmutter.«

»Du könntest …«

Er zögerte.

»Was könnte ich?«

»Eine Kamera installieren«, sagte er langsam.

»So wie das bei den Au-pairs gemacht wird?«, fragte Sophie.

Er nickte.

»Und weißt du etwas über solche Kameras?«, fragte sie.

Er zog den Kopf ein. »Ja, tue ich. Aber mein Schwager Aidan weiß noch mehr darüber. Ich werde ihn fragen.«

»Danke. Falls ich eine bekomme, die ich mir leisten kann, dann werde ich sie sofort installieren. Nur um Onkel Harry und mich selbst zu beruhigen.« Sie lächelte breit. »Und danke für die Sache mit Gran. Du hast sie wirklich glücklich gemacht. Ich weiß gar nicht, warum ich nicht eher auf so etwas gekommen bin. Leute zu bitten, mit ihr über Musik zu sprechen. Aber jetzt muss ich nach Hause. Wann sehe ich dich wieder?«

Vito blinzelte ungläubig. »Jedes Mal, wenn du in den Rückspiegel siehst, zum Beispiel. Ich werde dich heute Nacht nicht allein lassen, Sophie. Hast du nicht zugehört? Munch oder Bosch, oder wie immer der Kerl heißt, beobachtet dich vielleicht.«

»Ich habe das durchaus gehört. Aber ich erwarte keine Rund-um-die-Uhr-Bewachung. Das ist doch gar nicht praktikabel.«

Vitos Augen blitzten auf, und sie wartete auf seinen Protest. Doch stattdessen wurde sein Blick plötzlich listig. »Aber du schuldest mir noch etwas. Erinnerst du dich? Doppelbonus.«

»Kann ja sein, aber *du* schuldest mir noch etwas für den Übersetzungsdienst vorhin.«

Er grinste. »Ich denke, das könnte man Zinseszins nennen.«

Sie schluckte, als ihr Körper plötzlich zu prickeln begann. »Wir sehen uns bei mir.«

Mittwoch, 17. Januar, 21.25 Uhr

Sie hatte eine Begleitung, was wirklich ausgesprochen ungelegen kam. Er sah stirnrunzelnd, wie Sophie Johannsen im Wagen ihrer Großmutter den Parkplatz verließ, hinter ihr der Truck mit dem Mann, der sie auch ins Heim begleitet hatte.

Er würde warten müssen, bis sie allein war.

Er hatte gewusst, dass sie hier auftauchen würde. Vor langer Zeit schon hatte er ihre Finanzen überprüft und die Überweisungen an das Pflegeheim gesehen. Sie zahlte ziemlich viel.

Er hatte gehört, dass die Pflegekosten stetig anstiegen, aber er war dennoch erstaunt gewesen. Er hätte für seine Eltern nie so viel gezahlt. Aber schließlich hatte er auch keine Eltern mehr, daher war die Überlegung müßig.

Er wünschte, er hätte hören können, was die beiden gesprochen hatten. Das nächste Mal würde er besser vorbereitet sein. Er hatte in einem geschmeidigen Rundumschlag alle potenziellen Schwachstellen beseitigen wollen, aber das würde ihm heute Abend nicht mehr gelingen. Nun denn. Er konnte sich anders vergnügen. Er blickte über die Schulter auf die Ladefläche, wo der gefesselte und geknebelte Derek Harrington lag.

»Du wolltest doch wissen, wovon ich mich inspirieren lasse«, sagte er. »Jetzt erfährst du es bald.«

Er würde es morgen noch einmal mit Sophie Johannsen probieren.

Donnerstag, 18. Januar, 4.10 Uhr

Vito erwachte aus tiefem Schlaf. Vier lange Tage Arbeit und zwei kurze Nächte mit seiner gelehrigen Schülerin hatten ihn erschöpft. Besonders mit seiner gelehrigen Schülerin, die sich sehr rasch an seine Lektionen angepasst und ihn völlig ausgelaugt hatte. Aber nun fühlte er sich erfrischt und begehrte sie wieder.

Er streckte den Arm aus und tastete auf der anderen Bettseite. Leer.

Vito setzte sich mit einem Ruck auf. Sie war fort. Mit hämmerndem Herzen sprang er aus dem Bett. Im Türrahmen blieb er stehen und lauschte. Erleichterung überschwemmte ihn, als er das leise Murmeln des Fernsehers von unten hörte. Er zog seine Hose an und zwang sich, immer nur zwei Stufen auf einmal zu nehmen, anstatt mit einem Satz nach unten zu stürmen.

Sie lag eingerollt auf dem Sofa und hielt einen Becher in den Händen. Zu ihren Füßen schliefen die Hunde, die wie regenbogenfarbene Perücken aussahen. Ihr Kopf fuhr hoch, als sie ihn hörte. Auch sie war nervös. »Ich bin aufgewacht, und du warst nicht da«, sagte er.

»Ich konnte nicht schlafen.«

Er blieb neben dem Beistelltisch stehen, auf dem er seine Mappe und das Kunstbuch liegenlassen hatte. Das Buch war auf der Seite mit dem *Schrei* aufgeschlagen, und Sophie beobachtete ihn.

»Ich wollte nicht spionieren, tut mir leid. Ich wusste nicht, dass das Buch etwas mit deinem Fall zu tun hat. Ich wollte mich eigentlich bloß ablenken, aber ... na, jedenfalls war die Seite markiert. Es hat was mit diesen Schreien zu tun, nicht wahr?«

Sofort bekam er ein schlechtes Gewissen. Er hatte wie ein Baby geschlafen, während sie die Erinnerung an die entsetzlichen Schreie vom Anrufbeantworter wach gehalten hattc. »Ja, wir denken schon. Es tut mir sehr leid, Sophie. Es ist schlimm, dass du das gehört hast. Oder die Toten gesehen hast.«

»Ja. Aber es ist nun einmal passiert«, sagte sie ruhig. »Und ich werde schon damit fertig.«

Er setzte sich neben sie, legte ihr einen Arm um die Schulter und war froh, als sie sich an ihn schmiegte. So saßen sie schweigend da und sahen den Film, der im Fernsehen lief. Er war in Französisch, und sie sah ihn ohne englische Untertitel, sodass er nach einer Weile das Interesse verlor und an dem Becher in ihren Händen schnupperte. »Heiße Schokolade?«

»Guter deutscher Kakao«, bestätigte sie. »Familienrezept der Shuberts. Willst du auch einen?«

»Vielleicht später. Ist das einer von den Filmen mit deinem Vater?«

»*En Garde*. Nicht annähernd so gut wie *Sanfter Regen*, den du mal gesehen hast.« Sie lächelte traurig. »Alex war kein großartiger Schauspieler, aber er ist in diesem Film hier ziemlich viel zu sehen.

Es ist ein Mantel-und-Degen-Schinken, und er hat in seiner Schulzeit auf Meisterschaften gefochten. Da ist er.«

Alexandre Arnaud marschierte mit dem Schwert in der Hand über den Bildschirm. Er war groß, mit goldblondem Haar, und Vito erkannte die Familienähnlichkeit sofort. »Und heute Abend musstest du ihn sehen.«

»Tja, ich sagte ja schon, dass ich nicht schwer zu durchschauen bin. Ich bin nicht gerne allein in diesem Haus. Wenn du nicht mitgekommen wärst, säße ich jetzt bei meinem Onkel Harry und würde Filme mit Bette Davis sehen.«

In diesem Haus. Es hatte sich düster angehört, aber sobald sie über ihren Onkel sprach, hörte er die innige Zuneigung heraus. Harry mochte ein Thema sein, mit dem man gut beginnen konnte. »Hast du als Kind hier oder bei deinem Onkel gewohnt?«, fragte er wie beiläufig.

Ihr ironischer Blick besagte, dass sie nun *ihn* durchschaut hatte. »Die meiste Zeit hier. Mit Gran. Am Anfang war ich bei Harry und Freya, aber sie hatten vier Kinder, und hier konnte ich ein eigenes Zimmer haben.«

»Aber du hast gesagt, du bist hier nicht gern allein.«

Sie lehnte sich zurück und bedachte ihn mit einem prüfenden Blick. »Ist das hier ein Verhör, Detective?«

»Nein. Doch, in gewisser Hinsicht. Aber ich finde es netter, wenn du es als schlichte Neugier bezeichnest. Das klingt nicht so offiziell.«

»Okay. Ich war mit meiner Mutter zusammen, bis ich vier war, aber dann hatte sie mich satt und lieferte mich bei Onkel Harry ab. Harry hat mir zum ersten Mal ein echtes Zuhause geboten.«

»Und einen Grund mehr, deine Mutter zu hassen.«

Ihre Stimme kühlte sich merklich ab. »O nein. Ich habe viel bessere Gründe, meine Mutter zu hassen, Vito.« Sie wandte den Blick zum Fernseher, aber sie sah nicht wirklich hin. »Anna war im ersten Jahr noch ständig auf Tournee, aber immer wenn sie zu Hause war, verbrachte ich die Zeit mit ihr in Pittsburgh. Wenn nicht, war ich bei Harry. Als ich in den Kindergarten kam, verkaufte Gran das Haus in Pittsburgh und zog her, damit ich nicht dauernd hin und her reisen musste.«

Das Bild einer kleinen Sophie, die von einem zum anderen gereicht wurde, tat ihm weh. »Wollte Freya dich nicht?«, fragte er, und sie riss die Augen auf.

»Dir entgeht anscheinend wirklich nichts. Freya verabscheute Lena. Und mich in ihrer Nähe zu haben war schwer für sie.«

Wie egoistisch, dachte Vito, sprach es aber nicht aus. »Und was war mit deinem Vater? Alex?«

»Alex wusste lange Zeit gar nichts von mir.«

»Anna hat es ihm nicht gesagt?«

»Sie hatte weniger als ein Jahr vor meiner Geburt mit ihm Schluss gemacht und immer noch Liebeskummer gehabt, laut Maurice. Laut Onkel Harry dagegen hatte sie entsetzliche Angst, dass mein Vater mich wegholen würde.«

»Und wann hast du ihn kennengelernt?«

»Ich habe ständig Fragen gestellt, aber niemand wollte über meinen Vater reden, also habe ich mich eines Tages in den Bus gesetzt, bin zum Amt gefahren und habe nach meiner Geburtsurkunde gefragt.«

»Sehr tüchtig. Und du hast sie einsehen können?«

»In Anbetracht der Tatsache, dass ich erst sieben war, nein.«

Vito starrte sie an. »Du bist mit sieben allein mit dem Bus in die Stadt gefahren?«

»Ich habe schon mit vier leere Pfandflaschen am Kiosk gegen Schokoriegel und Beef Jerky eingetauscht«, sagte sie tonlos. »Wie auch immer – die Frau auf dem Amt fragte mich nach meinem nächsten Verwandten. Und im Handumdrehen stand Onkel Harry neben mir, fürchterlich besorgt. Er sagte Gran, ich hätte ein Recht darauf zu wissen, wer mein Vater ist, Gran meinte, nur über ihre Leiche, und Onkel Harry verstummte. Und ich dachte, damit sei das Thema erledigt. Ich schmiedete bereits einen neuen Plan, um an meine Geburtsurkunde zu kommen. Und dann tauchte Harry eines Tages mit Pässen und zwei Flugtickets nach Paris an meiner Schule auf.«

»Er hat dich einfach mal eben so nach Frankreich geschleppt?«

»Jep. Er hatte Freya einen Brief hinterlassen, sodass sie es Anna sagen konnte. Ich glaube, Onkel Harry hat nach unserer Rückkehr lange Zeit auf dem Sofa geschlafen. Tut er eigentlich noch, wenn ich das recht bedenke.«

»Und was ist in Frankreich geschehen?«

»Das Taxi setzte uns vor einer Tür ab, die mindestens fünf Meter hoch war. Ich weiß noch, dass ich Harrys Hand ganz fest umklammert hielt. Ich wollte so unbedingt meinen Vater kennenlernen, aber ich hatte plötzlich entsetzliche Angst. Und die hatte Harry auch, wie ich später erfuhr. Er fürchtete, dass Alex mich gar nicht wollte oder, noch schlimmer, dabehalten würde. Aber dann war es wie ein Höflichkeitsbesuch, an dessen Ende eine Einladung stand, nächsten Sommer wiederzukommen.«

»Und? Bist du?«

»O ja. Die Einladung ging vom Familienanwalt der Arnauds direkt an Gran. Eigentlich war es eine glatte Drohung, dass Alex seine Vormundschaftsrechte geltend machen würde, wenn Gran mich nicht fliegen ließ. Also verbrachte ich die Sommer in Frankreich in einem prächtigen Haus mit Lehrer und Koch. Der Koch zeigte mir die Kunst der französischen Küche. Der Lehrer brachte mir Französisch bei, aber ich lernte so schnell, dass er zu Deutsch überging und danach mit Latein weitermachte.«

»Und so war das Sprachtalent geweckt«, sagte Vito, und sie lächelte.

»Ja. Bei Alex zu sein war ein bisschen wie ein Märchen. Manchmal nahm er mich mit zu seinen Filmfreunden. Als ich acht war, drehten sie einen Film in einer Burgruine, und ich durfte dabei sein.« Ihr Gesicht leuchtete bei der Erinnerung auf. »Es war fantastisch.«

»Und die Archäologin war geboren.«

»Wahrscheinlich. Alex hat mir viel dabei geholfen, mir die richtigen Leute vorgestellt und seine Verbindungen genutzt.«

»Aber hat er dich geliebt?« Ihre Begeisterung schwand, und sein Herz krampfte sich zusammen.

»Auf seine Art schon. Und auch ich begann ihn zu lieben, aber nicht so, wie ich Onkel Harry liebe. Harry ist mein wahrer Vater.« Sie schluckte. »Ich weiß gar nicht, ob ich ihm das schon einmal gesagt habe.«

Er wollte gerade fragen, wie Katherine in diese Konstellation hineingekommen war, verkniff sich die Frage aber. Katherine zu erwähnen würde sie wieder an die Konfrontation vorhin erinnern, und er verkniff sich auch, sie danach zu fragen, aus welchen Gründen sie ihre Mutter noch hassen konnte. Er konnte sich vorstellen, dass Sophie für all die Informationen auch etwas über ihn würde wissen wollen.

Also deutete er auf eine Zimmerecke, in der CDs und Schallplatten ungeordnet gestapelt waren. Sie waren vorhin noch nicht dort gewesen. »Willst du zum Flohmarkt?«

Sie runzelte die Stirn. »Nein. Nachdem ich dich und Gran heute Abend gesehen habe, fiel mir ein, dass sie vielleicht gern wieder ein paar Lieblingsstücke hören würde. Anna hat eine sehr umfangreiche Plattensammlung. Und sehr wertvoll. Aber ich kann die richtigen einfach nicht mehr finden. Und auch die Aufnahmen von Annas Konzerten nicht.«

»Kann dein Onkel oder deine Tante sie mitgenommen haben?«

»Möglich. Ich werde sie fragen, bevor ich mich echauffiere. Ich würde ihr so gern morgen etwas zum Hören mitbringen, aber ich werde schon etwas finden. Es gibt ja immer noch eBay.«

Vito dachte an seine eigene Plattensammlung; das meiste davon hatte sein Großvater ihm vererbt. Er konnte sich vorstellen, dass er eine Anna Shubert in Vinyl besaß, aber er wollte Sophie keine Hoffnung machen, bevor er nicht nachgesehen hatte, daher schwieg er.

Sophie stand auf. »Ich hole mir noch Kakao. Willst du auch?«

»Gern.«

Sie blieb in der Tür stehen. »Ich weiß, was du mich noch fragen willst, Vito. Und du wahrscheinlich, was ich *dich* fragen will. Aber lassen wir es im Moment am besten so, wie es ist.« Sie ging, ohne auf eine Erwiderung zu warten, und Vito stand ebenfalls auf. Er fühlte sich plötzlich wieder unruhig und begann, auf und ab zu marschieren.

Doch er kehrte immer wieder zu dem aufgeschlagenen Buch auf dem Tischchen zurück. Schließlich setzte er sich, nahm es und schloss die Augen.

Schrei, so viel du willst. Niemand wird dich hören. Niemand wird dich retten. Ich habe sie alle umgebracht. Dann hallten die Worte in einer anderen Stimme wieder. *Bist du bereit zu sterben, Clothilde?*

»Verflucht noch mal.« Vito sprang auf, als die Puzzleteile wie von selbst an den richtigen Platz fielen. »Verfluchte, verdammte Scheiße.«

»Was ist?« Sophie kam mit zwei Bechern zurück. »Was ist denn los?«

»Wo ist dein Telefon?«

Sie deutete mit einem Becher. »In der Küche. Vito, was ist passiert?«

Aber er war bereits in der Küche und wählte die Nummer von Tinos Handy. »Tino?«

»Vito? Weißt du eigentlich, wie spät es ist?«

»Bitte weck Dominic auf. Es ist wichtig!« Er warf Sophie einen Blick zu. »Es geht um ein verdammtes *Spiel!*«

Sie sagte nichts, sondern setzte sich an den Tisch und nippte an ihrem Kakao, während er wie ein wildes Tier hin und her lief. Schließlich kam Dom ans Telefon. »Vito?« Seine Stimme war voller Angst. »Ist was mit Mom?«

Er hatte sofort ein schlechtes Gewissen, dem Jungen solche Angst gemacht zu haben. »Nein, alles in Ordnung mit ihr. Dom, ich muss unbedingt mit dem Jungen reden, der gestern Abend bei mir war. Der unhöfliche Typ mit dem Spiel. Jesse Soundso.«

»Jetzt?«

»Ja, jetzt. Hast du seine Nummer?«

»Ich bin nicht gerade dick mit ihm befreundet, Vito, das habe ich dir doch gesagt. Aber Ray könnte sie haben.«

»Dann gib mir Rays Nummer.« Vito schrieb sie auf und rief als Nächstes Nick an.

»Was ist?« Nicks Stimme klang schläfrig, was vermutlich kein Wunder war.

»Nick, gestern hatte ich ein paar Kids bei mir zu Hause. Sie spielten ein Computerspiel über den Zweiten Weltkrieg, und es gibt darin eine Szene, in der eine Frau erwürgt wird. Nick, jetzt hör genau zu. Der Kerl, der sie ermordet, sagt: ›Niemand wird dich hören. Niemand wird dich retten.‹«

»Ach, du Schande. Willst du mir damit sagen, das ist ein Spiel?«

»Falls nicht, dann hängt es irgendwie damit zusammen. Sei in einer Stunde im Büro. Ich versuche, mir das Spiel zu besorgen. Ruf Brent an und Jen und … Liz. Die sollen uns dort treffen.«

Er drückte das Gespräch weg und küsste Sophie hart auf den Mund. Dann leckte er sich die Lippen. »Schmeckt gut, der Kakao. Erinnere mich nachher daran, wo wir aufgehört haben. Und jetzt zieh dich an.«

»Wie bitte?«

»Ich lass dich nicht mit zwei bunten Perücken zum Schutz hier allein.«

Sie seufzte tief. »Du schuldest mir inzwischen eine Menge, Junge.«

Vito verlangsamte sein Tempo gerade weit genug, um ihr einen Kuss zu geben, nach dem beide heftig atmeten. »Verzins es doch. Und jetzt zieh dir was an.«

Donnerstag, 18. Januar, 7.45 Uhr

»Das Spiel heißt *Behind Enemy Lines*«, erklärte Vito Liz, Jen und Nick, während Brent spielte, um sie zur Strangulationsszene zu bringen. Sie hatten sich um Brents Computer im IT-Großraumbüro versammelt, das ganz anders aussah als das der Mordkommission. Vito hatte auf dem Weg zu Brents Ecke nicht weniger als sechs *Star-Trek*-Figuren auf ebenso vielen Tischen entdeckt, und Brents Tisch schmückte ein komplettes *Enterprise*-Sortiment. Mr. Spock steckte noch im Originalkarton. Und Brent schien mächtig stolz darauf zu sein.

Vito irritierte das ein wenig, aber nun konzentrierte er sich auf den Monitor. »Es ist ein Kriegsspiel, bei dem man einen amerikanischen Soldaten hinter feindlichen Linien mimt. Ziel ist es, aus Deutschland hinaus und durch das besetzte Frankreich in die Schweiz zu gelangen.«

»Das Spiel ist ein echter Hit«, bemerkte Brent. »Mein kleiner Bruder wollte zu Weihnachten so eins haben, aber es war überall ausverkauft.«

Jen verzog das Gesicht. »Die Grafik ist aber öde. So Neunziger.«

»Die Kids kaufen es nicht wegen der Spielsequenzen«, erklärte Brent. »Ich bin jetzt so weit, Vito.«

Vito zeigte auf den Schirm. »An diesem Punkt hat man eine

Menge Soldaten umgenietet und sucht jetzt die Frau, die einen der Soldaten verraten hat. Wenn Brent den letzten Nazi erschossen hat, kommt die Cutscene.«

Brent feuerte den letzten Schuss ab, und Vito sah erneut die Szene, die er schon am Dienstagabend angewidert verfolgt hatte. Wieder legte der Soldat der Frau die Hände um den Hals, und wieder kämpfte sie um ihr Leben.

»Nein. Bitte nicht!« Sie wehrte sich heftig, und der Monitor war nun ganz mit ihrem Gesicht und ihren Händen ausgefüllt. Sie schluchzte und flehte ihn an, sie zu verschonen. Die Furcht in ihren Augen verursachte Vito eine Gänsehaut. Beim ersten Mal hatte es ihn vor dieser allzu realen Szene gegraust. Nun wusste er, warum.

Jen sog scharf die Luft ein. »Mein Gott. Das ist Claire Reynolds.«

»Bist du bereit zu sterben?«, höhnte der Soldat, und sie schrie, dass einem das Blut in den Adern gefror. Der Soldat lachte. »Na los, schrei, so viel du willst, Clothilde. Niemand wird dich hören. Niemand wird dich retten. Ich habe sie alle umgebracht. Und jetzt bringe ich dich um.«

Seine Hände schlossen sich noch fester um ihren Hals, und Clothilde begann sich zu winden. Die Hände hoben sie an, bis ihre Füße den Boden nicht mehr berührten. Ihre Finger gruben sich in seine Haut, zerkratzten sie. Panik leuchtete in ihren Augen auf, und sie rang vergeblich um Atem.

Und dann veränderte sich ihr Blick, als sie erkannte, dass sie sterben würde. Es war nacktes Entsetzen, und sie riss den Mund auf. Schließlich erstarrte sie, ihre Augen wurden plötzlich blicklos, und ihre Finger erschlafften auf den inzwischen blutigen Handgelenken des Soldaten. Der Mann schüttelte sie noch einmal heftig, dann stieß er sie zu Boden, und die Kamera fuhr dicht an ihre Augen heran. Weit aufgerissen und tot.

»Clothilde ist Claire«, flüsterte Jen. »Wir haben soeben Claire sterben sehen.«

»Es gibt auch eine Szene, in der der Soldat einem jungen Mann mit einer Luger einen Kopfschuss verpasst«, erzählte Vito. »Und eine, in der er einen anderen mit einer Granate in die Luft jagt.«

Liz ließ sich schwer auf einen Stuhl fallen. »Das glaub ich einfach nicht. Der Mörder hat diese Leute wegen eines Spiels umgebracht?«

»Nicht alle«, sagte Vito. »Zumindest nicht für dieses Spiel. Aber Sie sollten mal sehen, was die Firma als Nächstes herausbringt. Brent, geh bitte mal auf ihre Website.«

Brent tippte, und auf dem Monitor erschien ein goldener Drache, der durch einen Nachthimmel flog. Der Drache landete auf einem Berg, und die Buchstaben o-R-o umgaben ihn. Dann landete das R auf der geschuppten Brust des Drachens, der die beiden Os mit den Klauen fing.

»Wow«, sagte Nick. »Beeindruckend.«

»Das ist die Seite von oRo«, erklärte Brent. »Sie waren ein zweitklassiger Spieleanbieter, der kurz vor dem Bankrott stand, bis *Behind Enemy Lines* auf den Markt kam. In den letzten sechs Monaten haben sie ihren Umsatz mindestens verdreifacht.« Er klickte auf einen Button, und ein Mann mit fassförmiger Brust erschien auf dem Schirm. »Jager Van Zandt. Spricht sich mit einem ›Y‹ aus, nicht wie ›Jogging‹. Er ist Präsident von oRo und Inhaber der Firma. In Holland geboren, lebt aber seit dreißig Jahren in den Staaten.« Brent klickte wieder, und das hagere Gesicht eines anderen Mannes erschien. »Das ist Derek Harrington, oRos Vize und Art Director.«

»Er ist für die Grafik verantwortlich? Der sieht viel zu schmal und kraftlos aus, um unser Mörder zu sein.«

»Harrington hat den fliegenden Drachen entworfen«, sagte Brent. »Cartoons und glitzernde Drachen kann er gut. Aber die Gesichter, die er zeichnet, taugen gar nichts. Die Filmsequenzen stammen garantiert nicht von ihm.«

»Aber er wird vermutlich wissen, wer sie gemacht hat«, sagte Nick grimmig.

»Die Firma hat ihren Sitz in New York City«, sagte Vito. »Wenn wir hier fertig sind, sollten wir einen kleinen Ausflug unternehmen. Brent, zeig ihnen die Pressemitteilung.«

Wieder klickte Brent sich durch die Seite und lehnte sich dann zurück. »Bitte schön. In ganzer Pracht.«

»oRos nächstes Spiel auf der New York Gaming Expo angekündigt«, las Liz die Schlagzeile vor. »›*Behind Enemy Lines* überflügelt weiterhin jede Umsatzprognose‹, sagte Präsident Jager Van Zandt am Schluss einer Präsentation ihres Erfolgsspiels. ›Unser nächstes Unternehmen ist der *Inquisitor*, ein Spiel mit Schwertern, Hexerei und mittelalterlicher Gerichtsbarkeit. Faszinierendes Herzstück wird der Kerker sein, in dem die Spieler für Originalität und effektiven Einsatz ihrer Waffen Bonuspunkte erzielen können.‹« Liz stieß wütend die Luft aus. »Findet diese Ekelpakete und zerquetscht sie.«

Vitos Lächeln war eisig. »Mit Vergnügen.«

»Sag mal, Brent«, sagte Jen. »Woher weißt du das alles über oRo?«

»Ich bin ein Spieler der alten Schule.« Er grinste. »Immer schon Fan gewesen, deswegen versuche ich, die neuen Firmen im Auge zu behalten. Mein kleiner Bruder ist wirklich gut. Er studiert an der Carnegie-Mellon Spieledesign.«

Liz sah ihn verdattert an. »Man kann so was studieren?«

»Oh, und ob, die Studienplätze sind heißbegehrt. Mein Bruder und ich beobachten den Markt, weil er nächstes Jahr seinen Abschluss macht und sich bewerben will. oRo ist ganz oben auf seine Liste gerückt, nachdem *Behind Enemy Lines* rauskam, weil sie jetzt wieder Leute einstellen.«

»Dein Bruder ist Künstler?«, fragte Vito.

»Nein, er hat mit der Spielphysik zu tun – wie man Bewegungen flüssig macht, übrigens auch Jagers Job. Aber letztes Jahr muss er sich eingestanden haben, dass seine Spielphysik nichts mehr taugt, denn er hat einen der großen Physikexperten von einer anderen Firma abgeworben. Ich beobachte den Markt immer auch auf Investitionsmöglichkeiten hin. Man munkelt, oRo würde an die Börse gehen. Aber nun kann ich von der Firma wohl keine Anteile mehr kaufen.«

»Wenn die Leute verhaftet werden, sind die Aktien wertlos«, stimmte Liz ihm zu. »Dann verlieren Sie Ihr letztes Hemd.«

»Wenn sowohl Van Zandt als auch Harrington daran beteiligt sind, ja. Aber wenn es nur einer von beiden ist, dann schießen die Preise in schwindelnde Höhen. Ich könnte mich mit vierzig zur Ruhe setzen … bloß nicht damit leben.« Er nahm die CD aus dem Computer. »Hierfür sind Menschen getötet worden. Davon möchte ich nicht profitieren.«

Alle schwiegen daraufhin einen Moment lang, dann straffte Vito die Schultern. »Wir müssen *jeden* daran hindern, davon zu profitieren, also schwingt die Hufe. Ich erwarte das Model, das Munch noch nicht geantwortet hat, gegen zehn hier. Liz, können Sie sich mit ihr treffen, da wir nach New York fahren? Sagen Sie ihr, sie soll den Ball flach halten und keine E-Mails schreiben.«

Liz schüttelte den Kopf. »Ich habe eine Pressekonferenz um zehn und muss mich vorher und nachher mit den hohen Tieren treffen.«

»Ich mache das«, sagte Brent. »Ich will zwar nicht von oRo profitieren, habe aber nichts dagegen, meine Zeit mit einem Model zu verbringen. Übrigens habe ich gestern schon gemeinsam mit Bev und Tim mit ihr gesprochen.«

Liz lachte in sich hinein. »Ihre Prioritätenliste macht Freude, Brent. Aber ich frage mich eins: Wenn Harrington und Van Zandt in New York leben, warum haben wir all die Leichen hier?«

»Weder Harrington noch Van Zandt verfügen über das Talent, diese Arbeit zu machen«, sagte Brent. »Sie werden jemand anderen dafür eingestellt haben, und der muss das nicht zwingend in ihrem Firmensitz tun.« Er griff nach der CD-Hülle. »Wo hast du mitten in der Nacht eigentlich dieses Spiel aufgetrieben, Vito? Bis oRo wieder welche auf den Markt bringt, ist das Ding Gold wert.«

»Ein Junge aus der Schule meines Neffen hat damit am Dienstagabend bei mir zu Hause gespielt. Gestern haben seine Eltern es gefunden und konfisziert ... und sie waren nur zu froh, mir das Ding zu überlassen. Sie wollten die CD nicht behalten, weil sie kleinere Kinder haben.«

Liz runzelte die Stirn. »Ich möchte nicht, dass sich unser Interesse an diesem Spiel herumspricht.«

Vito winkte ab. »Der Vater des Jungen ist Reverend. Ich glaube kaum, dass er herumerzählt, was sein Sohn so alles spielt.«

Sie nickte. »Also gut. Nicht dass *Jogger* Wind von unserer Ermittlung bekommt und sich davonmacht. Während Sie unterwegs sind, setze ich mich mit dem NYPD in Verbindung und sage Bescheid, dass Sie kommen. Falls wir eine richterliche Verfügung brauchen, spart uns das vielleicht ein bisschen Zeit. Ich werden ihnen Ihre Nummer durchgeben, Vito. Nick, sind Sie durch mit dem Siever-Fall? Kein Termin mehr am Gericht?«

»Nein, das war's. Ich denke nicht, dass Lopez mich noch braucht.«

»Nun, ich sage ihr dennoch Bescheid.« Liz klatschte in die Hände. »So, Leute, steht nicht länger herum. Auf geht's.«

18. Kapitel

Donnerstag, 18. Januar, 8.15 Uhr

ALS NICK UND VITO durch die Tür zum Großraumbüro kamen, vibrierte jeder Nerv in Sophies Körper. Er lächelte sie an, als die beiden auf sie zukamen.

»Nicht mehr sauer auf mich?«

»Nein. Ich lebe. Und dafür kann man durchaus einmal sehr früh aufstehen.« Sie war klug genug gewesen einzusehen, dass es wirklich besser war, nicht allein zu bleiben. »Wohin wollt ihr?«, fragte sie, als er seinen Mantel anzog.

»Nach New York«, antwortete Vito. »Es geht um das Spiel.« Er legte die CD auf seinen Tisch, und sie nahm sie an sich. »Sei vorsichtig damit. Brent meint, das sei reines Gold.«

Sie neigte den Kopf und betrachtete das Cover. »Genau wie die Firma.«

Nick beobachtete sie. »Brent meinte damit, man könne das Spiel momentan nicht in einem Geschäft kaufen.«

»Kann schon sein. Aber der Name der Firma lautet ›oRo‹. Und das heißt sowohl auf Spanisch als auch auf Italienisch Gold.« Sophie blinzelte. »Oro ist ein Akronym. Unter dem Logo steht etwas, aber es ist zu klein. Habt ihr ein größeres Bild davon?«

Vito holte die Seite der Firma auf seinen PC, und Sophie beugte sich vor, als der fliegende Drache erschien. »Das ist weder Spanisch noch Italienisch, sondern Holländisch.«

»Könnte sein«, sagte Vito. »Der Präsident stammt aus den Niederlanden. Und was steht da?«

»Also, das *R* ist *rijkdom*. Das heißt Reichtum, Vermögen. Das größere *O* ist *onderhoud* … Unterhaltung oder Spaß. Und das kleinere O steht für …« Sie sah genauer hin. »*Overtreffen*. Etwas besser machen, übertreffen.« Sie schaute zu Vito auf. »Vielleicht über sich hinauswachsen.«

»R ist der größte Buchstabe«, bemerkte Vito. »Womit wohl klar wäre, was Hauptziel der Gesellschaft ist.«

»Wie lange werdet ihr weg sein?«, fragte sie.

Er sah durch seine Akten. »Nur heute wahrscheinlich.«

»Und was soll ich machen? Ich kann ja nicht den ganzen Tag hier sitzen.«

»Ich weiß«, brummte er, machte aber keinen Vorschlag, während er seine Ordner stapelte.

»Ich bin um zehn Jeanne d'Arc«, fügte sie trocken hinzu. »Und um eins und halb fünf die Wikinger-Königin.«

»Sie brauchen ein neues Repertoire«, sagte Nick und machte sich seine Jacke zu. »Sie nutzen sich ab.«

»Stimmt. Ich hatte schon an Marie Antoinette gedacht – natürlich bevor ihr der Kopf abgeschlagen wird. Oder vielleicht Boudicca, eine keltische Kriegerin.« Sie sog eine Wange ein. »Sie hat oben ohne gekämpft.«

Vito erstarrte. »Das ist so was von unfair, Sophie.«

»Genau«, wiederholte Nick. »So was von unfair.«

Sie lachte. »Das war dafür, dass ich so früh herkommen musste. Jetzt sind wir quitt.« Sie wurde ernst. »Vito, ich sehe ein, dass ich vorsichtig sein muss, aber ich habe einen Job. Ich passe auf. Ich rufe an, bevor ich das Museum verlasse, und komme dann wieder direkt hierher. Aber ich kann nicht den ganzen Tag hier herumsitzen.«

»Ich bitte Liz, dir Begleitschutz mitzugeben. Warte, bis sie jemanden für dich hat. Bitte, Sophie. Nur bis wir Lombard oder diesen Shafer gefunden haben.«

»Oder Brewster«, murmelte sie.

Vito küsste sie. »Warte einfach auf Liz, okay? Oh, und falls du daran denkst – Liz hat ein Foto von dem Sanders-Jungen. Er hat ein Brandzeichen auf der Wange. Ein ›T‹.«

»Okay.« Dann runzelte sie die Stirn. »Du bist der Zweite in zwei Tagen, der mich aufs Brandmarken anspricht.«

Vito war schon fast an der Tür, hielt aber nun abrupt an. »Was?«

Sie zuckte die Achseln. »Schon gut. Einer meiner Studenten hat mich gefragt. Er musste eine Arbeit schreiben und brauchte Informationen dazu.«

Sie sah, wie Nick und Vito einander anblickten. »Nein, Unsinn. Er heißt John Trapper und … nein, das ist wirklich unmöglich. Ich kenne ihn seit Monaten. Er ist querschnittsgelähmt und sitzt im Rollstuhl. Das kann er unmöglich getan haben.«

Vito presste die Lippen zusammen. »Ich mag keine komischen Zufälle, Sophie. Wir werden ihn überprüfen.«

»Vito ...« Sie seufzte. »Okay. Es ist Zeitverschwendung, aber ich weiß, dass ihr es tun müsst.«

Vito presste die Kiefer aufeinander. »Versprich mir, dass du ohne Begleitung nirgendwohin gehst.«

»Ich verspreche es. Und jetzt haut ab. Ich komme klar.«

Donnerstag, 18. Januar, 9.15 Uhr

»Das ist peinlich«, murmelte Sophie.

»Besser peinlich, als ermordet zu werden«, sagte Officer Lyons freundlich.

»Ja, mag schon sein. Aber im Streifenwagen herzukommen, und jetzt begleiten Sie mich auch noch zur Tür ... alle werden denken, dass ich etwas angestellt habe«, brummelte sie.

»Befehl von Lieutenant Sawyer. Ich könnte Ihnen eine Erklärung schreiben, wenn es Ihnen hilft.«

Sie musste lachen. Er behandelte sie wie eine grantige Viertklässlerin, und genauso hatte sie sich benommen. »Schon gut.« Sie blieb an der Tür des Museums stehen und drückte Officer Lyons die Hand. »Vielen Dank.«

Er tippte sich an die Mütze. »Rufen Sie uns an, wenn Sie hier fertig sind.«

Patty Anns Augen weiteten sich, als Sophie eintrat. »Du warst bei den Cops?«

Der Gruftie-Mittwoch war vorbei, nun war Patty Ann wieder ganz Brooklyn. Ach ja – *Schwere Jungs, leichte Mädchen.* War das nicht heute? »Viel Glück beim Vorsprechen, Patty Ann.«

»Was ist denn los?«, fragte das Mädchen mit einer Stimme, die Sophie nicht vertraut und daher vermutlich Patty Anns eigene war. Es war zu lange her, dass Sophie sie gehört hatte, sie war sich nicht mehr sicher. »Wieso bringen die Cops dich zur Arbeit?«

»Cops?« Ted kam mit finsterem Blick aus seinem Büro. »War schon wieder Polizei hier?«

»Ich habe ihnen bei einem Fall geholfen«, erklärte Sophie und wünschte sich, sie hätte Lyons mit der schriftlichen Erklärung beim Wort genommen, als Patty Ann und Ted sie zweifelnd anblickten. »Ich war mit einem der Detectives verabredet und hatte Probleme mit dem Auto, also hat er einen Officer gebeten, mich herzufahren.«

Patty Ann entspannte sich und sah Sophie listig an. »Der Dunkle oder der Rotschopf?«

»Der Dunkle. Aber der Rothaarige ist zu alt für dich, also vergiss es.«

Sie zog einen Schmollmund. »Schade.«

Ted blickte noch immer finster. »Erst dein Motorrad und dann das Auto? Wir müssen uns unterhalten.«

Sie ging mit ihm in sein Büro, und er schloss die Tür und nahm hinter seinem Tisch Platz. »Setz dich.« Dann beugte er sich mit besorgter Miene vor. »Sophie, steckst du in Schwierigkeiten? Bitte sei ehrlich zu mir.«

»Nein. Was ich gesagt habe, stimmt. Ich helfe der Polizei, und ich gehe mit einem der Cops aus, das ist alles, Ted. Warum machst du deswegen so einen Aufstand?«

»Ich habe gestern Abend einen Anruf bekommen. Von einer Polizistin aus New York. Sie sagte, sie müsse dringend Kontakt mit dir aufnehmen. Es sei wichtig.«

Lombards Frau hatte von einer New Yorker Vorwahl angerufen. »Und du hast ihr meine Handynummer gegeben.«

Ted hob das Kinn. »Ja.«

Sophie klappte ihr Handy auf und holte die Nummer von Lombards Frau aufs Display. »War das der Anruf, den du gestern Abend bekommen hast?«

Ted verglich die Nummer mit der auf seinem Display. »Ja.«

»Das war nicht die Polizei. Du kannst in New York anrufen und dich selbst vergewissern.«

Ted begann sich zu entspannen. »Wer war es dann?«

»Das ist eine lange Geschichte, Ted. Sie ist eine eifersüchtige Frau, die glaubt, ich wollte ihr den Mann ausspannen.«

Sein Misstrauen verwandelte sich in Empörung. »So was würdest du nie tun.«

Sie musste lächeln. »Dank dir. Aber jetzt hör zu. Ich habe ein paar Ideen, die ich mit dir besprechen muss, bevor die erste Führung beginnt.« Sie erzählte ihm von Yuri. »Er meinte, er würde gern kommen und einen Vortrag halten. Ich habe mir überlegt, wir könnten vielleicht auch etwas zum Thema Kalter Krieg und Kommunismus machen. Ich weiß, das ist kein Bereich, mit dem dein Großvater zu tun hatte, aber …«

Ted nickte nachdenklich. »Das klingt gut. Wirklich gut. Nicht viele Leute würden das als Teil der Geschichte betrachten, die man zeigen sollte.«

»Das habe ich bis gestern eigentlich auch gedacht. Aber dann sah ich seine Hände, Ted. Und das hat mich zum Nachdenken gebracht.«

Ted musterte sie neugierig. »Du scheinst in letzter Zeit viel nachzudenken. Auch das gefällt mir.«

Nicht sicher, wie sie darauf reagieren sollte, stand Sophie auf. »Übrigens war gestern ein Besucher hier, ein Rentner aus einer Wohnanlage, der eine Ausflugsmöglichkeit für seine Mitbewohner gesucht hat. Ich könnte mir vorstellen, dass auch diese Leute Lust hätten, herzukommen und vor Schulgruppen zu sprechen. Wir müssen das ja nicht auf Kriege beschränken. Sie könnten über Radio und die ersten Fernsehsendungen reden, wie sie sich gefühlt haben, als Neil Armstrong auf dem Mond landete und so weiter.«

»Noch eine gute Idee. Hat er dir einen Namen genannt?«

»Nein, aber ich habe ihn zu Patty Ann geschickt, damit er sich bei ihr nach der Führung erkundigt. Sie dürfte seinen Namen wissen.« Sophie öffnete die Tür und hielt, die Hand auf der Klinke, inne. »Was würdest du davon halten, wenn wir das Führungsrepertoire erweitern? Joan und die Wikingerin nutzen sich langsam ab.«

Ted sah gleichzeitig verblüfft und entzückt aus. »Sophie. Du hast doch immer gesagt, du bist Archäologin, nicht Schauspielerin.«

Sophie grinste. »Aber die Schauspielerei liegt mir im Blut. Mein Vater war Schauspieler.«

Ted nickte. »Ich weiß. Und deine Großmutter eine berühmte Opernsängerin. Das wusste ich schon immer.«

Sophies Grinsen verblasste. »Aber du hast nie was gesagt.«

»Ich hatte gehofft, dass du das tust«, sagte Ted. »Es ist schön, dich endlich kennenzulernen, Sophie.«

Sophie wusste nicht, ob sie gerührt sein oder sich indirekt gemaßregelt fühlen sollte. »Was hältst du von Marie Antoinette?«

Ted grinste. »Vor oder nach ihrer Enthauptung?«

New York City, Donnerstag, 18. Januar, 9.55 Uhr

»Verdammter Verkehr«, sagte Nick verächtlich. »Ich hasse New York.«

Sie waren im Schneckentempo durch den Holland Tunnel gefahren und bewegten sich nun endlich wieder ein wenig vorwärts. »War nicht besonders schlau, um diese Uhrzeit mit dem Auto zu kommen«, stimmte Vito zu. »Wir hätten den Zug nehmen sollen.«

»Hätten, sollten«, murrte Nick. »Und was zum Teufel ist das wieder?«

Vito zog sein klingelndes Handy aus der Tasche. »Hör auf zu schimpfen. Das ist nur mein Telefon. Im Tunnel gab es wahrscheinlich keine Verbindung, und jetzt bekomme ich Nachrichten.« Er sah aufs Display und runzelte die Stirn.

»Liz hat viermal in zwanzig Minuten angerufen.« Sein Herz begann zu rasen, als er zurückrief. »Liz, Vito hier. Was ist los? Ist Sophie in Ordnung?«

»Ja, sicher.« Liz klang ungeduldig. »Ein Officer hat sie zum Museum gefahren. Aber ich habe nur noch zwei Minuten bis zur Pressekonferenz. Ich brauche die Nummer Ihres Bruders.«

»Warum?«

»Vor einer Stunde war hier eine Frau, die mit dem Leiter der Ermittlungen reden wollte.« Liz sprach schnell und schien dabei genauso schnell zu gehen. »Eine Kellnerin. Sie meinte, sie habe Greg am Dienstag gesehen. Er wartete in ihrer Bar auf einen Mann.«

Munch. *Jawoll.* »Hat sie ihn gesehen?«

»Sie sagt, sie habe *einen* Mann gesehen. Greg ist gegangen, ohne zu bezahlen. Dann ist ein alter Mann, der an der Bar saß, aufgestanden und ihm gefolgt. Die Kellnerin ging ihnen hinterher, aber als sie an die Ecke kam, fuhren beide gerade in einem Truck davon.

Ich habe unsere Zeichnerin angerufen, aber sie ist gerade nicht erreichbar. Und wenn wir noch länger warten, vergisst die Zeugin vielleicht, wie der Mann aussah. Daher … Mist, ich bin zu spät. Rufen Sie bitte Tino an. Bitten Sie ihn reinzukommen, sobald er kann.«

Donnerstag, 18. Januar, 11.15 Uhr

»Mr. Harrington ist nicht da. Van Zandt befindet sich in einem Meeting und darf nicht gestört werden.«

Vito legte bedächtig beide Hände auf den Tisch, hinter dem Van Zandts Sekretärin saß, und beugte sich vor. »Ma'am, wir ermitteln hier in einem Mordfall. Er wird uns wirklich unbedingt sehen wollen. Und zwar genau jetzt.«

Die Augen der Frau weiteten sich, aber sie hob trotzig das Kinn. »Detective …«

»Ciccotelli«, sagte Vito. »Und Lawrence. Aus Philadelphia. Melden Sie uns an. Sagen Sie ihm, wir klopfen in sechzig Sekunden an seine Tür.«

Sie presste die Lippen zusammen, griff aber zum Hörer und legte die Hand um die Sprechmuschel, als könne Vito aus dreißig Zentimeter Entfernung so nicht mithören. »Jager, es sind angeblich Polizisten … richtig, Mordkommission. Sie lassen sich nicht wegschicken.« Dann nickte sie knapp. »Er kommt jetzt.«

Die Tür zu Van Zandts Büro öffnete sich, und heraus kam ein Mann, der genau seinem Bild auf der Internet-Seite entsprach. Er war groß und bullig, und einen Moment lang dachte Vito, vielleicht …

Aber dann sprach er, und seine Stimme klang so ganz anders als die auf dem Band. »Ich bin Jager Van Zandt. Was kann ich für Sie tun?«

Er musterte die Detectives mit kühler Distanz, aber Vito spürte, dass sich eher Unsicherheit als Arroganz dahinter verbarg.

»Wir interessieren uns für Ihr Spiel, Mr. Van Zandt«, begann Vito. »*Behind Enemy Lines.*«

Der Mann nickte, ohne dass man eine Reaktion in seiner Miene erkennen konnte. »Kommen Sie bitte in mein Büro.« Er schloss die Tür hinter ihnen und deutete auf zwei Stühle, die vor einem riesigen Schreibtisch standen. »Bitte.«

Jager setzte sich hinter den Tisch und wartete.

Nick und Vito hatten vorher vereinbart, den Satz »Niemand wird dich hören« nicht zu erwähnen. Stattdessen zeigte Vito ihm einen Ausdruck von der Französin, die im Spiel erwürgt wurde.

Van Zandt nickte. »Clothilde.«

»Sie wird in einer Szene stranguliert.«

»Ja.« Van Zandt hob eine Braue. »Und Sie stoßen sich vermutlich an der Gewalt?«

»Ja, wir stoßen uns an der Gewalt«, sagte Nick, »aber das ist nicht der Grund, warum wir hier sind. Wer hat diese Figur, diese Frau, entworfen, Mr. Van Zandt?«

Van Zandt zeigte noch immer keine nennenswerte Reaktion. »Mein Art Director ist Derek Harrington. Er kennt die Namen unserer Künstler und Grafiker.«

»Aber er ist, laut Ihrer Sekretärin, heute nicht zur Arbeit gekommen«, sagte Vito. »Haben Sie eine Ahnung, wieso?«

»Wir sind Geschäftspartner, Detective. Nichts weiter.«

Mit einem stummen Dank an Brent lächelte Vito. »Tatsächlich? Ich habe gelesen, dass Sie seit dem College befreundet sind.«

»Kleinen Streit gehabt?«, sagte Nick in breitem Akzent, und zum ersten Mal zeigte Van Zandt eine Gefühlsregung. Nur ein kleines Aufblitzen von Ärger in den Augen, das sofort wieder verlosch.

»Wir sind uns in letzter Zeit nicht mehr ganz einig. Derek entwickelt eine gewisse … Aggressivität.«

Vito blinzelte. »Ernsthaft? Er wirkt auf dem Foto so harmlos.«

»Die äußere Erscheinung kann täuschen, Detective.«

Vito zog ein anderes Bild aus seinem Ordner. »Ja, das ist wohl wahr. Vielleicht können Sie uns helfen, etwas anderes aufzuklären.« Er legte Claire Reynolds' Foto neben den Screenshot von Clothilde. Aber es geschah nichts. Nicht einmal ein Flackern des Blicks verriet, dass Van Zandt in irgendeiner Hinsicht berührt war. Überraschung wäre die normale Reaktion gewesen, aber es kam … nichts.

»Die Ähnlichkeit ist frappierend, finden Sie nicht?«, fragte Nick.

»Ja. Aber jeder sieht irgendjemandem ähnlich.« Ein leichtes Lächeln verzog seine Lippen. »Mir sagt man immer, ich sähe aus wie Arnold Schwarzenegger.«

»Das liegt nur am Akzent«, sagte Vito, und Van Zandts Lächeln verschwand. »Wir würden gern mit Mr. Harrington reden. Kann Ihre Sekretärin uns bitte seine Adresse geben?«

»Selbstverständlich.« Er nahm den Telefonhörer. »Raynette, bitte suche den Detectives Dereks Privatadresse heraus. Und dann führ sie bitte hinaus.« Die ganze Zeit über hatte er Vito in die Augen gesehen. »Kann ich sonst noch etwas für Sie tun, Detectives?«

»Im Moment nicht. Aber falls wir noch etwas haben – sind Sie heute hier erreichbar?«

Er warf einen Blick auf seinen Tischkalender. »Ja, es sieht so aus. Wenn Sie mich jetzt bitte entschuldigen wollen.« Er öffnete die Bürotür. »Meine Sekretärin wird Ihnen geben, was Sie brauchen.«

Vito stand auf und ließ mit Absicht Claire Reynolds Foto auf dem Tisch liegen. Die Tür schloss sich hinter ihnen mit einem vernehmlichen Klick. Van Zandts Sekretärin sah ihnen feindselig entgegen. »Mr. Harringtons Adresse.« Sie hielt ihnen einen Zettel hin.

Vito steckte die Adresse ein. »Wann war Mr. Harrington zum letzten Mal im Büro?«

»Dienstag«, sagte sie frostig. »Er ging nach dem Mittagessen und kam nicht wieder.«

Vito schwieg, bis Nick und er wieder draußen auf dem Gehweg standen. »Was für ein Schleimbeutel.«

»Jeder sieht irgendjemanden ähnlich«, äffte Nick Van Zandt in bester Schwarzenegger-Manier nach.

»Er hat uns erwartet«, sagte Vito, während sie auf Nicks Wagen zugingen.

»Ah, guter Polizist. Das ist dir also auch aufgefallen. Seine Sekretärin kündigte uns nur als Detectives an und dann fügte sie hinzu: ›Richtig, Mordkommission.‹«

»Als habe er sie danach gefragt«, ergänzte Vito nachdenklich. »Fragt sich nur, wen Van Zandt für tot hält.«

»Die erste Runde Drinks geht auf mich, wenn wir Derek bei der Adresse nicht auftreiben können.«

»Die Wette ist für den Eimer«, sagte Vito, als Nick hinters Lenkrad rutschte.

»Mist, ich dachte, du bist so geblendet vor Liebe, dass ich sie durchkriegen würde.«

Vito lachte in sich hinein. »Fahr schon.«

Nick warf ihm hinter dem Lenker einen Seitenblick zu. »Hey, du hast nicht widersprochen. Also – was läuft zwischen dir und Sophie? *Bist* du geblendet vor Liebe?« Die letzte Frage war mit gutmütigem Spott ausgesprochen worden, der die ernsthaftere Frage darunter nicht verbergen sollte.

Du liebst mich nicht. Ihre verbitterten Worte nach ihrer ersten, desaströsen und unvergesslichen … *Paarung* kam ihm in den Sinn, und nun verstand er sie ein wenig besser. Ob jemand außer Anna und ihrem Onkel sie je wirklich geliebt hatte? Ihre Mutter hatte sie vernachlässigt, ihr Vater sich eher kühl gegeben. Ihre Tante war selbstsüchtig und ihr Liebhaber ein verlogener Fremdgänger gewesen. Hübsche Ansammlung von Beziehungen.

»Vito?« Nicks Stimme durchdrang seine Gedanken. »Ich habe dich etwas gefragt.«

»Und ich versuche zu antworten. Sophie ist … tja …«

»Clever, witzig und höllisch sexy?«

Ja. All das war sie. *Aber noch mehr als die Summe dieser Attribute.* »Wichtig«, sagte Vito schließlich. »Sie ist mir wichtig. Harrington wohnt im Westen, also bieg da vorn links ab.«

Donnerstag, 18. Januar, 11.45 Uhr

Philadelphia hatte verdammt viele Hotels. Nachdem Daniel Vartanian an mindestens dreißig Rezeptionen das Bild seiner Eltern gezeigt hatte, fand er endlich jemanden, der sich an seine Mutter erinnern konnte.

»Sie war krank«, sagte Ray Garrett. »So krank, dass ich befürchtet habe, das Zimmermädchen findet sie irgendwann tot im Bett. Sie hätte ins Krankenhaus gehört.«

»Könnten Sie mir bitte sagen, wann genau sie hier waren?«

»Darf ich nicht, sorry. Ich würde Ihnen gerne helfen, aber ohne Polizeimarke könnte ich meinen Job verlieren.«

Ich weiß, was Ihr Sohn getan hat. Daniel war nicht im Dienst, aber er holte dennoch seine Marke hervor. »Ich bin vom Georgia Bureau of Investigation«, sagte er. »Die Frau ist krank und braucht dringend Hilfe.«

Ray sah ihn einen Moment lang an. »Sie ist Ihre Mutter, nicht wahr?«

Daniel zögerte. Kurz schloss er die Augen. »Ja.«

»Okay. Unter welchem Namen muss ich suchen?«

»Vartanian.« Daniel buchstabierte.

Ray schüttelte den Kopf. »Nichts. Tut mir leid.«

»Aber Sie erinnern sich an sie.«

»Ich bin mir ziemlich sicher. Es prägt sich ein, wenn jemand so krank aussieht.«

»Könnten Sie unter Beaumont nachsehen?« Es war der Mädchenname seiner Mutter.

»Auch nichts. Tut mir wirklich leid.«

Er war so nah dran. »Könnten Sie vielleicht mit Ihren Mitarbeitern sprechen? Vielleicht kann sich jemand an etwas erinnern.«

Rays Blick war mitfühlend. »Warten Sie einen Moment.« Einen Augenblick später kehrte er mit einer kleinen Latina in Zimmermädchenuniform zurück. »Das ist Maria. Sie erinnert sich an Ihre Mutter.«

»Ihre Mama war sehr krank, ja? Aber sie war nett. Wollte keine Arbeit machen.«

»Wissen Sie noch, wie Sie sie angesprochen haben?«

»Mrs. Carol.« Sie hob hilflos die Schultern. »Ehemann hat auch so genannt.«

Ray tippte bereits auf seiner Tastatur. »Hier ist es. Mrs. Arthur Carol.«

Eine schlichte, aber elegante List, dachte Daniel. »Ich danke Ihnen, Maria«, sagte Daniel. »Vielen, vielen Dank.« Als sie fort war, wandte Daniel sich an Ray. »Und wann haben sie eingecheckt?«

»Sie haben am neunzehnten November eingecheckt und am ersten Dezember ausgecheckt. Bezahlt wurde in bar. Noch etwas?«

»Haben Sie einen Safe im Hotel?« Er sah, wie Rays Blick flackerte. »Sie haben etwas im Safe verstaut, nicht wahr?«

Ray zuckte die Achseln. »Und da liegt es noch. Laut meinen Unterlagen haben sie die Sachen nicht mitgenommen, als sie ausgecheckt haben. Wir verwahren die Gegenstände in solchen Fällen neunzig Tage.«

»Könnten Sie vielleicht nachsehen? Nur dass ich weiß, ob ich eine richterliche Verfügung beantragen muss.«

»Okay, aber das war es dann.« Zwei Minuten später erschien Ray mit einem Umschlag in der Hand. Seine Miene verriet Überraschung. »Hier ist ein Brief. An Sie adressiert.«

Auf dem Umschlag stand »An Daniel oder Susannah Vartanian.« Die Handschrift war die seiner Mutter. Daniel sog scharf die Luft ein. »Danke, Ray.«

»Viel Glück«, sagte Ray leise.

Sobald er im Auto saß, riss Daniel den Umschlag auf. Es war nur ein Blatt mit dem Briefkopf des Hotels, auf dem seine Mutter eine Adresse und eine Postfachnummer notiert hatte. Daniel wählte eine Nummer auf dem Handy. Beim dritten Klingeln ging seine Schwester dran.

»Büro der Staatsanwaltschaft, Susannah Vartanian.«

»Suze, ich bin's, Danny.«

Sie atmete hörbar aus. »Hast du sie gefunden?«

»Nein, aber etwas anderes.«

Donnerstag, 18. Januar, 12.00 Uhr

Johannsen war immer noch besonders vorsichtig. Sie war den ganzen Morgen von anderen Menschen umgeben gewesen. Sie einfach mit sich zu schleppen würde ohnehin nicht einfach werden, denn die Frau war eine echte Amazone. Er hatte vor, sie irgendwie in die Nähe seines Fahrzeugs zu schaffen und sie dann blitzschnell auszuschalten. Aber dazu musste er sie erst einmal allein erwischen. Am besten war es, darauf zu warten, dass sie Mittagspause machte.

Er hatte die Zeiten gut im Kopf. Die Wikingerführung war vorbei. Er wollte sich ihr gerade nähern, als die Tür aufging und ein weiterer alter Mann eintrat und sich seinen Weg durch die Kinderschar bahnte. Mit ausgestreckten Armen begrüßte Johannsen den Mann herzlich, der, wie er überrascht feststellte, doch gar nicht so alt war. Es war keine Verkleidung, die ihn getrogen hatte. Der Mann war offenbar äußerlich schneller gealtert als üblich. Durch Misshandlung, vermutete er. Und die verkrüppelten Hände bestätigten seinen Verdacht.

Er fragte sich unwillkürlich, wie viel Grausamkeiten der Mann erlitten hatte und wie lange es wohl dauerte, bis man einen Menschen so weit hatte. Er hätte gern die Augen des Mannes gemalt. Bestimmt hatte der andere eine verteufelt hohe Schmerzgrenze und hielt länger aus als die hübschen Models.

Johannsen und der Mann begannen, in einer Sprache zu sprechen, die nach Russisch klang. Als sie ihn zur Tür begleitete, trat er vor.

Und in diesem Moment klingelte sein Handy. Die Köpfe wandten sich zu ihm um, und hastig beugte er sich über seinen Stock.

Aufmerksamkeit auf sich zu ziehen gehörte nicht zu seinem Plan. Er verließ das Museum so rasch, wie es seine Rolle als alter Mann erlaubte, und klappte draußen das Handy auf. Van Zandts Durchwahl. Mit gerunzelter Stirn rief er zurück. »Frasier Lewis.«

»Ich muss mit dir reden.«

»Ich kann in den nächsten Tagen vorbeikommen. Vielleicht nächsten Dienstag.«

»Nein. Ich muss noch heute mit dir sprechen, Frasier. Derek ist gestern ausgestiegen.«

Und ob er das war. In mehr als einer Hinsicht. »Tatsächlich? Wieso denn?«

»Er wollte die Kontrolle über den künstlerischen Teil nicht abgeben. Ich habe einen Vertrag für dich vorbereitet. Heute Nachmittag bin ich in Philadelphia. Wir treffen uns um sieben zum Essen. Du kannst den Vertrag unterschreiben, und ich verschwinde wieder.«

»Executive Art Director?«, fragte er, und Van Zandt lachte. »So steht's im Vertrag. Bis später.«

New York City, Donnerstag, 18. Januar, 12.30 Uhr

»Ich wusste doch, dass die Wette keine ist«, brummelte Vito.

Nick nickte, während er mit verschränkten Armen beobachtete, wie die zwei New Yorker Detectives überall dort nachsahen, wo sich ein Mann verstecken konnte. Oder versteckt werden konnte. »Und nun?«

»Am besten eine Fahndungsmeldung rausgeben. Sieht aus, als wären die beiden hier fertig.«

Die zwei NY-Cops kamen ins Wohnzimmer zurück. Sie hießen Carlos und Charles.

Beinahe so gut wie Nick und Chick, dachte Vito, aber nur beinahe.

»Er ist nicht hier«, sagte Carlos. »Tut mir leid.«

»Danke«, erwiderte Vito. »Wir hatten auch nicht ernsthaft damit gerechnet, aber …«

Charles nickte. »Ihr Jungs habt zehn Leichen bei euch. Wir hätten auch nachgesehen.«

»Was wollen Sie jetzt tun?«, fragte Carlos. »Ist der Bursche verdächtig?«

»Wir halten ihn nicht für den Mörder«, sagte Nick, »aber er hat vielleicht eine Ahnung, wer es ist.«

»Wir könnten eine Suchmeldung für Sie rausgeben«, erbot sich Carlos.

»Das wäre fein.« Vito nahm ein gerahmtes Foto in die Hand. Darauf war Harrington mit einer Frau und einem Mädchen im Teenageralter zu sehen. »Er ist anscheinend verheiratet und hat eine Tochter. Können wir die Frau ausfindig machen?«

»Wir kümmern uns drum«, sagte Carlos. »Sonst noch etwas?«

Nick zuckte die Achseln. »Gibt es hier vielleicht einen netten Laden, in dem wir etwas zu essen bekommen?«

Philadelphia, Donnerstag, 18. Januar, 14.15 Uhr

»Kann ich Ihnen helfen?« Der Junge hinter dem Tresen war noch ein echter Milchbart.

Das hoffe ich doch sehr. Die Adresse, die seine Mutter auf dem Zettel notiert hatte, war eine Agentur für Postfachvermietung auf der anderen Seite der Stadt.

Er hatte draußen eine Weile im Auto gesessen und mit sich gerungen, ob er seinen Chef anrufen und die Sache zu einer offiziellen Ermittlung machen sollte, aber »Ich weiß, was Ihr Sohn getan hat« verfolgte ihn. Und so war er doch hineingegangen und stand kurz davor, einmal mehr seine Marke zu missbrauchen, um das Gesetz zu umgehen. »Ich muss ein Postfach einsehen.«

Der Junge nickte. »Kann ich Ihren Ausweis sehen?«

Daniel reichte ihm seine Marke und sah zu, wie sich die Augen des Jungen weiteten.

»Ich, äh … werde nachsehen, Special Agent Vartanian.«

Der Junge war so beeindruckt von seinem Beruf, dass er seinen Namen eingab, ohne nach der Fachnummer zu fragen. Er sah auf und ging. »Einen Augenblick, Sir.«

Daniel wollte ihn erst zurückhalten, biss sich aber auf die Lippe. Sein Name stand im Computer. Er hatte noch nie zuvor einen Fuß in diese Stadt gesetzt. Mit hämmerndem Herzen wartete er. Eine Minute später kehrte der Junge mit einem dicken braunen Umschlag zurück, der einmal gefaltet war.

»Nur das, Sir.«

»Danke«, brachte Daniel mühsam hervor. »Aber das ist nicht der einzige Grund, warum ich hier bin. Ich arbeite an einem Fall, der zu Ihrer Agentur führt. Ich habe die Gelegenheit genutzt, da ich ohnehin herkommen wollte. Könnten Sie mir sagen, wem das Fach 115 gehört?«

Das war viel zu einfach. Sowohl die Lüge auszusprechen als auch den Jungen an der Nase herumzuführen. Aber er bekam, was er wollte. »Es ist auf den Namen Claire Reynolds registriert. Brauchen Sie ihre Adresse?«

»Bitte.«

Der Junge schrieb sie auf, und Daniel ging erneut mit einem Umschlag in der Hand hinaus zum Wagen. Vorsichtig schlitzte er den Brief auf und holte den Inhalt heraus.

Einen Moment lang konnte er nur entsetzt und ungläubig daraufstarren. Dann riss ihn seine Erinnerung zurück wie der Sog einer gigantischen Welle. »Mein Gott«, flüsterte er. »Dad, was hast du nur getan?«

Das war schlimmer, als er es sich je hätte erträumen können. *Ich weiß, was Ihr Sohn getan hat.* Und nun wusste Daniel auch, was sein

Vater getan hatte. Aber er war nicht sicher, ob er nach dem Warum fragen wollte.

Als er wieder atmen konnte, rief er Susannah an. »Hast du sie gefunden?«, fragte sie ohne jede Begrüßung. Er zwang sich zum Sprechen. »Du musst kommen.«

»Daniel, ich kann nicht …«

»Bitte, Susannah.« Seine Stimme war heiser. »Du musst kommen. *Bitte.*« Er wartete, seine Kehle war so eng, dass er glaubte, ersticken zu müssen.

Schließlich seufzte sie. »Okay. Ich nehme den Zug. In etwa drei Stunden bin ich da.«

»Ich hole dich am Bahnhof ab.«

»Daniel, alles in Ordnung mit dir?«

Er starrte auf die Papiere in seiner Hand. »Nein. Ganz und gar nicht.«

New York City, Donnerstag, 18. Januar, 14.45 Uhr

»Entweder ist Harrington untergetaucht oder tot«, erklärte Vito Liz am Telefon. »Wir waren in seinem Büro, in seiner Wohnung und in der Wohnung seiner Frau. Niemand hat ihn gesehen. Sein Wagen steht nicht dort, wo er stehen sollte, und seine Frau sagt, sie habe ihn seit einem halben Jahr nicht mehr gesehen. Ihre Tochter studiert an der Columbia, hat ihn aber ebenfalls eine Ewigkeit nicht zu Gesicht bekommen.«

»Aus den getrennten Wohnungen schließe ich, dass Harrington und seine Frau nicht mehr gut miteinander auskommen?«

»Sie meinte, er sei zunehmend depressiv und ›melancholisch‹ geworden, aber nie gewalttätig. Das NYPD lässt nach ihm fahnden, und wir sitzen jetzt vor dem oRo-Gebäude und essen etwas. Wir werden gleich nachfragen, ob wir eine Liste der Angestellten bekommen, oder hier draußen herumlungern, bis einer von oRo mit uns spricht. Brent meint zwar, die Grafik gehe nicht auf Harringtons Kappe, aber irgendwer muss sie ja gemacht haben. Wir brauchen nur eine Person, die gewillt ist, uns etwas mehr zu sagen.«

»Gut. Bleiben Sie dran. Ich habe übrigens Neuigkeiten über die

Vartanians. Ich habe den Sheriff in Dutton, Georgia, angerufen. Die Vartanians wurden seit Thanksgiving nicht mehr gesehen.«

»Das passt zu dem, was Yuri gestern Abend gesagt hat.«

»Ja. Aber das war noch nicht alles. Der Sheriff hat den Sohn der Vartanians am vergangenen Wochenende informiert, dass mit dem Verschwinden seiner Eltern etwas nicht ganz koscher sein könnte. Der Sohn arbeitet beim Georgia Bureau of Investigation, die Tochter bei der New Yorker Staatsanwaltschaft. Keiner von beiden ist an seinem Arbeitsplatz. Daniel, der GBI-Bursche, hat sich seit Montag Urlaub genommen. Seine Schwester Susannah hat sich heute Nachmittag verabschiedet. Ich habe ihren beiden Vorgesetzten gesagt, sie sollen sie anrufen.«

Aber das war immer noch nicht alles, wie Vito spürte, und es würde wohl schlimmer kommen. »Sagen Sie's mir einfach, Liz.«

»Die Polizei in White Plains, New York, hat Kyle Lombard gefunden. In seinem Antiquitätengeschäft.«

Vitos Herz setzte einen Schlag aus. »Tot?«

»Durch eine Kugel zwischen die Augen. Sieht nach einer deutschen Waffe aus. Sie schicken die Kugel zu uns, damit wir sie mit unserer vergleichen können. Die Polizei hat den Laden durchsucht und jede Menge illegaler mittelalterlicher Antiquitäten unter den Bodendielen gefunden. Ihre Sophie wäre vor Freude in die Luft gehüpft.«

Vito zwang seinen Magen zur Ruhe. Seine Sophie war nun ganz offiziell in Gefahr. »Und was ist mit den anderen beiden? Shafer und Brewster?«

»Shafer war in Lombards Gesellschaft. Sozusagen. Beide waren an einen Stuhl gefesselt und wurden in dem Laden erschossen. Brewster wird noch vermisst.«

»Wenn Lombard illegal gehandelt hat, dann sollten wir mal seine Verkäufe überprüfen. Vielleicht finden wir ja eine Verbindung zu unserem Killer.«

»Vergessen Sie's. Lombards Computer ist gelöscht worden, und seine Akten sind im ganzen Laden verteilt. Und um dem Ganzen die Krone aufzusetzen, hat das FBI das komplette Interieur beschlagnahmt. Immerhin hat er Waffen geschmuggelt – selbst wenn die Dinger zwischen sechzig und sechshundert Jahren alt sind. Ich nehme an, früher oder später wird man uns nahelagen, den kompletten Fall an die Bundesagenten abzugeben.«

Vito runzelte die Stirn. »Aber das lassen Sie nicht zu, richtig?«

»Soweit meine Kompetenzen reichen, nein. Aber wäre ich Ihre Chefin – was ich bin –, würde ich Ihnen raten, zackig wieder herzukommen und diesen Fall schnellstens abzuschließen, sonst bekommen Sie Hilfe, die Sie nicht wollen.«

»Mist.« Vito schnaufte. »Weiß Sophie schon von Lombard und Shafer?«

»Ja, ich habe sie angerufen. Sie ist ein kluges Mädchen, Vito. Sie hat versprochen, nirgendwo allein hinzugehen und uns anzurufen, wenn sie mit ihrer Arbeit fertig ist.«

»Okay.«

»Sind *Sie* okay?«, fragte Liz.

»Nein. Nicht wirklich. Aber wenn sie vorsichtig ist ... wir müssen uns diesen Kerl unbedingt schnappen.«

»Dann tun Sie das. Bis bald.«

Vito legte auf und starrte auf das Gebäude, in dem oRo seine Büros hatte. »Lombard und Shafer. Mit einer Luger direkt zwischen die Augen.«

»Dreck«, murmelte Nick. »Da können wir vermutlich jetzt nichts mehr erreichen.«

Entschlossen machte Vito sich daran, aus dem Wagen auszusteigen. »Komm. Plaudern wir noch ein bisschen mit Van Zandt, diesem Widerling.«

Aber Nick hielt ihn auf. »Erst einmal musst du was essen. Zweitens musst du dich abregen. Wenn du ihm Angst einjagst, zieht er sich zurück. Also reiß dich zusammen, Mann, und denk ans Vaterland.«

Vito ließ sich in den Sitz zurückfallen. »Schön.«

»Vielleicht sollte ich diesmal reden«, sagte Nick.

Vito riss wütend die Plastikfolie von seinem Sandwich. »Schön.«

New York City, Donnerstag, 18. Januar, 15.03 Uhr

»Mr. Van Zandt ist nicht da.«

Vito starrte die Sekretärin mit dem verkniffenen Mund entgeistert an. »Wie bitte?«

Nick räusperte sich. »Er hat uns gesagt, er sei am Nachmittag hier.«

»Er hat einen unerwarteten Anruf bekommen. Kundenbesuch.«

»Und um wie viel Uhr war das?«, fragte Nick.

»Gegen zwölf.«

Nick nickte. »Aha. Nun, könnten Sie uns dann vielleicht die Namen Ihrer Angestellten geben?«

Vito biss sich auf die Zunge. Er wusste genau, dass der Umschlag, den sie ihnen mit derart grantiger Befriedigung reichte, nicht die Informationen enthielt, die sie haben wollten.

Nick zog einen Zettel mit dem oRo-Briefkopf heraus, auf dem eine knappe und liebliche Nachricht stand, »besorgen Sie sich eine richterliche Anordnung‹«, las Nick. »Gezeichnet ›Jager A. Van Zandt‹. Tja, dann werden wir das tun.« Er nahm sich ein Blatt Papier aus dem Drucker. »Könnten Sie uns wohl Ihren Namen notieren? Ich möchte nur sicherstellen, dass er auf dem Durchsuchungsbefehl richtig buchstabiert ist. Oh, und bitte unterschreiben.«

Plötzlich war sie nicht mehr so hämisch. Aber sie schrieb ihm ihren Namen auf und reichte ihm das Blatt. »Sie wissen ja, wo der Ausgang ist.«

»Na sicher. Dort, wo wir auch hereingekommen sind.« Nick lächelte freundlich. »Ich wünsche Ihnen allen noch einen schönen Tag.«

Draußen auf der Straße steckte Nick das Blatt der Sekretärin in den Umschlag. »Schriftprobe«, sagte er. »Die können wir mit den Briefen vergleichen, die Claire angeblich geschrieben hat.«

»Wow, gute Arbeit, Nick. Ich war zu sauer, um wirklich nachzudenken.«

»Na ja, du bist oft genug für mich eingesprungen. Als Team sind wir unschlagbar.«

»Verzeihen Sie.«

Ein Mann kam auf sie zugehastet, seine Miene ängstlich. »Kommen Sie gerade von oRo?«

»Ja, Sir«, antwortete Vito. »Aber wir arbeiten dort nicht.«

»Ich versuche seit gestern Derek Harrington zu erreichen, aber man sagt mir immer, dass er nicht da ist.«

»Was wollten Sie denn von Harrington?«, fragte Nick.

»Es geht um meinen Sohn. Er hat mir versprochen, seinen Mitarbeitern ein Foto von ihm zu zeigen.«

Vito packte eine böse Ahnung. »Und warum, Sir?«

»Mein Sohn wird vermisst, und jemand in der Firma muss ihn gesehen haben. Sie haben ihn als Model eingesetzt. Ich wollte nur herausfinden, wann und wo. Dann weiß ich wenigstens, wo ich zu suchen beginnen soll.«

Vito holte seine Marke aus der Tasche und stellte Nick und sich vor. »Wie heißen Sie, Sir? Und haben Sie ein Foto von Ihrem Sohn bei sich?«

Der Mann blinzelte, als er die Marke sah. »Philadelphia? Mein Name ist Lloyd Webber.« Er reichte Vito ein Foto. »Das ist mein Sohn. Zachary.«

Der junge Mann, dem man in den Kopf geschossen hatte. »Einsdrei«, murmelte er.

»Was? Was soll das bedeuten?«, fragte Webber.

»Ich rufe Carlos und Charles an«, sagte Nick ruhig und entfernte sich zum Telefonieren ein paar Schritte.

Vito sah Webber in die Augen. »Es tut mir leid, Sir, aber ich fürchte, wir haben die Leiche Ihres Sohnes bei uns.«

In den Augen des Mannes zeigten sich widerstreitende Gefühle. »In … in Philadelphia?«

»Ja, Sir. Wenn das der Junge ist, für den wir ihn halten, dann ist er tot, und zwar schon seit ungefähr einem Jahr.«

Webber sackte in sich zusammen. »Ich wusste es. Ich wollte es einfach nicht glauben. Ich muss meine Frau anrufen.«

»Es tut mir sehr leid«, sagte Vito erneut.

Webber nickte. »Sie wird wissen wollen, wie es passiert ist. Was soll ich ihr sagen?«

Vito zögerte. Liz wollte, dass sie so viel wie möglich unter Verschluss hielten, aber dieser Vater verdiente zu wissen, was mit seinem Sohn geschehen war. Liz würde das verstehen. »Er wurde erschossen, Sir.«

Webber warf einen glühenden, zornigen Blick zu den Fenstern von oRo. »In den Kopf?«

»Ja. Aber wenn Sie das noch für sich behalten würden, wäre uns allen geholfen.«

Er nickte betäubt. »Danke. Ich werde ihr nichts Genaueres sagen.«

Vito sah ihm nach, als er etwa zehn Schritte fortging und seine Frau anrief. Und musste schlucken, als Webbers Schultern zu zittern begannen. »Verdammt«, flüsterte Vito, als er Nick hinter sich hörte. »Ich will diesen Kerl kriegen. Unbedingt.«

»Ja, ich auch. Charles und Carlos bitten uns, hier zu warten. Sie besorgen uns den Durchsuchungsbefehl. Sie werden oRos Akten einsacken.«

Eine Wagentür fiel hinter ihnen zu, und Vito und Nick wandten sich um. Aus einem Taxi stieg ein Mann, dessen Miene Entschlossenheit verriet. »Sind Sie die Detectives aus Philadelphia?«

»Ja«, antwortete Nick. »Und wer will das wissen?«

Der Mann blieb, die Hände in die Taschen geschoben, vor ihnen stehen. »Ich bin Tony England. Bis vor zwei Tagen habe ich für oRo gearbeitet. Derek Harrington war mein Chef.«

»Was ist passiert?«

»Ich habe gekündigt. Derek ist von Jager dazu gedrängt worden, Dinge zu tun, mit denen ich nicht einverstanden war. Mit denen ich nicht einverstanden *bin*. Ich mochte nicht einfach danebenstehen und zusehen, wie Jager alles kaputt macht.«

»Und woher wussten Sie, dass wir hier sind?«, fragte Vito.

»oRo ist eine kleine Firma. Sobald Sie sich am Empfang gemeldet haben, wusste im Grunde jeder Bescheid. Ein Freund hat mich angerufen und mir gesagt, dass sie nach Derek gefragt haben. Ich bin sofort losgefahren, aber Sie waren schon fort.« Englands Augen verengten sich, als er Webber sah, der zwar nicht mehr telefonierte, ihnen aber immer noch den Rücken zugekehrt hatte und stumm weinte. »Wer ist das?«

Vito sah Nick an, und dieser nickte leicht. Vito hielt England ein Foto hin. »Der Vater von diesem Jungen. Sein Name ist Zachary. Er ist tot.«

Jeder Tropfen Blut wich England aus dem Gesicht. »Scheiße. Heilige Scheiße. Der sieht ja aus wie …« Voller Entsetzen starrte er das Foto an. »Mein Gott. Was haben wir getan?«

»Wissen Sie, wer die Figur entworfen hat, Mr. England?«, fragte Nick leise.

England hob den Blick. »O ja. Frasier Lewis. Ich hoffe, Sie nehmen ihn mit und sperren ihn in einen finsterer Kerker.«

19. Kapitel

Philadelphia, Donnerstag, 18. Januar, 17.15 Uhr

SIE SAH NOCH GENAUSO AUS WIE FRÜHER, dachte Daniel, als seine Schwester durch die Drehtür des Bahnhofs kam. Klein und zart. Die Männer in ihrem Haus waren groß und kräftig gewesen, die Frauen zerbrechlich. *Damals brauchte ich deinen Schutz.* Er stieg aus seinem Mietwagen aus und blieb neben dem Wagen stehen, bis sie ihn entdeckte. Sie verlangsamte ihr Tempo, und selbst aus der Entfernung konnte er erkennen, dass ihre Schultern steif waren.

Er ging ums Auto herum und öffnete ihr die Tür. Sie blieb vor ihm stehen und hob den Blick. Sie hatte geweint. »Du weißt es also schon«, murmelte er.

»Mein Chef hat mich angerufen, als ich schon im Zug saß.«

»Mein Chef hat mich auch angerufen. Ein Lieutenant Liz Sawyer hat sich bei ihm gemeldet. Ich habe die Adresse ihres Büros.« Er seufzte. »Ich bin zu spät gekommen.«

»Aber du weißt etwas, das die Polizei vielleicht zu dem Schuldigen führt?«

Er hob die Schultern. »Oder uns beide vernichtet. Steig ein.«

Er setzte sich hinters Steuer und wollte den Wagen starten, aber sie hielt seine Hand fest. »Jetzt sag es mir endlich.«

Er nickte. »Okay.« Er gab ihr den Umschlag aus dem Postfach und wartete stumm, während sie den Inhalt auf ihren Schoß kippte.

Zuerst schnappte sie hörbar nach Luft, dann ging sie methodisch die Seiten durch. »O mein Gott.« Sie sah zu ihm auf. »Und du hast davon gewusst?«

»Ja.« Er startete den Wagen. »›Ich weiß, was Ihr Sohn getan hat‹«, zitierte er leise. »Und nun weißt du es auch.«

Donnerstag, 18. Januar, 17.45 Uhr

Sophie stand, die Hände in die Hüften gestemmt, mitten im Lagerhaus und betrachtete ihr Werk. Seit dem Anruf von Lieutenant Sawyer hatte sie ein gutes Dutzend Kisten ausgepackt. Nur beschäftigt bleiben und nicht daran denken, dass Kyle und Clint tot waren.

Dass Kyle und Clint in irgendeiner Form Kontakt mit dem Mörder gehabt hatten, stand nun zweifelsfrei fest. Sie waren mit derselben Waffe getötet worden wie eines der Opfer, das sie auf dem Gräberfeld gefunden hatten.

Dass der Mörder auch sie im Blick hatte, war heute Morgen noch eine Möglichkeit gewesen, derentwegen sie sich von einem Polizisten zum Museum hatte fahren lassen. Nun war es mehr als eine Möglichkeit, aber fest stand es noch immer nicht. Aber sosehr sie sich auch daran klammerte, der Gedanke war dennoch verdammt beängstigend. Also sah sie zu, dass sie sich mit Arbeit ablenkte, bis Liz einen bewaffneten Cop freistellen konnte, der sie wieder zum Revier fuhr. Zu Vito.

Hoffentlich hatte er heute Erfolg gehabt.

»Sophie.«

Erschreckt fuhr sie herum und presste sich unwillkürlich die Hand aufs Herz. Wieder war es Theo IV., wieder entdeckte sie ihn in den Schatten. In seiner Hand hielt er die schwere Axt – so mühelos wie ein Küchenmesser. Sie zwang sich, gleichmäßig zu atmen und nicht zurückzuweichen. Nicht laut schreiend zu flüchten. *Schrei doch.* Sie schloss die Augen und nahm sich zusammen. Als sie sie wieder aufschlug, stand er noch immer reglos da und musterte sie emotionslos. »Was willst du?«

»Mein Vater meinte, du bräuchtest vielleicht Hilfe mit den Kisten. Ich konnte die Brechstange nicht finden, die du gestern benutzt hast, also habe ich dies hier mitgebracht.« Er streckte den Arm mit der Axt aus. »Welche Kisten sollen noch geöffnet werden?«

Kontrolliert atmete sie aus. Sie sah Mörder, wo keine waren. »Hier drüben. Ich glaube, die sind von Teds I. Reise nach Südostasien. Ich hatte an eine Ausstellung zum Kalten Krieg und Kommunismus gedacht und wollte die Sachen aus Korea und Vietnam einbeziehen.«

Theo IV. trat ins Licht. Er wirkte amüsiert. »Ted der Erste?«

Sophie wurde rot. »Entschuldigung. Das liegt bei den Männernamen in eurer Familie irgendwie nah.«

»Ich dachte, du hattest vor, eine Art von interaktiver Ausstellung zu organisieren. Eine Ausgrabungsstelle.«

»Hab ich auch, aber dieses Lager hier ist groß genug für drei oder vier Themenbereiche. Und ich glaube, die Sache mit dem Kalten Krieg wird die Leute tiefer berühren. Der Freiheitsgedanke.«

Er sagte nichts, sondern riss mühelos die Deckel der Kisten auf, als bestünden sie aus Krepppapier und nicht aus schwerem Holz.

»Hier. Das war's schon.« Und dann ging er so lautlos, wie er gekommen war.

Sophie schauderte. Dieser Junge war entweder extrem unergründlich oder schlichtweg seltsam. Aber was bedeutete »seltsam«? Und was wusste sie eigentlich über Theo – oder über Ted, was das anging?

Sie lachte sich selbst aus. »Lieber Himmel, jetzt mach aber mal einen Punkt«, sagte sie laut. Sie musste jetzt ohnehin gehen. Liz hatte ihr gesagt, um sechs hätte sie ihre Mitfahrgelegenheit, und es war fast so weit. Sie verschloss das Lagerhaus und stellte sich in der Eingangshalle an die Glastür, um zu warten. Wieder musste sie lachen, als ihr eine breit grinsende Jen McFain entgegenkam.

»Schönen Abend, Darla!«, verabschiedete sich Sophie und drückte die Tür auf. »Sie sind also mein Bodyguard?« Demonstrativ sah sie auf das kleine Persönchen vor sich herab. Jen blickte zu ihr auf. »Ganz genau, Xena. Was dagegen?« Sophie kicherte, als sie ihre Jacke schloss. »Eigentlich müsste ich Sie beschützen.«

Jen zog das Revers ihrer Jacke zur Seite. »Eine Neun Millimeter macht einen immer ein paar Zentimeter größer, Xena.«

»Nennen Sie mich nicht so«, sagte Sophie, als sie in Jens Auto stieg. Sie wartete, bis Jen angeschnallt war. »Eure Majestät reicht vollkommen aus.«

Jen lachte. »Dann los, Eure Majestät. Euer Prinz wartet.«

Sophie konnte nichts gegen das Lächeln machen. »Ist Vito zurück?«

Jens Miene wurde grimmig. »Ja, Vito und Nick sind wieder da.«

»Was ist?«

»Die zwei haben nach einem Vermissten gesucht, stattdessen aber ein anderes unserer Opfer identifizieren können. Und …« Jen stieß den Atem aus. »Sie haben jemanden gefunden, der das Schwein, der das alles getan hat, kennt.«

Donnerstag, 18. Januar, 18.25 Uhr

»Tino.« Vito packte den Arm seines Bruders anstelle einer Umarmung. »Und noch mal danke.«

»Kein Problem. Habt ihr mit dem Bild von dem Alten in der Bar etwas anfangen können?«

Vito schüttelte den Kopf. »Das habe ich noch gar nicht gesehen. Nick und ich sind gerade aus New York zurückgekehrt.«

»Hier ist eine Kopie. Ich war inzwischen zu Hause und habe es ein bisschen nachgearbeitet. Mehr Schatten, ein paar Schraffuren. Das stellt die Person besser dar als die schnelle Skizze, die ich heute Morgen für euren Lieutenant gemacht habe.«

Vito nahm das Blatt und musterte den Mann, der Greg Sanders am Dienstagnachmittag getroffen hatte. »Der ist ja wirklich alt. Und gebeugt. Das kann doch unmöglich unser Mörder sein.«

»So hat ihn zumindest die Kellnerin gesehen, aber du weißt ja besser als ich, dass Zeugenaussagen manchmal ziemlich verwischt sind.«

»Schon, aber es wäre einfach so schön, wenn wir endlich ein Bild von ihm in der Hand hätten. Na ja, okay. Vielleicht habe ich noch etwas Besseres. Aus New York hat uns jemand begleitet, der weiß, von wem die Cutscenes aus *Behind Enemy Lines* stammen. Er wartet im Konferenzraum. Ich hatte gehofft, dass du …«

Tino grinste. »Wo geht's lang?«

Vito brachte ihn zum Konferenzraum, in dem Nick und Tony England warteten. »Tony, das ist mein Bruder Tino. Er ist Porträtzeichner.«

»Ich bin *auch* Porträtzeichner«, sagte Tony frustriert.

»Aber ich kriege aus meinem Kopf nicht mehr als das heraus.« Er deutete auf ein Blatt Papier auf dem Tisch. »Mein Verstand scheint irgendwie eingefroren zu sein.«

Es war eine Allerweltsskizze eines Gesichts, das beinahe jedem männlichen Wesen in Philadelphia hätte gehören können. Außerdem hatte es die Qualität einer Karikatur, und Vito musste unwillkürlich daran denken, was Brent über Harringtons Können gesagt hatte – Cartoons und Drachen.

Van Zandt hatte jemanden dazugeholt, der die Spielphysik besser beherrschte. Vielleicht hatte er Frasier Lewis ausgewählt, weil dieser besser Gesichter entwerfen konnte als Harrington und England.

Tino klappte seinen Block auf. »Manchmal hilft es, es jemand anderem zu beschreiben.«

Vito ließ die drei allein und ging zu seinem Tisch. Sofort sah er, dass Jen und Sophie wieder da waren. Jen stand in der Tür zu Liz' Büro, und Sophie befand sich mit dem Rücken zu ihm an seinem Tisch. Mit pochendem Herzen, wie bei einem verliebten Teenager, beschleunigte er seinen Schritt, um sie mit einem Kuss in den Nacken zu überraschen. Das mochte sie, wie er herausgefunden hatte. Er hatte in den vergangenen zwei Nächten eine Menge Stellen entdeckt, an denen sie gern geküsst wurde. Sie fuhr zusammen, als sich seine Lippen auf ihre Haut pressten, dann schmiegte sie sich wie warmer Honig an ihn.

»Alles okay?«, murmelte er.

»Ja. Ich war brav und bin immer bei meinen Bodyguards geblieben. Sogar bei Däumelinchen dort hinten.«

Vito lachte in sich hinein. »Jen ist klein, aber gemein.« Widerwillig machte er sich von ihr los. »Warte hier. Ich muss eben mit Liz sprechen, bin aber sofort zurück.« Er war ein paar Schritte weit gekommen, als Sophie ihn zurückrief. Ihre Stimme hatte einen seltsamen Unterton.

»Vito, wer ist das?« Sie hielt Tinos Skizze des alten Mannes in der Hand.

Furcht packte ihn. »Wieso?«

»Weil ich ihn gesehen habe. Wer ist das?«

Jen hörte die Panik in Sophies Stimme und wandte sich um. Auch Liz erschien nun.

»Wir glauben, dass das der Mann ist, mit dem sich Gregory Sanders am Dienstag getroffen hat«, erklärte Liz.

Sophie ließ sich auf einen Stuhl fallen. »O Gott«, flüsterte sie.

Vito ging vor ihr in die Hocke. »Wo hast du ihn gesehen, Sophie?«

Sie hob den Blick, in dem Entsetzen lag. »Im Museum. Im Albright. Er hat mich gefragt, ob wir auch private Führungen anbieten.« Ihre Lippen pressten sich zu einem Strich zusammen. »Vito, er war mir so nah wie du jetzt.«

Atme. Denk nach.

Er nahm ihre Hände. Sie waren eiskalt. »Wann war das, Sophie?«

»Gestern noch. Ich hatte gerade die Wikingerführung beendet.« Sie schloss die Augen. »Ich hatte zuerst ein komisches Gefühl, als er mich ansprach. Aber dann fand ich mich selbst dumm. Es war ja nur ein alter Mann.« Sie schlug die Augen wieder auf. »Vito, ich habe Angst. Bis eben war ich ein bisschen nervös. Aber jetzt habe ich entsetzliche Angst.«

Und die hatte er auch. »Du bleibst ab jetzt immer in meinem Blickfeld«, sagte er heiser. »Jeden Augenblick.«

Sie nickte verunsichert. »Okay.«

»Vito.«

Vito wandte sich um und sah seinen Bruder ins Büro hasten. Er hielt seinen Skizzenblock so, dass Vito das Bild, das er gezeichnet hatte, sehen konnte. »Vito, Frasier Lewis ist der alte Mann. Die Augen – es sind dieselben wie bei dem, den die Kellnerin gesehen hat.«

Vito nickte. Er fühlte sich, als drücke ihm eine schwere Last die Luft ab. »Ja, das haben wir auch gerade herausgefunden.« Er richtete sich auf. »Das ist Sophie. Der alte Mann war gestern bei ihr im Museum.«

Tino stieß geräuschvoll die Luft aus. »Verdammt.«

»Genau«, murmelte Vito. Er sah zu Liz hinüber. »Irgendeine Zugabe?«

Liz hatte die Szene mit grimmiger Miene verfolgt und schüttelte nun den Kopf. »Ich glaube, das macht mein Herz nicht mehr mit. Solche Überraschungen braucht kein Mensch.«

Vito wandte sich wieder an seinen Bruder. »Wo ist Tony England?«

»Mit Nick auf dem Weg nach unten. Nick will ihm ein Taxi zum Bahnhof rufen.«

Liz setzte sich auf Nicks Tischkante. »Rufen wir das Team zusammen. Aber zunächst sollten wir alle einmal tief ausatmen. Sophie ist nichts geschehen, und wir kennen jetzt das Gesicht unseres Mörders. Das ist einiges mehr, als wir heute Morgen noch wussten.«

Eine volle Minute lang taten alle, was sie gesagt hatte. Atmeten tief durch, dachten nach. Dann wurde der kurze Friede erneut gestört. »Entschuldigen Sie. Wir suchen Lieutenant Liz Sawyer.«

Zwei Personen standen in der Tür. Sie war klein und schwarzhaarig. Er war groß und blond.

Liz hob die Hand. »Das bin ich.«

»Ich bin Special Agent Daniel Vartanian vom Georgia Bureau of Investigation. Das ist meine Schwester Susannah Vartanian vom Staatsanwaltschaftsbüro New York. Wie man uns sagte, haben Sie unsere Eltern. Und wir glauben zu wissen, wer sie umgebracht hat.«

Einen Moment lang herrschte vollkommenes Schweigen. Dann seufzte Liz. »Da haben wir die Zugabe.«

Donnerstag, 18. Januar, 19.00 Uhr

Van Zandt saß bereits an einem Tisch, als er das teure Fischrestaurant betrat, das sich im Hotel befand. »Frasier. Setz dich zu mir. Möchtest du Wein? Oder vielleicht etwas von dem Hummer? Er ist ganz köstlich.«

»Nein, ich habe nicht viel Zeit, VZ. Ich arbeite an deiner neuen Königin und will weitermachen.«

Van Zandts Mund verzog sich zu einem seltsamen Lächeln. »Interessant. Sag mir doch, Frasier, woher bekommst du eigentlich deine Inspiration?«

Wenn er Haare im Nacken gehabt hätte, hätten sich diese nun aufgerichtet. »Wieso fragst du?«

»Nun, es ist ja Tatsache, dass deine Figuren unglaublich realistisch wirken. Ich frage mich, ob du Vorbilder hast. Lebendige Menschen vielleicht?«

Er lehnte sich zurück und musterte Van Zandt aus schmalen Augen. »Nein. Wieso?«

»Ich dachte nur, dass es, falls du Models benutzt, ziemlich unklug wäre, Gesichter aus dem eigenen Umfeld zu nehmen. Dass ein weiser Mensch sich woanders umsehen sollte. Bangkok oder Amsterdam kommen mir da in den Sinn. Kulturelle Vielfalt. Interessante Klientel in den Rotlichtbezirken. Dort kann ein Künstler sich Vorbilder aus einer Bevölkerungsgruppe suchen, in der um Vermisste kein großer Wirbel veranstaltet wird.«

Er holte tief Luft. »Jager, wenn du mir etwas sagen willst, dann spuck's einfach aus.«

Van Zandt blinzelte. »›Spuck's einfach aus‹? Aber, Frasier, das klingt ziemlich hinterwäldlerisch. Nun, meinetwegen.« Er reichte ihm einen großen Briefumschlag. »Kopien«, sagte er. »Wie du dir denken kannst.«

Es waren Bilder. Das erste war von Zachary Webber. »Das hast du von Derek. Der hat nicht mehr alle Tassen im Schrank.«

»Kann sein. Sieh dir die anderen an.«

Zähneknirschend nahm er das Bild vom Stapel und betrachtete das nächste. Claire Reynolds starrte ihm entgegen.

Van Zandt weiß Bescheid.

Van Zandt nippte an seinem Wein. »Die Ähnlichkeit ist unheimlich, denkst du nicht?«

»Was willst du?«

Van Zandt lachte leise. »Dass du weitermachst.«

Das nächste Bild brachte seinen Puls zum Kochen. Vor Wut. »Du Mistkerl.«

Van Zandts Lächeln war unangenehm selbstzufrieden. »Stimmt. Ich wollte bloß Derek beschatten lassen. Falls er vorhatte, zur Polizei zu gehen – deinetwegen! –, sollte mein Wachmann ihn von der Idee abbringen. Nun stell dir meine Überraschung vor, als ich das sah.«

Das Bild zeigte ihn mit Derek. Er war als alter Mann verkleidet, stand aber sehr aufrecht. Immerhin war auf dem Foto nicht zu sehen, dass er Derek den Lauf seiner Pistole in den Rücken presste. Bedächtig schob er die Bilder zurück in den Umschlag. »Ich wiederhole: Was willst du?« *Bevor du stirbst.*

»Ich bin nicht allein gekommen, Frasier. Der Chef meiner Sicherheitsmannschaft sitzt dort drüben und ist bereit, jederzeit die Polizei zu rufen.«

Er holte frustriert Luft. »Was. Willst. Du?«

Van Zandt presste die Kiefer zusammen. »Ich *will* mehr von dem, was du mir geben kannst. Aber ich *will* es so, dass niemand etwas zurückverfolgen kann.« Er verdrehte die Augen. »Wie blöd muss man sein, Leute umzubringen, die so leicht zu identifizieren sind?« Er holte einen kleineren Umschlag aus der Tasche. »Hier sind ein Barscheck und ein Flugticket nach Amsterdam für morgen Nachmittag. Du wirst diesen Flug nehmen. Und wenn du dort bist, änderst du das Gesicht jeder Figur im *Inquisitor*, oder unser Deal ist gestorben.« Er schüttelte wütend den Kopf. »Bist du wirklich so arrogant zu glauben, dass dir niemand auf die Spur kommen kann? Durch deine Dummheit steht nun alles, was ich besitze, auf dem Spiel. Also sieh zu, dass du das wieder hinbiegst.« Jager trank das Glas aus und ließ es auf den Tisch krachen. *»Das. Will. Ich.«*

Trotz allem musste er lachen. »Du hättest dich blendend mit meinem Vater verstanden, Jager.«

Jager lächelte nicht. »Dann ist es abgemacht?«

»Klar. Wo soll ich unterschreiben?«

Donnerstag, 18. Januar, 19.35 Uhr

»Setzen Sie sich bitte.« Vito Ciccotelli deutete auf den großen Tisch im Konferenzraum. Daniel sah sich rasch um. Sechs Leute saßen bereits. Ciccotelli schloss die Tür und zog Susannah einen Stuhl heran. Seine Schwester zitterte noch immer am ganzen Körper.

Daniel hatte angeboten, seine Eltern allein zu identifizieren, aber Susannah hatte darauf bestanden, mit ihm zu gehen und ihm beizustehen, und das hatte sie getan. Die Gerichtsmedizinerin hatte mit ihnen das Leichenschauhaus verlassen und sie hinaufbegleitet.

Nun saß sie am Ende des Tisches neben einer großen Blonden, die Ciccotelli ihnen als Beraterin, Dr. Sophie Johannsen, vorgestellt hatte.

»Brauchen Sie noch mehr Zeit?« Die Frage kam von Nick Lawrence, Ciccotellis Partner.

»Nein«, murmelte Susannah. »Bringen wir es hinter uns.«

»Wir sind alle ganz Ohr, Agent Vartanian«, sagte Ciccotelli. »Was wissen Sie?«

»Ich hatte meine Familie seit Jahren nicht gesehen. Wir hatten uns … entfremdet.«

»Wie viele Mitglieder gehören zu Ihrer Familie?«, fragte Sawyer.

»Nun nur noch Susannah und ich. Wir hatten schon eine ganze Weile nicht mehr miteinander gesprochen. Dann rief mich vor ein paar Tagen der Sheriff meiner Heimatstadt an und sagte, meine Eltern wären vermutlich auf Reisen gegangen, aber nicht zurückgekehrt. Der Arzt meiner Mutter meldete sich, weil meine Mutter seit einiger Zeit nicht mehr kam. Meine Schwester und ich hatten bis zu dem Anruf des Sheriffs nicht gewusst, dass sie an Krebs litt.«

»Muss hart sein, das auf diesem Weg zu erfahren«, murmelte Lawrence. Daniel hätte beinahe gelächelt. Er würde also den guten Cop spielen.

»Tja. Jedenfalls durchsuchten der Sheriff und ich das Haus. Es war aufgeräumt wie bei einer längeren Abwesenheit, und die Koffer waren weg. Im Schreibtisch meines Vaters fand ich Reisekataloge. Alles deutete darauf hin, dass er meiner Mutter vor ihrem Tod noch einen langgehegten Wunsch erfüllen wollte.« Er versuchte, das Bild seiner Mutter im Kühlhaus zu verdrängen. Susannah drückte seine Hand.

»Brauchen Sie einen Augenblick Pause?«, fragte Jen McFain mitfühlend.

»Nein, es geht schon. Der Sheriff und ich wollten gerade gehen, als ich merkte, dass der Computer meines Vaters lief – jemand bediente ihn aus der Ferne.« Er hatte Ciccotelli angesehen und wurde belohnt – in den Augen des Mannes flackerte Interesse auf.

»Warum haben Sie sie nicht als vermisst gemeldet?«, wollte Sawyer wissen.

»Das hätte ich beinahe. Aber der Sheriff meinte, ich sollte meiner

Mutter die Würde ihrer Privatsphäre lassen, und es sah wirklich ganz so aus, als wären sie tatsächlich nur auf Urlaub.«

»Und das mit dem Computer hat Sie nicht beunruhigt?«, fragte Lawrence.

»In diesem Augenblick nicht so sehr. Mein Vater kannte sich mit Computern aus. Ich ließ mich also für ein paar Tage beurlauben. Ich wollte die beiden suchen und mich vergewissern, dass mit meiner Mutter alles in Ordnung war.« Er schluckte. »Ich wollte sie noch einmal sehen.«

Er berichtete, wie er nach langer Suche schließlich zur Postfachagentur gefunden hatte, erwähnte aber nichts von dem Umschlag, den seine Mutter ihm hinterlassen hatte. Er war nicht sicher, ob er es konnte. »Da wurde mir klar, dass ich wegen der Erpressung die Polizei einschalten musste. Susannah war meiner Meinung. Und deshalb sind wir hier.«

»Wann hat Ihr Vater das letzte Mal eine größere Summe abgehoben?«, fragte Sawyer.

»Am sechzehnten November.«

Ciccotelli notierte sich das Datum. »Was haben Sie getan, nachdem Sie das Postfach gefunden hatten?«

»Mehr als ich sollte, weniger als ich gewollt hatte. Ich dachte, wenn ich wüsste, wer der Erpresser war ... Ich fragte den Jungen im Laden, wer das Fach gemietet habe. Ich wollte auch den Inhalt des Fachs sehen, aber natürlich ließ sich der Angestellte nicht darauf ein.«

Ciccotelli machte eine ungeduldige Geste. »Warten Sie auf einen Trommelwirbel, Agent Vartanian?«

»Der Name der Mieterin war Claire Reynolds. Sie hat meine Eltern erpresst und wahrscheinlich umgebracht. Mehr weiß ich nicht.«

Dieses Mal flackerte Ciccotellis Blick nicht. Er blinzelte, ließ sich dann zurücksinken und warf erst seinem Partner, dann seiner Chefin einen Blick zu. Alle um den Tisch herum wirkten verdattert.

»Zum Kotzen«, murrte Nick Lawrence.

Einen Moment lang schwieg Ciccotelli, dann wandte er sich wieder an seine Chefin. Sawyer hob die Schultern. »Ihre Entscheidung,

Vito. Ich habe sie beide überprüft, während ihr alle im Leichenschauhaus wart. Sie sind sauber. Ich würde sie einweihen.«

Daniel sah von einem zum anderen. »Was? Worum geht's?«

Ciccotelli blickte ihn düster an. »Um Claire Reynolds.«

Susannah versteifte sich. »Wieso? Sie hat meine Eltern erpresst, und nun sind sie tot. Was hält Sie davon ab, sie zu suchen und zu verhaften?«

»Sie zu suchen ist nicht nötig. Sie wegen Mordes an Ihren Eltern zu verhaften könnte ein kleines Problem werden«, sagte Ciccotelli. »Sie ist tot. Und zwar seit über einem Jahr.«

Wie vom Donner gerührt starrte Daniel Susannah an, dann schüttelte er den Kopf. »Das kann nicht sein. Sie hat das ganze vergangene Jahr über meinen Vater erpresst. Der Angestellte in der Postfachagentur hat gesagt, sie habe die Miete für das Fach noch letzten Monat pünktlich bezahlt. Bar.«

Ciccotelli seufzte. »Wer immer die Rechnung bezahlt hat – Claire Reynolds sicherlich nicht. Und Sie wissen nicht, wer sonst Ihre Eltern hätte erpressen können?«

Susannah schluckte. »Nein.«

»Wissen Sie vielleicht, worauf diese Erpressung beruht?«

Daniel schüttelte den Kopf. Aber das entsprach nicht der Wahrheit. Er wusste es. Doch er wusste ebenso, dass auch Ciccotelli ihm Informationen vorenthielt. Aber selbst wenn der Detective ihm die ganze Wahrheit sagte – würde er bereit sein zu verraten, was wahrscheinlich die schlimmste Schande seines Vaters gewesen war?

Und durch ihn auch die meine?

Ciccotelli nahm eine Zeichnung aus einem Ordner und schob sie über den Tisch. »Erkennen Sie diesen Mann wieder?«

Daniel betrachtete das Bild stumm. Der Mann hatte ein hartes Gesicht, einen kantigen Kiefer, hervortretende Wangenknochen. Seine Nase war schmal und scharf geschnitten, das Kinn stumpf. Aber es waren die Augen, die Daniel Gänsehaut verursachten. Sie wirkten kalt, und der Zeichner hatte sie mit einer Grausamkeit versehen, die Daniel aus seinen Jahren bei der Strafverfolgung nur allzu gut kannte. Dennoch kamen ihm die Augen, das Gesicht seltsam vertraut vor. *Unsinn. Der Fund im Postfach hat alte Geister heraufbeschworen.* Aber es waren eben nur Geister. Dieser Mann dagegen war real und hatte seine Eltern umgebracht. »Nein«, sagte er schließlich. »Tut mir leid. Suze?«

»Nein«, erwiderte auch sie. »Ich hatte gehofft, ich würde ihn kennen, aber – nein.«

»Wir sollten ihnen das Band vorspielen«, meinte Nick. »Vielleicht erkennen sie die Stimme.«

»Okay. Aber nur den ersten Teil, Jen«, sagte Ciccotelli.

McFain klappte ihren Laptop auf. »Dieser Abschnitt ist nicht sehr laut, also sollten Sie genau hinhören.«

»Schrei, so viel du willst.«

Daniels Blut gefror zu Eis. Sein Herz blieb stehen, und er starrte wieder auf die Zeichnung. Auf die Augen des Mannes.

Und da wusste er es. Aber es konnte nicht sein!

Susannahs Hand erschlaffte, doch er hörte sie schneller atmen. Auch sie hatte die Stimme erkannt.

»Niemand wird dich hören. Niemand wird dich retten. Ich habe sie alle umgebracht.«

Er schloss die Augen, versuchte es zu leugnen. »Das ist unmöglich«, murmelte er. *Denn er ist tot.* Sie hatten ihn doch begraben, Herrgott noch mal.

»Sie alle haben gelitten, aber das war nichts im Vergleich zu dem, was ich dir antun werde.«

Aber er war es. *Lieber Gott.* Bittere Galle breitete sich in seiner Kehle aus.

»Hören Sie auf«, brach es plötzlich aus Susannah heraus. »Schalten Sie das Band ab.«

Jennifer McFain gehorchte augenblicklich, und Daniel spürte, dass jedes Augenpaar auf sie gerichtet war. Plötzlich war es zu heiß im Raum, seine Krawatte zu eng. »Wir haben nicht gelogen«, sagte Daniel heiser. »Nur noch wir sind da – Susannah und ich. Aber wir hatten einen Bruder. Er ist gestorben. Wir haben ihn im Familiengrab auf dem Kirchenfriedhof beigesetzt.«

»Simon«, flüsterte Susannah mit bebender Stimme.

»Er ist seit zwölf Jahren tot«, fuhr Daniel fort. »Aber das ist seine Stimme. Und das da sind seine Augen.«

Daniel begegnete Ciccotellis Blick. Er musste die Worte herauswürgen.

»Wenn das wirklich Simon auf dem Band war, dann haben Sie es mit einem Ungeheuer zu tun. Er ist so gut wie zu allem fähig.«

»Das wissen wir«, sagte Ciccotelli. »Das wissen wir.«

Donnerstag, 18. Januar, 20.05 Uhr

Vito fuhr sich mit den Händen über das Gesicht und spürte die Stoppeln am Kinn. Daniel Vartanian hatte ihnen erzählt, wie sein Bruder bei einem schlimmen Autounfall getötet und anschließend beigesetzt worden war. Dass ihr Bruder ein grausamer Mensch gewesen war, der gerne Tiere quälte, aber auch ein begabter Schüler mit einer großen Bandbreite an Fähigkeiten. Kein Fach, in dem er nicht überragende Leistungen erbracht hatte – von Kunst und Literatur über Physik und Mathe bis hin zu Computertechnik.

Simon Vartanian war ein echtes Multitalent gewesen. Aber das zu wissen brachte sie der Lösung nicht näher. Und das Ungeheuer nicht hinter Gitter.

»Ich würde sagen, daraus ergeben sich unzählige neue Fragen«, murrte Vito.

»Aber immerhin kennen wir nun seinen richtigen Namen«, gab Nick zu bedenken. »Und sein Gesicht.«

»Ich hätte ihn auf dem Bild nicht wiedererkannt. Vielleicht haben sich mir andere Gesichtszüge eingeprägt als der Person, nach deren Beschreibung Ihr Zeichner gearbeitet hat«, sagte Daniel. »Aber vielleicht lag für mich diese Möglichkeit auch nur in allzu weiter Ferne ...«

»Die Augen sind dieselben«, warf seine Schwester ein, die ihren Blick nicht von Tinos Zeichnung abwenden konnte. Ihre Miene war von einer Mischung aus Schmerz, Kummer und Entsetzen gezeichnet.

Vito schob das Porträt wieder in den Ordner. »Wir werden den Toten in Ihrem Familiengrab exhumieren müssen.«

Daniel nickte. »Das ist mir klar. Ein Teil von mir möchte gar nicht wissen, was darin ist. Damals hat mein Vater sich um alles gekümmert: Er hat die Leiche identifiziert, den Sarg gekauft, Simon herrichten lassen und ihn dann zum Begräbnis nach Hause gebracht.«

»Bei der Beerdigung blieb der Sarg geschlossen«, sagte Susannah Vartanian. Sie war gefährlich bleich, saß aber sehr aufrecht auf ihrem Stuhl und hatte das Kinn erhoben, als wartete sie auf den nächsten Schlag.

Vito wusste, dass diese beiden etwas vor ihm verbargen. Was konnte es sein?

»Das ist so üblich, wenn die Leiche verunstaltet ist«, sagte Katherine. »Wie Sie gesagt haben, ist bei dem Unfall der Wagen mit dem Fahrer darin ausgebrannt. Selbst wenn Sie die Leiche gesehen hätten, hätten Sie vermutlich nicht sagen können, ob es sich um Ihren Bruder handelte oder nicht.«

Daniels Lippen verzogen sich zu der Andeutung eines Lächelns. »Danke. Aber ehrlich gesagt mache ich mir weniger Gedanken um die Leiche an sich.«

Nicks Augen weiteten sich. »Sie befürchten, dass niemand in dem Sarg liegt und Ihr Vater das gewusst hat.«

Daniel zog nur die Brauen hoch. Neben ihm versteifte sich seine Schwester, und Vito erkannte, dass genau das der Schlag war, auf den sie gewartet hatte.

»Warum sollte Ihr Vater das tun? Warum eine Beerdigung spielen?«, fragte Jen.

Daniel lächelte verbittert. »Mein Vater hat immer wieder ausgebügelt, was Simon angestellt hatte.«

Vito wollte gerade nachhaken, als Thomas Scarborough sich räusperte.

»Sie sagten vorhin, Sie hätten sich innerhalb der Familie entfremdet. Was war der Grund dafür?«

Daniel warf seiner Schwester einen Blick zu. Er wollte ihre Unterstützung, ihre Hilfe, dachte Vito. Vielleicht sogar ihre Erlaubnis.

Susannah nickte so leicht, dass es beinahe nicht zu sehen gewesen wäre.

»Sag es ihnen«, murmelte sie. »Herrgott, sag ihnen doch endlich alles. Wir haben lange genug in Simons Schatten gelebt.«

Donnerstag, 18. Januar, 20.15 Uhr

Van Zandt musste sich wirklich für ausgesprochen clever halten. Er hatte irgendeinen Kerl engagiert, der ihm vom Restaurant aus folgen sollte, aber er würde selbstverständlich nicht zulassen, dass Van Zandt seine Adresse herausfand. Glaubte dieser lächerliche Holländer tatsächlich, er würde ihm gestatten, noch etwas gegen ihn in der Hand zu haben?

Von mir heimlich Bilder zu machen ... Der Mann hatte Nerven. Obwohl es in gewisser Hinsicht Ironie war.

Van Zandts Mann saß im Auto in der Straße und starrte unablässig auf den Nebeneingang des Restaurants gegenüber, durch den er den Laden vorhin betreten hatte. Aber er war selbstverständlich nicht dort wieder herausgekommen. Nun näherte er sich dem Wagen von hinten und klopfte an die Fahrerscheibe. VZs Mann fuhr zusammen, starrte ihn an und entspannte sich wieder. »Was wollen Sie, Kumpel?«

Der Mann gab sich unfreundlich, aber er lächelte nur. »Entschuldigen Sie die Störung, Sir, aber meine Organisation verkauft Kalender an ...«

»Nein. Kein Interesse.« Der Mann begann, das Fenster wieder hochzukurbeln, aber er war nicht schnell genug. Sein Messer hatte sein Ziel gefunden, und Jagers Handlanger blutete schon wie ein abgestochenes Schwein. Die Augen des Mannes weiteten sich, flackerten, dann war er tot.

»Macht ja nichts«, murmelte er. »Der Kalender war ohnehin vom letzten Jahr.« Er ließ sein Messer stecken, verließ die Gasse und ging zu seinem Fahrzeug, das ganz ordnungsgemäß vor dem Haupteingang des Restaurants geparkt war. *Was für ein Stümper.* Er fädelte sich problemlos in den Verkehr ein und zog an all den armen Kraftfahrern vorbei, die gezwungen waren, sich ihren Parkplatz weiter weg zu suchen. Ein weiterer Vorteil seiner momentanen ... Fortbewegungsmethode.

Und schon war er weit entfernt von allen, die später vielleicht danach befragt wurden, ob sie irgendetwas Verdächtiges bemerkt hatten. *Falls jemand mich beschreiben kann, dann nur höchst vage.*

Nicht dass er sich zu sorgen brauchte. Nur selten wagte es jemand, ihm in die Augen zu sehen, wenn er sich auf diese Weise fortbewegte. Unvollkommenheit war etwas, das die Leute nicht gern sahen. Wodurch er sich freier bewegen konnte als jeder andere.

Donnerstag, 18. Januar, 20.30 Uhr

Daniel starrte lange auf seine Hände, bevor er endlich zu sprechen begann. »Simon ist immer schon ein grausamer Mensch gewesen. Einmal konnte ich gerade noch verhindern, dass er eine Katze ertränkte, und er wurde furchtbar wütend. Er hat mich grün und blau geschlagen. Damals war er zehn.«

Katherine runzelte die Stirn. »Lieber Himmel, er hat *Sie* grün und blau geschlagen? Sie waren doch als Kind sicher auch schon ziemlich groß und kräftig, Agent Vartanian.«

»Simon ist größer«, warf Susannah – viel zu schnell – ein.

Daniel warf ihr einen Blick zu, fuhr aber dann fort. »Die Zeit verging, und mit Simon wurde es immer schlimmer. Mein Vater war Richter. Simons Taten schadeten seiner Karriere, also musste er immer wieder Fäden ziehen, um die Gemüter zu beruhigen. Es ist erstaunlich, was manche Menschen für ein paar Dollar zu übersehen bereit sind. Als Simon achtzehn war, lief er von zu Hause weg. Dann hörten wir von dem Autounfall.«

»Und wir beerdigten ihn«, setzte Susannah hinzu.

»Und wir beerdigten ihn«, wiederholte Daniel mit einem Seufzen. »Ich zog nach Atlanta und ließ mich zum Polizisten ausbilden, kam aber immer wieder nach Hause zurück. Es war Weihnachten, als ich meine Eltern zum letzten Mal sah.« Er machte eine lange Pause, dann fuhr er müde fort: »Als ich das Haus betrat, fand ich meine Mutter weinend vor. Sie weinte nicht oft. Das letzte Mal war es auf Simons Beerdigung gewesen. Aber diesmal lag es an Bildern, die sie gefunden hatte. Zeichnungen, die Simon gemacht hatte.«

»Von gequälten Tieren?«, wollte Scarborough wissen.

»Auch. Aber hauptsächlich von Menschen. Er hatte Bilder aus Gewaltmagazinen ausgeschnitten. Hardcore. Und die Bilder abgemalt. Simon hatte echtes Talent, aber immer mit einer finsteren Seite. In seinem Zimmer hingen hauptsächlich düstere Bilder.«

»Zum Beispiel?«, fragte Vito.

Daniel zog die Brauen zusammen. »Ich weiß nicht mehr genau.« Wieder warf er seiner Schwester einen Blick zu. »Da hing doch *Der Schrei*, oder?«

»Von Munch«, sagte sie. »Und er mochte Hieronymus Bosch. Außerdem hatte er einen Druck von Goya an der Wand, auf dem ein Massaker zu sehen war. Und eins mit einem Selbstmord. Dorothy irgendwas.«

Daniel nickte. »Und dann hing da ein Druck von Warhol. ›Art is what you can get away with‹. Kunst ist, womit man durchkommt. Das sagt im Grunde alles über Simon aus.«

»Was noch viel mehr über Simon aussagt«, murmelte Susannah, »ist das, was unter seinem Bett lag.«

Daniel riss die Augen auf. »Du hast die Bilder gesehen?«

Sie schüttelte den Kopf. »*Die* Bilder nicht. Ich habe keine Ahnung, wo er die versteckt hielt.«

»Was meinen Sie, Miss Vartanian?«, sagte Vito scharf. »Was war unter dem Bett?«

»Kopierte Kunst von Serienmördern. John Wayne Gacys Clown-Bilder. Und noch andere.«

Simon Vartanian hatte die Bilder von anderen abgemalt – Bilder, Gemälde, Skizzen von Künstlern, die wegen ihrer Grausamkeiten eingesperrt oder hingerichtet worden waren. Nun erschuf er seine eigene Kunst. Und seine eigenen Opfer. Die Atmosphäre am Tisch war plötzlich angespannt, und Vito wusste, dass auch die anderen diesen Schluss gezogen hatten. Einen Moment lang befürchtete er, dass jemand damit herausplatzen würde, aber zu seiner Erleichterung geschah das nicht. Es gab noch einiges, das die Vartanians ihnen nicht erzählt hatten. Bis dahin würden sie auch nicht mehr von ihnen erfahren.

»Warum haben Sie niemandem etwas davon gesagt, Miss Vartanian?«, fragte Thomas Scarborough freundlich.

Wieder reckte sie das Kinn ein Stück höher, doch ihren Augen war abzulesen, dass sie sich schämte. »Danny war weg, und ich musste irgendwann wieder schlafen können. Dann verunglückte Simon, und die Zeichnungen verschwanden. Was die Bilder aus den Zeitschriften und seine Kopien davon betrifft – von denen wusste ich nichts. Bis heute.«

»Agent Vartanian, Ihre Mutter hatte also diese Bilder gefunden. Und war entsetzt. Und wie ging es weiter?« fragte Vito.

Daniel sah seine Schwester an. »Sag es ihnen, Daniel«, forderte sie ihn gepresst auf.

»Es gab noch andere Bilder … Momentaufnahmen. Die Magazinfotos waren gestellt, inszeniert, aber die anderen wirkten … sehr echt. Frauen, Folterungen … auch davon hatte Simon Zeichnungen angefertigt.«

Ein paar Momente herrschte Stille, dann räusperte Jen sich. »Es wundert mich, dass Simon diese Bilder nicht mitgenommen hat. Wo hat Ihre Mutter sie gefunden?«

»In einem der Safes in unserem Haus. Mein Vater hatte mehrere Geheimfächer im ganzen Haus verteilt.«

»Das heißt, Ihr Vater wusste von Simons … nun, Leidenschaft?«, fragte Jen.

»Ja. Meine Mutter stellte ihn zur Rede, und er gab zu, sie gefunden zu haben, nachdem Simon verschwunden war. Heute frage ich mich, ob sie nicht der Grund dafür waren, dass Simon gegangen ist. Vielleicht hatte mein Vater endlich genug von ihm. Aber das werden wir jetzt wohl nicht mehr herausfinden. Als ich die Fotos und die Bilder sah, sagte ich jedenfalls meinem Vater, dass wir das der Polizei melden müssten. Dass diese Leute auf den Fotos offenbar von jemandem misshandelt worden waren. Mein Vater bekam beinahe einen Anfall. Warum jetzt alles ans Tageslicht zerren? Simon sei tot, er könne dafür ohnehin nicht mehr zur Rechenschaft gezogen werden. Nur die Familie hätte darunter zu leiden.«

Seine Schwester legte ihre Hand auf seine, aber Daniel schien es nicht zu merken.

»Ich war so wütend. Jahrelang hatte ich zugesehen, wie mein Vater hinter Simon aufwischte, und jetzt war es genug. Ich explodierte. Mein Vater und ich hätten uns beinahe geprügelt, also trat ich rasch den Rückzug an und ging spazieren. Auf dem Weg beschloss ich, die Sache dennoch anzuzeigen. Aber als ich zurückkehrte, war es zu spät. Ich fand nur noch Asche im Kamin.«

Nick schüttelte ungläubig den Kopf. »Ihr Vater hat Beweismaterial vernichtet? Als *Richter*?«

Daniel sah auf. Seine Lippen bildeten einen Strich. »Ja. Ich war außer mir und schlug diesmal tatsächlich zu. Und er schlug zurück. Ich ging und wollte nie zurückkehren. Und bis letzten Sonntag habe ich mich daran gehalten.«

»Was haben Sie wegen der Bilder unternommen?«, fragte Liz.

Er zuckte die Achseln. »Was hätte ich noch tun sollen? Ich habe mich deswegen nächtelang schlaflos im Bett gewälzt. Letztendlich unternahm ich gar nichts. Ich hatte nichts mehr in der Hand. Ich war nicht einmal sicher, ob wirklich ein Verbrechen stattgefunden hatte. Und letztlich wäre es auf mein Wort gegen seines hinausgelaufen.«

»Aber Ihre Mutter hat die Bilder doch auch gesehen«, warf Jen sanft ein.

»Sie hätte niemals etwas getan, was dem Willen meines Vater widersprach«, sagte Susannah. »Es war also einfach nicht geschehen.«

»Glauben Sie, Claire Reynolds hat Ihren Vater mit diesen Bildern erpresst?«, wollte Vito wissen.

»Das war mein erster Gedanke, aber ich konnte mir nicht denken, wie sie davon erfahren haben sollte. Also habe ich angefangen, mich zu fragen, ob es nicht andere dunkle Flecken im Leben meines Vaters gegeben hat, von denen nicht einmal ich etwas gewusst habe. Mir war jedenfalls klar, dass ich herausfinden musste, worum es bei der Erpressung ging. Das alles kann der Karriere meiner Schwester schaden.«

Susannah hob den Blick trotzig. »Meine Karriere kann das aushalten. Und deine auch.«

»Ja, wahrscheinlich«, sagte er. »Als ich in der Postfachagentur war, fand ich heraus, dass meine Mutter ein Fach für mich angemietet hat. Sie hat mir das hier hinterlassen.« Er zog einen dicken Umschlag aus seiner Laptoptasche.

Vito wusste, was er darin finden würde. Doch er schnitt trotzdem eine Grimasse, als er die Fotos und die Bilder sah, die ein jüngerer Simon Vartanian gemalt hatte. »Ihr Vater hat sie also nicht vernichtet.«

Daniel verzog den Mund. »Offenbar nicht. Aber ich habe keine Ahnung, wieso er sie behalten hat.«

Vito reichte die Fotos an Liz weiter und rieb sich den Nacken. »Ich denke, wir sollten versuchen, ein paar Punkte miteinander zu verbinden. Zuerst Claire Reynolds. Woher kannte sie Ihre Eltern?«

»Ich weiß nicht«, sagte Daniel. »Keiner von uns beiden erinnert sich an diesen Namen von jemandem aus Dutton.«

»Sie stammt auch nicht aus Dutton«, sagte Katherine. »Sondern aus Atlanta.«

»Unser Vater ist früher öfter nach Atlanta gefahren. Als er noch Richter war.«

Jen zog die Stirn in Falten. »Das erklärt aber nicht, wie Simon ins Spiel kam. Kannte er sie?«

»Meines Wissens war Simon nur einmal in Atlanta, und das, als man ihm seine Prothese anpasste«, sagte Daniel. »Er war beinamputiert. Sein Orthopäde war in Atlanta.«

»*Ja!*«, zischte Jen. »Claire war auch eine Amputierte.«

»Warum haben Sie uns das nicht eher gesagt?«, fragte Liz scharf.

Daniel presste die Kiefer zusammen. »Ich hatte bis gerade eben nicht einmal einen leisen Verdacht, dass Simon noch am Leben sein könnte.«

»Verzeihen Sie«, murmelte Liz. »Das muss ein Schock für Sie gewesen sein.«

Daniels Augen blitzten wütend auf. »Ach, meinen Sie?«

Susannah drückte seine Hand. »Daniel, bitte. Also kannte Claire Simon vermutlich über ihren Arzt. Aber wie hat sie Kontakt zu unserem Vater aufgenommen? Und woher wusste sie von den Bildern?«

»Plus die unbedeutende Tatsache, dass Claire Ihren Vater noch ein Jahr nach ihrem Tod erpresst hat«, bemerkte Vito.

Nick schnitt eine Grimasse. »Ganz unbedeutend. Vielleicht hat Simon einfach ihren Job übernommen, nachdem er sie umgebracht hat. Vielleicht wollte er noch mehr Geld aus Ihrer Familie herauspressen.«

»Aber der Mann in der Postfachagentur sagte, eine *Frau* habe die Rechnung bezahlt«, sagte Daniel. »Und die Aufnahmen der Sicherheitskamera können wir nicht mehr überprüfen. Die werden nur dreißig Tage verwahrt.«

»Eine Komplizin?«, fragte Jen.

Thomas schüttelte den Kopf. »Das passt nicht in sein Profil. Ich wäre eher schockiert zu erfahren, dass Simon jemandem so weit traut, dass er ihn zum Komplizen macht. Vielleicht hatte er einen Handlanger, einen weiblichen. Aber keinen Komplizen.«

»Also müssen wir herausfinden, wer diese Frau ist«, sagte Liz.

Plötzlich fiel Vito etwas ein. »Claire hatte eine Freundin. Dr. Pfeiffer und Barbara von der Bibliothek meinten, sie sei lesbisch gewesen.«

Liz zog die Brauen zusammen. »Aber einen Namen wussten die beiden natürlich nicht.«

Vito spürte einen Schub frischer Energie. »Nein, aber es gibt da ein Zeitungsfoto – Claire küsst eine andere Frau. Wenn wir dieses Foto auftreiben könnten ...«

»Du weißt nicht zufällig, in welcher Zeitung es abgedruckt worden ist?«, fragte Jen.

»Nein, aber es stammt von einer Demo. Claire ist erst vor vier Jahren hergezogen und seit einem Jahr tot. Wie viele Demonstrationen oder Schwulen-Lesben-Paraden können in drei Jahren stattgefunden haben?«

»Und Claire soll ganz zufällig hier in Philadelphia beim selben Arzt gelandet sein wie Simon?«, fragte Susannah. »Das ist wohl möglich, aber doch ziemlich unwahrscheinlich.«

»Pfeiffer warb um Patienten für eine Studie mit verbesserten Mikroprozessoren im künstlichen Knie«, sagte Vito. »Vielleicht hat sie das zusammengebracht.«

Daniel nickte. »Könnte sein. Falls Claire Simon aus Atlanta kannte, musste sie gewusst haben, dass er angeblich tot war. Einige Beinamputierte kamen zu seiner Beerdigung.«

»Sie muss auch Simon erpresst haben«, sagte Katherine. »Und deshalb hat er sie getötet.«

»Und die andere Frau hat da weitergemacht, wo Claire aufgehört hat.« Nick schüttelte den Kopf. »Eiskalt.«

»Aber warum jetzt?«, fragte Thomas Scarborough. »Wer immer dieser zweite Erpresser oder die Erpresserin ist, sie hat noch ein Jahr nach Claires Tod weitergemacht. Wieso wartet Ihr Vater ein Jahr lang, bis er herkommt?«

»Er wollte für ein Amt kandidieren«, antwortete Daniel auf eine Art, die Vito zu dem Schluss führte, dass der Mann sich dieselbe Frage bereits vor Tagen gestellt hatte. »Er hatte seine Kandidatur noch nicht öffentlich gemacht. Per E-Mail hat er den Mann, der ihn dazu gedrängt hat, immer wieder vertröstet. Ich nehme an, er glaubte, dass die Forderungen sich erhöhen würden, sobald er seinen Hut in den Ring geworfen hatte.«

»Aber wer hat den Computer Ihres Vaters vergangenen Sonntag aktiviert?«, fragte Jen. »Simon oder Erpresser Nummer zwei? Wir sollten uns den Rechner vornehmen.«

Daniel nickte. »Ich lasse ihn sofort anliefern. Was können wir noch tun, Detectives?«

Vito ging in Gedanken noch einmal alle Informationen durch. Ein paar Dinge passten einfach nicht zusammen. »Ihr Vater kam nach Philly, um seine Erpresserin aufzusuchen. Aber warum ist Ihre Mutter mitgekommen?«

Katherine nickte. »Gute Frage. Ihre Mutter war schwerkrank. Kein Arzt hätte ihr das Reisen erlaubt.«

»Ich weiß es nicht«, sagte Daniel. »Das habe ich mich auch schon gefragt.«

»Sie wollte Simon sehen«, sagte Susannah leise. »Es ging immer nur um Simon.« Ihre Worte klangen zynisch und verbittert. »Der arme, arme Simon.«

»Wie hat Simon sein Bein verloren?«, fragte Katherine.

Daniel schüttelte den Kopf. »Meine Eltern erzählten jedem, dass es ein Unfall gewesen war.«

»Aber wir wussten es besser«, sagte Susannah. »Wir wohnten weit draußen, nicht in der Stadt. Etwa eine Meile von uns entfernt, noch weiter draußen, wohnte ein alter Mann. Er hatte eine Sammlung antiker Tierfallen. Eines Tages fehlte eine Bärenfalle. Jeder wusste, dass Simon sie gestohlen hatte, aber er konnte unglaublich überzeugend lügen.«

»Und er ist selbst hineingeraten«, schloss Vito. »Wer hat ihn gefunden?«

Daniel sah zur Seite. »Ich. Er war seit einem Tag verschwunden, und wir teilten uns auf, um ihn zu suchen. Als ich ihn fand, blutete er heftig und hatte schlimme Schmerzen. Er hatte auch keine Stimme mehr, weil er stundenlang geschrien hatte. Aber natürlich hat ihn niemand gehört.«

Ein kalter Schauer lief Vito über den Rücken. Nun hatte er eine Verbindung.

»Und er gab mir die Schuld«, fuhr Daniel gepresst fort. »Bis zu dem Tag, an dem er fortlief, behauptete er, ich hätte gewusst, wo er war, und ihn absichtlich leiden lassen. Das ist nicht wahr, aber niemand schaffte es, ihn von dieser fixen Idee abzubringen. Simon war schon bösartig, bevor er sein Bein verlor, aber danach …«

Susannah schloss die Augen. »Danach wurde er zu einem echten Ungeheuer. Er tyrannisierte uns alle. Meine Mutter kümmerte sich aber hingebungsvoll um ihn, was ich nie begreifen konnte. Falls sie erfahren hat, dass er noch lebt, hat sie meinem Vater bestimmt keine Ruhe gelassen. Sie hätte mit ihm nach Philadelphia fahren wollen, egal wie krank sie war.«

»Was bedeutet, dass Ihre Eltern entweder die ganze Zeit über gewusst haben, dass Simon noch lebt, oder sie erfuhren es vergangenes Jahr und machten sich auf den Weg.« Vito beobachtete die Gesichter der Geschwister. »Aber ich denke, dass zumindest Ihr Vater es von Anfang an gewusst hat. Andernfalls wären Sie wohl kaum besorgt, dass wir im Sarg nichts oder einen Fremden finden könnten.«

»Das ist richtig«, gab Daniel unumwunden zu. »Aber jetzt sind wir ziemlich erledigt. Falls es sonst nichts mehr gibt …«

»Ich habe noch zwei Fragen.«

Vito beugte sich vor, um Sophie am Ende des Tisches einen Blick zuzuwerfen. Sie hatte bislang kein einziges Wort gesagt. »Worum geht's, Sophie?«

»Agent Vartanian glaubt, sein Vater sei hergekommen, um die Erpresserin aufzusuchen. Miss Vartanian meint, ihre Mutter wollte Simon sehen.«

Daniel sah sie nachdenklich an. »Ja.«

Susannah musterte Sophie mit verengten Augen, als habe sie sie gerade erst wahrgenommen. »Welche Funktion besitzen Sie innerhalb dieser Ermittlung, Dr. Johannsen?«

»Ich habe die Leichname Ihrer Eltern aufgespürt und der Polizei dabei assistiert, sie zu identifizieren.«

Daniel neigte leicht den Kopf. »Also gut. Wie lauten Ihre Fragen?«

»Sie haben gesagt, Sie hätten herausgefunden, dass Ihre Eltern sich in einem Hotel unter dem Namen Ihrer Mutter angemeldet haben.«

»Ich nehme an, sie wollten nicht, dass jemand wusste, was sie hier zu tun hatten«, sagte Susannah steif.

»Ich würde Ihnen ja zustimmen, aber es gibt da ein paar Unstimmigkeiten. Erstens, das Hotelpersonal erinnert sich daran, dass Ihre Mutter ziemlich viel Zeit allein im Hotel verbracht hat.«

»Sie war krank«, sagte Daniel verärgert. »Sie ist geblieben, während er nach Claire Reynolds gesucht hat.«

»Sie ist aber nicht im Hotel geblieben, als Ihr Vater in der Bibliothek war, in der Claire einmal gearbeitet hat. Außerdem hat Ihr Vater dort seinen richtigen Namen genannt. Allerdings hat er seltsamerweise nicht *die* Leute nach Claire Reynolds gefragt, die ihm am ehesten hätten helfen können. Er fragte stattdessen einen alten Russen, der kaum Englisch spricht. Meine erste Frage lautet: Warum hat sich Ihr Vater auf der Suche nach Informationen ausgerechnet einen alten Mann ausgesucht, und war dieser Russe der Einzige, dem er sich mit seinem richtigen Namen vorgestellt hat?«

Vito hätte sie am liebsten geküsst. Stattdessen fragte er: »Waren das schon zwei Fragen, oder kommt noch eine?«

»Warum hat er die Bilder mit nach Philadelphia gebracht? Ich meine, wenn er damit erpresst wurde – warum sie dann mit sich herumschleppen auf die Gefahr hin, dass jemand anderes sie sieht? Im Safe zu Hause wären sie sicherer gewesen. Und wenn wir schon dabei sind – warum hat er sie überhaupt aufbewahrt?«

Rote Flecken erschienen auf Susannah Vartanians Wangen. »Wollen Sie damit andeuten, meine Eltern hätten Claire Reynolds getötet?«

Sag nichts von dem Spiel, Sophie, dachte Vito. *Sag nur nichts von Clothilde.*

»Nein, ganz und gar nicht, Miss Vartanian. Ich deute damit an, dass Ihr Vater tatsächlich nicht wollte, dass jemand von seiner Suche nach Claire Reynolds wusste. *Und* ich deute damit an, dass Ihre Mutter glauben sollte, er würde ganz offen suchen.«

Und jetzt schien Susannah zu begreifen. »Das heißt, Mutter wusste gar nichts von der Erpressung«, sagte sie hölzern. »Sie dachte, sie wären nur auf der Suche nach Simon.«

»Aber Ihr Vater hatte niemals die Absicht, Mutter und Sohn wieder zusammenzubringen«, murmelte Vito.

»Weil er die ganze Zeit über gewusst hatte, dass Simon lebte, und nicht wollte, dass dieser es Mutter verriet«, schloss Daniel grimmig. »Und das hat irgendetwas mit diesen Bildern zu tun.«

»Aber sie hat ihn doch getroffen«, flüsterte Susannah. »Denn er hat sie ja umgebracht. Mein Gott.«

Vito warf Liz einen fragenden Blick zu, und als sie nickte, räusperte er sich. »Ah … da ist noch etwas, das Sie wissen sollten. Als wir Ihre Eltern fanden, entdeckten wir auch zwei weitere leere Gräber. Wir wussten nicht, was das bedeuten sollte. Nun aber …«

Susannah wurde bleich. »Daniel.«

Er legte ihr den Arm um die Schulter. »Schon gut, Suze. Wir wissen ja jetzt Bescheid. Wir können auf uns aufpassen.« Er suchte Vitos Blick. »Könnten wir die Zeichnung noch mal sehen?«

Vito legte das Bild, das Frasier Lewis darstellte, auf den Tisch und nach einem kurzen Zögern das des alten Mannes daneben. »Ich mache Ihnen Kopien.«

»Danke«, sagte Daniel. »Dann können wir …«

Aber plötzlich schnappte Susannah nach Luft.

Mit bebenden Händen griff sie nach der Zeichnung des alten Mannes. »Ich kenne ihn.« Sie blickte auf. Ihr Gesicht war nun beinahe weiß. »Daniel, ich gehe mit dem Hund jeden Morgen und Abend durch den Park gegenüber meiner Wohnung. Manchmal sitzt er dort auf einer Bank.« Sie zeigte auf die Zeichnung. »Wir plaudern ein bisschen. Er streichelt den Hund. Daniel, er war mir so nah, wie du jetzt gerade bist.« Ihre Stimme zitterte.

Vito warf Sophie einen Blick zu und sah Verständnis und Mitgefühl in ihrer Miene.

Er wandte sich wieder an Susannah Vartanian. »Seit wann? Seit wann sitzt er da?«

Sie schloss die Augen. »Mindestens seit einem Jahr. Er beobachtet mich seit einem Jahr.«

»Wir werden Sie beschützen«, sagte Liz. »Kommen Sie jetzt bitte. Ich sorge dafür, dass Sie eine sichere Übernachtungsmöglichkeit bekommen.«

Donnerstag, 18. Januar, 21.15 Uhr

»Vito.«

Vito blieb vor dem Haupteingang des Polizeigebäudes stehen, wo Katherine auf ihn wartete. Es war ihm gelungen, ihr seit dem Vorfall gestern aus dem Weg zu gehen, aber nun hatte sie ihn abgefangen. »Wie lange stehst du schon hier?«

»Seit unser Meeting vorbei ist. Mir war klar, dass du früher oder später auftauchen würdest.«

Vito warf einen Blick über die Schulter.

Sophie stand mit Nick und Jen in der Eingangshalle.

Katherine folgte seinem Blick. »Gut. Du lässt sie nicht aus den Augen.«

»Nein. Jedes Mal, wenn ich daran denke, dass er im Muscum war …«

»Vito, verzeih mir bitte. Ich bin gestern Abend übers Ziel hinausgeschossen.«

»Nein, bist du nicht. Du hattest Angst. Und letztlich hattest du recht.«

»Ich hatte nicht recht, und meine Angst rechtfertigt nicht alles. Es tut mir wirklich leid. Und ich wäre froh, wenn du mir verzeihen könntest.«

Vito sah zur Seite. »Katherine, ich habe mir nicht einmal selbst verziehen.«

»Ich weiß, aber das muss sich ändern. Du hast nichts falsch gemacht. Was Andrea zugestoßen ist, war tragisch, aber nicht dein Fehler und nichts, was du hättest verhindern können.«

Er blickte auf seine Schuhspitzen. »Woher weißt du überhaupt davon?«

»Ich war dabei, als du den Bericht aus der Ballistik gelesen hast.

Ich habe dein Gesicht gesehen, als du begriffen hast, dass eine Kugel aus *deiner* Waffe sie getroffen hat. Und ich habe gesehen, wie du sie angeblickt hast, als sie ins Leichenschauhaus gebracht wurde. Vito, du hast sie geliebt, und sie ist gestorben.« Sie seufzte. »Aber das ist eine Sache, die nur dich betrifft. Ich hätte es niemals gegen dich einsetzen dürfen.«

»Du hattest Angst«, wiederholte er. »Sophie bedeutet dir viel.«

Katherines Lippen zitterten. »Ich kenne das Mädchen, seit sie fünf war.«

»Wie hast du sie kennengelernt? Und warum wurdest du für sie die Mutter, die sie nie hatte?«

Katherines Augen füllten sich mit Tränen. »Hat sie das so gesagt?«

»Ja. Also, warum?«

»Im Kindergarten war sie die beste Freundin meiner Tochter Trisha. Eines Tages kam Trisha aufgelöst nach Hause. Es sollte einen Mutter-Tochter-Nachmittag geben, aber Sophie würde nicht kommen. Sie hatte keine Mutter, die sie mitbringen konnte.«

Vitos Herz zog sich zusammen. »Und was war mit der Großmutter oder der Tante?«

»Anna war auf Tournee. Freya hatte an diesem Tag irgendetwas mit den eigenen Töchtern vor – wie üblich. Harry wäre liebend gern mit Sophie gegangen, aber das war nicht der Sinn des Mutter-Tochter-Treffens, also sprang ich ein. Trisha saß auf dem einen Knie, Sophie auf dem anderen, und seitdem hängen wir aneinander.«

»Und wie funktionierte das mit ihrer Großmutter?«

»Anna kürzte ihren Terminplan beträchtlich und kaufte das Haus in Philly, damit Sophie in Harrys Nähe sein konnte. Aber es dauerte noch Jahre, bis sie ihre Karriere ganz aufgab, und bis dahin verbrachte Sophie sehr viel Zeit mit mir.«

»Wieso hat Anna die Tourneen überhaupt eingestellt?«

»Sie hatte ziemlich wenig Zeit mit ihren eigenen Töchtern gehabt, hatte sehr viel verpasst. Ich denke, sie sah es als zweite Chance, dass sie nun Sophie und Elle hatte.«

»Elle?«

Katherines Augen blitzten alarmiert auf. Dann schüttelte sie den Kopf. »Sie wird dir selbst von Elle erzählen müssen, Vito. Ich habe das Mädchen durch alle größeren Hochs und Tiefs ihres Lebens begleitet. Ich würde alles tun, damit sie nicht in Gefahr gerät. Und damit sie glücklich ist.«

Er warf erneut einen Blick über die Schulter in Richtung von Sophie. »Bei mir ist sie sicher. Und ich denke auch, dass sie glücklich ist.«

»Du bist ein feiner Kerl, Vito. Auch dich habe ich einige Hochs und Tiefs durchleben sehen. Wir sind befreundet. Ich hoffe nur, dass die eine dumme Bemerkung von mir die gute Zeit nicht auslöschen kann.«

»Nein, keine Sorge. Und ich werfe mich lieber selbst vor die Kugel, als dass ich erlaube, dass ihr etwas zustößt.«

»Sag so was nicht«, flüsterte sie. »Das ist nicht lustig.«

»Das sollte es auch nicht sein. Was war mit dem Leichensack, Katherine?«

»Auch das muss sie dir selbst erzählen.« Sie stellte sich auf Zehenspitzen und küsste ihn auf die Wange. »Danke, dass du mir verzeihst. Ich werde kein zweites Mal so dumm sein und unsere Freundschaft aufs Spiel setzen.«

»Ein deutscher Schokoladenkuchen könnte diese Aussage vielleicht besiegeln«, sagte er, und sie musste lachen.

»Wenn das alles vorbei ist, kriegst du zwei. Aber jetzt bin ich völlig erledigt. Ich muss nach Hause.«

»Ich bringe dich zu deinem Wagen«, sagte Vito. »Auch du solltest vorsichtig sein.«

Katherine runzelte die Stirn. »Auch das war vermutlich nicht als Scherz gemeint.«

»Richtig. Komm.«

20. Kapitel

Donnerstag, 18. Januar, 21.55 Uhr

»WOW.« SOPHIE BLINZELTE, als sie die Wagen in Vitos Auffahrt sah. »Was ist denn hier los? «

»Ich habe ein Mini-Familientreffen einberufen«, sagte Vito, als er ihr aus dem Truck half.

»Das nennst du ›mini‹? Und wieso überhaupt ein Familientreffen?«

»Aus verschiedenen Gründen.« Er blickte nach links und rechts die Straße entlang, und Sophie schauderte. Er hatte den ganzen Weg über von der Polizei bis hierher immer wieder in den Rückspiegel gesehen, hatte kein einziges Mal in seiner Wachsamkeit nachgelassen. Wenigstens schien er sich mit Katherine ausgesprochen zu haben – sie hatte die beiden vorhin vor dem Polizeigebäude beobachtet.

Katherine musste ihm allerdings etwas gesagt haben. Jedes Mal, wenn er sie ansah, erkannte sie die Frage in seinen Augen. Aber auch Sophie hatte Fragen, und sie hatten noch keine Minute Zeit gehabt, seit er sie heute in aller Herrgottsfrühe zur Wache geschleppt hatte. Selbst auf der Fahrt zu seinem Haus hatte er die ganze Zeit telefoniert – sowohl mit Liz als auch mit Nick.

Man hatte die Fahrt des Präsidenten von oRo, Jager Van Zandt, mittels Kameras an Mautstellen und durch Aussagen des dortigen Personals über die I-95 verfolgt. Van Zandt war in Philadelphia. Vito hielt das für ausgesprochen interessant, und Sophie tat das auch – wenn auch auf rein intellektuellem Niveau. Schließlich war es nur dem sturen Festhalten an ebendiesem Niveau zu verdanken, dass sie nicht von panischer Angst gepackt wurde, das wusste sie genau. Aber panische Angst würde niemandem helfen.

»Was für verschiedene Gründe?«, fragte sie, während er sie am Arm zum Haus führte.

»Der Van dort gehört meinem Bruder Dino, der hier ist, um seine fünf Söhne zu besuchen, die wiederum seit Sonntag bei mir wohnen. Wie lange sie noch bleiben, ist Tagesordnungspunkt Nummer eins.«

»Fünf Söhne?«

Vito nickte. »Jawohl, fünf. Erstaunlich, nicht wahr?«

Sie zog eine Braue hoch. »Jetzt wird mir langsam klar, warum du unbedingt bei mir übernachten willst. Du brauchst einfach eine Mütze Schlaf, richtig?«

»Als hätte einer von uns das in den vergangenen zwei Nächten geschafft. Dinos Frau ist im Krankenhaus, Tagesordnungspunkt zwei betrifft also ihren Gesundheitszustand. Ich möchte wissen, wie es ihr geht und wann sie wieder nach Hause darf. Der alte VW gehört Tino. Der Chevy ist Tess' Mietwagen. Der Buick da gehört meinem Vater, und der ist gekommen, um dich kennenzulernen.«

Sophie blieb wie angewurzelt stehen. »Dein Vater ist hier? Ich soll deinen Vater treffen? Aber ich sehe furchtbar aus.«

»Du bist wunderschön. Bitte. Mein Vater ist ein netter Kerl, und er möchte dich gern kennenlernen.«

Aber Sophie wollte immer noch nicht weitergehen. »Und wo steht dein Motorrad?«

Er zog die Brauen hoch. »In der Garage wie der Mustang. Wenn du ein braves Mädchen bist, darfst du es dir später ansehen.« Er zögerte. »Sophie, falls dieser Killer dich beobachtet, wird er auch mich gesehen haben. Ich muss mich vergewissern, dass meine Familie in Ordnung und in Sicherheit ist. Das ist der letzte Punkt der Tagesordnung.«

»Daran habe ich überhaupt nicht gedacht«, murmelte sie. »Du hast recht.«

»Na, komm jetzt. Ich friere mir hier draußen den Hintern ab.«

Sophie betrat ein Haus voller fremder Menschen. In der Küche am Herd stand eine Frau mit langen, dunklen Locken, während ein Mann mit graumelierten Schläfen ein Kleinkind auf dem Arm wiegte. Am Tisch saß ein Jugendlicher und las in einem Buch. Auf dem Sofa befand sich ein bulliger Mann mit silbergrauem Haar, auf dessen Knie ein Kind saß. Beide starrten auf den Fernseher, der in voller Lautstärke lief. Ein weiteres Kind lag bäuchlings auf dem Teppich und schaute ebenfalls zu, während ein drittes in einigem Abstand allein herumsaß und offensichtlich schmollte.

Die einzige Person, die Sophie wiedererkannte, war Tino, der mit seinem langen Haar und den sensiblen Augen genauso aussah, wie sie sich immer die Maler der Renaissance vorgestellt hatte.

Vito schloss die Tür, und plötzlich hielten alle inne. Es war, als sei sie mitten ins Rampenlicht getreten.

»Da schau an.« Die Frau kam mit einem Lächeln im Gesicht und einem Löffel in der Hand aus der Küche. »Das ist also die berüchtigte Sophie. Ich bin Tess, Vitos Schwester.«

Sophie erwiderte das Lächeln. »Die Paketauslieferin. Danke.«

»Irgendwann musst du mir erzählen, was es mit diesem Spielzeugding auf sich hat und was mit dem Mädel am Empfang los ist.« Tess zog sie ins Wohnzimmer und stellte ihr jeden Einzelnen vor. Dino und Dominic. Der kleine Junge war Pierce, der etwas größere Connor und der beleidigte Dante.

Dann erhob sich der große ältere Mann vom Sofa, und der Raum wirkte plötzlich kleiner. »Ich bin Michael, Vitos Vater. Tinos Zeichnung wird Ihnen nicht gerecht.«

Sophie blinzelte. »Was für eine Zeichnung?«

»Er hat so lange gequengelt, bis ich ein Bild von dir gemacht habe«, sagte Tino und nahm ihre Hand. »Wie geht's dir? Es muss hart für dich gewesen sein heute.«

»Geht schon besser, danke.« Sie wandte sich wieder an Vitos Vater. »Ihre Söhne sind gutherzige und talentierte Männer. Sie müssen stolz auf sie sein.«

»Das bin ich. Und ich bin auch froh, dass Vito endlich eine Frau nach Hause bringt. Ich hatte langsam schon befürchtet …«

»Pop«, warnte Vito, und Sophie räusperte sich.

»Gutherzige, talentierte und sehr *männliche* Männer«, verbesserte sie sich.

Sie hörte Tess hinter sich kichern.

Michael grinste, und Sophie wusste, von wem Vito sein Filmstaraussehen geerbt hatte. »Setzen Sie sich und erzählen Sie mir von Ihrer Familie.«

Tess hakte sich bei Vito ein, während Michael Sophie zum Sofa geleitete, als führte er eine Königin zum Thron. »Du bist jetzt so etwas von verraten und verkauft. Er wird ihr jede kleine Einzelheit aus der Nase ziehen, und wenn ihr weg seid, werde ich *ihm* jede kleine Einzelheit aus der Nase ziehen.«

Vito stellte fest, dass es ihn nicht wirklich kümmerte. »Sophie schafft das schon. Tess, wir müssen reden.«

Ihr Grinsen verblasste. »Ich weiß. Tino hat erzählt, dass der Killer, dem ihr auf der Spur seid, gestern in Sophies Nähe war. Sie muss fix und fertig sein.« Sie setzten sich mit Tino, Dino und Dominic an den Tisch. »Schieß los.«

»Ihr habt die Nachrichten gesehen. Wir haben ein Gräberfeld mit einem Haufen Toter gefunden. Der Mörder beobachtet auch Sophie. Ich werde sie keinen Moment aus den Augen lassen.«

Dino nickte ernst. »Und meine Jungs? Sind sie in Gefahr?«

»Bisher gibt es keine Anzeichen dafür, dass der Mörder sich auch für uns interessiert. Aber er ist schlau und weiß, dass wir hinter ihm her sind, deshalb kann ich dich nicht einfach beruhigen. Ich werde mich von hier fernhalten, bis die Sache vorbei ist.«

Dino sah zerknirscht aus. »Wir können nicht nach Hause, bis auch das letzte Stückchen Teppich ausgetauscht worden ist. Ich kann mich nach irgendetwas zur Miete umsehen, aber das dauert ein paar Tage. Niemand sonst in der Familie hat ein Haus, das groß genug für uns alle ist.«

»Ich weiß ja, dass Mom und Pop ihres verkaufen mussten, aber ich wünschte, sie hätten damit noch ein bisschen gewartet«, grummelte Tino. »Darin hätten locker zehn Kinder Platz gehabt.«

Aber das Haus, in dem sie aufgewachsen waren, hatte Treppen, und das bekam dem kranken Herzen ihres Vaters nicht. Daher hatten sich ihre Eltern eine ebenerdige Wohnung gesucht, und sie alle hofften, dass sich sein Leben dadurch ein wenig verlängerte. Vito ertappte sich plötzlich bei dem Wunsch, dass sein Vater auch seine Kinder noch erleben würde. Und seltsamerweise waren die Kinder in Vitos Vorstellung blond und grünäugig.

»Wir könnten natürlich auch in ein Hotel gehen«, fuhr Dino unsicher fort.

»Nein, Unsinn. Ihr bleibt hier. Wenn Molly aus dem Krankenhaus kommt, könnt ihr die obere Etage nehmen. Ich ziehe vorübergehend bei Tino ein.«

»Er hat recht«, sagte Tino. »Tess, Dom und ich hüten die Jungs, und bald wird Vito Recht und Ordnung wiederherstellen, und wir alle kehren zum alltäglichen Wahnsinn zurück.«

»Ich bleibe, bis Molly wieder ganz auf den Beinen ist«, fügte Tess hinzu. »Also mach dir keine Sorgen.«

»Aber deine Praxis«, protestierte Dino. »Und deine Patienten.«

»Darum habe ich mich schon gekümmert, bevor ich kam. Übrigens habe ich gar nicht mehr so viele Patienten wie früher. Ich wollte etwas kürzertreten.«

Weil sie geglaubt hatte, sie würde bald selbst Kinder haben, dachte Vito traurig. Tess würde eine großartige Mutter sein. Wenn es Gerechtigkeit auf dieser Welt gab, bekam sie irgendwann die Großfamilie, die sie sich wünschte.

Und Sophie auch. Vito stand auf. »Ich packe ein paar Sachen zusammen. Dino, ihr zieht hierher, wann immer du bereit bist.«

Tino grinste listig. »Vielleicht ist mein großer Bruder so willig, sein Haus anzubieten, weil er gerade über ein anderes Dach über dem Kopf verfügt.«

»Sie ist ausgesprochen knackig«, fügte Dino hinzu und grinste ebenfalls. Er stieß Dom an. »Findest du nicht?«

Dominic wurde rot. »Hör auf damit«, brummte er.

»Er hat in der Schule ein Mädchen kennengelernt«, sagte Dino, und sein Sohn sah ihn finster an.

Tess tätschelte Dominics Arm. »Entspann dich, Dom, und gewöhn dich besser dran. Du solltest nur hoffen, dass dein Großvater keinen Wind davon bekommt, sonst musst du dich wirklich einem Verhör unterziehen.«

»Was für ein Verhör?«, fragte Michael, der sich in Richtung Küche bewegte. Ohne auf eine Antwort zu warten, begann er, Schubladen zu durchsuchen und alles durcheinanderzubringen.

»Was suchst du, Dad?«, fragte Vito.

»Einen langstieligen Holzlöffel und die Piksdinger, die man in Maiskolben spießt. Sophie will den Jungs zeigen, wie man ein Katapult baut. Genauer gesagt, ein Trébuchet.« Er sprach das Wort mit drolligem französischem Akzent aus. »Das ist ein Katapult mit Gegengewicht, sagt sie.«

»Als bräuchten die Jungen noch Unterstützung, um Gegenstände durch die Wohnung zu werfen«, brummte Dino, stand aber auf, um seinem Vater bei der Suche zu helfen. »Ein Katapult … na ja, ziemlich cool.«

Tino zog eine Braue hoch. »Sie fährt ein schnelles Motorrad, kann Belagerungsinstrumente aus Haushaltsgeräten bauen und hat nette … Ohrringe.«

Dino lachte. »Das klingt, als solltest du sie nicht wieder laufenlassen.«

»Und das war mein Stichwort. Tino, kannst du mir eben helfen, meine Sachen zu packen?« Er hatte eine Frage zu Überwachungskameras und wollte sie nicht in Tess' Gegenwart stellen. Sie war vor ein paar Jahren unfreiwilliges Opfer einer solchen Überwachung gewesen und hatte dadurch eine verständliche Aversion gegen derartige Gerätschaften entwickelt.

Als Vito zurückkehrte, saß sein Vater wieder auf dem Sofa und schnitzte an einem Holzblock. Sophie befand sich mit den Jungen auf dem Boden und baute eine Festung aus Büchern, die vormals ordentlich in Regalen gestanden hatten. Pierce blickte mit aufgeregt gerötetem Gesicht auf. »Wir bauen eine Burg, Onkel Vito. Mit Graben und allem.«

»Von einem Graben habe ich nichts gesagt, Pierce«, warf Sophie ein. »Deinem Onkel gefällt es bestimmt nicht, wenn wir sein Wohnzimmer fluten.« Vito zuckte zusammen, als Connor einen weiteren Bücherstapel neben Sophie fallen ließ, aber sie lächelte den Jungen an. »Danke, Connor. Wie weit ist das Gegengewicht für das Katapult, Michael?«

Sein Vater sah sie entrüstet an. »Qualität braucht ihre Zeit, Sophie.«

»Edward I. brauchte nur wenige Monate, um das größte Katapult aller Zeiten zu bauen, Michael«, belehrte sie ihn trocken. »Es konnte ein Gewicht von dreihundert Pfund schleudern. Wir wollen nur Popcornmais schleudern, also beeilen Sie sich.«

»Wir müssen los, Sophie«, sagte Vito. »Schlafenszeit für die Jungs.« Und für mich, dachte er hoffnungsvoll, obwohl »schlafen« nicht genau das war, was er wollte.

»Och, Onkel Vitoooo«, maulte Pierce. »Nur noch ein bisschen.«

»Ja, Onkel Vitoooo«, imitierte Sophie den kleinen Jungen, und die zwei Mitverschwörer glucksten vergnügt. »Lass uns wenigstens die Mauer um die Vorburg beenden.« Sie warf ihm einen verschmitzten Blick zu. »Es ginge schneller, wenn du uns dabei helfen würdest.«

Sie sah so glücklich aus, dass Vito sich nicht weigern konnte. Er ließ sich auf dem Boden nieder und sah sich um. »Wo ist Dante eigentlich? Der könnte doch auch helfen.«

»Wollte nicht«, sagte Pierce. »Er hat gesagt, er fühlt sich nicht gut.«

»Ist er krank? Sollte er dann nicht zu einem Arzt? Vielleicht hat er doch mehr von dem Quecksilber abgekriegt, als wir dachten.« Vito wollte aufstehen, doch sein Vater schüttelte den Kopf.

»Dante geht es körperlich bestens. Er muss augenblicklich mit etwas anderem fertig werden.«

»Dante hat den Gaszähler kaputt gemacht«, sagte Pierce ernst.

Vito dachte daran, wie er den Jungen weinend auf der Veranda entdeckt hatte. »Ich hab's mir schon gedacht. Wie ist es passiert?«

»Eine Schneeballschlacht mit Eisstücken in den Schneebällen, um mehr Gewicht zu erreichen«, erklärte Michael. »Einer der Nachbarjungs hat es seiner Mom erzählt, und Dante musste alles gestehen. Schlecht ist, dass er zuerst gelogen hat, als er meinte, er hätte keine Ahnung, wie das passiert ist. Gut ist, dass Molly wieder gesund wird und Dante eine Zukunft bei den Phillies hat. Der Junge hat einen verdammt starken Arm.«

»Er hat zwei Arme, Grandpop«, sagte Pierce. »Und du hast das ›V‹-Wort gesagt.«

»Gute, starke Arme hat er«, sagte Michael. »Und du hast ja recht, Pierce, solche Wörter soll man nicht sagen. Ich tu's nicht wieder. Hier ist Ihr Gegengewicht, Sophie.«

Sie hatte die beiden neugierig beobachtet. »Weihst du mich ein?«

Er atmete geräuschvoll aus. »In viele Dinge.«

Donnerstag, 18. Januar, 23.35 Uhr

»Es war nett von deiner Schwester, uns etwas zu essen mitzugeben«, sagte Sophie und kratzte die Reste vom Teller zusammen. Sie saß nackt auf dem Bett, während Vito am Kopfende lehnte und sie zufrieden betrachtete. Sie leckte die Gabel ab. »Selbst kalt noch unglaublich lecker.«

»Es wäre ja nicht abgekühlt, wenn du uns sofort hättest essen lassen«, neckte Vito sie. »Aber nein, du musst mich ja unbedingt erst an den Haaren die Treppe raufschleifen. Sexbesessen nennt man das.«

Sie grinste und deutete mit der Gabel auf ihn. »Dafür wirst du büßen.«

Er machte eine verächtliche Geste. »Bah, leere Versprechungen. Komm her und zeig's mir.«

Sophies Grinsen verschwand. Sie stellte die Teller zur Seite, und Vito wusste, der Augenblick der Wahrheit war gekommen.

»Wo wir gerade davon sprechen, Ciccotelli, ich denke, wir haben da einiges zu bereden. Ich will wissen, was es mit den Rosen auf sich hat. Ich finde, ich habe lange genug gewartet.«

»Ja.« Er seufzte. »Sie hieß Andrea.«

Sophies Wangen färbten sich rot. »Und du wirst sie immer lieben.«

Das zu leugnen wäre eine Lüge gewesen. »Ja.«

Sophie schluckte. »Wie ist sie gestorben?«

Er zögerte, dann sprach er es aus. »Ich habe sie getötet.«

Sophies Augen weiteten sich schockiert, doch dann schüttelte sie den Kopf. »Komm, erzähl mir die ganze Geschichte, Vito. Von Anfang an.«

»Ich lernte Andrea während einer Ermittlung kennen. Es ging um den Mord an einem Jugendlichen. Andreas kleinen Bruder.«

»Oh.« Sie sah ihn traurig an. »Es ist schlimm, jemanden zu verlieren, aber auf diese Art ...«

Vito dachte an Elle, den Namen, den Katherine versehentlich genannt hatte. Er wollte mehr darüber wissen, aber nun war er an der Reihe. »Nick und ich leiteten den Fall, und Andrea zog mich magisch an. Auch sie zeigte Interesse, aber sie wehrte sich dagegen.«

»Warum?«

»Zum Teil natürlich, weil sie trauerte. Sie befürchtete, sie wollte mich nur, weil sie in der Situation emotionalen Halt suchte. Aber es gab noch andere Hindernisse. Nicht nur dass sie an einem laufenden Fall beteiligt war, sie war auch noch Polizistin, und vom Rang her gesehen, war ich ihr Vorgesetzter. Aber ich ließ nicht locker.«

Sie lächelte ein wenig. »Kann ich mir vorstellen. Ich habe das ja selbst erlebt.«

»Und ich habe sehr lange nachgedacht, ob ich dir das kleine Geschenk wirklich schicken sollte. Ich wollte dich nicht drängen, wenn du nicht wirklich gedrängt werden wolltest. Aber ich konnte nur noch an dich denken, Sophie.«

»Typisch Mann. Immer alles den Frauen überlassen. Aber darum geht es jetzt nicht, also sprich bitte weiter.«

»Schließlich gab Andrea nach, hatte aber Angst, dass ihr Chef es herausfinden würde. Wir beschlossen, nichts zu sagen, bis wir sicher waren, wie unsere Beziehung sich entwickeln würde. Dann wollten wir eine Entscheidung in Bezug auf unsere berufliche Laufbahn treffen. Es kam uns unsinnig vor, die Pferde scheuzumachen, wenn wir selbst noch nicht wussten, ob es sich um etwas Dauerhaftes handelte.«

»Aber du hast daran geglaubt.«

»Ja. Einige Monate später waren wir so weit, dass wir es unseren Vorgesetzten sagen wollten. Für mich war es eigentlich kein Problem, denn ich wusste, Liz Sawyer würde uns helfen, die beste Lösung zu finden. Andreas Chef war nicht so großzügig, und sie erwartete, dass es Ärger geben würde. Inzwischen waren Nick und ich weiterhin mit dem Mord an ihrem Bruder beschäftigt. Dann kam heraus, dass ihr älterer Bruder der Täter war. Andrea war am Boden zerstört.«

»Ein Bruder bringt den anderen um? Wieso?«

»Drogen. Der ältere war süchtig, der kleine funkte dazwischen. Eines Abends kam ich gerade von ihr. Ich war auf dem Weg zurück zu mir, als die Zentrale anrief. Ein Nachbar von Andrea hatte gesehen, dass ihr Bruder gekommen war, und sofort die 911 gerufen.« Er seufzte. »Später erfuhren wir, dass Andrea ihm Geld gegeben hatte.«

Sophie verzog das Gesicht. »Sie wollte ihm bei der Flucht helfen.«

»Ja, aber das wussten Nick und ich nicht. Ich hätte es auch niemals für möglich gehalten. Wir fuhren mit Verstärkung zu ihr und postierten Leute an allen Ausgängen. Andrea hätte gar nicht da sein dürfen. Sie hatte das Haus mit mir verlassen, weil sie Dienst hatte.«

»Aber sie war trotzdem zu Hause.«

Vito schloss die Augen. Die Erinnerung war nur allzu lebendig. »Ja, sie war zu Hause. Andreas Bruder hörte, wie wir uns ankündigten. Wir glauben, dass Andrea ihn zur Aufgabe überreden wollte, aber ihre Waffe gezogen hat, als er nicht auf sie hören wollte. Er schlug ihr einen Stuhl über den Kopf – später entdeckten wir ihr Blut und Haare am Holz. Jedenfalls evakuierten wir das Gebäude und stürmten es. Ihr Bruder begann zu feuern, und wir schössen zurück.«

»Er hatte ihr die Waffe abgenommen.«

»Genau. Es war inzwischen dunkel, und wir drängten ihn im Treppenhaus in eine Ecke. Er hatte die Lampe ausgeschossen. Nick schaltete die Taschenlampe an, und der Mistkerl feuerte auf ihn. Streifschuss an der Schulter, Nick machte die Taschenlampe eilig wieder aus. Die Schießerei ging weiter. Als bald darauf unser Feuer nicht mehr erwidert wurde, knipsten wir unsere Taschenlampen wieder an. Er war tot. Und sie auch.«

Sie rieb seinen Arm. »O Vito. Er hat sie als Schutzschild benutzt?«

»Wir wussten das nicht. Wir wussten ja nicht einmal, dass sie im Haus war. Er hatte sie wohl bewusstlos geschlagen und die Treppe hinuntergezerrt. Vielleicht wollte er sie auch als Geisel benutzen. Hätten wir ihm erlaubt, bis nach draußen zu kommen, hätten wir sie gesehen.«

»Hättet ihr ihm erlaubt, bis nach draußen zu kommen, hätte er weit mehr Ziele gehabt, Vito. Jeder der evakuierten Bewohner, jeder zufällige Passant. Du hast den Schaden eingegrenzt. Ich kann mir nicht vorstellen, dass dir jemand das zum Vorwurf gemacht hat.«

»Nein, hat auch niemand. Es gab eine Untersuchung, wie es jedes Mal geschieht, wenn jemand eine Waffe abfeuert. Diesmal wurde es gründlicher gemacht, weil Menschen gestorben waren. Eine Polizistin.«

»Und niemand erfuhr von Andrea und dir?«

»Nein. Wir waren wirklich großartig darin gewesen, die Beziehung geheim zu halten. Nick weiß es, weil ich irgendetwas sagte, als ich sie auf dem Boden liegen sah.« *In ihrem Blut.* »Tino weiß es, weil ich es ihm vergangenes Jahr zum Jahrestag erzählt habe. Ich war ziemlich blau.«

»Das kann ich verstehen.«

»Liz ahnt etwas. Aber dass Katherine Bescheid wusste, habe ich bis gestern nicht vermutet.«

Sophie seufzte. »Falls es dir etwas nützt – sie hätte es niemals erwähnt, wenn sie nicht solche Angst um mich gehabt hätte. Sie kann eigentlich ganz hervorragend Geheimnisse bewahren. Hundertprozentig verschwiegen, die Frau.«

Vito zog eine Braue hoch. »Nun, nicht ganz. Ihr ist der Name Elle herausgerutscht.«

Sophie verdrehte die Augen. »Fantastisch.«

»Elle ist tot, richtig?«, sagte Vito. »Wer war sie – deine Schwester?«

»Wie bist du darauf gekommen?«

»Katherine sagte, dass Anna ihre Tourneen zurückgeschraubt hat, weil sie dich und Elle wohl als zweite Chance betrachtet hat.« Er zuckte die Achseln. »Außerdem bin ich Detective.«

»Okay, dafür lassen deine Fähigkeiten als Katapultbauer zu wünschen übrig.«

Er strich ihr mit dem Finger über die Wange. »Wer war Elle, Sophie?«

»Meine Halbschwester. Sie wurde geboren, als ich zwölf war. Ich war den Sommer über in Frankreich, und als ich nach Hause kam, waren alle in Aufruhr. Gran war auf Tournee gewesen, als Lena Harry ein weiteres Kind in den Arm gedrückt hatte. Elle war damals nicht einmal eine Woche alt.«

»Deine Mutter scheint die mütterlichen Instinkte eines Krokodils zu haben.«

»Krokodile kümmern sich besser um ihre Jungen. Nun, jedenfalls zog sich Anna aus ihrem Beruf zurück. Sie sagte alle Engagements ab, bis auf *L'Orfeo*, weil er in Philly aufgeführt wurde.«

»Also habe ich wirklich Glück gehabt, sie noch einmal zu sehen.«

»Ja, hattest du.«

»Und Anna hat Elle großgezogen?«

»Anna und ich. Zum größten Teil ich. Anna war einfach kein mütterlicher Typ. ›Sieh zu, dass du etwas mit diesem Baby machst‹, brüllte sie oft, wenn ich aus der Schule kam. Aber das hat mich nicht gestört. Ich liebte Elle wahnsinnig. Sie war wie mein eigenes Kind.«

»Und das war das erste Mal, dass du jemanden ganz für dich allein hattest, nicht wahr?«

Sie lächelte, sehr traurig. »Und zum dritten Mal: Ich bin nicht schwer zu durchschauen. Elle war gesundheitlich nicht gerade stabil und hatte unter anderem eine Nahrungsmittelallergie, daher passte ich höllisch auf sie auf. Besonders dann, wenn Lena bei uns hereinschneite.«

»Lena kam euch besuchen?«

»Ja, hin und wieder. Sie hatte ein schlechtes Gewissen, kam zu uns, schaukelte Elle ein bisschen auf dem Arm und machte sich dann wieder vom Acker. Am Anfang hoffte ich, dass sie wegen Elle endlich bleiben und häuslich werden würde, aber das geschah natürlich nicht. So verging die Zeit. Elle wuchs und gedieh.« Ihre Mundwinkel zogen sich aufwärts. »Sie war so hübsch. Ringellocken und blaue Augen – sie sah aus wie ein Engel. Meine Haare sind ja glatt wie Spaghetti, und damals war ich groß und ungelenk, aber Elle war umwerfend. Auf der Straße drehten die Leute sich nach ihr um. Und schenkten ihr was.«

»Was denn?«

»Ach, meistens harmlose Kleinigkeiten – Aufkleber, Püppchen und so weiter. Manchmal aber auch Süßigkeiten, was mir immer Angst machte, weil sie doch die Allergie hatte. Wir lasen jedes Etikett gründlich durch.«

Nun konnte Vito sich vorstellen, wie die Geschichte weiterging. »Und eines Tages kam Lena nach Hause, als du nicht da warst, und gab ihr das Falsche zu essen.«

»Ja. Abschlussball in der Schule. Ich war nicht oft verabredet, weil ich meistens mit Elle beschäftigt war. Aber dies war mein Ball. Ich war mit Mickey DeGrace verabredet.«

»Ich nehme an, er war etwas Besonderes«, sagte Vito trocken.

»Gott, ich hatte ihn die ganze Highschool-Zeit über angehimmelt. Er hatte mich eigentlich nie beachtet, aber Trisha, Katherines Tochter, war der festen Überzeugung, dass ich bloß ein neues Styling brauchte. Es klappte, und plötzlich himmelte Mickey *mich* an. Wir waren also auf dem Ball und … verzogen uns. Natürlich kannte Mickey alle einschlägigen Orte, an denen man in gewisser Weise allein war. Ich war ganz aus dem Häuschen, dass er etwas von mir wollte, also ging ich, ohne zu zögern, mit.«

Das war definitiv nicht gut, dachte Vito. Das Schuldgefühl wegen der toten Schwester in Verbindung mit ersten sexuellen Erfahrungen … »Wie ging es weiter?«

»Wir haben … na ja, du weißt schon. Dann plötzlich tippte mir jemand auf die Schulter, und ich dachte, okay, jetzt fliegst du von der Schule. Ich sah schon meine Collegechancen schwinden, und nur weil ich mir zum ersten Mal diesen Spaß erlaubt hatte.«

»Du warst noch Jungfrau?«, fragte er, und sie nickte.

»Das war wahrscheinlich der Anreiz für Mickey. Er hatte schon jedes Mädchen gehabt, und ich war Frischfleisch. Jedenfalls suchte ich fieberhaft nach einer Erklärung, als ich plötzlich das Gesicht der Lehrerin sah. Und da wusste ich es. Dass Mickey sich hastig die Hose hochzog, hat sie niemals erwähnt.«

»Es ging um Elle. Lena war gekommen.«

»Lena war gekommen und hatte ihre Tochter zum Eis eingeladen. Die Lehrerin brachte mich mit dem Wagen zur Eisdiele, aber es war schon zu spät. Katherine war ebenfalls schon da. Sie weinte.« Sophie atmete angestrengt aus. »Sie schloss gerade den Leichensack, als ich in meinem Ballkleid hereingestürmt kam. Sie sah auf, sah mich und …« Sophie umfasste unwillkürlich ihre Oberarme.

»Wie am Sonntag«, sagte Vito.

»Wie am Sonntag. Dann weiß ich nur noch, dass ich genau hier erwachte. Onkel Harry schlief dort.« Sie zeigte auf einen Stuhl. »Elle war tot. Lena hatte ihr einen Eisbecher mit Extranüssen gekauft. Ihre Kehle schwoll an, und sie erstickte. Lena hat sie umgebracht.«

»Wusste Lena denn von der Allergie?«

Sophies Augen blitzten zornig auf. »Wenn sie einmal ein wenig länger bei ihren Töchtern gewesen wäre, hätte sie es gewusst. Ich habe keine Ahnung, was Lena genau wusste, aber sie durfte Elle nicht nach Belieben durch die Gegend schleppen. Elle war *mein* Kind.«

Vito dachte daran, was Katherine am Sonntag gesagt hatte: »Es war ein Unfall.« Und obwohl Vito derselben Meinung war, war er klug genug, nicht denselben Fehler wie Katherine zu machen. »Es tut mir so leid, Liebes.«

Sie holte tief Luft und stieß sie wieder aus. »Danke. Es hilft wirklich, darüber zu sprechen. Nach ihrem Tod war ich so deprimiert, dass ich nicht in dem Haus bleiben konnte. Alles erinnerte mich an Elle. Harry schickte mich zu meinem Vater. Alex überredete mich, zu bleiben und in Paris auf die Uni zu gehen. Er hatte die Verbindungen und das Geld, um mich dort unterzubringen. Ich sprach fließend Französisch, hatte beste Noten und eine doppelte Staatsbürgerschaft. Für Etienne Moraux, eine der führenden Archäologen in Frankreich, war ich die ideale Assistentin.«

»Und wie passt Brewster ins Bild?«

»Anna wollte, dass ich nach Hause komme, also schrieb ich mich im Shelton College ein. Alan Brewster war damals schon eine Legende, und meinen Abschluss unter ihm zu machen wäre meiner Karriere sehr förderlich gewesen.« Sie verzog das Gesicht. »Das war nicht doppeldeutig gemeint. Unter ihm.«

»Das habe ich auch nicht so aufgefasst«, sagte Vito. »Also hast du bei Brewster studiert und …?«

»Mich unsterblich verliebt. Immer wenn ich versuchte, mich mit einem Kerl in meinem Alter zu verabreden, dachte ich an Mickey DeGrace und dann an Elle, und es … ging nicht. Alan war der Erste, der mich nicht an Mickey erinnerte. Ich dachte, er liebt mich. Wir waren zu Ausgrabungen in Frankreich. Aber dann fand ich heraus, dass er verheiratet war, schon alle Assistentinnen in seinem Bett gehabt hatte und außerdem gern damit prahlte. Na ja, wenigstens hat er mir die Bestnote verliehen«, fügte sie verbittert hinzu. »Ich sei eine ›überaus fähige Assistentin‹.«

Das hatte Vito auch von Brewster gehört, und nun wünschte er sich, er hätte dem Mann doch ein Veilchen verpasst, obwohl er jetzt vermisst wurde. Vito hätte das vermutlich etwas mehr kümmern sollen. »Wie ich schon sagte: Er ist ein Arschloch. Vergiss ihn. Schau nach vorn.«

»Ja, das habe ich eigentlich auch. Ich kehrte reuig zu Etienne zurück, der mich in seinem Abschlussprogramm unterbrachte. Als ich den Abschluss in der Tasche hatte, bat Anna mich erneut, nach Hause zu kommen. Ich bekam eine Stelle an einem College in Philly, aber Anna und Amanda sorgten dafür, dass die Sache nicht vergessen wurde. Also verschwand ich wieder nach Frankreich, wo das alles kein Thema war, und arbeitete da. Bis Harry mich anrief und mir sagte, dass Anna einen Schlaganfall erlitten hatte. Ich ließ alles stehen und liegen und kam endgültig zurück. Hier bekam ich den Job bei Ted und das Seminar am Whitman. Und dann traf ich dich.«

»Aber dein Vater war reich. Warum brauchst du das Geld denn so dringend?«

»Alex hat mir zwar etwas vererbt, aber das meiste ist für Pflegeheime draufgegangen. Tja, das war alles.«

»Danke, dass du es mir erzählt hast.« Er streckte den Arm aus, und sie schmiegte sich hinein.

»Ich danke dir auch. Wie immer es mit uns weitergeht, Vito, ich erzähle niemandem von Andrea, obwohl ich nicht finde, dass du deswegen Schuldgefühle haben solltest. Sie hat ihre Wahl getroffen. Und du hast deinen Job gemacht.«

Er zog die Brauen zusammen. Er wusste schon, wie es mit ihnen weitergehen sollte. Er hatte sie von Anfang an begehrt, aber er hatte erkannt, dass er sie dauerhaft an sich binden wollte, als er gesehen hatte, wie begeistert seine Neffen mit ihr Popcornmais per Katapult durch die Gegend geschleudert hatten.

Dass sie in dieser Hinsicht offenbar unsicher war, beunruhigte ihn. Aber darüber konnte er sich noch später Gedanken machen. Er küsste sie auf die Schläfe und schaltete das Licht aus. »Lass uns schlafen.«

»Och, Onkel Vitoooo«, maulte sie im Dunkeln. »Müssen wir wirklich?«

Er lachte leise. »Okay, aber nur noch fünf Minuten.« Und sog scharf die Luft ein, als ihre Hand seinen Bauch abwärtsglitt. »Oder zehn.« Ihr Kopf tauchte unter die Decke, und er schloss die Augen. »Ach, lass dir so viel Zeit, wie du willst.«

Freitag, 19. Januar, 7.15 Uhr

»Hallo?«, rief Sophie, als sie die Tür zum Albright aufschloss. »Jemand hier?«

»Ganz schön unheimlich im Dunkeln«, flüsterte Vito. »Die ganzen Schwerter und Rüstungen. Man wartet förmlich auf irgendeinen kopflosen Geist.«

Sie stieß ihm den Ellenbogen in die Rippen, dass er grunzte. »Sch.«

Darla kam aus dem Büro und riss die Augen auf, als sie Vito sah. »Wer sind Sie?«

Sophie öffnete ihre Jacke und schaltete das Licht ein. »Darla, Detective Ciccotelli. Vito, Darla Albright, Teds Frau. Bitte sag ihr, dass ich *keinen* Ärger mit dem Gesetz habe.« Vito schüttelte Darla die Hand. »Freut mich.« Er beugte sich verschwörerisch vor. »Sophie hat keinen Ärger. Sie *bedeutet* Ärger.«

Darla grinste. »Hab ich's nicht immer gesagt? Sophie, warum fahren die Leute dich durch die Gegend?«

»Probleme mit dem Auto«, sagte Sophie, und Darla musterte sie so zweifelnd wie Ted am Tag zuvor.

»Aha. Nun, es war nett, Sie kennenzulernen, Detective. Sophie, du hast ein Päckchen bekommen. Es lag vorn, als ich reinkam.« Sie deutete auf die Empfangstheke und kehrte in ihr Büro zurück.

Sophie sah von dem braunen Päckchen zu Vito. »Ich hatte diese Woche ein gemeines und ein nettes Päckchen. Soll ich die Schachtel nehmen oder lieber nachsehen, was sich hinter Tür Nummer zwei verbirgt?«

»Ich mache es auf.« Er zog sich Latexhandschuhe über, klappte das Kärtchen auf und blinzelte. »Entweder ist das ein raffinierter Code oder Russisch.«

Sophie lächelte, als sie die Karte las. »Kyrillisch. Das Päckchen ist von Yuri Petrowitsch. ›Für Ihre Ausstellung.‹ Mach es bitte auf.« Vito tat es, und Sophie schnappte entzückt nach Luft. »Vito.«

»Eine Puppe?«

»Eine Matrjoschka. Eine Schachtelpuppe.«

»Ist sie wertvoll?«

»Vom Geldwert her nein.« Sie hob die obere Hälfte der Puppe ab und fand eine weitere Nachricht darin, die ihre Kehle eng werden ließ. »Aber emotional betrachtet ist sie unbezahlbar. Sie hat seiner Mutter gehört. Sie ist eines der wenigen Dinge, die er aus Georgien mitgebracht hat, und er möchte sie mir für meine Kalter-Krieg-Ausstellung leihen. Er war gestern hier, um mir zu danken, aber ich hätte nie gedacht, dass er mir das hier überlassen würde.«

»Wieso wollte er dir danken?«

»Ich habe ihm durch Barbara aus der Bücherei einen sehr guten Wodka geschickt. Die Flasche stand in Grans Bar und war noch ungeöffnet. Ich dachte, er könnte eher etwas damit anfangen als ich.«

»Du hast ihn damit anscheinend beglückt, Sophie Alexandrowna.« Er küsste sie sanft. »Und mich beglückst du auch.«

Sie schob die Puppe lächelnd in die Schachtel zurück. »Brauchst du eine Führung?«

»Leider keine Zeit. Aber«, sagte er, wieder ernst, »du solltest mir zeigen, wo du Simon gesehen hast.«

Sophie führte ihn zu der Wand mit den Fotos des ersten Ted Albright. »Hier hat er gestanden.«

Vito nickte. »Und was genau hat er gesagt?«

Sie wiederholte es. Und schüttelte dann nachdenklich den Kopf.

»Was ist?«

»Ich musste gerade an etwas denken.« Er wartete, und sie fuhr fort. »Eine Geschichte über Annie Oakley, die Kunstschützin. Einmal hat sie für die gekrönten Häupter Europas eine Vorführung gegeben, sich einen Freiwilligen aus dem Publikum gesucht und ihm von der Zigarre in seinem Mund die Asche abgeschossen. Das war der Mann, der später Kaiser Wilhelm wurde. So weit die Tatsachen. Weiter erzählt man, dass Annie später behauptete, sie hätte am liebsten daneben geschossen, denn dann hätte sie vielleicht den Ersten Weltkrieg verhindern können.«

»Eher nicht«, sagte Vito. »Den Krieg hat nicht nur ein einzelner Mensch begonnen.«

»Nein, sicher nicht. Aber ich kann mir in etwa vorstellen, wie Annie sich gefühlt haben muss. Als ich diesem Simon begegnete, war ich gerade mit der Wikingerführung fertig«, sagte sie leise. »Ich hatte die Streitaxt auf der Schulter, und als er mich ansah, habe ich die Axt automatisch fester gepackt. Ich hatte plötzlich Angst. Natürlich habe ich den Impuls unterdrückt, aber ich wünschte, ich hätte es nicht getan.«

Vito nahm sie an den Schultern und drehte sie zu sich. »Die Morde, die er schon begangen hat, kannst du nicht rückgängig machen. Und stell dir vor, du hättest mit dem Bild von der Axt in seinem Kopf leben müssen. Wir kriegen ihn schon. Und dann kannst du ihn dir hinter Gittern ansehen, okay?«

»Okay«, murmelte sie. Aber sie fand den Gedanken an die Axt im Kopf dieses Ungeheuers ganz und gar nicht so abstoßend.

Freitag, 19. Januar, 8.00 Uhr

Vito warf die Schachtel mit Donuts auf den Tisch. »Ich hoffe, du bist zufrieden.«

Jen spähte in die Schachtel. »Das sind aber nicht die aus deiner Bäckerei.«

Vito verengte die Augen. »Sag nichts, was du bereuen könntest, Jen.«

Sie grinste frech. »Oh, ich hätte nie gedacht, dass du tatsächlich noch mal etwas mitbringst. Aber wer nur laut genug schreit, kriegt ja bekanntlich, was er will.«

»Apropos schreien«, sagte Nick und ließ sich auf einen Stuhl fallen. »Die Jungs von der IT glauben, dass das eine Geräusch auf dem Band – das, was sich wie ein quietschendes Rad anhört – von einem Fahrstuhl stammen könnte.«

»Wir suchen also nach einem Gebäude, das vielleicht eine Kirche ist und vielleicht einen Fahrstuhl hat.« Jen nahm sich einen mit Zuckerguss überzogenen Donut. »Das könnte unsere Suche tatsächlich eingrenzen.«

Der Rest des Teams trudelte ein und setzte sich nacheinander an den Tisch, Liz, Nick und Jen auf der einen Seite, Katherine und Thomas Scarborough auf der anderen. Vito trat an die Tafel und schrieb »Zachary Webber« in das dritte Kästchen der ersten Reihe, bevor auch er sich setzte. »Bleiben noch zwei Opfer zu identifizieren.«

»Nicht schlecht, Vito«, sagte Liz. »Sieben von neun in weniger als einer Woche. Und da wir schon so weit sind, habe ich Tim und Bev wieder abgezogen. Sie haben anderes zu tun.«

»Sie waren eine große Hilfe. Die wir schmerzlich vermissen werden«, sagte Nick sehnsüchtig, richtete sich jedoch plötzlich kerzengerade auf. »Aber da sie nicht kommen, bleiben für jeden mehr Donuts.«

»Ein Kerl ganz nach meinem Geschmack«, grinste Jen. Sie leckte sich die Finger ab, dann schob sie Vito ein Blatt hin. »Laut den Geologen vom Landwirtschaftsministerium sind das die Gebiete in einem Hundert-Meilen-Radius, wo der Boden, den wir gefunden haben, natürlich vorkommt.«

Vito betrachtete die Karte und schüttelte den Kopf. »Das bringt uns nicht weiter. Das sind ja Hunderte von Hektar.«

»Eher Tausende«, sagte Jen. »Tut mir leid, Vito, aber mehr ist im Moment nicht zu erreichen.«

»Wie steht es mit dem Silikongleitmittel?«, fragte Vito, und Jen zuckte die Achseln.

»Ich habe die Rezeptur an jeden Tante-Emma-Laden geschickt, den ich auf den Anzeigenseiten dieser Zeitschrift von Pfeiffer gefunden habe. Bisher hat sich noch niemand gemeldet. Ich hake heute nach.«

»Katherine?«

»Ich habe bei der Gerichtsmedizin in Dutton nach dem Totenschein von Simon Vartanian gefragt. Und veranlasst, dass man sich dort um die Formalitäten der Exhumierung kümmert.«

»Wann fangen sie an zu graben?«, wollte Liz wissen.

»Mit etwas Glück noch heute Nachmittag. Agent Vartanian hat uns gestern Abend nach dem Meeting noch mit ein paar Anrufen den Weg geebnet.«

Vito sah sich am Tisch um. »Daniel und Susannah Vartanian. Meinungen?«

»Der Schock über die Erkenntnis, dass Simon Vartanian noch lebt, schien mir echt«, sagte Thomas. »Aber ich fand es merkwürdig, dass sie nicht danach gefragt haben, wie wir ihre Eltern gefunden haben und in welchem Zustand sie waren.«

»Vielleicht haben sie gedacht, wir würden es ihnen ohnehin nicht erzählen«, schlug Jen vor.

Nick schüttelte den Kopf. »Ich hätte in jedem Fall gefragt. Vor allem, wenn man daran denkt, was wir im Augenblick für eine Presse kriegen. Es ist ja kein Geheimnis mehr, dass wir da oben einen Haufen Leichen gefunden haben. Es werden sogar Luftbilder von dem Feld veröffentlicht, und da hilft es auch nichts, dass wir alles mit Planen abgedeckt haben. Daniel ist jetzt schon ein paar

Tage in Philly. Wenn ich an seiner Stelle wäre, hätte ich wissen wollen, ob meine Eltern ebenfalls auf dem Feld gelegen haben.«

»Ich weiß nicht«, sagte Jen. »Vielleicht will man das in so einem Fall einfach gar nicht genau wissen.«

Liz zog einen Mundwinkel hoch. »Aber es gibt auch gute Nachrichten. Gestern Abend ist Gregory Sanders' Exfreundin bei seiner Gedenkfeier erschienen. Sie hatte sich vor seinen Gläubigern versteckt. Sie waren es, die ihre Wohnung so zugerichtet haben. Gregory hatte hohe Spielschulden. Mr. Sanders hat gesagt, er würde die Schulden bezahlen, um Jill zu schützen.«

»Der Vater, der noch nach dem Tod seines Sohnes hinter ihm aufwischt«, murmelte Vito. »Fragt sich, ob Simons Vater einfach nur aufwischen oder seinen eigenen Hintern retten wollte. Noch etwas?«

»Die Analyse von den Briefen, die angeblich Claire Reynolds geschrieben hat«, sagte Jen. »Der Schriftexperte meinte, man könne ›getrost davon ausgehen‹, dass dieselbe Person beide Briefe unterschrieben hat.«

»Oh.« Vito fiel es wieder ein. »Wir haben Schriftproben von oRo – von Van Zandt und seiner Sekretärin. Der Experte könnte sie damit vergleichen.«

»Gut. Was den Brief angeht, mit dem ein gewisser Dr. Gaspar aus Texas ihre Unterlagen angefordert hat – diesen Arzt gibt es nicht. Die Adresse war die eines Tierarztes.«

Liz neigte verwirrt den Kopf. »Aber dann müsste die Praxis dort doch Claires Unterlagen bekommen haben.«

»Müsste, aber ich weiß es noch nicht. Ich rufe heute an. Außerdem hat das Labor die Tinte analysiert. Bei beiden Briefen gleich. Natürlich ist das eine Tinte, die auf Millionen Zetteln im ganzen Land zu finden ist, aber dennoch.«

»Fingerabdrücke?«, fragte Vito.

Jen schnaubte. »Auf der Kündigung? Tonnenweise. Die kann man vermutlich niemals alle trennen. Auf dem Brief von diesem Arzt aber nur wenige. Wer kann ihn angefasst haben?«

»Pfeiffer und seine Assistentin«, antwortete Vito. »Wir bitten sie, uns Fingerabdrücke zu geben, damit wir sie ausschließen können.«

»Hat Sophie sich eigentlich schon das Brandzeichen auf Sanders' Wange angesehen?«, fragte Nick.

Vito schüttelte den Kopf. »Nein, nachdem sie das Band gehört hat, war sie ziemlich durch den Wind. Ich frage sie heute.«

»Und dieser Student, der sie zum Thema Brandmarken gefragt hat? Hast du ihn überprüft?«

»Was für ein Student?«, wollte Liz wissen.

Vito legte die Stirn in Falten. »Nein, das habe ich bei all dem Trubel gestern vergessen.« Er klärte Liz rasch auf. »Aber Sophie meint, er sei gelähmt und säße im Rollstuhl.«

»Geben Sie mir die Daten des Burschen«, sagte Liz. »Ich erledige das.«

»Danke.« Vito versuchte, seine Gedanken zu strukturieren. »Die einzigen uns bekannten Personen, die, abgesehen von den Opfern, Simon tatsächlich gesehen haben, sind oRo-Angestellte, besonders Derek Harrington und Jager Van Zandt. Beide sind nicht auffindbar.«

»Und Dr. Pfeiffer«, sagte Katherine. »Falls Claire ihn dort wiedergetroffen hat, muss Pfeiffer ihn wohl kennen.«

Vitos Gesicht strahlte. »Du hast recht. Wir brauchen eine richterliche Anordnung für Simons Patientenakte. Irgendwelche Vorschläge für Namen, nach denen wir fragen können? Als Simon Vartanian wird er sich vermutlich nicht angemeldet haben.«

»Frasier Lewis«, begann Nick an den Fingern abzuzählen. »Bosch, Munch.«

»Warhol, Goya, Gacy …« Jen hob die Schultern.

Nick schrieb die Namen auf einen Zettel. »Wir müssen auch noch die andere Erpresserin finden. Falls sie mit Claire zusammen war, weiß sie vielleicht, wo Simon lebte. Vielleicht ist Claire ihm einmal von der Arztpraxis aus gefolgt.«

»Also müssen wir nach diesem Zeitungsfoto suchen.«

Es klopfte an der Tür, und Brent Yelton steckte den Kopf hinein. »Darf ich reinkommen?«

Vito winkte ihn heran. »Bitte. Hast du was für uns?«

Brent setzte sich und stellte sein Laptop auf den Tisch. »Ich bin mit einem feinzahnigen Raster durch Kay Crawfords Computer gegangen. Sie ist das Model, das Simon kontaktiert, aber noch nicht zu fassen bekommen hat, falls ihr euch erinnert. Ich habe den Virus gefunden. Es ist genau so, wie ich dachte – ein zeitverzögerter Trojaner, der durch eine E-Mail-Antwort ausgelöst wird. Das Laufwerk, das ich dafür benutzt habe, die Antwort an ›Bosch‹ zu versenden, wurde heute Morgen gelöscht, also haben wir ungefähr einen Tag Verzögerung.«

»Irgendeine Antwort auf die Antwort?«, fragte Liz.

»Nein. Es hat sich niemand noch einmal ihren Lebenslauf auf USAModels angesehen. Anscheinend hat er das Interesse an ihr verloren. Gut für sie, schlecht für uns.«

»Sie lebt«, sagte Vito. »Das ist mehr, als man von den anderen behaupten kann.«

»Wo wir gerade von den anderen sprechen«, sagte Brent. »Ich muss euch etwas zeigen. Ein Kerl aus der IT-Forensik vom NYPD hat mich angerufen. Er sagt, er arbeitet mit euren beiden New Yorker Detectives zusammen.«

»Carlos und Charles«, sagte Nick.

»Carlos und Charles?« Liz lachte. »Das ist ja fast so gut wie …«

»Ja, ja, Nick und Chick, schon gut.« Vito verdrehte die Augen. »Also, was hat der IT-Typ dir gesagt?«

»Gesagt ist nicht so wichtig. Was er mir gegeben hat, ist interessanter.« Brent drehte den Laptop so, dass Vito und die anderen es sehen konnten. »Cutscenes, die sie auf einer CD aus Van Zandts Schreibtisch gefunden haben.«

Entsetzt sahen sie, was sich auf dem Bildschirm abspielte. »Brittany Bellamy«, murmelte Vito, als das Mädchen zum Inquisitionsstuhl gezerrt wurde. Sie blickten schweigend auf den Monitor und hörten die Schreie des Mädchen, bis Brent die Szene beendete. »Es kommt noch um einiges schlimmer«, sagte er gepresst. »Auf einer zweiten CD ist Warren Keyes zu sehen, wie er auf eine Streckbank geschnallt und später …«

»Ausgeweidet wird«, beendete Katherine grimmig den Satz.

Brent schluckte. »Ja. Bill Melville ist auf der dritten CD, aber das ist keine Filmsequenz, sondern Teil des Spiels. Der Spieler ist der Inquisitor, der mit Bill, einem Ritter, kämpft. Die Action ist unglaublich, die Spielphysik so ziemlich das Beste, was ich je gesehen habe.«

»Der Bursche, der diese Spielphysik erzeugt hat«, sagte Vito, »der, den Van Zandt irgendwo abgeworben hat – hätte der mit Simon zusammenarbeiten müssen?«

»Nicht unbedingt. Das Schöne an einer Spiel-Engine ist, dass sie das ganze Repertoire an Bewegungen einprogrammiert hat. Laufen, Springen, Zustechen – es ist wie ein Gerüst. Der Künstler legt die Eigenschaften der Figur fest, also zum Beispiel Größe und Gewicht, und die Engine verinnerlicht sozusagen all die nötigen Bewegungen und erschafft eine Figur, die sich genau richtig bewegt. Eine leichte Person geht und läuft agiler als eine schwere, die eher behäbiger daherkommt. Der Künstler kann dann in einem anderen Programm die Gesichter gestalten und sie importieren. Man baut quasi eine sich bewegende Person von innen nach außen auf – erst das Skelett, dann den Rest. Sobald der Typ für die Spielphysik die Engine designt hat, hätte Simon unabhängig arbeiten können – zumal er sich ja anscheinend mit Computern bestens auskennt.«

»Erstaunlich«, murmelte Jen. Dann blinzelte sie und wurde rot. »'tschuldigung. Der Technikkram hat mich mitgerissen. Also – wird Bill denn mit einem Morgenstern getötet?«

»Ja, wird er. In der Urversion wird er getroffen und stürzt auf die Knie. Langweilig. Aber wenn man das hier eingibt ...« Brent hielt ein Blatt Papier hoch. Es war eine Kopie eines Zettels, auf dem Zahlen standen. »Das ist der Code für ein Easter egg. Ein ›Geschenk‹ der Programmierer an die Spieler. Bei diesem ist zu sehen, wie Bill der obere Teil des Schädels abrasiert wird.«

»So wie er wirklich umgebracht worden ist«, sagte Katherine leise.

»Zeig mir mal den Zettel«, sagte Nick und runzelte die Stirn. »Das ist nicht von Van Zandt geschrieben worden. Vergleicht das mal mit der Nachricht, die er uns hinterlassen hat.« Er warf Vito einen Blick zu. »Vielleicht betrachten wir gerade eine Kopie eines echten Simon Vartanian.«

Vito lachte leise. »Jen, lass den Schriftexperten dies mit den Unterschriften auf Claires Briefen vergleichen. Das sind zwar nur Zahlen, aber vielleicht erkennt er etwas. Gute Arbeit, Brent. Noch was?«

»Die Kirche. Ihr erinnert euch – Simon hat auf dem Band eine Kirche erwähnt. Tja, nach dem Tod von Bill, dem Ritter, folgt wieder eine Cutscene. Wir gehen in eine Krypta und sehen zwei Liegefiguren. Die Frau mit gefalteten Händen, der Mann mit einem Schwert in den Händen.«

»Warren und Brittany«, sagte Vito. »Und weiter?«

»Man ist also in der Krypta, die zur Kirche gehört. Und durch die Kirche betritt man den Folterkeller.«

Vito setzte sich auf. »Du meinst, man sieht die Kirche?«

Brent zog eine Grimasse. »Ja, und leider nein. Die Kirche ist nach einem Vorbild in Frankreich entworfen worden – eine berühmte Abtei. Simon kreiert im eigentlichen Sinne zwar nichts, aber er ist unglaublich gut im Kopieren.«

»Also tötet er in einer Kirche. Oder war das auf dem Band nur symbolisch gemeint?«, fragte Vito. »Thomas?«

»Ich würde sagen, symbolisch«, erwiderte dieser. »Die meisten Kirchen hier in der Umgebung sehen ohnehin nicht so aus, wie er sich das vermutlich wünscht, wenn er so viel Wert auf Authentizität legt. Und alles, was so groß ist, hat Häuser und Menschen um sich. Man würde die Opfer hören. Aber für den unwahrscheinlichen Fall, dass ich mich irre, könnten wir auf Jens Landwirtschaftskarte nach Kirchen suchen.«

»Okay.« Vito überlegte. »Also wissen wir, wie es weitergeht. Wer immer in Simon Vartanians Grab liegt, wird exhumiert – nur um sicher sein zu können, dass er es nicht ist. Von Dr. Pfeiffer brauchen wir seine Krankenakte. Wir müssen die zweite Erpresserin finden, Sophies Studenten überprüfen, die Kirchen auf der Karte abklappern und Van Zandt finden. Er war gestern auf der Autobahn in Philadelphia, und laut Charles und Carlos ist er noch nicht wieder in seiner Wohnung in Manhattan aufgetaucht. Die Fahndung läuft auch auf Flughäfen für den Fall, dass er das Land verlassen will.« Vito sah in die Runde. »Noch etwas?«

»Nur dass Kay Crawford sich bedanken will«, sagte Brent. »Sie weiß wohl nicht viel über die Ermittlung, aber sie hat durchaus begriffen, dass sie um Haaresbreite einem sehr ekelhaften Schicksal entgangen ist. Also – hiermit danke ich euch in ihrem Namen.«

»Und Ihnen?«, fragte Liz mit samtiger Stimme. »Wie hat sie Ihnen gedankt?«

Brent versuchte, sich das Grinsen zu verkneifen, aber es klappte nicht. »Noch gar nicht. Sie hat mich allerdings zum Abendessen eingeladen. Ich habe gesagt, ich komme, sobald wir hier fertig sind. Hey«, protestierte er, als Nick feixte, »wie sonst soll ein Kerl wie ich an eine große, scharfe Blondine kommen?«

Vitos Lächeln verblasste sofort. »Was?«

Brent sah sich um. Alle blickten plötzlich finster. »Sie ist groß und blond. Was habe ich denn gesagt?«

»Hast du ein Bild von ihr?«, fragte Nick.

»Nein, aber sie ist ja auf der USAModels-Seite zu sehen.« Brent rief sie auf, und Vito blieb das Herz stehen.

»O mein Gott«, flüsterte er.

»Was ist denn?«, fragte Brent gereizt.

Nicks Miene war grimmig. »Sie sieht aus wie Sophie Johannsen.«

Jen war blass geworden. »Jetzt wissen wir, warum Simon das Interesse an dem Model verloren hat.«

»Weil er sich stattdessen Sophie ausgesucht hat.« Katherines Stimme zitterte.

Vito versuchte vergeblich, die Furcht, die ihn packte, abzuschütteln. »Liz, wir …«

»Ich schicke sofort einen Officer zum Museum«, sagte Liz. »Sophie kriegt eine Rund-um-die-Uhr-Bewachung, bis wir den Kerl in Gewahrsam haben. Er wird sie nicht anrühren, Vito.«

Vito nickte, nur mühsam beherrscht. »Gehen wir. Und geben wir unser Bestes. Wir müssen den Kerl kriegen. Bitte.«

21. Kapitel

Freitag, 19. Januar, 9.30 Uhr

»SOPHIE.«

Sophie blickte von ihrem Computerbildschirm auf und entdeckte einen aufgebrachten Ted III. in der Tür. »Ted.«

»Genau, Ted. Dein Chef. Und der will wissen, was hier vor sich geht.« Er deutete mit ausgestrecktem Arm durch die Tür hinaus in die Eingangshalle. »Cops, die dich zur Arbeit bringen und wieder abholen – das geht ja gerade noch. Aber jetzt habe ich die Polizei *in* meinem Museum! Sophie, was hat das alles zu bedeuten?«

Sophie seufzte. »Es tut mir leid, Ted, wirklich. Bis vor einer halben Stunde habe ich auch nichts davon gewusst. Ich helfe der Polizei bei einem Fall.«

»Indem du ihnen Fragen zur Geschichte beantwortest. Ja, ich kann mich erinnern.«

»Tja, aber das passt anscheinend jemandem nicht. Und jetzt glaubt die Polizei, ich könnte in Gefahr sein, also haben sie jemanden geschickt, der ein bisschen auf mich aufpasst. Das ist nur vorübergehend.«

Teds Zorn verwandelte sich augenblicklich in Besorgnis. »Mein Gott. Deswegen haben sie dich die ganze Woche hin und her kutschiert. Dein Auto und dein Motorrad sind völlig in Ordnung.«

»Na ja, mein Bike nicht. Jemand hat mir Zucker in den Tank geschüttet.« Aber Amanda Brewster war klug genug gewesen, dabei Handschuhe anzuziehen. Die Polizei hatte keinen einzigen Fingerabdruck gefunden.

»Versuch nicht, das Thema zu wechseln. Wie sieht diese Person aus?«

»Keine Ahnung.«

»Sophie!« Teds Brauen berührten sich beinahe. »Wenn jemand dich bedroht, dann ist der ganze Museumsbetrieb davon betroffen. Also sag's mir.«

Sophie schüttelte den Kopf. »Das würde ich, wenn ich könnte. Aber ich weiß es wirklich nicht.« Er konnte jung oder alt sein. Er konnte jedermann sein. Er hatte ein Jahr lang seine eigene Schwester beobachtet, sogar mit ihr gesprochen, und sie hatte ihn nicht erkannt. Ein kalter Schauer lief ihr den Rücken herab. »Wenn es dir lieber ist, dass ich gehe, dann tue ich das.«

Ted stieß die Luft aus. »Nein, ich will nicht, dass du gehst. Wir haben heute vier Führungen.« Plötzlich bedachte er sie mit einem schiefen Blick. »Das ist doch nicht bloß eine findige List, mit der du dich vor der Rolle der Joan drücken willst?«

Sie lachte. »So großartige Ideen hätte ich gern. Aber, nein. Leider nicht.«

Ted wurde wieder ernst. »Wenn du in Gefahr bist, schrei, so laut du kannst.«

Wieder schauderte sie, heftiger diesmal, und ihr Lächeln gefror. »Okay.«

Ted sah auf die Uhr. »Dummerweise muss die Show weitergehen. Um zehn bist du Wikingerkönigin. Du solltest dich langsam um dein Make-up kümmern.«

Dutton, Georgia, Freitag, 19. Januar, 10.30 Uhr

Frank Loomis erwartete sie am Flughafen. »Das mit deinen Eltern tut mir schrecklich leid, Daniel.«

»Danke, Frank«, sagte Daniel. Susannah schwieg. Sie wirkte zarter, zerbrechlicher denn je. Nachdem sie herausgefunden hatten, dass Simon sie seit einem Jahr beschattete, waren beide äußerst nervös.

»Daniel, eins musst du wissen. Dass wir Simons Grab aufmachen, hat sich in der Stadt rasant herumgesprochen. Mach dich darauf gefasst, dass ein paar Reporter mit dir reden wollen.«

Daniel half Susannah in Franks Wagen. »Wann fangen sie zu graben an?«

»Wahrscheinlich irgendwann nach zwei.«

Daniel stieg vorn ein und warf einen Blick nach hinten, um nach Susannah zu sehen. Sie hob gerade den Deckel eines Kartons an. »Was ist das?«

»Die Post eurer Eltern«, antwortete Frank. »Ich bin heute morgen beim Postamt vorbeigegangen und habe sie abgeholt. Im Kofferraum sind noch drei Kartons. Wanda hat schon vorsortiert und die Werbung und all das rausgenommen. Der größte Teil der seriösen Post ist da in der Kiste, Suzie.«

»Danke.« Susannah schluckte. »Wir sind also wieder zu Hause.«

Philadelphia, Freitag, 19. Januar, 10.45 Uhr

Vito stützte sich auf die Empfangstheke. »Miss Savard.«

»Detective.« Pfeiffers Assistentin musterte Nick interessiert. »Und Sie sind?«

»Detective Lawrence«, sagte Nick. »Können wir bitte mit Dr. Pfeiffer sprechen?«

»Er hat gerade noch einen Patienten, aber ich sage ihm, dass Sie hier sind.«

Einen Moment später kam Pfeiffer selbst an die Tür des Wartezimmers.

»Meine Herren.« Er führte sie in sein Büro und schloss die Tür. »Haben Sie herausgefunden, wer Claire Reynolds getötet hat?«

»Noch nicht«, sagte Vito. »Aber im Laufe unserer Ermittlungen sind wir auf eine Person gestoßen, die vermutlich auch bei Ihnen in Behandlung war.«

Sie setzten sich, Pfeiffer mit einem Seufzen.

»Ich darf mit Ihnen nicht über lebende Patienten sprechen, Detectives. So gern ich Ihnen helfen würde.«

»Das ist uns bekannt«, sagte Nick. »Daher haben wir auch eine richterliche Anordnung dabei.«

Pfeiffer zog die Brauen hoch. Er streckte die Hand aus. »Nun, dann lassen Sie mich diese doch einmal sehen.«

Vito verspürte plötzlich einen seltsamen Widerwillen, sie ihm zu geben. »Wir verlassen uns auf Ihre Diskretion.«

Pfeiffer nickte. »Ich kenne die Spielregeln, Detective.«

Vito spürte, wie sich Nick neben ihm versteifte, und wusste, dass sein Partner seine instinktive Reaktion teilte. Dennoch brauchten sie die Akten, also reichte er dem Arzt die richterliche Verfügung.

Pfeiffer starrte einen Augenblick mit undurchdringlicher Miene auf die Namen auf dem Papier. Dann nickte er wieder. »Ich bin sofort wieder da.«

Als er gegangen war, kreuzte Nick die Arme vor der Brust. »Die Spielregeln?«

»Ich weiß«, sagte Vito. »Wir lassen ihn überprüfen, sobald wir zurück sind.«

Eine Minute später war Pfeiffer wieder da. »Hier ist Mr. Lewis'

Karteikarte. Für die Studie haben wir von jedem Teilnehmer ein Foto gemacht. Ich habe es Ihnen beigelegt.«

Vito nahm die Akte, klappte sie auf und blickte einer weiteren Version von Simon Vartanian entgegen. Das Foto war in Pfeiffers Wartezimmer aufgenommen worden und zeigte einen Mann, dessen Kinn runder und dessen Nase weniger scharf war, als Tino sie gezeichnet hatte. Er gab die Akte an Nick weiter.

»Sie wirken nicht besonders überrascht, Dr. Pfeiffer«, bemerkte Vito.

»Wissen Sie, wenn jemand seine Familie erschießt, sagen die Nachbarn immer: ›Er war so ein netter Kerl. Wie konnte das passieren?‹ Nun, Frasier war kein netter Kerl. Von ihm ging eine Kälte aus, die mich nervös machte. Übrigens trägt er eine Perücke.«

Vito blinzelte. »Tatsächlich?«

»Ja. Einmal kam ich nach einer Untersuchung ins Sprechzimmer zurück. Seine Perücke hing schief. Ich schloss rasch die Tür und klopfte, und als er mich bat einzutreten, saß die Perücke wieder richtig.«

»Was für eine Haarfarbe hatte er darunter?«

»Keine. Er war kahlrasiert. Tatsächlich hat Frasier Lewis überhaupt keine Körperbehaarung.«

»Finden Sie das nicht seltsam?«, fragte Vito.

»Nicht unbedingt. Frasier ist Sportler. Viele Sportler entfernen sich die Haare.«

Nick klappte die Akte zu. »Vielen Dank, Dr. Pfeiffer. Wir finden allein hinaus.«

Als sie in Nicks Wagen saßen, klingelte Vitos Handy. Liz.

»Kommen Sie schnellstens zurück«, sagte Liz aufgeregt. »Es ist schon wieder Weihnachten.«

Freitag, 19. Januar, 13.35 Uhr

Sie hatten Van Zandt durch einen »anonymen« Hinweis gefunden. Vito und Nick nahmen sich Zeit, all die neuen Informationen mit Jen abzugleichen, bevor sie auf Liz im Verhörraum stießen.

Vitos Lächeln war rasiermesserscharf, als er Van Zandt durch den Einwegspiegel musterte. Van Zandt, perfekt gekleidet in seinem Dreiteiler, trug eine verärgerte Miene zur Schau. Sein Anwalt sah genauso verärgert aus, war aber nicht annähernd so gut gekleidet. »Darauf freue ich mich.«

Liz lächelte schief. »Ich mich auch. Der Tipp kam über einen Notruf, nicht zurückverfolgbares Handy. Der Anrufer hat mir sein Hotel und die Zimmernummer genannt und rief mich, nachdem wir ihn hergebracht hatten, noch einmal auf meiner Privatleitung an.«

»Er hat also auf der Lauer gelegen, um sich zu vergewissern, dass wir ihn auch wirklich erwischen«, sagte Nick. »Simon ist noch in Philly.«

»Jep. Und er klang genau wie der Mann auf dem Band. Ziemlich gruselig.«

»Was haben Sie denn gesagt?«, wollte Vito wissen.

»Ich habe ihn gefragt, wer er sei, aber er hat nur gelacht. Van Zandts Auto stand nicht auf dem Hotelparkplatz, als unsere Leute kamen, um ihn abzuholen. Van Zandt behauptet, der Wagen sei heute Morgen schon nicht mehr dort gewesen, wo er ihn gestern Abend abgestellt hatte.« Sie hielt ihnen einen Zettel entgegen. »Simon hat mir gesagt, wo wir Van Zandts Wagen finden könnten, und meinte, wir sollten in den Kofferraum sehen. Im Übrigen sollte ich ›VZ‹ etwas ausrichten.« Sie verzog das Gesicht. »Gewöhnlich spiele ich ja nicht den Boten für einen Killer, aber unter den gegebenen Umständen …«

Vito wusste bereits, was Jens CSU-Team in Van Zandts Kofferraum gefunden hatte. Er nahm den Zettel aus Liz' Hand und lachte grimmig. »Van Zandt hat anscheinend nicht gewusst, mit wem er es zu tun hat.«

»Genauso wenig wie Simon Vartanian«, gab Liz genauso grimmig zurück. »Gehen Sie rein und machen Sie dem arroganten Mistkerl klar, dass er in der Scheiße steckt.«

Van Zandt blickte auf, als Nick und Vito den Verhörraum betraten.

Sein Blick war kalt, sein Mund eine farblose Linie. Er blieb sitzen und sagte nichts.

Sein Anwalt dagegen stand auf. »Doug Musgrove. Sie haben

nichts gegen meinen Mandanten in der Hand. Sie werden ihn gehenlassen, oder ich reiche eine offizielle Klage gegen das Philadelphia PD ein.«

»Tun Sie das«, sagte Vito. »Jager, falls dieser Rechtsverdreher hier Ihr Firmenjurist ist, dann wäre es vielleicht sinnvoll, im guten alten Telefonbuch nach einem Spezialisten für Strafrecht zu suchen.«

Van Zandt sah ihn nur wütend an.

Musgrove stellte die Stacheln auf. »Verhaften Sie ihn offiziell oder lassen Sie ihn gehen.«

Vito zuckte nur die Achseln. »Okay. Jager Van Zandt, Sie stehen wegen Mordes an Derek Harrington unter Arrest.«

Van Zandt sprang auf die Füße. *»Was?«* Er wirbelte zu seinem Anwalt herum. »Was soll dieser Quatsch?«

»Oh, lassen Sie mich eben ausreden, ja?«, sagte Vito. »Wenn ich das nicht richtig beende, ist es nicht offiziell.« Er zitierte in aller Ruhe den Rest des Rechts auf Auskunftsverweigerung, dann setzte er sich und streckte behaglich die Beine aus. »So, ich bin durch. Jetzt sind Sie an der Reihe.«

»Ich habe niemanden ermordet«, presste Van Zandt hervor. »Musgrove, bringen Sie mich hier raus.«

Musgrove setzte sich. »Sie haben Sie verhaftet, Jager. Wir bekommen Sie auf Kaution frei.«

Jager verzog höhnisch den Mund. »Ich habe Derek nicht umgebracht. Sie haben keine Beweise.«

»Wir haben Ihren Wagen«, sagte Nick.

»Er ist gestohlen worden«, sagte er steif. »Deshalb war ich ja noch im Hotel.«

Vito rieb sich das Kinn. »Sicher. Haben Sie den Diebstahl angezeigt?«

»Nein.«

»Ein Porsche, erst drei Monate alt. Ich hätte den Diebstahl sofort angezeigt.«

»Ach, du weißt doch, was man über reiche Jungs und ihre Spielzeuge sagt«, sagte Nick, genüsslich an Vito gewandt.

Van Zandt schlug mit der Faust auf den Tisch. »Ich habe Derek nicht umgebracht. Ich weiß nicht einmal, wo er ist.«

»Oh, macht nichts. Wir schon«, gab Vito zurück. »Im Kofferraum Ihres Porsche. Oder sagen wir, dort war er bis vorhin. Jetzt liegt er in einem Kühlfach.«

Van Zandts Blick flackerte. »Er ist tot? Er ist wirklich tot?«

»Wie das so üblich ist, wenn man eine Kugel aus einer deutschen Luger, Baujahr 1943, genau zwischen die Augen bekommt.« Nicks Stimme klang harsch. »Die Waffe haben wir im Werkzeugkasten Ihres Wagens gefunden. Mit derselben Waffe wurde übrigens Zachary Webber umgebracht.«

»Oh«, fügte Vito hinzu, »und Kyle Lombard und Clint Shafer. Die sollten wir nicht vergessen.«

Sie hatten das Vergnügen, Van Zandt erbleichen zu sehen. »Die Pistole hat jemand da versteckt«, zischte er. »Von den letzten beiden Männern habe ich noch nie etwas gehört.«

›Jager, halten Sie besser den Mund«, warnte Musgrove.

Van Zandt warf ihm einen verächtlichen Blick zu. »Besorgen Sie mir einen Strafverteidiger. Ich habe weder Derek noch sonst jemanden umgebracht. Ich wusste nicht einmal, dass Derek vermisst wurde.«

»Natürlich könnten Sie den Geschworenen erzählen, Sie hätten ihn erschossen, um ihn von seinen Qualen zu erlösen«, sagte Nick ohne sichtbare Gefühlsregung. »Es muss ja ganz schön wehtun, wenn jemand einem die Füße verschmort und die Eingeweide herausreißt.«

Van Zandt erstarrte. »Was?«

»Und die Hand bricht und die Zunge herausschneidet.« Nick setzte sich. »Aber seltsamerweise kann ich mir nicht vorstellen, dass irgendein Geschworener Sie deswegen freispricht, Mr. Van Zandt.«

Van Zandts Schlucken war das einzige Anzeichen dafür, dass ihm das, was sein ehemals bester Freund erlitten hatte, naheging. »Das habe ich nicht getan.«

»Bei der Luger lag auch dies«, sagte Vito. Er schob ein Foto über den Tisch und sah befriedigt, wie Van Zandt heftig zusammenzuckte. »Das ist Derek Harringtons Wagen und Ihr Sicherheitschef, der ins Fenster sieht. Und da in der Fensterscheibe sieht man Ihr Spiegelbild. Sie stehen hinter ihm.« Vito lehnte sich zurück. »Sie wussten schon gestern, als sie uns Harringtons Adresse gaben, dass er verschwunden war.«

»Das ist nicht wahr.« Van Zandt quetschte die Worte durch zusammengebissene Zähne hervor.

»Derek hat Sie mit Fotos von Zachary Webber konfrontiert«, fuhr Nick fort. »Von dem Jungen in Ihrem *Spiel*, der von einer Luger zwischen die Augen getroffen wird. Sie ließen Derek beschatten, schnappten sich ihn, töteten ihn und steckten ihn in den Kofferraum Ihres Wagens, den Sie an einer Tankstelle stehenließen.«

»Sie wissen doch gar nicht, wann das Foto gemacht wurde«, sagte Musgrove verächtlich.

»Oh, aber doch«, sagte Nick. »Der Fotograf war ein kluges Kerlchen.«

Vito legte ein anderes Bild auf den Tisch. »Eine Vergrößerung der Digitalanzeige an der Bank hinter Harringtons Wagen. Da steht die Temperatur, die Zeit und das Datum.«

Van Zandt straffte seinen Körper, doch sein Gesicht war noch immer kalkweiß. »Jeder Zehnjährige kann so ein Bild heutzutage mit Photoshop manipulieren. Das bedeutet gar nichts.«

Jen war ebenfalls der Meinung gewesen, das Foto sei gefälscht, aber das würden sie Van Zandt nicht erzählen.

»Tja, kann durchaus sein, aber Ihre Sekretärin hat Sie bereits aufgegeben«, sagte Nick.

Vito pflichtete ihm mit einem Nicken bei. »Stimmt. Das NYPD hat heute Morgen ihre Aussage aufgenommen. Angesichts einer Klage wegen Behinderung einer polizeilichen Ermittlung hat sie zugegeben, dass Harrington und Sie sich vor drei Tagen gestritten haben. Er hat gekündigt, und Sie haben ihm augenblicklich Ihren Sicherheitsmann hinterhergeschickt.«

»Unwesentlich«, murmelte Musgrove, doch in seiner Stimme klang Zweifel mit.

Vito zuckte die Schultern. »Möglich. Aber das war noch nicht alles. Bei der Pistole haben wir außerdem Kontoauszüge gefunden, aus denen hervorgeht, dass Sie Zachary Webber, Brittany Bellamy und Warren Keyes Geld gezahlt haben.« Vito legte die Fotos der Opfer auf den Tisch. »Sie erkennen sie wieder, nicht wahr?«

»Wir haben die CDs in Ihrem Schreibtisch gefunden.« Nick sprach jetzt beinahe sanft. »Unfassbar, wie man sich so etwas ausdenken kann. Sie sind ein widerlicher Schweinehund, Van Zandt.«

Van Zandt presste die Kiefer zusammen. »Das ist doch ein abgekartetes Spiel.«

»Wir haben Sie durch einen anonymen Hinweis fassen können ... VZ«, sagte Nick, und Van Zandts Augen blitzten auf. »Der Anrufer bat uns, Ihnen eine Nachricht zukommen zu lassen. Wie war das noch gleich, Chick?«

»›Schachmatt‹«, sagte Vito und genoss den niedergeschmetterten Ausdruck in Van Zandts Gesicht.

»Sie haben mit dem Feuer gespielt und sich böse die Finger verbrannt, Jager«, sagte Nick. »Jetzt sind Sie wegen Mordes dran.«

Van Zandt starrte auf den Tisch, und ein Muskel unter seinem Auge begann hektisch zu zucken. Als er wieder aufblickte, wusste Vito, dass sie gewonnen hatten.

»Was wollen Sie?«, fragte Van Zandt.

»Jager«, begann Musgrove, aber Van Zandt wandte sich mit einem Knurren zu ihm um.

»Halten Sie die Klappe und besorgen Sie mir einen richtigen Anwalt. Noch einmal, Detectives – was wollen Sie?«

»Frasier Lewis«, sagte Vito. »Wir wollen den Mann, den Sie unter dem Namen Frasier Lewis kennen.«

Dutton, Georgia, Freitag, 19. Januar, 14.45 Uhr

Hätte sie ihm nicht beinahe die Hand zerquetscht, hätte man meinen können, Susannah sei die Selbstherrschung in Person, dachte Daniel. Ihre Miene war ausdruckslos, die Haltung aufrecht, und sie wirkte genauso gefasst, wie es in einem Gerichtssaal angemessen wäre. Doch sie standen nicht in einem Gerichtssaal. Hinter ihnen befand sich eine Mauer aus Reportern und blitzenden Kameras, und es kam ihm vor, als ob ganz Georgia sehen wollte, wer in Simons Grab beerdigt worden war. Daniel wusste, dass es sich nicht um Simon handelte.

»Daniel«, murmelte Susannah, »ich muss die ganze Zeit darüber nachdenken, was die Archäologin gesagt hat. Dass Dad nicht wollte, dass Mutter von Simon erfuhr.«

»Ja, mir geht es ähnlich. Dad muss gewusst haben, dass Simon noch lebt. Und das durfte Mom natürlich niemals herausfinden. Ich frage mich bloß, warum er die Bilder mit nach Philadelphia genommen hat.«

Susannahs leises Lachen war freudlos. »Er hat Simon erpresst. Überleg doch mal. Welchen Zweck soll das alles hier gehabt haben?« Sie deutete mit dem Kopf auf den Kran, der in Position gebracht wurde. »Und wenn er das alles inszeniert hat – wie konnte er sicher sein, dass Simon nicht zurückkehren würde?«

»Er hat die Bilder als Versicherung behalten«, sagte Daniel müde. »Aber wieso das alles? Suzie, wenn du etwas weißt, dann sag's mir. Bitte.«

Susannah schwieg so lange, dass Daniel schon glaubte, er würde keine Antwort bekommen. Doch dann seufzte sie. »Als du noch zu Hause warst, war es schon schlimm, aber nachdem du aufs College gegangen warst, wurde es unerträglich. Dad und Simon stritten sich ständig, und Mutter versuchte immer zu vermitteln. Es war furchtbar.«

»Und du?«, fragte Daniel sanft. »Was hast du getan, wenn sie stritten?«

Sie schluckte. »Ich sah zu, dass ich nicht da war. Ich engagierte mich in der Schule und nach der Schule und nahm an jeder Aktivität teil, an der ich teilnehmen konnte. Aber natürlich musste ich trotzdem irgendwann nach Hause, und meistens versteckte ich mich in meinem Zimmer. Das war das Einfachste. Eines Tages dann, Simon war gerade mit der Highschool fertig, lief alles aus dem Ruder. Es war ein Mittwoch, Mom war wie immer beim Friseur. Ich hörte von meinem Zimmer aus, wie Dad Simons Tür aufriss und ihn anbrüllte.«

Sie schloss die Augen. »Ich hörte etwas von Bildern. Damals dachte ich, es ginge um die, die ich unter seinem Bett gefunden hatte, aber nun glaube ich, die Bilder waren vermutlich die aus dem Umschlag im Postfach. Dads Wiederwahl zum Richter stand bevor, und er schrie Simon an, er schade seiner Karriere, seit er alt genug zum Laufen sei, aber nun habe er es zu weit getrieben. Und dann wurde es plötzlich still.«

»Und weiter?«

Sie schlug die Augen auf und richtete den Blick auf den Kran.

»Sie stritten weiter, aber zu leise, als dass ich sie hören konnte. Doch plötzlich brüllte Simon: ›Bevor ich mich von dir ins Gefängnis bringen lasse, sehe ich dich in der Hölle, alter Mann.‹ Und Dad antwortete: ›Die Hölle ist genau der richtige Ort für dich.‹ Simon erwiderte: ›Du musst es ja wissen. Schließlich sind wir vom gleichen Schlag.‹« Sie schluckte wieder. »Und dann fügte er noch hinzu: ›Eines Tages ist meine Pistole die größerem.«

Daniel stieß den Atem aus. »Lieber Gott.«

Sie nickte. »Die Haustür fiel zu und … Ich weiß nicht, wieso, aber irgendwie hatte ich das Gefühl, mich verstecken zu müssen. Ich kroch also in den Schrank, und einen Moment später hörte ich, wie die Tür auf- und wieder zuging. Ich denke, Dad wollte nachsehen, ob ich gelauscht hatte.« Er schüttelte den Kopf. »Suzie …«

»Ich weiß nicht, was er getan hätte, wenn er mich entdeckt hätte. Am Abend kam Simon nicht zum Essen. Mutter war besorgt. Dad beruhigte sie, Simon sei vermutlich mit ein paar Freunden unterwegs und sie solle sich keine Gedanken machen. Ein paar Tage später erzählte Dad uns, dass Simon tot sei.«

Sie blickte zu ihm auf, und er sah die Qual in ihren Augen. »Die ganzen Jahre über habe ich geglaubt, dass Dad ihn umgebracht hat.«

»Warum hast du denn nie etwas gesagt?«

»Aus demselben Grund, aus dem du nichts gesagt hast, als du dachtest, Dad hätte die Bilder verbrannt. Mein Wort gegen seines. Ich war erst sechzehn. Er war Richter. Und wie ich schon sagte – ich musste irgendwann wieder schlafen können.«

Daniel war übel. »Und ich habe dich allein gelassen. Mein Gott, Suzie, es tut mir so leid. Wenn ich gewusst hätte, dass du in Gefahr warst … oder auch nur, dass du Angst hattest, dann hätte ich dich mitgenommen. Bitte glaub mir das.«

Sie richtete den Blick wieder auf den Kran. »Was geschehen ist, ist geschehen. Gestern Abend habe ich erkannt, dass Dad vermutlich die Bilder gefunden und begriffen hat, dass seine Karriere hinüber war, sollte irgendjemand sie sehen. Wahrscheinlich hat er Simon gesagt, er solle verschwinden und nie wiederkommen, sonst würde er dafür sorgen, dass er ins Gefängnis käme. Er wusste allerdings, dass Mom nie aufhören würde, nach Simon zu suchen, solange es noch Hoffnung gab, und so …«

»So inszenierte er Simons Tod für sie.«

»Ja. Nur auf diese Weise ergibt das alles einen Sinn.« Sie biss sich auf die Lippe. »Ich musste die ganze Nacht an sie denken. Er hat Dad gefoltert, Daniel.«

»Ich weiß.« Auch er hatte die ganze Nacht daran denken müssen.

»Glaubst du, er hat ihn gefoltert, damit er ihm sagte, wo Mutter ist?«

»Der Gedanke ist mir gekommen«, gab Daniel zu. »Ich denke, dazu wäre er fähig.«

»Oh, ich weiß, dass er dazu fähig ist.«

»Suzie … was ist passiert? Was hat er dir angetan?«

Sie schüttelte den Kopf. »Nicht jetzt. Eines Tages vielleicht, aber nicht jetzt.«

»Und du wirst mich anrufen, wenn du bereit dazu bist?«

Sie drückte seine Hand fester. »Ja.«

»Ich würde gern denken, dass Dad lieber gestorben ist, als zuzulassen, dass Simon Mutter in die Finger kriegt.«

»Das würde ich auch gern denken«, sagte sie tonlos, womit sie mehr ausdrückte, als er wissen wollte.

»Simon ist dort nicht drin, das weißt du«, sagte er schließlich hilflos, als der Kran den Sarg aus der Erde hievte.

»Ja.«

Philadelphia, Freitag, 19. Januar, 16.20 Uhr

»Sophie.«

Sophies Magen drehte sich um, als Harry durch die Eingangshalle hastete und an Officer Lyons vorbeilief, ohne ihn eines Blickes zu würdigen. »Harry! Ist was mit Gran?«

Er beäugte die Axt auf ihrer Schulter. »Nein, ihr geht's gut. Könntest du das Ding bitte runternehmen? Das macht mich nervös.«

Erleichtert stellte sie die Axt auf den Boden. »Ich habe in ein paar Minuten eine Führung.«

»Ich muss dir unbedingt etwas sagen. Und ich wollte es persönlich tun. Freya sagte mir, du hättest angerufen und gefragt, ob wir

Annas Plattensammlung irgendwo anders untergebracht haben. Aber wir waren das nicht. Also habe ich angefangen nachzuforschen und festgestellt, dass … na ja, sie gestohlen wurde.«

Sie verengte die Augen. »Von wem?« Aber sie wusste es schon.

»Von Lena. Sie tauchte nach Annas Schlaganfall auf, aber ich habe sie abgewiesen. Dann ist sie anscheinend zu Annas Haus gegangen und hat die Platten und andere Wertsachen mitgenommen. Ich habe einige bei eBay gefunden. Es tut mir leid.«

Sophie stieß behutsam den Atem aus. In ihrem Kopf hatte es zu hämmern begonnen. »Noch etwas?«

»Ja. Als ich das mit den Schallplatten herausgefunden hatte, habe ich mich an Annas Anwalt gewendet. Sie hat ziemlich viel Geld in Wertpapieren angelegt, von denen ich nichts wusste. Der Anwalt hätte uns das eröffnet, wenn sie gestorben wäre. Aber so …« Er holte tief Luft. »Er hat nachgesehen und festgestellt, dass sie verkauft wurden. Es tut mir leid, Sophie. Ein guter Teil dessen, was du – und Freya – geerbt hättet, ist weg.«

Sophie nickte betäubt. »Danke, dass du mir das nicht am Telefon gesagt hast. Ich muss jetzt arbeiten.«

Harry runzelte die Stirn. »Wir müssen die Polizei anrufen und den Diebstahl melden.«

Sie hob die Axt mit etwas mehr Schwung als nötig auf die Schulter. »Mach du das. Wenn ich sie anzeige, muss ich sie wohl auch wiedersehen. Und das will ich nicht.«

»Sophie, Moment.« Offenbar hatte Harry Officer Lyons erst jetzt bemerkt. »Wieso steht hier eigentlich ein Polizist in der Eingangshalle?«

»Das hat etwas mit Sicherheitsvorkehrungen zu tun.« Es war nur die halbe Wahrheit, aber immerhin keine Lüge. »Harry, in der Großen Halle wartet eine Gruppe Kinder auf mich. Ich muss jetzt arbeiten. Unternimm wegen Lena, was du für richtig hältst. Es interessiert mich nicht.«

Freitag, 19. Januar, 17.00 Uhr

Vito ließ sich im Konferenzraum auf einen Stuhl fallen und rieb sich müde und frustriert den Nacken. »Verdammter Mist.« Drei Stunden lang hatten sie Jager Van Zandt verhört, ab und zu ein paar neue Erkenntnisse gewonnen, aber letztlich nicht das herausgefunden, was sie wirklich brauchten.

Liz setzte sich neben ihn. »Van Zandt weiß vermutlich wirklich nicht, wo Simon zu finden ist, Vito.«

»Wir könnten es mit Folter versuchen«, murmelte Jen und zuckte die Achseln, als Liz die Brauen hochzog. »War ja nur ein Gedanke.«

»Und ein verdammt verlockender«, sagte Katherine, und aus den Mienen der anderen am Tisch zu schließen, teilten sie diese Ansicht.

Sie hatten sich zum abendlichen Meeting versammelt, und zu der üblichen Besetzung, bestehend aus Vito, Nick, Jen, Katherine, Thomas, Liz und Brent, hatte sich ein neues Gesicht gesellt: Bezirksstaatsanwältin Magdalena Lopez, die, genau wie Thomas und Liz, dem Verhör Van Zandts auf der anderen Seite des Einwegspiegels beigewohnt hatte. Maggy war eine zarte Person mit dunkelbraunen Augen und einem scharfen Blick.

»Vielleicht weiß er es, vielleicht nicht. Aber ich denke nicht daran, ihm mehr als das zuzugestehen, was ich ihm bereits zugestanden habe. Am wenigsten volle Immunität.«

Maggy hatte ihm angeboten, die Anklage wegen Mordes auf Totschlag zu reduzieren, wenn er ihnen sagte, wo sie Frasier Lewis, alias Simon Vartanian, finden konnten, aber Van Zandt hatte erst Immunität verlangt, der arrogante kleine Mistkerl. »Das sollen Sie auch nicht, Maggy«, meinte Vito. »Wahrscheinlich hat er überhaupt niemanden umgebracht. Ganz sicher aber hat er es billigend in Kauf genommen, um davon zu profitieren.«

»Außerdem hätte Simon uns Van Zandt wohl kaum ans Messer geliefert, wenn er geglaubt hätte, dass der Mann irgendetwas wüsste, das uns von Nutzen sein könnte«, sagte Nick. »Das war schon richtig, Maggy.« Den letzten Satz hatte er mit zähneknirschender Bewunderung ausgesprochen, die, wie Vito vermutete, davon herrührte, dass Maggy Lopez im Siever-Fall einen Schuldspruch erreicht hatte. Nun konnte Nick endlich das Gefühl haben, er hätte die Weihnachtskarten der trauernden Eltern verdient.

»Er hat uns wenigstens Simons Handynummer gegeben«, sagte Vito.

»Von der Simon auch mich angerufen hat«, setzte Liz hinzu. »Kein GPS, nicht zurückzuverfolgen.«

»Ich fand Van Zandts Reaktion auf die Tatsache, dass für sein Spiel wahrhaftig Menschen gestorben sind, überaus vielsagend«, dachte Thomas laut nach. »›Man muss totes Holz abschneiden, um den Baum zu retten‹«, imitierte er Van Zandts breiten Akzent. »›Manchmal erwischt man dabei noch lebende Äste.‹«

»Oder auch: ›Um ein Omelett zu machen, muss man Eier zerbrechen‹«, sagte Nick verächtlich. »Schleimiger Schweinehund.«

»Sophie hat uns erzählt, dass das ›R‹ in oRo für das holländische Wort für Reichtum steht«, meldete sich Vito zu Wort. »Van Zandt hat offenbar niemals ein Geheimnis draus gemacht, dass es ihm vor allem um Geld geht.«

Thomas schüttelte den Kopf. »Der Mann ist möglicherweise ein schlimmerer Psychopath als Simon Vartanian. Der tut es immerhin noch für die Kunst.«

»Van Zandt hat behauptet, er hätte Simon noch nicht bezahlt«, erklärte Vito an Katherine, Brent und Jen gewandt. »Er hätte einen Prozentsatz des Umsatzes bekommen, aber das erst in drei Monaten.«

»Und der Betrag ist lächerlich«, setzte Nick hinzu. »Nein, Simon hat das garantiert nicht für Geld gemacht.«

»Wie hat Van Zandt Simon eigentlich kennengelernt?«, wollte Jen wissen.

»Van Zandt war in einer Bar in der Nähe seiner Wohnung in Soho«, antwortete Vito. »Die Bar ist übrigens nicht weit von dem Park entfernt, in dem Susannah Vartanian ihren Hund ausführt. Wir nehmen an, dass Simon zufällig dort gelandet ist, nachdem er Susannah beschattet hat. Jedenfalls haben sie sich dort vor etwa einem Jahr getroffen. Simon sprach Van Zandt an, gab ihm ein paar Drinks aus und zeigte ihm eine Demo-CD.«

»Auf der Clothilde erwürgt wurde«, fuhr Nick fort. »Allerdings war das ganze Setting auf unsere heutige Zeit ausgerichtet. Van Zandt sah Dollarzeichen vor den Augen und sagte Simon, dass er es im nächsten Spiel unterbringen würde, wenn Simon ein Zweite-Weltkrieg-Szenario daraus machen würde. Simon tat es, und Van Zandt wollte mehr. Simon kreierte die Szene mit der Luger und der Granate. Mehr bekam Van Zandt im Spiel nicht unter, weil die Deadline in Riesenschritten näher rückte.«

»Derek protestierte«, sagte Thomas und runzelte der Stirn. »Weil er, wie Van Zandt es ausdrückte, ein Schwächling war.«

Maggy Lopez seufzte. »Toller Kerl, Ihr Van Zandt.«

»Und ich hoffe, er schmort in der Hölle«, bestätigte Nick. »Aber unterm Strich wissen wir nichts. Van Zandt sagt, er hätte keine Ahnung, woher Lewis stammt oder wo er wohnt oder wer der Junge war, der den Granatsplitter abbekommen hat.«

»Nun, immerhin haben wir ein paar Informationen über Frasier Lewis«, warf Katherine ein. »Den echten Frasier Lewis.«

Vito blinzelte überrascht. »Er existiert?«

»O ja. Er ist ein vierzigjähriger Farmer aus Iowa. Simon benutzt seit einiger Zeit seine Krankenversicherung. Der echte Lewis hat eine lebenslange Deckung von einer Million Dollar. Wenn er jemals ernsthaft krank wird, bekommt er Probleme, denn von dem Geld ist bereits ziemlich viel weg. Ich habe mich gefragt, wie sich Simon die teure Prothese leisten konnte, die in Dr. Pfeiffers Kartei beschrieben ist. Nun, die Antwort ist einfach – durch Versicherungsbetrug.«

»Hat der echte Frasier Lewis noch beide Beine?«, fragte Nick.

»Ja.«

Nick zog die Brauen zusammen. »Aber hätte Pfeiffer das denn nicht auffallen müssen? Ich meine, wenn er die Versicherung wegen der Abrechnung kontaktierte, hätte er doch merken müssen, dass der Mann nicht beinamputiert ist.«

»Nein, nicht unbedingt«, meinte Brent nachdenklich. »Wir wissen, dass sich Simon mit Computern auskennt. Offenbar hat er die Finanzen anderer überprüft. Möglicherweise kommt er auch in die Datenbanken der Versicherungen. Vielleicht hat er sich ja Lewis ausgesucht, weil es ihm möglich war, dessen medizinische Historie zu ändern. Das ist nur ein Gedanke.«

»Und ein guter. Dem sollten wir unbedingt nachgehen«, sagte Vito.

»Mit Vergnügen. Dann kann ich wenigstens doch noch etwas beitragen«, sagte Brent seufzend. »Aus dem PC von Daniels Vater war nämlich nichts zu holen. Jedenfalls nichts, was euch Simon ein wenig näher bringt. Irgendjemand hat ein Programm runtergeladen – eins, mit dem man auch aus der Ferne den Computer von Daniels Vater bedienen konnte, aber es ist nichts Besonderes. Ein ganz gewöhnliches UNIX-Programm, das sich jeder hätte besorgen können.«

»Du hörst dich enttäuscht an«, sagte Nick, und Brent grinste.

»Ja, bin ich wohl auch ein bisschen. Ich habe eben etwas ganz Raffiniertes erwartet. Aber das war schlicht und elegant. Und natürlich wieder nicht zurückzuverfolgen. Vielleicht habe ich mit den Datenbanken mehr Erfolg. Die sind meistens nicht so elegant. Oh.« Er reichte Vito ein gerahmtes Foto. »Der Sheriff aus Dutton, der den Computer eingeschickt hat, hat auch das beigelegt. Er meinte, Susannah und Daniel hätten ihn gebeten, uns das zu geben.«

»Simon«, sagte Vito. »Ein jüngerer Simon. Dasselbe Gesicht wie das auf dem Foto, was Dr. Pfeiffer hat. Es scheint nicht einmal für jemanden wie Simon leicht zu sein, sich bei einer ärztlichen Untersuchung über eine Perücke hinaus zu tarnen.«

Nick hatte die Stirn in Falten gelegt. »Brent. Dieser Download von dem Programm … weißt du, wann der erfolgt ist?«

»Klar«, antwortete Brent. »Ein paar Tage nach Thanksgiving.«

»Hätte Simon dazu im Haus sein müssen?«

»Ich wüsste nicht, wie er das sonst hätte hinkriegen sollen.«

Liz verfolgte den Gedanken. »Mr. und Mrs. Vartanian kommen nach Philadelphia, um nach dem Erpresser und, vermutlich, Simon zu suchen. Irgendwann finden sie ihn oder er sie, denn nun sind sie tot. Also reist Simon zurück nach Georgia, bereitet den PC seines Vaters für den Zugriff aus der Ferne vor, legt Reisekataloge aus und präpariert alles so, dass es aussieht, als wären sie auf eine längere Reise gegangen. Er bezahlt sogar die Rechnungen weiter. Wieso?«

»Er wollte nicht, dass jemand den Tod seiner Eltern entdeckt«, sagte Jen. »Arthur Vartanian war ein pensionierter Richter. Es hätte eine aufwendige Untersuchung gegeben.«

»Und Daniel und Susannah wären hinzugezogen worden, was letztlich ja auch geschehen ist.« Nick schaute zu Vito auf. »Er wollte sie so lange wie möglich aus dem Spiel lassen, weil er noch nicht bereit für sie war.«

»Wenigstens wissen sie nun, dass sie wachsam sein müssen«, sagte Vito. »Wo sind sie jetzt?«

»In Dutton«, sagte Katherine. »Wegen der Exhumierung.«

»Haben wir schon Ergebnisse?«, fragte Vito.

»Nur dass es sich nicht um Simon handelt. Die Knochen stammen von einem Mann, der ungefähr eins achtzig groß war.«

»Wurde die Leiche damals obduziert?«, fragte Liz, und Katherine verdrehte die Augen.

»Ja, auf Mexikanisch. Der vermeintliche Autounfall passierte in Tijuana. Vartanians Vater fuhr runter, holte sich den Totenschein ab, kaufte den Sarg und brachte ihn über die Grenze. Entweder hat er ein paar Leute geschmiert, oder jemand hat in den Sarg gesehen, die verkohlte Leiche entdeckt und den Deckel schnell wieder zugeklappt.«

»Also wusste Arthur möglicherweise doch nicht, dass sein Sohn noch lebte«, sagte Jen.

Katherine zuckte die Achseln. »Keine Ahnung. Susannah und Daniel werden es wahrscheinlich wissen wollen, aber ich sehe eigentlich nicht, wie uns das hilft, Simon zu finden.«

»Sind Pfeiffer und seine Assistentin schon reingekommen, um ihre Abdrücke abzugeben?«, fragte Nick.

Jen schüttelte den Kopf. »Noch nicht.«

»Sag uns, wenn sie es tun.« Vito blickte in die Runde. »Was noch? Was ist mit den Kirchen in der Nähe von Steinbrüchen, Jen? Oder den Herstellern von Silikongleitmitteln?«

»Ich habe einen meiner Leute darauf angesetzt, Gel-Hersteller anzurufen, und zwei, sich um die Kirchen zu kümmern. Bisher noch kein Ergebnis. Ich selbst habe mich den ganzen Tag mit Van Zandts Auto beschäftigt. Tut mir leid, Vito. Wir geben unser Bestes.«

Vito seufzte. »Ja, weiß ich.« Er dachte an Sophie. »Aber wir müssen versuchen, noch mehr zu geben.«

»Van Zandt sitzt im Knast«, dachte Nick laut nach. »Was ist, wenn Simon jetzt die Stadt verlässt? oRo ist am Ende. Er hat keinen Job mehr.«

»Wir müssen ihn dazu bringen hierzubleiben«, sagte Vito. »Und ins Freie zu locken.«

»Er geht davon aus, dass Van Zandt festsitzt.« Nick warf Maggy Lopez einen Blick zu. »Was, wenn er wieder freikommt?«

Maggy schüttelte den Kopf. »Ich kann ihn nicht einfach so gehenlassen. Wir haben ihn unter Mordanklage gestellt. Er hat meiner Bedingung nicht zugestimmt, und ich gebe ihm keine Immunität. Nick, ich kann nicht glauben, dass ausgerechnet Sie von mir wollen, dass ich mit ihm verhandele.«

»Nein, das will ich auch nicht«, sagte Nick. »Aber ich will ihn draußen auf der Straße haben, damit wir ihm folgen können. Sie sollen ihn auch nicht wirklich gehenlassen. Seine Kautionsanhörung ist morgen früh, richtig?«

»Und? Vor zwei Stunden noch wollten Sie ihm persönlich die Giftspritze geben. Jetzt soll ich ihn auf freien Fuß setzen. Damit er zum Lockvogel wird.«

»Ich sehe das Problem nicht«, sagte Nick. »Wir bleiben an ihm dran. Simon kann bestimmt nicht widerstehen. Es wäre so, als malten wir Van Zandt eine fette Zielscheibe auf den Hintern.«

»Am besten mit einem ›R‹ in der Mitte«, sagte Brent trocken. »Für Reichtum.«

»Und vergessen wir nicht den hübschen Kommentar mit dem toten Holz«, fügte Vito hinzu. »Maggy, Van Zandt verdient, was immer er kriegt. Aber natürlich lassen wir nicht zu, dass Simon ihn erwischt, denn wir wollen beide hinter Gittern sehen. Falls er von den Morden wusste und nichts unternommen hat, ist er ebenso schuldig.«

Maggy seufzte. »Aber wenn wir ihn verlieren ...«

»Das passiert nicht«, versprach Nick schnell. »Sie müssen die Kaution nur lächerlich niedrig ansetzen.«

»Also gut«, sagte Maggy schließlich. »Aber sorgen Sie bloß dafür, dass ich das nicht bereue.«

»Das tun wir ganz bestimmt«, versicherte Vito ihr. Frische Energie durchströmte ihn. »Liz, können wir Beverly und Tim noch ein, zwei Tage haben? Vielleicht auch nur für morgen? Wir brauchen mehr Leute für die Überwachung.«

»Ich kümmere mich drum«, sagte Liz. »Aber wirklich nur für diesen einen Tag. Wenn sich die Sache hinzieht, müssen wir noch einmal miteinander reden.«

»Damit kann ich leben.« Vito stand auf. »Wir treffen uns morgen früh wieder hier. Dann besprechen wir die Einzelheiten.«

22. Kapitel

Freitag, 19. Januar, 19.00 Uhr

SOPHIE SANK AUF DEN BEIFAHRERSITZ in Vitos Truck. Sie hatte ihre Wut einigermaßen unterdrücken können, solange sie beschäftigt gewesen war, aber nun flammte sie erneut auf.

Was wollte Lena ihr noch alles nehmen?

Vito startete den Motor und wartete schweigend, während die Heizung den Innenraum zu wärmen begann. Sie wusste, sie sollte etwas sagen. Sie wusste, dass auch er keinen guten Tag gehabt hatte.

Und seine Probleme waren größer als ihre. Er musste einen Mörder finden.

Aber ihr Zorn über die gestohlenen Schallplatten hatte sie wenigstens von dem Gedanken abgelenkt, dass ein Mörder sie beobachtete, also hatte Lena wenigstens einmal etwas Gutes bewirkt – wenn auch indirekt. Sie lehnte den Kopf an die Stütze und sah ihn an. »Tut mir leid, dass ich dich habe warten lassen. Wie fandest du meine Wikingerführung?«

Sein Blick veränderte sich, seine Augen blitzten, und sein Mund verzog sich zu einem lüsternen Grinsen. »Als Kriegerin bist du enorm sexy. Ich hätte dich am liebsten auf der Stelle genommen.«

Sie lachte, wie er es bezweckt hatte. »Vor all den Kindern? Schäm dich.«

Er nahm ihre Hand und führte sie an seine Lippen. »Was ist los, Sophie?«

Seine Stimme war so zärtlich, dass ihr die Augen brannten. »Harry war heute kurz da.«

Sie berichtete ihm, was sie erfahren hatte, und sah, wie sich sein Blick verhärtete.

»Du solltest Anzeige erstatten.«

»Du hörst dich an wie Harry. Ich habe nicht Anzeige erstattet, als Lena meine Schwester umgebracht hat. Warum sollte ich es wegen ein paar geklauten Schallplatten tun?«

Vito schüttelte den Kopf. »Elles Tod war ein Unfall. Diebstahl ist Vorsatz.«

Sophie hob das Kinn. »Jetzt hörst du dich an wie Katherine.«

»Weil sie recht hat. Lena ist eine furchtbare Mutter, aber sie wollte Elle bestimmt nicht töten. Mit den Schallplatten und deinem Geld verhält es sich anders. Sie hat das geplant und davon profitiert. Wenn du sie hassen willst, dann tu es für Dinge, die sie wirklich getan hat. Sie zu hassen, weil sie einem Kind aus Unwissenheit etwas zu essen gegeben hat, gegen das es hochgradig allergisch war, ist vollkommen unsinnig.«

Sophie fiel die Kinnlade herab. *»Unsinnig?«*

»Und kindisch«, fuhr er ruhig fort. »Gestern Abend hast du gesagt, dass Andrea ihre Wahl getroffen hatte, und damit hast du recht gehabt. Lena hat auch ihre Wahl getroffen. Mehrmals. Du kannst sie dafür verantwortlich machen – dass sie dich einfach abgeladen und deine Großmutter bestohlen hat, aber nicht für Elles Tod. Diese Art von Hass ist reine Energieverschwendung.«

Sophie spürte Tränen der Wut in den Augen brennen. »Ich kann sie hassen, wofür immer ich sie hassen will, Vito, und das geht dich überhaupt nichts an, also halt dich am besten einfach raus.«

Er zuckte zusammen und sah zur Seite. »Okay.« Er legte den Gang ein und ordnete sich in den Verkehr ein. »Jetzt weiß ich wenigstens, wo ich stehe.«

Es tat ihr augenblicklich leid. »Entschuldige, Vito. Das hätte ich nicht sagen sollen. Ich bin bloß so enttäuscht, dass ich nichts habe, was ich Gran heute vorspielen kann, und ich wollte sie doch einfach nur glücklich machen.«

»Allein dich zu sehen macht sie glücklich.« Aber er sah sie nicht an, obwohl sie gerade an einer Ampel hielten, und plötzlich packte sie die Angst.

»Vito, bitte. Es tut mir leid. Ich hätte nicht sagen dürfen, dass du dich da raushalten sollst. Ich bin es einfach nicht gewohnt, mir darüber Gedanken zu machen, was ein anderer von mir hält. Jedenfalls nicht, wenn es sich um jemanden handelt, dessen Meinung mir wichtig ist.«

»Schon gut, Sophie.« Das war es nicht, sie konnte es sehen. Aber sie wusste nicht, wie sie es wieder hinbiegen sollte, daher versuchte sie einen anderen Weg.

»Vito, ihr habt ihn noch nicht gefunden, nicht wahr? Simon Vartanian?«

Er presste die Kiefer zusammen. »Nein. Aber wir haben die Typen von oRo gefunden.«

»Lebend?«

»Den einen von beiden.«

Sie holte tief Luft. »Simon versucht, Zeugen zu beseitigen, richtig?«

Ein Muskel in seinem Gesicht zuckte. »So sieht es aus.«

»Ich passe auf, Vito. Du musst dir nicht noch zusätzlich über mich Sorgen machen.«

Nun warf er ihr einen Blick zu, und dieser war so eindringlich, dass die Erleichterung ihre Furcht davonspülte. »Gut. Denn du bedeutest mir ziemlich viel, Sophie. Ich will, dass es dich kümmert, was ich denke, und ich will mir darum Gedanken machen dürfen, wie es dir geht.«

Sie war nicht sicher, wie sie reagieren sollte. »Das ist ein ziemlich großer Schritt, Vito. Besonders für mich.«

»Ich weiß. Deswegen will ich mich ja auch in Geduld üben.« Er tätschelte ihren Oberschenkel, dann nahm er ihre Hand. »Mach dir keine Sorgen, Sophie. Ich will mich um dich kümmern, aber ich werde dich nicht unter Druck setzen.«

Sie starrte auf seine Hand. Sie war so groß, so kräftig. »Weißt du, manchmal baue ich ziemlichen Mist. Aber das hier will ich nicht kaputt machen. Was immer zwischen uns ist.«

»Wirst du auch nicht. Aber jetzt lehn dich zurück und genieß die Fahrt.« Seine Lippen zuckten. »Wir fahren in den tiefen dunklen Wald. Und besuchen die Großmutter.«

Sie sah ihn mit verengten Augen an. »Wieso habe ich plötzlich das dumpfe Gefühl, ich habe es hier mit einem großen, bösen Wolf zu tun?«

Er grinste. »Kuchen und Wein dabei?«

Sie verpasste ihm einen Klaps und lachte. »Fahr einfach.«

Den Rest der Fahrt über plauderten sie über belanglose Dinge und mieden ernste Themen wie Lena, Simon und ihre Beziehung. Als sie das Pflegeheim erreicht hatten, half er ihr aus dem Truck und holte eine große Einkaufstüte vom Rücksitz.

»Was ist denn das?«

Er versteckte die Tüte hinter seinem Rücken. »Kuchen und Wein für die Großmutter.«

Sie versuchte, das Lächeln zu unterdrücken, als sie eintraten. »Ach, bin ich jetzt plötzlich der große, böse Wolf?«

Er blickte geradeaus. »Und wenn du magst, darfst du gerne mein Haus umblasen.«

Sie kicherte wie ein Teenager. »Du bist verdorben, Vito Ciccotelli. Durch und durch verdorben.«

Er verpasste ihr einen schmatzenden Kuss auf die Lippen, als sie vor Annas Tür stehen blieben. »Hab ich schon mal gehört.«

Ihre Großmutter beobachtete sie vom Bett aus mit Adleraugen, und Sophie hatte den Verdacht, dass Vito sie genau deshalb direkt vor der Tür geküsst hatte. Anna sah gut aus, fand Sophie, als sie sie auf die Wangen küsste. »Hi, Gran.«

»Sophie.« Schwach hob Anna den Arm, um ihr Gesicht zu berühren. »Du hast den jungen Mann wieder mitgebracht.«

Vito setzte sich neben das Bett. »Hallo, Anna.« Auch er küsste ihre Wange. »Sie sehen wunderbar aus heute. Ihre Wangen sind ja richtig rosig.«

Anna lächelte zu ihm auf. »Sie sind ein Schmeichler. Das mag ich.«

Er erwiderte das Lächeln. »Das dachte ich mir.« Er griff in die Tüte, zog eine langstielige Rose heraus und reichte sie ihr mit galanter Geste. »Und ich dachte mir, Sie mögen vielleicht auch Rosen.«

Annas Augen glänzten plötzlich, und Sophie spürte die ihren brennen. »Vito«, murmelte sie.

Vito warf ihr einen Blick zu. »Oh, du hättest auch welche haben können. Aber ich habe ja nur zu hören gekriegt: ›Hör auf damit, Vito.‹ Und: ›Du bist verdorben, Vito.‹« Er schloss Annas Hand um den Stengel. »Ich habe die Dornen entfernen lassen. Können Sie sie riechen?«

Anna nickte. »O ja. Es ist lange her, seit ich mich an dem Duft von Rosen erfreut habe.«

Sophie verpasste sich in Gedanken einen Tritt, dass sie nicht selbst daran gedacht hatte, aber Vito war noch nicht fertig. Er zog einen ganzen Rosenstrauß aus der Tüte plus eine schwarze Porzellanvase, die er behutsam auf das Tischchen neben ihrem Bett stellte. In das Porzellan waren kleine Steinchen eingearbeitet, die wie Sterne in der Nacht funkelten und glitzerten. Er steckte die Rosen hinein und arrangierte sie in der Vase.

»Jetzt können Sie sie noch besser riechen«, sagte er und reichte Sophie den Kunststoffkrug vom Nachttisch. »Könntest du bitte Wasser besorgen, Sophie?«

»Natürlich.« Aber sie blieb mit dem Krug im Türrahmen stehen. Vito war noch immer nicht fertig. Nun holte er einen kleinen Kassettenrecorder hervor.

»Mein Großvater hatte eine stattliche Plattensammlung«, sagte er, und Annas Auge weitete sich.

»Sie haben mir Musik mitgebracht?«, flüsterte sie, und Sophie verfluchte Lena. Und sie verfluchte sich, dass sie nicht an Musik gedacht hatte.

»Nicht irgendwelche Musik«, sagte Vito mit einem Lächeln, das Sophie den Atem raubte.

Annas Mund öffnete sich, dann presste sie die Lippen fest zusammen. »Auch … *Orfeo?*«, fragte sie und hielt dann den Atem an wie ein Kind, das sich vor einer Absage fürchtete.

»Auch das.« Er drückte die Playtaste, und Sophie erkannte augenblicklich die erste Töne von »Che farò«, der Arie, die Anna weltberühmt gemacht hatte. Und dann erklang Annas reiner Mezzosopran aus den kleinen Lautsprechern, und Anna stieß den Atem aus, schloss die Augen und wurde ganz ruhig, als hätte sie nur auf diesen Moment gewartet. Sophie spürte einen Kloß in der Kehle, als sie sah, wie ihre Großmutter lautlos die Lippen zu der Arie bewegte.

Vito hatte Anna nicht aus den Augen gelassen, und das rührte Sophie umso mehr. Er hatte das nicht getan, um sie zu beeindrucken. Er hatte das getan, um eine alte, kranke Frau zum Lächeln zu bringen.

Aber Anna lächelte nicht. Tränen liefen ihr über die Wangen, als sie versuchte, genug Atem zu holen, um zu singen. Doch ihre Lungen waren angegriffen, und außer einem Krächzen kam nichts heraus.

Sophie wich einen Schritt zurück, unfähig, das Elend in Annas Augen zu ertragen. Den Krug an die Brust gepresst, wandte sie sich hastig ab und ging.

»Sophie?«, versuchte eine der Schwestern sie aufzuhalten. »Was ist? Braucht Anna Hilfe?«

Sie schüttelte den Kopf. »Nein, nur Wasser. Ich hole es schon.« Hastig lief sie in die kleine Küche am Ende des Flurs und drehte mit bebenden Händen das Wasser auf. Sie füllte den Krug, drehte den Hahn wieder ab und versuchte sich zu beruhigen.

Und erstarrte. Eine weitere Stimme erklang. Aber es war nicht Annas klarer Mezzosopran.

Es war ein satter Bariton. Und er zog sie an wie ein Magnet.

Mit pochendem Herzen kehrte sie zu Annas Tür zurück, wo sich sechs Schwestern versammelt hatten und mucksmäuschenstill lauschten. Sophie quetschte sich an ihnen vorbei und blieb wie angewurzelt im Zimmer stehen.

Später dachte sie, dass es ein seltsamer Augenblick war, um sich Hals über Kopf zu verlieben.

Sie hatte sich geirrt. Tante Freya hatte doch nicht den letzten guten Mann abbekommen. Dort saß noch einer, an der Seite ihrer Großmutter, und sang die Worte, die Anna nicht mehr intonieren konnte. Sein Gesichtsausdruck wirkte sanft, beinahe zärtlich, während Anna an seinen Lippen hing und jede Note mit einer Freude in sich aufnahm, die beinahe quälend anzusehen war.

Aber wegsehen konnte Sophie auch nicht, und erst als Vito das letzte Wort gesungen hatte, spürte sie die Tränen auf ihrem Gesicht, obwohl sie lächelte.

Hinter ihr hörte sie ein kollektives Seufzen, dann verzogen sich die Schwestern schniefend, um sich wieder an ihre Arbeit zu machen.

Vito warf ihr einen Blick zu und zog die Augenbrauen hoch.

»Wenn du den Krug mit Tränenwasser gefüllt hast, bringst du die Rosen um, Sophie«, neckte er sie. Dann senkte er den Kopf zu Anna. »Wir haben sie zum Weinen gebracht«, flüsterte er laut.

»Sophie war schon immer eine Heulsuse. Sie hat sogar über Comics geweint.« Aber in den Worten lag unverkennbar eine tiefe Zuneigung.

»Ich wusste nicht, dass du mich beim Comiclesen beobachtet hast, Gran.«

»Ich habe dich unablässig beobachtet, Sophie.« Sie tätschelte linkisch die Hand ihrer Enkelin. »Es war so schön, dich aufwachsen zu sehen. Und ich mag deinen jungen Mann hier. Du solltest bei ihm bleiben.« Die eine Braue wanderte aufwärts. »Verstehst du, was ich damit sagen will?«

Sophie begegnete Vitos Blick, als sie antwortete. »Ja, Ma'am. Sehr gut sogar.«

Freitag, 19. Januar, 20.00 Uhr

Etwas war anders, dachte Vito, etwas hatte sich verändert. Sie waren einander plötzlich nah. Die Art, wie sie sich gegen ihn lehnte, als sie zu seinem Wagen gingen. Und sie lächelte ihn an, was immer ein gutes Zeichen war.

»Wenn ich gewusst hätte, dass mein Gesang dich umhaut, hätte ich schon am Sonntagabend gesungen.« Er öffnete die Wagentür, aber sie ging nicht auf seinen Scherz ein, sondern drehte sich in seinem Arm zu ihm und küsste ihn herzlich und innig.

Er verfluchte die Tatsache, dass sie sich auf einem eiskalten Parkplatz befanden.

»Es war nicht der Gesang. Es war alles – wie du ihre Hand gehalten hast, wie sie dich angesehen hat. Du bist ein verdammt guter Kerl, Vito Ciccotelli.«

»Ich dachte, ich sei durch und durch verdorben.«

Sie knabberte an seiner Lippe, und pures Verlangen schoss plötzlich durch seinen Körper. »Das eine muss das andere nicht ausschließen.« Sie stieg in den Wagen und wandte sich ihm zu. »Ich glaube, ich rufe die hiesige Operngesellschaft an. Vielleicht können sie jemanden herschicken. Ich hätte vorher schon an die Musik denken müssen, Vito, ich begreife einfach nicht, wieso ich es nicht getan habe. Musik war doch ihr Leben.«

»Du hast dich vor allem darauf konzentriert, dass sie wieder gesund wird.« Vito klemmte sich hinters Steuer und zog schwungvoll seine Tür zu. »Jetzt mach dir keine Vorwürfe.« Er lenkte den Wagen auf die Straße. »Im Übrigen hat Tino das Band für mich aufgenommen.«

»Aber du hast daran gedacht. Und an die Blumen. Auch das hätte mir eher einfallen müssen.«

»Ich muss gestehen, dass es ein niederes Motiv dafür gab. Die Vase ist die Überwachungskamera.«

Sophie blinzelte verdattert. »Was?«

»Die hübschen, glänzenden Steinchen. Einer davon ist die Kamera. Jetzt wirst du bald wissen, ob Schwester Marco wirklich bösartig ist.«

Sophie starrte ihn an. »Du bist unglaublich.«

»Nein, nicht wirklich. Tino kam auf die Idee, nachdem uns mein Schwager Aidan ein paar Tipps gegeben hat. Gestern Abend, während du die Burg gebaut hast. Aber ich wäre froh, wenn du Tess gegenüber nichts davon erwähnst. Sie reagiert ein wenig säuerlich, wenn sie hört, dass jemand unwissentlich gefilmt wird.«

»Meine Lippen sind versiegelt.«

»Fein. Und jetzt fahren wir zu dir, und ich singe dir was vor. Erinnere mich nur immer mal wieder daran, dass ich unglaublich bin.«

Sie lachte. »Später. Ich habe den Jungs versprochen, die Burg fertig zu bauen. Also müssen wir zuerst zu dir. Anschließend können wir dann zu mir fahren und … uns lieben.«

Vito sog mühsam die Luft ein. »Ich hatte eher daran gedacht, auf der Treppe zu rammeln wie die Karnickel.«

Ihr Grinsen war boshaft. »Ich baue zuerst die Festung. Dann kannst du dich um die Belagerung kümmern.«

Er sah sie davonfahren. Er war schlau genug gewesen, den Kopfhörer aus dem Ohr zu ziehen, bevor die zufallende Autotür ihm das Trommelfell beschädigen konnte. Aber hätte der Cop die Tür einen Moment früher geschlossen, wären ihm die Zauberworte entgangen.

Er glaubte nicht an Glück. Er glaubte an den Verstand, das Talent, an Schicksal. Nur Narren glaubten an Glück, und er war alles andere als ein Narr. Er hatte überlebt, weil er schlau war. Und er würde auch weiterhin überleben. Er dachte an Van Zandt, der jetzt in seinem teuren Anzug in einer Zelle saß, und empfand tiefe Befriedigung. Allerdings auch ein wenig Bedauern. Es war eine Schande, diesen ausgeprägten Geschäftssinn zu vergeuden. Aber es gab noch sehr viel mehr Menschen mit ausgeprägtem Geschäftssinn.

Wahrscheinlich würde sich bald niemand mehr an die Opfer erinnern. Menschen vergaßen schnell. Dennoch würde er die Gesichter seiner Figuren austauschen und vielleicht doch noch versuchen, das Spiel in der einen oder anderen Form an den Mann zu bringen. Letztlich würde er bekommen, was er wollte. Öffentlichkeit. Eine Plattform, um seine eigene Karriere voranzutreiben. Einen Namen, mit dem er seine Gemälde verkaufen konnte. Er würde neue Pläne schmieden. Frasier Lewis konnte er sich jetzt nicht mehr nennen. Aber das war nicht weiter wichtig. Es spielte keine Rolle, unter welchem Namen seine Arbeiten gezeigt wurden. *Solange die Leute wissen, dass es meiner ist.*

Eine Bilderserie stand nun noch aus. Van Zandt hatte in Bezug auf die Königin recht gehabt. Sobald Simon Sophie Johannsen in all ihrer Pracht gesehen hatte, hatte er gewusst, was er brauchte. Was er wollte. Und er kannte sich gut genug, dass er das Spiel nicht einfach beenden konnte. Er beendete immer, was er begonnen hatte, und er wollte, dass es perfekt wurde. Er musste Sophie Johannsen sterben sehen.

Nur leider war die Frau ziemlich schlau und ziemlich vorsichtig. Sie war keinen Moment allein. Doch jetzt wusste er ja, wie er sie aus der Herde hervorlocken konnte.

Freitag, 19. Januar, 23.30 Uhr

»Eine prächtige Festung.« Strahlend nickte Sophie Michael zu. »Und hervorragendes Baumaterial.« Sie und Pierce saßen hinter einem im Durchmesser etwa einen Meter zwanzig langen Halbkreis aus glatten Holzblöcken, die ungefähr einen Meter in die Höhe ragten. Sie hatten sogar die schmalen Mauerschlitze eingefügt, die, wie Sophie ihnen erklärt hatte, dazu dienten, mit Pfeilen auf die Angreifer zu schießen.

Was es erforderlich gemacht hatte, in den nächsten Spielzeugladen zu rennen und ein Kinder-Pfeil-und-Bogen-Set zu kaufen. Wenigstens standen die Bücher, die sie gestern benutzt hatten, wieder ordentlich in den Regalen, also würde Vito auch nicht zu sehr jammern, dass sein Wohnzimmer zu einer normannischen Burg umgebaut worden war.

Sophie ließ die Fingerspitzen über einen der Holzblöcke gleiten, und Vito wusste, sie würde keine einzige raue Stelle ertasten. »Sie müssen ein Vermögen gekostet haben.«

Vitos Vater gab sich nonchalant. »Ach was. Das sind nur ein paar alte Holzreste, die ich noch auf Lager hatte. Dom und Tess haben sie nach der Schule abgeholt.« Aber auch er strahlte.

»Dad hat die Blöcke für uns gemacht und bearbeitet, als wir klein waren«, sagte Vito. Es saß in seinem Lehnstuhl, der zur Zugbrücke umfunktioniert worden war. Der Rest seines Mobiliars war entweder entfernt oder umgedreht und in eine Wehranlage verwandelt worden. »Dad ist Schreinermeister.«

Sophie riss die Augen auf. »Wirklich? Na, das erklärt einiges. Vor allem das Katapult. Toll.«

»Ich bin so weit«, sagte Connor und schob das Modell an seinen Platz. Fort war das provisorische Holzlöffelding vom vergangenen Abend, und an seiner Stelle stand da ein Miniaturkatapult, mit dem man vermutlich einen Truthahn hätte schleudern können. Connor hatte es mit einem tiefgefrorenen Hähnchen probieren wollen, aber zum Glück hatte Sophie diese Idee rasch im Keim erstickt.

Vito nahm an, dass sein Vater den ganzen Tag mit seinem Lieblingsmesser, ohne das er nicht aus dem Haus ging, an dem Modell gearbeitet hatte. Früher hätte Michael mit seinem Profiwerkzeug innerhalb einer Stunde ein solches Spielzeug fertigstellen können, aber diese Geräte waren verkauft worden, als Michael durch sein schwaches Herz gezwungen gewesen war, seine Schreinerei aufzugeben.

»Nein, du bist noch nicht so weit«, widersprach Sophie. »Wir haben ja noch nichts, was wir schleudern können.«

»Seht zu, dass ihr euch endlich den Krieg erklärt«, sagte Vito trocken. »Es ist fast Mitternacht, und Pierce und Connor müssen ins Bett.« Und da wollte er schon den ganzen Abend hin.

»Onkel Vito«, jammerte Pierce. »Morgen ist doch Samstag.« Er warf Sophie einen hoffnungsvollen Blick zu.

»Tut mir leid, Kumpel«, sagte sie. »Ich muss morgen auch arbeiten. Tess, Dominic?«

»Wir kommen«, rief Tess und tauchte mit kleinen Gefriertüten voll gekochter Pasta auf. »Ich habe noch nie Wurfmaterial gekocht, aber okay.«

Eine heftige Schlacht entbrannte, als die Jungs sich abwechselten, das Katapult zu bedienen, während Sophie und Michael die Festungsmauer nach Bedarf wieder aufrichteten.

Tess ging hinter Vitos Stuhl in Deckung. »Dad hat seit Jahren nicht mehr so viel Spaß gehabt.«

»Mom lässt ihn ja nicht«, murmelte Vito. »Sie sorgt sich bei jedem Schritt, den er macht.«

»Tja, aber Mom ist nicht hier. Ich habe sie mit Tino mit einer enormen Einkaufsliste zu dem Wal-Mart geschickt, der die ganze Nacht aufhat. Ihr Jungs habt nicht gerade eine gutausgestattete Vorratskammer, und ich wollte Unmengen vorkochen und einfrieren, damit Molly nicht mehr viel zu tun hat, wenn sie aus dem Krankenhaus kommt.« Sie zuckte die Achseln. »Mom musste sich nützlich fühlen, und jetzt ist sie glücklich. Dad ist glücklich. Die Kinder sind überglücklich. Und du siehst auch nicht gerade unglücklich aus, Vito.«

Vito warf ihr einen Blick zu. »Das bin ich auch ganz und gar nicht.«

Tess setzte sich auf die Armlehne. »Das freut mich. Mir gefällt deine Sophie.«

Seine Sophie wich just einer Tüte mit Nudeln aus. »Mir auch.« Plötzlich fiel ihm auf, dass sowohl er als auch Sophie an diesem Abend etwas für die Familie des anderen getan hatten. Kein schlechter Anfang für eine Beziehung, die Vito unbedingt zu festigen beabsichtigte.

Tess musste seine Gedanken gelesen haben. »Da könnte wirklich etwas Schönes draus werden«, sagte sie leise. »Du hast es dir verdient.« Und dann quiekte sie im Duett mit Sophie, als eine der Nudeltüten an die Decke geschleudert wurde, aufplatzte und es plötzlich weiche, klebrige Pasta regnete.

Vito verzog das Gesicht. »Das kriege ich doch im Leben nicht mehr ab.«

Tess gluckste. »Und ich sehe in deiner Zukunft noch viele Nudelreste an den Wänden.«

Sophie und Michael wälzten sich förmlich vor Lachen am Boden, und nun musste auch Vito lachen. Schließlich stand Sophie auf und pflückte sich eine Nudel aus dem Haar.

»Und jetzt ist es Zeit fürs Bett. O nein, Sir«, unterbrach sie Pierce, der wieder jammern wollte. »Generäle wimmern nicht, sie marschieren. Also marschiert runter, Jungs. Und leise. Weckt Gus nicht auf.« Als die Jungen verschwunden waren, wandte sich Sophie an Vito. »Eimer und Wischmopp?«

»Hinten auf der Veranda.« Er stand auf. »Setz dich, Pop. Du siehst müde aus.«

Michael gehorchte widerspruchslos, was zeigte, wie erschöpft er tatsächlich war. »Das hat Spaß gemacht. So etwas sollten wir jeden Freitagabend machen, Vito. Du hast einen Präzedenzfall geschaffen.«

Vito seufzte. »Nudeln an der Decke und Donuts für mein Team. Dom, Tess, helft mir mal, die Blöcke wegzuräumen.« Sie stapelten sie an der Wand, als Vito plötzlich auffiel, dass Sophie noch nicht wieder zurückgekehrt war. Sein Herzschlag beschleunigte sich. Er hatte sie aus den Augen gelassen. Zwar nur bis zur Veranda, aber dennoch aus den Augen. »Bin gleich wieder da«, sagte er gepresst.

Und atmete wieder normaler, als er auf die Veranda hinaustrat und Sophie neben Dante sah. Der Junge saß auf dem umgedrehten Eimer und blickte düster vor sich hin.

»Aber damit schadest du dir nur selbst«, sagte sie gerade. »Du hast den größten Spaß verpasst.«

»Na und? Die wollen mich doch sowieso nicht dabeihaben«, brummte er. »Warum sollte ich dir den Eimer geben?«

»Erstens, weil ich erwachsen bin und Respekt verdiene. Zweitens, weil dein Onkel wahrscheinlich eine Krise kriegt, wenn die Nudeln an der Decke hart werden. Drittens, weil ich kurz davorstehe, dich vom Eimer zu schubsen und ihn mir einfach zu nehmen, und eigentlich will ich nicht gewalttätig werden.«

Dante verengte die Augen. »Das würdest du nicht tun.«

»Du kannst es ja drauf ankommen lassen«, sagte sie. »Hör zu, Dante. Du benimmst dich, ehrlich gesagt, wie ein kleiner Bengel, wenn du hier draußen sitzt und schmollst.«

Dante sprang auf die Füße und trat gegen den Eimer. »Blöder Eimer, blödes Spiel und blöde Familie. Die hassen mich doch sowieso alle. Ich brauche sie gar nicht.«

Sophie nahm den Eimer und wandte sich zum Gehen, blieb aber noch einmal stehen und seufzte. »Deine Familie ist nicht blöd, sie ist toll. Jeder braucht eine Familie. Und dich hasst überhaupt niemand.«

»Aber alle starren mich an, als sei ich ein Schwerverbrecher, nur weil ich den blöden Gaszähler kaputt gemacht habe.«

»Weißt du, ich bin bloß eine Außenstehende, aber für mich sieht es nicht so aus, als ob dir jemand wegen des Zählers Vorwürfe macht. Ich meine, es war ja nicht deine Absicht. Und es war auch nicht deine Absicht, deiner Mutter etwas anzutun … oder, Dante?«

Dante schüttelte den Kopf. Dann fielen seine Schultern nach vorn, und Vito hörte ein verdächtiges Schniefen. »Natürlich nicht. Aber Mom wird mich dafür hassen.« Jetzt weinte er wirklich, und Sophie legte ihm den Arm um die Schultern. »Ich hätte sie fast umgebracht, und jetzt muss sie mich doch hassen.«

»Blödsinn«, murmelte Sophie. »Dante, weißt du, was ich denke? Ich denke, dass alle enttäuscht sind, weil du erst einmal gelogen hast. Vielleicht solltest du anfangen wiedergutzumachen, was du tatsächlich angestellt hast, statt dir wegen Dingen, für die du nichts kannst, die Nächte um die Ohren zu schlagen.« Vito sah, wie sie plötzlich innehielt, dann lachte sie leise. »Ich glaube, ich habe mich gerade selbst ins Aus befördert. Okay, Dante, willst du die ganze Nacht hier draußen bleiben?«

Dante wischte sich über das Gesicht. »Kann schon sein.«

»Tja, dann würde ich dir eine Decke empfehlen, denn es wird verdammt kalt werden.« Sie wandte sich um und entdeckte Vito. Verlegen hob sie den Eimer. »Ich geh jetzt putzen.«

»Dem Himmel sei Dank.«

Sie zog die Brauen hoch. »Und ich werde Lena verklagen.«
»Dem Himmel sei Dank.«
Sie ging an ihm vorbei und murmelte: »Und dann … Karnickel.«
Er grinste. »Dem Himmel sei Dank.«

Samstag, 20. Januar, 7.45 Uhr

»Du bist aber früh hier.«

Sophie presste sich die Hand auf den Mund und wirbelte herum. Einen Moment lang starrte sie Theo IV., der wie immer lautlos ins Lagerhaus gekommen war, nur an. Ihr Herz hämmerte laut.

»Du hast mit einem Mal ein extrem großes Interesse an unserem kleinen Museum, Sophie. Wieso?«

Sophie brachte sich dazu, wieder normal zu atmen, und wich einen Schritt zurück. Vito hatte sie vor einer Stunde ins Albright gebracht. Officer Lyons hatte bereits im Inneren gewartet. Er war von Ted III. und Patty Ann eingelassen worden, die die Vitrinen polierten. Sophie hatte nicht gewusst, dass auch Theo anwesend war. »Was willst du damit sagen?«

»Vor ein paar Tagen noch hast du die Führungen verabscheut und meinen Vater behandelt, als sei er ein Vollidiot. Nun kommst du früh und bleibst lange. Du packst Kisten aus und entwickelst neue Ideen, sodass mein Vater vor Glück strahlt und meine Mutter eifrig Geld zählt. Ich will wissen, was plötzlich los ist.«

Sophies Herz wollte sich noch immer nicht beruhigen. Simon Vartanian war immer noch auf freiem Fuß, und sie wusste im Grunde nichts über Theo Albright. Außer dass er ein ziemlich großer Kerl war. Sie wich noch einen Schritt zurück und war froh, dass Lyons in Rufweite war.

»Vielleicht habe ich einfach beschlossen, mir mein Geld wirklich zu verdienen. Aber ich könnte dir die gleiche Frage stellen. Bis vor ein paar Tagen hast du dich extrem rar gemacht. Jetzt bist du ständig da, wo ich bin. Warum?«

Seine Miene wurde noch finsterer. »Weil ich dich beobachte.«

Sophie blinzelte. »Du beobachtest mich? Wieso denn das?«

»Weil ich im Gegensatz zu meinem Vater kein Dummkopf bin,

der anderen blind vertraut.« Er machte auf dem Absatz kehrt und verschwand und ließ die sprachlose Sophie einfach stehen.

Sie schüttelte den Kopf. Angst vor Theo zu haben, das war doch einfach lächerlich. Aber es stimmte – sie wusste wirklich nichts über die Albrights. *Komm schon, Sophie.* Simon war dreißig Jahre alt, sein Vater ein Richter gewesen. Theo war gerade achtzehn und der Urenkel eines berühmten Archäologen. Sie benahm sich wirklich albern. Theo war nur ein seltsamer Jugendlicher. Aber dennoch …

Sie fand die Axt, die Theo für die Kisten gebraucht hatte, und legte sie in Reichweite. Es konnte nicht schaden, auf alles vorbereitet zu sein … selbst wenn Officer Lyons in der Nähe war.

Dutton, Georgia, Samstag, 20. Januar, 8.45 Uhr

»Daniel. Der ist von Mom.«

Daniel blickte auf. Susannah und er sortierten die Post seiner Eltern, und er erkannte sofort den Briefbogen, den Susannah in der Hand hielt. Er stammte aus dem Hotel, in dem seine Eltern in Philadelphia gewohnt hatten. »Sie hat dir geschrieben? Und an sich selbst geschickt? Warum?«

Susannah nickte. »Sie schreibt, sie hat dir auch einen Brief geschickt.« Sie durchsuchte ihren Stapel, fand den Brief und reichte ihn ihm.

Während Daniel ihn öffnete, hielt sie ihren an die Nase. »Er riecht nach ihrem Parfüm.«

Daniel schluckte. »Ich mochte das Parfüm immer gern.« Er überflog den Brief, und ihm rutschte das Herz in die Hose, obwohl er froh war, dass sie ihm eine Information gab, die ihnen beiden gefehlt hatte. »Sie wusste, dass Dad Simon nicht wirklich suchte, hatte aber nicht mehr die Kraft, ihm überallhin zu folgen.«

»Sind das dieselben Briefe?«, fragte Susannah.

Sie hielten beide nebeneinander. »Sieht so aus. Sie wollte anscheinend kein Risiko eingehen.«

»Sie hat zwei Tage lang in dem Hotel gesessen und darauf gewartet, dass Dad zurückkam«, murmelte Susannah.

»Wahrscheinlich hat er sich mit Dad getroffen.«

»Aber ich war nur zwei Autostunden weit weg.« Susannah klang gekränkt. »Sie hat sich zwei Tage lang Sorgen gemacht und Angst gehabt und mich kein einziges Mal angerufen.«

»Simon war immer schon ihr Liebling. Und ich verstehe mich selbst nicht, aber es tut immer noch weh, dass sie nur Schwarz oder Weiß kannte. Entweder sie liebte uns, oder sie liebte Simon.«

»Und bis zum Ende hat sie fest daran geglaubt, dass er eigentlich ein guter Mensch war.« Susannah legte den Brief mit einer wütenden Bewegung auf den Tisch. »Und bis zum Ende hat sie ihm vertraut.« Tränen quollen aus ihren Augen. »Dad war verschwunden, und sie ist trotzdem zu Simon gegangen.«

Daniel stieß den Atem aus. »Und er hat sie umgebracht.«

Wenn Du das liest, bin ich wahrscheinlich tot. Wenn Du das liest, hast Du zumindest die Befriedigung, dass Ihr in Bezug auf Euren Bruder recht gehabt habt.

»Sie hat sich mit ihm getroffen, und er hat sie umgebracht.« Er sah seine Schwester an, ohne seine Verbitterung verbergen zu können. »Manchmal denke ich, sie hat bekommen, was sie verdient hat.«

Susannah senkte den Blick. »Das habe ich auch bereits gedacht. Aber wirklich vertraut hat sie ihm nicht, sonst hätte sie diese Briefe nicht schreiben müssen. Sie hat sie an sich selbst geschickt, sodass sie sie hätte vernichten können, falls ihr Treffen mit Simon ganz harmlos und nett abgelaufen wäre. Niemand hätte dann von ihren Zweifeln an dem unbescholtenen Charakter ihres Lieblings erfahren müssen.«

»Aber sie hatte ja nichts zu verlieren – gestorben wäre sie ohnehin bald.« Auch Daniel warf den Brief auf den Tisch. »Das Einzige, worauf sie freiwillig verzichtet hat, war mehr Zeit mit uns.«

»Und Simon läuft noch frei herum.«

Daniel zögerte. Er hatte schon den ganzen Morgen versucht, es ihr zu sagen. *Komm, spuck's aus und bring es hinter dich.* »Da ist noch was, Suze. Ich wollte nicht darüber nachdenken, aber ich habe die ganze Nacht an nichts anderes gedacht. Erinnerst du dich? Ciccotelli hat uns erzählt, man hätte Claire Reynolds, unsere Eltern und zwei leere Gräber entdeckt. Was er uns aber nicht gesagt hat, ist, dass sie sie zusammen mit sechs anderen Toten gefunden haben.«

Susannas Augen weiteten sich. »Du meinst, das Gräberfeld, das man … Ich habe es in den Nachrichten gesehen. Aber ich … ich habe es nicht mit uns in Verbindung gebracht. Wie dumm von mir.«

»Ich bin ja auch erst diese Nacht darauf gekommen. Ich war wahrscheinlich viel zu schockiert über die Erkenntnis, dass Simon noch am Leben ist.« Er setzte sich plötzlich ein wenig aufrechter hin. »Nein, das ist nicht wahr. Ich hatte es die ganze Zeit im Hinterkopf, aber ich wollte es einfach nicht wahrhaben. Deshalb habe ich heute Morgen Ciccotelli angerufen und nachgefragt. Er hat mir bestätigt, dass Simon wegen zehnfachen Mordes gesucht wird. Vielleicht hat er auch noch mehr auf dem Gewissen.«

Susannah schloss müde die Augen. »Und ich denke immer wieder, noch schlimmer könnte es nicht kommen.«

»Ja, ich weiß. Jahrelang bin ich nachts immer wieder aufgewacht und habe mir Gedanken über die Leute auf den Bildern gemacht – ob sie wirklich existiert haben. Ob Simon vielleicht ihren Tod verursacht hat. Dass ich ihnen nicht mehr helfen konnte. Jetzt gibt es wieder Opfer, aber diesmal werde ich nicht wegsehen. Ich muss zurück nach Philadelphia, um Ciccotelli und Lawrence bei ihrer Suche zu helfen.«

»Ich komme mit. Diese Woche haben wir gemeinsam vor den Leichen unserer Eltern gestanden. Wenn das alles vorbei ist, stehen wir hoffentlich vor seiner Leiche.«

Samstag, 20. Januar, 9.15 Uhr

»Sind wir so weit?«, fragte Nick und reichte Vito einen Kaffeebecher, während er sich hinters Steuer setzte.

»Jep.« Vito löste den Plastikdeckel. »Bev und Tim sind schon einen Block weiter in Position. Maggy Lopez hat gerade angerufen und gesagt, dass Van Zandt als Nächstes auf der Liste steht. Wenn der Richter die Kaution bewilligt, sollte er in spätestens einer Stunde draußen sein.«

»Hoffentlich klappt alles«, murmelte Nick. »Er darf uns nicht entwischen.«

»Auf keinen Fall.« Die Worte kamen weitaus unsicherer heraus, als er es beabsichtigt hatte.

Nick warf ihm einen Blick zu. »Du hast Angst.«

Vito schwieg eine lange Minute, dann räusperte er sich. »Ja, ich fürchte mich zu Tode. Jedes Mal, wenn das Telefon klingelt, denke ich, jetzt hat er sie, weil ich sie nicht gut genug beschützt habe.«

»Diesmal ist es anders als bei Andrea, Chick. Diesmal bist du nicht allein.«

Vito nickte und wünschte sich, seine Ängste würden sich damit auflösen. Aber er wusste, er würde erst wieder vernünftig durchatmen können, wenn Simon Vartanian in ihrem Gewahrsam war. »Danke.« Das Klingeln seines Handys ließ ihn heftig zusammenfahren. Aber es war Jen.

»Was ist?«

Jen gähnte. »Sorry, ich war die ganze Nacht auf.«

»Das war ich auch«, antwortete er und zog sofort den Kopf ein. »Ahm … vergiss es.«

Jen knurrte. »Ich fange an, dich zu hassen, Ciccotelli. Ich habe die ganze Nacht geschuftet, während du heißen Sex gehabt hast. Nein, ich denke, ich hasse dich jetzt schon.«

»Ich bringe dir die ganze nächste Woche Krapfen mit. Aus der Bäckerei an der Ecke.«

»Das reicht nicht wirklich, aber es ist immerhin ein Anfang. Wir haben die Kirchen in einem Fünfzig-Meilen-Radius auf der Bodenkarte durchgecheckt. Nichts, was der Kirche im Spiel auch nur ansatzweise ähnlich ist.«

»Na ja, es war ein Versuch. Danke, dass ihr euch die Mühe gemacht habt.«

»Wag jetzt bloß nicht aufzulegen, Chick. Ich habe dein Foto gefunden.«

»Was für ein Foto?«

»Das Zeitungsfoto von Claire Reynolds und ihrer Geliebten. Es war im März vor drei Jahren. Die Frau ist um die dreißig, hat helles Haar. Dünn. Leider keine besonderen Merkmale, durch die sie sich aus der Menge hervorhebt. Ich habe sie noch nie gesehen.«

»Mist«, murmelte Vito. »Ich hatte mir einiges davon versprochen. Ich würde das Bild gerne sehen, aber wir können hier jetzt nicht weg. Van Zandt kann jeden Moment auftauchen.«

»Soll ich es dir aufs Handy schicken?«

»Mit meinem kann ich keine Fotos empfangen. Schick es auf Nicks Handy.«

»Okay, schon unterwegs.«

»Gib mir mal dein Telefon«, sagte Vito zu Nick und blinzelte einen Moment später, als das Bild auf dem Display erschien. Und plötzlich erstarrte er am ganzen Körper. »Verdammt.«

»Wer ist es denn?«, fragte Nick. Er nahm Vito das Handy ab und stieß einen Pfiff aus. »Was für ein eiskaltes Biest.«

Jen war noch dran, und ihre Stimme klang aufgeregt. »Habt ihr sie etwa erkannt?«

»O ja«, sagte Vito. »Stacy Savard. Pfeiffers Empfangsdame ist Erpresserin Nummer zwei.«

»Ich suche mir die Adresse raus und schicke sofort einen Streifenwagen hin«, sagte Jen.

Vito nahm Nicks Handy und starrte erneut auf das grobkörnige Foto. »Unfassbar. Sie wusste genau, dass Claire tot ist, und hat mit uns gesprochen, ohne auch nur einmal mit der Wimper zu zucken.«

»Was willst du jetzt machen, Vito? Savard bearbeiten oder auf Van Zandt warten?«

»Soll der Streifenwagen sie abholen. Ich fordere einen Durchsuchungsbefehl für ihr Haus oder ihre Wohnung an. Wenn das mit Van Zandt nicht so läuft, wie wir uns das denken, machen wir Erpresserin Nummer zwei zu Plan B.«

Samstag, 20. Januar, 12.45 Uhr

Wahrscheinlich war es nicht ratsam, aber Simon konnte nicht widerstehen. Wenn er seine Identität als Frasier Lewis schon aufgeben musste, dann würde er es wenigstens mit Stil tun. Und weil das Staatsanwaltsbüro zu unfähig war, Van Zandt dazubehalten und er auf Kaution gehen durfte, hatte er jetzt diese letzte und einmalige Gelegenheit.

Im Grunde genommen war es eine köstliche Ironie. Simon hatte den zweiten Deutschen in *Behind Enemy Lines* mit einem Bajonett aufspießen wollen. Das Bajonett war eine intimere, persönlichere Sache. Aber Van Zandt hatte auf den großen Knall bestanden.

Simon hatte sich über die Funktionstüchtigkeit des Zünders Sorgen gemacht – die Granate war immerhin schon sechzig Jahre alt gewesen. Was, wenn er die ganze Szene einrichtete und es dann mit einem Blindgänger zu tun hatte? Und da er ein gründlicher Mensch war, hatte er diese Eventualität mit eingeplant. Kyle Lombard hatte ihm einen Mengenrabatt gewährt.

Samstag, 20. Januar, 12.55 Uhr

»Was soll das heißen – sie ist weg?«, bellte Vito ins Telefon.

»Das soll heißen, sie ist nicht in ihrer Wohnung«, erwiderte Jen verärgert. »Der Wagen ist weg. Eine Nachbarin hat gesagt, sie sei heute Morgen mit einem Koffer in der Hand gegangen. Wir haben schon einen Fahndungsbefehl rausgegeben.«

»Mist. Als wir Lewis' Akte mitgenommen haben, hat sie es wahrscheinlich mit der Angst bekommen.« Vito rieb sich die Schläfen. »Ruft die Flughäfen und Busbahnhöfe an. Könnt ihr auch einen Streifenwagen zu Pfeiffers Adresse schicken?«

»Sollen wir ihn auch festnehmen?«

»Wir wollen nur mit ihm reden. Bittet ihn, zur Befragung zu uns zu kommen. Wir werden dann auch bald da sein.«

»Und Van Zandt ist noch nicht aufgetaucht?«, fragte Jen.

Vito blickte finster zum Gerichtsgebäude hinüber. »Der scheint seine Kaution mit Pennys zu bezahlen.«

Jen lachte leise. »Na ja, eine gute Nachricht gibt es jedenfalls. Stacy Savard hat in ihrer Wohnung einen Drucker stehen, der zu Claires Briefen passt.«

»Chick«, zischte Nick. »Da. Van Zandt.«

»Okay, Jen, ich muss aufhören. Showtime.« Vito ließ das Handy in seine Tasche fallen, als Van Zandt aus dem Gericht kam. Seine Miene war kalt und hart, und sein Anwalt folgte gut zwanzig Schritte hinter ihm. Van Zandt ging mit aggressivem Tempo über den Bürgersteig, um ein Taxi anzuhalten, und stieß dabei sogar einen alten Mann aus dem Weg.

Die Härchen in Vitos Nacken richteten sich auf. Da war etwas …

»*Nick!*«, sagte Vito. »Der alte Mann!«

»Verdammter Dreck!«, erwiderte Nick, und beide sprangen gleichzeitig aus dem Wagen.

»Halt! Polizei!«, brüllte Vito, und der alte Mann blickte auf. Einen Sekundenbruchteil lang starrte Vito in die kalten Augen Simon Vartanians.

Vartanian rannte. Sehr schnell. Vito und Nick nahmen die Verfolgung auf.

Und dann explodierte Jager Van Zandt.

23. Kapitel

Samstag, 20. Januar, 13.40 Uhr

ER WÄRE FAST ERWISCHT WORDEN. Simon saß immer noch wütend in seinem Fahrzeug. Beinahe hätten die Cops ihn in den Fingern gehabt.

Und das hätte ihnen gefallen!

Dieser Ciccotelli war cleverer, als Simon gedacht hatte. Und weitaus skrupelloser. Van Zandt als Lockvogel zu benutzen, als Bauernopfer … *um mich in die Öffentlichkeit zu locken.* Wäre er nicht nur so knapp entkommen, hätte er diese dreiste Skrupellosigkeit bewundernswert gefunden.

Es war zu knapp gewesen. Doch im Großen und Ganzen nichts weiter als eine kleine Unannehmlichkeit. Die Cops wussten nur von Frasier Lewis. Die einzigen Menschen, die wussten, dass er *nicht* tot war, waren tot.

Bis auf den Erpresser, dessen amateurhafte Bemühungen seine Eltern auf den Plan gerufen und zu ihm geführt hatten. Er musste diese Person finden und ausschalten, wer immer sie war. Und dann auf zu Susannah und Daniel. Miss und Mister Brav und Naiv.

Dass seine Geschwister noch jeweils zwei Beine hatten, war Grund genug, sie zu hassen. Dass beide beruflich für »Gesetz und Ordnung« eintraten, machte sie zu gefährlichen Feinden.

Bald würde herauskommen, dass Arthur und Carol Vartanian

nicht nur einfach auf Reisen, sondern wahrhaftig verschwunden waren. Daniel und Susannah würden das natürlich nicht einfach hinnehmen. Sie würden zu suchen anfangen und irgendwann die richtigen Informationen verknüpfen. Sie waren nicht dumm. Und wenn sie nur intensiv genug ermittelten, würden sie herausfinden, dass unter seinem Grabstein ein anderer lag.

Simon hatte sich oft gefragt, wer wohl dort beerdigt worden war, wen sein Vater – sozusagen – als Ersatz verbuddelt hatte. Als er zum ersten Mal seit zwölf Jahren wieder nach Dutton zurückgekehrt war, um die vermeintliche Reise seiner Eltern zu inszenieren und ihren Computer zu präparieren, hatte es ihn gelockt, selbst nachzusehen, aber natürlich hatte er es nicht getan.

Sein Vater war zu ihm gekommen, aber Susannah und Daniel würde er sich holen müssen. Wo sie zu finden waren, wusste er. Daniel besaß ein kleines Haus in Atlanta, während Susannah in einer Wohnung in Soho lebte. Daniel war das »Gesetz«, Klein Susannah die »Ordnung«. Law and Order.

Artie hätte eigentlich mächtig stolz sein müssen. *Aber unter der achtbaren Richterrobe war er genauso verdorben gewesen wie ich.* Daniel und Susannah mussten verschwinden. Aber zunächst hatte er noch eine Kleinigkeit zu erledigen. Die Polizei hatte ihn fliehen sehen, aber nicht als Frasier Lewis, sondern als den alten Mann. Und die einzige noch lebende Person, die ihn in dieser Rolle gesehen hatte, war … Dr. Sophie Johannsen. Seine Augen verengten sich. Wohin er sich auch wendete – stets rannte er in diese Frau hinein. Warum hatte sie sich auch einmischen müssen?

Alles war nach Plan gelaufen, bis Sophie Johannsen angefangen hatte, sich nach Schwarzmarktantiquitäten zu erkundigen. Sie wusste viel zu viel, und er würde nicht eher Ruhe geben, bis sie zum Schweigen gebracht worden war. Er verzog den Mund. Im Übrigen hatte sie ein tolles Gesicht, sehr ausdrucksstark. Sie hätte Schauspielerin oder Model werden sollen. Nun, bald würde sie ein Star sein.

Und dass er dadurch auch diesem Cop, diesem Ciccotelli, auf die Zehen treten konnte … Er lächelte. Bonuspunkt.

Vielleicht bekomme ich sogar ein Extraleben. Simon lachte in sich hinein. Wieder zufrieden mit sich, stieg er aus dem Fahrzeug und ging ins Pflegeheim.

Samstag, 20. Januar, 16.15 Uhr

Liz verzog schmerzlich das Gesicht, als Vito und Nick das Großraumbüro betraten. »Oh … Jungs.«

»Nur ein paar kleine Schrammen«, sagte Vito. »Wir haben Glück gehabt. Verletzt wurden nur Van Zandts Anwalt, zwei Passanten und wir. Die Passanten wurden im Krankenhaus behandelt und schon wieder entlassen.«

»Und der Anwalt?«, fragte Liz.

»Der wird wieder«, sagte Nick. »Er war einige Schritte hinter Van Zandt, als der Mann in die Luft ging.«

Vito setzte sich müde an den Tisch. »Und wir sind nur von ein paar kleineren Granatsplittern gestreift worden.«

»Bev und Tim und ein halbes Dutzend anderer sind auf der Jagd nach ihm, aber …« Liz ließ den Satz unvollendet.

Nick schüttelte den Kopf. »Das Schwein rennt verdammt schnell mit seiner Prothese. Das hat mich überrascht. Dann ist Van Zandt explodiert. Das hat mich noch mehr überrascht.«

»Was zum Teufel ist da passiert? Sie sollten doch auf ihn aufpassen!« Staatsanwältin Maggy Lopez stürmte herein, blieb jedoch wie angewurzelt stehen, als sie die beiden sah. »Ach, du lieber Himmel.«

»Simon hat bereits auf Van Zandt gewartet.« Vito rieb sich den Nacken. »Er hat ihm die Granate in die Tasche gesteckt. Die CSU hat Fragmente gefunden. Ich denke, wir können davon ausgehen, dass das Ding genauso eins ist wie das, durch das der Junge, den wir noch nicht identifiziert haben, gestorben ist.«

Nick ließ sich auf seinen Stuhl fallen und schloss die Augen. »Tut mir leid, Maggy.«

Lopez musterte beide mitfühlend. »Das ist nicht nötig. Van Zandt wäre auch ohne unseren Plan wahrscheinlich auf Kaution freigekommen. Wir hatten nicht genug stichhaltige Beweise. Nicht bei all den anderen Faktoren. Und was jetzt?«

Nick warf Vito einen Blick zu. »Plan B? Stacy Savard?«

Vito schnaubte. »Wir wissen ja nicht einmal, wo wir sie finden können.«

Liz grinste. »O doch. Als Sie im Krankenhaus waren, hat man sie hergebracht.«

Vito setzte sich kerzengerade hin. »Wir haben Stacy Savard? Hier?«

»Ganz genau. Wir haben ihren Wagen im Parkhaus am Flughafen gefunden. Offenbar wollte sie den nächstbesten Flug nehmen und aus dem Land verschwinden. Wenn Sie so weit sind, gehört sie Ihnen.«

Vito lächelte grimmig. »Und ob ich so weit bin. Ich kann's gar nicht erwarten, mit diesem eiskalten Biest zu sprechen.«

Samstag, 20. Januar, 16.50 Uhr

Van Zandt auszuschalten hatte mehr Schwierigkeiten gemacht, als er sich vorgestellt hatte, aber da er nun seinen Gegner kannte, würde sich Johannsen sehr viel leichter erwischen lassen. Er hatte jede Eventualität in Betracht gezogen und entsprechende Maßnahmen ergriffen. Er war bereit.

Simons Lippen verzogen sich zu einem Lächeln. Bald schon würde eine Schwester den Tropf ihrer Großmama austauschen. Alarmglocken würden schrillen, Schwestern hektisch herumlaufen, und die süße Sophie würde einen panischen Anruf erhalten. Einen panischen authentischen Anruf. Das war etwas, das er schon immer an Johannsen bewundert hatte – sie hatte eine Leidenschaft für Authentizität. *Wenn das nicht wieder Schicksal ist.*

Großmama lag im Sterben, also war sie nach Hause gekommen. Weil sie wieder zu Hause war, hatte er sie kennengelernt. Weil er sie kennengelernt, von ihr gelernt hatte, hatte er sehr, sehr viel über das Mittelalter erfahren und mit diesem Wissen ein großartig authentisches Spiel erschaffen. Aber durch das Spiel und durch Johannsens Einmischung war die Polizei ihm viel zu nah gekommen. Er hatte immer vorgehabt, sie letztendlich zu eliminieren, wenn die Zeit gekommen war, aber die Nähe der Polizei zwang ihn dazu, das eher zu tun als geplant, und durch *diesen* Faktor …

Er sah auf die Uhr. Es war Zeit. Durch *diesen* Faktor würde Großmama nun sterben. Ganz authentisch.

Und der Kreis schloss sich. Ein schöner, makelloser Kreis. Schicksal.

Abrupt richtete er sich auf. Da kam sie. Aus der Großen Halle in den Eingangsbereich, noch in ihrer Rüstung. Hoffentlich zog sie sie rasch aus, denn gleich würde sie gewiss losstürmen. Sie war groß. Es würde einiges an Kraft kosten, sie in normalen Kleidern herumzuschleppen, aber in der Rüstung … Nun, er würde auch damit fertig werden, wenn es sein musste. Er bewegte sich ein wenig näher ans Fenster heran. Bald gab es zwischen ihnen kein Glas mehr, das den »Unterhaltungseffekt« beeinträchtigen konnte. Bald hatte er sie da, wo er sie hinhaben wollte: in seinem Kerker, in dem es Kameras und Scheinwerfer gab. *Um dich besser sterben zu sehen, mein Herz.*

Samstag, 20. Januar, 17.00 Uhr

Stacy Savard saß am Tisch im Verhörraum und hatte die Arme fest vor der Brust verschränkt. Sie starrte stur geradeaus, bis Vito und Nick eintraten und sie eine Miene mitleiderregender Verzweiflung aufsetzte. »Was ist passiert? Warum haben Sie mich hergebracht?«

»Sparen Sie sich die Theatralik, Stacy.« Vito setzte sich auf den Stuhl neben sie. »Wir wissen, was Sie getan haben. Wir haben Ihren und Claires Laptop. Wir wissen von Claire und Arthur Vartanian, und wir haben Ihr hübsch gepolstertes Konto eingesehen.« Er täuschte einen verwirrten Blick vor. »Aber was ich nicht verstehe, ist: Wie konnten Sie Claire derart verraten? Sie haben sie doch geliebt, oder?«

Stacys Miene war einen Moment lang ausdruckslos, doch dann zuckte sie die Achseln. »Ich habe Claire nicht geliebt. Niemand hat Claire geliebt, mit Ausnahme ihrer Eltern vielleicht, aber nur weil sie nicht wussten, wie sie wirklich war. Claire war ein Biest … und gut im Bett. Das war alles.«

Nick lachte ungläubig. »Das war alles? Also … wie war das, Stacy? Wussten Sie, dass sie auch Frasier Lewis erpresst hat?«

Stacy schnaubte verächtlich. »Als würde Claire jemandem etwas erzählen. Sie wollte alles, was sie von den Vartanians bekam, für sich allein behalten. Sie war wirklich eine blöde Ziege.«

Vito schüttelte staunend den Kopf. »Und wann war Ihnen klar, dass Claire tot sein musste?«

Sie verengte die Augen. »Ich will Straffreiheit.«

Vito lachte laut auf, wurde aber rasch wieder ernst. »Nein.«

Stacy lehnte sich zurück. »Dann kriegen Sie von mir keine Information mehr.«

Nick, der eine solche Reaktion erwartet hatte, schob ihr ein Foto des zerfetzten Van Zandt über den Tisch und beobachtete, wie sie blass wurde.

»Wer … wer ist das?«

»Der letzte Idiot, der Straffreiheit wollte«, sagte Vito trocken.

»Und der letzte Idiot, der geglaubt hatte, er könnte Frasier Lewis austricksen«, setzte Nick freundlich hinzu. »Klar, wir können Sie gehen lassen. Und Frasier Lewis sagen, wo Sie zu finden sind.«

Ihre Augen verdunkelten sich ängstlich. »Das … das ist Erpressung. Das können Sie nicht. Und das wäre ja Mord.«

Vito seufzte. »Da hat sie irgendwie recht, nicht wahr, Nick? Okay, erwischt. Aber wenn die Sache irgendwie durchsickert … Tja, vielleicht passiert es erst, wenn es zu einem Prozess kommt, aber herausfinden wird er es in jedem Fall. Dieser Fall ist doch zu spannend, als dass die Sensationspresse ihn sich entgehen ließe.«

»Und dann schauen Sie sich ständig über die Schulter, bis er Ihnen eine Granate in die Tasche steckt.«

Stacy starrte lange auf den Tisch. Dann sah sie auf. »Ich war im Oktober mit Claire verabredet. Wir wollten essen gehen. Aber sie kam nicht, also ging ich zu ihrer Wohnung. Ich hatte noch einen Schlüssel. Dort fand ich ihren Laptop und Bilder, die sie von Frasier Lewis ohne sein Wissen im Wartezimmer gemacht hatte.«

Beinahe erschien ein Lächeln auf Stacys Gesicht. »In einer Hinsicht war Claire gut – sie machte sich immer aufwendige Notizen. Sie wollte ein Buch schreiben. Jedenfalls hatte sie in Lewis Simon Vartanian erkannt und wunderte sich darüber.«

»Weil Simon eigentlich tot sein sollte.«

»Ja. Sie recherchierte und fand heraus, dass Frasier Lewis ein Typ aus Iowa war.«

Nick blinzelte. »Sie wussten also auch von dem Versicherungsbetrug.«

Stacy presste die Lippen zusammen, und mit einem langen Seufzen legte Vito das Foto von Derek Harrington mit dem Loch zwischen den Augen neben Van Zandts. »Mit Simon Vartanian ist nicht zu spaßen, Stacy. Und mit uns auch nicht. Beantworten Sie Detective Lawrence' Frage.«

»Ja«, brachte sie hervor. »Ich wusste davon. Auf ihrem Laptop habe ich auch die E-Mails gefunden … die, die sie Simon und seinem Vater geschickt hatte. In der an seinen Vater stand: ›Ich weiß, was Ihr Sohn getan hat.‹«

»Und was, glauben Sie, soll das bedeuten?«, fragte Nick.

Sie zuckte die Achseln. »Dass er seinen eigenen Tod vorgetäuscht hat und die Versicherung betrog. Ihre E-Mail an Simon lautete: ›Ich weiß, was du bist, Simon.‹ Der Vater zahlte. Simon bestand darauf, sich mit Claire zu treffen, und sie war so blöd, es zu tun.«

»Wo?«, fragte Vito gepresst. »Wo haben sie sich getroffen?«

»Angeblich vor der Bibliothek, in der sie gearbeitet hat. Aber dann ist sie tagelang nirgendwo mehr aufgetaucht, also war für mich die logische Schlussfolgerung, dass sie tot war.«

»Sie haben die Briefe geschickt«, sagte Nick. »An die Bücherei und an die Arztpraxis – an sich selbst.«

»Ja.«

Vito hatte gedacht, er hätte schon genug skrupellose Menschen in seinem Leben erlebt, aber es tauchten immer noch mehr auf. »Und Sie haben da weitergemacht, wo sie aufgehört hat.«

»Nur mit dem Vater, nicht mit Simon.«

»Und warum nicht?«, fragte Nick, und Stacy warf ihm einen ungläubigen Blick zu.

»Na, weil er ein Mörder war, deshalb nicht. Claire war vielleicht dämlich, ich bin es aber nicht.«

»Sie sitzen hier im Verhörraum, daher kann man Ihre Klugheit durchaus anzweifeln«, sagte Nick milde. Aber ein Muskel in seinem Kiefer zuckte, und Vito wusste, dass seine Ruhe rein äußerlich war.

»Weil er ein Killer war.« Vito schüttelte den Kopf. »Sie haben ihn jedes Mal, wenn er in die Praxis kam, begrüßt. Sie wussten, dass er nicht Frasier Lewis war. Sie wussten, dass er Claire Reynolds umgebracht hat – *und Sie haben niemanden ein Wort gesagt?*«

Wieder zuckte sie die Achseln. »Wozu hätte ich das tun sollen? Claire war schon tot. Nichts und niemand hätte sie wieder lebendig machen können, und Arthur Vartanian hat ganz offensichtlich genug Geld.«

Nick stieß ein schnaubendes Lachen aus. »Meine Güte, dieser Fall wird immer spaßiger. Also, Stacy, sagen Sie uns eins. Wieso hat sich Arthur Vartanian plötzlich auf die Suche nach Ihnen gemacht?«

Sie sah ihn verwirrt an. »Er ist nicht auf die Suche gegangen. Er hat weiter gezahlt.«

»Oh, er hat Sie sehr wohl gesucht. Und nun ist er tot. Wir fanden die Leichen von ihm und seiner Frau direkt neben Claire.« Nick zog eine Braue hoch. »Möchten Sie die Fotos sehen?«

Stacy schüttelte hastig den Kopf. »Er wollte einen Beweis, dass sein Sohn noch am Leben war, aber er hat weiter gezahlt.«

Vito warf Nick einen raschen Blick zu. »Wie haben Sie es ihm denn bewiesen, Stacy?«

»Ich habe ihm ein Foto von Simon geschickt. Das, was ich für Pfeiffer gemacht habe.«

»Ein Schnappschuss«, sagte Vito nachdenklich. »Nicht gestellt.«

»Nein, Simon wollte nicht, dass man ihn fotografierte, also habe ich es heimlich aufgenommen, als er nicht hinsah. Genau wie Claire. Ich dachte, ich könnte es eines Tages vielleicht gebrauchen.«

»Okay«, sagte Nick langsam. »Und jetzt wollen wir Ihre Hilfe.«

Samstag, 20. Januar, 17.00 Uhr

»Siehst du den dünnen Kahlkopf da?«, flüsterte Ted III., während er und Sophie der letzten Gruppe des Tages nachwinkten. »Er leitet einen Wohltätigkeitsverein.«

Sophie winkte und lächelte. »Ich weiß. Er hat's mir gesagt. Gleich dreimal.«

»Er ist ein bisschen großmäulig«, gab Ted zu. »Aber er repräsentiert einen Haufen reicher Leute, die gern ihr Geld ausgeben, um ›Kunst und Erziehung‹ zu fördern. Er mochte dich. Sehr.«

»Ja, auch das weiß ich. Zum ersten Mal war ich froh, in der Rüstung zu stecken. Ted, er hat versucht, mich in den Hintern zu kneifen.«

Aber Ted grinste nur. »Sieh es positiv: Du hattest doch ein Schwert, um dich zu verteidigen.« Er lockerte seine Krawatte. »Ich glaube, heute lass ich fünf gerade sein und führe Darla aus.«

»Ins Moshulu's oder ins Charthouse?«, fragte sie, und Ted verschluckte sich beinahe.

»Ich dachte eher an einen China-Imbiss«, sagte Ted und ging kopfschüttelnd davon.

»Sie gehen nie aus. Dafür haben sie gar kein Geld.«

Wieder fuhr Sophie herum, aber diesmal machte die Rüstung ihre Bewegungen behäbig.

Eher wütend als erschreckt sah sie zu ihm auf. »Theo!«

»Ich weiß gar nicht mehr, wann wir zum letzten Mal einen Abend unterwegs waren.« Theo neigte den Kopf. »O doch, warte. Es war kurz bevor wir dich eingestellt haben.«

»Theo, wenn du mir etwas sagen willst, dann sag es einfach, Herrgott noch mal.«

»Schön. Dein Lohn übersteigt, was meine Eltern zusammen verdienen.«

Verdattert brachte Sophie einen Moment lang kein Wort heraus. »Was?«

»Sie waren vollkommen aus dem Häuschen, als sie dich eingestellt haben«, fuhr Theo kalt fort. »Meine Mutter hat dafür sogar auf ihr Gehalt verzichtet. Sie haben geglaubt, dass eine ›echte Historikerin‹ ihren Gewinn steigern würden. Ein befristetes Opfer‹ haben sie es genannt.«

Er machte auf dem Absatz kehrt und setzte sich in Bewegung, aber sie hielt ihn am Ärmel fest. »Theo, warte.«

Er blieb stehen, sah sie aber nicht an.

»Ich wusste nicht, dass mein Lohn für sie Verzicht bedeutet.« Für sie und auch für ihn.

»Tja, jetzt weißt du's.«

»Du hast letztes Jahr die Highschool abgeschlossen. Was ist mit College?«

Er versteifte sich. »Kein Geld.«

Das schlechte Gewissen meldete sich mit aller Kraft, aber sie verdrängte es. Ted III. hatte Opfer gebracht, um den Laden zum Laufen zu bringen. Aber solche Opfer brachte man freiwillig. »Theo, ob du's glaubst oder nicht, was deine Eltern mir zahlen, ist weniger, als ich als Managerin bei McDonald's bekäme. Ich könnte dir sagen, dass ich das Geld zurückgebe, aber alles, was ich verdiene, geht ins Pflegeheim meiner Großmutter.«

Er wandte sich um, und sie erkannte, dass sie in seiner Achtung gestiegen war. »McDonald's? Wirklich?«

»Wirklich. Hör mal, anstatt sauer auf mich zu sein … wie wär's, wenn wir gemeinsam überlegen, wie wir mehr Besucher hierherlocken? Mehr Führungen, neue Ausstellungen.«

Er presste die Kiefer zusammen. »Ich hasse diese Führungen. Die sind so … so peinlich. Ich meine, Patty Ann mag ja auf Theater und Schauspielen stehen, aber …«

»Ich fand es bis vor kurzem auch peinlich. Aber es kommt bei den Leuten an, Theo. Als wir uns neulich unterhalten haben, hatte ich den Eindruck, du seiest an der interaktiven Ausstellung interessiert. Ist das noch so?«

Er nickte. »Ich bin handwerklich ziemlich geschickt.«

»Weiß ich. Mit der Täfelung der Großen Halle hast du dich selbst übertroffen.« Sophie dachte an Michael und die wunderbar glatten Holzblöcke, an das Katapultmodell. »Gib mir ein bisschen Zeit, darüber nachzudenken, wie wir dein Geschick einsetzen können und …«

Ihr Handy, das sie sich in den BH gesteckt hatte, vibrierte und ließ sie zusammenfahren. Hastig löste sie die Riemen, die die Brustplatte hielten. »Theo, hilf mir mal bitte mit dem Ding.«

Ein Blick auf die Nummer auf dem Display verdrängte jeden anderen Gedanken aus ihrem Kopf. »Das Pflegeheim.« Mit heftig pochendem Herzen nahm sie den Anruf an. »Ja?«

»Hier ist Fran.« Fran war die Oberschwester, und ihre Stimme klang eindringlich.

Sophies hämmerndes Herz setzte aus. »Was ist los?«

»Anna hatte einen Herzstillstand. Wir haben bereits den Notarzt gerufen. Sophie, Sie müssen sich beeilen. Es sieht schlimm aus.«

Sophies Knie gaben nach, und hätte Theo sie nicht rasch am Arm gepackt, wäre sie zusammengesunken. »Ich bin schon unterwegs.« Sophie klappte das Handy mit zitternder Hand zu. *Denk nach.*

Simon. Vielleicht war das eine Lüge gewesen. Eine Falle. Sie rief hastig im Pflegeheim an, wobei sie sich bewusst war, dass Theo sie keinen Moment aus den Augen ließ.

»Hallo, Sophie Johannsen hier. Ich habe gerade einen Anruf bekommen und wollte mir nur bestätigen lassen …«

»Sophie? Hier spricht Linda.« Eine Schwester. Sophie hatte Zweifel, dass Vartanian zwei Schwestern zum Lügen bewegen konnte. »Hat Fran Sie nicht erreicht? Fahren Sie bitte sofort ins Krankenhaus.«

»Danke.« Sophie war plötzlich schlecht. Sie drückte das Gespräch weg. »Ich muss ins Krankenhaus.«

»Ich fahre dich«, sagte Theo.

»Nein, schon okay. Ich fahre mit Officer Lyons.« Sie sah sich um, und die Panik, die sie ergriffen hatte, wuchs mit jeder Sekunde. »Wo ist der überhaupt?«

»Warum hast du eigentlich ständig Cops in deiner Nähe?«, fragte Theo, während sie, so schnell es ihre Arme und Beine, die noch in der Rüstung steckten, erlaubten, auf die Tür zur Eingangshalle zulief. Er kam ihr nach.

»Später. Wo ist Lyons? Verdammt!« Sie hielt an der Tür an und sah hinaus. Es war dunkel. Die Minuten verstrichen, und Anna lag im Sterben. Sie war bei Elle zu spät gekommen. Sie würde nicht zulassen, dass Anna die letzten Minuten ihres Lebens allein war. Sie rupfte an dem Klettband, das die Beinschienen zusammenhielt. »Hilf mir bitte. Ich muss das hier abmachen.«

Theo hockte sich vor sie und löste die Schienen. Er packte ihren Fuß. »Heb hoch.«

Sie gehorchte und stützte sich am kalten Fenster ab, während er ihr den Stiefel auszog. Sie kniff die Augen zusammen, sah wieder nach draußen und entdeckte einen Polizisten, das Gesicht halb abgewandt. Rote Zigarettenglut leuchtete ein paar Zentimeter von seinem Mund entfernt. Das war nicht Lyons. Sie warf einen Blick auf ihre Uhr. Nach fünf. Schichtwechsel. Theo zog ihr den anderen Schuh aus, und sie rannte mit einem raschen Winken los. »Dank dir, Theo. Ich melde mich.«

»Sophie, warte doch. Du hast keine Schuhe an.«

»Macht nichts. Keine Zeit mehr.«

»Ich hol sie dir«, rief er. »Es dauert bloß eine Sekunde. Warte.«

Aber sie konnte nicht warten. Sie rannte auf den fremden Officer zu und ignorierte den Schock des eiskalten Pflasters unter ihren Füßen. Im Krankenhaus würde man ihr schon Pantoffeln geben. »Officer, ich muss sofort zum Krankenhaus. *Sofort!*« Schon lief sie auf den Streifenwagen zu, der am Gehweg geparkt war. Seine Schritte erklangen hinter ihr.

»Dr. Johannsen, stopp! Ich habe Befehl, mit Ihnen hier zu warten, bis die Detectives kommen.«

»Ich kann nicht warten. Ich muss ins Krankenhaus.«

»Also gut.« Er holte auf und nahm ihren Arm. »Langsam, oder Sie rutschen noch aus. Sie können nichts für Ihre Großmutter tun, wenn Sie stürzen und sich verletzen.«

Sie wollte protestieren, ihm sagen, sie müssten sich beeilen, und erstarrte. Sie hatte nichts von Anna gesagt. *Simon!* Mit einem Ruck machte sie sich los. *Nein!* Sie hatte zwei Schritte geschafft, als sein Arm sich um ihren Hals schlang und ihr ein Tuch auf Mund und Nase gepresst wurde. Sie wehrte sich wie ein wildes Tier, aber er war groß und kräftig, viel zu kräftig. »Nein!« Aber der Schrei wurde durch das Tuch gedämpft, und schon begann ihre Sicht zu verschwimmen.

Wehr dich. Schrei. Aber ihr Körper gehorchte ihr nicht mehr. Ihr Schrei war schrill und laut, doch nur in ihrem Kopf. Niemand konnte ihn hören.

Er schleifte sie mit sich. Sie versuchte, den Kopf zu wenden, um zu sehen, wohin er sie brachte, aber es ging nicht. Sie hörte eine Tür aufgleiten, und plötzlich spürte sie einen Schmerz im Rückgrat. Sie konnte fühlen, doch sie konnte nicht mehr bewegen als ihre Augen. Hilflos lag sie auf dem Rücken und sah durch die Seitentür eines Vans. Alles war verschwommen, doch sie kämpfte dagegen an und erkannte Theo, der hinter Simon auftauchte. Ihre Schuhe. Theo hielt ihre Schuhe in der Hand.

Ihre Augenbewegung musste Simon gewarnt haben, denn Theo Albright wurde mit einem einzigen Fausthieb niedergestreckt.

Und dann fuhren sie. Der Van hüpfte, als er etwas überfuhr, dann stob er mit quietschenden Reifen davon. *Vito,* dachte sie und kämpfte gegen die Bewusstlosigkeit an, die sie unaufhörlich ins Dunkle ziehen wollte. *Verzeih mir.* Und dann war da nichts mehr.

24. Kapitel

Samstag, 20. Januar, 17.30 Uhr

STACY SAVARD STARRTE SIE TROTZIG AN. »Ich rede nicht mit ihm. Sie können mich nicht zwingen. Ich will nicht so enden.« Sie stieß die Fotos von sich. »Nie und nimmer. Sie müssen mich für total verrückt halten.« Vito schluckte seinen Zorn und seine Verachtung hinunter. »Sie hätten Simon jederzeit anzeigen und damit den Tod von mindestens zehn Menschen verhindern können. Diese Morde haben Sie mitverschuldet. Und deswegen werden Sie uns helfen. Sie werden Simon für uns aus seinem Versteck locken.«

»Und nur übers Telefon«, setzte Nick ruhig hinzu. »Sie müssen ihm nicht einmal gegenübertreten. Aber wenn Sie uns nicht helfen wollen … tja, die Presse lässt sich leider schwer kontrollieren.«

Savard verzog die Mundwinkel. »Ich habe wohl keine große Wahl. Was soll ich ihm sagen?«

Nicks Lächeln war nicht freundlich. »Man hat immer eine Wahl, Miss Savard. Und diese hier könnte Ihre erste anständige sein. Sie haben in seiner Krankenakte vermerkt, dass Simon mehr von seinem Silikongleitmittel bestellt hat.«

»Vor zwei Tagen, ja. Normalerweise bekommt er es von einem Spezialhändler, aber sein Vorrat war fast aufgebraucht, also hat er es bei uns bestellt, weil wir es schneller bekommen. Na und?«

»Und«, fuhr Nick fort, »Sie werden mit uns in Pfeiffers Praxis gehen und ihn von dort aus anrufen, um ihm zu sagen, dass seine Bestellung angekommen ist.«

»Aber die Praxis ist heute geschlossen«, sagte sie mit bebender Stimme.

»Dr. Pfeiffer wird uns schon aufmachen«, sagte Vito. »Er hilft uns ausgesprochen gerne. Die Idee mit dem Gleitmittel war sogar seine.« Zufrieden beobachtete er, wie ihr die Kinnlade herabfiel. »Was denken Sie denn, wie wir Sie so schnell gefunden haben, hm, Stacy? Wir haben bereits am Flughafen nach Ihnen Ausschau halten lassen, aber Sie hatten nichts gebucht und sind nicht einmal bis zum Schalter gekommen. Pfeiffer hat sich seine eigenen Gedanken gemacht und ist zu dem Schluss gekommen, dass Sie etwas damit zu tun haben könnten, also ist er Ihnen heute Morgen auf eigene Faust gefolgt und hat uns angerufen, sobald Sie am Flughafen waren.«

Die Tür ging auf, und Liz steckte den Kopf herein. Ihre Miene war ausdruckslos. »Detectives?«

Vito und Nick standen auf, und Nick konnte nicht widerstehen. »Sie sollten unbedingt üben, ganz wie die Sprechstundenhilfe zu klingen, meine Liebe. Vartanian ist kein Dummkopf. Er nimmt jede Nervosität auch aus meilenweiter Entfernung wahr.«

Und dann standen sie im angrenzenden Raum. »Ist denn das zu fassen?«, fragte Vito.

Nick schüttelte nur den Kopf. »Das ist mir vielleicht eine. Die wird im Knast ihren Spaß kriegen.«

»Vito«, flüsterte Jen heiser.

Vito wandte sich vom Einwegspiegel ab. Plötzlich war ihm eiskalt. Jen war weiß wie ein Laken, und Liz' Miene war nicht länger ausdruckslos, sondern voller Angst.

»Sophie«, sagte sie leise. »Ihre Großmutter ist vorhin mit dem Notarztwagen ins Krankenhaus gebracht worden. Herzanfall.«

Vito zwang sich, ruhig zu bleiben. »Ich fahre zum Museum und bringe sie hin.«

Liz packte seinen Arm und hielt ihn fest, als er an ihr vorbeigehen wollte. »Nein, Vito. Hören Sie zu. Auch zum Museum ist eine Ambulanz gerufen worden. Man hat den Albright-Jungen gefunden. Bewusstlos auf der Straße vor dem Gebäude.« Sie straffte die Schultern und wappnete sich sichtlich. »Und Officer Lyons lag tot auf der Rückbank seines Streifenwagens.«

Vito klappte den Mund auf, aber kein Ton wollte herauskommen.

»Und Sophie?«, fragte Nick heiser.

Liz zitterte. »Zeugen haben gesehen, wie sie in einen weißen Van geschleppt wurde, der anschließend den jungen Albright überfahren hat und weggefahren ist. Sophie ist verschwunden.«

Vito hörte nur das Blut in seinen Ohren rauschen. »Dann hat er sie doch gekriegt«, flüsterte er.

»Ja«, erwiderte Liz ebenso leise. »Es tut mir leid, Vito.«

Betäubt sah er durch die Glasscheibe in den Verhörraum und

musste gegen den Drang ankämpfen, dieser Frau die Hände um den Hals zu legen und zuzudrücken. »Sie hat gewusst, dass er ein Mörder ist, und nichts gesagt.« Er atmete schwer, jedes Wort kostete ihn Mühe. »Jetzt ist es zu spät. Wir können sie nicht mehr dazu einsetzen, ihn hervorzulocken. Er hat, was er wollte. Er hat Sophie.«

Nick packte seinen anderen Arm und drückte ihn, bis Vito sich zu ihm umwandte. »Vito, beruhig dich und denk nach. Trotzdem braucht Simon dieses Gleitmittel. Es kann funktionieren. Lass es uns probieren.«

Vito nickte, noch immer betäubt. Er hatte Simon in die Augen gesehen, kurz bevor Van Zandt gestorben war. Seine Augen waren kalt gewesen, berechnend. Die Augen einer Schlange.

Und diese Schlange hatte nun Sophie.

Samstag, 20. Januar, 18.20 Uhr

Simons Handy klingelte. Stirnrunzelnd blickte er auf das Display, bevor er den Anruf annahm. »Ja?«

»Mr. Lewis, Stacy Savard, Praxis Dr. Pfeiffer.«

Simon sog eine Wange ein. Die Praxis hatte an Wochenenden nicht geöffnet. »Ja?«

»Dr. Pfeiffer muss sich um dringende Familienangelegenheiten kümmern, weswegen die Praxis in der kommenden Woche geschlossen hat. Dr. Pfeiffer und ich sind gerade dabei, alle anstehenden Dinge zu regeln. Ich wollte Ihnen mitteilen, dass das Gleitmittel, das Sie bestellt haben, eingetroffen ist.«

Simon hätte fast gelacht. »Ich bin augenblicklich ziemlich beschäftigt. Ich komme am Montag rein.«

»Aber am Montag hat die Praxis zu. Die ganze kommende Woche. Wenn Sie das Gleitmittel brauchen, dann müssen Sie es heute noch abholen. Sie hatten es doch bestellt, weil Ihr Vorrat zu Ende ging.«

Sie war gar nicht schlecht, die Kleine, das musste Simon zugeben. Wenn da nicht das leichte Beben in ihrer Stimme gewesen wäre. »Ich werde mir woanders etwas besorgen, vielen Dank. Wahrscheinlich werde ich in Kürze ohnehin umziehen.« Er legte auf, bevor sie etwas erwidern konnte, und lachte in sich hinein. Savard arbeitete mit den Cops zusammen, jeder Depp hätte sich das zusammenreimen können.

»Dein Freund ist gar nicht mal so dumm«, rief er nach hinten. »Aber ich bin schlauer.« Keine Antwort. Falls sie noch nicht aufgewacht war, würde sie es bald tun, das stand fest, aber er hatte keinen Überraschungsangriff zu befürchten. Sobald er die großen Straßen hinter sich gelassen hatte, würde er anhalten, um die Nummernschilder auszutauschen und sie zu fesseln.

Stacy Savard legte den Hörer mit bebenden Händen auf. »Ich habe mein Bestes gegeben.«

»Ihr Bestes war aber nicht gut genug«, fauchte Nick. »Er hat es gemerkt.«

Vito rieb sich über das Gesicht, während zwei Uniformierte Stacy Savard in Handschellen zurück aufs Revier brachten. »Ich habe nicht wirklich daran geglaubt, dass es klappen würde.«

Pfeiffer stand daneben und rang die Hände. »Ich war sicher. Es tut mir so leid.«

»Doktor, Sie haben uns sehr geholfen«, sagte Nick freundlich. »Vielen Dank.«

Pfeiffer nickte und blickte zur Tür, durch die man seine Assistentin abgeführt hatte. »Ich kann kaum glauben, dass sie so lange bei mir arbeiten konnte, ohne dass ich sie wirklich kennengelernt habe. Ich habe die ganze Zeit gehofft, dass ich mich irre, und deswegen habe ich auch gestern nichts gesagt, als Sie hier waren. Ich kann doch nicht einfach jemanden aus einem Gefühl heraus beschuldigen.«

Vito wünschte, der Arzt hätte seine Bedenken erwähnt, aber er schwieg.

»Und was machen wir jetzt?«, fragte Nick, als sie wieder in seinem Wagen saßen.

»Wir kehren zum Anfang zurück«, sagte Vito grimmig. »Irgendetwas müssen wir übersehen haben.« Er blickte aus dem Fenster. »Beten wir, dass Sophie durchhält, bis wir sie finden.«

Samstag, 20. Januar, 20.15 Uhr

»Wir haben ihn auf Video.« Brent kam mit einer CD in der Hand in den Konferenzraum. Er reichte sie Jen. »Der Mistkerl hat den Tropf der alten Dame manipuliert.«

Vito war die Kamera in der Vase eingefallen, die er an Annas Bett gestellt hatte, während Nick und er auf dem Weg zur Wache gewesen waren. Nun stand er hinter Jens Stuhl, als sie die CD in den Laptop schob. Nick und Liz und Brent gesellten sich zu ihm. Katherine blieb sitzen. Sie war bleich und sagte kein Wort.

Vito hatte es nicht über sich gebracht, ihr in die Augen zu sehen. Er hatte ihr versprochen, auf Sophie aufzupassen, aber er hatte versagt. Er hätte Sophie zu ihrem eigenen Schutz einsperren müssen, bis sie Simon gefasst hatten, aber er hatte es nicht getan, und nun war Sophie verschwunden. Simon Vartanian hatte sie entführt, und sie alle wussten nur allzu gut, zu was für Grausamkeiten dieser Mann fähig war.

Er musste aufhören, in diesen Bahnen zu denken. Sonst würde er noch verrückt werden. *Also konzentrier dich, Chick. Und lass dir etwas einfallen.*

Brent warf ihm einen kurzen Seitenblick zu. »Simon taucht etwa nach fünf Stunden auf. Die Kamera wird durch Bewegung aktiviert. In den ersten zwei Stunden sieht man dich und Sophie bei ihrer Großmutter. Das war gestern Abend. Anschließend Schwestern, die ihr den Blutdruck messen, Medikamente verabreichen, Essen bringen et cetera. Und Karten spielen.«

Vito sah ihn überrascht an. »Karten spielen?«

»Eine Schwester kommt ungefähr gegen zehn mit einem Kartenspiel. Und sagt der alten Frau, es sei Zeit für die tägliche Partie. Sophies Großmutter verliert und beschimpft die Schwester. Sie sei bösartig.«

»Kann man auf dem Band hören, ob die Schwester Marco heißt?«

»Ja. Sie war übrigens auch diejenige, die der Dame das Leben gerettet hat.«

Wenn er nicht solche Angst gehabt hätte, hätte Vito laut gelacht. »Tja, wenigstens wissen wir jetzt, dass Anna nicht misshandelt wird.« Vito schüttelte den Kopf. »Sie verliert nur nicht gern.«

»Ich habe die Stelle markiert«, sagte Jen. »Er kommt jetzt.«

Sie sahen zu, wie Simon Vartanian Annas Zimmer betrat und sich an ihr Bett setzte. Er war als alter Mann verkleidet.

»Er muss direkt nach dem Anschlag auf Van Zandt hergekommen sein«, murmelte Nick.

»Da hat er heute aber viel zu tun gehabt«, sagte Jen tonlos. »Verdammt.«

Brent beugte sich über Jen und spulte vor. »Er erzählt ihr, er käme von der Operngesellschaft. Sophie habe ihn gebeten herzukommen. Er nennt sie auch beim Namen. Sie plaudern ungefähr zwanzig Minuten, bis Anna einschläft. Hier – jetzt pfuscht er an ihrem Tropf herum.«

Auf dem Bildschirm sahen sie, wie Simon eine Spritze aus der Tasche zog und in den Tropf injizierte, den Schwester Marco schon neben das Bett gelegt hatte. Er steckte die Spritze wieder ein, überprüfte den Tropf, an dem sie noch hing, und sah auf die Uhr.

»Sehr schlichte und sehr effiziente Zeitverzögerung«, sagte Jen dumpf. »Dadurch bleibt ihm genügend Raum, um das Pflegeheim zu verlassen und sich auf die Lauer zu legen, bis Sophie aus dem Museum stürmt.«

Wieder einmal schien Simon an alles gedacht zu haben.

Was Vito erneut das Blut in den Adern gefrieren ließ.

Brent räusperte sich. »Die Schwester kommt gleich, um den Tropf auszuwechseln.« Jen übersprang wieder ein Stück Film. Nun sahen sie Schwester Marco, die Annas Werte auf eine Karte eintrug, nachdem sie den Tropf ausgewechselt hatte. Der Bildschirm wurde schwarz und erwachte plötzlich wieder zum Leben, als Marco hereinstürmte. Der Monitor des Messgeräts piepte, und Anna wand sich unter Schmerzen. Marco beugte sich dicht über Annas Mund.

»Die Schwester meinte, Anna hätte ihr gesagt, es würde brennen«, erklärte Liz. »Und sie ist gut, die Schwester. Sie hat nur einen Blick auf den Monitor geworfen und eine Kaliumchlorid-Überdosis diagnostiziert. Dann hat sie ihr HCO_3 gespritzt. Und so das Schlimmste abgewendet.«

»Und Anna das Leben gerettet«, murmelte Vito und schluckte.

»Marco glaubt, sie habe mit dem Tropf einen Fehler gemacht«, erklärte Liz. »Sie rechnet mit Disziplinarmaßnahmen, sogar mit fristloser Kündigung. Aber sie meinte, sie könne nicht lügen. Wenn sie einem Patienten versehentlich Schaden zugefügt hätte, wolle sie auch dafür geradestehen.«

Vito seufzte. »Weiß sie von der Kamera?«

»Nein«, antwortete Liz. »Es ihr zu sagen wird ihr auf jeden Fall das Gewissen erleichtern.«

»Und ihr klarmachen, dass Sophie ihr nicht vertraut hat«, sagte Vito. »Aber sie sollte es trotzdem erfahren. Und Sophies Familie auch. Ich werde nachher im Krankenhaus vorbeigehen.« Er setzte sich auf seinen Stuhl am Kopf des Tisches. Als er den Fall übernommen hatte, hatte es ihn gefreut, eine Ermittlung von diesem Ausmaß leiten zu können. Nun hing ihm die Verantwortung wie ein Mühlstein um den Hals. Das war sein Fall. Wie es weiterging, hing von ihm ab. Was bedeutete, dass auch Sophies Schicksal von ihm abhing.

»Was ist uns entgangen?«, sagte er nun. »Was haben wir noch nicht untersucht?«

»Isoliert stehende Gebäude mit Fahrstühlen auf Steinbruchboden«, sagte Jen.

»Die Identitäten der alten Frau und des Mannes am Ende der ersten Reihe«, fügte Nick hinzu.

Liz schürzte die Lippen. »Das verdammte Feld«, sagte sie, und Vito verengte die Augen.

»Sie meinen, wieso *dieses* Feld?«, fragte er, und Liz nickte.

»Diese Frage haben wir noch nicht beantwortet. Warum genau dieses Feld? Wie ist er darauf gekommen?«

»Winchester, der Mann, dem das Grundstück gehört, sagte, seine Tante hätte es ihm vererbt.« Vito drehte sich auf seinem Stuhl um, um auf die Tafel zu blicken. »Aber die alte Frau, die neben Claire Reynolds begraben war, kann diese Tante nicht sein.«

»Weil sie erst im Oktober gestorben ist«, bemerkte Nick. »Und unsere Tote ein Jahr früher.«

»Sie stammte aus Europa«, sagte Katherine. Es waren die ersten Worte, die sie äußerte, seit sie den Raum betreten hatte. »Ich habe ihre Zahnbehandlungen analysieren lassen und gestern den Bericht erhalten. Ihre Füllungen bestehen aus einem Amalgam, das hier in den USA nicht verwendet wurde. In Deutschland in den Fünfzigern war es aber üblich.« Sie schüttelte den Kopf. »Allerdings weiß ich nicht, wie euch das weiterhelfen sollte. Nach dem Krieg sind Tausende von Menschen in die Staaten gekommen.«

»Aber dieses Puzzleteil hatten wir bisher noch nicht. Reden wir noch einmal mit Harlan Winchester. Wir müssen mehr über seine Tante erfahren.«

Liz legte ihm die Hand auf die Schulter. »Ich habe eine bessere Idee. Nick und ich besuchen Winchester, und Sie fahren zu Sophies Familie.«

Vito schüttelte den Kopf. »Nein, Liz. Ich übernehme das.«

Liz' Lächeln war freundlich, aber bestimmt. »Zwingen Sie mich nicht dazu, Ihnen den Fall abzunehmen, Vito.«

Vito klappte den Mund auf, dann wieder zu. »Sie wollen mich vom Eimer schubsen«, sagte er, als ihm plötzlich Dante und Sophie am Abend zuvor einfielen.

»Ich weiß zwar nicht, wie Sie auf diese Metapher kommen, aber ja, wahrscheinlich will ich genau das.« Liz hob die Brauen. »Sie können im Moment nicht objektiv sein, Vito. Sie sind persönlich betroffen. Gehen Sie nach Hause. Ruhen Sie sich aus. Das ist ein Befehl.«

Vito stand auf. »Also gut. Aber nur heute Abend. Morgen früh bin ich wieder hier. Wenn ich nichts tun kann, um sie zu finden, werde ich verrückt, Liz.«

»Ich weiß. Vertrauen Sie uns, Vito. Wir werden jeden Stein umdrehen.« Sie wandte sich an Jen. »Sie waren die ganze letzte Nacht hier. Sie gehen auch nach Hause.«

»Dagegen werde ich mich nicht wehren«, sagte Jen und klappte den Laptop zu. »Allerdings glaube ich kaum, dass ich es noch bis nach Hause schaffe. Ich denke, ich werde mich hier irgendwo hinlegen.« Sie drückte Vito fest an sich. »Gib nicht auf.«

»Nick, Sie kommen mit mir«, sagte Liz. »Ich hole meinen Mantel.«

»Okay.« Nick blieb neben Vito stehen. »Schlaf ein bisschen, Chick«, murmelte er. »Denk nicht nach, schlaf einfach. Du denkst viel zu viel.« Und dann waren Liz und er fort.

Brent zögerte, dann reichte er Vito die CD. »Ich dachte, du wolltest vielleicht eine Kopie.« Seine Lippen verzogen sich zu einem winzigen Lächeln. »Du hast eine verdammt fantastische Stimme, Ciccotelli. Als wir die Aufnahmen gesehen haben, mussten alle schlucken.«

Vitos Augen brannten. »Danke.« Dann war auch Brent fort, und Vito war mit Katherine allein. Ohne sich darum zu kümmern, dass sie es sah, wischte er sich mit dem Handballen die Tränen ab. »Katherine, ich weiß nicht, was ich sagen soll.«

»Ich auch nicht. Außer dass es mir leidtut.«

Er blinzelte. »Dir tut es leid?«

»Ich habe unserer Freundschaft diese Woche mehr geschadet, als ich geglaubt habe. Weil ich mich neulich so danebenbenommen habe, denkst du jetzt, ich gebe dir die Schuld daran. Aber nichts könnte weiter von der Wahrheit entfernt sein.«

Vito drehte und wendete die CD in seinen Händen. »Das solltest du aber. Ich gebe mir selbst die Schuld.«

»Und ich verfluche mich, dass ich sie überhaupt in die Sache hineingezogen habe.«

»Mein Gott, ich muss immer an all die Opfer denken.«

»Ich weiß«, sagte sie heiser.

Nun sah er sie an. Ihr Blick war gequält. Sie hatte in der vergangenen Woche zwölf Leichen obduziert, zwölf Menschen, die Simon Vartanian getötet hatte. »Du verstehst es besser als jeder andere.«

Sie nickte. »Und ich kenne Sophie Johannsen. Wenn es eine Möglichkeit gibt zu überleben, dann schafft sie es. Und daran musst du unbedingt festhalten, denn mehr haben wir im Augenblick nicht.«

Samstag, 20. Januar, 21.15 Uhr

Sophie erwachte. Sie schlug die Augen auf und ließ den Blick, soweit es ohne Drehung des Kopfes möglich war, nach links und rechts gleiten. Die Decke über ihr war schallisoliert. Sie kannte Ähnliches von den vielen Malen, die sie Anna ins Tonstudio begleitet hatte. Die Wände waren aus Stein oder sahen danach aus. Sie konnte nicht sagen, ob er echt war oder nicht. Die Fackeln in den

Wandhaltern jedoch waren echt, und ihr Flackern warf seltsame Schatten an die Wände.

Es roch nach Tod. Sie musste an die Schreie denken. Gregory Sanders war hier gestorben. Wie so viele andere. *Und du wirst das auch.* Sie biss die Zähne zusammen. *Nicht, solange ich noch ein bisschen Kraft in mir habe.* Sie hatte zu viele Gründe zum Leben.

Der Gedanke war gut, aber leider lag sie, gefesselt an Händen und Füßen, auf einem Tisch. Breite Riemen sorgten zusätzlich dafür, dass sie dort blieb. Sie war angezogen, trug aber nicht die Kleider, die sie im Museum angehabt hatte, sondern eine Art Kleid oder einen Umhang. Sie hörte Schritte und schloss schnell die Augen.

»Du brauchst dich nicht zu verstellen, Sophie. Ich weiß, dass du wach bist.« Er hatte einen Akzent, die Stimme klang sanft und kultiviert. »Mach die Augen auf. Sieh mich an.«

Aber sie tat es nicht. Je länger sie die Konfrontation hinauszögern konnte, umso mehr Zeit hatte Vito, sie zu finden. Denn er würde sie finden, dessen war sie sich sicher. Wann das wäre und in welchem Zustand sie sich dann befände, waren allerdings die Fragen, die ihr am meisten zu schaffen machten.

»Sophie«, gurrte er. Sie spürte seinen Atem auf ihrem Gesicht und versuchte verzweifelt, nicht zusammenzuzucken. Dann ein Lufthauch, als er sich wieder aufrichtete. »Du bist gut.« Weil sie es erwartet hatte, regte sie keinen Muskel, als er sie in den Arm kniff. Er lachte leise. »Ich gebe dir noch ein paar Stunden Zeit, aber nur weil ich meine Batterie wieder aufladen muss.« Er hatte Letzteres beinahe selbstironisch gesagt.

»Und wenn es so weit ist, bin ich für die nächsten dreißig Stunden fit und agil. Stell dir nur vor, wie viel Spaß wir in dreißig Stunden zusammen haben werden.« Er ging mit einem vergnügten Lachen davon, und Sophie betete, dass er nicht gesehen hatte, wie sie schauderte.

Samstag, 20. Januar, 21.30 Uhr

»Hi, Anna.« Vito setzte sich neben Annas Bett, das auf der Intensivstation stand. Anna schien kaum bei sich zu sein, aber ihr gesundes Auge flackerte leicht. »Schon gut«, sagte er. »Ich weiß, dass Sie im Augenblick nicht sprechen können. Ich wollte nur nach Ihnen sehen.«

Ihr Blick wanderte zur Tür, und ihre Lippen bebten, aber kein Laut kam hervor. Sie suchte nach Sophie, und Vito brachte es nicht übers Herz, ihr die Wahrheit zu sagen. »Sie hatte einen langen Tag. Sie ist eingeschlafen.« Das war nicht einmal gelogen. Die Zeugen hatten gesagt, sie sei wahrscheinlich betäubt gewesen, als der Mann sie zu seinem weißen Van geschleppt hatte. Vito hoffte inständig, dass sie noch immer schlief. Jede weitere Stunde, die sie bewusstlos war, gab ihnen mehr Zeit.

»Wer sind Sie?«

Vito wandte sich um und sah eine kleinere, jüngere Version Annas in der offenen Tür stehen. Das musste Freya sein. Er tätschelte Annas Hand. »Ich komme wieder, sobald ich kann, Anna.«

»Ich habe gefragt, wer Sie sind.« Freyas Stimme klang schrill, und Vito hörte die Panik heraus.

Die Panik konnte er verstehen. »Vito Ciccotelli, ein Freund von Anna. Und Sophie.«

Ein Mann mit einem spärlichen Ring Haar am Hinterkopf tauchte hinter Freya auf. Seine Miene schwankte zwischen Angst und Hoffnung. Das musste Onkel Harry sein.

Der Mann bestätigte seine Vermutung. »Harry Smith, Sophies Onkel. Sie sind ihr Cop.«

Ihr Cop. Vito wurde das Herz noch ein wenig schwerer. »Suchen wir uns einen Ort zum Reden.«

Sie setzten sich in einen kleinen Aufenthaltsraum. »Was ist mit Sophie?«, fragte Harry sofort.

Vito betrachtete seine Hände, dann blickte er wieder auf. »Wird immer noch vermisst.«

Harry schüttelte den Kopf. »Aber das verstehe ich nicht. Wieso will jemand unserer Sophie etwas antun?«

Vito sah, wie sich Freyas Lippen zusammenpressten. Nur leicht, wahrscheinlich ein Anzeichen der Sorge, er wusste es nicht. Aber er wusste, dass dieser Mann hier für Sophie dem, was ein Vater war, am nächsten kam und es verdiente, die Wahrheit zu erfahren.

»Sophie hat uns bei einer Ermittlung geholfen. Es war in der Presse.«

Harry verengte die Augen. »Die Gräber, die der alte Mann mit seinem Metalldetektor aufgespürt hat?«

»Ja, genau. Seit einer Woche verfolgen wir den Täter.« Er holte tief Luft. »Und wir haben leider Grund anzunehmen, dass er auch Sophie entführt hat.«

Harry wurde leichenblass. »Mein Gott. Aber da oben wurden neun Leichen gefunden.«

Und sie hatten inzwischen sechs weitere, vielleicht sieben in Anbetracht der Tatsache, dass Alan Brewster noch nicht aufgefunden worden war. Aber das brauchte Harry nicht zu wissen.

»Wir tun, was wir können, um sie zu finden.«

»Der Herzanfall meiner Mutter«, sagte Freya langsam. »Keine Stunde bevor Sophie entführt worden ist. Das kann doch kein Zufall sein.«

Vito dachte an Schwester Marcos Gesichtsausdruck, als er ihr von den Kameraaufnahmen erzählt hatte. Wie erwartet, war sie sowohl erleichtert als auch gekränkt gewesen. »Nein, es war auch keiner, wie wir wissen. Der Killer hat sich am Tropf Ihrer Mutter zu schaffen gemacht; er hat ihr Kaliumchlorid injiziert.« Wahrscheinlich Allerweltszeug, hatte Jen vermutet. Von der Art, wie man es bei Glatteis zum Streuen benutzte.

Freyas Mund war nun nur noch ein farbloser Strich. »Er hat versucht, meine Mutter zu töten. Um *Sophie* in die Finger zu kriegen.«

Vito runzelte die Stirn. Nicht wegen der Worte, sondern der Art, wie sie ausgesprochen worden waren. Auch Harry schien sich daran zu stoßen. Schockiert sah er sie an.

»Freya, Sophie hat doch keine Schuld daran.« Als Freya nichts sagte, erhob sich Harry. »Freya! Sophie ist verschwunden. Ein Mörder, der neun Menschen umgebracht hat, hat unsere Sophie entführt!«

Freya brach in Tränen aus. »*Deine* Sophie«, spuckte sie aus. »Immer deine Sophie.« Sie sah trotzig zu ihm auf. »Du hast zwei Töchter, Harry. Was ist mit deinen zwei Töchtern?«

»Ich liebe Paula und Nina«, sagte er mit wachsender Verärgerung. »Wie kannst du es wagen, etwas anderes anzudeuten? Aber die beiden haben immer uns gehabt. Sophie hatte niemanden!«

Freyas Gesicht verzerrte sich wütend. *»Sophie hatte Anna.«*

Harry wurde noch blasser, doch nun erschienen zwei rote Flecken auf seinen Wangen, als er endlich begriff. »Ich dachte immer, Lena sei der Grund. Dass du Sophie nicht lieben konntest, weil sie Lenas Tochter ist. Aber es lag an Anna. Du warst eifersüchtig.«

Freya schluchzte jetzt. »Für das Mädchen hat sie alles aufgegeben. Ihr Haus, ihre Karriere. Für uns ist sie nie zu Hause geblieben. Aber für Sophie ... Sophie hat alles bekommen. Und nun liegt Mutter da drin und *stirbt.*« Sie rang um Luft. »Wegen *Sophie.*«

Vito stieß behutsam den Atem aus. Freya die Gute war gar nicht so gut.

»Mein Gott, Freya«, sagte Harry leise. »Wer bist du?«

Sie vergrub das Gesicht in den Händen. »Geh, Harry. Geh einfach weg.«

Zittrig verließ Harry das Wartezimmer und ließ sich draußen gegen die Wand sinken. Mit einem letzten Blick auf die schluchzende Freya folgte Vito ihm. Harry hatte die Augen geschlossen. »Ich habe es bis eben nicht begriffen.«

»Sie haben sich in einer Sache geirrt«, sagte Vito leise.

Harry schluckte und schlug die Augen auf. »Und worin?«

»Es stimmt nicht, dass Sophie niemanden hatte. Sie hatte Sie. Sie hat mir gesagt, Sie seien ihr wahrer Vater. Und mir fiel auf, dass sie es Ihnen nie gesagt hat.«

Harry hatte sichtlich Mühe, die Fassung zu bewahren. »Vielen Dank«, brachte er heiser hervor.

Vito straffte die Schultern. »Sie und Anna. Und nun hat sie mich. Und ich werde sie finden.« Nun verengte sich auch seine Kehle, aber er zwang die Worte heraus. »Und ich liebe sie, Harry. Ich werde ihr das Zuhause geben, das sie sich immer gewünscht hat. Das verspreche ich Ihnen.«

Harry schwieg einen Moment nachdenklich. Er schien seine Antwort abzuwägen. »Ich habe ihr vor kurzem noch gesagt, dass es irgendwo einen Menschen für sie gibt. Dass sie nur geduldig sein und warten müsste.«

Geduldig sein und warten. Geduld war etwas, das Vito im Augenblick nicht besaß. Liz hatte ihm den Befehl erteilt, nach Hause zu gehen, aber das konnte er nicht. Er schuldete Sophie mehr als das. Geduldig sein und warten war jedenfalls unmöglich. »Ich rufe Sie an, sobald ich etwas weiß«, sagte er. »Sobald ich sie gefunden habe.«

Vito entfernte sich ein paar Schritte, blieb aber noch einmal stehen. »Annas Pflegerin – Schwester Marco. Nur durch ihre rasche Reaktion ist Anna noch am Leben.«

Harry schloss die Augen. »Und wir haben sie angeschrien. Sie sagte uns, sie hätte mit dem Tropf einen Fehler gemacht, und wir haben sie beschimpft. Ich werde es wiedergutmachen, versprochen.«

Vito hatte nichts anderes erwartet. »Gut. Und vielleicht sollten Sie auch wissen, dass der junge Mann, dessen Vater das Museum gehört, sein Leben für Sophie riskiert hat.«

Harry riss die Augen wieder auf. »Theo IV.? Dabei dachte Sophie, er könne sie nicht einmal leiden.«

Vito dachte an die Furcht in den Augen der anderen Familienmitglieder. Sie sorgten sich nicht nur um Theo, der ernsthafte innere Verletzungen erlitten hatte, als Simon ihn überfahren hatte, sondern auch um Sophie. »Sie mögen sie alle vier. Und sie machen sich furchtbare Sorgen um sie.«

Harry nickte unsicher. »Und Theo … wird er durchkommen?«

»Das hoffen wir alle.«

Wieder nickte er. »Brauchen sie … brauchen sie vielleicht etwas?«

Vito seufzte. »Eine Krankenversicherung. Sie haben kein Geld.«

Krankenversicherung. Simon hatte sich seine gestohlen. Vito sog scharf die Luft ein, als die Erkenntnis ihn wie ein Brett vor die Stirn traf. In all der Aufregung, mit all den neuen Informationen und unerwarteten Wendungen hatten sie das wichtigste Prinzip vergessen – der Spur des Geldes nachzugehen!

»Was ist?« Harry packte ihn am Arm. Offensichtlich sah man Vito seine plötzliche Erregung an.

»Mir ist plötzlich etwas eingefallen. Ich muss weg.«

Und schon hastete er auf den Fahrstuhl zu, während er gleichzeitig die Nummer von Bezirksstaatsanwältin Lopez wählte.

Samstag, 20. Januar, 21.50 Uhr

Er hatte sein Bein gerade noch rechtzeitig in die Steckdose gestöpselt. Er war in den letzten beiden Tagen derart beschäftigt gewesen, dass die Batterie beinahe versagt hätte. Es würde Stunden dauern, bis sie wieder voll aufgeladen war. Er hatte noch andere Beine zur Verfügung, aber keines davon war so beweglich und so verlässlich wie die Prothese, die er durch die Teilnahme an Dr. Pfeiffers Studie bekommen hatte, und er hatte die dumpfe Ahnung, dass er für die Tötung von Sophie Johannsen all seine körperliche Kraft nötig haben würde. Sie war kein fragiles Blümchen.

Er setzte sich in seinem Atelier aufs Bett. Dr. Pfeiffer. Dr. Pfeiffer und seine Assistentin unterstützten die Polizei bei ihren Ermittlungen. Das war die einzige Erklärung für den Anruf, den er bekommen hatte. Komm, Simon, und hol dir dein Gleitmittel. Ha! Er hatte Ciccotelli mehr zugetraut. Es war ein Glück, dass er dieser Assistentin nicht erlaubt hatte, ihn zu fotografieren. Andernfalls würde Ciccotelli sein wahres Gesicht kennen. Und das konnte zum Problem werden, wenn er sich mit einer neuen Identität ausgestattet wieder in die Öffentlichkeit wagte.

Sobald Johannsen tot war, blieb nur noch die Brut des alten Mannes. Er lächelte und freute sich plötzlich auf die Familienzusammenführung. Besonders auf Daniel. Beinahe liebevoll betrachtete er die Falle auf dem Tisch neben dem nicht vollendeten Grabraster. Dass sein so sorgsam geplanter Friedhof nun unvollendet bleiben musste, nagte allerdings an ihm. Nun, er würde so oder so beenden, was sein Bruder so viele Jahre zuvor begonnen hatte. Er hatte so oft und so lebhaft von seiner Rache geträumt ... vielleicht hatte er das Glück auch in dieser Nacht.

Aber er war zu rastlos, um zu schlafen. Wäre sein Bein aufgeladen gewesen, wäre er gelaufen. Er musste seine überschüssige Energie loswerden, und er wusste auch schon, wie ihm das gelingen würde. Er zog sein altes Bein fest und durchquerte das Atelier bis zur Tür, die in die Treppe eingelassen war. Er öffnete und lächelte. Brewster hatte sich zusammengerollt und so klein gemacht wie möglich. Aber er atmete.

»Na, die Hoffnung schon aufgegeben, Brewster?«

Der Blick des gefesselten Mannes flackerte, aber er gab keinen Laut von sich. Nicht einmal ein Wimmern. Mit Brewster konnte er es einbeinig in einem Wirbelsturm aufnehmen. Hätte er nicht andere Pläne mit ihm gehabt.

»Weißt du, Alan, ich habe dir noch nicht richtig gedankt. Durch dich habe ich mein Dienstleistungsteam zusammenstellen können. Was für ein Glück, dass dein Name immer zuerst auftaucht, wenn man nach Experten in mittelalterlicher Kriegführung sucht. Und was für ein Glück, dass du so ... hilfreiche Händler kennst – kanntest.« Er zog Brewster hoch, bis er mit dem Rücken an der Wand lehnte.

»Danke auch, übrigens, dass du mir von Dr. Johannsen erzählt hast, als sie aus Frankreich zurückgekommen war. Wie hast du sie noch genannt? Eine überaus fähige Assistentin. Und du hattest recht, mein Freund. Sie hat ein wirklich profundes Wissen. Selbstverständlich interessieren wir beide uns für ganz unterschiedliche Bereiche ihres Wissens. Und ich bin froh, dass du zu sehr mit deinen niederen Gedanken beschäftigt warst, um ihre akademischen Kenntnisse zu nutzen.«

Er richtete sich auf und betrachtete Brewster, während er die Szene im Geist plante. Van Zandt hatte recht gehabt, eine stattlichere Königin zu fordern, und nach gründlicher Überlegung hatte er auch einsehen müssen, dass Van Zandt mit der Morgensternszene nicht falschgelegen hatte. Er brauchte etwas mit mehr Pep, etwas, das dramatischer daherkam.

VZ hatte etwas explodieren sehen wollen. Simon lächelte. Nun, er hatte Van Zandt seinen Wunsch erfüllt, und zwar sehr direkt und ... intim. Dieses Mal würde er die Szene jedoch filmen.

Samstag, 20. Januar, 21.55 Uhr

Vito fing Maggy Lopez ab, als sie das Polizeigebäude betrat. »Maggy. Danke, dass Sie so schnell gekommen sind.« Er nahm sie am Ellenbogen und führte sie eilig zum Fahrstuhl. »Wir müssen uns beeilen. Sophie ist nun schon seit fünf Stunden verschwunden.« Und es kostete ihn jedes bisschen Kraft, nicht darüber nachzudenken, was Simon wohl in diesen fünf Stunden mit Sophie angestellt haben mochte.

Maggy musste laufen, um mit ihm Schritt zu halten. »He, langsamer. Ich breche mir noch den Knöchel.«

Er zwang sich, das Tempo zu drosseln, obwohl er im Geist die Minuten verstreichen sah. »Ich brauche Ihre Hilfe.«

»Zu diesem Schluss bin ich auch schon gekommen.« Sie schnaufte, als sie endlich am Fahrstuhl stehen blieben. »Was genau wollen Sie von mir?«

Die Türen öffneten sich, und er schubste sie förmlich hinein. »Ich brauche Zugang zu Simon Vartanians Konten.«

Sie nickte. »Okay. Ich beantrage die Verfügung mit denselben Namen, die wir bereits für die Krankenakte eingesetzt haben.« Sie verengte die Augen. »Aber das hätten Sie auch telefonisch machen können. Was wollen Sie, Vito?«

Der Fahrstuhl hielt an, und er führte sie in den Flur vor dem Großraumbüro der Mordkommission. Maggy blieb stehen und entzog ihm ihren Arm. »Stopp jetzt. Was wollen Sie, Vito?«

Er sog die Luft ein. »Ich kann nicht erst auf die richterliche Verfügung warten, Maggy. Wir haben keine Zeit. Er hat teure Antiquitäten gekauft. Er muss irgendwo Geld haben. Und das muss ich finden.«

»Und daher fordern wir Einsicht in seine Konten.« Sie bedachte ihn mit einem finsteren Blick. »Ganz legal.«

»Ich habe aber nichts, was man zurückverfolgen kann. Keinen Scheck, kein gekauftes und quittiertes Stück. *Verdammt.*« Er sah sie eindringlich an. »Er hat Sophie *seit fünf Stunden* in seiner Gewalt, Maggy. Wenn das nicht zwingende Umstände sind, dann weiß ich es auch nicht. Sie kennen Leute, die mir die nötigen Informationen beschaffen können. Bitte.«

Sie zögerte. »Vito … das letzte Mal, dass ich mich auf Ihren Vorschlag eingelassen habe, ist jemand gestorben.«

Vito versuchte angestrengt, die Ruhe zu bewahren. »Sie haben gesagt, Van Zandt wäre ohnehin auf Kaution freigelassen worden. Und in gewisser Hinsicht hat er sich seinen Tod selbst zuzuschreiben. Sophie aber nicht.«

Sie schloss die Augen. »Maßen Sie sich nicht an zu entscheiden, wer sterben darf und wer nicht, Vito.«

Er packte ihre Schultern, und sie riss die Augen auf. Ohne auf das warnende Funkeln darin zu achten, griff er fester zu. »Wenn ich sie nicht finde, wird er sie foltern und töten. Maggy, ich flehe Sie an. Helfen Sie mir, *bitte!*«

»Mein Gott, Vito.«

Er hielt den Atem an, während sie sichtlich um eine Entscheidung rang.

Dann seufzte sie. »Also gut. Ich rufe ein paar Leute an.«

Kontrolliert stieß er den Atem aus. »Danke.«

»Danken Sie mir noch nicht«, erwiderte sie finster und drängte sich an ihm vorbei ins Büro.

Brent Yelton wartete bereits an Vitos Tisch. »Ich bin so schnell gekommen, wie ich konnte.«

Maggy warf Vito einen wütenden Blick zu. »Ah, der private Hacker? Sie waren sich ja ganz schön sicher, Sie arroganter Mistkerl.«

Vito dachte nicht daran, ein schlechtes Gewissen zu haben.

»Sie können Nicks Tisch nehmen, Maggy.«

Maggy ließ sich murrend auf den Stuhl fallen und holte ihren Palm Pilot aus der Handtasche.

Brent nickte zufrieden. »Wo soll ich rein?«

Er klang so eifrig, dass Vito beinahe gelächelt hätte. »Ich weiß noch nicht. Ich überlege die ganze Zeit verzweifelt, was er gekauft haben könnte.«

»Das Gleitmittel von diesem Arzt.«

Vito schüttelte den Kopf. »Das hat er bar bezahlt. Sowohl die Eigenbeteiligung als auch das Gleitmittel. Ich habe das auf dem Weg hierher überprüft. Können wir nicht einfach die lokalen Banken überprüfen? Vielleicht hat er irgendwo ein Konto.«

Brent überlegte. »Es wäre günstiger, wenn wir wüssten, wo wir eigentlich anfangen sollen. Sich in eine Bank zu hacken ist eine heikle Angelegenheit und braucht Zeit. Leichter wäre es bei den Kreditbüros. Vielleicht hat er eine Kreditkarte.«

Maggy stöhnte. »Ich will nichts davon hören.« Sie stand auf und suchte sich einen anderen Tisch, der außer Hörweite stand. Aber sie hatte das Handy in der Hand und tätigte die Anrufe. Damit war Vito zufrieden.

Brent klappte den Laptop auf. »Und wie hat oRo ihn bezahlt?«

»Noch nicht. Van Zandt meinte, er würde erst in drei Monaten etwas bekommen.« Vito schloss seine Schublade auf und holte die Krankenakte, die sie von Pfeiffer bekommen hatten. »Hier ist die Sozialversicherungsnummer, die er Pfeiffer genannt hat. Du musst alle möglichen Namen überprüfen.«

Brent sah mitfühlend auf. »Hau ab, Vito.«

Vito ließ die Schultern nach vorn sacken. »Entschuldige. Ich erzähle dir, was selbstverständlich ist.«

»Geh Kaffee holen.« Brent lächelte leicht. »Ich nehme zwei Stückchen Zucker.«

Vito wandte sich um – und rannte direkt in Jen hinein. Sie fing sich gerade noch. »Was machst du denn hier?«, fragte sie. Ihr Haar stand in alle Himmelsrichtungen ab, und sie sah aus, als sei sie eben erst aufgewacht. Vermutlich war genau das der Fall. Ihre Augen verengten sich. »Was hast du vor?«

»Der Geldspur folgen«, antwortete er grimmig. »So wie ich es schon längst hätte tun müssen. Und du?«

Jen blickte über die Schulter, und erst da sah Vito die beiden jungen Leute, die mit ihr hereingekommen waren. »Darf ich vorstellen? Marta und Spandan, zwei von Sophies Studenten.«

Marta war eine zarte junge Frau mit dunklem Haar und einem tränenverschmierten Gesicht. Sie hielt den Arm eines Jungen umklammert, der anscheinend indischer Herkunft war. Auch er wirkte verstört. »Wir haben es in den Nachrichten gehört«, sagte Marta mit bebender Stimme. »Was vor dem Albright passiert ist. Und dass jemand Dr. J … entführt hat.«

»Wir sind sofort gekommen«, sagte Spandan. »Mein Gott. Ich kann es einfach nicht glauben.«

»Der Sergeant unten hat Liz angerufen, und sie hat mich angerufen.« Jen deutete auf ein paar Stühle, und die Studenten setzten sich. »Das ist Detective Ciccotelli. Erzählen Sie ihm, was Sie mir erzählt haben.«

»Im Fernsehen haben sie gesagt, dass Dr. J der Polizei bei Ermittlungen geholfen hat«, begann Spandan unsicher. »Es hieß, der Fall habe mit den Gräbern auf diesem Feld zu tun und dass Greg Sanders das letzte Opfer gewesen sei.« Er schluckte. »Und dass man ihm Glieder abgetrennt hat.«

Vito warf Jen einen frustrierten Blick zu, aber Jen zuckte die Achseln. »Wir wussten, dass wir das nicht ewig unter Verschluss halten können, Chick. Sei froh, dass die Presse so lange gebraucht hat, um die richtigen Verbindungen herzustellen.« Sie nickte Spandan aufmunternd zu. »Bitte reden Sie weiter.«

»Wir arbeiten sonntags mit Dr. J im Museum.«

»Und wir haben neulich noch über das Abtrennen von Gliedern als Strafe für Diebstahl im Mittelalter gesprochen«, platzte Marta heraus. »Die Hand und den gegenüberliegenden Fuß. Und jetzt wird sie entführt. Wir mussten kommen und es Ihnen erzählen.«

Vito öffnete den Mund, aber weder konnte er etwas sagen noch atmen. »O mein Gott«, flüsterte er schließlich. »Ich hatte bisher keine Chance, sie nach dem Brandzeichen oder den abgetrennten Gliedern oder der Kirche zu fragen. Wenn ich daran gedacht hätte …«

»Spar's dir, Vito«, fuhr Jen ihn an. »Das hilft jetzt nicht.«

»Brandzeichen?«, fragte Spandan. »Darüber haben wir nicht gesprochen.«

»Einer ihrer Studenten hat sie danach gefragt«, sagte Vito geistesabwesend. »Aber Sie beide offensichtlich nicht?«

Beide schüttelten den Kopf. »Wir sind insgesamt vier«, sagte Marta. »Bruce und John haben wir nicht erreichen können, deswegen sind wir allein gekommen.«

»John war der Name, den Sophie erwähnt hat. John …« Vito schloss die Augen. »Trapper.«

Jen seufzte. »Verdammt.«

»Wissen Sie, wo John wohnt?«, fragte Vito, aber wieder schüttelten sie die Köpfe. »Was fährt er?«

»Einen weißen Van«, sagte Spandan sofort. »Er hat Dr. J am Dienstagabend gefahren.«

»Weil jemand sich an ihrem Motorrad zu schaffen gemacht hat.« *Atme. Denk nach.* Dann fiel ein Puzzleteil an den richtigen Platz. »Wenn er studiert, muss er Studiengebühren zahlen.« Er wandte sich an Brent.

Brent tippte bereits. »Bin schon dran. Es wäre hilfreich, wenn wir seine Nummer kennen würden.«

»Die wissen wir natürlich nicht«, sagte Spandan. »Aber die Bibliothek müsste sie haben. Man braucht sie, wenn man sich Bücher ausleihen will.«

»Ich ruf sie an«, sagte Brent. »Aber die dürfte geschlossen haben.«

Maggy erhob sich von ihrem Platz. »Vielleicht brauchen unsere Gäste eine Kleinigkeit zu essen.«

Jen zog die Brauen hoch, als sie begriff. »Ich bringe sie in die Cafeteria.«

Marta schüttelte heftig den Kopf. »Ich kriege jetzt keinen Bissen runter.«

»Sie möchten, dass wir gehen«, murmelte Spandan. Er warf Vito einen Blick zu. »Wir fahren zum Campus zurück. Bitte rufen Sie uns an, sobald Sie etwas wissen.«

Brent wartete, bis sie fort waren. »Die Bücherei hat, wie vermutet, zu. Soll ich mir einen Weg hinein suchen?«

Jen hob die Hand. »Wartet. Liz hat Bev und Tim gebeten, John Trapper zu überprüfen. Bev hat vorhin angerufen und mir erzählt, dass in seiner Krankenakte steht, er säße im Rollstuhl.«

»Wir wissen bereits, dass Simon Krankenakten manipulieren kann«, sagte Vito. »Aber wenn Bev und Tim die Akte in den Händen hatten, kennen sie auch die Sozialversicherungsnummer, die er benutzt. Falls er Studiengebühren oder etwas anderes für die Uni bezahlt hat, dann können wir ihn zur Bank zurückverfolgen.«

»Ich ruf sie an«, sagte Jen und setzte sich an einen freien Tisch, während sich Maggy Lopez ihnen mit ernster Miene näherte.

»Ich habe jemanden im Finanzamt erreicht. Vito, Sie müssen sich darüber im Klaren sein, was hier passiert. Wir ermitteln ab jetzt ohne Erlaubnis. Alles, was wir jetzt finden, sind Früchte vom verbotenen Baum. Sie haben vor Gericht keinen Bestand. Wenn Sie aufgrund dieser Informationen Simon Vartanian festnehmen, kann es sein, dass er mit fünfzehn Morden ungeschoren davonkommt.«

Vito begegnete ihrem Blick. »Lassen Sie uns bitte einfach dafür sorgen, dass es nicht sechzehn werden.«

25. Kapitel

Samstag, 20. Januar, 22.30 Uhr

SOPHIES KÖRPER SCHMERZTE. Jeder Muskel war so stark angespannt, dass es einem Krampf glich. Es hatte eine Explosion gegeben, so laut, dass es noch immer in ihren Ohren klang, so heftig, dass sich Steine von den Wänden gelöst hatten. Sie hatte den Schrei gerade noch unterdrücken können, nicht jedoch das instinktive Anspannen all ihrer Muskeln. Wenn Simon Vartanian nun eintrat, würde er wissen, dass sie wieder bei Bewusstsein war.

Sie musste sich entspannen. Sofort. Sie dachte an tröstende Musik. Sie dachte an Vitos »Che farò«. Dachte an sein Gesicht, während er es Anna vorsang … Anna! *Bitte sei am Leben, Gran. Bitte.*

Sie betete für Anna. Sie betete, dass Simon bei dieser Explosion, was immer sie bewirkt hatte, getötet worden war. Die Decke über ihr knarzte plötzlich, mehrmals und anhaltend, und ihr Mut sank. Simon war nicht tot. Er ging dort oben herum. Also betete sie, dass er dort bliebe, wenigstens bis die Tränen, die ihr über das Gesicht liefen, wieder getrocknet waren.

Samstag, 20. Januar, 23.45 Uhr

Liz stellte die Schachtel mit einem vernehmlichen Knall auf Vitos Tisch. »Ich hatte Ihnen doch gesagt, Sie sollten nach Hause gehen.«

Finster musterte sie Maggy, die an Nicks Tisch saß, und Jen, die ihre Füße auf Vitos Tisch gelegt und den Laptop auf den Oberschenkeln liegen hatte. Brent saß in ähnlicher Haltung, und zu ihren Füßen lagen jede Menge Kabel herum.

»Und Sie drei unterstützen ihn auch noch, sich meinem Befehl zu widersetzen«, sagte Liz anklagend.

Jen zuckte die Achseln. »Er hat Krapfen mitgebracht.« Sie stieß die Schachtel mit dem Fuß an. »Bedienen Sie sich.«

Nick kam mit einer weiteren Kiste Beweismaterial herein. »Hey, Krapfen. Ich habe Hunger wie ein Wolf.«

Liz seufzte in ärgerlicher Verzweiflung, und hätten sie nicht gefunden, was sie gesucht hatten, dann hätte sie sicherlich ihre Autorität geltend gemacht. »Also gut. Was ist hier los?«

Vito sah vom Monitor auf. »Er ist Netzwerkingenieur.«

Liz schüttelte den Kopf, als müsse sie ihre Gedanken klären. »*Wer* ist *was*?«

»Simon Vartanian ist Netzwerkingenieur.« Vito nahm ein Blatt Papier aus dem Drucker. »Wir sind in seine Steuerakte gekommen.«

Liz runzelte die Stirn. »Und wie? Oder will ich das nicht wissen?«

Jen zuckte die Achseln. »Brent hat mit einem anderen Computerfreak geplaudert, der ganz zufällig beim Finanzamt arbeitet.«

»Und ganz zufällig der Freund eines Freundes eines Freundes von mir ist«, sagte Brent und schenkte Maggy ein Lächeln. »Wir haben die Sozialversicherungsnummer bekommen, mit der er sich als John Trapper an Sophies College eingeschrieben hat. Er hat seine Studiengebühr glücklicherweise überwiesen. Und seine Kontobewegungen sind überaus interessant. Wir haben im vergangenen Jahr eine ganze Reihe an Eingängen gefunden. Von um die zwanzig Firmen.«

Vito reichte Liz das Blatt. »Trapper ist selbstständig. Und anscheinend vielbeschäftigt.« Er warf Liz einen schiefen Blick zu. »Der Mann ist ein verdammter Berater.«

Vito konnte sehen, wie sich die Rädchen in Liz' Kopf zu drehen begannen. »Der nicht umsonst arbeitet.«

»Nein.« Vito lächelte grimmig. »Ganz und gar nicht.«

»Vito hat sich gefragt, woher Simon das ganze Geld bekommt«, erklärte Jen. »Seine Arztkosten wurden von Frasiers Versicherung übernommen, aber er muss ja auch irgendwo wohnen, er muss essen, er braucht eine ziemlich aufwendige Computerausrüstung und jede Menge Kleingeld, um die hübschen Spielzeuge zu bezahlen, die Kyle Lombard ihm besorgt hat. Claire Reynolds hatte nichts, von ihr konnte er also nichts gestohlen haben, und von seinen Eltern hat er auch nichts genommen. Also – wovon lebt der Mann?«

»Folge der Geldspur«, sagte Nick mit vollem Mund. »Ist doch clever, oder?«

»Aha«, sagte Liz. »Ich bin fasziniert. Aber was macht ein Netzwerkingenieur?«

»Na ja, er richtet Netzwerke ein«, erklärte Brent. »Verbindet zum Beispiel Bürocomputer miteinander. Diese Computer hier hängen alle am PD-Netzwerk. Man kann manche Dateien gemeinsam nutzen, sofern man Zugang dazu hat, ebenso Datenbänke oder bestimmte Programme. Der Clou ist hierbei immer der Zugang – oder besser die Zugriffsberechtigung.«

Liz nahm sich einen Donut aus der Schachtel. »Reden Sie weiter, Brent. Noch kann ich Ihnen folgen.«

»Große Gesellschaften, wie die Polizei von Philadelphia ja auch eine ist, lassen ihr Netzwerk von den hauseigenen Informatikern einrichten. Damit wird gewährleistet, dass jeder die Informationen bekommt, die er braucht, das heißt, dass auch nur diejenigen bestimmte Dinge abfragen dürfen, die es auch wirklich tun müssen. Zum Beispiel kann jeder sich Formulare für die Krankenversicherung aus dem Personalbüro runterladen, während einer von der Poststelle unten sich nicht einfach ins AFIS einloggen kann. Jen darf dort natürlich rein, weil sie für ihre Arbeit Fingerabdrücke vergleichen können *muss.*«

»Große Gesellschaften haben eine eigene IT-Abteilung. Wenn kleine Gesellschaften mit vielleicht zehn Mitarbeitern ein Netzwerk brauchen, bezahlen sie dafür einen Berater, der es ihnen einrichtet.«

»Und Simon war so ein Berater.« Liz nickte. »Ich nehme an, Simons kriminelle Energie hat sich nicht nur auf seine Kunst beschränkt. Hat er diesen Firmen geschadet?«

Brent lächelte. »Nicht unbedingt den Firmen, aber deren Kunden. Jedes Netzwerk hat einen Administrator, der die Zugangsberechtigungen regelt. Wir nehmen an, dass Simon bei einigen oder allen dieser Firmen eine Hintertür eingebaut hat, durch die er sich selbst Verwaltungsbefugnis erteilen konnte. So kann er jederzeit in diese Systeme eindringen und sich nach Lust und Laune umsehen.«

»Wie zum Beispiel in den Finanzen ausgewählter Personen«, fügte Nick hinzu. »Die Models – Warren und Brittany, Bill Melville und Greg Sanders. Daher wusste er, wie dringend sie Geld brauchten.«

Vito tippte auf den Ausdruck. »Zwanzig Firmen haben Frasier

Lewis engagiert. Darunter sechs Investmentmakler, drei Immobilienmakler und zwei Krankenversicherungen.«

»Aber jetzt stecken wir fest«, sagte Maggy. »Wir überprüfen diese Gesellschaften auf irgendetwas, das sie mit Simon Vartanian oder einem der Opfer verbindet, aber bisher haben wir noch nichts gefunden.«

»Verdammt.« Liz nahm das Blatt in die Hand. »Simon hat wirklich an alles gedacht.« Dann lachte sie plötzlich, und es klang wahrhaftig fröhlich. »Wie schön, dass wir das auch tun.« Sie gab das Blatt an Nick weiter. »Schauen Sie sich die sechste Firma von oben an.«

Nick tat es und grinste breit. »Ha!« Er schlug Vito auf den Rücken und legte die Liste auf den Tisch. »Chick, diese Firma da hat die Finanzen von Winchesters Tante abgewickelt.« Er deutete mit dem Daumen über seine Schulter zu der Kiste, die er eben mitgebracht hatte. »Fünf Jahre Investmentpost.«

»Rock Solid Investments hat hauptsächlich ältere und pensionierte Kunden«, fügte Liz hinzu. »Viele Rentner legen bei ihnen ihr Geld an.«

»Und vielleicht hat die alte Frau, die neben Claire begraben war, das auch getan.« Vito holte tief Luft. Jetzt waren sie nah dran. Er konnte nur beten, dass es noch nicht zu spät war. »Okay. Was müssen wir jetzt also tun?«

»Ich würde sagen, wir besorgen uns einen Durchsuchungsbefehl für Solid Rock Investments. Beziehungsweise für ihre Kundenkartei«, sagte Maggy. »Hoffen wir nur, dass der Richter, der Notdienst hat, an Schlaflosigkeit leidet.«

Vito stand auf, aber Liz und Nick packten jeweils eine Schulter und drückten ihn wieder auf seinen Stuhl. »Verdammt, Liz«, knurrte Vito. »Das ist nicht komisch.«

Liz schüttelte den Kopf. »Nein, ist es nicht. Maggy, Sie fahren mit Nick. Und Brent, Sie gehen auch mit, für den Fall, dass jemand mit deren Netzwerk-Typ Fachchinesisch sprechen muss. Vito, Sie bleiben bei mir. Wenn Sie Sophie helfen wollen, dann ruhen Sie sich endlich etwas aus. Sie müssen bei klarem Verstand sein, wenn Sie Vartanian gegenübertreten.«

Sonntag, 21. Januar, 3.10 Uhr

Das Telefon auf Vitos Tisch klingelte, und er riss den Hörer hoch. »Ciccotelli.«

»Ich bin's, Tess. Ich weiß, du hättest schon angerufen, wenn du irgendetwas wüsstest, aber wir sind alle hier bei dir im Wohnzimmer und machen uns Sorgen um dich. Ich wollte nur, dass du das weißt.«

Plötzlich sehnte er sich danach, bei seiner Familie sein und ihren Trost annehmen zu können. »Macht euch nicht um mich Sorgen. Macht euch um Sophie Sorgen.«

»Das tun wir, keine Angst. Wir haben durchaus genug Anlass, um uns Sorgen zu machen«, sagte Tess ironisch. »Gib nicht auf. Ich garantiere dir, Sophie weiß genau, dass du alles tust, um sie zu finden.«

Wenn jemand das verstehen konnte, dann Tess. »Dank dir. Sag den anderen auch danke. Ich rufe euch an, sobald ich kann.« Er legte auf und lehnte sich zurück, die Arme fest vor der Brust verschränkt. Es war nun zehn Stunden her, dass Simon Sophie entführt hatte, drei, seit Nick, Maggy und Brent gegangen waren, um die Kundenkartei von Rock Solid Investment zu beschlagnahmen. »Wo zum Teufel bleiben sie?«

Jen sah von ihrem Laptop auf. »Versuch dich zu entspannen, Vito. Ich weiß, dass das schwer ist.«

Maggy Lopez hatte den Durchsuchungsbefehl relativ schnell bekommen. Aber bei Rock Solid jemanden zu finden, der Zugang zu allen nötigen Daten hatte, war schwieriger, als sie erwartet hatten. Der eine Broker, der in seiner Freizeit Administrator spielte, war in Urlaub und nicht erreichbar.

Niemand anderes kannte alle Passwörter, und ironischerweise hatte jemand ihnen vorgeschlagen, ihren Netzwerkberater anzurufen.

Vito versuchte, sich zu entspannen, aber es funktionierte nicht. Sein Blick blieb an der CD der Aufnahmen aus dem Pflegeheim hängen, die Brent ihm kopiert hatte. *Sophie.* Er legte die CD ein und sah einen Moment später sich neben Annas Bett und Sophie mit dem Krug in der Hand an der Tür.

Er stellte den Ton ab und spulte vor, bis Sophie, den Krug in der Hand und Tränen im Gesicht, an der Tür stand. Er sah, wie sich ihre Miene änderte, sah die Zärtlichkeit in den Augen. Und er sah, was er am Freitag nicht gesehen hatte, weil er auf Anna konzentriert gewesen war. Sophies Blick war voller Liebe. Vito schloss die Datei, dann seine Augen und tat etwas, das er seit zwei Jahren nicht mehr getan hatte. Er betete.

Sonntag, 21. Januar, 4.15 Uhr

Nick stürmte mit einem Stapel Papier im Arm herein. »Wir haben die Liste.«

Vito sprang auf die Füße und nahm sie ihm aus den Händen, aber er sah nur Namen um Namen ohne Bedeutung. Er blickte zu Liz, die beim Klang von Nicks Stimme aus ihrem Büro gekommen war.

»Und was sollen wir damit jetzt anstellen?«, fragte er frustriert.

Brent war direkt hinter Nick eingetreten. »Wir sortieren und filtern. Katherine meinte, die alte Frau auf dem Gräberfeld sei zwischen sechzig und siebzig Jahre alt gewesen, also habe ich vorsichtshalber alle Kundinnen von fünfundfünfzig bis achtzig herausgesucht. Es sind über dreihundert. Wenn ich nur die von sechzig bis siebzig nehme, haben wir immer noch rund zweihundert.«

Vito sank auf seinen Stuhl zurück. »Zweihundert.« Er hatte gehofft, dass ihnen ein einzelner Name ins Auge springen würde. Die anderen aber wirkten nicht entmutigt. Sie schienen voller Energie, und Vito ließ sich anstecken.

Jen wanderte auf und ab. »Okay, denken wir nach. Was hat er den Leuten abgenommen? Geld?«

»Grundstücke«, sagte Liz. »Er hat sich das Feld von Winchesters Tante angeeignet. Vielleicht hat er sich auch den Besitz von jemand anderem genommen. Zum Beispiel ein Feld in der Nähe eines Steinbruchs, weit genug draußen, damit er tun konnte, was er wollte, ohne Misstrauen zu erregen.«

»Oder damit niemand etwas hört«, sagte Nick.

Vito schloss die Augen, als ihn erneut die Verzweiflung überkam. »Wir gehen hier natürlich stillschweigend davon aus, dass er Sophie dorthin gebracht hat, wohin er auch alle anderen gebracht hat.«

»Jetzt mach's nicht noch komplizierter«, knurrte Nick. »Es gibt keinen Grund anzunehmen, dass Simon von seiner üblichen Vorgehensweise abgeht.«

Vito stand auf und nickte knapp. »Okay, du hast recht. Also. Wir teilen die Liste auf, sehen nach, wer von den Leuten Grundstücke in den Gebieten hat, die auch auf Jens Karte vom Landwirtschaftsministerium zu finden sind, und überprüfen dann, welches der Häuser mehr als ein Stockwerk besitzt.«

»Der Fahrstuhlschacht«, bestätigte Nick. »Und vergesst nicht das Gebiss der alten Dame. Wir müssen jemanden suchen, der vor 1960 in Europa gelebt hat.«

»Daniel hat mich gestern Abend angerufen«, sagte Liz. »Er und seine Schwester sind wieder in der Stadt und wollen uns helfen. Ich sage ihnen, sie sollen sich bereithalten, falls es zu einer Geiselverhandlung kommt und wir Informationen brauchen.«

Vito atmete kontrolliert ein und aus. »Dann los. Sophie ist jetzt schon elf Stunden in seiner Gewalt.«

Sonntag, 21. Januar, 4.50 Uhr

Simon lehnte sich von seinem Computer zurück und dehnte die Schultern. Alan Brewster war schwerer gewesen, als er ausgesehen hatte. Dennoch war es richtig gewesen, ihn für die Filmaufnahmen in die Scheune zu schleppen. Die Schweinerei, die durch den explodierenden Kopf angerichtet worden war, wäre schlimm genug gewesen, aber die Detonation hatte auch ein Stück der Scheunenwand eingerissen. Hätte er drinnen gefilmt, hätte er sein Atelier beschädigen können.

Er hatte vorgehabt, Brewsters Leiche draußen liegen zu lassen, aber festgestellt, dass die Beleuchtung in der Scheune nicht genügt hatte, um die Qualität zu erreichen, die er sich erhofft hatte. Die Aufnahme war körnig, und die Linse war durch herumfliegende menschliche Partikel verschmutzt worden, also hatte er Brewster wieder hineingebracht, um besser sehen zu können, was noch von ihm übrig war. Ihn wieder ins Haus zu tragen war selbstverständlich ein klein wenig leichter gewesen. Wahrscheinlich hatte der Kopf allein gute zehn Pfund gewogen.

Mit einem Mausklick sah sich Simon die Veränderungen an, die er an Bill Melvilles Tod durch den Morgenstern vorgenommen hatte. So ungern er es zugab, Van Zandt hatte hundertprozentig recht gehabt. Den Kopf des Ritters explodieren zu lassen machte den *Inquisitor* doch weit aufregender zu spielen. Nicht authentisch, aber verdammt aufregend.

Simon rieb sich erwartungsvoll über den Oberschenkel. Sophie würde ihm sowohl Authentizität als auch Aufregung verschaffen, und er konnte es kaum erwarten. Er sah auf die Uhr. Nicht mehr lange, dann war die Batterie wieder voll aufgeladen, und er konnte loslegen.

Sonntag, 21. Januar, 5.30 Uhr

»Verdammter Mist!« Vito starrte auf die Karte, auf der das Vorkommen der von Jen analysierten Erde vermerkt war und die jetzt mit ungefähr vierzig bunten Reißzwecken geschmückt war. Jede markierte das Haus einer alten Dame, die in ebendiesem Gebiet lebte und gleichzeitig Kundin von Rock Solid Investments war. Und die Uhr tickte gnadenlos weiter.

Beinahe dreizehn Stunden waren ihnen wie Sand durch die Finger gerieselt.

»Das sind immer noch zu viele Namen«, murrte Nick. »Und keiner davon ist deutsch.«

»Aber vielleicht hatte die alte Frau einen deutschen Mädchennamen«, schlug Jen vor. »Wir werden wohl telefonieren müssen.«

»Aber wenn wir die richtige finden, geht Simon dran«, protestierte Brent.

Alle wandten sich erwartungsvoll Vito zu. Einen Moment lang ratterte es in seinem Kopf, dann machte es Klick. »Die Angehörigen?«, fragte er. »Stehen für eventuelle Notfälle die Kontaktdaten von Angehörigen in den Verträgen von Rock Solid?«

Brent tippte, dann nickte er aufgeregt. »Jawohl. Alles in ihrer Datenbank.«

»Dann verteilen wir die Adressen wieder.« Vito sah blinzelnd auf die Namensliste in seiner Hand. »Nick, du nimmst Dina Anderson bis Selma Crane. Jen, Margaret Diamond bis Priscilla Henley.« Er reichte jedem seine Namensliste und nahm sich den Rest. Und betete wieder.

Sonntag, 21. Januar, 7.20 Uhr

»Sophie«, sang er. »Ich bin wieder da.«

Als Sophie nicht reagierte, lachte er leise. »Du bist eine ziemlich gute Schauspielerin. Aber schließlich liegt es dir im Blut, nicht wahr? Der Vater ein Schauspieler, die Großmutter Opernsängerin. Aber das wusste ich ja schon längst. Ich hatte bloß gehofft, du würdest es mir selbst sagen.«

Nein. Das kann doch nicht sein. Unwillkürlich versteifte Sophie sich. Das waren Teds Worte gewesen.

»Schön, dass wir uns endlich kennenlernen, Sophie.«

Nein. Sie wusste, wie Simon aussah. Ted war groß, aber war er so groß? Sie konnte sich nicht erinnern. Sie war so müde, und die Furcht schnürte ihr die Kehle zu.

»Sag mal, was hältst du von Marie Antoinette? Mit Kopf natürlich.« Er strich ihr mit den Fingern über die Kehle. Sie zuckte zusammen, und er lachte. »Mach die Augen auf, Sophie.«

Sie gehorchte und betete, dass es nicht Ted war. Ein Gesicht hing dicht über ihr, breitknochig, hart. Der kahle Schädel glänzte. Er hatte keine Augenbrauen.

»Buh«, flüsterte er, und sie zuckte erneut zusammen. Aber es war nicht Ted. Gott sei Dank.

Aber die Erleichterung war nur von kurzer Dauer. »Dein Spielchen ist jetzt vorbei, Sophie. Interessiert es dich denn nicht, was ich mit dir vorhabe?« Er schnallte sie vom Tisch ab, löste aber die Fesseln nicht.

Sie hob das Kinn und blickte sich um. Entsetzen packte sie. Da stand der Stuhl, wie sie ihn im Museum gesehen hatte. Sie sah die

Streckbank und einen Tisch mit all den antiken Gerätschaften, die der Mann benutzt hatte, um so viele Menschen grausam zu ermorden. Als sie an sich herabblickte, entdeckte sie, dass sie ein Kleid trug, cremeweißer Samt, purpurfarben gesäumt. Der Gedanke, dass er sie angefasst, ausgezogen hatte … sie musste sich zusammenreißen, um nicht das Gesicht zu verziehen.

»Gefällt's dir? Das Kleid?«

Sie sah auf und begegnete seinem Blick, in dem amüsierte Geduld zu lesen war. Er schien keinerlei Angst, keine Sorge zu haben, dass man ihn stören würde. »Auf dem hellen Samt macht sich Blut besonders gut.«

»Es ist zu klein«, sagte Sophie kalt, stolz auf sich, dass ihre Stimme nicht zitterte.

Er zuckte die Achseln. »Es war für jemand anderen gedacht. Ich musste es ändern, aber ich hatte nicht viel Zeit.«

»Sie können nähen?«

Er lächelte. »Ich habe sehr viele Talente, Dr. Johannsen, und eines davon ist mein enormes Geschick, mit Nadeln und anderen spitzen und scharfen Instrumenten umzugehen.«

Sie presste die Kiefer zusammen, ließ aber das Kinn erhoben. »Was haben Sie mit mir vor?«

»Nun, im Grunde hast du mich darauf gebracht. Ich hatte etwas ganz anderes geplant, bis ich dich und deinen Chef im Museum reden hörte. Über Marie Antoinette, falls du dich erinnerst.«

Sophie musste sich anstrengen, ihre Stimme kalt klingen zu lassen. »Oh, überspringen wir plötzlich ein paar Jahrhunderte?«

Er lächelte. »Mit dir wird es mir besonderen Spaß machen, Sophie. Eine Guillotine habe ich nicht bekommen, da hast du quasi noch einmal Glück gehabt. Und natürlich ziehe ich es vor, das Ganze etwas mittelalterlicher zu gestalten.« Sein Lachen ließ Sophie das Blut in den Adern gefrieren. Es war ein hässliches Geräusch, heiser und … bösartig.

Bösartig. *Anna.* »Sie haben versucht, meine Großmutter umzubringen.«

»Aber, Sophie. Es gibt keinen Versuch. Es gibt nur Sieg oder Niederlage. Sicher habe ich deine Großmutter getötet. Ich schaffe immer, was ich mir vorgenommen habe.«

Die Woge des Kummers, die sie zu überschwemmen drohte, war kaum zurückzudrängen. »Sie mieses Schwein.«

»Na, na, bitte kontrolliere doch dein Vokabular. Du bist die Königin.« Er trat zurück, und sie sah ein sauberes weißes Tuch, das über zwei Pfählen drapiert war. Er zupfte ein wenig daran, und sie erkannte, dass die Pfähle eigentlich Mikrofonständer waren. Mit dramatischer Geste zog er das Tuch ganz beiseite und enthüllte ein Podest, das von einem niedrigen weißen Zaun eingegrenzt war. In der Mitte der Plattform stand ein Block, der oben eine Mulde besaß. Und mit Blut befleckt war.

»Na?«, sagte er. »Wie findest du das?«

Einen Moment lang konnte sie nur daraufstarren. Ihr Gehirn weigerte sich zu verarbeiten, was sie sah. Das war doch Wahnsinn. Konnte nicht wirklich geschehen. Nicht mit ihr geschehen. Aber das hatten die anderen sicher auch gedacht – Warren, Brittany, Bill … und Greg. Sie hatten unter Simon Vartanians Händen gelitten. Und er würde seinen schrecklichen Plan in die Tat umsetzen, daran bestand kein Zweifel.

Sie versuchte sich zu erinnern, was sie über Vartanian erfahren hatte, doch nur Gregs Schreie hallten in ihrem Kopf wider. Der Block war blutig. Er hatte Greg die Hand abgeschnitten. Ein Schluchzen stieg in ihrer Kehle auf, und sie biss sich auf die Zunge, um es zu unterdrücken.

Simon Vartanian war kein Mensch – er war eine Bestie. Ein Psychopath, der nach Macht gierte. Nach Dominanz. Sie konnte sein Spiel nicht mitspielen. Sie würde seine Gier nicht stillen. Sie würde die Coole spielen, auch wenn sie glaubte, sich vor Angst übergeben zu müssen.

»Ich warte, Sophie. Was hältst du davon?«

Konzentrier dich. Sophie nahm alles an schauspielerischem Talent, das sie besaß, zusammen, und … lachte laut auf. »Sie wollen mich wohl auf den Arm nehmen.«

Simons Augen verengten sich. »Keinesfalls.«

Er mochte nicht ausgelacht werden. Das konnte sie gegen ihn verwenden. In Anbetracht der Tatsache, dass sie immer noch an Händen und Füßen gefesselt war, musste sie alles nutzen, was sich ihr bot. Sie verlieh ihrer Stimme einen ungläubigen und gleichzeitig amüsierten Unterton. »Sie erwarten wirklich, dass ich da hinaufmarschiere, meinen Kopf auf den Block lege und ihn mir abschlagen lasse? Dann sind Sie doch noch verrückter, als wir gedacht haben.«

Er starrte sie einen Moment lang an, dann lächelte er mild. »Solange ich meine Aufnahmen bekomme, ist mir egal, was du darüber denkst.« Er trat an einen hohen weißen Schrank und öffnete ihn.

Sophie musste sich auf die Lippe beißen, um nicht vor Schreck zu stöhnen.

Im Schrank befand sich eine Sammlung Dolche, Äxte und Schwerter. Viele waren sehr alt, beschädigt durch Rost und … intensiven Gebrauch. Andere waren neu und glänzten, augenscheinlich Reproduktionen. Aber alle wirkten absolut tödlich. Simon neigte den Kopf und schien über die beste Wahl nachzudenken, und Sophie wusste, dass er diese Show nur für sie abzog. Und es funktionierte hervorragend. Sie dachte an Warren Keyes. Simon hatte ihn ausgeweidet. Und sie dachte an Greg Sanders' Schreie, als ihm Simon die Hand abgeschnitten hatte.

Wieder drohte die Angst ihr die Luft abzuschnüren. Dennoch zwang sie sich zu einem lockeren Lächeln.

Er nahm eine Streitaxt aus dem Schrank; sie sah ähnlich aus wie die, die sie für die Führungen benutzte. Er legte sich den Griff auf die Schulter und lächelte sie an. »Du hast doch genau so eine.«

Sie ließ ihre Stimme gefrieren. »Ich hätte auf meinen Instinkt hören und sie gegen Sie führen sollen.«

»Es ist immer klug, auf seine Instinkte zu hören«, stimmte er liebenswürdig zu, dann legte er die Axt zurück. Schließlich wählte er ein Schwert und zog es langsam und vorsichtig aus der Scheide. Die Klinge schimmerte und glänzte neu. »Schön, nicht wahr?«

»Aber nur eine Reproduktion«, sagte Sophie verächtlich. »Ich hätte etwas Besseres erwartet.«

Er sah sie einen Moment lang halb verblüfft, halb zornig an, dann lachte er wieder. »Mit dir kann man wirklich Spaß haben.« Er kam mit dem Schwert zu ihr, hielt es ihr vors Gesicht und drehte es, damit es das Licht reflektierte. »Die alten Schwerter sind vor allem sinnvoll, um eine Vorstellung von Größe und Gewicht zu bekommen, damit man es ausbalanciert schwingen kann. Aber die meisten sind rostig und unschön und leider nicht mehr besonders scharf.«

»Nun, aber scharf wollen wir es ja schon haben, nicht wahr?«, sagte sie trocken und hoffte, dass er das wilde Hämmern ihres Herzens nicht hörte.

Er lächelte. »Aber ja. Ich will doch nicht auf deinem hübschen Hals herumhacken müssen.«

Sie zwang sich zu einem Achselzucken. »Wenn Sie das Schwert einsetzen wollen, können Sie den Block nicht verwenden. Das wäre, als würde man gleichzeitig Gürtel und Hosenträger tragen.«

Er dachte einen Moment nach, trat dann auf das Podest und nahm den Block weg. »Stimmt. Du kniest also. Dann kann ich dein Gesicht auch besser filmen. Vielen Dank auch.« Er schob die Kamera auf dem rollenden Dreibein zurecht.

»Oh, gern geschehen. Und Sie haben Ihren anderen Opfern erlaubt, die alten Schwerter zu benutzen?«

Er sah über die Schulter. »Ja. Ich wollte die Bewegungen festhalten. Warum?«

»Ich frage mich nur, wie es wohl ist, ein Schwert in der Hand zu halten, das beinahe achthundert Jahre alt ist.«

»Es fühlt sich so an, als habe es all diese Jahre geschlafen und sei nur für dich allein erwacht.«

Sophie blieb der Mund offen stehen, als sie ihre eigenen Worte wiedererkannte, und als sie sprach, war ihre Stimme kaum hörbar. »John?«

Er lächelte. »Einer meiner Namen.«

»Aber der …« Der Rollstuhl. *Oh, Vito.*

»Der Rollstuhl?« Er stieß einen übertriebenen Seufzer aus. »Es ist seltsam, weißt du? Die meisten Menschen betrachten alte Menschen und Behinderte nicht als Bedrohung. Man kann sich sozusagen in aller Öffentlichkeit verstecken.«

Hatte sie sich wirklich so leicht täuschen lassen? *Seine Augen.* Sie hatte sie nie wirklich gesehen, denn seine Haare hatten ihm stets im Gesicht gehangen. Sein Haar, das eine Perücke gewesen war …

»Die … die ganze Zeit?«

»Die ganze Zeit«, bestätigte er vergnügt. »Denn wissen Sie, *Dr. J*, ich bin weder verrückt noch dumm.«

Nun erkannte sie auch seine Stimme. Er schien recht gut darin zu sein, sie zu verstellen, aber wenn man Bescheid wusste und sich konzentrierte …

Sie schaffte es, sich zu fassen und das innere Beben niederzudrücken. »Nein, nur böse.«

»Oho, da will mir jemand ein Kompliment machen. Aber ›böse‹ ist als Begriff doch wirklich relativ.«

»Vielleicht in irgendeinem Paralleluniversum, doch hier ist das grundlose Töten von Menschen immer noch schlecht, böse, ein Verbrechen und widerwärtig.« Sie neigte den Kopf. »Warum?«

»Warum was? Warum ich Menschen töte?« Er schob eine weitere Kamera an ihren Platz. »Aus verschiedenen Gründen. Manche standen mir im Weg. Einen habe ich gehasst. Aber die meisten wollte ich einfach nur sterben sehen.«

Sophie holte tief Luft. »Na, siehst du. Das ist widerwärtig. Damit kommst du nicht …«

Er hielt eine Hand hoch. »Sag bloß nicht, damit kommst du nicht durch. Das ist eine abgedroschene Phrase, die ich von dir nicht erwartet hätte.« Eine dritte Kamera wurde in Position geschoben, und er trat zurück und klopfte sich die Hände ab. »So, die Kameras stehen. Jetzt noch einen kleinen Soundcheck.«

»Ein Soundcheck?«

»Ja, genau. Du sollst schließlich schreien.«

Schrei, so viel du willst. Sie schüttelte den Kopf. »Schmink dir das ab.«

Er schnalzte missbilligend mit der Zunge. »Diese Sprache. Und du *wirst* schreien. Oder ich benutze eine Axt.«

»Na und? Sterben tue ich doch sowieso. Ich denke nicht daran, dir diese Befriedigung zu geben.«

»Ich glaube, Warren hat etwas Ähnliches gesagt. Ach nein, Bill. Der große, böse Bill mit dem schwarzen Gürtel. Er hat sich für so hart gehalten. Und am Schluss hat er geheult wie ein Baby. Und geschrien. Und wie.«

Er kam zu ihr und berührte ihr Haar, das von der letzten Führung noch zu einer Krone geflochten war. »Du hast wunderschönes Haar. Und ich bin froh, dass du es geflochten hast. Es wäre jammerschade gewesen, es abschneiden zu müssen.« Er lachte in sich hinein. »Obwohl es ja albern ist, sich übers Haareschneiden Gedanken zu machen, wenn ich doch gleich etwas ganz anderes abschneiden werde.« Er strich ihr mit dem Finger über die Kehle. »Genau hier, denke ich.«

Panik machte es ihr fast unmöglich zu atmen. Viel Zeit würde sie nicht mehr haben. *Vito, wo bist du?* Unwillkürlich versuchte sie, seinen Fingern zu entgehen.

»Wer war Bill? Der, den du ausgeweidet hast?«

Er war sichtlich verdattert. »Na, sieh mal an. Du weißt ja mehr, als ich dachte. Ich hätte nicht erwartet, dass dein Bullenfreund dir so viel erzählt.«

»Das brauchte er nicht. Ich war dabei, als man sie ausgegraben hat. Du hast Greg Sanders die Hand abgetrennt.«

»Und den Fuß. Er hatte es verdient, denn er hatte gestohlen. Aus meiner Kirche. Du hast es uns doch selbst erklärt.«

Das Entsetzen drehte ihr den Magen um. Er verwendete ihre Worte, ihre Lektionen, um grausam zu töten. »Du bist krank. Ein widerwärtiger, kranker Irrer.«

Seine Augen verdunkelten sich. »Ich habe dir gewisse Freiheiten gewährt, weil du amüsant bist, Sophie Johannsen. Aber nun reicht es. Wenn du versuchst, mich aus dem Gleichgewicht zu bringen, dann sei gewarnt. Wut macht mich nur konzentrierter.« Er packte sie am Arm und riss sie vom Tisch.

Sophie zuckte zusammen, als ihre Hüfte auf Beton krachte. Greg Sanders. Er hatte ihm die Hand abgetrennt … und den Fuß. Weil er gestohlen hatte. Aus Simons Kirche. Aber so hatte sie es nicht gesagt. Er hatte nicht richtig zugehört und einen Fehler begangen. Wut machte ihn nicht konzentrierter. Er beging Fehler. Und das musste sie nutzen.

Er zerrte sie am Arm über den Boden, und sie riss sich los, doch er packte sie an den geflochtenen Haaren und schlug ihren Kopf auf den Boden. Einen Moment lang sah sie nur Sterne. »Versuch das ja nicht wieder.«

Sie rollte sich auf den Rücken und sah blinzelnd zu ihm auf. Er war riesig, besonders aus dieser Perspektive. Die Hände in die Hüften gestemmt, stand er über ihr, und seine Miene verriet nichts. Doch er atmete schwer, und seine Nasenflügel bebten.

»Bei Greg hast du Mist gebaut, weißt du das?«, brachte sie keuchend hervor. »Der abgetrennte Fuß passt nicht zu der Kirche. Nur die Hand. Du bist so wütend geworden, weil er irgendetwas gestohlen hat, dass du alles durcheinandergebracht hast.«

»Ich habe nichts durcheinandergebracht.« Er griff unter ihren Nacken, packte das Kleid und drehte, bis der Samt in ihre Kehle schnitt und ihr die Luft abdrückte. Wieder tanzten Sterne vor ihren Augen, und sie bäumte sich auf, um ihm zu entgehen. Dann, plötzlich, ließ er sie los, und sie rang befreit um Atem.

»Du Scheißkerl«, knurrte sie und hustete. »Du kannst mich umbringen, aber von mir kriegst du nichts für dein verdammtes Spiel.«

Simon packte mit beiden Händen das Oberteil ihres Kleids und hob sie mühelos auf die Füße, dann noch höher, bis sie ihm direkt in die Augen sah. »Du wirst mir all das geben, was ich will. Und wenn ich dich dazu annageln muss. Hast du mich verstanden?«

Sophie spuckte ihm ins Gesicht, und seine Miene verzerrte sich vor Wut. Er ballte die Faust und zog den Arm zurück, und sie wappnete sich gegen den Schlag.

Doch er kam nicht.

»Du hast ein hübsches Gesicht. Das will ich nicht beschädigen.« Er wischte sich mit dem Ärmel über die Wange und ließ sie wieder auf die Füße herab.

»Was ist denn mit dir los?«, höhnte sie. »Schaffst du es nicht, über ein paar Prellungen hinwegzusehen? Kriegst du es nicht hin, wenn du nicht genau abmalen kannst? Ist das nicht frustrierend? Immer nur zu kopieren und nie etwas Eigenes zu schaffen?« Sie schluckte und hob wieder das Kinn. *»Simon.«*

Sein Kiefer verspannte sich, seine Augen wurden schmal wie Schlitze, und erneut riss er sie von den Füßen. »Was weißt du?«

»Alles«, sagte sie beißend. »Ich weiß alles. Und die Polizei auch. Na los, bring mich um, wenn du willst, aber sie werden dich kriegen. Und dann stecken sie dich ins Gefängnis, wo du Clowns malen kannst, ohne sie unterm Bett verstecken zu müssen.«

Ein Muskel in seinem Gesicht begann zu zucken. »Wo sind sie?«

Sophie lächelte nur. »Wo ist wer?«

Er schüttelte sie so fest, dass ihre Zähne aufeinanderschlugen. »Daniel und Susannah. Wo sind sie?«

»Sie suchen dich. Genau wie Vito Ciccotelli. Und er wird nicht eher aufhören, bis er dich gefunden hat.« Sie lachte ihm ins Gesicht. »Hast du wirklich geglaubt, niemand würde es herausfinden? Dachtest du wirklich, dass niemand dich aufspüren kann?«

»Niemand spürt mich auf.« Er hievte sie höher, und sie wand sich, was ihm ein Lächeln entlockte. »Und dich auch nicht.«

Der Zorn flößte ihr Mut ein. »Du irrst dich. Sie werden dich kriegen. All die Menschen, die du umgebracht hast, haben auch noch geschrien, nachdem du sie begraben hast. Nur hast du in deiner Vermessenheit nicht hingehört. Vito Ciccotelli schon. Und er wird dich finden.«

Er zwang sie auf die Knie. »Dann bring ich ihn auch um. Aber erst bist du an der Reihe.«

Sonntag, 21. Januar, 7.45 Uhr

Selma Crane hatte in einem gepflegten viktorianischen Haus gewohnt, bis Simon sie neben Claire Reynolds begraben hatte. Vito schlich, die Waffe im Anschlag, zu der angrenzenden Garage und spähte ins Fenster. Er nickte Liz und Nick zu, die hinter einem Streifenwagen ganz am Anfang der Zufahrt standen.

Und hinter Liz und Nick wartete das Sondereinsatzkommando, bereit, auf Vitos Befehl das Haus zu stürmen. Vito kehrte zu ihnen zurück. »In der Garage steht ein weißer Van. Drinnen ist keine Bewegung zu sehen.«

Der Anführer des SWAT-Teams trat vor. »Sollen wir rein?«

»Ich würde ihn lieber überraschen. Warten Sie noch.«

Ein Wagen näherte sich. Jen saß hinterm Steuer, Daniel Vartanian neben ihr, Susannah auf dem Rücksitz. Sie stiegen aus, ließen die Wagentüren offen und kamen leise näher.

»Ist er drin?«, fragte Daniel.

»Ich denke, ja«, gab Vito zurück. »Es gibt eine Hintertür zur Küche. Die Fenster, die nach hinten rausgehen, sind zugenagelt und mit schwarzen Planen abgedichtet.«

»McFain hat uns erzählt, dass er Ihre Beraterin entführt hat. Lassen Sie mich reingehen.«

»Nein.« Vito schüttelte heftig den Kopf. »Ganz sicher nicht. Ich riskiere doch nicht den ganzen Einsatz, nur weil Sie ein schlechtes Gewissen haben, dass Sie Simon vor zehn Jahren nicht angezeigt haben.«

Daniel presste die Kiefer zusammen. »Vielleicht hätte ich mich präziser ausdrücken müssen«, sagte er kontrolliert. »Ich bin sowohl als Verhandlungsführer ausgebildet als auch im Sondereinsatz erprobt. Ich weiß, was ich tue.«

Vito zögerte. »Dennoch sind Sie sein Bruder.«

Daniel sah nicht weg. »Leider. Also – ich biete Ihnen meine Hilfe an. Wollen Sie sie?«

Vito warf Liz einen Blick zu. »Wann kommt unser Vermittler?«

»Kann noch dauern«, sagte sie. »Vielleicht eine Stunde.«

Vito sah auf seine Uhr, obwohl er genau wusste, wie spät es war und wie viel Zeit bereits verstrichen war. Sophie war dort drin, er spürte es. Er wollte lieber nicht daran denken, was Simon jetzt mit ihr anstellte. »Wir können nicht noch eine Stunde warten, Liz.«

»Gut. Dann nehmen Sie Daniel. Er ist tatsächlich dafür ausgebildet. Sein Chef hat es mir gesagt, als ich ihn neulich überprüft habe. Soll ich Ihnen die Entscheidung abnehmen?«

Es war verführerisch. Aber Vito schüttelte den Kopf und sah Daniel Vartanian direkt in die Augen. »Sie werden da drin meinen Befehlen Folge leisten. Ohne zu murren und ohne zu zögern.«

Daniel zog die Brauen hoch. »Betrachten Sie mich als Ihren Berater.«

Vito war entsetzt, dass er noch lächeln konnte. »Na, dann. Sie und ich gehen zuerst, Jen, du und Nick kommt nach. Das SWAT-Team hält sich bereit.«

»Ich schicke sie beim ersten Schuss rein«, sagte Liz, und Vito nickte.

»Und los.«

Sonntag, 21. Januar, 7.50 Uhr

Sophie kniete am Boden. Simons Finger tasteten unter dem Zopf. Dann packte er zu und riss sie hoch. »Schrei endlich, du verdammtes Biest«, knurrte er und zerrte am Zopf, doch Sophie biss sich auf die Zunge.

Sie würde weder schreien noch ihm geben, was er wollte. Sie versuchte, zur Seite zu rutschen, doch ihre Hände und Füße waren noch immer gefesselt, und Simon trat ihr auf die Waden.

Wieder riss er sie am Haar, damit sie aufrechter kniete, und sie hörte, wie er hinter sich etwas betastete. Dann das helle, metallische Geräusch des Schwertes, das aus der Scheide gezogen wurde, und die Umhüllung fiel vor ihr zu Boden. Seine linke Hand zerrte an ihrem Haar, damit der Nacken freilag, während er gleichzeitig ihr Gesicht in die Kamera drehte. Er hob den Arm, und Sophie biss sich wieder auf die Zunge.

Nicht schreien. Egal was passiert. Nicht schreien.

»Schrei, verdammt noch mal.«

»Fahr zur Hölle, Vartanian«, spuckte sie aus. Sein Fuß krachte erneut auf ihre Waden nieder, und ein scharfer Schmerz schoss durch ihren Körper. Sie biss sich fester auf die Zunge und schmeckte Blut.

Plötzlich hörte sie etwas über sich. Ein Knarren. Simon erstarrte. Auch er hatte es gehört.

Vito. Sophie spuckte das Blut aus, füllte ihre Lungen mit Luft und schrie.

»Schnauze«, zischte Simon.

Sophie hätte am liebsten gejubelt. Aber stattdessen schrie sie wieder. Schrie Vitos Namen.

»Du verdammte Schlampe. Du wirst sterben.« Simon hob den Arm mit dem Schwert und stemmte sein ganzes Gewicht über den gesunden Fuß auf ihre Unterschenkel.

Der Fuß. Abrupt ruckte Sophie zur einen, dann zur anderen Seite und rammte das künstliche Bein mit der Schulter. Eine Sekunde lang schwankte er, dann knickte er ein. Das Schwert fiel scheppernd zu Boden, als er versuchte, den Sturz abzufangen. Sie rollte sich hastig zur Seite, damit er nicht auf sie fiel, doch seine

Hand umklammerte noch immer ihr Haar, und sie konnte nicht weg. Die Tür oben an der Treppe wurde aufgestoßen, und Schritte donnerten abwärts.

»Polizei! Keine Bewegung!«

Vito. »Ich bin hier unten«, schrie Sophie.

Simon stützte sich auf sein gesundes Knie, wich zurück und zerrte sie vor seinen Körper. »Haut ab«, rief er. »Oder ich bringe sie um.«

Doch die Schritte näherten sich weiter, bis Sophie Vitos Füße, dann seine Beine sah. Schließlich erschien er ganz, und sein Gesicht war dunkel vor mühsam beherrschtem Zorn. »Sophie, bist du verletzt?«

»Nein.«

»Keinen Schritt weiter«, warnte Simon. »Oder ich breche ihr den Hals, das schwöre ich.«

Vito stand noch immer auf der Treppe, die Pistole auf Simon gerichtet. »Wenn du ihr etwas antust, Vartanian«, sagte er leise, »dann schieße ich dir den Kopf von den Schultern.«

»Und riskierst dabei, sie versehentlich zu töten? Das kann ich mir nicht vorstellen. Verschwinde und ruf deine Hunde zurück. Und dann werden ich und deine hübsche Freundin uns zurückziehen.«

Simons eine Hand krallte sich noch immer in Sophies Haar, sein anderer Arm lag fest um ihren Hals. Besser hätte er es nicht planen können, effektiver hätte er Vito nicht stoppen können.

»Erschieß ihn, Vito«, sagte sie. »Töte ihn, oder er bringt noch weitere Menschen um. Damit will ich nicht leben.«

»Deine Freundin ist lebensmüde, Ciccotelli. Komm näher, und ich erfülle ihr ihren Wunsch. Lass mich verschwinden, und sie wird's überstehen.«

»Nein, Simon.« Es war eine sanfte Stimme mit Akzent, ruhig und gelassen. »Du wirst nicht gehen. Dafür sorge ich.«

Sophie spürte, wie Simons Körper erstarrte, als er Daniel erkannte, und sie warf sich zur Seite, doch der Schwung riss ihn mit, und sie stürzten zu Boden. Er fiel auf sie und presste ihr die Luft aus den Lungen, und einen Moment später war er wieder auf den Knien und zerrte sie hoch. Sophie holte mit den gefesselten Hände aus, traf jedoch ins Leere. Seine Hand drehte ihr Haar fester, und Tränen brannten in ihren Augen.

Wieder schwang sie die gefesselten Hände in dem Versuch, Abstand zu bekommen und Vito genügend Raum zu geben, damit er schießen konnte. Sie fiel, wollte sich abstützen, doch dieses Mal berührten ihre Hände Metall. Das Schwert. Sie tastete nach dem Griff, packte ihn und riss das Schwert herum, sodass die Klinge ihre Seite streifte.

Und dann stieß sie es mit aller Macht zurück. Das Schwert drang in lebendes Fleisch ein und bohrte sich tiefer, noch tiefer. Mit einem erstaunten Laut fiel Simon zurück und zog sie mit sich. Sie ließ den Griff los, kam auf die Knie und beugte sich nach vorn, doch seine Hand hielt ihr Haar noch immer fest umkrallt. Einen Moment lang hörte sie nichts als ihren eigenen, angestrengten Atem, spürte nichts als das höllische Brennen der Kopfhaut.

Und dann donnerten Schritte die Treppe herab. Simon lag auf dem Rücken, das Schwert ragte in einem schiefen Winkel aus seinem Bauch. Das weiße Hemd färbte sich rasch rot. Sein Mund stand offen, und er rang nach Luft. Doch der Hass in seinen Augen brannte noch immer, und er schwang sich hoch und griff mit der ausgestreckten Hand nach ihrer Kehle.

»Beweg keinen Muskel«, sagte Vito leise, »denn ich würde dich zu gern erschießen.«

Schwer atmend straffte Sophie ihren Körper, so gut es ging. »Los, Simon. Schrei, so viel du willst«, brachte sie hervor.

»Du miese Schlampe«, fauchte Simon. Er verengte die Augen und bäumte sich erneut auf, und zu spät sah Sophie, wie er die Hand nach außen schwang und mit ihr den Dolch, der in seinem Ärmel gesteckt hatte. Sie hörte die Schüsse im gleichen Moment, in dem sie einen grellen Schmerz in ihrer Seite spürte.

Die Hand in ihrem Haar wurde fallen gelassen und zog sie mit sich, sodass sie neben Simon kniete und den Kopf in einem unnatürlichen Winkel halten musste. Sie konnte nach oben sehen, aber nicht nach unten. Aus dem Augenwinkel sah sie Vito zurücktreten und seine Waffe wegstecken.

Und dann stürmte eine Unmenge Menschen die Treppe runter.

Sophie roch den beißenden Pulvergestank und den metallischen Geruch von Blut. Plötzlich wurde ihr übel. »Machen Sie mich los«, presste sie zwischen den Zähnen hervor. Dann ließ sie sich gegen

Daniel sinken, der Simons Hand aus ihrem geflochtenen Zopf zog. Er legte sie vorsichtig auf den Rücken, und sie kniff vor Schmerz die Augen zu.

»*Merde*«, knurrte sie. »Verdammt, tut das weh.«

»Chick?«, hörte man Nick von der Treppe. »Was ist passiert?«

Vito ließ sich an ihrer Seite auf die Knie fallen. »Sophie ist verletzt. Wir brauchen noch einen Krankenwagen.« Er nahm den Dolch, schnitt das Kleid in Streifen und drückte sie gegen die Wunde, um die Blutung zu stoppen. »Es ist nicht tief«, sagte er. »Es ist nicht tief.«

Sie verzog das Gesicht. »Aber es tut trotzdem höllisch weh. Sag mir, dass er tot ist.«

»Ja«, sagte Vito. »Er ist tot.«

Sophie wandte den Kopf und sah Simon nicht einmal einen Meter von ihr entfernt auf dem Boden liegen, die blicklosen Augen starr auf die Decke gerichtet. Sie sah ein Einschussloch in seinem Kopf, ein anderes in der Brust. Das Schwert ragte noch immer aus seinem Bauch.

»Katherine kann bestimmt herausfinden, wer von uns ihn umgebracht hat«, presste sie hervor.

»Fühl dich nicht schuldig«, murmelte Vito. »Du hattest keine Wahl.«

Sophie schnaubte. »Schuldig? Verdammt, ich hoffe, ich war es, die dieses Schwein umgebracht hat. Obwohl wahrscheinlich der mit dem Kopfschuss den Pokal mit nach Hause nimmt.«

»Das wäre dann wohl ich«, sagte Vito.

»Gut.« Sophie sah zu Daniel, der sich den kleinen Dolch genommen hatte und nun die Stricke um ihre Handgelenke durchtrennte. »Es tut mir leid.«

»Was?«, fragte Daniel. »Dass er tot ist oder dass nicht ich den Pokal bekomme?«

Sie betrachtete ihn durch verengte Augen. »Was immer Sie angemessener finden.«

Daniel lachte leise. »Ich denke, wir haben der Welt heute einen Dienst erwiesen. Sind Sie noch irgendwo verletzt?«

»Höchstens an meiner Zunge.« Sie streckte sie heraus, und beide Männer schnitten ein Gesicht.

Daniel nahm ihr Kinn und drehte ihr Gesicht zum Licht. »Meine Güte, die haben Sie sich ja beinahe abgebissen. Ich fürchte, die muss genäht werden.«

»Aber ich hab nicht geschrien«, sagte sie selbstzufrieden. »Erst als ich euch oben gehört habe.«

Daniel lächelte grimmig. »Gut gemacht, Sophie.« Er nahm eine ihrer Hände und rieb die durch den Strick lädierte Haut.

Vito ergriff ihre andere Hand. Nun konnte er das Zittern nicht mehr zurückhalten. »Mein Gott, Sophie.«

»Schon gut, Vito. Ich bin okay.«

»Sie ist okay«, wiederholte Daniel, und Vitos Kopf fuhr herum.

»Was zum Teufel sollte das eigentlich für eine Verhandlung sein?«, fauchte er wütend. »›Nein, Simon. Du wirst nicht gehen. Dafür sorge ich‹? Verhandelt man so, verdammt und zugenäht?«

»Vito«, murmelte Sophie.

»Sie wissen, dass Sie ihn auch nicht hätten gehenlassen«, sagte Daniel ruhig. »Simon hat es immer gehasst, wenn jemand ihm Befehle erteilt hat. Ich habe gehofft, dass er wütend wird und Sophie das zu ihrem Vorteil nutzen konnte.« Er lächelte sie an. »Und das haben Sie gut gemacht.«

»Danke.«

»Ich muss es Suze sagen.« Daniel stand auf. »Entschuldigen Sie, Vito. Ich wollte Ihnen keinen Schrecken einjagen.«

Er schauderte. »Na gut. Ihr ist ja letztlich nicht viel passiert. Und Simon ist tot.« Als Daniel die Treppe hinaufging, drückte Sophie Vitos Hand.

»Anna?«

»Hält durch.«

Sophie holte tief Luft, zum ersten Mal seit vielen Stunden befreit, aber der Schmerz in der Seite ließ sie rasch wieder flacher atmen. »Danke.«

Vito lächelte unsicher. »Schon klasse, wie du mit dem Schwert umgehst.«

Sie grinste. »Mein Vater und ich haben früher immer gefochten. Alex war wirklich gut, aber ich habe mich auch ganz tapfer geschlagen. Wenn Simon die Jeanne-d'Arc-Führung miterlebt hätte, hätte er das gewusst.«

Vito war sich nicht sicher, ob er sie jemals wieder ein Schwert schwingen sehen wollte. »Vielleicht sollte Joan in Pension gehen. Erweitere dein Repertoire. Du nutzt dich ab«, imitierte er Nicks Dialekt.

Sophie schloss die Augen. »Keine schlechte Idee. Aber ich glaube, von Marie Antoinette möchte ich nie wieder etwas hören.«

Vito führte ihre Hand an die Lippen und lachte zittrig. »Da wäre immer noch diese Keltenkriegerin, die oben ohne kämpft.«

»Boudicca«, murmelte sie, als erneut Schritte die Treppe herunterkamen. Die Notfallambulanz war eingetroffen. »Diese Führung ist allerdings nicht jugendfrei und nur für ausgewähltes Publikum. Aber Ted hätte garantiert ziemlich schnell das Geld für Theos College zusammen.«

26. Kapitel

Sonntag, 21. Januar, 7.50 Uhr

»VITO, KOMM MAL HER UND SIEH DIR DAS AN.« Nick winkte Vito wieder ins Haus. »Hier oben.«

Vito sah dem Krankenwagen, der Selma Cranes Auffahrt verließ, hinterher, dann straffte er die Schultern und ging hinein, um seine Arbeit zu tun. In der oberen Etage blickte er sich staunend um.

»Ich nehme nicht an, dass Selma Crane ihr Haus so eingerichtet hat.«

»Ähm, wohl eher nicht. Aber was du dir vor allem ansehen solltest, ist hier.«

Simon Vartanian hatte es sich hier gemütlich gemacht. Im oberen Stock waren alle Zwischenwände herausgerissen worden. Mit der Ausnahme eines riesigen Bettes in einer Ecke und einer hypermodernen Computerausrüstung war der ganze Raum zu einem Atelier umgestaltet worden. Vito trat zu Nick an die gegenüberliegende Wand und betrachtete die makaberen Gemäldereihen.

Eine lange Weile konnte Vito nur die Bilder betrachten und staunen, wie wohl ein Mensch beschaffen sein musste, der etwas … Derartiges erschuf. Denn hier handelte es sich nicht um schlichte Kopien von Fotos. Simon Vartanian hatte etwas in den Augen seiner Opfer eingefangen – ein Licht oder vielleicht besser das Verlöschen eines Lichts. »Der Augenblick des Todes«, murmelte er.

»Er hat anscheinend mit den verschiedenen Phasen des Sterbens während der Folter experimentiert«, sagte Nick. »*Claire stirbt, Zachary stirbt, Jared stirbt,* dann kommen Bill, Brittany, Warren und Greg.«

»Unser letztes Opfer heißt also Jared. Das ist zumindest ein Anfang.«

»Wenn er uns auch vielleicht nicht weiterbringt. Wer weiß, ob Simon selbst mehr als nur den Vornamen gekannt hat. Er hat über seine ›Models‹ ziemlich viel gewusst, aber über diesen Jared offenbar nicht.« Nick deutete zu Simons Arbeitstisch, der penibel aufgeräumt war. Eine Mappe lag neben dem Computer. Nick legte die Hand auf diese Mappe, als Vito danach greifen wollte. »Vergiss nicht – Sophie lebt, und Simon ist tot, okay?«

Vito nickte und knirschte dann mit den Zähnen, als er den Inhalt der Mappe sah. »Fotos von Sophies Wikingerführung.« Sie stand, die Axt geschultert, vor einer Schar Kindern, die mit offenen Mündern zu ihr aufsahen. »Gut, dass er die Joan-Führung nicht miterlebt hat. Dieses Überraschungselement hat ihr das Leben gerettet.«

»Schau dir das mal an.«

Es war ein Diagramm, auf dem Kyle Lombard durch eine Linie mit Clint Shafer und dieser mit Sophie verbunden war. Alan Brewsters Name hatte Verbindungen zu allen dreien. »Also war Alan doch an der Sache beteiligt«, sagte Vito.

»Das ist wohl zu vermuten.«

Vito verengte die Augen. »Habt ihr Brewster gefunden?«

»Ich glaube schon. Übrigens habe ich herausgefunden, was das quietschende Geräusch war, das wir auf dem Band gehört haben.« Er ging zur Wand an der Treppe und öffnete eine kleine Tür. »Ein Speisenaufzug.«

Vito sah hinein und verzog das Gesicht. Der Mann darin war nackt, und von seinem Kopf war nicht mehr viel übrig.

»Sieht so aus, als sei ihm der Schädel … explodiert.« Er beugte sich vor und betrachtete die Hand des Mannes. »Ein Siegelring mit den Buchstaben AB. Also haben wir hier wahrscheinlich Alan Brewster vor uns.«

»Der Fahrstuhl reicht bis in den Keller. Im ersten Stock ist ebenfalls eine Klappe. Auf diese Art konnte Simon seine Opfer und die schweren Ausrüstungsgegenstände nach unten schaffen. Könnte mir auch vorstellen, dass er die Toten hochgeholt hat, um sie zu malen.«

»Ekelhaft.«

»Tja … das ist es wohl.« Nick griff in den Aufzug und zog an den Seilen, sodass Brewster nach unten glitt. Ein Quietschen hallte durch den Schacht. »Seine Zeitmaschine. Hinunter in den Kerker.«

Jen kam aus der Wohnecke, in der sie Proben genommen hatte, und gesellte sich zu ihnen. »Und was hat es mit der Kirche auf sich?«

»Im Keller«, sagte Vito. »Er hat einen Teil des Kellers gestaltet wie eine Kirche. Hat sogar Plakate von bunten Glasfenstern aufgehängt.«

»Also gab es die Kirche nicht.« Jen seufzte. »Wir haben stundenlang umsonst gesucht und Zeit vergeudet.«

»Jen, danke.« Vito schluckte. »Euch beiden danke.«

»Ich bin bloß froh, dass ihr nichts passiert ist«, erwiderte Jen und räusperte sich. »Übrigens habe ich den Rest von Simons Gleitmittel gefunden. Ich werde es mit dem Zeug von Warrens Händen vergleichen, aber ich bin mir jetzt schon sicher, dass es dasselbe ist.«

»Und was machen wir jetzt mit den Gemälden?«, fragte Nick. »Ich meine, wir nehmen sie natürlich als Beweisstücke mit, aber was werden die Vartanians wohl damit anstellen wollen?«

»Sie verbrennen«, sagte Susannah Vartanian, die auf der Treppe stand. »Wir vernichten sie.«

»Wir haben selbst ein paar Schlüsse gezogen«, sagte Daniel, der seine Schwester auf der Treppe überholte und ihr dann die Hand reichte, um ihr hinaufzuhelfen. »Unsere Mutter hat vermutet, dass ihr Mann einiges getan hat, um Simons Taten zu vertuschen, doch dass er am Leben war, hat sie all die Jahre nicht geahnt. Als Stacy Savard meinem Vater das Foto von Simon schickte, entdeckte auch meine Mutter es und dachte zunächst, dass es vielleicht vor Jahren eine schlimme Verwechslung gegeben hatte – dass Simon vielleicht nicht einmal wusste, dass wir ihn für tot hielten. Aber als sie und Dad nach Philadelphia kamen, begann sie zu begreifen. Und als Dad dann mit dem alten Russen in der Bibliothek sprach, war ihr alles klar.«

»Sie kam zu demselben Schluss wie Dr. Johannsen«, fuhr Susannah fort. »Sie engagierte jemanden, der unseren Vater beobachten sollte. Sie hatte begriffen, dass er längst von Simon wusste, aber nie die Absicht gehabt hatte, es ihr zu sagen. Sie hat uns einen Brief geschrieben, in dem sie sagte, sie wolle sich selbst mit Simon treffen und herausfinden, was vor all den Jahren geschehen war. Und sie schrieb, wenn sie nicht zurückkäme, dann hätten wir recht gehabt. Dann müsse Simon genau so bösartig sein, wie wir sie immer glauben machen wollten.«

»Es tut mir leid für Sie«, sagte Vito. »Nun ist es zu spät, irgendetwas wiedergutzumachen. Und nichts ist gewonnen.«

»O doch. Jetzt ist Simon wirklich tot. Wer weiß, wie viele Menschen er noch umgebracht hätte.« Daniel betrachtete die Gemälde. »Ich meine, sein ganzes Leben lang hat er nach diesem ›Funken‹, diesem Etwas gesucht. Er hatte es gefunden und garantiert niemals davon gelassen. Er hätte weitergemordet. Also haben wir heute im Grunde alle gewonnen.«

Er gab allen dreien die Hand und rang sich ein Lächeln ab. »Ich fahre nach Hause. Meine Arbeit wartet. Wenn Sie jemals in Atlanta sind, melden Sie sich.«

Susannah gab ihnen ebenfalls die Hand, lächelte aber nicht. »Vielen Dank für alles. Daniel und ich haben beinahe unser ganzes Leben lang auf eine Art Abschluss gewartet.«

Jen zögerte, dann gab sie sich einen Ruck. »Wir haben übrigens eine Bärenfalle gefunden, Daniel. Und auch eine Zeichnung, auf der Sie darinstecken.«

Daniel nickte, ein wenig unsicher. »Das ist dann wohl das Ende, das er für mich vorgesehen hatte. Überraschen tut es mich nicht.« Er nahm seine Schwester am Arm und wandte sich zum Gehen.

»Moment. Warten Sie bitte noch«, sagte Vito. »Wissen Sie schon, wo Sie Simon begraben werden?«

»Ja – gar nicht«, sagte Daniel. »Wir haben schon darüber gesprochen. Wenn wir ihn begraben, dann fallen vermutlich Horden von Serienkiller-Fans in Dutton ein.«

Susannah nickte. »Also haben wir beschlossen, seine Leiche der Uniklinik in Atlanta zu spenden.«

»Zu Forschungszwecken? Um herauszufinden, wie das Hirn eines Psychopathen tickt?«, fragte Jen.

Daniel zuckte die Achseln. »Vielleicht. Aber vielleicht auch nur, damit irgendein Student an ihm rumschneiden kann und dadurch lernt, wie man Leben rettet. Wir fahren mit einem Streifenwagen zurück, Sie brauchen uns also nicht zu bringen, Sergeant McFain.«

Die Vartanians gingen. Vito, Nick und Jen standen oben an der Treppe und sahen durch die Tür, wie die Geschwister an der Bahre vorbeigingen, auf der Simon lag. Susannahs Schultern fielen herab, und Daniel legte einen Arm um sie.

»Dieses Mal ist er wirklich tot«, sagte Vito leise. »Und ich bin verdammt froh darüber.«

»Ahhh – ja. Da war doch noch was.« Nick holte drei Videokassetten hinter seinem Rücken hervor. »Simon hatte die ganze Zeit Kameras laufen. Daniel und du habt sicherlich das Richtige getan, aber …« Er legte die Bänder in Vitos Hand. »Vielleicht bewahrst du die Aufnahmen doch irgendwo an einem sicheren Ort auf.«

Vito begann, die Treppe hinabzusteigen. »Danke. Jetzt gehe ich duschen, fahre ins Büro, um den Papierkram zu erledigen, und dann kaufe ich sechs Dutzend Rosen.«

Jens Kinnlade klappte herunter. »Sechs Dutzend? Für wen?«

»Sophie, Anna, Molly, Tess. Und für meine Mutter, denn auch wenn ich mich über sie fürchterlich geärgert habe – Sophies Mutter ist hundertmal schlimmer.«

»Ich zähle nur fünf Dutzend, Vito«, sagte Jen.

»Die letzten kommen auf ein Grab.« Er würde morgen nach Jersey fahren, zwar eine Woche zu spät, aber Andrea hätte es verstanden.

»Vito«, seufzte Nick.

»Der Abschluss muss sein, Nick«, sagte Vito. »Und dann ist es gut.«

Sonntag, 21. Januar, 13.30 Uhr

»Harry, wach auf.« Sophie schüttelte ihn sanft. Er war auf dem Sofa in dem kleinen Aufenthaltsraum der Intensivstation eingeschlafen.

Schlagartig war er wach. »Anna?«

»Sie schläft. Fahr jetzt nach Hause, Harry. Du siehst fix und fertig aus.«

Er zog sie am Arm neben sich aufs Sofa. »Und du auch.«

»Ach, nur zwei, drei Stiche.« Es waren eher vierzehn Stiche an ihrer Seite gewesen, und ihre Zunge war dick geschwollen und brannte, aber sie war so froh, noch am Leben zu sein, dass es nicht zählte.

Harry rieb mit dem Daumen über die Prellung in Sophies Gesicht. »Er hat dich geschlagen.«

»Nein, hat er nicht. Ich bin auf den Boden aufgeschlagen, als ich mich auf das Schwert gestürzt habe.« Sie grinste. »Du hättest mich sehen sollen, Harry. Das war filmreif. Ganz Errol Flynn. *En garde.*«

Er schauderte. »Danke, ich sehe es lebhaft vor mir.«

»Och, schade. Es gibt nämlich eine Aufnahme davon. Vielleicht können wir das demnächst einmal gemeinsam anschauen. Wenn du wieder nicht schlafen kannst.«

»Sophie, du bist ekelhaft.«

Sophie wurde ernst. »Komm, Harry, fahr nach Hause. Hör auf, dich hier zu verstecken.«

Er seufzte. »Du verstehst das nicht.«

Sophie hatte ihn so lange bedrängt, bis er ihr von der Auseinandersetzung mit Freya erzählt hatte.

Sophie küsste ihn auf die kahle Stelle am Kopf. »Ich weiß, dass du mich liebst. Und ich weiß auch, dass du eine Frau hast, die du liebst. Es ist nicht nötig, dass Freya mir große Zuneigung entgegenbringt. Es wäre schön, wenn dem so wäre, aber wenn ich Grund dafür bin, dass ihr euch entfremdet, dann würde ich lieber sterben.« Sie zog den Kopf ein. »Ungeschickte Wortwahl. Also, geh jetzt bitte nach Hause. Zu deiner Familie. Mach ein Nickerchen in deinem Lieblingssessel, und wenn ich dich brauche, weiß ich, wo ich dich finden kann.«

Er presste die Lippen aufeinander. »Aber du hast ihr nichts getan, Sophie.«

»Nein, sicher nicht, aber sieh es mal so: Ich habe doch Vater und Mutter – dich und Katherine.«

»Das ist aber doch keine richtige Familie.«

Sie lachte leise. »Harry, mein ›echter‹ Vater war der Liebhaber meiner Großmutter, und meine ›echte‹ Mutter ist eine Diebin. Da sind mir du und Katherine doch zehnmal lieber. Im Übrigen durfte ich mir meine Familie aussuchen. Wer kann das schon von sich behaupten?«

Er schlang die Arme um sie und drückte sie vorsichtig an sich. »Ich mag deinen Detective.«

»Ich mag ihn auch.«

»Vielleicht hast du ja bald deine eigene Familie.«

»Vielleicht. Und du wirst der Erste sein, der davon erfährt, versprochen.« Sie schmiegte sich an ihn. »Ich an deiner Stelle würde den Smoking abstauben. Kann sein, dass du bald eine junge Frau zum Altar führen musst.«

Er schluckte. »Ich bin immer davon ausgegangen, dass Alex es tun würde. Aber natürlich ist er ja jetzt ...«

»Sch.« Zum ersten Mal seit ihrer Rettung brannten Tränen in Sophies Augen. »Harry, selbst wenn Alex noch lebte, hätte ich dich gefragt. Und das wusste er auch genau. Ich dachte, du wüsstest das auch.« Sie zog ihn auf die Füße und schubste ihn sanft durch die Tür. »Und jetzt verschwinde. Ich bleibe noch ein bisschen bei Anna, dann gehe ich auch nach Hause.«

»Mit Vito?«, fragte er hinterhältig.

»Darauf kannst du deine Bette-Davis-Sammlung verwetten.«

Sie winkte ihm nach, dann lächelte sie. Als sich die Fahrstuhltür hinter Harry schloss, öffnete sich die daneben, und Vito trat mit jeweils einem Strauß weißer Rosen in jedem Arm heraus. »Hi.«

Er schenkte ihr das Lächeln, das ihn von modemagazin-attraktiv in filmstarumwerfend verwandelte, und ihr Herz vollführte einen Flickflack. »Du bist auf den Füßen«, sagte er.

»Und sogar offiziell entlassen.« Sie bot ihm die Lippen zu einem Kuss, nach dem sie seufzte. »Ich fürchte, die Rosen sind in der Intensivstation nicht erlaubt«, sagte sie. »Tut mir leid.«

»Na, dann sind eben alle für dich.« Er legte sie auf den Tisch des Aufenthaltsraums, fuhr ihr mit den Händen unters Haar und musterte ihr Gesicht. »Und jetzt die Wahrheit. Wie geht's dir?«

»Gut. Wirklich.« Sie schloss die Augen. »Körperlich jedenfalls. Ab und an denke ich dummerweise daran, was alles hätte passieren können, wenn du nicht rechtzeitig aufgetaucht wärest.«

Er küsste sie auf die Stirn und drückte sie an sich. »Ich weiß.«

Sie legte die Wange an seine Brust und lauschte dem tröstenden Pochen seines Herzens. »Du hast mir noch nicht erzählt, wie ihr mich gefunden habt.«

»Hm. Na ja, da war ja noch die alte Frau, die neben Claire Reynolds begraben war. Sie war Kundin derselben Investment-Firma wie die Dame, der das Feld ursprünglich gehört hatte. Wir wussten nicht, wie sie hieß, also versuchten wir, alle Kundinnen aufzuspüren, die in der Nähe von Steinbrüchen lebten.«

Sie zog den Kopf zurück und starrte zu ihm auf. »Steinbrüche?«

»Die Erde, mit denen die Leichen bedeckt waren, stammte aus einem Steinbruch. Aber wir hatten noch immer zu viele Namen, und es dämmerte schon fast. Katherine hatte herausgefunden, dass die unidentifizierte Frau auf dem Gräberfeld Füllungen in ihrem Gebiss hatte, die hauptsächlich in Deutschland vor den sechziger Jahren verwendet worden waren. Wir wollten nicht die wirklichen Kunden anrufen, weil wir befürchteten, dann irgendwann Simon an der Strippe zu haben, also telefonierten wir die Kontaktadressen durch, die die Kunden auf den Verträgen angegeben hatten. Schließlich spürten wir eine Frau auf, deren Vater in den fünfziger Jahren Diplomat in Westdeutschland war. Ihr Name war Selma Crane.«

»Simons Haus gehörte also in Wirklichkeit Selma Crane. Und Selma Crane ist tot.«

»Simon hat sein ›Traumhaus‹ gefunden und dafür getötet. Anschließend hat er ihre Rechnungen weiterbezahlt, sodass es niemandem auffiel. Er hat sogar zwei Jahre lang Weihnachtskarten in ihrem Namen geschickt.«

»Er hat mir gesagt, er habe die meisten umgebracht, um sie sterben zu sehen.«

»Und sie zu malen. Auf Leinwand. Er wollte berühmt werden.« Er hob ihr Kinn mit dem Zeigefinger an, und sie blickte ihm in die

Augen. »Ich habe mir das Band angesehen. Du solltest wirklich Schauspielerin werden. Wie du ihn aufgestachelt hast …«

Sie schauderte. »Ich hatte Todesangst. Aber ich wollte nicht, dass er es merkt.«

»Du hast gesagt, dass die Menschen, die er umgebracht hat, noch nach ihrem Tod geschrien haben. Und ich sie gehört habe.« Er sagte es beinahe staunend, und Sophie begriff, dass sie ihm eins der größten Komplimente gemacht hatte, die es für ihn gab.

»Und das wirst du immer tun.« Sie stellte sich auf Zehenspitzen und küsste ihn. »Mein weißer Ritter.«

Er schnitt ein Gesicht. »Bitte nicht. Ich will kein Ritter sein. Einfach ›Cop‹ ist mir lieber.«

»Hm, und was bin ich dann?«

Er begegnete ihrem Blick, und Sophies Herz schlug einen sauberen Purzelbaum. »Frag mich in ein paar Monaten, dann würde ich sagen ›meine Frau‹. Im Augenblick könnte ich mich mit Boudicca zufriedengeben.«

Sie grinste. »Du bist verdorben, Vito Ciccotelli. Durch und durch.«

Er schlang den Arm um ihre Schultern und führte sie zum Zimmer ihrer Großmutter. »Oho, da will mir jemand ein Kompliment machen.«

Sie funkelte ihn an. »Du Ratte. Das hast du von Simon übernommen.«

Er lachte in sich hinein. »'tschuldigung. Ich konnte nicht widerstehen.«

Sonntag, 21. Januar, 16.30 Uhr

Daniel hielt den Mietwagen vor dem Bahnhof an. »Ich wünschte, du würdest noch nicht fahren, Suzie.«

Ihre Augen waren traurig. »Ich habe einen Job, Daniel. Und ein Zuhause.«

Interessant, in welcher Reihenfolge sie beides genannt hatte. Aber er hätte es nicht anders formuliert. »Es kommt mir vor, als hätte ich dich gerade erst wiedergefunden.«

»Wir sehen uns nächste Woche doch wieder.« Bei dem Begräbnis ihrer Eltern in Dutton.

Es tat ihm weh, sie nur anzuschauen. »Suzie, was hat Simon dir angetan?«

Sie sah zur Seite. »Ein andermal, Daniel. Nach allem, was geschehen ist … kann ich jetzt nicht.« Sie beugte sich vor und küsste ihn auf die Wange. »Komm nach New York. Bald.« Sie stieg aus dem Wagen und lief auf den Bahnhof zu, aber er fuhr nicht davon. Er wartete, und als sie die Tür erreicht hatte, wandte sie sich um. Sie sah so zart aus, so zerbrechlich, aber er wusste, dass sie im Inneren mindestens so stark wie er war. Vermutlich stärker.

Und endlich winkte sie, nur kurz, und war fort und ließ ihn mit all den Erinnerungen allein. Mit all den Erinnerungen, mit seiner Reue.

Und schließlich griff er in der Stille des Wagens nach hinten und holte seine Laptoptasche vom Rücksitz. Er zog den großen braunen Umschlag heraus, nahm den Inhalt und betrachtete Bild für Bild. Er hatte Ciccotelli Kopien gemacht und die Originale behalten. Er zwang sich, jedes Foto genau anzusehen, jede der Frauen zu betrachten. Die Fotos waren nicht gestellt, genau wie er es vor vielen Jahren befürchtet hatte.

Und jeder einzelnen Frau leistete er einen stummen Schwur, wie er es vor Jahren schon hätte tun sollen. Irgendwie und wie lange es auch dauern mochte – er würde diese Opfer ausfindig machen. Wenn Simon ihnen etwas angetan hatte, konnte er wenigstens die Familien informieren, und ein wenig Gerechtigkeit wäre wiederhergestellt.

Und falls jemand anderes dafür verantwortlich war … *Dann finde ich ihn. Und sorge dafür, dass er dafür bezahlt.*

Dann würde auch er vielleicht endlich Frieden finden.

Epilog

Samstag, 8. November, 19.00 Uhr

»MEINE DAMEN UND HERREN.« Sophie tippte gegen das Mikrofon auf dem Podest. »Dürfte ich um Ihre Aufmerksamkeit bitten?«

Die Gespräche ebbten langsam ab, und alle Leute in dem überfüllten Saal wandten ihr die Köpfe zu. Bis auf Vito. Er hatte seinen Blick den ganzen Abend noch kein einziges Mal von ihr genommen. In ihrem grünen, glänzenden Abendkleid sah sie schlichtweg umwerfend aus.

Den größten Teil des Abends war er ohnehin an ihrer Seite gewesen, vor allem, um ihr bei der Abwehr der älteren, lüsternen Herren vom Wohltätigkeitsverein zu helfen. Diese hatten die Feierlichkeit an diesem Abend zwar erst möglich gemacht, wollten aber nicht so recht begreifen, dass es nicht erlaubt war, der Archäologin ins Hinterteil zu kneifen.

Die Archäologin ins Hinterteil zu kneifen war Vitos Job. Den Beweis trug er an seiner linken Hand. Sophie begegnete seinem Blick und zwinkerte ihm zu, bevor sie sich ans Publikum wandte. »Vielen Dank. Mein Name ist Sophie Ciccotelli, und ich möchte Sie heute hier zur Eröffnung des neuen Trakts des Albright Museums begrüßen.«

»Sie funkelt richtig«, murmelte Harry, und Vito nickte.

Er wusste, dass sich Harry nicht auf das wunderschöne Abendkleid bezog, sondern auf Sophies Augen. Tatsächlich sprühten sie nur so vor Lebenslust und Energie, und dieses Funkeln war ansteckend.

»Sie hat hart gearbeitet, um das hier möglich zu machen«, erwiderte Vito ebenso leise. Was eigentlich eine Untertreibung war. Sophie hatte unermüdlich geschuftet, um mehrere interaktive Ausstellungen auf die Beine zu stellen, über die nicht nur in Lokalzeitungen, sondern auch in einigen landesweiten Magazinen geschrieben worden war.

»Viele Menschen haben dazu beigetragen, dass wir heute hier stehen«, fuhr Sophie fort. »Müsste ich alle Namen vorlesen, würden wir die ganze Nacht hier verbringen. Aber ich möchte dennoch diejenigen erwähnen, die sich um dieses Projekt besonders verdient gemacht haben.

Die meisten von Ihnen werden wissen, dass das Albright Museum ein Familienunternehmen ist. Ted Albright hat es vor fünf Jahren eröffnet, um das Vermächtnis seines Großvaters zu ehren.« Sie lächelte. »Ted und Darla haben eine Menge persönlicher Opfer gebracht, um die Betriebskosten so gering wie möglich zu halten, sodass wir unsere Türen für jeden offen halten konnten. Teds Sohn Theo und mein Schwiegervater Michael Ciccotelli haben alles, was Sie dort sehen werden, entworfen und gebaut. Die Führung leitet Teds Tochter Patty Ann, die einige von Ihnen vielleicht in der Rolle der Maria in der Little Theater's Production der *West Side Story* bewundern konnten.« Patty Ann lächelte, und Ted und Darla strahlten. Die Aufführung war klein gewesen, aber Patty Ann hatte endlich ihren Auftritt gehabt und ihren Namen in Leuchtschrift sehen können.

»Der neue Trakt beherbergt drei verschiedene Abteilungen. In der ›Ausgrabungsstelle‹ dürfen Sie sich auf der Suche nach Antiquitäten die Hände schmutzig machen. Dann haben wir ›Das Zwanzigste‹, in dem Sie einen Spaziergang durch Kultur, Politik und Wissenschaft des zwanzigsten Jahrhunderts machen und die Geschichten der Leute hören können, die in dieser Zeit aufgewachsen sind. Und schließlich die Abteilung ›Freiheit‹, eine wechselnde Ausstellung, die sich auf Menschen konzentriert, welche für ihre Freiheit einen Preis bezahlen mussten. Das erste Kapitel dieser Ausstellung heißt ›Der Kalte Krieg‹.«

Sie wandte sich an Yuri Petrowitsch Tschertow. »Sind Sie bereit?«

Behutsam legte sie eine Schere in seine Hand und gab dann Darla und Ted ebenfalls jeweils eine.

»Ich wundere mich immer wieder, wie sie das schafft«, flüsterte Harry.

Vito spürte einen Kloß in der Kehle, denn er wusste nur zu gut, was Harry meinte. Aber Sophie lächelte, als Yuri und die Albrights ihre Plätze an dem breiten roten Band einnahmen, das sich quer vor einer Tür spannte. Dahinter lag, was elf Monate zuvor noch ein leeres Warenhaus gewesen war.

»Sehr schön.« Sophie neigte sich zum Mikrofon. »Und nun habe ich das große Vergnügen, den Anna-Shubert-Gedächtnis-Trakt einzuweihen.« Sie trat in einem Blitzlichtgewitter zurück und ließ die drei mit der Schere das rote Band durchtrennen. Sie hatte diese Stelle angenommen, um für Annas Pflegeheim aufkommen zu können. Sie hatte sich in die Arbeit gestürzt, um ihren Kummer zu vergessen, als Anna einen Monat nach Simons Attacke gestorben war, weil ihr Herz durch die Injektion irreparabel geschädigt gewesen war.

Katherine hatte Annas Tod als Mord deklariert, sodass Simons Quote nun auf achtzehn Opfer angestiegen war.

Vito fand, dass die Hölle für Simon Vartanian nicht heiß genug sein konnte.

Aber dieser Abend war alles andere als ein trauriger Anlass.

Sophie war vom Podest herabgestiegen und mischte sich wieder unters Volk. Sie entdeckte Harrys feuchte Augen und nickte Vito mit einem kleinen Lächeln zu, bevor sie sich umdrehte, um mit dem Reporter vom *Inquirer* zu sprechen.

»Harry, ich muss zu meiner Frau und dafür sorgen, dass die Lüstlinge ihre Finger bei sich behalten. Könntest du Sophie etwas zu trinken besorgen? Die Scheinwerfer da oben sind ziemlich stark.«

Harry nickte und straffte sich. »Okay, was soll ich holen? Wein? Sekt?«

»Wasser«, antwortete Vito. »Nur Wasser.«

Harrys Augen verengten sich. »Nur Wasser? Wieso denn das?«

»Sie darf keinen Alkohol trinken«, sagte Vito und musste grinsen, obwohl er es sich doch so gerne verkniffen hätte. »Das bekommt dem Baby nicht.«

Harry wandte sich zu Michael um, der sich noch immer die Augen wischte. »Haben Sie das gewusst?«

»Erst seit heute Morgen. Ich habe gesehen, was passiert ist, als sie einen Bagel mit Lachs zum Frühstück essen wollte. Kein besonders hübscher Anblick.«

Vito grinste noch breiter. »Dad entwirft schon das Bettchen.«

»Das Theo dann bauen wird.« Er strahlte den Jungen an, der das konnte, wozu keiner der Ciccotelli-Sprösslinge in der Lage gewesen war – Michaels Kunst und Handwerk fortzusetzen.

Theo IV. war ein wahrer Zauberer der Holzverarbeitung.

»Ach, keine große Sache«, murmelte Theo.

»Keine große Sache«, schnaubte Michael. »Die eine von den zwei Wiegen für Tess hat er schon gezimmert.«

Die nach zwei Jahren vergeblicher Versuche schließlich gleich Zwillinge bekommen hatte. Vito hätte nicht glücklicher sein können. Nun kam die zweite Welle Ciccotelli-Enkel. Die Familie wuchs.

Was Vito, in seinen Augen, zum reichsten Mann der Welt machte.

Danksagung

SO VIELE MENSCHEN HABEN MIR DABEI GEHOLFEN, mein Wissen zu erweitern, während ich dieses Buch geschrieben habe. Euch allen gebührt mein herzlicher Dank.

Danny Agan, der all meine kriminalistischen Fragen beantwortet und meiner Heldin geholfen hat, Gegenstände unter der Erde auszuloten.

Tim Bechtel von Environscan, Inc., der mir Hintergrund und technische Einzelheiten des Bodenradars vermitteln konnte.

Niki Ciccotelli, die mir ihre Jugend in Philadelphia so anschaulich beschrieben hat, dass ich glaubte, selbst dabei gewesen zu sein.

Monty Clark vom Art Institute of Florida in Fort Lauderdale für die wertvollen und sehr spannenden Informationen zu Computerspiel-Design und -Entwicklern.

Marc Conterato für alles Medizinische und Kay Conterato, die für mich ausgesprochen hilfreiche Zeitungsartikel zu Versicherungen und Hackern ausgeschnitten hat.

Diana Fox für einen großartigen Titel.

Carleton Hafer, der meine Computerfragen so beantworten konnte, dass ich sie auch verstand.

Linda Hafer, die mir eine wunderschöne Einführung in die Welt der Oper gegeben hat. Durch sie habe ich Musik lieben gelernt, von der ich glaubte, sie würde mich nicht interessieren.

Elaine Kriegh für ihre anschauliche Beschreibung von mittelalterlichen Grabfiguren.

Sonie Lasker, meine Sempai, die mich in Waffentechnik instruiert und mir beigebracht hat, wie bereichernd Kampfkunst sein kann. *Domo arigato.*

Deana Seydel Rivera, die mir Philadelphia gezeigt hat – und das drei Tage vor ihrer Hochzeit!

Loretta Rogers, die sich mit Motorrädern auskennt. Ich wünschte so sehr, ich hätte den Mut, auf einem Zweirad über die Straße zu brausen!

Sally Schoeneweiss und Mary Pitkin, die sich um meine Website kümmern.

Meine Sprachberater: Mary C. Turner und Anne Crowder – *merci beaucoup*, Bob Busch und Barbara Mulrine – *spasiba*, Kris Alice Hohls – *danke*, Sarah Hafer – *domo arigato*.

Freunde, die meine vielfältigen Fragen zu allen möglichen Themen beantwortet haben: Shari Anton, Terri Bolyard, Kathy Caskie, Sherrilyn Kenyon und Kelley St. John.

Meine Lektorin, Karen Kosztolnyik, und meine Agentin, Robin Rue, die dafür sorgen, dass das alles hier so großen Spaß macht.

Wie immer bin ich allein für alle Fehler verantwortlich.

Karen Rose

Todesbräute

Thriller

In einer amerikanischen Kleinstadt geschieht ein kaltblütiger Mord an einer jungen Frau. Der Killer hat ihr das Gesicht zertrümmert, sie nackt in eine Decke eingewickelt und in einen Graben geworfen. An ihrem Zeh findet die Polizei einen mysteriösen Schlüssel. Agent Daniel Vartanian übernimmt die Ermittlungen. Ein Serienkiller, der keinen Fehler macht, scheint am Werk zu sein – bis Alexandra Fallon, die Zwillingsschwester eines Opfers, in der Stadt auftaucht …

Knaur Taschenbuch Verlag

Karen Rose

Todesspiele

Thriller

Die letzte Razzia wird Special Agent Luke Papadopoulos noch lange in seinen Alpträumen verfolgen: In einem Bunker stößt die Polizei auf fünf bestialisch zugerichtete Mädchenleichen. Von ihren Peinigern keine Spur. Zwei Mädchen haben schwerverletzt überlebt. Ihre Aussagen führen die Ermittler auf die Spur eines international operierenden Mädchenhändlerrings. Ein dramatischer Wettlauf beginnt, als Agent Papadopoulos und die smarte Staatsanwältin Susannah Vartanian die Ermittlungen aufnehmen. Beide haben ihre ureigenen Motive, die skrupellosen Killer zu stoppen. Doch als Susannah eine überraschende Entdeckung macht, gerät sie selbst in Lebensgefahr …

Knaur Taschenbuch Verlag

Keiner wird dich retten.
Keiner wird deine Schreie hören.
Jetzt ist der richtige Zeitpunkt.
Jetzt wirst du endlich begreifen, was echte Seelenqual ist …

Lisa Jackson

Mercy

Die Stunde der Rache ist nah

Rick Bentz, Detective vom New Orleans Police Department, zweifelt an seinem Verstand: Gerade hat er seine Ex-Frau Jennifer gesehen – doch die ist seit zwölf Jahren tot! Bald wird klar, dass dies alles zum Plan eines Psychopathen gehört, der Bentz durch einen raffiniert ausgeklügelten Rachefeldzug zu einer Reise in die Vergangenheit zwingen will. Als Bentz' schwangere Frau Olivia spurlos verschwindet, beginnt eine nervenzerreißende Suche, die Bentz um das Liebste in seinem Leben fürchten lässt …

KNAUR